KB116822

팬텀

- 본서는 저자 및 저작권사의 공식 인정을 받은 Don Bartlett의 영어판 번역을 바탕으로 번역되었습니다.
- 인명을 포함한 고유명사는 현지 발음을 기준으로 표기하였습니다.
- 모든 주는 옮긴이주입니다.

PHANTOM

팬텀

JO NESBØ

요 네스뵈 장편소설 문희경 옮김

비채

차
례

PART 1

PART 2

PART 3

PART 4

PART 5

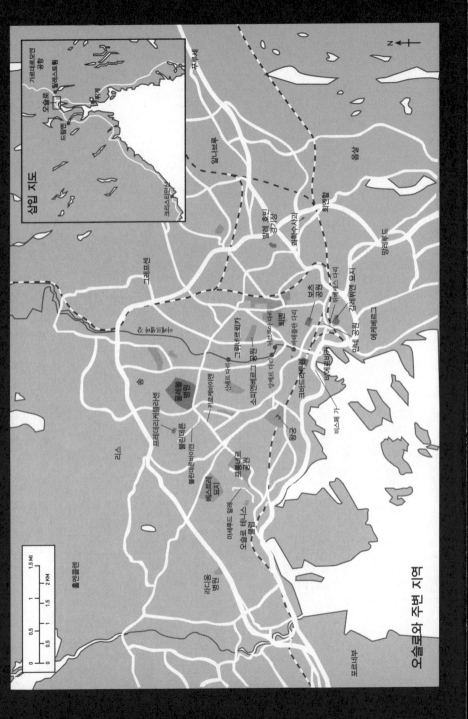

오슬로와 주변 지역

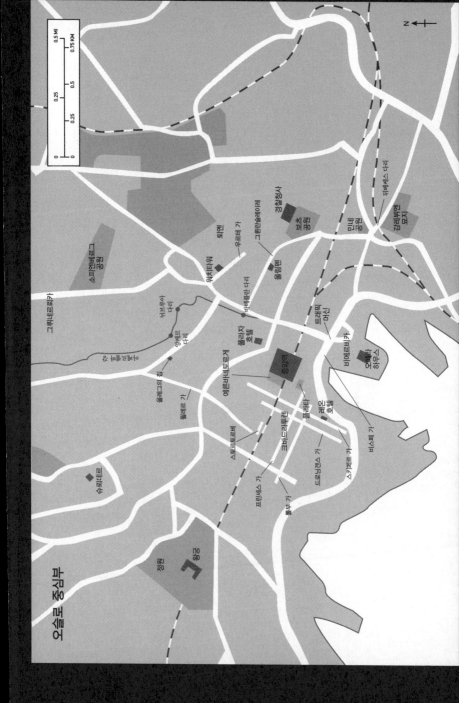

PART 1

찍찍거리며 부르는 소리가 한밤중 오슬로 도심의 온갖 소음을 뚫고 귀에 꽂혔다. 창밖으로 나직이 우르릉거리는 자동차 소리, 멀리서 커졌다 작아지는 사이렌 소리, 가까이서 울리기 시작한 성당 종소리가 들렸다. 먹을 걸 찾아 나선 길이었다. 더러운 리놀륨 주방 바닥에 코를 대고 훑었다. 그사이 들리는 소리를 재빨리 세 가지로 나누었다. 먹을 수 있는 소리, 위협의 소리, 생존과는 무관한 소리. 회색 담뱃재의 매캐한 냄새. 탈지면 조각에서 나는 들큼한 피 냄새. 링네스 라거 병뚜껑 안쪽의 쌉싸래한 맥주 냄새. 9×18밀리미터 구경 마카로프에 맞게 제작되어 마카로프탄이라고도 불리는 금속 탄피에서 새어 나오는 황과 질산칼륨, 이산화탄소 분자. 러시아 흰죽지수리가 그려진 노란 필터와 검은 종이의 담배에서 아직 올라오는 연기. 담배는 먹을 수 있는 물건이다. 그런데 알코올과 가죽, 기름때와 아스팔트의 역한 냄새가 섞여 있었다. 신발. 신발에 코를 박고 킁킁댔다. 옷장에 걸린 재킷만큼 먹기가 수월치 않겠다 싶다. 옷장에 휘발유 냄새와 썩은 동물 냄새가 진동하는 재킷이 걸려 있었다. 쥐는 앞을 가로막은 것을 뚫고 갈 방법을 궁리하느라 머리를 쥐어짰다. 양옆으로 돌아가보기도 하고 비집고 지나가려고도 해봤지만 몸길이 25센티미터에 몸무게가 0.5킬로그램에도 한참 못 미치는 조그만 몸뚱이인데도 도저히 비집고 들어갈 수가 없었다. 장애물은 등을 벽에 대고 모로 누워서 쥐구멍을 막고 있었고, 눈도 제대로 못 뜨고 털도 나지 않은 갓 태어난 새끼 여덟 마리가 젖을 달라고 질러대는 비명이 점점 더 높아졌다. 거대한 살덩이에서 짠내와 땀 냄새, 피비린내가 났다. 인간의 몸뚱이였다. 살아 있는 인간. 어미 쥐의 예민한 귀에 굶주린 새끼들이 울부짖는 소리 사이로 희미한 심장박동이 들렸다.

겁이 났지만 선택의 여지가 없었다. 새끼들을 먹이려면 그 어떤 위험도 감수하고 젖 먹던 힘까지 끌어내고 다른 모든 본능을 억눌러야 했다. 어미 쥐는 허공에 코를 쳐들고 무슨 수가 떠오르길 기다렸다.

성당 종소리가 인간의 심장박동과 박자를 맞추어 울렸다. 하나, 둘, 셋, 넷…….

어미 쥐는 이빨을 드러냈다.

7월. 씨발. 7월에 죽는 건 아니지. 지금 들리는 저 소리가 정말 성당 종소리일까, 아님 그 염병할 총알에 환각제라도 들어 있었나? 그래, 여기서 끝나는군. 그렇다고 씨발 달라질 게 있나? 여기나 저기나, 지금이나 나중이나. 아무리 그래도 나 정말 7월에 죽어도 싼, 그런 인간인 거야? 새들이 노래하고 술병이 쨍그랑거리고 아케르셀바 강가에서 떠들썩한 웃음소리가 올라오고 창밖에서 사람들이 존나 희희낙락하는 이 여름에? 나는 정말 더러운 약쟁이 소굴의 맨바닥에서 몸에 구멍 하나 더 뚫린 채 쓰러져 그 구멍으로 모든 걸 쏟아내도 싼 새끼인가? 내 삶과 시간 그리고 여기까지 날 이끌어온 그 모든 생생

한 장면들까지도? 크고 작은 모든 일, 우연한 일과 반쯤은 예정된 그 모든 일을. 그게 나, 그게 전부, 그게 내 인생이야? 나란 놈도 계획이란 게 있지 않았나? 그런데 지금은 한낱 허섭스레기, 한 방이 없는 시시한 농담에 지나지 않는군. 저 미친 종소리가 끝나기도 전에 다 말해버릴 수 있는 오지게 짧은 농담. 지옥불이잖아! 죽을 때 이렇게 아프다고 누구도 말해주지 않았어. 거기 계세요, 아버지? 가지 마요, 지금은요. 저기, 그 농담을 해드릴게요. 내 이름은 구스토예요. 열아홉까지 살았군요. 아버지는 웬 나쁜 여자를 건드린 나쁜 남자였어요. 난 아홉 달 뒤에 나와서 '아빠'라는 말을 하기도 전에 입양됐고요. 그 집에선 있는 대로 뻗댔어요. 그 집 사람들은 그저 날 포대기로 숨 막히게 꽁꽁 싸매고는 뭘 원하느냐고 물으면서 날 달래려고 했어요. 염병할 아이스크림? 그들은 아버지나 나 같은 종자들이 언젠간 총 맞아 죽거나 해충처럼 박멸되리라는 걸, 혹은 짬만 나면 불어나 전염병과 부패를 퍼트리리라는 걸 애초에 상상도 못했어요. 그저 자기네 탓만 했죠. 그런데 그들에게도 원하는 게 있더군요. 누구나 뭔가를 원하잖아요. 제 나이 열세 살에 처음, 양엄마의 눈에서 그녀가 뭘 원하는지 보았어요.

"넌 참 잘생겼어, 구스토." 그 여자가 그러더군요. 욕실에 들어와서요. 내가 일부러 문을 열어놓고 샤워기는 틀지 않았거든요. 물소리가 나면 못 들어올까 봐서요. 양엄마가 딱 1초간 나가지도 못하고 서 있더군요. 난 웃어댔어요. 이젠 알아버렸으니까. 이게 내 재능이에요, 아버지. 남들이 원하는 게 뭔지 아는 거. 나 아버지 닮았나요? 아버지도 그랬어요? 양엄마가 나가고 나서 커다란 거울에 비친 날 봤어요. 잘생겼다는 말. 그 말을 한 게 양엄마가 처음은 아니었어요. 난 다른 녀석들보다 성장이 빨랐거든요. 키도 크고 늘씬하고 일찌감치 어깨가 벌어지고 근육도 잡혔죠. 까만 머리에 윤기가 흘러 모든 빛이 반사되는 것 같았어요. 높이 솟은 광대. 각진 턱. 크고 탐욕스러운 입에 입술은 또 계집애처럼 도톰했어요. 매끈하게 그을린 피부. 까매 보이는 갈색 눈. '갈색쥐.' 우리 반 어떤 애가 날 그렇게 불렀어요. 디드리크, 이게 그 녀석 이름이었던 거 같아요. 걘 피아니스트가 되고 싶어했어요. 내가 열다섯 살이 됐을 때 그 녀석이 교실에서 큰 소리로 이랬어요. "저 갈색쥐는 읽지도 못해."

그냥 웃음밖에 안 나왔죠. 그 자식이 왜 그런 말을 하는지 알고도 남았거든요. 걔가 뭘 원하는지 알았어요. 카밀라. 그 자식은 남몰래 카밀라를 사랑했어요. 한데 카밀라는 굳이 숨기려 들지도 않고 날 사랑했어요. 파티에서 내가 카밀라의 스웨터 속을 더듬었어요. 별것 아니더군요. 남학생 두 놈한테 그 얘기를 해줬더니, 디드리크가 어디서 그걸 주워듣고 날 따돌린 거예요. 솔직히 '안'에 들어가는 데는 좆도 관심 없지만 그래도 따돌림은 따돌림이잖아요. 그래서 오토바이족이 모이는 MC 클럽으로 투투를 찾아갔어요. 내가 학교에서 그 작자들 마리화나를 좀 팔아줬거든요. 앞으로 장사를 잘하려면 애들한테 존경을 사야 한다고 했더니 투투가 디드리크를 손봐주겠다더군요. 얼마 후 디드리크는 손가락 두 개가 어쩌다 남학생 화장실 문 경첩에 끼게 되었죠. 어쩌다 그랬는지 아무한테도 말하지 않았지만 두 번 다시 나한테 '갈색쥐'라고 부르진 않았어요. 그래요, 피아니스트도 되지 못했고요. 씨발, 존나 아프네요! 아뇨, 위로 따위는 됐어요. 아버지, 한 방이 필요해요. 마지막 한 방이면 미련 없이 세상을 하직할게요. 진짜예요. 저기, 성당 종소리가 또 울렸어요. 아버지?

02

자정이 다 된 시각, 오슬로 제일의 가르데르모엔 공항. 방콕발 SK459기가 46번 게이트 앞의 지정된 구역으로 서서히 들어왔다. 토르 슐츠 기장은 제동을 걸어 에어버스 340을 완전히 정지시켰다. 곧이어 연료 스위치를 껐다. 제트엔진의 금속성 으르렁거림이 잦아들더니 이내 잠잠해졌다. 토르 슐츠는 자동으로 시각을 확인했다. 착륙한 지 3분 40초가 지났고, 예정보다 12분 빨랐다. 부기장과 함께 착륙 및 주기 점검표를 작성하기 시작했다. 항공기는 밤새 그 자리에 있을 예정이었다. '물건'을 실은 채로. 기장은 운항일지를 획획 넘겼다. 2011년 9월. 방콕은 아직 우기이고 푹푹 찌는 날씨라 어서 돌아가 선선한 초가을 저녁을 보내고 싶었다. 9월의 오슬로. 지구상에 그보다 더 좋은 곳은 없다. 그는 서류에 연료 잔량을 기입했다. 연료비 청구서. 연료비를 해명해야 했던 적이 있다. 암스테르담이나 마드리드를 출발해서 시간을 맞추려고 효율적인 속도를 무시하고 수천 크로네어치의 연료를 태우면서 더 빠르게 날아온 것이다. 결국 상사에게 호되게 야단을 맞았다.

"뭐하러 그랬나?" 상사가 호통을 쳤다. "환승할 승객도 없었잖아!"

"'세계에서 제일 시간을 잘 지키는 항공사'잖습니까." 토르 슐츠는 회사의 광고 문구를 그대로 읊었다.

"세계에서 제일 재정상태가 개판인 항공사겠지! 그걸 핑계라고 대?"

토르 슐츠는 어깨를 으쓱였다. 어차피 사실대로 말할 수는 없었다. 반드시 시간에 맞춰 도착해야 할 사정이 있어서 연료 노즐을 열었다고 말할 수는 없었다. 그가 배정받은 항공편, 베르겐이나 트론헤임이나 스타방에르행 항공편. 이들 항공편은 반드시 **그**가 운항해야지, 다른 조종사에게 넘길 수 없었다.

그는 나이 많은 조종사라 그들도 언성을 높이거나 호통을 치는 수밖에 달리 어쩌지 못했다. 그는 중대한 실수를 저지르지 않으려고 조심했고, 회사도 그를 봐주었다. 몇 년만 지나면 5가 더블로 붙는 55세가 되고, 그땐 어차피 퇴직해야 한다. 토르 슐츠는 한숨을 쉬었다. 상황을 바로잡을 시간이, 세계에서 제일 재정상태가 개판인 조종사로 인생을 종치지 않기 위해 손쓸 시간이 이제 몇 년밖에 남지 않았다.

토르 슐츠는 운항 기록에 서명하고 일어나 조종실을 나와서 햇볕에 그을린 얼굴에 가지런히 자리 잡은, 진주처럼 새하얀 치아를 반짝이며 승객들을 보았다. 직접 보면 그를 자신만한 사람이라 여기게 하는 특유의 미소를 지으면서. 조종사. 한때는 남들 눈에 대단한 존재로 비춰지던 직함. 그는 보았다. '조종사'라는 마법의 단어를 입에 올리는 순간 남녀노소 누구든 그를 바라보던 선망의 눈빛을. 그 말이 나오는 순간 사람들은 그에게서 넘치는 카리스마와 여유만만함, 소년다운 매력을 보았고, 조종사의 패기와 냉철한 정확성, 뛰어난 지능과 물리 법칙에 저항하는 사람의 용기와 내면에 감춘 인간적 두려움까지 발견했다. 하지만 옛날 얘기였다. 요새는 다들 그를 버스운전사쯤으로 여기고, 라스팔마스로 가는 제일 싼 항공편이 뭔지, 루프트한자가 좌석에 발 뻗는 공간을 더 만들지 않는 이유가 뭔지 따위를 물었다.

엿 먹으라고 해. 다들 엿 먹으라고.

토르 슐츠는 출구에선 승무원들 옆에서 몸을 곧게 펴고 잔잔한 미소를 띤 채 셰퍼드의 비행학교에서 배운 대로 거친 텍사스 억양으로 '귀국을 환영합니다, 아가씨'라고 말했다. 그리고 답례의 미소를 받았다. 도착장에서 이런 미소로 데이트 약속을 따내던 시절이 있었다. 데이트도 숱하게 즐겼다. 케이프타운부터 알타까지. 여자들. 무수한 여자들. 그게 화근이었다. 또 해법이기도 했다. 여자들. 무수한 여자들. 새로운 여자들. 그럼 지금은? 조종사 모자로 이마선을 숨기긴 했지만 여전히 맞춤 제복 덕에 훤칠한 키와 등이 떡 벌어진 몸매가 돋보였다. 비행학교에서 전투기 조종사가 아니라 하늘 위의 일꾼인 허큘리스(수송기)를 모는 화물 조종사가 된 것도 다 이런 체형 탓이라고 그는 믿었다. 집에는 그의 척추가 평균보다 2센티미터 길다고, F-5s와 F-16s 같은 스타파이터 전투기 조종석에는 난쟁이들 외에는 다 부적격이라고 말했다. 사실은 실력 미달이었다. 그가 세월을 견뎌 지켜낸 것은 몸뚱이 하나뿐이었다. 몸만큼은 어디 하나 떨어져 나가지도 않고 부서지지도 않게 지켜냈다. 결혼과는 다르게. 가족과도 다르게. 친구들과도 다르게. 어쩌다 이렇게 됐을까? 이 지경에 이르도록 그는 어디에 있었을까? 아마 케이프타운이나 알타의 어느 호텔방 혹은 술집에서 마신, 정력을 죽이는 술을 보완하려고 코카인을 흡입했을 것이다. 그럼에도 아랫

도리는 그가 되지 못했으며 결코 되지도 못할, 모든 것을 보완해줄 만큼의 '귀국을 환영합니다, 아가씨' 상태가 되지 못했을 것이다.

토르 슐츠의 시선은 통로를 따라 출구 쪽으로 다가오는 한 남자에게 꽂혔다. 남자는 고개를 숙였는데도 다른 승객들 머리 위로 키가 껑충했다. 토르 슐츠만큼 훤칠하고 등판이 넓었다. 나이는 그보다 어려 보였다. 짧게 자른 금발이 빗자루처럼 서 있었다. 노르웨이인 같았지만 동남아시아에서 오래 체류한 백인 특유의, 회색에 가깝게 은은하게 그을린 피부색으로 보아, 관광을 마치고 귀국하는 여행객이라기보다는 재외국민인 것 같았다. 맞춤복이 확실한 갈색 리넨 슈트 덕에 지위가 높고 진중하다는 인상을 풍겼다. 사업가일 수도 있다. 회사가 마냥 잘 나가지만은 않아서 어쩌다 이코노미석을 탄 사업가. 하지만 그 남자에게 시선이 간 건 슈트 때문도 큰 키 때문도 아니었다. 흉터 때문이었다. 왼쪽 입가에서 시작한 흉터는 거의 귀까지 이어져서 웃는 형상의 낫처럼 보였다. 섬뜩하고 아주 극적이었다.

"See you."

토르 슐츠는 흠칫 놀라서 남자가 그를 지나쳐 내릴 때까지 대꾸할 말을 찾지 못했다. 거칠고 갈라진 목소리에 핏발 선 눈까지, 막 잠에서 깬 사람 같았다.

기내가 텅 비었다. 청소부들을 태운 승합차가 활주로에서 멈추는 사이 승무원들이 무리 지어 떠났다. 토르 슐츠는 승합차에서 땅딸막하고 다부진 몸집의 러시아인이 맨 먼저 내려서 솔록스Solox라는 회사 로고가 찍힌 선명한 노란색 조끼를 입고 계단을 뛰어 올라가는 걸 보았다.

'See you.'

토르 슐츠는 이 말을 되새김질하면서 성큼성큼 복도를 지나 승무원 센터로 향했다.

"기내용 가방을 위에 올려놓지 않았어요?" 승무원 하나가 토르의 샘소나이트 캐리어를 보면서 물었다. 이름이 생각나지 않았다. 미아였나? 마야였나? 여하튼 언젠가 지난 세기에 한 번, 스톱오버 중에 같이 잔 적이 있는 여자였다.

"아니." 토르 슐츠가 말했다.

See you. '또 봐요 see you again' 할 때의 그 말인가? 아님 '당신이 날 보는 거 알아 I can see you're looking at me'라는 뜻인가?

그들은 승무원 센터 입구 옆의 파티션을 지나쳤다. 원래는 '인형이 튀어나오는 상자'처럼 세관원이 서 있어야 하는 자리였다. 파티션은 99퍼센트쯤 비어 있었다. 토르는 한 번도, 이 항공사에서 일한 30년 동안 단 한 번도 거기서 보안검색을 받은 적이 없다.

'See you.'

'당신이 잘 보여 I can see you, alright'라는 뜻일까. '당신이 누군지 알아 I can see who you are'라는 뜻일까.

토르 슐츠는 승무원 센터로 급히 들어갔다.

세르게이 이바노프는 승합차가 에어버스 옆 아스팔트에 멈추자 평소처럼 맨 먼저 내려서 계단을 뛰어 올라가 빈 항공기에 올랐다. 진공청소기를 들고 조종실에 들어가 문을 잠갔다. 라텍스 장갑을 문신이 시작되는 부위까지 잡아당겨 끼고 진공청소기 앞면 덮개를 뗀 다음 기장 사물함을 열었다. 조그만 샘소나이트 기내용 가방을 꺼내서 지퍼를 열고, 가방 밑바닥의 금속판을 들어내 1킬로그램짜리 벽돌 모양의 꾸러미 네 개가 든 걸 확인했다. 물건을 진공청소기 속, 호스와 미리 비워놓은 커다란 먼지봉지 틈새로 집어넣었다. 청소기 덮개를 닫고 잠가둔 조종실 문을 열고 청소기 스위치를 눌렀다. 모든 게 단 몇 초 만에 일어났다.

객실 정리와 청소가 끝나자 청소부들이 천천히 항공기에서 내려서 연푸른색 쓰레기봉지를 다이하츠 승합차 뒤에 넣고 공항 라운지로 돌아갔다. 공항의 야간 폐쇄 시간이 가까워서, 이착륙하는 항공기가 얼마 없었다. 세르게이는 어깨 너머로 업무교대 담당자 제니를 흘끔 보았다. 그리고 도착과 출발 시각이 뜬 컴퓨터 화면을 보았다. 연착은 없었다.

"제가 베르겐을 맡을게요." 세르게이가 거친 억양으로 말했다. 노르웨이어이긴 했다. 노르웨이에 10년이나 살고도 영어로만 말하는 러시아 사람들이 있었다. 하지만 2년쯤 전에 그를 이곳으로 부른 삼촌은 그에게 언어적 소질이 있을지도 모른다면서 노르웨이어를 꼭 배우라고 구슬렸다.

"베르겐은 맡은 사람이 있어요." 제니가 말했다. "트론헤임을 기다리세요."

"베르겐으로 할게요. 트론헤임은 닉이 맡아도 되니까."

제니가 그를 보았다. "맘대로 하세요. 너무 무리하진 말아요, 세르게이."

세르게이는 벽에 붙은 의자로 가서 앉았다. 가만히 등을 기댔다. 어깨 부근에 노르웨이인 타투이스트가 공들여 문신한 살갗이 아직 쓰라렸다. 니즈니타길 감옥의 타투이스트 임레에게 받은 도안을 바탕으로 문신을 새겼는데, 아직 남은 분량이 꽤 있다. 세르게이는 삼촌의 부하들인 안드레이와 페테르의 문신을 떠올렸다. 그 알타이 출신 카자크인들이 새긴 푸르스름한 문신에는 두 사람의 인생

역정과 위대한 업적이 담겨 있었다. 세르게이도 자기 이름으로 큰 공을 세웠다. 살인. 별것 아닌 살인을 딱 한 번 저질렀을 뿐이지만 이미 천사를 하나 새겼다. 아마 살인을 또 하게 될 것이다. 그것도 큰 건으로. 삼촌은 **필요한 일**이 필요할 때를 대비해서 미리 준비하라고, 마음의 준비를 단단히 하고 칼 쓰는 연습도 해두라고 일러두었다. 어떤 남자가 올 거라고 했다. 확실한 건 아니지만 그럴 가능성이 있다고 말했다.

가능성.

세르게이 이바노프는 라텍스 장갑을 낀 손을 살폈다. 공항의 이런 표준 작업 장비 덕분에 혹시 일이 잘못돼도 물건에 지문을 남기지 않을 수 있게 된 것은 물론 우연이었다. 손이 떨리는 기미도 없었다. 이 일을 오래 한 손이라 가끔은 긴장을 늦추지 말라고 스스로 일깨워야 했다. 그는 두 손이 '필요한 일ЧТО НУЖНО'을 해야 할 때 침착하기를 바랐다. 이미 도안을 주문해둔 문신을 얻을 수 있는 순간에. 세르게이는 머릿속에 다시 그려보았다. 타길의 집 거실, 우르카*의 형제들이 모두 모인 자리에서 셔츠 단추를 풀고 새로운 문신을 선보이는 장면을. 토를 달 것도 없고 한마디 보탤 필요도 없는 장면을. 그는 아무 말도 하지 않을 것이다. 그저 그들의 눈에서 볼 것이다. 그가 더는 꼬맹이 세르게이가 아니라는 사실을 알게 될 것이다. 지난 몇 주간 매일 밤 그 남자가 와주길 기도했다. 그리고 **필요한 일**이 필요해지길 기도했다.

워키토키에서 베르겐 항공기를 청소하라는 안내가 흘러나왔다.

세르게이는 일어섰다. 하품을 했다.

---

* 시베리아의 범죄 계급.

두 번째 조종실에서 할 일은 더 간단했다.

진공청소기를 열고 기내용 가방에 들어 있던 물건을 부기장의 사물함에 넣으면 된다.

청소부들에 섞여 나가는 길에 기내로 들어오는 승무원들과 마주쳤다. 세르게이 이바노프는 부기장과 눈을 마주치지 않으려고 시선을 깔다가 슐츠의 것과 같은 종류의 캐리어를 보았다. 샘소나이트 아스파이어 GRT. 똑같은 빨간색. 캐리어 위에 고정하는 빨간색 작은 기내용 가방이 없었다. 그들은 서로를 전혀 모르고 동기도 모르며 배경이나 가족도 몰랐다. 세르게이와 슐츠와 젊은 부기장을 이어주는 끈이라고는 태국에서 산 미등록 휴대전화 번호밖에 없어서 일정에 변동이 생길 때 문자만 전송할 수 있었다. 세르게이는 슐츠와 부기장도 서로 모를 거라고 짐작했다. 안드레이는 꼭 필요한 정보만 전달하도록 철저히 단속했다. 따라서 세르게이는 그가 배달한 물건이 어떻게 되는지 전혀 몰랐다. 짐작만 할 뿐이었다. 오슬로와 베르겐을 오가는 국내선의 부기장은 에어사이드에서 랜드사이드로 통과할 때 세관 검색도, 보안 검색도 받지 않는다. 부기장은 기내용 가방을 승무원들이 묵는 베르겐의 호텔로 가져간다. 한밤중에 조용히 방문을 두드리는 소리가 들리면 헤로인 4킬로그램을 건넨다. 바이올린이라는 신종 마약이 나와서 헤로인 가격이 떨어지긴 했지만 거리에서 4분의 1그램의 시가는 여전히 250크로네를 웃돈다. 1그램에 1,000크로네. (이미 희석된) 헤로인을 한 번 더 희석하므로 총 800만 크로네에 달한다. 세르게이도 셈은 할 줄 안다. 그가 받는 금액이 턱없이 모자라다는 것도. 하지만 그가 **필요한 일**을 하면 그의 몫이 늘어날 것도 알았다. 그 돈을 받으면서 한 2년 일하면 러시아의 타길에 집 한 채를 사고, 잘빠진 시

베리아 여자를 구해서 부모님이 연로해지면 그 집에서 모시고 살
수 있다.

견갑골 사이, 문신을 새긴 자리가 쓰라렸다.

살갗이 마치 다음 납입을 고대하는 것 같았다.

03

오슬로 중앙역에서 리넨 슈트를 입은 남자가 공항발 고속열차에서 내렸다. 바깥 공기가 아직 푸근하게 감싸는 걸 보니 고향 도시는 따스하고 화창한 하루를 보낸 모양이었다. 그는 몸집에 비해 우스꽝스러울 정도로 작은 캔버스 여행가방을 들고 재빠르면서도 유연한 걸음으로 중앙역 남쪽으로 나갔다. 외지인의 눈으로 본 오슬로의 심장, 혹자는 오슬로에는 존재하지 않는다는 그것이 편안하게 고동쳤다. 밤의 리듬. 자동차 몇 대가 둥근 트래픽 머신*을 빙 돌아서 동쪽으로는 스톡홀름과 트론헤임으로, 북쪽으로는 오슬로의 다른 구역으로, 서쪽으로는 드람멘과 크리스티안산으로 한 대씩 빠져나갔다. 트래픽 머신은 크기로나 모양으로나 브론토사우르스를 닮았다. 오슬로에 오페라하우스가 새로 들어서고, 화려한 주택과 건물들이 속속 들어서면서 곧 멸종될 위기에 놓인 거대한 짐승. 남자는 걸음을 멈추고 트래픽 머신과 피오르 사이로 새하얀 빙하처럼 떠 있는 오페라하우스를 보았다. 세계 각지에서 건축상을 휩

* 로터리형 입체 교차로.

쓴 건축물이었다. 바다로 비스듬히 빠져 들어가는 이탈리아 대리석 지붕 위를 걸어보려고 멀리서 사람들이 찾아왔다. 오페라하우스의 거대한 유리창 안의 조명이 그 건물을 비추는 달빛만큼 강렬했다.

세상에, 장족의 발전이군. 남자는 생각했다.

그의 눈앞에 펼쳐지는 장면은 도시의 새로운 발전을 기약하는 미래가 아니라 과거였다. 이곳은 오슬로에서 마약 주사를 놓는 곳, 약쟁이들의 소굴이었다. 이 도시의 버림받은 아이들이 몸을 다 숨겨주지도 못하는 막사 뒤에서 제 몸에 주사를 놓고 약에 취해 날뛰던 곳이었다. 그 아이들과 멋모르고 선의를 베푸는 그들의 사회민주주의자 부모들을 가르는 엉성한 칸막이. 장족의 발전이야. 아이들은 더 아름다워진 경관에 둘러싸여 지옥행 여행길에 올랐다.

남자가 마지막으로 이곳에 선 지 3년이 흘렀다. 모든 게 새로웠다. 모든 게 그대로였다.

중앙역과 고속도로 사이의 도로변처럼 좁은 풀밭에 그 아이들이 널브러져 있었다. 예전처럼 약에 취해서. 풀밭에 누워 햇살이 너무 눈부신 듯 눈을 감고서 진땀을 흘리며 아직 쓸 만한 혈관을 더듬거나, 약쟁이 특유의 휜 무릎으로 배낭을 메고 구부정하게 서서 오는 길인지 가는 길인지 갈피를 잡지 못했다. 똑같은 얼굴들. 예전에 여기를 지날 때 보던 그 산송장들은 아니었다. 그들은 저세상 사람이 된 지 오래일 테니까. 그럼에도 똑같은 얼굴들.

톨부 가로 올라가는 도로에 그들이 더 있었다. 그가 돌아온 이유와도 무관하지 않아서 그곳의 인상을 새겨보았다. 그들이 늘었는지 줄었는지 가늠해보았다. 그들이 다시 플라타에서 거래하는 모습이 눈에 띄었다. 예른바네토르게 서쪽으로 흰색 페인트가 칠해진 작은 아스팔트 광장은 이른바 오슬로의 타이완, 마약 자유무역 지역이었다. 당국이 상황을 예의 주시하면서 처음 마약을 사러 오는 아이들을 중간에서 차단하기 위해 조성한 구역이었다. 그러나 마약 비즈니스 규모가 커진 데다 플라타가 유럽 최악의 헤로인 거점으로서의 오슬로의 민낯을 드러내면서 이제 이곳은 순수한 관광 명소가 되었다. 예전부터 헤로인 매출과 OD* 통계치가 오슬로의 수치로 자리 잡긴 했어도 플라타만큼 확연히 눈에 띄는 오점은 아니었다. 신문과 TV에서는 약에 취한 청년들, 벌건 대낮에 도심을 어슬렁거리는 좀비들의 이미지를 노르웨이의 다른 지역으로 퍼트렸다. 정치인들은 책임을 추궁당했다. 우파가 정권을 잡으면 좌파가 시끄러웠다. "치료소가 부족하다", "징역형은 마약 사용자를 양산한다", "새로운 계급사회에서 이민자 지역에 범죄 조직과 마약 밀매가 기승을 부린다". 좌파가 정권을 잡으면 우파가 야단이었다. "경찰력이 부족하다", "망명 신청자의 입국이 지나치게 수월하다", "범죄자 7명 중 6명이 외국인이다".

오슬로 시의회는 이리 치이고 저리 치이다 결국 불가피한 결정에 이르렀다. 수고를 덜기로 했다. 오물을 카펫 밑에 쓸어 넣기로. 플라타를 폐쇄하기로.

리넨 슈트의 남자는 붉은색과 흰색의 아스널 셔츠를 입은 청년이 계단에 서 있고 그 앞에 네 사람이 발을 질질 끌며 어슬렁거리는 걸 보았다. 아스널 청년의 머리가 닭대가리처럼 좌우로 까딱거렸다. 네 개의 머리는 미동도 없이 오로지 아스널 셔츠의 마약상에게 고정되었다. 아스널 셔츠는 머릿수가 채워지기를, 다섯 명이나

---

* 신체 기능에 손상을 줄만큼 약물이나 마약을 과다 복용하는 사람 혹은 그 행위.

여섯 명 정도가 모이기를 기다리는 중이었다. 머릿수가 차면 돈을 먼저 받고 고객들을 마약이 있는 곳으로 데려갈 것이다. 모퉁이를 돌거나 뒷마당으로 들어가면 파트너가 기다리고 있을 것이다. 단순한 원칙이었다. 마약을 소지한 자는 절대 돈을 만지지 않고, 돈을 가진 자는 절대로 마약에 접근하지 않아야 한다는 것. 그래야 경찰이 어느 쪽이든 마약 밀매와 연루된 확실한 증거를 확보하기 어렵다. 리넨 슈트의 남자는 놀랐다. 그가 본 장면은 1980년대와 1990년대의 낡은 수법이기 때문이다. 경찰이 거리 단속을 포기하자 마약상들도 치밀하게 짠 규칙과 고객 조직을 버리고 길에서 직접 거래하기 시작했다. 한손에 돈, 다른 손에 마약을 들고. 그렇다면 지금 저런 모습은 경찰이 다시 길에서 마약상을 단속하기 시작했다는 뜻일까?

사이클 장비를 갖춘 남자가 사이클을 타고 지나갔다. 헬멧과 주황색 고글, 밝은 색 저지가 규칙적으로 들썩였다. 딱 달라붙은 반바지 아래로 허벅지 근육이 불끈 튀어나왔다. 사이클은 꽤 고가로 보였다. 그래서 그 남자가 다른 사람들과 함께 아스널 청년을 따라 모퉁이를 돌아 건물 뒤로 사라지는 장면이 인상적으로 남았던 모양이다. 모든 게 새로웠다. 모든 게 그대로였다. 그래도 숫자는 줄어들지 않았을까?

스키페르 가 길목의 매춘부들이 어설픈 영어로 말을 붙였지만 (헤이, 자기! 잠깐만, 잘생긴 아저씨!) 그는 그냥 고개를 저었다. 그가 행실이 정숙하다거나 돈에 쪼들리는 것 같다는 소문이 그의 걸음보다 빨리 퍼졌는지, 여자들이 더는 관심을 보이지 않았다. 예전 오슬로의 매춘부들은 청바지와 두툼한 스웨터 같은 편안한 차림으로 다녔다. 매춘부가 많지 않아 판매자에게 유리한 시장이었다. 그러나 요즘은 경쟁이 치열해서 여자들이 초미니 스커트에 하이힐과 망사스타킹을 신었다. 아프리카 여자들은 벌써부터 추워 보였다. 12월까지 기다려보시게들.

그는 크바드라투렌으로 더 깊이 들어갔다. 오슬로 최초의 시가 지이지만 지금은 25만 명의 일개미들을 위한 관공서와 사무실이 들어선, 아스팔트와 벽돌의 사막이자 네다섯 시에 모두가 허겁지겁 집으로 돌아간 뒤에는 야행성 설치류의 세상이 되는 곳이었다. 크리스티안 4세가 르네상스 시대의 기하학적 질서라는 이상적인 원리에 따라 사각형의 구역 안에 이 도시를 건설하던 당시에는 간간이 화재가 일어나 인구가 유지되었다. 윤년이 들 때마다 밤에 불길에 휩싸여 이 집 저 집 뛰어다니는 사람들이 보이고, 비명을 지르는 사람들이 다 타서 바스러지는 모습이 보였다. 아스팔트를 덮은 재가 바람에 날려가기 전에 재를 집어가면 자기 집에는 절대로 불이 나지 않는다는 괴담이 전해져 내려왔다. 이런 화재의 위험 때문에 크리스티안 4세는 오슬로의 길을 가난한 사람들의 기준에 비해 넓게 만들었다. 집들은 노르웨이답지 않은 건축 자재인 벽돌로 지어졌다. 리넨 슈트의 남자는 벽돌을 쌓아 만든 담벼락을 따라 걷다가 어느 바의 열린 문 앞을 지났다. 건스앤로지스의 'Welcome to the Jungle'을 새롭게 모독한 레게 음악이었다. 말리와 로즈, 슬래시와 스트래들린의 이름에 먹칠을 하면서 듣는 이의 몸을 들썩이게 만드는 음악이 바 앞에 서서 담배를 피우는 사람들에게까지 쾅쾅 울렸다. 그는 누군가 내민 팔에 멈춰 섰다.

"불 있어요?"

삼십 대 후반쯤 돼 보이고 상체가 비대한 투실투실한 여자가 그를 올려다보았다. 빨간 입술에 문 담배가 도발적으로 깐닥거렸다.

그는 눈썹을 치뜨고 그 여자의 뒤에서 불 붙은 담배를 물고 낄낄거리는 다른 여자를 보았다. 상체가 비대한 여자도 그걸 알아채고 따라 웃으며 한 발을 옆으로 딛고 중심을 잡았다.

"너무 천천히 다니지 마세요." 여자가 왕세자비 말투와 똑같은 쇠르란 억양으로 말했다. 왕세자비처럼 생기고 왕세자비처럼 말하고 왕세자비처럼 옷을 입어서 큰돈을 번 매춘부가 있다는 말을 들은 적이 있다. 시간당 5,000크로네는 손님이 마음 내키는 대로 쓸 수 있는 플라스틱 왕홀王笏까지 포함된 가격이라는 얘기도 들었다.

그가 그냥 지나가려고 하자 여자가 그의 어깨에 손을 얹었다. 여자는 그에게 기대 그의 얼굴에 레드와인 냄새가 나는 입김을 훅 불었다.

"아저씨 잘생겼다. 나 그거 줄래요…… 불?"

그는 얼굴을 돌려서 여자에게 반대쪽 얼굴을 보여주었다. 나쁜 쪽 얼굴. 썩 잘생기지 않은 얼굴. 콩고에서 생긴, 못이 가르고 지나간 길을 보여주자 여자가 움찔하고 물러서는 듯했다. 서툴게 꿰맨 흉터가 입에서 귀까지 나 있었다.

그가 걸음을 옮길 때 음악이 너바나로 바뀌었다. 'Come As You Are' 오리지널 버전.

"마리화나?"

문 앞에서 이 말이 들렸지만 그는 멈추지도, 돌아보지도 않았다.

"스피드*?"

지난 3년간 맨정신으로 살았다. 다시 시작하고 싶은 마음은 없었다.

---

* 각성제인 암페타민 분말.

"바이올린?"

지금은 더더욱.

저 앞 인도에서 마약상 둘이 한 청년을 막아섰다. 청년은 그들에게 뭔가를 보여주며 말하고 있었다. 그가 다가가자 청년이 고개를 들어 잿빛 눈으로 수색하듯 그를 빤히 쳐다보았다. 그는 경찰의 눈이라 판단하고 급히 고개를 숙이고 길을 건넜다. 어쩌면 가벼운 편집증일지도. 그렇게 젊은 경찰이 그를 알아볼 리 없었다.

호텔이 보였다. 싸구려 여관. 레온.

그 도로의 이편에는 인적이 드물었다. 길 건너 가로등 아래에 마약상이 자전거에 걸터앉아 역시 사이클 전문가 장비를 갖춘 사람과 같이 있었다. 마약상은 상대가 목에 주사 놓는 것을 도와주고 있었다.

리넨 슈트의 남자는 고개를 절레절레 흔들며 앞에 우뚝 선 건물의 전면을 보았다.

때가 타서 우중충한 예전 그 현수막이 건물의 맨 꼭대기 층인 4층 아래에 걸려 있었다. "1박에 400크로네!" 모든 게 새로웠다. 모든 게 그대로였다.

레온 호텔 접수원은 못 보던 얼굴이었다. 청년은 리넨 슈트의 남자에게 아주 정중한 미소를 지어주고 (레온답지 않게) 경계하는 눈치도 없이 대해주었다. 청년은 어딘가 꼬인 기색 하나 없이 선선히 '어서 오세요'라고 인사를 건넨 후 여권을 보여달라고 했다. 남자는 얼굴이 햇볕에 탄 데다 리넨 슈트까지 입었으니 자기를 외국인으로 볼 수도 있겠다 싶어 접수원에게 붉은색 노르웨이 여권을 건넸다. 낡고 닳은 여권에 스탬프가 잔뜩 찍혀 있었다. 잘사는 인생이라고 말하기에는 많아도 너무 많았다.

"아, 됐습니다." 접수원이 여권을 돌려주었다. 그리고 카운터에 서류를 놓고 펜을 건넸다.

"거기 표시된 부분만 작성하시면 됩니다."

'레온의 체크인 양식인가?' 남자는 내심 놀랐다. 그래도 뭔가 바뀌긴 한 모양이었다. 그는 펜을 들고 접수원이 그의 손을, 가운뎃손가락을 바라보는 걸 알았다. 홀멘콜른 산맥의 어느 집에서 잘려나가기 전에는 제일 길었던 손가락. 지금은 첫 번째 관절에 회색이 도는 무광택 청색 티타늄 보형물이 붙어 있었다. 쓰임새가 많지는 않아도 뭔가를 잡을 때 양옆 손가락의 균형을 잡아주면서도 짧아서 걸리적거리지도 않았다. 단점이 하나 있다면 공항에서 보안검색대를 통과할 때마다 구구절절 설명해야 한다는 점이었다.

남자는 '이름'과 '성'을 적었다.

'생년월일.'

3년 전 노르웨이를 떠난 망가진 늙은이가 아니라 이제는 마흔 중반쯤으로 보이겠지 생각하고 적었다. 철저한 운동요법과 몸에 좋은 음식과 충분한 수면, 그리고 (물론) 중독 물질을 철저히 배제한 생활을 유지했다. 젊어 보이고 싶어서가 아니라 죽지 않으려고. 더욱이 그는 그런 생활을 좋아했다. 사실 그는 정해진 일상과 규율과 질서를 좋아했다. 어쩌다 혼돈 속을 헤매고 암울한 중독의 시기를 반복하며 자기 자신을 파멸시키고 소중한 관계를 연이어 잃게 됐을까? 서류의 빈칸이 그에게 질문을 던지는 것 같았다. 칸이 너무 좁아서 그 질문의 답을 다 적어 넣을 수는 없었다.

'영구 거주지.'

흠, 소피스 가의 아파트는 3년 전 그가 떠난 직후에 팔렸고, 옵살의 부모님 집도 그때 팔렸다. 현재 직업의 공식 주소를 적는 건 위험이 따랐다. 그래서 호텔에 체크인할 때 자주 적는 주소를 적었다. 청킹 맨션, 홍콩. 다른 정보보다 진실로부터 더 동떨어진 정보는 아니었다.

'직업.'

살인. 이건 적지 않았다. 표시된 칸도 아니었다.

'전화번호.'

아무 번호나 하나 적었다. 휴대전화는 통화 내용과 통화 장소를 추적당할 수 있다.

'가장 가까운 친족 전화번호.'

가장 가까운 친족? 레온 호텔에 체크인하면서 자기 마누라 전화번호를 적을 남자가 어디 있지? 어차피 여긴 오슬로에서 가장 공창에 가까운 곳이 아닌가.

접수원이 그의 생각을 제대로 짚은 듯했다. "혹시라도 어디 편찮으실 때 저희가 연락할 분을 알아둬야 해서요."

해리는 고개를 끄덕였다. 혹시라도 그 짓을 하다가 심장마비를 일으킬 수도 있으니까.

"정 내키지 않으면 적지 않으셔도……."

"아닙니다." 남자는 거기 적힌 단어를 보면서 말했다. '가장 가까운 친족.' 여동생이 하나 있었다. 스스로 '다운증후군 기가 있는 아이'라고 말하지만 언제나 오빠보다 훨씬 나은 삶을 사는 동생이었다. 동생 말고는 아무도 없었다. 아무도. 그래도 역시, 가장 가까운 친족.

그는 지불 방식에 '현금'을 표시하고 서명한 다음 접수원에게 서류를 건넸다. 청년은 서류를 훑어보았다. 그러다 결국 그것이 번쩍이는 게 보였다. 불신.

"혹시…… 손님이 해리 홀레세요?"

해리 홀레는 고개를 끄덕였다. "그게 문제가 됩니까?"

청년은 고개를 저었다. 침을 삼켰다.

"그럼, 열쇠를 주시지요?" 해리가 말했다.

"아, 죄송합니다! 여기요. 301호."

해리는 열쇠를 받아들면서 접수원의 동공이 커지고 목소리가 기
어드는 걸 알아챘다.

"저기…… 저희 삼촌이." 접수원이 말했다. "삼촌이 이 호텔을
운영하세요. 여기 제 앞에 앉아 계셨죠. 삼촌이 손님 얘기를 해주
셨고요."

"좋은 얘기만 하셨으리라 믿을게요." 해리가 캔버스 여행가방을
들고 계단으로 향했다.

"엘리베이터가……."

"엘리베이터는 싫어해요." 해리가 뒤도 돌아보지 않고 말했다.

방은 전과 같았다. 낡고 작고 깨끗한 편. 아니, 커튼은 새것이었
다. 초록색. 빳빳한 재질. 아마도 다림질이 필요 없을 것이다. 그러
다 생각났다. 슈트를 욕실에 걸고 수증기에 주름이 펴지게 하려고
샤워기를 틀었다. 슈트는 네이선 로드의 펀자브 하우스에서 800홍
콩달러를 주고 샀지만 직업상 필요한 투자였다. 후줄근하게 다니
는 사람은 아무도 쳐주지 않는다. 그는 샤워기 아래 섰다. 뜨거운
물이 몸에 닿자 살갗이 얼얼했다. 샤워를 끝내고 알몸으로 창가로
가서 창문을 열었다. 3층. 뒷마당. 열린 창문으로 흥분을 가장한 신
음이 들렸다. 그는 커튼 봉을 잡고 창밖으로 몸을 내밀었다. 창문
바로 아래 뚜껑 열린 쓰레기통이 보이고 역한 냄새가 올라왔다. 침

을 뱉자 쓰레기통 속 종이에 떨어지는 소리가 들렸다. 그런데 이어서 들리는 부스럭 소리는 종이에서 나는 소리가 아니었다. 갈라지는 소리가 나더니 빳빳한 초록색 커튼이 그의 양옆으로 떨어졌다. 젠장! 그는 커튼의 단에서 가느다란 봉을 빼냈다. 양끝이 뭉툭한 구식 커튼 봉이었다. 전에도 부러진 적이 있는지 갈색 테이프로 감겨 있었다. 해리는 침대에 앉아 협탁 서랍을 열었다. 연푸른 인조 가죽으로 장정된 성경이 들어 있고 반짇고리에는 둥근 판지에 감긴 검정색 실에 바늘 하나가 꽂혀 있었다. 해리는 한참 궁리한 끝에 이런 물건이 들어 있는 게 썩 나쁜 생각만은 아닐지도 모른다고 생각했다. 투숙객들이 떨어진 바지 단추를 달고 나서 죄의 사함에 관해 읽을 수도 있겠다 싶었다. 해리는 침대에 누워 천장을 보았다. 모든 게 새로웠다. 모든 게……. 눈을 감았다. 비행기에서 한숨도 못 자서 시차증이 있든 없든, 커튼이 달려 있든 아니든 꼭 자둬야 했다. 그러자 지난 3년간 매일 밤 꾸던 꿈이 시작됐다. 어떤 통로를 내달리고 우르르 굉음을 내며 하늘로 솟구치는 눈사태를 피해 도망치지만 숨이 쉬어지지 않는 꿈.

그저 계속 달리면서 조금 더 눈을 감고 있기만 하면 되었다.

생각을 놓쳤다. 생각이 그에게서 빠져나갔다.

가장 가까운 친족.

친족. 친족.

가장 가까운 친족.

그건 바로 그였다. 그가 돌아온 이유.

세르게이는 E6 도로를 타고 오슬로로 달렸다. 푸루세의 그의 아파트 침대 생각이 간절했다. 늦은 밤이라 고속도로가 거의 비어 있

었는데도 120 이하로 밟았다. 휴대전화가 울렸다. 휴대전화. 안드
레이와의 통화는 간결했다. 안드레이가 세르게이의 삼촌, 그러니
까 안드레이가 항상 '아타만*'이라고 부르는 삼촌과 얘기했다고 했
다. 전화를 끊고 세르게이는 마음이 도무지 진정되지 않았다. 액셀
을 밟았다. 기뻐서 비명을 질렀다. 그자가 왔다. 지금, 오늘 저녁.
그자가 여기 있다! 당장은 아무것도 하지 말고 저절로 상황이 돌아
가게 놔두라고 안드레이가 말했다. 그래도 이제부터 더 단단히 준
비해야 했다. 정신적으로나 육체적으로나. 칼 쓰는 법을 연습하고
잠을 푹 자고 빈틈없이 준비해야 한다. 필요한 일이 필요해질 때를
대비해서.

---

* 카자크 사람들이 자신들의 지도자를 부르는 말.

04

토르 슐츠는 머리 위로 으르렁거리는 비행기 소리를 거의 듣지 못한 채 소파에 앉아 거칠게 숨을 몰아쉬었다. 벗은 상반신에 땀이 흥건하고, 쇳덩이끼리 부딪히는 금속성의 소리가 텅 빈 거실의 벽과 벽 사이에 떠돌았다. 뒤로는 웨이트트레이닝 기구와 인조가죽을 씌운 벤치가 땀으로 번질거렸다. TV 화면에서는 도널드 드레이퍼*가 자신이 내뿜은 담배연기 사이로 나타나 유리잔에 든 위스키를 홀짝였다. 잠시 후 다른 비행기 한 대가 굉음을 내며 지붕 위를 지나갔다. 〈매드맨〉. 1960년대. 미국. 품위 있게 차려입은 여자들. 품위 있는 유리잔에 든 품위 있는 술. 멘톨도 필터도 없던 품위 있는 담배. 우리를 해치지 않는 것들이 우리를 더 강인하게 만들어주던 시절. 그는 이 드라마의 첫 시즌만 구입해 시즌 1만 반복해서 돌려보았다. 이후의 시즌이 마음에 들지 어떨지 확신이 서지 않았다.

토르 슐츠는 유리 커피테이블에서 한 줄의 하얀 선을 보면서 ID

* Donald Draper, AMC 텔레비전 시리즈 〈매드맨Mad Men〉의 주인공.

카드 모서리를 닦았다. 평소처럼 항공사 신분증으로 하얀 선을 잘게 부수었다. 기장 유니폼 주머니에 딱 붙이는 카드, 에어사이드와 조종실, 하늘과 월급으로 그를 들여보내주는 카드. 그를 그답게 만들어주는 카드. 발각되는 날에는 다른 모든 것과 함께 빼앗길 카드. 그래서 왠지 이 카드로 해야 할 것 같았다. 이 카드에는 정직한 일면이 있었다. 그 모든 부정 속에서도.

이튿날 아침 일찍 방콕으로 돌아갈 예정이었다. 수쿰빗 레지던스에서 이틀간 휴식을 취할 것이다. 이번에는 괜찮을 것이다. 지난번보다는 나을 것이다. 암스테르담에서 출발하는 일정은 영 마음에 들지 않았다. 위험하기 짝이 없었다. 남아메리카 승무원들이 스키폴 공항으로 코카인을 밀반입하는 일에 가담한 사실이 발각된 후 모든 승무원은 어느 항공사 소속이든 상관없이 기내용 가방을 검사받고 몸수색을 받아야 했다. 더욱이 이 일정으로는 착륙할 때 물건을 가방에 넣은 채로 나와서 베르겐이나 트론헤임이나 스타방에르행 국내선을 갈아탈 때까지 가지고 다녀야 했다. 그리고 암스테르담을 출발해서 지연된 시간을 만회하기 위해 연료를 더 태워서라도 이 세 지역으로 가는 항공편에 **반드시** 타야 했다. 가르데르모엔 공항에서는 에어사이드를 벗어나지 않으므로 세관 검색을 받지는 않지만 어쨌든 물건을 전달할 때까지 16시간이나 가방에 보관해야 했다. 전달 과정에서 전혀 위험이 따르지 않는 건 아니었다. 공용주차장. 손님이 거의 없는 식당. 접수원들이 예리하게 지켜보는 호텔.

토르 슐츠는 지난번에 받은 봉투에서 1,000크로네짜리 지폐를 꺼내 돌돌 말았다. 이런 용도로 특수 제작된 플라스틱 튜브가 있지만 그가 그런 족속까지 추락한 건 아니었다. 그러니까 그녀가 이혼 변호사의 입을 통해 주장한 것만큼 심각한 중독자는 아니었다. 그 영악한 여자는 자식들이 마약중독자 아버지 밑에서 자라는 걸 보고 싶지 않으며 남편이 코를 훌쩍거리면서 집 안을 돌아다니는 꼴을 보고 싶은 마음 또한 눈곱만큼도 없으니 이혼을 원한다고 주장했다. 여자 승무원들과의 일은 무관하다면서, 그쪽으로는 전혀 관심이 없고 예전부터 아예 관심을 끊었다면서, 그쪽은 그가 늙으면 저절로 해결될 문제라고 말했다. 그녀와 변호사가 최후통첩을 보냈다. 집과 자식들, 그가 아직 처분하지 않은 유산을 모두 그녀가 차지하겠다고 우겼다. 그렇게 해주지 않으면 그를 코카인 소지와 복용으로 신고하겠다고 했다. 그녀가 빼도 박도 못할 증거를 차곡차곡 수집해온 터라 그의 변호사조차 이제 그가 형을 선고받고 항공사에서도 쫓겨날 판이라고 말할 정도였다.

간단한 선택이었다. 그녀가 남겨준 거라곤 빚뿐이었다.

그는 일어나 창가로 가서 창밖을 내다보았다. 곧 그들이 오겠지?

이번에는 절차가 많이 달라졌다. 그가 물건을 가지고 방콕발 항공편에 오르기로 한 것이다. 왜인지는 알 수 없었다. 노르웨이 속담으로 말하자면, 좋은 어장인 로포텐에 생선을 가져가는 격이었다. 어쨌든 벌써 여섯 번째고 아직까지는 큰 문제 없이 풀렸다.

주변에 불을 켠 집들이 있기는 해도 멀찌감치 떨어져 있었다. '쓸쓸한 동네야.' 가르데르모엔이 군사기지이던 시절, 장교들의 숙소로 쓰던 집이었다. 찍어놓은 것처럼 네모난 상자 모양의 단층집으로, 집과 집 사이에는 흙이 드러난 잔디밭이 널찍널찍 펼쳐져 있었다. 저공비행하는 비행기와 충돌하지 않는 한도에서 가장 높게 지었다. 충돌하더라도 옆집으로 불길이 번지지 않도록 집들 사이의 간격을 최대로 넓혔다.

토르 슐츠는 의무 복무로 허큘리스 수송기를 몰던 시절 이 동네에 살았다. 아이들이 집들 사이를 뛰어다니고 친구네 집으로 놀러 다녔다. 토요일, 여름. 앞치마를 두른 채 식전 와인을 들고 바비큐 옆에 둘러선 남자들. 열린 창 안에서 여자들이 샐러드를 만들고 캄파리를 마시며 담소를 나누는 소리. 그가 좋아하는 영화로, 최초의 우주비행사이자 시험비행 조종사인 척 예거가 등장하는 〈필사의 도전〉의 한 장면 같았다. 죽여주게 아름다운 조종사의 아내들. 고작 허큘리스 조종사들인데도 말이다. 그 시절엔 다들 행복하지 않았나? 그래서였을까? 여기로 다시 돌아온 게? 늦지 않게 돌아오고 싶은 무의식적 욕망에서? 아니면 어디서부터 꼬이기 시작했는지 찾아서 이제라도 손써보려고?

그는 차 한 대가 들어오는 걸 보고 자동적으로 손목시계를 확인했다. 18분 늦었다고 기록했다.

그는 커피테이블로 갔다. 두 번 숨을 들이마셨다. 그리고 둘둘 만 지폐를 하얀 선의 맨 밑에 대고 몸을 숙여 코로 가루를 흡입했다. 가루가 점막에 달라붙었다. 손끝에 침을 묻혀 남은 가루를 쓸어 잇몸에 대고 문질렀다. 맛이 썼다. 초인종이 울렸다.

언제나처럼 모르몬교도 같은 두 남자가 서 있었다. 하나는 작고 하나는 크고, 둘 다 일요일에 입는, 제일 좋은 옷을 입었다. 소매 밑으로 문신이 삐져나와 있었다. 코미디 같았다.

그들은 그에게 물건을 건넸다. 기다란 소시지 모양의 반 킬로그램짜리 물건은 캐리어 손잡이를 감싼 금속판 속에 쏙 들어갈 크기였다. 수완나품 공항에 내리면 물건을 꺼내 조종실 기장 사물함 안쪽의 헐거운 깔개 밑에 넣어놓기로 했다. 그 물건을 보는 건 그때가 마지막이다. 뒷일은 지상에서 근무하는 사람들이 맡기로 되어 있었다.

큰 사내와 작은 사내가 방콕으로 물건을 운반하는 일을 제안했을 때는 미친 짓이라고 생각했다. 세계에서 오슬로보다 마약 시가가 높은 나라가 없는데, 왜 굳이 수출하려고 할까? 그는 묻지 않았고, 대답을 듣지 못하리라는 것도 알았다. 거기까진 괜찮았다. 다만 태국으로 헤로인을 밀반입하다 잡히면 사형이라는 이유로 더 큰 대가를 요구했다.

그들이 웃었다. 처음에는 작은 사내가. 이어서 큰 사내가. 그걸 보니 신경 경로가 짧으면 반응도 더 빠른가 보다 싶었다. 그래서 전투기 조종석이 그렇게 낮아 키 크고 느린 조종사를 배척한 건지도 모른다고.

작은 사내가 거친 러시아 억양의 영어로 이 물건은 헤로인이 아니라 새로운 약이고, 그래서 아직 이 약을 금지하는 법도 없다고 말했다. 토르가 그럼 왜 그런 합법적인 물건을 밀반입해야 하느냐고 묻자 그들은 더 크게 웃으면서 입 닥치고 할 건지 말 건지만 말하라고 했다.

토르 슐츠는 하겠다고 답하면서도 문득 다른 생각에 사로잡혔다. 싫다고 하면 어떻게 되는 거지?

여기까지가 여섯 번의 여행 이전의 과정이었다.

토르 슐츠는 물건을 찬찬히 살폈다. 그들이 콘돔과 냉동팩으로 포장해준 물건을 주방세제로 한 번 더 닦을까도 생각해봤지만 어차피 마약탐지견은 냄새를 구분할 수 있고 그렇게 어설프게 속아 넘어가지도 않는다는 말이 생각났다. 비닐봉지를 빈틈없이 밀봉하는 게 무엇보다 중요했다.

토르는 기다렸다. 아무 반응이 없었다. 그는 헛기침을 했다.

"맞다, 까먹을 뻔했네." 작은 사내가 말했다. "어제 배달한 건……."

작은 사내가 재킷 주머니에 손을 넣으며 음흉하게 실실거렸다. 음흉한 게 아니라 동유럽식 유머인지도 몰랐다. 토르는 그자에게 주먹을 날리고 필터 없는 담배 연기를 얼굴에 훅 뿜고 12년산 위스키를 눈깔에 뱉고 싶었다. 서유럽식 유머로 말이다. 대신 그는 고맙다고 웅얼거리며 봉투를 받았다. 손끝에 집히는 두께가 얄팍했다. 액수가 큰 지폐이리라.

잠시 후 그는 창가로 가서 차가 어둠 속으로 사라지는 걸 바라보고, 차 소리가 보잉 737 소리에 잠식당하는 걸 들었다. 보잉 600인가. 아무튼 차세대 모델이다. 예전의 클래식 모델보다 거칠고 높은 소리가 났다. 토르는 창문에 비친 그 자신을 보았다.

그래, 그는 그들의 푼돈을 받았고 앞으로도 받을 것이다. 삶이 그에게 던지는 모든 걸 감내할 것이다. 그는 도널드 드레이퍼가 아니니까. 척 예거도 닐 암스트롱도 아니니까. 그는 토르 슐츠였다. 코카인 문제와 빚을 가진, 척추가 긴 조종사. 별 수 없이……

이런 생각마저 뒤이어 날아오는 비행기 소리에 잠식당했다.

저 망할 놈의 성당 종소리! 아버지, 저 사람들 보여요? 관 옆에 서서 날 내려다보는 나의 가장 가까운 친족이라는 작자들? 악어의 눈물을 흘리며 침통한 낯짝으로 말하네요. "구스토, 넌 왜 우리처럼 사는 법을 배우지 못했니?" 야, 잘난 위선자 새끼들아, 난 안 돼! 난 양엄마처럼 사는 게 안 된다고. 올바른 책을 읽고 올바른 스승의 말씀을 듣고 맛대가리 없는 올바른 허브나 처먹으면 세상이 얼마나 아름다워지는지 주절거리던, 멍청하고 제멋대로인 칠푼이 여편네. 그 여편네는 자기가 믿는 그따위 엉터리 삶의 지혜에 누가 흠집이라도 내려고 들면 늘 똑같은 말만 되풀이하더군요. "그래도 우리가 만든 세상을 봐요. 전쟁, 불평등, 더는 자신과도 화합하지 못하는 사람들." 자기야, 내가 세 가지를 말해줄게. 하나, 전쟁과 불평등과 불화는 원래 있는 거야. 둘, 자기야말로 역겨운 우리 가족에서 제일 화합하지 못한 인간이었어. 거부당한 사랑만 탐하고 자기가 받는 사랑은 거들떠보지도 않았잖아. 롤프, 스테인, 이레네. 당신들한테는 미안한 일이지만 그 여자 마음속에는 날 위한 공간만 있었어. 그래서 세 번째가 더 재밌어지지. 자기야, 난 자길 사랑한 적이 없어. 자기가 스스로 얼마나 사랑받을 자격이 있다고 믿든 말이야. 엄마라고 불러준 건, 그래야 자기가 행복해하고 나도 사는 게 좀 편해서였어. 또 내가 그 짓거리를 한 건, 자기가 그러게 놔뒀고, 나도 날 어쩌지 못해서였어. 난 원래 막돼먹은 놈이거든.

롤프. 그나마 당신은 나한테 아빠라고 부르지 말라고 했지. 어쨌든 날 사랑해보겠다고 무지 애쓰더군. 그런데 본능을 속일 수는 없었지. 당신은 혈육인 스테인과 이레네에게 더 마음이 가는 걸 깨달았어. 난 남들한테 당신들을 '양부모'라고 말하면서 엄마의 눈에서 상처받은 표정을 봤어. 당신 눈에서는 증오를 봤고. 당신이 분노한 건 '양부모'라는 말로 당신이 내 삶에서 그저 하나의 기능적인 존재로 쪼그라들어서가 아니라, 나야 도통 이유를 모르겠지만 당신이 사랑하는 그 여자한테 내가 상처를 주어서였어. 당신은 아주 솔직한 사람이라 내 눈에 보이는 모습 그대로 당신 자신을 보는 것 같더군. 삶의 어느 순간에 자기만의 이상에 도취되어 남의 아이를 데려다 키우겠다고 나섰지만 얼마 못 가 은행 잔고가 바닥난 걸 깨달은 사람. 양육비로 다달이 날아오는 돈으로는 실제로 들어가는 비용을 감당하지 못했지. 그러다 당신은 내가 남의 둥지를 침범한 뻐꾸기란 걸 알아챘어. 내가 전부 먹어치우는 것도 알아챘지. 당신이 아끼는 전부를. 당신이 사랑한 모든 이를. 알았으면 진즉에 날 쫓아냈어야지, 롤프! 당신은 누구보다도 먼저 내가 도둑놈인 걸 알았잖아. 처음에는 고작 100크로네였지. 난 아니라고 바득바득 우겼어. 엄마한테 받은 거라고. '맞죠, 엄마? 엄마가 주셨잖아요.' 엄마는 잠시 우물쭈물하더니 눈물이 그렁그렁한 눈으로 고개를 끄덕이고는 자기가 까먹은 거라고 했지. 그다음엔 1,000크로네였어. 당신 책상 서랍에서. 우리 가족 휴가비로 쓸 돈이었다고 당신이 말했지. 그래서 난 '내가 원하는 휴가는 당신한테서 벗어나는 거밖에 없어'라고 받아쳤어. 그날 처음으로 당신이 내 뺨을 후려쳤지. 그게 당신 내면의 뭔가를 건드렸나 봐? 그 뒤로 계속 때렸잖아. 내가 당신보다 키도 크고 덩치도 좋긴 했지만 싸울 수는 없었어. 그런 식으로, 주먹이랑 근육을 써서는. 난 다른 식으로 싸웠고, 그건 당신이 이기는 싸움이었어. 그런데도 당신은 계속 날 때렸고, 나중엔 숫제 주먹까지 쓰더군. 당신이 왜 그랬는지 난 알지. 내 얼굴을 뭉개고 싶었겠지. 내게서 힘을 빼앗고 싶었겠지. 한데 내가 엄마라고 불러주던 그 여자가 끼어들었어. 그래서 당신이 그 말을 해버린 거야. 그 말. 도둑놈. 맞는 말이긴 했어. 그래도 그건 내가 당신을, 별 볼 일 없는 남자를 박살 내줘야 한다는 뜻이었지.

스테인. 말 없는 형. 깃털만 보고도 뻐꾸기를 제일 먼저 알아봤지만 거리를 둘 만큼 영리했지. 최대한 빨리 최대한 멀리 떨어진 도시의 대학으로 떠나버린 눈치 빠르고 명석하고 똑똑한 외로운 늑대. 형은 사랑하는 여동생 이레네한테 같이 떠나자고 설득했어. 형은 이레네가 그 망할 트론헤임에서 학교를 마칠 수 있다고, 오슬로에서 떠나는 게 그 애한테 좋을 거라고 믿었지. 하지만 엄마가 이레네의 대피 작전을 방해했어. 엄마야 뭐 쥐뿔도 몰랐으니까. 알고 싶지도 않았고.

이레네. 아름답고 사랑스럽고 주근깨투성이인 여린 아이 이레네. 넌 너무나도 선한 존재라 세상과 어울리지 않았어. 넌 내가 아닌 모든 것이었어. 그런 네가 날 사랑했지. 내가 어떤 인간인지 다 알았어도 날 사랑했을까? 내가 열다섯 살부터 너희 엄마랑 떡친 걸 알았어도 날 사랑했을까? 레드와인을 퍼마시고 질질 짜는 엄마와 떡친 걸 알고도, 화장실 문이나 지하실 문이나 주방 문에 붙어서 뒤에서 존나게 박으면서 귀에다 '엄마'라고 속삭인 걸 알고도? 그 말만 속삭여주면 엄마나 나나 둘 다 후끈 달아올랐지. 그 여자는 나한테 돈도 주고 무슨 일이 생기면 뒤치다꺼리를 다 해주면서 자기가 더 늙고 못생겨질 때까지, 또 나한테 귀엽고 사랑스러운 여자친구가 생길 때까지 날 잠시 빌리고 싶다고 했어. 그래서 내가 '근데 엄마, 엄마는 지금도 늙고 못생겼는데' 하니까 웃어넘기려고 하면서 더 해달라고 애걸복걸하더군.

아버지, 그날 양아빠한테 주먹질이랑 발길질당한 멍이 아직도 있어요. 내가 양아빠의 회사로 전화해서 3시에 집에 와달라고, 중요한 얘기가 있다고 했어요. 현관문을 살짝 열어놔서 그 자식이 들어오는 소리를 엄마가 못 듣게 해놨어요. 그 자식 발소리를 못 듣게 하려고 엄마 귀에다 대고 듣기 좋아하는 달콤한 말들을 속삭였고요.

주방 창문에 비친 그 자식이 보였어요. 주방 문간에 선 모습도.

다음 날 그 자식은 집을 나갔어요. 이레네와 스테인한테는 엄마와 아빠가 한동안 잘 지내지 못해서 잠시 떨어져 있기로 했다고 둘러대더군요. 이레네는 무척 슬퍼했어요. 대학 도시에서 살던 스테인은 이런 문자를 보냈어요. '슬픔. 크리스마스에는 어디로 가면 됨?'

이레네는 줄기차게 울어댔어요. 걘 날 사랑했어요. 그래서 날 찾아 헤맨 거였어요. 도둑놈을.

성당 종소리가 열다섯 번째 울렸어요. 신도석에서 울고 훌쩍거리는 소리.

코카인, 굉장한 돈벌이. 마약을 한 방 놔주고 어느 약쟁이의 이름을 얻어 시내 웨스트엔드에 있는 아파트를 빌렸어요. 계단이나 도로변에서 소량씩 팔다가 약쟁이들이 안전하다고 느끼기 시작하면 조금씩 가격을 올렸어요. 코카인하는 새끼들은 안전을 위해서라면 얼마든 내거든요. 어서 일어나 밖으로 나가서 마약을 줄이고 누군가가 되자. 패배자처럼 처박혀서 죽으면 안 된다. 신부님

45

이 기침을 하시네요. '오늘 우리는 구스토 한센을 추모하기 위해 이 자리에 모였습니다.'

저기 뒤쪽에서 말소리가 들려요. '도-도-도둑놈.'

투투네 패거리가 오토바이족 재킷 차림에 두건을 두르고 앉아 있네요. 그 뒤로 개가 킁킁거려요. 루푸스. 좋아, 충견 루푸스. 너 여기로 다시 돌아온 거니? 아님. 내가 벌써 그리로 간 건가?

토르 슐츠는 엑스레이 장비와 그 옆의 미소 띤 보안요원 쪽으로 들어가는 컨베이어벨트에 샘소나이트 가방을 올렸다.

"기장님이 왜 이런 일정을 그냥 받으시는지 이해가 안 가요. 방콕을 일주일에 두 번이나 가다니요." 승무원이 말했다.

"내가 요청한 거야." 토르가 금속 탐지기를 통과하면서 말했다. 노동조합에서 승무원들이 하루에 몇 번씩 방사능에 노출되는 현실에 맞서 파업에 들어가자고 제안한 적이 있다. 미국의 연구에서도 암으로 사망하는 조종사와 승무원의 비율이 일반 국민에 비해 높다고 밝힌 바 있다. 그러나 파업을 선동한 사람들은 승무원들의 평균 기대수명이 일반인보다 높다는 사실을 전혀 언급하지 않았다. 승무원들이 암으로 죽는 이유는 다른 사망 요인이 거의 없기 때문이다. 승무원들은 세상에서 가장 안전하게 살고 있었다. 세상에서 가장 따분하게.

"그렇게 비행이 많이 하고 싶으세요?"

"난 조종사야. 비행을 좋아한다고." 토르는 거짓으로 대꾸했다. 그리고 가방을 꺼내고 손잡이를 빼서 올리고 걸었다.

승무원은 잠시 토르와 나란히 걸었다. 가르데르모엔의 고풍스런 회색 폰체 대리석 바닥에 닿는 구두 소리가 아치형의 목재 들보와

철근 아래에서 사람들이 웅성거리는 소리를 삼킬 기세였다. 아쉽게도 그녀가 속삭이며 던지는 질문까지 삼키지는 못했다.

"부인이 떠나서 그래요, 토르? 시간은 남아도는데 딱히 할 일이 없어서요? 집에 가만히 앉아 있고 싶지는 않—."

"초과 근무 수당이 필요해." 토르가 말을 잘랐다. 거짓말은 아니었다.

"그 심정 잘 알죠. 저도 작년 겨울에 이혼했잖아요."

"아, 그렇군." 토르는 그녀가 결혼한 줄도 몰랐다. 그녀를 흘긋 보았다. 쉰 살쯤? 화장하지 않은, 인위적으로 태닝하지 않은 아침의 얼굴이 어떨지 궁금했다. 빛바랜 승무원의 꿈을 품은 시들어가는 승무원. 이 여자랑 잔 적이 없는 건 거의 확실했다. 적어도 얼굴을 보면서 한 적은 없었다. 이런 시시껄렁한 농담을 하던 게 누구였더라? 늙은 조종사들 중 하나였는데. 위스키 온 더 록, 푸른 눈의 조종사들. 지위가 땅에 떨어지기 전에 용케 은퇴한 조종사들. 토르는 승무원 센터로 가는 복도로 돌아 들어가면서 걸음을 재촉했다. 그녀가 숨을 헐떡이면서도 아직 따라왔다. 이 속도로 계속 가다보면 숨이 차서 더는 말하지 못할 것이다.

"저기요, 토르, 방콕에서 하룻밤 머물 때 혹시 우리……."

토르는 소리 내어 하품했다. 그녀가 불쾌하게 여길 만큼만. 전날 밤의 몽롱함이 아직 가시지 않았다. 모르몬교도들이 돌아간 뒤로 보드카와 가루를 조금 더 했다. 음주측정기를 무사히 통과하지 못할 만큼은 아니지만 하늘에서 열한 시간 동안 잠과 사투를 벌일 생각으로 두려워질 만큼은 많이.

"저거 봐요!" 여자들이 뭔가 완전무결하게, 형언할 수 없을 만큼, 가슴 터질 듯이 사랑스럽다고 말하고 싶을 때 나오는 멍청한 글리

산도* 어조로 승무원이 말했다.

토르는 보았다. 그것이 그들에게 다가오고 있었다. 밝은 색 털에 귀가 길쭉한 조그만 개가 우울한 눈으로 열심히 꼬리를 흔들어댔다. 스프링어 스패니얼. 개와 같은 색 금발에 큼직한 귀걸이를 걸고, 미안해할 때 짓는 만국공통의 표정에 미소를 살짝 머금은 온화한 갈색 눈의 여자가 그 개를 끌고 왔다.

"쟤 너무 귀엽지 않아요?" 승무원이 옆에서 애교 부리듯 말했다.

"음." 토르가 걸걸한 목소리로 답했다.

개가 저 앞에 걸어가는 조종사의 사타구니에 코를 박았다가 그냥 지나쳤다. 그 조종사는 소년처럼 명랑한 표정을 지으려는 듯 눈썹을 치뜨고 일그러진 미소를 지으며 돌아보았다. 토르는 더 이상 생각을 이어갈 수 없었다. 자기 생각 말고는 아무 생각도 할 수 없었다.

개는 노란 조끼를 입고 있었다. 귀걸이를 한 여자도 같은 조끼를 입고 있었다. 조끼에는 '세관'이라고 찍혀 있었다.

개가 더 가까이 다가와 이제 그들에게서 5미터밖에 떨어져 있지 않았다.

문제될 게 없었다. 문제될 리가 없었다. 마약은 콘돔에 넣어 냉동팩으로 두 겹이나 감쌌다. 냄새 분자가 빠져나올 수가 없었다. 그냥 미소를 지으면 된다. 느긋하게 미소를 지어주면 된다. 너무 환하게도 아니고, 너무 티가 안 나도 안 된다. 토르는 집중해서 들을 말이라도 있는 양 옆에서 조잘대는 승무원을 돌아보았다.

"저기요."

* 높이가 다른 두 음 사이를 급속한 음계에 의해 미끄러지듯이 연주하는 방법.

48

그들은 개를 지나쳤고, 토르는 계속 걸었다.

"저기요!" 목소리가 더 날카로워졌다.

토르는 앞만 보았다. 승무원 센터 입구까지 10미터도 남지 않았다. 안전. 열 걸음. 목적 달성.

"저기요!"

일곱 걸음.

"기장님 부르는 거 같은데요."

"뭐?" 토르는 걸음을 멈췄다. 어쩔 수 없었다. 그는 놀란 척 꾸민 표정을 들키지 않기를 바라며 돌아보았다. 노란 조끼를 입은 여자가 다가왔다.

"이 개가 기장님을 찍었네요."

"그래요?" 토르는 개를 보았다. 어떻게? 그는 속으로 물었다.

개가 돌아보면서 토르를 새 놀이친구로 생각하는 양 연신 꼬리를 흔들어댔다.

"검사를 받으셔야 할 것 같습니다. 같이 가주시죠."

여자의 갈색 눈은 아직 온화해 보였지만 말투는 호락호락하지 않았다. 순간 그는 어떻게 된 일인지 깨달았다. 자기도 모르게 가슴에 붙은 ID 카드로 손을 가져갈 뻔했다.

코카인.

간밤에 백색 가루를 마지막으로 긁어모은 뒤 카드를 닦는 걸 깜빡했다. 틀림없이 그거였다.

그래봤자 고작 몇 알갱이였다. 파티에서 누군가에게 ID 카드를 빌려줬다고 둘러대면 될 일이었다. 문제는 그게 아니었다. 가방. 그들이 가방을 검색할 것이다. 조종사인 그는 상황에 대처하는 연습을 해온 터라 이제는 거의 자동으로 행동할 정도가 되었다. 훈련의

49

목적이 원래 그렇다. 극도의 패닉 상태에서도 나오는 행동. 다른 질서가 부족할 때 뇌에서 가동하는 절차. 그게 바로 비상조치이다. 이 상황을 얼마나 많이 머릿속에 그렸던가? 세관원이 같이 가달라고 요청하는 상황. 어떻게 행동할지를 얼마나 많이 그려보았던가? 머릿속으로 얼마나 많이 연습했던가? 그는 옆의 승무원에게 체념한 미소를 지으며 그녀의 명찰을 보았다. "나 찍힌 거 같네, 크리스틴. 가방 좀 맡아줄래?"

"가방은 가져갑니다." 세관원이 말했다.

토르 슐츠는 돌아보았다. "개가 날 찍었다고 들었는데요. 가방이 아니라."

"그건 그렇지만—."

"이 가방에는 승무원들이 확인해야 할 비행 서류가 들어 있어요. 방콕행 에어버스 340을 지연시킨 책임을 떠안고 싶지 않으실 텐데요." 토르는 자신이 (거의 문자 그대로) 몸을 부풀리면서 폐에 공기를 가득 채우고 재킷 속 가슴근육을 팽창시킨 걸 깨달았다. "일정을 놓치면 몇 시간이나 지연돼서 항공사에 수십만 크로네의 손해를 입힐 수 있어요."

"그래도 규정상—."

"승객이 342명이에요." 토르가 말을 잘랐다. "애들도 많고." 토르는 이 말이 세관원에게 기장으로서의 진지한 걱정으로 들리길 바랐다. 마약 밀수자의 초조한 불안이 아니라.

세관원은 개의 머리를 쓰다듬으며 그를 보았다.

가정주부처럼 생겼다고 토르는 생각했다. 자녀가 있고 책임감이 강한 여자. 기장으로서 그가 처한 곤경을 이해해줄 수 있는 여자.

"가방은 같이 가져갑니다." 그녀가 말했다.

뒤에서 다른 세관원이 나타났다. 다리를 벌리고 팔짱을 낀 채 서 있었다.

"어서 해치웁시다." 토르가 한숨을 쉬며 말했다.

오슬로 강력반의 군나르 하겐 반장은 회전의자에 기대 앉아 리넨 슈트를 입은 남자를 찬찬히 뜯어보았다. 얼굴 깊이 팬 꿰맨 자국이 피처럼 시뻘겋고 곧 죽을 사람처럼 보이던 때로부터 3년이 흘렀다. 옛 부하인 그는 이제 건강해 보였다. 절실하던 몇 킬로그램이 몸에 붙었고 어깨도 슈트에 꼭 맞았다. 슈트. 하겐은 살인사건 수사관이던 남자가 청바지와 부츠 말고 다른 차림을 한 걸 본 기억이 없었다. 옷깃에 붙인 스티커도 또 하나의 변화였다. 그가 직원이 아니라 방문객이라고 알려주는 스티커. '해리 홀레.'

그래도 의자에 앉은 모습은 여전했다. 앉는다기보다는 눕다시피 한 자세.

"좋아 보이는군." 하겐이 말했다.

"보스의 도시도요." 해리의 입에서 불을 붙이지 않은 담배가 덜 렁거렸다.

"그래 보이나?"

"으리으리한 오페라하우스. 길거리에 약쟁이도 줄었고."

하겐은 일어나서 창가로 갔다. 경찰청사 7층에서 햇빛이 내리비 추는 오슬로의 새로운 지구, 비에르비카가 보였다. 도시 정화작업 이 한창이었다. 해체공사는 다 끝났다.

"치명적인 OD 수치가 작년에 크게 떨어졌더군요."

"가격은 오르고, 소비는 줄었어. 시의회에서 그렇게 바라던 걸 이뤘지. 오슬로는 이제 유럽 OD 통계에서 일등이 아니야."

"행복한 시대가 다시 열리는군요." 해리가 두 손으로 뒤통수를 받쳤다. 의자에서 미끄러져 떨어질 것만 같았다.

하겐이 한숨을 쉬었다. "오슬로에 무슨 일로 왔는지 아직 말하지 않았네, 해리."

"그랬나요?"

"응. 아니, 더 정확하게는 수사반에 왜 찾아왔는지."

"예전 동료들을 만나러 오는 건 평범한 일 아닌가요?"

"응, 남들과 잘 어울려 사는 평범한 사람한테야 일상적인 일이지."

"흠." 해리는 캐멀 담배 필터를 물었다. "제 직업은 살인이에요."

"살인**이었단** 뜻이지?"

"그럼 이렇게 말해보죠. 제 직업은, 제 전문 분야는 살인이에요. 아직 제가 조금 아는 유일한 분야이기도 하고."

"그래서 원하는 게 뭔가?"

"제 일을 하고 싶어요. 살인사건 수사."

하겐의 눈썹이 둥글게 올라갔다. "다시 내 밑에서 일하고 싶다고?"

"안 될 거 있습니까? 제가 크게 착각한 게 아니라면 제가 일 하나는 최고로 하는 편이잖아요."

"말은 바로 하게." 하겐이 창문을 돌아보며 말했다. "자네는 그냥 최고야." 그리고 목소리를 낮추어 다시 말했다. "최고이면서도 최악."

"마약 살인사건을 맡고 싶습니다."

하겐이 건조한 미소를 지었다. "어떤 거? 지난 여섯 달 동안 네 건이 있었어. 어느 하나도 전혀 진척이 없고."

"구스토 한센."

하겐은 대꾸하지 않고 잔디밭에 대자로 누워 있는 사람들만 살폈다. 이런저런 생각이 저절로 떠올랐다. 보험 사기범, 절도범. 테러범. 열심히 일한 직원들이 9월의 햇살 아래 소중한 몇 시간을 당당히 누리는 모습이 아니라 왜 그런 모습들이 보였을까? 경찰의 모습. 경찰의 맹목적인 모습. 하겐은 뒤에서 들리는 해리의 말을 듣는 둥 마는 둥 했다.

"구스토 한센. 19세. 경찰 정보로는 마약 밀매자이자 상습복용자. 7월 12일 하우스만스 가의 한 아파트에서 시신으로 발견. 가슴에 총상을 입고 과다출혈로 사망."

하겐이 웃음을 터트렸다. "왜 그나마 유일하게 해결된 사건을 원하나?"

"아시잖아요."

"그래, 알아." 하겐은 한숨을 쉬었다. "그래도 자네가 다시 내 밑으로 오면 다른 사건을 맡길 거야. 위장경찰 사건."

"전 이 사건을 원해요."

"자네가 절대 그 사건을 맡지 못하는 이유가 줄잡아 백 가지는 돼, 해리."

"뭔데요?"

하겐은 해리를 돌아보았다. "첫 번째 이유만 들어도 충분하겠지. 이미 끝난 사건이라는 거."

"그거 말고는요?"

"그 사건은 우리한테 없어. 크리포스*로 넘어갔지. 그리고 우리

* Kripos, 노르웨이 특별수사국.

53

팀엔 현재 공석이 없어. 사실 직원을 줄이려던 참이야. 자네를 받아줄 수 없네. 더 할까?"

"음. 그 아인 어디 있습니까?"

하겐은 창밖을 가리켰다. 잔디밭 너머 노란 보리수 잎에 가려진 잿빛 석조 건물.

"봇센." 해리가 말했다. "구치소에 있군요."

"당분간."

"면회금지인가요?"

"홍콩에서 자넬 찾아내서 이 사건을 알린 게 누구야? 혹시—."

"아뇨." 해리가 말을 잘랐다.

"그래서?"

"그래요."

"누구냐고?"

"인터넷에서 본 거 같아요."

"설마." 하겐이 희미한 미소를 띠고 무덤덤한 눈으로 말했다. "신문에 딱 하루 나가고 묻힌 사건이야. 기사에는 이름도 나오지 않았고. 약에 취한 약쟁이가 마약을 두고 다른 약쟁이에게 총질을 했다는 기사 한 줄이 다야. 흥미를 끌 내용이 없었어. 눈에 띄는 구석이 전혀 없었다고."

"약쟁이 둘이 십 대 소년이었다는 건 빼고요. 열아홉. 열여덟." 해리의 말투가 달라졌다.

하겐은 어깨를 으쓱였다. "누굴 죽이기에도, 또 죽기에도 충분한 나이야. 해가 바뀌면 입대 영장이 날아갈 나이였어."

"면회를 잡아주실 수 있죠?"

"누구한테 들었냐니까, 해리?"

해리는 턱을 문질렀다. "과학수사과 친구한테요."

하겐은 미소를 지었다. 이번에는 미소가 눈까지 올라왔다. "자넨 참 못 말리는 친구야. 내 알기로 경찰에 친구라곤 딱 셋이잖아. 과학수사과의 비에른 홀름. 또 과학수사과의 베아테 뢴이지. 그래, 어느 쪽인가?"

"베아테요. 면회 잡아주실 거죠?"

하겐은 책상 끝에 걸터앉아 해리를 뜯어봤다. 그리고 전화기를 보았다.

"대신 조건이 하나 있네. 이 사건에서 멀리 떨어져 있겠다고 약속해. 우린 지금 크리포스랑 사이가 아주 좋아. 그쪽하고 분란을 일으키지 않고도 할 수 있어."

해리는 얼굴을 찡그렸다. 의자에 더 깊이 눌러앉아 이젠 허리띠 버클이 보일 정도였다. "보스가 크리포스 대장하고 막역한 친구가 되셨다?"

"미카엘 벨만은 이제 크리포스에 없어. 그래서 사이가 좋은 거고."

"사이코패스 자식을 쫓아냈어요? 좋은 시절이……."

"그 반대야." 하겐이 공허하게 웃었다. "벨만은 전보다 존재감이 커졌어. 이 건물에 있거든."

"허, 젠장. 여기 강력반요?"

"어림없는 소리. 일 년 넘게 오륵크림Orgkrim을 맡고 있어."

"신조어가 생겼나보군요."

"조직범죄. 여러 부서가 통합됐거든. 절도, 밀매, 마약. 이젠 다 오륵크림 소관이야. 소속 경찰이 200명이 넘고 범죄수사국에서 제일 덩치 큰 부서야."

"흠. 그 자식이 크리포스에 있을 때보다 사람이 더 늘었군요."

"그래도 그자가 받는 월급은 줄었어. 돈을 적게 받고 일하면 사람이 어떻게 되는지 알지?"

"더 강한 권력을 쫓죠." 해리가 말했다.

"그자가 마약 시장을 평정했네, 해리. 위장수사를 잘 해냈어. 마약 조직을 급습해 체포했어. 범죄조직이 줄어들어서 지금은 내분도 없어. 말했다시피 OD 통계치도 떨어지고⋯⋯." 하겐은 손가락으로 천장을 가리켰다. "벨만은 올라가고. 여기저기 안 다니는 데가 없어, 해리."

"저도 안 다니는 데가 없습니다." 해리가 일어섰다. "봇센에. 거기 도착할 때쯤 접수처에 면회 허락이 들어가 있는 걸로 알게요."

"거래가 성사된 건가?"

"그럼요." 해리는 옛 상사가 내민 손을 잡았다. 두 번 흔들고 문으로 갔다. 홍콩은 거짓말을 배우기에 훌륭한 학교였다. 뒤에서 하겐이 수화기를 드는 소리가 들렸지만 문턱에 이르러서야 돌아보았다.

"세 번째는 누군데요?"

"뭐?" 하겐이 키패드를 보면서 버튼을 무겁게 누르고 있었다.

"경찰에 있다는 제 세 번째 친구요."

군나르 하겐 반장은 수화기를 귀에 대고 지친 얼굴로 해리를 보면서 한숨을 내쉬며 말했다. "누구일 거 같나?" 그리고 "여보세요? 하겐입니다. 면회 허락을 받고 싶어서⋯⋯ 네?"라고 말했다. 하겐은 한 손으로 수화기를 감쌌다. "괜찮습니다. 지금 다들 식사 중이라 12시경에 그쪽으로 온다고요?"

해리는 씩 웃으며 입 모양으로 고맙다고 말하고 조용히 문을 닫았다.

토르 슐츠는 칸막이 안에서 바지 단추를 채우고 재킷을 입었다. 수색은 몸의 모든 구멍을 조사하기 직전에 중단되었다. 그를 막아섰던 세관원이 밖에서 기다리고 있었다. 그녀는 구두시험 이후의 외부 시험관처럼 서 있었다.

"협조해주셔서 감사합니다." 세관원은 이렇게 말하고 출구를 가리켰다.

토르는 마약탐지견이 누군가를 지목했지만 마약이 나오지 않을 때마다 '죄송합니다'라고 말해야 하느냐를 놓고 오랜 논쟁이 있었을 거라고 짐작했다. 제지당하고 지연되고 의심받고 창피당한 당사자는 당연히 사과를 받아야 할 거라고 여길 것이다. 하지만 원래 직업이 그 일인 사람에게 불평해야 할까? 개들은 항상 무고한 사람들을 지목했다. 절차에 결함이 있고 시스템에 고장이 생겼다는 불만은 어느 정도 허용될 것이다. 그래도 그들은 수장袖章을 보고 그가 기장인 걸 알았을 것이다. 일이 안 풀려서 부기장으로 오른쪽 자리에만 앉아야 하는 실패한 오십 대가 아니라. 네 줄짜리 수장은 그에게 질서와 통제력이 있다는 뜻이자, 주어진 상황과 그의 삶을 완벽히 통제하는 사람이라는 뜻이었다. 그가 이 공항의 브라만 계급에 속한다는 사실을 보여주었다. 기장은 적절하든 아니든 세관원의 불만을 기꺼이 받아줘야 할 사람이었다.

"괜찮아요. 그래도 누군가 표적이 되기도 한다는 걸 알게 됐네요." 토르가 가방을 찾아 둘러보며 말했다. 최악의 시나리오는 그들이 가방을 검색한 경우였다. 개는 가방에서 아무것도 탐지하지 못했다. 그리고 물건을 숨긴 공간을 감싼 금속판은 기존 엑스레이에 아직 뚫리지 않았다.

"금방 올 겁니다." 세관원이 말했다.

2초쯤 그들은 말없이 서로 바라보았다.

이혼했군. 토르가 속으로 생각했다.

그때 다른 세관원이 들어왔다.

"기장님 가방이……." 그가 말했다.

토르는 그를 보았다. 그의 눈을 보았다. 배 속에서 덩어리가 커지면서 식도를 타고 올라오는 느낌이었다. 뭔데? 어떻게 됐는데?

"저희가 짐을 다 꺼내고 무게를 달았습니다." 세관원이 말했다. "빈 26인치 샘소나이트 아스파이어 GRT는 5.8킬로그램인데, 기장님 가방은 6.3킬로그램이에요. 이유를 설명해주시겠습니까?"

세관원은 지나칠 정도로 직업에 충실해서 대놓고 미소를 짓지는 못했지만 토르 슐츠는 그의 얼굴에서 승리감이 빛나는 걸 보았다. 세관원은 앞으로 살짝 숙이고 목소리를 낮추었다.

"……아니면 저희가 할까요?"

해리는 올림펜에서 식사를 마치고 거리로 나왔다. 기억 속의 낡고 다소 방탕한 분위기의 그 술집은 이스트 오슬로에 있으면서도 값비싼 웨스트 오슬로 분위기로 개조되었고, 한쪽 벽에는 오슬로의 노동자계급이 살던 구시가지를 그린 거대한 그림이 걸려 있었다. 샹들리에와 갖가지 장식을 갖추어 근사해 보이지 않는 건 아니었다. 고등어 맛도 괜찮았다. 다만 예전의 그곳…… 올림펜이 아니었다.

해리는 담뱃불을 붙이고 경찰청사와 교도소의 오래된 회색 벽 사이에 자리 잡은 보츠 공원을 지나갔다. 어떤 남자가 너덜너덜한 빨간 포스터를 나무에 대고 아주 오래된 수목이라 법적으로 보호받는 그 보리수 줄기에 스테이플러를 탕탕 박고 있었다. 그는 자신이 노르웨이에서 경찰이 가장 많이 모여 있는 건물 앞, 건물 안 모든 창에서 잘 보이는 자리에서 중한 범죄를 저지르는 줄 모르는 듯했다. 해리는 잠시 걸음을 멈추었다. 범행을 제지하려는 게 아니라 포스터를 보기 위해서. 사르디네스에서 열리는 러시안 암카르 클럽*의 콘서트 포스터였다. 오래전에 해체된 밴드와 버려진 클럽이 생각났다. 올림펜. 해리 홀레. 올해는 죽은 이들이 부활하는 해인 모양이었다. 걸음을 옮기려는데 뒤에서 약간 떨리는 목소리가 들렸다.

"바이올린 있어요?"

해리가 돌아보았다. 뒤에 선 남자는 깔끔한 새 G-스타 재킷을 입고 있었다. 남자는 등 뒤에서 세찬 바람이 불기라도 하는 양 몸을 앞으로 수그리고 헤로인 중독으로 휜 게 분명한 무릎으로 구부정하게 서 있었다. 해리는 뭐라 대꾸하려다 문득 G-스타가 포스터를 붙이던 남자한테 말을 붙인 걸 깨달았다. 포스터를 붙이던 남자는 대꾸도 없이 자리를 떴다. 새로운 경찰 부서명, 신종 마약을 부르는 새 이름. 오래된 밴드, 옛 클럽.

오슬로 지방교도소, 흔히 봇센이라고 부르는 건물의 전면은 1800년대 중반에 지어졌고, 중앙 출입구가 양옆의 커다란 부속건물 두 동 사이에 끼어 있어서 볼 때마다 두 명의 경찰에게 붙잡힌 사람이 생각났다. 해리는 초인종을 누르고 비디오카메라를 들여다보고 나직이 윙윙대는 기계음을 들은 뒤 문을 밀었다. 안에는 제복

---

* Russian Amcar Club, 노르웨이 록 밴드.

을 입은 교도관이 서 있었다. 교도관이 해리를 데리고 계단을 올라가 문을 하나 지나고 다른 교도관 둘을 지나서 창문 하나 없는 직사각형 면회실로 들어갔다. 전에 와본 곳이었다. 수감자들이 가장 가깝고 소중한 사람들을 만나는 장소. 편안한 분위기를 만들어 보려고 어설프게 노력한 흔적이 엿보였다. 그는 소파를 지나 의자에 앉았다. 수감자들이 배우자나 여자친구와 단둘이 남겨지는 잠깐 사이 그 소파에서 무슨 짓을 하는지 알기에.

해리는 기다렸다. 경찰청사의 방문객 스티커가 아직 옷깃에 붙어 있는 걸 보고 떼서 주머니에 넣었다. 간밤에는 좁은 복도와 눈사태 꿈이 다른 날보다 끔찍했다. 눈 속에 파묻히고 입안 가득 눈이 꽉 찼다. 하지만 지금 심장이 쿵쾅대는 건 그래서가 아니었다. 기대일까? 두려움일까?

어느 쪽인지 알아내기 전에 문이 열렸다.

"20분입니다." 교도관이 이 말만 남기고 문을 닫고 나갔다.

앞에 선 소년이 많이 변해서 해리는 잠시 다른 사람이다, 이 친구가 아니다, 하고 교도관을 다시 부를까 생각했다. 소년은 디젤 청바지에 머신 헤드Machine Head를 광고하는 검정색 후드티를 입고 있었다. 문득 머신 헤드가 오래전에 나온 딥 퍼플* 앨범이 아니라 (시간의 격차를 따져보고) 새로 나온 헤비메탈 밴드일 거라는 생각이 들었다. 헤비메탈이 물론 하나의 단서이긴 하지만 두 눈과 솟은 광대는 확실한 증거였다. 정확히 말하면 라켈의 갈색 눈과 솟은 광대이다. 놀랄 만큼 닮았다. 다만 엄마의 미모까지는 물려받지 못해서 이마가 튀어나온 소년의 얼굴은 음침하고 공격적으로까지 보였다.

* Deep Purple, 영국의 하드록 밴드.

인상이 더 그래 보인 건, 해리가 늘 모스크바의 아이 아버지에게 물려받았으리라 짐작한 윤기 있는 앞머리 때문이었다. 소년도 잘 모르는 알코올의존증 환자. 라켈이 아들을 데리고 오슬로로 왔을 때 소년은 겨우 서너 살이었다. 그리고 이 도시에서 라켈은 해리를 만났다.

라켈.

해리가 평생 가장 사랑한 여인. 이 말만큼 단순했다. 또 그만큼 복잡했다.

올레그. 총명하고 진지한 올레그. 내향적이라 해리 말고 누구에게도 마음을 열지 못하던 아이, 올레그. 라켈에게 말한 적은 없지만 해리는 올레그가 무슨 생각을 하고 어떤 기분이고 뭘 원하는지 엄마인 그녀보다 더 잘 알았다. 올레그와 해리는 게임보이로 테트리스를 하면서 둘 다 똑같이 상대의 점수를 깨는 데 몰두했다. 올레그와 해리는 발레 호빈 경기장에서 스케이트를 탔다. 올레그는 장거리 선수가 되고 싶어했고 소질도 있었다. 해리가 가을이나 봄에 런던에 가서 화이트하트레인 경기장에서 토트넘 경기를 보자고 약속할 때마다 어서 가자고 조르지 않고 너그럽게 웃던 올레그. 가끔 늦은 밤에 잠이 와서 몽롱할 때 그를 아빠라고 불러주던 올레그. 해리가 그 아이를 본 지 몇 년이 흘렀다. 그리고 라켈이 아들을 데리고 스노우맨이라는 소름끼치는 기억에서, 폭력과 살인으로 점철된 해리의 세계에서 도망치듯 오슬로를 떠난 지도 몇 년이 흘렀다.

지금 그 아이가 저 문 앞에 서 있었다. 열여덟 살의 다 큰 소년이 아무런 표정 없이, 적어도 해리가 해석할 수 있는 표정 없이 해리를 바라보았다.

"안녕." 해리가 말했다. 젠장, 목소리를 미리 가다듬지 않았다.

거칠고 갈라진 목소리가 튀어나왔다. 소년이 그가 울음을 터트리려는 줄 알 것이다. 해리는 자신에게서, 아니 올레그에게서 생각을 흐트러뜨리려고 캐멀 담뱃갑을 꺼내 한 개비를 물었다.

고개를 들어보니 올레그의 얼굴이 벌겋게 변했다. 그리고 분노. 난데없이 터질 듯 강렬한 분노로 눈빛이 어두워지고 목과 이마의 혈관이 툭 불거져 기타 줄처럼 떨렸다.

"진정해, 불은 안 붙일게." 해리가 벽에 붙은 '금연' 표시 쪽으로 고개를 까딱했다.

"엄마가 그런 거지?" 훌쩍 커버린 목소리. 분노로 잠긴 목소리.

"뭐가?"

"엄마가 당신을 부른 거잖아."

"아냐, 엄마는 아냐, 난—."

"엄마가 그랬어."

"아냐, 올레그, 네 엄마는 내가 귀국한 줄도 몰라."

"거짓말! 또 그 거짓말!"

해리가 멍하니 소년을 보았다. "또?"

"당신이 언제까지나 우리랑 같이 있겠다고 거짓말을 늘어놨잖아. 이젠 늦었어. 그러니까 그냥 돌아가…… 팀북투로!"

"올레그! 내 말 들—."

"아니! 당신 말 안 들어. 당신하고는 볼일 없어! 이제 와서 아빠 노릇하려고 나대는 꼴은 못 봐줘, 알아들어?" 해리는 소년이 침을 삼키는 걸 보았다. 분노가 쓸려가고 새로이 검은 파도가 덮쳤다. "당신은 우리한테 이제 아무것도 아니야. 당신은 그냥 떠내려와서 몇 년 얼쩡거리다가 다시……." 올레그는 손가락으로 딱 소리를 내려고 했지만 아무 소리도 나지 않고 손가락이 미끄러졌다. "떠나버렸지."

"그런 거 아니야, 올레그. 너도 알잖아." 해리의 귀에도 이제 단호하고 흔들림이 없는 목소리가 들렸다. 그가 항공모함만큼 차분하고 확고하다고 말해주는 것처럼. 하지만 뱃속의 덩어리는 달랐다. 해리는 취조하면서 악다구니를 써대는 사람들의 소리에 익숙한 터라 아무런 변화도 드러내지 않고 오히려 더 차분하고 냉철해졌다. 그러나 이 소년, 올레그와 같이 있으니…… 저항할 방어막이 없었다.

올레그는 쓴웃음을 지었다. "그럼 이제 내가 그렇게 할 수 있는지 볼까?" 그리고 가운뎃손가락을 엄지에 붙였다. "떠나는 거…….
그럼 이만!"

해리는 손을 펼쳐 들었다. "올레그…….

올레그는 고개를 저으며 까만 눈을 해리에게서 떼지 않고 등 뒤로 문을 두드렸다. "교도관! 면회 끝났어요. 나갑니다!"

해리는 올레그가 나간 뒤 잠시 그대로 앉아 있었다.

그리고 겨우 일어나 햇살이 내리비추는 보츠 공원으로 터덜터덜 나갔다.

그는 경찰청사를 바라보고 섰다. 생각에 잠긴 채. 그리고 유치장쪽으로 걸음을 옮겼다. 가다 말고 나무에 기대어 눈에서 물을 짜내려는 듯 두 눈에 힘을 주어 가늘게 떴다.

지독한 햇빛. 지독한 시차증.

05

"그냥 보고 싶어서요. 아무것도 가져가지 않을게요." 해리가 말했다.

유치장 접수대 너머에서 교도관이 해리를 보며 망설였다.

"이봐요, 토레, 나 알잖아요."

토레 닐센이 헛기침을 했다. "예. 그런데 여기서 다시 일해요, 해리?"

해리는 어깨를 으쓱였다.

닐센은 고개를 갸우뚱하고 눈동자가 반만 보이게끔 눈을 감았다. 눈으로 들어오는 인상을 걸러내려는 듯. 중요하지 않은 인상은 걸러내려는 듯. 거르고 남은 인상이 해리에게 유리한 모양이었다.

닐센은 무거운 한숨을 내쉬고 안으로 사라졌다가 서랍을 하나 들고 나왔다. 짐작대로 올레그가 체포될 때 발견된 물건이 보관되어 있었다. 수감자들은 이틀 이상 구류를 받으면 봇센으로 이감되지만 소지품까지 매번 같이 넘기는 건 아니었다.

해리는 서랍에 든 물건을 살펴보았다. 동전, 열쇠 두 개가 달린 열쇠고리, 해골과 슬레이어* 배지, 칼날 하나와 스크루드라이버 여러 개가 달린 스위스아미나이프와 앨런 볼트용 렌치. 일회용 라이터. 그리고 하나 더 있었다.

각오는 했지만 물건을 보자 충격이 컸다. 신문에서 '마약의 결정판'이라고 부르는 그것.

아직 비닐 포장에 싸여 있는 일회용 주사기였다.

"이게 답니까?" 해리가 열쇠고리를 꺼내며 물었다. 열쇠고리를 접수대 아래로 가져가 열쇠를 더듬었다. 닐센은 증거품이 시야를 벗어난 게 못마땅한 듯 상체를 앞으로 내밀었다.

"지갑은 없어요?" 해리가 물었다. "직불카드나 신분증은?"

"없나 보네요."

"증거품 리스트를 좀 봐줄래요?"

닐센은 서랍 바닥에 있는, 접힌 증거품 리스트를 꺼내서 안경을 만지작거리고 들여다보았다. "휴대전화가 하나 있었는데 가져갔군요. 그 애가 피살자한테 전화를 걸었는지 확인하려고요."

"음. 다른 건요?"

"다른 거 뭐요?" 닐센이 서류를 훑으며 물었다. 빠짐없이 확인했다고 판단한 듯 "없습니다" 하고 말했다.

"고마워요, 다 됐어요. 도와줘서 고마워요, 닐센."

닐센은 천천히 고개를 끄덕였다. 아직 안경을 쓰고 있었다. "열쇠요."

"아, 맞다." 해리는 열쇠를 서랍에 넣었다. 닐센은 열쇠 두 개가 잘 붙어 있는지 살폈다.

---

* Slayer, 악마주의 성향이 강한 미국 슬래시 메탈밴드.

해리는 밖으로 나와서 주차장을 가로질러 오케베르그바이엔으로 접어들었다. 그 길로 계속 퇴엔과 우르테 가까지 내려갔다. 리틀 카라치*. 작은 청과물상, 히잡, 카페 앞 플라스틱 의자에 앉아 있는 노인들. 이어서 이 도시의 노숙자들을 위한 구세군 카페, 워치타워가 나왔다. 오늘 같은 날에는 한적하지만, 겨울이 오고 한파가 들이닥치면 테이블마다 사람들로 북적거릴 것이다. 커피와 갓 만든 샌드위치. 작년에 유행하던 깨끗한 옷 한 벌, 군용 물자 판매점에서 넘어온 파란색 운동화. 2층 양호실. 양호실에서는 마약의 전쟁터에서 최근에 얻은 부상을 봐주거나 (심할 때는) 비타민B 주사를 놔주었다. 해리는 잠시 마르티네에게 들를까 생각했다. 아직 여기서 일할 터였다. 어느 시인은 위대한 사랑이 끝나고 난 자리에 사소한 사랑이 남는다고 썼다. 그에게 마르티네는 그런 사소한 사랑들 중 하나였다. 그래서만은 아니었다. 오슬로는 크지 않은 도시이고 중증 중독자들은 이 카페나 스키페르 가의 미션 카페로 몰려들었다. 마르티네가 구스토 한센을 알았을 가능성이 없지 않았다. 올레그도.

하지만 해리는 일을 순서대로 하자고 마음을 다지고 걸음을 옮겼다. 아케르셀바 강을 건너던 중 다리에 서서 강물을 내려다보았다. 어릴 때 기억 속에선 흙탕물이었던 것이 이젠 계곡물처럼 맑았다. 요새는 강에서 송어도 잡힌다고 했다. 양쪽 강변길에 그들이 보였다. 마약상들. 모든 게 새로웠다. 모든 게 그대로였다.

해리는 하우스만스 가로 올라갔다. 야코브스키르케를 지났다. 번지수를 보면서 걸었다. 잔혹극의 극장 간판. 스마일 문양이 잔뜩

* 카라치는 파키스탄 남부의 도시 이름이다.

낙서된 문. 불에 탄 집은 문이 열려 있고 정리되어 있었다. 그리고 그 집이 나왔다. 1800년대에 건축된 오슬로의 전형적인 공동주택, 빛바래고 소박한 4층 건물. 현관문을 밀자 그대로 열렸다. 잠겨 있지 않았다. 곧장 계단이 나왔다. 오줌과 쓰레기 냄새가 진동했다.

해리는 위층으로 올라가면서 식별 표시를 보았다. 허술한 난간. 뜯겨나간 자물쇠 자리에 더 튼튼한 자물쇠를 새로 단 흔적이 남은 문들. 해리는 3층에서 멈췄다. 그리고 그곳이 범죄 현장이란 걸 알았다. 문 앞에 주황색과 흰색 테이프가 십자 모양으로 붙어 있었다.

해리는 주머니를 뒤져서 아까 닐슨이 리스트를 확인하는 동안 열쇠고리에서 빼낸 올레그의 열쇠 두 개를 꺼냈다. 대신 어느 열쇠를 끼워놓았는지는 모르지만 어차피 홍콩에서 열쇠를 새로 만드는 건 일도 아니었다.

하나는 아부스Abus, 해리도 언젠가 산 적이 있는 자물쇠였다. 다른 하나는 빙Ving이라는 제품의 열쇠였다. 그는 열쇠를 자물쇠에 꽂았다. 반쯤 돌아가다 걸렸다. 더 세게 돌리고 비틀어도 보았다.

"젠장."

해리는 휴대전화를 꺼냈다. 그녀의 번호는 B로 저장되어 있었다. 어차피 저장된 이름이 여덟 개밖에 없어서 알파벳 하나로도 충분했다.

"뢴입니다."

해리가 베아테 뢴을 좋아하는 이유는 같이 일한 적이 있는 유능한 과학수사관 두 명 중 하나이기 때문만은 아니다. 그녀가 항상 정보를 기본적인 선으로 축소하고 (해리처럼) 불필요한 말로 사안을 짓누르지 않아서였다.

"안녕, 베아테. 나 지금 하우스만스 가야."

"사건 현장요? 거긴 뭐하러……."

"안에 못 들어가겠어. 열쇠 있나?"

"저한테 열쇠가 있냐고요?"

"자네가 이 사건 책임자 아니야?"

"열쇠야 있죠. 하지만 드릴 생각은 없는데요."

"그렇겠지. 그래도 범죄 현장에서 다시 확인할 게 몇 가지는 있지 않나? 어떤 구루*가 한 말이 생각나. 살인사건에서 과학수사관이 하는 일이 빈틈없이 완벽할 순 없다."

"기억하고 계시네요."

"그분이 훈련생들한테 제일 먼저 하는 말이었지. 내가 같이 들어가서 자네가 일하는 걸 봐도 될 것 같은데."

"해리……."

"아무것도 안 건드릴게."

침묵. 그는 그녀를 부당하게 이용하는 방법을 알았다. 베아테는 그냥 동료가 아니라 친구였다. 더 중요한 건 그녀도 엄마라는 사실이었다.

베아테가 한숨을 쉬었다. "20요."

그녀에겐 '분'이라는 말을 붙이는 게 불필요했다.

그에겐 고맙다는 말이 그랬다. 그래서 그냥 전화를 끊었다.

트룰스 베른트센 경관은 오륵크림 복도를 천천히 걸었다. 느리게 걸으면 시간이 잘 간다는 걸 경험으로 터득했다. 남는 건 시간밖에 없다는 듯이 걸었다. 사무실에서 그를 기다리는 거라고는 낡

---

* 산스크리트어로 정신적 스승을 뜻하며 한 분야의 대가를 가리킨다.

은 의자 하나와 남 보기 민망해서 보고서를 잔뜩 쌓아둔 책상 하나뿐이었다. 컴퓨터는 주로 웹서핑용으로 이용했지만 위에서 인터넷 방문 사이트를 엄중 단속하기 시작한 뒤로는 그마저도 시들해졌다. 더구나 그는 마약 담당이지, 성범죄 담당이 아니라 조만간 해명할 일이 생길 수도 있었다. 베른트센 경관은 넘칠 듯 담긴 커피를 들고 문 안으로 들어가 책상으로 갔다. 신형 아우디 Q5 브로슈어에 커피를 쏟지 않으려고 조심했다. 218마력. SUV이면서도 파키*들이 모는 차가 아닌 모델. 미끈하게 잘빠진 차. 볼보 V70 경찰차는 발끝의 때만큼도 못 따라가는 차. 주인을 돋보이게 해주는 차. 그녀에게, 회엔할의 새 집에 사는 그녀에게 그가 어떤 사람인지 보여주는 차. 별 볼 일 없는 인간이 아님을 보여주는 차.

현재 상태 유지하기. 지금은 여기에만 집중해야 했다. 우리가 확실한 성과를 올렸다고, 월요일 전체회의에서 미카엘이 말했다. 공연히 들쑤시고 다니지 말라는 뜻이었다. "거리에서 마약중독자를 더 줄이면 좋겠다고 생각할 수도 있습니다. 하지만 단시일에 이런 엄청난 성과를 올리면 언제든 재발할 위험이 도사립니다. 히틀러와 모스크바를 보세요. 과욕은 금물입니다."

베른트센은 대충 무슨 뜻인지 알아들었다. 온종일 책상에 다리를 올리고 앉아서 시간이나 때우라는 뜻이었다.

가끔 크리포스로 돌아가고 싶은 마음이 간절했다. 살인은 마약과 다르고 정치와도 무관하다. 사건을 해결하면 그걸로 끝이었다. 하지만 브뤤에서 미카엘 벨만이 트룰스에게 경찰청으로 같이 올라가자고 직접 제안하지 않았던가. 적진에서 함께 싸울 동지, 믿

* 파키스탄인.

69

을 수 있는 사람, 그가 공격당하면 측면을 엄호해줄 사람이 필요하다고 말했다. 꼭 이런 말을 입 밖에 꺼낸 건 아니지만 대충 그런 뜻이었다. 미카엘이 트룰스의 측면을 엄호해준 것처럼. 최근에 트룰스가 진땀을 뺀 일이 있었다. 구치소에 수감된 중에 불행하게 얼굴을 다친 소년의 사건이었다. 미카엘은 물론 트룰스를 잡아 죽일 듯 날뛰었다. 자기는 경찰의 폭력을 혐오한다, 자기 밑에서 그런 일이 자행되는 걸 보고 싶지 않다, 자기에겐 상사로서 트룰스를 경찰 법률 담당에게 보고할 책임이 있으며 그를 특별수사반으로 보낼지 말지는 법률 담당이 판단할 거라고 엄포를 놓았다. 하지만 소년은 시력을 거의 정상으로 되찾았고, 미카엘이 소년의 변호인과 거래해서 마약 소지죄 기소를 취하시켰다. 그러고는 아무 일도 일어나지 않았다.

그리고 여기서도 아무 일도 일어나지 않았다.

온종일 책상에 다리를 올려놓고 지냈다.

하루에 열 번도 더 그러듯 책상에 다리를 올리려는 순간이었다. 창밖으로 보츠 공원과 교도소로 향하는 도로 중간쯤에 있는 늙은 보리수가 눈에 들어왔다.

그게 붙어 있었다.

붉은 포스터.

살갗이 따끔거리고 맥박이 빨라졌다. 기분도 고양되었다.

그는 벌떡 일어나 재킷을 걸치고 커피는 그대로 놔두었다.

감레뷔엔 성당은 경찰청사에서 빠른 걸음으로 8분 거리에 있었다. 트룰스 베른트센은 오슬로 가를 따라 민네 공원으로 들어가서 뒤베케스 다리를 건너고 오슬로의 심장부, 오슬로가 처음 생긴 구역으로 들어갔다. 성당은 일부러 가난해 보이려고 꾸민 건가 싶을 만큼 소박했고, 경찰청사 옆 새로운 낭만주의 양식으로 지어진 성당의 흔해빠진 장식 하나 없다. 하지만 감레뷔엔 성당에는 더 흥미로운 역사가 있었다. 망레루드에서 살던 어린 시절에 할머니에게 들은 이야기의 반만 진실이라고 해도 말이다. 베른트센 집안은 1950년대 말에 다 허물어져가는 오슬로 도심에서 새로 건설된 위성도시 망레루드로 이사했다. 얄궂게도 삼대에 걸쳐 노동자로 살아온 진짜배기 오슬로 집안인 베른트센 사람들이 이곳에서는 이주민 취급을 당했다. 위성도시의 주민들은 대부분 농사꾼이거나 먼 지방에서 새 인생을 꿈꾸며 도시로 올라온 지방 사람들이었다. 1970년대와 1980년대, 트롤스의 아버지가 집구석에 처박혀 술에 취한 채 모든 이를 향해, 세상을 향해 고래고래 악을 써대면 트롤스는 제일 친한 친구이자 하나밖에 없는 친구 미카엘에게 도망치거나 감레뷔엔의 할머니를 찾아갔다. 할머니가 들려준 이야기로는, 감레뷔엔 성당은 1200년대에 어느 수도원을 중심으로 지어진 성당이고, 그 수도원은 수도사들이 흑사병을 피해 안에서 문을 걸어 잠그고 기도하던 곳이었다. 이들 수도사들이 전염병 환자들을 돌봐야 하는 그리스도교의 의무를 져버리고 도망친 거라는 말이 전해졌다. 여덟 달째 인기척이 없자 주교의 고문관이 수도원의 문을 부수고 들어갔다. 안에서는 쥐들이 수도사들의 썩어가는 시체를 먹어치우고 있었다.

할머니의 옛날이야기 중에서 트롤스가 좋아한 이야기가 있었다. 그 자리에 '미치광이 집'으로 불리던 정신병원이 들어섰을 때 환자들 몇이 한밤중에 후드를 뒤집어 쓴 사람들이 복도를 돌아다닌다고 하소연했다는 이야기였다. 그중에 누군가의 후드를 벗기자 쥐

71

들에게 물어뜯기고 눈구멍이 뚫린 허연 얼굴이 나왔다고 했다. 하지만 트룰스가 제일 좋아한 이야기는 아스킬 외레고, '귀 밝은 아스킬' 이야기였다. 아스킬은 100년도 더 전에 살다 간 사람이었다. 당시 오슬로의 이름인 크리스타아니아는 번듯한 도시의 태를 갖춰나갔고, 그 자리에 오래전부터 성당이 있었다. 아스킬의 유령이 묘지와 근처의 거리와 항구와 크바드라투렌을 떠돈다는 소문이 있었다. 하지만 그 너머로 멀리까지는 가지 못한다고 했다. 다리가 한 짝밖에 없는데 동트기 전에 무덤으로 돌아와야 했기 때문이다. 아스킬 외레고는 세 살 때 화차 바퀴에 깔려 다리 한쪽을 잃었지만 사람들이 그의 큰 귀를 보고 별명을 붙인 건 오슬로 동쪽의 유머라고 했다. 어려운 시절, 외다리인 아이가 할 수 있는 일이라곤 뻔했다. 빌어먹고 사는 일. 아스킬 외레고는 급속히 성장하는 도시에서 절름발이로 떠돌면서 언제든 담소를 나눌 준비가 된 다정하고 친숙한 인물이 되었다. 대낮부터 술집에 죽치고 앉은 사람들에게는 더더욱 친숙한 인물이었다. 직업이 없는 사람들. 그래도 가끔은 수중에 돈이 생기는 사람들. 그런 날에는 아스킬한테도 잔돈푼이 떨어졌다. 아스킬은 이따금 돈이 더 필요하면 경찰에게 가서 요새 누가 평소보다 돈을 더 잘 던져주는지 일러바쳤다. 누가 술을 넉 잔 이상 마시는지, 누가 (주위의 악의 없는 거지들을 의심하지 않고) 카를 요한스 가의 대장간이나 드람멘의 목재상을 털자는 제안을 받은 이야기를 떠벌렸는지 밀고했다. 아스킬의 귀가 밝다는 소문이 퍼지고 캄펜에서 강도 떼가 붙잡힌 뒤로 아스킬은 종적을 감췄다. 그러던 어느 겨울날 아침, 감레뷔엔 성당 계단에서 목발과 잘린 귀 두 개가 발견됐다. 아스킬은 묘지에 묻히긴 했지만 그에게 축복을 빌어준 사제가 없어서 그의 망령이 이승을 뜨지 못하고 떠돌았다.

땅거미가 지면 크바드라투렌이나 성당 언저리에 모자를 푹 눌러쓰고 절뚝거리면서 2외레*를 구걸하는 사람과 마주칠 수 있는데, 그 걸인에게 동전을 주지 않으면 재수가 없다고 전해진다.

여기까지가 할머니의 이야기였다. 이런 이야기를 알고도 트룰스 베른트센은 묘지 문 옆에 앉아 있는, 이국적인 외투를 걸치고 볕에 그을린 피부에 몸이 호리호리한 거지를 외면하고 묘비의 개수를 세면서 묘비 사이로 난 자갈길을 걸었다. 일곱 번째 묘비에서 왼쪽으로 돌고 이어서 다시 세 번째 묘비 앞에서 오른쪽으로 돌아 가다가 네 번째 묘비 앞에 섰다.

묘비 주인의 이름은 그에게 아무런 의미가 없었다. A. C. 루드. 노르웨이가 독립한 1905년에 고작 스물아홉의 나이로 세상을 떠난 사람이지만 이름과 날짜 외에는 아무 문구도 없었다. 명복을 빈다는 의례적인 표현 하나 없고 흔한 명언 한마디 없었다. 투박한 묘비가 너무 작아서였을까. 다만 아무것도 새기지 않은 묘비의 거친 표면은 분필로 메시지를 적어 넣기에 맞춤했다. 그래서 그들도 그 묘비를 택했으리라.

LTZHUSCRDTO RNBU

트룰스는 아무나 이해하지 못하도록 고안된 간단한 암호로 그 메시지를 해독했다. 맨 뒤에서 시작해서 마지막 세 글자 전까지 두 개씩 묶어서 거꾸로 읽었다.

---

* 1크로네는 100외레.

BURN TORD SCHULTZ(토르 슐츠를 태워라)

트룰스 베른트센은 메시지를 받아 적지 않았다. 그럴 필요는 없었다. 사실 그는 이름을 잘 외우는 재주 하나로 조만간 아우디 Q5 2.0 6단 수동 변속 모델의 가죽 시트에 앉게 된다. 그는 재킷 소매로 메시지를 지웠다.

트룰스가 밖으로 나올 때 거지가 그를 바라보았다. 강아지처럼 처진 갈색 눈으로. 거지 일당과 크고 빵빵한 차가 어디선가 기다리고 있을지 모른다. 그들이 좋아하는 차는 메르세데스가 아니었나? 성당 종소리가 울렸다. 가격표에 따르면 Q5의 가격은 666,000크로네였다. 이 숫자에 숨은 메시지가 있다면 트룰스 베른트센의 형편을 한참 웃돈다는 것이었다.

"좋아 보여요." 베아테가 자물쇠에 열쇠를 꽂으며 말했다. "손가락도 새것이네."

"메이드 인 홍콩." 해리가 뭉툭한 티타늄 마디를 만지작거렸다.

그는 조그맣고 창백한 여자가 잠긴 문을 따는 모습을 지켜보았다. 그녀는 짧고 가는 금발을 고무줄로 질끈 묶었다. 피부가 여리고 투명해서 관자놀이의 실핏줄이 비칠 정도였다. 암 연구 실험에 쓰는 털 없는 쥐를 떠올리게 하는 외모였다.

"자네 보고서에 올레그가 범죄 현장에서 살았다고 적혀 있기에 개 열쇠로 열고 들어갈 수 있을 줄 알았지."

"그건 진즉에 뜯겼겠죠." 베아테가 문을 열었다. "여긴 아무나 막 드나들었어요. 이건 마약중독자들이 돌아와서 현장을 오염시키지 못하게 하려고 새로 단 거고."

해리는 고개를 끄덕였다. 마약 소굴의 흔한 풍경이었다. 자물쇠를 새로 달기 무섭게 뜯겨나가서 자물쇠를 다는 게 무의미했다. 약쟁이들은 주인이 마약을 숨겨둘 법한 집에만 침입했다. 같이 사는 사람들끼리도 약을 훔쳤다.

베아테가 문 앞에 쳐진 테이프를 한쪽으로 밀어주자 해리는 그 사이로 비집고 들어갔다. 현관 옷걸이에 옷가지와 비닐봉지가 걸려 있었다. 해리는 비닐봉지를 들여다보았다. 페이퍼타월, 빈 맥주캔, 핏자국이 남은 축축한 티셔츠, 알루미늄포일 조각, 담배 한 갑. 한쪽 벽에는 그랜디오사 피자 상자가 벽에 기대어 절반 높이까지 쌓여 있었다. 똑같은 흰색 코트걸이 네 개가 있었다. 해리는 어리둥절해서 바라보다가 미처 현금으로 바꾸지 못한 장물일 거라는 데에 생각이 미쳤다. 약쟁이들 집에서 언젠가는 팔 수 있을 거라고 믿고 쟁여둔 물건을 본 적이 있다. 쓰지도 못할 구형 휴대전화가 60개나 든 가방이 나온 집도 있고, 어느 집 주방에는 일부가 해체된 모페드*가 서 있었다.

해리는 거실로 들어갔다. 땀 냄새와 맥주에 젖은 나무 냄새, 눅눅한 재 냄새, 정체 모를 들큼한 냄새가 진동했다. 변변한 가구 하나 없었다. 바닥에는 매트리스 네 개가 캠프파이어라도 하듯 빙 둘러서 깔려 있었다. 그중 한 매트리스에 철사가 튀어나와 있었다. 철사는 90도로 꺾여 있고 끝이 Y자 모양이었다. 매트리스 사이의 네모난 나무 바닥에는 빈 재떨이 주위로 검게 그을린 자국이 있었다. 재떨이는 감식반이 비웠을 거라고 해리는 짐작했다.

"구스토는 여기 주방 벽 앞에 있었어요." 베아테는 거실과 주방

* 모터 달린 자전거.

75

사이의 문간에 서서 손으로 가리켰다.

해리는 주방에 들어가지 않고 문 앞에 서서 둘러보았다. 일종의 습관이었다. 사건 현장의 주변부부터 샅샅이 훑고 들어가 서서히 시신에 다가가는 감식반의 습관은 아니었다. 그렇다고 현장에 맨 처음 도착하는 사람, 자기 지문이 증거를 오염시키거나 더 심각하게는 현장에 남은 지문을 훼손할 수 있다는 점을 잘 아는 제복 경찰이나 순찰차 경찰의 습관도 아니었다. 필요한 조치는 베아테의 과학수사과 사람들이 한참 전에 다 취해놓았을 것이다. 이것은 형사의 습관이었다. 이 순간은 오감을 통해 받은 인상이, 즉 거의 지각되지 않는 세밀한 부분이 하는 말을 듣고 시멘트가 굳기 전에 자국을 남길 수 있는 유일한 기회였다. 지금이어야만 했다. 뇌의 분석적인 영역이 활동을 재개하고 완벽히 진술된 사실을 요구하기 전에. 직관이란, 뇌에서 이해할 수 있는 정보로 변환되지 못했거나 너무 느리게 처리된 인상이 이해 가능한 정보로 바뀌며 이끌어내는 단순하고 논리적인 결론이라고 해리는 정의했다.

그런데 이곳은 해리에게 그 안에서 벌어진 살인에 관해 많은 이야기를 해주지 않았다.

보이고 들리고 냄새 나는 거라고는 그곳에 모여 약을 하고 자고 어쩌다 한 번씩 배를 채우면서 한동안 머물다 떠난 뜨내기의 공간뿐이었다. 다른 불법 은신처로, 호스텔로, 공원으로, 컨테이너로, 다리 아래 싸구려 솜털 침낭이나 묘석 아래 하얀 나무 안식처로 떠난 자들이 머물다 간 공간.

"치우느라 고생깨나 했어요." 베아테가 굳이 묻지도 않은 질문에 대답했다. "쓰레기 천지였거든요."

"마약은?"

"삶지 않은 탈지면 뭉치가 든 비닐봉지 하나요."

해리는 고개를 끄덕였다. 고통이 극심하거나 돈이 없는 약쟁이들은 약을 주사기에 담을 때 불순물을 닦은 탈지면을 따로 모았다. 그리고 궁할 때 탈지면을 끓여서 끓인 물을 주사했다. "정액이랑 헤로인이 든 콘돔도 나왔고요."

"어?" 해리가 눈썹을 추켜올렸다. "무슨 용도인 거지?"

베아테가 얼굴을 붉혔다. 해리의 기억에 아직 남아 있는, 대학을 갓 졸업한 경찰의 모습이 떠올랐다.

"헤로인 잔여물이죠, 정확히 말하면. 헤로인을 담았다가 약을 꺼낸 후, 콘돔은 본래 용도로 쓴 것 같아요."

"음. 피임에 신경 쓰는 약쟁이라. 나쁘진 않군. 알아냈나? 누구…… 건지?"

"콘돔 안쪽과 바깥쪽에서 나온 DNA가 오래 알고 지낸 두 사람의 것과 일치해요. 스웨덴 여자하고 이바르 토르스테인센이에요. 위장경찰들한테는 히바르로 더 유명한 남자예요."

"히바르?"

"자기가 HIV 보균자라면서 감염된 주사기로 경찰들을 위협했거든요."

"음, 콘돔이 나온 게 설명되는군. 그 친구 폭력 전과는?"

"없어요. 절도랑 마약 소지, 마약 거래는 수백 번이지만. 밀수도 조금 했고."

"주사기로 죽인다고 협박했다면서?"

베아테는 한숨을 쉬고 거실로 나오면서 해리를 등졌다. "미안하지만요, 해리. 이 사건에는 느슨한 구석이 없어요."

"올레그는 파리 한 마리 못 죽이는 아이야, 베아테. 그런 소질이 아예 없는 애라고. 그 히바르라는 자—."

"히바르랑 스웨덴 여자는…… 저, 취조 대상에서 제외되었다고 할 수 있어요."

해리는 베아테의 등을 보고 말했다. "죽었나?"

"OD죠. 살인사건 일주일 전에. 불순물이 섞인 헤로인에 펜타닐을 섞었어요. 바이올린 살 돈이 없었나 봐요."

해리는 벽을 빙 둘러보았다. 일정한 거처가 없는 중증 중독자들은 보통 여분의 마약을 숨기거나 잠가놓는 은닉처를 한두 군데 마련해두었다. 은닉처에 돈을 넣어놓기도 했다. 제일 아끼는 물건을 넣어두기도 했다. 소중한 물건을 가지고 돌아다니는 건 말도 안 되었다. 집 없는 약쟁이들은 공공장소에서 약을 할 수밖에 없는데 약효가 나타나기 시작하는 순간, 독수리들의 먹잇감이 되기 때문이다. 그래서 그들에게 은닉처는 신성한 공간이다. 좀처럼 활력이라곤 없는 중독자도 베테랑 수사관과 마약견도 찾아내지 못하도록 마약 장비를 숨기는 데는 막대한 에너지와 상상력을 동원할 수 있었다. 중독자들은 마약을 숨긴 장소를 아무에게도, 친한 친구에게도 절대로 말해주지 않는다. 코데인이나 모르핀이나 헤로인만큼 친한 친구는 없다는 걸 경험으로 터득했기 때문이다.

"여기서 은닉처는 찾아봤나?"

베아테가 고개를 저었다.

"왜 안 찾아?" 해리는 어리석은 질문인 줄 알았다.

"여길 다 파헤치면 뭐든 나오겠지만 어차피 이번 수사하고는 관련이 없을 테니까요." 베아테가 참을성 있게 답했다. "한정된 인력으로는 우선순위를 둬야 돼요. 필요한 증거는 이미 나왔고요."

해리가 고개를 끄덕였다. 마땅한 대답이었다.

"그럼 증거는?" 해리가 차분히 물었다.

"범인은 지금 제가 선 자리에서 총을 쐈을 거예요." 과학수사과에서는 이름을 부르지 않는 게 관행이었다. 베아테는 팔을 앞으로 뻗었다. "비좁은 장소. 1미터도 안 되는 공간. 총상 사입구 안쪽과 주변에서 그을음이 검출됐어요."

"여러 개?"

"두 개요."

베아테는 무슨 생각을 하는지 잘 안다고 말하는 것 같은 연민의 표정으로 해리를 보았다. 변호인이 총기 오발 사고를 주장할 수 있는 기회가 날아간 것이다.

"두 발 다 가슴으로 들어갔어요." 베아테가 오른손 검지와 중지를 펴서 수화를 하듯 블라우스 왼쪽에 댔다. "피살자와 범인 둘 다 선 상태로 범인이 즉시 총을 쐈어요. 첫 번째 사출구로 보아 범인의 키는 180에서 185센티미터 사이로 보여요. 용의자는 183이고요."

젠장. 해리는 면회실 문 앞에 서 있던 소년을 떠올렸다. 둘이 같이 레슬링을 하고 올레그가 그의 가슴께에도 오지 않던 때가 엊그제 같은데.

베아테가 다시 주방으로 들어갔다. 기름때가 찌든 스토브 옆 벽을 가리켰다.

"총알이 여기랑 여기로 들어갔어요. 보시다시피. 두 번째 총알이 첫 번째 총알에 바로 이어서 날아가는 사이에 피살자가 쓰러진 정황과 일치해요. 첫 번째 총알은 폐를 관통하고 두 번째는 가슴 위쪽을 관통해서 견갑골에 자국을 남겼어요. 피살자가—."

"구스토 한센이야." 해리가 말했다.

베아테가 입을 닫았다. 그리고 해리를 보았다. 고개를 끄덕였다. "구스토 한센은 즉사하지 않았어요. 피 웅덩이에 지문이 있고 옷도 피투성이였거든요. 쓰러진 뒤에 움직였다는 뜻이죠. 그래도 오래 가진 않았을 거예요."

"그렇군. 그래서 어떻게……." 해리는 손으로 얼굴을 쓸었다. 몇 시간이라도 자뒀어야 했는데. "어떻게 올레그가 살인과 연결되지?"

"9시 3분 전에 신고센터로 두 사람이 전화해서 이 건물에서 총성 같은 소리가 들렸다고 신고했어요. 한 사람은 길 건너 묄레르가에 살고, 다른 사람은 여기 바로 건너편에 살고요."

해리는 눈을 가늘게 뜨고 얼룩덜룩한 창문 밖의 하우스만스 가를 내다보았다. "대단해. 시내 한복판인데 다른 건물에서 나는 소리가 다 들리고."

"7월이었잖아요. 밤에도 훈훈했어요. 창문을 열어놓은 데다, 휴가철이라 차도 별로 안 다녔어요. 주민들이 그전부터 이 소굴을 폐쇄해달라고 경찰서에 민원을 넣은 터라 애초에 소음에 민감하게 반응했을 수도 있고요. 신고 센터의 경관이 주민들에게 침착하라면서 경찰차가 올 때까지 그 건물을 주시해달라고 요청했어요. 그런 다음 경관들에게 즉시 경보를 보냈고요. 순찰차 두 대가 9시 20분에 도착해서 진을 치고 지원팀을 기다렸어요."

"델타*?"

"그 친구들은 헬멧을 쓰고 무장하려면 시간이 좀 걸리잖아요. 신고센터에서 순찰차에 전달하기를, 소년 하나가 현관으로 나와서

---

* 노르웨이의 대테러 긴급대응팀.

80

건물을 돌아 아케르셀바 강으로 내려가는 걸 주민들이 봤다고 했어요. 그래서 경관 둘이 강으로 내려가 찾은 거예요……."

베아테는 잠시 말을 끊고 해리가 거의 눈에 띄지 않게 고개를 끄덕이는 걸 보았다.

"올레그요. 저항하지 않았대요. 약에 취해서 자기가 뭘 하는지도 몰랐던 것 같아요. 그 애 오른손과 팔에서 총기 발사 잔여물이 검출됐고요."

"살인 무기는?"

"흔치 않은 구경이에요. 9×18밀리미터 마카로프니까 후보가 많진 않죠."

"음, 마카로프는 구소련 국가들의 조직범죄에서 많이 쓰이는 총이야. 포트 12라고, 우크라이나 경찰에서 쓰는 총도 있지. 그거 말고도 두어 가지 더 있어."

"맞아요. 바닥에서 총기 발사 잔여물이 묻은 빈 탄약통이 발견됐어요. 마카로프 탄약은 질산칼륨하고 황이 다양하게 혼합되는데, 무가황 탄약처럼 알코올이 조금 들어가기도 해요. 빈 탄약통과 시신의 사입구 주변에서 검출된 분말 화합물이 올레그의 손에서 나온 총기 발사 잔여물과 일치해요."

"그럼 살인 무기는?"

"아직 나오지 않았어요. 잠수부와 경찰이 강바닥과 주변을 수색했지만 성과가 없었어요. 총이 거기 없었다는 건 아니고, 진흙이랑 하수 찌꺼기가 잔뜩이라……. 아시잖아요."

"알지."

"여기 살던 사람들 중에서 두 사람이 그러는데, 올레그가 권총을 슬쩍 보여주면서 러시아 마피아가 쓰는 총이라고 자랑한 적이 있대요. 둘 다 총을 잘 아는 사람이 아닌데도 보여준 100여 종의 사진에서 둘 다 오데사를 짚었어요. 아시다시피 그 총에 들어가는 총알이…….”

해리는 고개를 끄덕였다. 마카로프, 9×18밀리미터. 오해의 여지가 없었다. 처음 오데사를 봤을 때는 훗날 라켈과 올레그와 함께한 수많은 앨범 중 하나인 ‘푸 파이터스*’ 재킷에서 본 초현대적 이미지의 오래된 권총이 떠올랐다.

“그럼 그 둘은 사소한 마약 문제가 있는 믿을 만한 증인이란 건가?”

베아테는 대꾸하지 않았다. 그럴 필요가 없었다. 그가 뭘 하는지, 지푸라기라도 잡으려 한다는 걸 베아테가 안다는 걸 해리도 알았다.

“그리고 올레그의 혈액과 소변 샘플 말인데.” 해리가 재킷 소매를 펴면서 말했다. 지금 이 순간 소매가 올라가지 않는 게 아주 중요한 일인 양. “뭐가 나왔지?”

“바이올린이 활성 성분이었어요. 약에 취한 상태를 경감 사유로 볼 수는 있고요.”

“음. 그건 구스토 한센을 쏘기 전에 약에 취한 상태였다고 전제하는 건데. 그럼 동기는?”

베아테가 해리를 멍하니 보았다. “동기요?”

해리는 베아테가 무슨 생각을 하는지 알았다. 마약중독자가 다른 중독자를 살해할 때 마약 말고 또 무슨 동기가 필요하단 말인가? “올레그가 이미 약에 취한 상태였다면 뭐하러 사람을 죽여?”

* Foo Fighters, 미국의 얼터너티브록 밴드 푸 파이터스의 첫 앨범.

해리가 물었다. "마약 살인은 주로 우발적이고 절박한 행동이야. 약이 절실하거나 금단증상이 시작돼서 일어나지."

"동기는 그쪽 소관이죠. 전 과학수사과예요." 베아테가 말했다.

해리는 숨을 들이쉬었다. "좋아. 다른 건?"

"사진을 보고 싶어하실 것 같아서." 베아테가 얇은 가죽 케이스를 열었다.

해리는 사진 뭉치를 받아들었다. 한눈에도 구스토의 미모를 알아볼 수 있었다. 달리 표현할 길이 없었다. 잘생겼다거나 매력적이라는 말로는 다 표현되지 않았다. 죽어서 눈을 감고 피에 젖은 셔츠를 입고 있는 모습에서도 구스토 한센에게는 젊은 엘비스 프레슬리의 무어라 형용할 수 없지만 명백히 드러나는 아름다움이 있었다. 어느 종교에서나 볼 수 있는, 중성적으로 아름답게 형상화한 성상처럼 남녀를 모두 사로잡는 외모였다. 해리는 사진을 넘겼다. 전신사진이 몇 장 나오고 얼굴과 총상을 확대한 사진이 나왔다.

"이건 뭐야?" 해리는 구스토의 오른손 사진을 가리켰다.

"손톱 밑에서 혈액이 나왔어요. 샘플을 채취하긴 했는데 훼손된 것 같아요."

"훼손되다니?"

"그렇게 됐어요, 해리."

"자네 부서는 아니지."

"병리학과로 DNA 검사를 보냈는데 도중에 샘플이 훼손됐어요. 그래도 크게 실망할 일은 아니었어요. 혈액이 신선한 편이긴 했지만 응고돼서 살해 시각을 추정하긴 어려웠거든요. 피살자가 주사기를 쓰는 중독자인 걸로 봐서는 피살자 본인의 혈액일 가능성도 아주 높고요. 다만……."

"……다만 그게 아니라면 피살자가 그날 누구랑 싸웠는지 밝히는 건 당연히 흥미롭겠지. 이 친구 신발을 봐." 해리는 베아테에게 전신사진을 보여주었다. "알베르토 파스치아니 아닌가?"

"신발을 그렇게 잘 아시는 줄 몰랐네요, 해리."

"홍콩에서 내 고객이 이 신발을 만들거든."

"고객요? 제가 알기론 파스치아니 신발은 이탈리아에서만 생산되는데요."

해리는 어깨를 으쓱였다. "차이를 찾는 게 불가능해. 그래도 이게 진짜 파스치아니라면 이 친구 복장에 썩 어울리지 않아. 옷은 워치타워에서 나눠주는 옷 같거든."

"신발이야 훔쳤을 수도 있죠. 구스토 한센은 별명이 도둑놈이었어요. 마약뿐 아니라 잡히는 대로 다 훔치는 걸로 유명했어요. 스웨덴에서 은퇴한 마약견을 훔쳐서 약쟁이들의 마약 은닉처를 찾아다녔다는 소문도 있었어요."

"이 친구가 올레그의 은닉처를 찾았을 수도 있겠군. 취조할 때 무슨 말한 거 있나?"

"아직 입을 꾹 다물고 있어요. 시커멓게 텅 비었다는 말만 해요. 그 집에 있었던 것조차 기억을 못해요."

"거기 없었는지도 모르지."

"그 애 DNA가 나왔다니까요, 해리. 머리카락, 땀."

"걘 여기서 먹고 자고 했으니까."

"시신에서도요, 해리."

해리는 말없이 먼 곳을 응시했다.

베아테는 해리의 어깨에 손을 얹으려는 듯 손을 들다가 생각을 바꾸고 다시 내렸다. "아이랑 얘기는 해봤어요?"

해리는 고개를 저었다. "쫓겨났어."

"창피해서 그럴 거예요."

"아마도."

"정말이에요. 선배는 그 애한테 우상이잖아요. 그런 꼴을 보이는 게 창피한 거예요."

"창피해? 난 그 애 눈물도 닦아주고, 어쩌다 다치면 상처를 호호 불어준 사람이야. 트롤*들을 쫓아주고 불 켜고 자게 해주었다고."

"그 꼬마는 이제 없어요, 해리. 지금의 올레그는 선배의 도움을 원하지 않고요. 선배한테 부끄럽지 않게 살고 싶은 거예요."

해리는 마룻장에 발을 쿵쿵 구르며 벽을 보았다. "난 그런 인간이 못 돼, 베아테. 그 애도 그걸 알고."

"해리……."

"강으로 내려갈까?"

세르게이는 두 팔을 옆으로 내리고 거울 앞에 섰다. 안전장치를 돌리고 버튼을 눌렀다. 칼날이 튀어나와 빛을 반사했다. 시베리아 스위치블레이드 혹은 우르카에서 '강철'로 불리는 잘빠진 칼이었다. 가늘고 긴 칼자루에 길고 얇은 칼날이 붙어 있다. 범죄 집안에서 전통적으로 상받을 일을 해냈을 때 집안의 연장자에게 물려받는 칼이었다. 그러나 전통이 무너져 요즘은 그냥 돈 주고 사거나 훔치거나 불법으로 복제했다. 하지만 이건 삼촌한테 선물로 받은 칼이었다. 안드레이의 말로는, '아타만'이 이 칼을 항상 침대 밑에 끼워놓고 지내다가 세르게이한테 물려준 거라고 했다. 세르게이는

* 북유럽 신화에 등장하는 상상 속 괴물.

'강철'을 병자의 침대 밑에 넣어두면 통증과 고통이 칼에 흡수되어 그 칼에 찔린 사람에게 옮겨간다는 전설을 떠올렸다. 우르카가 아주 좋아하는 전설이었다. 누구든 그 칼을 손에 넣으면 곧 사고와 죽음을 맞는다는 전설과 함께. 오래된 낭만주의와 미신은 사라지고 있었다. 그럼에도 세르게이는 그 대단한, 어쩌면 과장되었을지 모를 숭배의 대상을 선물로 받았다. 못 받을 것도 없지 않은가? 그는 삼촌에게 모든 걸 신세졌다. 삼촌은 그를 곤경에서 구해주고 서류를 준비해서 노르웨이로 건너올 수 있게 해주었다. 또 가르데르모엔의 청소부 자리까지 주선해주었다. 월급도 괜찮고 들어가기도 쉬운 자리이지만 노르웨이 사람들은 꺼리는 일인 듯했다. 여기 사람들은 사회보장연금이나 타먹는 삶을 선호했다. 또 세르게이가 러시아에서 저지르고 온 경범죄 이력도 문제가 되지 않았다. 삼촌이 그의 범죄기록을 조작한 것이다. 그래서 세르게이는 후견인에게 선물을 받으며 그의 푸른 반지에 입을 맞췄다. 그리고 지금 그의 손에 들린 그 칼은 무척이나 아름다웠다. 사슴뿔을 깎아 만든 진갈색 손잡이에 상아빛 그리스 정교회 십자가가 새겨져 있었다.

세르게이는 배운 대로 칼의 밑동부터 밀어 넣어서 제대로 들어간 느낌이 들자 다시 위로 홱 들었다. 넣었다 뺐다. 넣었다 뺐다. 빠르지만 너무 빠르지는 않게. 칼날이 매번 자루 속으로 착 들어가는 게 아니므로.

꼭 이 칼이어야 하는 이유는 그가 죽이려는 남자가 경찰이기 때문이었다. 경찰이 살해당하면 수사가 더 살벌해지므로 최대한 단서를 남기지 않아야 했다. 총알이 나오면 장소나 무기나 사람까지 추적당할 수 있다. 미끈하고 깨끗한 칼로 벤 자국은 익명성을 보장해준다. 물론 칼이라 해도 그냥 찌르면 익명으로 남지 못하고 칼날의 길이와 형태가 발각될 수 있다. 그래서 안드레이가 그에게 경찰의 심장을 찌르지 말고 경동맥을 끊으라고 일러준 것이다. 세르게이는 사람 목을 딴 적도, 심장을 찌른 적도 없다. 어느 조지아 사람을 조지아 사람이라는 이유만으로 허벅지를 찌른 적이 한 번 있을 뿐이다. 세르게이는 연습이 필요하다고 생각했다. 살아 있는 걸로. 파키스탄 사람이 사는 옆집에 고양이가 세 마리 있었는데, 아침에 나갈 때마다 지린내가 코를 찔렀다.

세르게이는 칼을 아래로 내리고 고개를 숙인 채 서서 눈을 위로 치떠서 거울 속의 그를 보았다. 그럴듯해 보였다. 탄탄하고 위협적이고 위험하고 준비된 자. 영화 포스터처럼. 그가 경찰을 죽인 사실은 문신으로 새길 것이다.

그 경찰 뒤에 선다. 한발 앞으로 다가간다. 왼손으로 그자의 머리채를 뒤로 잡아챈다. 칼끝을 그자의 목에, 왼쪽에 대고 살갗을 찔러 초승달 모양으로 긋는다. 이렇게.

심장이 고동치며 피를 뿜는다. 심장박동 세 번에 핏줄기가 가늘어진다. 놈은 이미 뇌사 상태다.

칼을 접어 주머니에 넣으면서 빠르게, 그렇다고 또 너무 빠르지는 않게 떠난다. 아무도 보지 않는다. 걷는다. 홀가분하게.

세르게이는 한발 물러섰다. 몸을 곧게 펴고 서서 숨을 들이마셨다. 그 장면을 머릿속에 그렸다. 숨을 내쉬었다. 앞으로 한 걸음 다가섰다. 칼날을 비스듬히 기울여 진귀한 보석처럼 아름답게 반짝이게 했다.

06

베아테와 해리는 하우스만스 가를 빠져나와 왼쪽으로 모퉁이를 돌아서 화재가 난 건물 잔해를 가로질렀다. 잔해 속에는 아직 시커먼 유리 파편과 불에 탄 벽돌이 널려 있었다. 건물 뒤로 잡초가 무성한 비탈이 강가로 이어졌다. 해리는 올레그가 살던 건물의 뒤편에는 문이 하나도 없고, 외부로 나오는 다른 통로도 없이 꼭대기 층부터 내려오는 좁은 비상계단 하나만 있는 걸 보았다.

"옆집엔 누가 살지?" 해리가 물었다.

"아무도." 베아테가 말했다. "빈 사무실이에요. 예전엔 〈아나르키스텐〉이라고, 작은 신문사인데—."

"알아. 그렇게 형편없는 팬진*은 아니었어. 거기 문화면 필진이 요즘은 큰 신문사에서 일하고 있고. 방은 잠겨 있지 않았나?"

"누군가 침입했어요. 열려 있은 지 한참 된 거 같고."

해리는 베아테를 보았다. 그녀는 알았다는 듯이, 해리가 굳이 말할 필요도 없는 사실을 확인해주듯 고개를 끄덕였다. 누군가 올레

---

* SF에서 시작해서 대중화된 문화 현상으로 특정 문학이나 음악의 팬들을 위한 팬덤 잡지.

그의 아파트에 몰래 들어가 지내다 나갔을 가능성. 지푸라기.

그들은 아케르셀바 강가를 따라 걸었다. 해리는 강폭이 좁아 팔힘 좋은 소년이 건너편 강둑으로 총을 던졌을 가능성을 확인했다.

"아직 총이 발견되지 않았다면—." 해리가 말했다.

"담당 검사한테는 총까지 필요하지 않아요, 해리."

해리는 고개를 끄덕였다. 그 아이의 손에 묻은 총기 발사 잔여물. 그 아이가 총을 자랑하는 걸 본 목격자들. 죽은 소년에게서 검출된 그 아이의 DNA.

저 앞의 초록색 철제 벤치에 기댄, 회색 후드티셔츠를 입은 백인 소년 둘이 그들을 보고 이마를 맞대고 속삭이더니 슬금슬금 자리를 떴다.

"마약상들이 아직도 선배한테서 경찰 냄새를 맡나 봐요."

"음. 여기선 모로코인들만 마리화나를 파는 줄 알았는데."

"경쟁이 시작됐어요. 코소보 알바니아인, 소말리아인, 동유럽인. 각종 마약을 파는 망명 신청자들. 스피드, 메스암페타민*, 엑스터시, 모르핀."

"헤로인."

"그것까진 모르겠어요. 오슬로에서는 일반 헤로인이 눈에 잘 띄지 않아요. 여기선 바이올린을 최고로 쳐주거든요. 바이올린은 플라타 인근에서만 구할 수 있어요. 최근에 바이올린이 등장한 예테보리나 코펜하겐까지 원정을 갈 수도 있지만."

"그 바이올린 얘기가 자꾸 들리더군. 그게 대체 뭐야?"

"신종 합성 마약이에요. 일반 헤로인만큼은 호흡을 방해하지 않

---

* 필로폰.

아요. 그래서 신세를 망치기는 해도 과다 복용자는 적고요. 중독성이 아주 강해요. 한번 손대면 더 찾게 되죠. 그런데 비싸서 아무나 못 구하고요."

"그래서 대신 다른 마약을 찾는 거고?"

"모르핀이 대박을 쳤죠."

"한 걸음 나아갔다가 두 걸음 물러난 셈이로군."

베아테는 고개를 저었다. "중요한 건 헤로인과의 전쟁이에요. 그 사람이 전쟁에서 이겼고요."

"벨만?"

"들으셨어요?"

"하겐은 그자가 헤로인 조직을 거의 다 소탕했다고 하더군."

"파키스탄계. 베트남계. 〈다그블라데〉에서는 북아프리카계의 주요 네트워크가 박살 나니까 그 사람을 롬멜 장군이라고 칭하더군요. 알나브루의 MC 조직인데, 전부 철창에 들어갔어요."

"오토바이족? 나 있을 땐 오토바이족이 날뛰면서 스피드를 팔고 헤로인을 주사했는데."

"로스 로보스요. 폭주족 흉내 내는 애들. 바이올린 거래망이 딱 두 개였는데 그중 하나로 추정돼요. 하지만 이쪽 애들은 알나브루 습격으로 대부분 체포됐어요. 신문에 난 사진에서 벨만의 입가에 웃음이 걸린 걸 보셨을 거예요. 작전을 수행할 때 그 사람이 현장에 있었거든요."

"착한 일 좀 해보자는 건가?"

베아테가 웃었다. 해리가 좋아하는 베아테의 또 다른 특징이었다. 같은 영화광이라 해리가 적당히 허접한 영화에 나온 적당히 괜찮은 대사를 인용할 때 찰떡같이 알아듣는다는 점. 담배를 권했지만 베아테는 사양했다. 해리는 담배에 불을 붙였다.

"음. 내가 경찰청에 있을 때는 마약반이 감히 엄두도 못 내던 작전이었는데, 어떻게 벨만이 그런 성과를 올렸지?"

"그 사람을 맘에 들어하지 않는 건 알지만, 알고 보면 리더로는 괜찮아요. 크리포스 사람들도 그 사람을 좋아했고요. 청장님이 그 사람을 경찰청으로 보내서 다들 난리가 났죠."

"음." 해리는 숨을 들이마셨다. 그러면 핏속의 허기가 잠잠해지는 것 같았다. 니코틴. 헤로인, 바이올린 같은 다음절의 단어. "그래서 누가 남았지?"

"그게 해충박멸의 폐해예요. 먹이사슬을 교란시키면 다른 해충이 기승을 부릴 수도 있다는 거. 박멸된 해충보다 더 독한 놈이……."

"그렇다는 증거가 있나?"

베아테는 어깨를 으쓱였다.

"갑자기 거리에서 정보가 들어오지 않아요. 우리 쪽 정보원들은 아무것도 모르고요. 아님 다들 입을 다물어버린 건가. 두바이에서 온 남자에 관해 수군대는 소리만 들려요. 본 사람도 없고 이름도 모르고. 안 보이는 데서 꼭두각시놀음을 하는 자예요. 바이올린이 팔리고는 있는데 출처가 어딘지 추적이 불가능해요. 거리에서 마약상들을 잡아들이면 하나같이 비슷한 급의 다른 마약상들한테 샀다고만 하고. 판매 경로가 이렇게 철저히 은폐되는 게 흔치 않은 일이거든요. 단순하면서도 전문적인 조직에서 수입과 유통을 잡았다는 뜻이죠."

"그 두바이에서 온 남자. 신비에 싸인 조종자. 혹시 이런 얘기 들어본 적 없나? 알고 보면 아주 평범한 사기꾼이었다는 이야기."

"이건 달라요, 해리. 올해 들어 마약 관련 살인이 많이 일어났어요. 잔혹하기가 전과 달라요. 아무도 말하려 들지 않아요. 베트남계 마약상 둘이 자기네 아파트 들보에 거꾸로 매달린 채 발견됐어요. 익사였어요. 둘 다 물이 가득 담긴 비닐봉지를 머리에 뒤집어쓰고 있었죠."

"아랍식이 아니라 러시아식이군."

"네?"

"거기서는 사람을 거꾸로 매달아서 비닐봉지를 머리에 씌우고 목에 느슨하게 묶어. 그런 다음 발뒤꿈치부터 물을 붓지. 물이 몸을 타고 비닐봉지로 들어가서 봉지 안에 가득 고이는 거야. '달 위의 인간'이라는 수법이야."

"그런 걸 다 어떻게 알아요?"

해리는 어깨를 으쓱였다. "비라예프라는 돈 많은 외과의가 있었어. 그 사람이 1980년대에 '아폴로 11호'의 진품 우주복 한 벌을 손에 넣었지. 암시장에서 200만 달러에. 그는 자신에게 감히 사기를 치려고 하거나 돈을 떼어먹은 사람에게 그 우주복을 입혔어. 그리고 물을 부으면서 그 사람의 얼굴을 촬영했지. 그 영상을 다른 채무자들한테 돌렸고."

해리는 담배 연기를 천장으로 뿜었다.

베아테는 한참 표정을 풀지 못하다 천천히 고개를 저었다. "홍콩에선 뭐 하고 지내셨어요?"

"그건 전화로도 물어봤잖아."

"대답하지 않았잖아요."

"그렇군. 하겐이 이거 말고 다른 사건을 줄 수 있다던데. 살해당한 위장경찰 얘기를 하더군."

"네." 베아테는 구스토 사건과 올레그 얘기를 그만해도 돼서 안도하는 투로 답했다.

"그건 무슨 사건이지?"

"마약반의 젊은 위장경찰이에요. 오페라하우스 지붕이 곧장 바다로 빠지는 자리 있잖아요, 그쪽 해변으로 시신이 떠내려왔어요. 관광객이랑 애들이 다 있는 데서. 난리도 아니었어요."

"총에 맞았나?"

"익사예요."

"그럼 살해당한 건지 어떻게 알아?"

"외상은 전혀 없었어요. 사고로 바다에 빠진 것처럼 보였죠. 그 사람 관할구역이 오페라하우스 주변이었거든요. 그런데 비에른 홀름이 폐를 확인했더니 민물이 검출됐어요. 오슬로의 피오르는 아시다시피 짠물이잖아요. 누군가 사고로 위장해서 바다에 내던진 거죠."

"음, 그 경찰이 마약반이라면 강을 따라 순찰했을 텐데. 거긴 민물이고 그 물이 오페라하우스 앞 바다로 흘러가잖아."

베아테가 빙긋 웃었다. "돌아오시니 좋네요, 선배. 비에른도 그쪽을 의심하고 세균총이랑 미생물 같은 걸 비교했어요. 시신의 폐에 들어 있던 물이 너무 깨끗해서 아케르셀바 강물로는 볼 수 없었어요. 정수기로 거른 물이었거든요. 제 생각엔 욕조에서 익사한 것 같아요. 아니면 정수장 아래 연못이나. 혹은……."

해리가 꽁초를 던졌다. "비닐봉지라든가."

"그래요."

"두바이에서 온 남자. 그자에 관해 아는 건 뭐지?"

"방금 말씀드린 거요."

"아무 말도 안 했는데."

"그러니까요."

그들은 앙케르 다리 앞에 멈추었다. 해리는 손목시계를 봤다.

"어디 가시게요?" 베아테가 물었다.

"아니. 날 버리고 떠나는 기분을 느끼게 해주지 않으려고. 가도 되는 구실을 준 거야."

베아테가 미소 지었다. 웃을 때 꽤 매력적이라고 해리는 생각했다. 만나는 사람이 없는 게 이상했다. 아니, 있을지도. 그의 연락처에 저장된 여덟 명 중 한 사람을 만난 적도 있었는데, 그때도 그는 몰랐었다.

베아테의 B.

할보르센의 H. 해리의 옛 동료이자 베아테의 아이의 아버지. 경찰 작전 중에 살해당했다. 하지만 번호는 아직 삭제하지 않았다.

"라켈한테는 연락했어요?" 베아테가 물었다.

R. 해리는 그 이름이 왜 '차버리다'라는 단어와 함께 떠오르는지 의문이었다. 그는 고개를 저었다. 베아테는 기다렸다. 하지만 해리는 아무 말도 하지 않았다.

그러다 둘이 동시에 입을 열었다.

"이제 자네—."

"사실 전—."

베아테가 미소 지었다. "—가야 해요."

"그렇겠지."

해리는 도로 쪽으로 올라가는 베아테를 지켜보았다.

그리고 벤치에 앉아 강물을, 잔잔한 수면 위에 떠다니는 오리들을 보았다.

후드티를 입은 소년 둘이 다시 나타났다. 그에게 다가왔다.

"five-o?"

경찰을 뜻하는 미국 슬랭으로, 믿을 만한 TV 시리즈에서 주워들은 말일 것이다. 두 소년이 경찰 냄새를 맡은 쪽은 베아테이지, 그가 아니었다.

해리는 고개를 저었다.

"혹시 찾으시는 게……."

"평화. 평화와 고요."

해리는 안주머니에서 프라다 선글라스를 꺼냈다. 캔톤 로드의 어느 상점 주인에게 받은 물건이었다. 대출을 조금 늦게 갚아도 그가 공정하게 대해준다고 느낀 모양이었다. 여성용 선글라스이긴 해도 괜찮았다. 마음에 들었다.

"저기." 해리가 두 소년을 불렀다. "바이올린 있나?"

한 소년이 대답 대신 코웃음을 쳤다. "시내요." 다른 소년이 그의 어깨 너머를 가리켰다.

"정확히 어디?"

"판 페르시*나 파브레가스**를 찾으세요." 그들의 웃음소리가 멀어졌다. 그들은 '블로'라는 재즈 클럽 쪽으로 향했다.

해리는 벤치에 기대어 앉아 오리들이 묘하게 효율적으로 갈퀴질하는 걸 보았다. 빙판 위의 스피드스케이트 선수처럼 수면 위로 미끄러지듯 움직이게 해주는 발동작이었다.

올레그는 입을 다물어버렸다. 범인들이 그러듯이. 그들의 특권이자 유일하게 합리적인 전략이라는 듯이. 그럼 이제 어디로 가지?

---

* 프리미어리그 아스널에서 뛰었던 축구선수.
** 같은 팀 축구선수.

어떻게 이미 해결된 사건을 수사해서 이미 답이 나온 질문의 답을 찾을 수 있지? 뭘 얻을 수 있을 거라고 생각한 거지? 진실을 거부하면서 진실과 싸운다? 강력반 형사로 일하면서 보았던 여느 범인들의 가족처럼 애처롭게 부정하는 말만 되풀이하면서? "내 아들이? 그럴 리가 없어!" 해리는 자신이 왜 수사를 하고 싶은지 알았다. 할 수 있는 게 그것밖에 없어서였다. 그가 해줄 게 그것뿐이라서. 아들이 아침에 일어나면 아침밥을 챙겨줘야 한다고 고집하는 주부처럼, 친구 장례식에 악기를 가져가는 연주자처럼. 생각을 분산시키기 위해서든 위로를 얻기 위해서든, 뭐든 해야 하니까.

오리 한 마리가 빵 부스러기라도 줄까 싶은지 그에게 미끄러져 왔다. 꼭 줄 거라고 믿어서가 아니라 혹시 어떻게 될지 몰라서. 오리는 먼저 에너지 소비와 보상 가능성을 계산했을 것이다. 희망. 빙판.

해리는 벌떡 일어섰다. 재킷 주머니에서 열쇠를 꺼냈다. 그때 막, 왜 그 자물쇠를 샀는지가 떠올랐다. 그가 쓰려고 산 게 아니었다. 스피드스케이트 선수에게 주려고 샀다. 바로 올레그에게.

07

트룰스 베른트센 경관은 공항에서 당직 경위를 만나 잠시 이야기를 나눴다. 베른트센은 경위에게 물론 공항이 로메리케 지방경찰 관할이고 자신이 그 체포 사건과 아무 상관이 없다는 걸 잘 알지만, 특수작전 수사관으로서 체포된 남자를 한동안 주시해왔기에 방금 정보원을 통해 토르 슐츠가 마약 소지로 체포됐다는 정보를 입수했다고 설명했다. 그는 오슬로 지방경찰 특수작전과 오르크림 소속 3급 경관임을 증명하는 신분증을 내밀었다. 경위는 어깨를 으쓱이고는 더 제지하지 않고 세 칸의 유치장 중 한 곳으로 그를 안내했다.

등 뒤로 문이 닫히자 트룰스는 빙 둘러보며 통로와 다른 두 칸이 비어 있는지 확인했다. 그는 변기 뚜껑에 앉은 다음 널빤지 침대에서 두 손에 얼굴을 묻고 있는 남자를 보았다.

"토르 슐츠 씨?"

남자가 고개를 들었다. 재킷을 벗고 있어서 셔츠에 번쩍이는 게 붙어 있지 않았다면 그가 항공사 기장인지도 알아보지 못했을 것이다. 기장이 저 꼴이라니. 겁에 질려서 핏기 하나 없는 얼굴에 충격으로 동공이 새카맣게 커진 꼴이라니. 어찌 보면 난생처음 체포된 사람의 전형적인 모습이었다. 공항에서 토르 슐츠를 찾아오기까지는 시간이 좀 걸렸다. 하지만 거기서부터는 술술 풀렸다. 공식 범죄자 등록부인 STRASAK에 따르면 슐츠는 전과도 없고 경찰과 말썽을 일으킨 적도 없었다. 비공식 등록부에서 역시 마약 세계와 끈이 닿은 인물이 아니었다.

"누구시죠?"

"당신이 일해주는 사람들을 대신해서 왔어요, 슐츠 씨. 항공사말고. 뒤는 생략해도 되겠죠?"

슐츠는 베른트센의 목에 걸린 신분증을 가리켰다. "경찰이잖소. 날 속이려고 하는군."

"내가 경찰이면 당신에게 더 낫겠죠, 슐츠 씨. 절차를 위반한 거라 이걸로 당신 변호사가 무죄를 받아낼 가능성도 생기니까. 한데 우린 변호사 없이 일해요. 알아들어요?"

슐츠는 동공이 팽창된 눈으로 뚫어져라 보며 가능한 모든 빛을, 아주 흐릿하지만 희망을 주는 한 줄기 빛이라도 흡수하려 했다. 트룰스 베른트센은 한숨을 쉬었다. 이제부터 하려는 얘기가 제대로 전달되기만 바랐다.

"버너*를 아십니까?" 베른트센은 이렇게 묻고는 잠시 대답을 기다렸다. "경찰 수사를 방해하는 역할을 하는 자예요. 증거를 오염시키거나 빼돌리는 식으로 법 절차에 오류를 만들어서 사건이 재판까지 가지 못하게 방해하거나 수사 과정에서 일상적인 실수를 저질러 용의자를 풀어주지요. 알아듣습니까?"

---

* burner, 태우는 자.

슐츠는 두 번 눈을 깜빡였다. 그리고 천천히 고개를 끄덕였다.

"좋아요." 베른트센이 말했다. "우린 지금 낙하산 하나에 의지해 추락하는 중이에요. 내가 당신을 구하려고 비행기에서 뛰어내린 거고. 고맙단 인사는 일단 집어넣으시고 날 백 퍼센트 믿어야 됩니다. 안 그럼 우리 둘 다 땅에 처박힐 테니까. 'Capisce?'*"

그는 계속 눈을 깜빡거렸다. 알아듣지 못한 표정이었다.

"전에 도이칠란트인 경찰 버너가 있었어요. 발칸을 거쳐 헤로인을 밀반입하는 코소보 알바니아 조직 밑에서 일했어요. 아프가니스탄의 양귀비 밭에서 터키까지 화물차로 아편을 실어와 옛 유고슬라비아를 통과해 암스테르담까지 오면, 거기서 다시 알바니아인들이 스칸디나비아로 올려 보냈어요. 국경을 여러 군데 통과하고 수많은 사람에게 돈을 지불했죠. 그중 한 명이 그 버너였던 겁니다. 어느 날 젊은 코소보 알바니아인이 생아편이 잔뜩 든 휘발유통과 함께 붙잡히는 바람에 아편 덩어리를 포장도 못하고 그대로 휘발유통에 집어넣었어요. 청년이 유치장에 들어간 날 코소보 알바니아 조직이 그 도이칠란트인 버너한테 연락했어요. 버너는 청년을 찾아가 자기는 버너니까 이제 안심해도 된다며, 자기네가 뒤를 봐주겠다고 했어요. 다음 날 다시 와서 경찰에 어떻게 진술할지 말해주겠다고 했죠. 그냥 입만 다물고 있으면 됐어요. 한데 그 알바니아인 청년이 현행범으로 체포된 적은 있어도 감방에 들어간 적은 없었던 겁니다. 감방 샤워실에서 비누 하나 얻으려면 엉덩이를 대줘야 한다는 말을 너무 많이 들었는지, 좌우간에 일차 취조에서부터 전자레인지에 집어넣은 달걀처럼 터져버려서는 법정에서 유

---

* '알아들어요?'라는 뜻의 이탈리아어.

99

리한 판결을 받아내려는 요량으로 버너를 밀고한 거예요. 그래요. 버너에 관한 증거를 잡으려고 경찰이 유치장에 몰래 마이크를 달았죠. 그런데 버너가, 그 부패 경찰이 약속한 날 나타나지 않았어요. 그는 여섯 달 지난 뒤, 토막이 나서 튤립 밭에 널린 채로 발견이 되었죠. 난 도시 사람이지만 시체가 거름으로 좋다고 들은 적이 있어요."

베른트센은 말을 끊고 조종사를 바라보며 이쯤 되면 흔히 나오는 질문을 기다렸다.

조종사는 침대에 똑바로 앉아 얼굴에 핏기가 돌아오자 겨우 목청을 가다듬으며 물었다. "왜…… 어, 버너가요? 밀고한 건 그 사람이 아니잖아요."

"거기에 정의正義는 없어요, 슐츠 씨. 실질적인 문제에 필요한 해결책만 있죠. 증거를 인멸해야 할 버너가 오히려 증거가 됐으니까. 그자가 발각돼서 경찰에 체포되기라도 하는 날에는, 경찰이 그자를 앞세워 코소보 알바니아 조직을 칠 수 있으니까요. 그자는 그들의 형제가 아니라 그저 부패한 경찰일 뿐이니 한시라도 빨리 저세상으로 보내버리는 게 합리적인 선택이었어요. 경찰 살해 사건이라고 해도 중요하게 다루지 않을 게 뻔했죠. 그럴 리가 없잖아요? 버너는 이미 죗값을 받았는데 경찰이 굳이 자신들의 부패상을 만천하에 드러낼 뿐인 수사에 착수하려 들지 않겠지요. 아닌가요?"

슐츠는 대꾸하지 않았다.

베른트센이 몸을 앞으로 기울였다. 목소리는 작아졌지만 강도는 세졌다. "난 튤립 밭에서 발견되고 싶지 않아요, 슐츠 씨. 우리가 여길 빠져나가려면 서로 믿는 수밖에 없어요. 낙하산은 하나예요. 알아듣겠습니까?"

슐츠는 헛기침을 했다. "그 코소보 알바니아인 청년은 어떻게 됐습니까? 감형을 받았나요?"

"말하기 어려워요. 법정에 가기도 전에 천장에 거꾸로 매달린 채 발견됐으니까. 그전에 누군가 옷걸이 고리로 머리를 박살 냈죠."

슐츠의 얼굴에서 다시 핏기가 가셨다.

"숨 쉬어요, 슐츠 씨." 트룰스 베른트센이 말했다. 그가 이 일에서 제일 좋아하는 부분이었다. 이 순간만큼은 **그**에게 주도권이 있다는 느낌이 들었다.

슐츠는 등을 기대고 머리를 벽에 댔다. 눈을 감았다. "내가 당신 도움을 거절하고 우리 둘 다 당신이 여기 온 적 없는 걸로 치면?"

"소용없어요. 우릴 고용한 사람은 당신이 증인석에 앉는 걸 원하지 않거든요."

"그럼 나한테는 선택권이 없다는 말인가요?"

베른트센이 미소를 지었다. 그리고 그가 좋아하는 말을 내뱉었다. "슐츠 씨, 오래전부터 당신한테 선택권은 없었어요."

발레 호빈 경기장. 푸른 잔디와 자작나무, 정원과 베란다 화단이 사막처럼 펼쳐진 한복판에 작은 콘크리트의 오아시스. 겨울에는 트랙을 스케이트 링크로 쓰고, 여름에는 롤링스톤스와 프린스, 브루스 스프링스틴 같은 옛날 가수들의 콘서트홀로 변신했다. 라켈이 해리에게 U2 공연을 보러 가자고 조른 적도 있었다. 해리는 원래 클럽파라 경기장 콘서트를 싫어했다. 나중에 라켈은 해리의 마음 깊은 곳에는 그만의 음악을 고집하는 근본주의자가 들어앉았다고 놀려댔다.

발레 호빈은 대부분 지금처럼 아무도 없는 황량한 곳이었다. 이제는 아무도 쓰지 않는 물건을 생산하던 버려진 공장처럼. 여기서 해리가 간직한 좋은 추억은 올레그가 빙판에서 훈련하던 장면이다. 관중석에 앉아서 올레그가 연습에 열중하는 모습을 지켜보곤 했다. 치열하게 연습하는 모습. 실패하는 모습. 실패하는 모습. 어쩌다 성공하는 모습. 대단한 성과를 이룬 것은 아니었다. 새로 갈아치운 개인 최고 기록, 연령별 클럽 선수권대회 2위. 쑥스럽게도 괜히 가슴이 벅차서 둘 다 어색해지지 않으려고 짐짓 무심한 척할 만큼의 성과. "그렇게 나쁘진 않네, 올레그."

해리는 경기장을 둘러보았다. 아무도 보이지 않았다. 스탠드 아래 탈의실 자물쇠에 빙 열쇠를 꽂았다. 탈의실은 예전보다 더 낡긴 했지만 나머지는 예전 그대로였다. 쓰레기가 널려 있었다. 사람이 들어온 지 오래되어 보였다. 혼자 있을 수 있는 공간이었다. 해리는 사물함이 늘어선 사이로 들어갔다. 대부분 잠겨 있지 않았다. 그러다 그가 찾던 것, 아부스 자물쇠를 찾았다.

해리는 열쇠 끝을 삐죽빼죽한 자물쇠 구멍에 밀어 넣었다. 들어가지 않았다. 젠장.

돌아서서 육중한 철제 캐비닛을 죽 훑어보았다. 시선이 멈춘 사물함으로 다가갔다. 역시 아부스 자물쇠였다. 초록색 페인트에 동그라미 하나가 그려져 있었다. 'O.'

사물함을 열자 맨 먼저 눈에 들어온 물건은 올레그의 경주용 스케이트였다. 길고 얇은 날의 가장자리를 따라 붉은 반점 같은 게 있었다.

문 안쪽 환기용 창살에는 사진 두 장이 붙어 있었다. 가족사진 두 장. 그중 한 장에는 다섯 사람이 찍혀 있었다. 아이 둘과 부모로 보이는 사람들은 낯설었다. 그런데 세 번째 아이는 누군지 알아볼 수 있었다. 다른 사진에서 본 적이 있어서였다. 범죄 현장 사진.

잘생긴 외모. 구스토 한센.

해리는 구스토 한센이 그 사진에 속하지 않는 느낌이 드는 이유가 구스토의 잘생긴 외모 때문인 건가 싶었다. 아니, 정확히 말하면 그 가족에 속하지 않는 느낌이었다.

두 번째 사진에서도 비슷하게 묘한 느낌이 들었다. 짙은 머리색의 여자와 여자의 아들 뒤에 서 있는 키 큰 금발 남자에게서. 몇 년 진 가을에 찍은 사진이었다. 홀멘콜렌으로 산책하러 가서 울긋불긋한 나뭇잎 사이를 걸었고, 라켈이 카메라를 바위에 얹어놓고 자동 타이머 버튼을 눌렀다.

이게 정말 그였을까? 해리는 이렇게 온화한 표정을 지은 기억이 없었다.

라켈의 눈빛이 빛났다. 라켈의 웃음소리가 귓가에 맴도는 것만 같았다. 언제든 질리지 않고 언제나 떠올리려 했던, 그가 사랑한 웃음소리. 라켈은 누구에게나 잘 웃어주었지만 그와 올레그랑 같이 있을 때는 음색이 달라졌다. 둘만을 위한 웃음소리.

해리는 사물함을 마저 뒤졌다.

가장자리가 연푸른색인 흰 스웨터가 나왔다. 올레그의 스타일은 아니었다. 올레그는 짧은 재킷에 슬레이어와 슬립낫* 문구가 새겨진 검정색 티셔츠를 입었다. 해리는 스웨터 냄새를 맡아보았다. 희미한 향수 냄새, 여성용. 모자 선반에 비닐봉지가 있었다. 봉지를 열어 훅 들이마셨다. 마약중독자의 장비였다. 주사기 두 개, 숟가락, 고무줄, 라이터, 탈지면. 마약만 없었다. 봉지를 다시 넣으려다

* Slipknot, 미국의 헤비메탈 밴드.

뭔가를 보았다. 사물함 맨 안쪽에 셔츠 한 장. 빨간색과 흰색의 셔츠였다. 해리는 그걸 꺼냈다. 가슴에 광고문이 적힌 축구팀 셔츠였다. Fly Emirates*. 아스널.

해리는 눈을 들어 사진을, 사진 속의 올레그를 보았다. 아이는 웃고 있었다. 그 순간만큼은 거기 앉은 세 사람 모두 그곳이 참 아름다운 곳이고 다 잘 풀릴 것이며 그들이 원하는 삶이 이런 거라고 믿는다는 듯 웃고 있었다. 그런데 어쩌다 항로를 이탈했을까? 왜 저 남자는 제 손으로 타륜을 돌려 항로를 이탈하려 했을까?

'당신이 언제까지나 우리랑 같이 있겠다고 거짓말을 늘어놨잖아.'

해리는 사진을 떼서 안주머니에 넣었다.

밖으로 나오니 해가 울레른 산을 넘어가고 있었다.

* 유니폼에 적힌, 후원사 에미리트 항공사의 로고.

나 지금 피 흘리는 거 보여요, 아버지? 당신의 나쁜 피를 흘리고 있잖아요. 그리고 올레그, 네 피도. 저 성당 종소리는 널 위해 울렸어야 해. 널 저주해. 널 만난 그날을 저주해. 그날 넌 스펙트럼 경기장으로, 주다스 프리스트 공연을 보러 왔지. 나는 근처에서 어슬렁거리다 공연장에서 나오는 사람들 틈에 슬쩍 끼어들었어.

"우와, 티셔츠 멋지다. 어디서 났냐?" 내가 말을 붙였어.

넌 이상하다는 표정으로 날 봤지. "암스테르담."

"암스테르담에서 주다스 프리스트를 봤다고?"

"물론."

난 주다스 프리스트가 뭔지 좆도 몰랐지만 벼락치기를 좀 해서 그게 사람 이름이 아니라 밴드 이름이고 리드싱어 이름이 롭 뭐시기라는 것까지는 알았어.

"멋지다. 프리스트가 짱이지."

넌 잠깐 멈칫하고 날 봤어. 냄새를 맡은 짐승처럼 유심히 보더군. 위험한 상대인지, 먹잇감이나 만만한 상대인지. 아니면 (네 입장에서는) 영혼이 통할지도 모를 친구인지. 올레그, 넌 흠뻑 젖은 무거운 우비처럼 외로움을 뒤집어쓴 채로 구부정하게 수그리고 발을 질질 끌면서 돌아다녔어. 내가 널 찍은 것도 그 외로움 때문이지. 암스테르담 공연 얘기를 해주면 내가 콜라를 사겠다고 했어.

넌 주다스 프리스트에 관해, 2년 전 하이네켄 뮤직홀에서 열린 콘서트에 관해, 프리스트의 음반에서 '해치워'라는 숨은 메시지를 듣고 권총으로 스스로를 쏜 열여덟 살하고 열아홉 살이던 친구들 얘기를 떠들어댔어. 그중 한 친구는 살았다는 얘긴 쏙 빼고. 프리스트는 헤비메탈 밴드이지만 스피드메탈*로 넘어간 적이 있다고도 했지. 20분쯤 네가 고스**와 데스*** 얘기를 엄청 늘어놓았으니 이제 메스**** 얘기를 꺼낼 때가 됐지.

"그럼 이제 해치우러 가자, 올레그. 잘 통하는 친구들이 만났으니 자축해야지. 어때?"

"무슨 말이야?"

"내가 재밌는 사람들을 좀 아는데, 그 사람들이 공원으로 하러 갈 거야."

"정말?" 미심쩍은 말투.

"센 건 아니고, 그냥 아이스***** 정도."

"나 그런 거 안 해, 미안."

"야, 나도 안 해. 파이프는 조금 피워도 돼. 너랑 나랑. 진짜 아이스야. 파우더 말고. 롭처럼."

올레그가 침을 삼키다 멈췄다. "롭?"

"응."

"롭 핼퍼드******?"

---

*   1970년대 후반과 1980년대 초반에 발생한 헤비메탈의 하위 장르로, 빠르고 강한 연주와 고조된
     보컬이 특징이다.
**   goth, 고스 메탈.
*** death, 데스 메탈.
**** meth, 메스암페타민.
***** 결정 형태의 코카인.
****** Rob Halford, 주다스 프리스트의 리드싱어.

"그래. 그 사람 로드매니저가 물건을 사간 작자가 바로 내가 지금 사러 가는 그 사람이야. 너 돈 있냐?"

내가 아무렇지도 않게, 별것 아닌 양, 너무나 태연하게 말하자 나를 바라보던 너의 그 진지한 눈빛에서 의심의 그림자가 싹 걷혔어. "롭 햴퍼드가 코카인을 한다고?"

넌 내가 요구한 500크로네를 꺼냈어. 난 잠깐만 기다리라고 하고는 그대로 일어나서 떠났지. 그 길을 죽 따라서 바테를란 다리까지 내려갔어. 그렇게 네 시야를 벗어나자 곧바로 오른쪽으로 꺾어서 그 길을 건너고 다시 300미터쯤 더 가서 잠시 후 오슬로 중앙역에 이르렀어. 올레그 페우케 새끼를 또 볼 일은 없을 줄 알았지.

그런데 플랫폼 아래 굴다리 밑에서 파이프를 물고 앉아 있다가 알았지. 너랑 난 아직 끝난 게 아니라는 걸. 끝나기는 개뿔. 네가 말없이 앞에 서 있었지. 벽에 기댄 채 미끄러져 내려와 내 옆에 앉았어. 그리고 손을 내밀었어. 난 파이프를 건넸고. 네가 한 모금 빨았어. 기침을 하더군. 그리고 다른 손을 내밀었어. "거스름돈."

그걸로 구스토와 올레그 팀은 하나의 사실로 굳어졌어. 네가 여름방학 동안 아르바이트를 하던 클라스 올손 창고에서 일을 마치면 둘이 같이 시내로, 공원으로 내려가서 미델랄데르 공원의 더러운 물로 몸을 씻고 오페라하우스 주변에 들어서는 새로운 시가지를 구경했지.

앞으로 어떤 일을 하고 어떤 사람이 될지, 또 어디어디에 가보고 싶은지를 떠들면서 네가 여름 아르바이트로 번 돈으로 살 수 있는 건 닥치는 대로 사서 피우고 마셨어.

난 너한테 양아빠 얘기를 해줬어. 양엄마가 나한테 들이댔다는 이유로 그 새끼가 어떻게 날 내쳤는지. 그리고 넌 네 엄마가 사귀는 남자 얘기를 해줬어. 네가 '일등급'이라고 우기던 그 해리라는 경찰 말이야. 네가 믿을 수 있다던 사람. 그런데 뭔가 틀어졌다고 했던. 뭣보다 그 사람이랑 네 엄마 사이에. 그리고 네가 그 사람이 수사하던 살인사건에 휘말렸다고 했지. 그때 너랑 네 엄마가 암스테르담으로 떠난 거고. 내가 그 사람이 '일등급'일지는 몰라도 그런 말은 아주 촌스럽다고 했어. 그러니까 넌 '염병할'이 더 촌스러운 말이라고 했지. 그러면서 누가 '젠장' 같은 말을 알려준 적 없냐고 물었지. 실은 그것도 촌스러운 말이긴 마찬가지라면서. 그러고는 나더러 왜 그렇게 말을 과장해서 세게 하느냐며, 오슬로의 이스트엔드 출신도 아니면서 왜 그러냐고 물었지. 난 과장은 내 삶의 원칙이라고 말해줬어. 세게 말하면 내 말의 요지가 잘 드러나고 '염병할'은 틀린 말이라 오히려 딱 맞는 표현이라고 했지. 햇살이 빛났어. 난 그 말이 누가 나에 관해 한 말 중에 최고라고 생각했어.

우린 카를 요한스 가에서 장난삼아 구걸도 했어. 내가 로드후스플라센에서 스케이트보드를 훔쳐서 30분쯤 뒤에 예른바네토르게에서 스피드로 바꿨지. 우린 배를 타고 호베되야로 가서 수영하고 맥주를 퍼마셨어. 어떤 여자애들이 날 아빠 요트에 태우고 싶어했고, 넌 그저 자리를 피해준다며 돛대에서 바다로 뛰어내렸지. 우린 트램을 타고 에케베르그로 가서 일몰을 감상했어. 거기서 노르웨이컵 대회가 열렸는데, 트뢴델라그 축구팀의 우울한 감독이 날 유심히 보기에 내가 1,000크로네에 한 번 빨아주겠다고 했지. 그자가 돈을 냈고, 난 그의 바지가 발목까지 내려올 때까지 기다렸다가 내뺐어. 네가 나중에 그랬잖아. 그자가 '얼빠진' 얼굴로 너라도 대신 빨아달라는 듯 널 봤다고. 와, 그때 우리 얼마나 웃었냐!

그해 여름은 도통 끝이 안 날 것 같았어. 그래도 끝이 오긴 왔지. 우린 네가 마지막으로 받은 급료를 털어 마리화나를 사서 어슴푸레한 텅 빈 밤하늘에 연기를 내뿜었지. 넌 학교로 돌아갈 거라고, 성적을 잘 받아서 엄마처럼 법 공부를 하겠다고 했어. 그리고 나중에 염병할 경찰대학에 갈 거라고도 했어! 우린 눈물이 고이도록 웃어댔어.

그런데 개학한 뒤로는 널 보는 날이 줄었어. 점점 더 줄었지. 네가 엄마랑 홀멘콜렌으로 올라가 살 때 난 어느 밴드 연습실의 매트리스에서 잤어. 악기를 봐주고 밴드가 연습할 때만 나가 있으면 거기서 지내도 된다고 해서. 그렇게 널 단념하고 네가 예전의 그 시시한 생활로 돌아가는 게 편한가 보다고 생각했지. 그즈음 난 마약 일을 시작했고.

그건 우연이었어. 같이 살던 여자의 등골을 빼먹으면서 빈둥거리다가 오슬로 중앙역으로 내려가서 투투한테 아이스가 있냐고 물었지. 투투는 말더듬이 증세가 살짝 있고 알나브루의 로스 로보스 조직의 두목 오딘의 종 같은 놈이었어. 투투라는 이름도 실은 오딘이 붙여준 거야. 오딘이 여행가방 가득 마약 자금을 세탁해야 돼서 투투를 이탈리아의 한 대형 도박업체에 보냈대. 이미 매수된 경기에 돈을 걸게 하려고, 홈팀이 2-0으로 이기기로 한 경기였지. 오딘이 투투한테 'two-nil(2대0)'을 발음하는 방법을 가르쳐줬어. 그러다 반전이 일어난 거야. 바짝 긴장한 투투는 심하게 더듬거리면서도 돈을 제대로 걸려고 안간힘을 썼지만 그쪽에서 투-투라고만 알아듣고 그렇게 용지에 적은 거야. 경기 종료 10분 전에 물론 홈팀이 2-0으로 앞섰고, 세상은 평화롭고 밝았어. 투투만 빼고. 그제야 투-투, 2대2에 돈을 건 용지를 본 거지. 투투는 오딘이 총으로 무릎뼈를 쏘겠다 싶었어. 오딘은 무릎뼈를 쏘는 데 맛이 들렸거든. 그런데 그때 두 번째 반전이 일어난 거야. 원정팀 벤치에 앉아 있던 폴란드 출신 새 포워드의 이탈리아어 실력이 투투의 영어 실력만큼 형편없어서 결과가 정해진 경기라는 말을 알아듣지 못한 거야. 감독이 경기를 뛰게 해주니까 그저 밥값을 해야 한다는 생각에 죽어라 뛴 거지. 득점을 올렸어. 두 번이나. 투투는 다시 살아났지. 그날 밤 오슬로로 돌아와 곧장 오딘에게 달려가서 그에게 찾아온 행운에 관해 들려주려는데 운발이 거기서 다했어. 엉뚱한 결과에 돈을 건 얘기부터 꺼낸 거지. 흥분해서 심하게 더듬는 바람에 오딘이 인내심을 잃고 서랍에서 리볼버를 꺼내서는 (여기가 세 번째 반전이야) 투투의 무릎을 쏴버린 거야. 폴란드 선

수 이야기가 나오려면 아직 한참 남았는데 말이지.

어쨌든 그날 오슬로 중앙역에서 투투가 나한테 이제 아이스는 어-어-없으니 파-파-파우더로 해야 한다고 했어. 가격이 더 싸고 둘 다 메스암페타민이긴 해도 난 파우더는 딱 질색이었어. 예쁜 하얀색 결정으로 된 아이스는 뿅 가게 해주지만 오슬로에서 파는 냄새 고약한 누런 파우더에는 베이킹파우더랑 설탕이랑 아스피린, 비타민B12에 악마와 그 애미까지 섞여 들어갔거든. 아니, 우리 같은 프로 약쟁이들한테는 그냥 스피드 맛이 나는 잘 빻은 진통제나 다름없었지. 그래도 난 투투가 가진 물건을 대량으로 조금 싸게 사서 A를 조금 살 돈을 남겼어. A. 암페타민은 메스암페타민에 비하면 불순물이 섞이지 않은 건강식품이라서 약효가 조금 느리거든. 그래서 스피드를 코로 조금 흡입하고 메스암페타민에 베이킹파우더를 더 섞어 플라타로 가져가 웃돈을 붙여서 팔았어.

다음 날 다시 투투를 찾아가서 전날처럼 거래했어. 이번엔 조금 더 샀어. 코로 조금 흡입하고 나머지를 희석해서 팔았지. 그다음 날도. 외상을 달아주면 더 가져갈 수 있다고 하니까 웃더라. 넷째 날 다시 가니까 투투가 자기네 두목이 좀 더 화-확실한 기준으로 거래를 하자고 했다더라. 내가 장사하는 걸 보고 마음에 든 거지. 하루에 5,000크로네어치 두 묶음만 팔아주면 더는 아무것도 묻지 않는댔어. 그렇게 해서 난 오딘이 이끄는 로스 로보스 조직의 거리 마약상이 된 거야. 아침에 투투한테 물건을 받아다가 오후 5시까지 그날 매출액과 남은 물건을 갖다줬어. 주간 근무로. 물건이 남은 적은 없었어.

한 3주는 잘 풀렸어. 어느 수요일에 비페탕엔 부두에서 두 묶음을 싹 팔아치우고 나니까 주머니에 현찰이 두둑하더라. 코로 스피드도 잔뜩 흡입했겠다, 갑자기 중앙역의 투투한테 갈 이유가 없겠다 싶더라고. 그래서 자체 휴가를 내고 덴마크행 페리를 탄다고 문자를 보냈어. 호박벌*을 장기간 너무 자주 하면 꼭 그렇게 정신 못 차리는 상태가 와.

돌아오는 길에 오딘이 날 찾는다는 소문을 들었어. 좀 겁이 나긴 하더라. 투투가 어쩌다 그런 이름을 얻었는지 아니까. 그래서 그뤼네르뢰카 근처에만 짱박혀 지냈어. 심판의 날을 기다리면서. 그런데 오딘은 돈 몇 천 삥땅친 조무래기보다는 더 중요한 일에 정신이 팔려 있었어. 오슬로에 경쟁이 시작됐거든. '두바이에서 온 남자.' 호박벌 시장이 아니라, 로스 로보스가 주력하던 헤로인 시장에 말이야. 백러시아** 사람들이라는 말도 있고, 리투아니아 쪽이라는 말도 있고, 노르웨이계 파키스탄 사람들이라는 말도 있었어. 하지만 전문 조직이고 무서울 게 없는 자들이고 조금 아는 것보다는 많이 아는 게 낫다는 데는 이견이 없었어.

염병할 가을이었어.

빈털터리가 된 지 오래였지. 일거리도 없이 눈에 띄지 않게 바짝 엎드려 지내야 했어. 비스페 가에서 밴드 장비를 매입하는 사람을 찾아서 장비를 보러 오라고 했어. 내 물건이라고 믿게 해야 했지. 어차피 난 거기 살았으니까! 언제 수거할지 시간을 정하는 것만 남았어. 그러다 이레네가, 날 구원하러 온 천사처럼 나타난 거야. 착한 주근깨투성이 이레네. 시월의 어느 아침이었어. 소피엔베르그 공원에서 어떤 놈들이랑 일보고 있는데 이레네가 거기 있었어. 행복에 겨워 눈물이 고인 채로. 이레네한테 돈 좀 있냐고 하니까 비자카드를 흔들더라. 걔 아버지, 롤프 거라면서. 우린 가까운 ATM으로 가서 그 작자 계좌를 탈탈 털었어. 이레네는 처음엔 내켜하지 않았지만 내가 그 돈에 내 목숨이 달려 있다고 하니까 어쩔 수 없는 상황을 이해해주더라고. 우린 올림펜에 가서 먹고 마시고 스피드 몇 그램을 사서 비스페 가로 돌아왔어. 이레네가 엄마

---

* 암페타민.
** 벨라루스.

랑 싸우고 온 거라고 했어. 그날은 집에 가지 않았어. 다음 날 이레네를 역으로 데려갔어. 투투가 등에 늑대 대가리가 그려진 가죽재킷을 입고 오토바이에 걸터앉아 있더군. 염소수염에 해적 두건을 두르고. 목덜미에서 문신이 삐져나왔지만 그래봤자 염병할 종놈처럼 보였지. 투투가 벌떡 일어나 쫓아올 기세였다가 내가 자기 쪽으로 가는 걸 봤어. 2만 크로네에 이자 쳐서 5천을 얹어줬어. 휴가비를 빌려줘서 고맙다면서. 우리가 새로운 페이지를 열 수 있기를 희망한다면서. 투투가 오딘한테 전화하면서 이레네를 흘깃거리더군. 놈이 뭘 원하는지 뻔했지. 난 이레네를 돌아봤어. 불쌍하고 아름답고 창백한 이레네.

"오딘이 오-오-오천 더 내래." 투투가 말했어. "안 주면 널 프-프-프-프-프-패……." 숨을 깊이 들이쉬었어.

"패주라고." 내가 말했어.

"지금 당장." 투투가 말했어.

"좋아, 오늘 두 묶음 팔아줄게."

"도-도-돈 먼저 내."

"왜 이래, 두 시간이면 다 팔 수 있어."

투투가 날 보았어. 그리고 예른바네토르게 계단 아래 서 있던 이레네 쪽으로 고개를 까닥했어. "저-저-저 여자 뭐야?"

"날 도와줄 거야."

"여자들은 잘 파-파-팔지. 쟤도 약 하나?"

"아직." 내가 말했어.

"도-도둑놈." 투투가 이빨 없는 잇몸을 드러내며 웃었어.

나는 돈을 셌어. 나의 마지막이야. 늘 마지막이었어. 내 몸에서 피가 흐르네.

일주일 뒤 엘름 스트리트 록카페 앞에서 어떤 녀석이 이레네와 날 막아섰어.

"올레그한테 인사해." 난 이렇게 말하고 벽에서 뛰어내렸지. "내 동생한테 인사해, 올레그."

난 그 녀석을 안아주었어. 녀석이 고개를 숙이지 않는 느낌이 들더군. 내 어깨 너머를 바라보는 느낌. 이레네를. 그리고 녀석의 청재킷 속에서 쿵쾅거리는 심장 박동이 전해졌어.

베른트센 경관은 책상 위에 발을 올리고 앉아 수화기를 귀에 댔다. 로메르리케 지방경찰의 릴레스트룀 경찰서로 전화해서 크리포스 연구실의 조교 토마스 룬데르라고 자기를 소개했다. 상대편 경관이 가르데르모엔에서 헤로인으로 추정되는 물건이 든 봉지를 받았다고 방금 확인해주었다. 표준 절차에 따라 국내에서 압수한 마약은 모두 오슬로 브륀의 크리포스 연구실로 보내서 검사해야 했다. 일주일에 한 번씩 크리포스 차량이 외스트란의 모든 지방경찰을 돌면서 압수품을 수거했다. 이외의 지방에서는 자체 배달원을 통해 물건을 보냈다.

"좋습니다." 베른트센이 크리포스의 토마스 룬데르의 사진과 서명이 있는 가짜 신분증을 만지작거렸다. "아무튼 제가 릴레스트룀으로 직접 가서 브륀으로 보낼 물건을 가져오죠. 저희야 많은 양을 한꺼번에 검사하는 편이 나으니까요. 그럼, 내일 일찍 뵙죠."

그는 전화를 끊고 창밖을 내다보았다. 비에르비카 주변의 하늘로 솟아오르는 신시가지를 보았다. 세세한 부분을 하나하나 떠올리면서. 나사의 크기, 너트의 나삿니, 모르타르의 품질, 유리의 유연성, 모든 게 잘 굴러가기 위해 제대로 갖춰야 할 모든 것을 떠올리면서. 그리고 깊은 곳에서 만족감이 올라왔다. 사실이 그랬으니까. 이 도시는 제대로 굴러가고 있다.

09

늘씬하게 쭉 뻗은 다리 같은 소나무들이 푸른 잔디밭 언저리에 빙 둘러 서서 집 앞 자갈밭에 흐린 오후의 그림자를 드리웠다. 진입로에 선 해리는 홀멘담멘으로 이어진 가파른 비탈길을 올라오느라 흘린 땀을 식히며 어두운 집을 살펴보았다. 시커멓게 얼룩덜룩한 굵은 목재는 견고함과 안전을 과시하고 트롤과 거친 자연을 막아주는 방어벽이었다. 그걸로는 충분하지 않았다. 주위의 다른 집들은 끊임없이 개조하고 확장해서 크기는 커졌지만 멋이 없는 단독주택이 되었다. 외위스테인, 연락처에 'ø'로 입력된 그 친구는 십자맞춤 목재는 자연과 소박함과 건강을 추구하는 부르주아들의 갈망의 표현이라고 말했다. 해리에게는 병들고 비뚤어지고 연쇄살인범에게 포위당한 일가족이 보일 뿐이었다. 그럼에도 그녀는 그집을 지키기로 했다.

해리는 현관문 앞으로 가서 초인종을 눌렀다.

안에서 묵직한 발소리가 들렸다. 문득 전화하고 올걸 그랬나 하는 생각이 들었다.

문이 열렸다.

금발 앞머리를 내린 남자가 서 있었다. 한창 시절에는 숱이 많아서 그를 돋보이게 해줬을 게 분명하지만 나이를 먹으면서 다소 제멋대로 자란, 아직은 잘 먹히기를 바라는 마음에서 기르는 그런 류의 앞머리였다. 다림질한 연푸른색 셔츠도 젊었을 때부터 입었을 것 같았다.

"네?" 남자가 말했다. 개방적이고 친근한 생김새. 친근한 것 외에는 다른 무엇도 본 적이 없을 것 같은 눈빛. 가슴께 주머니에 조그만 폴로 선수가 수놓여 있었다.

해리는 목이 타들어가는 느낌이 들었다. 초인종 아래 문패를 흘끗 보았다.

라켈 페우케.

그런데 매력적이고 섬세한 얼굴의 웬 남자가 제 집인 양 문을 열고 서 있었다. 대화를 시작하기 위한 여러 가지 좋은 기법을 아는 해리이지만 기껏 고른 방법은 이거였다. "누구십니까?"

앞에 선 남자가 해리로서는 평생 지을 일이 없는 표정을 지었다. 찡그리면서도 미소 짓는 표정. 우월한 사람이 열등한 사람의 뻔뻔한 태도 앞에서 거들먹거리면서 재미있어하는 표정.

"그쪽이 밖에 있고 제가 안에 있으니 그쪽이 누군지 밝히는 게 좀 더 자연스러워 보이겠죠. 무슨 일로 오셨는지도."

"정 그러시다면." 해리는 크게 하품을 했다. 물론 시차증 때문일 수 있었다. "초인종 옆에 붙은 문패의 주인하고 볼일이 있습니다만."

"어디서 오셨죠?"

"여호와의 증인이요." 해리는 손목시계를 보았다.

남자는 자동으로 해리에게서 눈을 떼고 여호와의 증인이라면 항상 붙어 다니는 파트너를 찾아보았다.

"해리라고 합니다. 홍콩에서 왔어요. 어디 갔습니까?"

남자의 눈썹이 둥글게 올라갔다. "그 해리요?"

"지난 50년간 노르웨이에서 제일 인기 없는 이름들 중 하나였으니까 그렇다고 볼 수 있겠군요."

남자는 이제 해리를 찬찬히 살피며 고개를 끄덕이고 입가에 살짝 미소를 지었고, 그러는 사이 머릿속으로는 앞에 서 있는 인물에 관해 들었던 정보를 짚어보는 것 같았다. 그렇다고 문 앞에서 비켜서거나 해리의 질문에 대답할 생각은 전혀 없어 보였다.

"저기요?" 해리는 다리를 옮겨 짚었다.

"그쪽이 오셨었다고 전할게요."

해리가 날렵하게 발을 내밀었다. 본능적으로 발바닥을 들어 문이 발등이 아니라 신발 밑창을 쩧게 했다. 새 직업에서 배운 수법이었다. 남자는 해리의 발을 보고 다시 해리를 보았다. 거들먹거리면서 재미있어하는 표정이 사라졌다. 무슨 말인가 하려고 했다. 상대의 기를 확 눌러서 질서를 잡아줄 말. 하지만 생각을 고쳐먹은 듯했다. 상대가 누구든 생각을 고쳐먹게 만드는 해리의 표정을 보고서.

"저기―." 남자가 입을 열었다. 그리고 다물었다. 눈을 한 번 깜빡였다. 해리는 기다렸다. 혼란스러워 하기를. 망설이기를. 물러서기를. 다시 눈을 깜빡이기를. 남자가 헛기침을 했다. "나갔어요."

해리는 꼼짝 않고 서 있었다. 정적이 감돌게 놔두었다. 2초. 3초.

"저도…… 언제 돌아올지 모릅니다."

해리의 얼굴에 근육 하나 움찔하지 않았지만 남자의 얼굴은 숨을 곳을 찾는 듯 표정이 확확 바뀌었다. 그러다 결국 원점으로 돌아왔다. 처음의 친근한 표정으로.

"한스 크리스티안이라고 합니다. 제가…… 좀 뻣뻣하게 굴어서 죄송합니다. 하지만 그 일로 별별 문의가 많이 와서요. 라켈은 지금 안정을 취해야 해요. 전 라켈의 변호사입니다."

"라켈의?"

"라켈과 올레그의. 들어오시겠습니까?"

해리는 고개를 끄덕였다.

거실 테이블에 서류가 쌓여 있었다. 해리는 그쪽으로 향했다. 사건 관련 서류. 보고서. 서류의 높이로 보아 그들은 아직 조사량을 줄이지 않았다.

"여긴 무슨 일로 오셨는지 여쭤도 될까요?" 한스 크리스티안이 물었다.

해리는 서류를 넘겼다. DNA 검사지. 목격자 진술. "음, 당신은요?"

"제가 뭘요?"

"**당신**은 왜 여기 있냐고요? 변론을 준비할 사무실이 따로 없습니까?"

"라켈이 같이 준비하고 싶어해서요. 라켈도 변호사잖아요. 저기요, 홀레 씨. 당신이 누군지도 알고, 라켈하고 올레그랑 가까웠던 것도 알지만—."

"그러는 그쪽은 정확히 얼마나 가깝습니까?"

"저요?"

"네, 그쪽한테 두 사람을 보살필 책임이 있다는 말처럼 들려서요."

해리는 자신의 말투를 무시했다. 속내가 뻔히 드러나는 것도 알고 상대가 재미있다는 표정으로 그를 쳐다보는 것도 알았다. 주도권을 빼앗긴 것도 알았다.

"라켈하고 전 오랜 친구예요." 한스 크리스티안이 말했다. "어릴 때 이 근처에 살았고, 같이 법학을 전공했고, ……음. 한창때를 같이 보내면 왜 그 끈끈한 게 생기잖아요."

해리는 고개를 끄덕였다. 입을 다물어야 한다는 건 알았다. 말을 할수록 불리해지는 것도 알았다.

"음. 그렇게 끈끈한 사이라면 왜 내가 라켈을 만나던 시기에 당신을 본 적도, 당신 얘길 들은 적도 없을까요? 이상하네."

한스 크리스티안은 대답할 수 없었다. 문이 열렸다. 그리고 그녀가 나왔다.

해리는 새의 발톱이 심장을 움켜잡고 쥐어짜는 느낌이 들었다.

몸매는 여전했다. 날씬하고 꼿꼿했다. 얼굴도 그대로였다. 하트 모양 얼굴형에 진갈색 눈동자와 잘 웃는 살짝 도톰한 입술. 헤어스타일도 거의 그대로였다. 조금 옅어지기는 했지만 여전히 짙은 색 긴 머리. 하지만 눈은 달라졌다. 쫓기는 짐승처럼 크고 사나운 눈. 그러나 해리를 보자 뭔가 돌아온 것 같았다. 한때 그녀였던 사람의 무언가. 예전 그 눈빛.

"해리." 이 한마디에 나머지도 다 돌아왔다. 전부 다.

해리는 그녀에게 두 걸음 성큼 다가가 안아주었다. 머리카락의 향기. 등줄기에 닿는 그녀의 손가락 감촉. 그녀가 먼저 포옹을 풀었다. 해리는 한발 물러나서 그녀를 보았다.

"좋아 보여." 그가 말했다.

"당신도."

"거짓말."

그녀가 설핏 웃었다. 눈에 벌써 눈물이 고였다.

그들은 그대로 서 있었다. 해리는 그녀가 자기를 살펴보게, 더 나이 들고 새로 흉터가 생긴 얼굴을 찬찬히 관찰하게 해주었다. "해리." 그녀가 다시 그의 이름을 부르고 고개를 갸웃하며 웃었다. 첫 눈물방울이 눈썹에 맺혀 흔들리다 떨어졌다. 부드러운 살결에 한 줄기 눈물이 흘렀다.

폴로 선수가 수놓인 셔츠를 입은 남자가 어디선가 헛기침을 하고 회의에 참석하러 가봐야 한다고 말했다.

이제 둘만 남았다.

해리는 라켈이 커피를 내리는 내내 자신의 쇠붙이 손가락에서 눈을 떼지 못하는 걸 알았지만 둘 다 아무 말도 하지 않았다. 둘 사이에는 스노우맨을 절대로 입에 올리지 않는다는 무언의 합의가 있었다. 해리는 주방 식탁에 앉아 홍콩에서 지낸 얘기를 꺼냈다. 말해도 되는 것만 했다. 하고 싶은 이야기만. 허먼 클루이트의 미지불 계좌 '채무 컨설턴트'는 대출 상환이 늦어지는 고객들을 찾아가서 친근한 방식으로 기억을 살짝살짝 건드려주는 일을 한다고 말했다. 컨설팅이란 요컨대 현실적으로 여건이 되면 바로 돈을 갚으라고 조언하는 일이었다. 해리는 양말만 신고 잴 때 192센티미터에 달하는 키와 넓은 어깨와 핏발 선 눈, 새로 생긴 흉터야 말로 자신의 중요하고도 몇 안 되는 강점이라고 말했다.

"친근하고 프로답게. 슈트, 넥타이, 홍콩과 타이완과 상하이의 다국적 기업. 룸서비스가 있는 호텔. 근사한 사무실 건물. 고상한 스위스 개인 은행의 중국판. 서양식 악수와 정중한 문구. 아시아의 미소. 그러면 대개 그다음 날 바로 돈이 들어와. 허먼 클루이트는 만족하고. 우린 서로를 잘 알아."

라켈이 커피를 한 잔씩 따르고 앉았다. 숨을 깊이 들이마셨다.

"난 헤이그 국제사법재판소에 자리를 얻었어. 암스테르담에 사무실이 있고. 이 집만 떠나면 이 도시, 모든 관심이……."

나를 말하는 거겠지, 해리는 생각했다.

"……기억이, 다 괜찮아질 줄 알았어. 한동안은 괜찮았어. 그러다 시작된 거야. 처음에는 애가 막 대들면서 난리를 피웠어. 올레그가 어릴 때는 소리 한 번 지른 적이 없거든. 짜증을 부리기는 했어도 한 번도…… 그렇게는. 내가 자길 데리고 오슬로를 떠나서 자기 인생을 망쳤다는 거야. 내게 반박할 말이 없다는 걸 알면서 그런 식으로 말했어. 내가 울음을 터트리면 자기도 따라 울어. 왜 당신을 밀어냈느냐고 묻더라. 당신이 우리를 구해줬는데. 그……, 그……."

해리는 라켈이 그 이름을 꺼내지 않아도 되도록 고개를 끄덕였다.

"집에 늦게 들어오기 시작하더라. 친구들을 사귀었다고 했는데 내가 본 적 없는 애들이었어. 어느 날엔 레이체 광장의 카페에서 해시시를 피웠다고 순순히 털어놓더라고."

"관광객들이 득실대는 불독 팔라스?"

"맞아. 암스테르담에 사니까 그냥 한번 해본 건 줄 알았지. 그래도 내심 겁이 났어. 걔 아빠가…… 음, 알잖아."

해리는 고개를 끄덕였다. 올레그는 러시아 귀족의 피를 물려받았다. 황홀경, 격분, 우울. 도스토옙스키의 나라.

"방에 틀어박혀서 음악만 듣더라. 무겁고 우울한 거. 있잖아, 그런 밴드들……."

해리는 다시 고개를 끄덕였다.

"당신 음반도. 프랭크 자파, 마일스 데이비스, 슈퍼그래스. 닐 영. 슈퍼사일런트."

밴드 이름이 술술 나오는 걸 보니 라켈이 엿듣고 있었던 모양이었다.

"그러다 어느 날 애 방에서 청소기를 돌리다가 웃는 얼굴이 찍힌 알약 두 개를 찾았어."

"엑스터시?"

라켈이 고개를 끄덕였다. "두 달 뒤 여기 법무부에 자리를 알아보고 바로 돌아온 거야."

"안전하고 순수한 옛 오슬로로."

라켈은 어깨를 으쓱였다. "환경을 바꿔줘야 했어. 새로 시작할 수 있게. 효과가 있었어. 알다시피 친구가 많은 애는 아니지만 어릴 적 친구 두 명을 다시 만나서 학교에 잘 다녔어. 그러다……." 라켈의 목소리가 갈라졌다.

해리는 기다렸다. 커피를 벌컥 들이켰다. 마음을 단단히 먹었다.

"며칠씩 집에 들어오지 않았어. 도무지 뭘 어째야 할지 모르겠더라. 애가 엇나가니까. 경찰에 신고도 해보고 심리학자와 사회학자들한테 문의도 해봤어. 법적으로 성인이 아니어도 마약을 하거나 법을 위반한 증거가 있는 게 아니면 손쓸 방법이 없더라고. 속수무책이었지. 내가! 항상 잘못은 부모한테 있다고 믿고, 남의 집 애들이 탈선할 때 해결책을 내놓던 내가 말이야! 자, 무관심하게 대하지 말고 억압하지 마세요, 액션! 이랬으면서."

해리는 커피테이블에 올려놓은 그의 손 옆에 라켈의 손을 보았다. 가냘픈 손가락. 이런 초가을쯤이면 볕에 그을었을 손이 허옇고 실핏줄까지 비쳐 보였다. 하지만 그 손에 손을 얹고 싶은 충동에 굴복할 수는 없었다. 뭔가가 가로막았다. 올레그가.

라켈이 한숨을 쉬었다.

"그래서 시내에 가서 애를 찾아다녔어. 밤마다. 애를 찾을 때까지. 애가 톨부 가의 어느 모퉁이에서 날 보더니 반가워하더라. 자긴 행복하댔어. 일자리도 구하고 친구들하고 같이 아파트를 얻어 지낸다는 거야. 자유가 필요하댔어. 왠지 꼬치꼬치 캐물으면 안 될 것 같았어. 올레그는 '여행'을 하고 있었던 거야. 걔 나름대로 갭이어*를 보내면서 세상을 항해하고 있었어. 홀멘콜렌의 여느 아이들처럼. 오슬로 도심의 세상을 항해하고 있었어."

"뭘 입고 있었어?"

"무슨 뜻이야?"

"아냐. 계속해."

"집으로 곧 돌아오겠다고 했어. 다시 학교에 가서 공부도 마칠 거라고도 했고. 일요일에는 집에 와서 점심을 같이 먹기로 했어."

"그래서 왔어?"

"응. 아이가 돌아가고 난 후에야 그 애가 내 방에 몰래 들어와 보석함을 훔쳐간 걸 알았어." 라켈이 가볍게 떨면서 길게 숨을 들이마셨다. "당신이 베스트칸토르게에서 사준 그 반지도 거기 들어 있었어."

"베스트칸토르게?"

"기억 안 나?"

해리의 뇌가 초고속으로 감겼다. 시커멓게 뚫린 구멍 몇 개, 꾹꾹 눌러놓은 하얀 구멍 몇 개, 알코올이 먹어치운 큼직한 빈자리

---

* 고등학교를 졸업하고 대학에 진학하기 전에 1년간 여행하거나 일하면서 보내는 시간.

가 나왔다. 하지만 색채와 질감이 선명한 자리도 있었다. 그들이 베스트칸토르게의 벼룩시장을 돌아다닌 그날. 올레그가 같이 있었던가? 그래, 있었지. 물론. 그 사진. 타이머. 단풍잎. 아니, 그건 다른 날이었나? 그들은 좌판 사이를 한가하게 거닐었다. 낡은 장난감, 그릇들, 녹슨 시가 상자, 재킷이 있는 것도 있고 없는 것도 있던 레코드, 라이터. 그리고 금반지.

반지가 홀로 외로워 보였다. 그래서 그 반지를 사서 라켈의 손가락에 끼워주었다. 반지에게 새 집을 주려고, 라는 말과 함께. 아니, 그 비슷한 말. 수줍어서 그렇다고, 사랑의 표현을 감추려는 거라고 라켈이 이해해줄 거라고 믿으며 건넨 경솔한 말. 정말 이해했는지, 어쨌든 둘 다 웃었다. 그런 행동 때문에, 반지 때문에, 둘 다 상대가 아는 걸 알기 때문에. 그런 게 아무렇지 않아서. 그들이 원하면서도 원하지 않는 모든 게 그 낡아빠진 싸구려 반지에 담겨 있어서. 사랑할 수 있는 한 열심히 사랑하고 사랑이 식으면 헤어지자는 맹세. 라켈이 떠난 건 물론 다른 이유에서였다. 더 그럴듯한 이유. 하지만 그녀는 그 싸구려 반지를 간직하고 오스트리아인 어머니에게 물려받은 보석과 함께 보석함에 고이 보관한 것이다.

"해가 지기 전에 나갈까?" 라켈이 물었다.

"응." 해리가 라켈의 미소에 마주 웃었다. "그러자."

그들은 산마루까지 구불구불 이어진 길을 따라 걸었다. 동쪽으로 낙엽수가 붉게 물들어서 꼭 산불이 난 것 같았다. 햇살이 내리비치는 피오르가 용광로처럼 끓었다. 하지만 언제나처럼 해리의 마음을 사로잡는 건 저 아래 펼쳐진 인공적인 도시 풍경이었다. 개밋둑의 전망. 집들과 공원, 도로, 기중기, 항구의 선박들, 하나둘씩

켜지기 시작한 불빛. 여기저기 급히 달리는 자동차와 기차. 인간 활동의 총합. 잠시 멈춰서 분주히 오가는 개미들을 내려다볼 수 있는 사람만이 스스로 던질 수 있는 질문. 왜?

"난 평화와 고요를 꿈꿔." 라켈이 말했다. "그거면 돼. 당신은? 당신은 어떤 꿈을 꿔?"

해리가 어깨를 으쓱였다. "좁은 통로에 있는데 눈사태가 날 덮치는 꿈."

"와아."

"나 알잖아. 폐소공포증 있다는 것도."

"누구나 두려움과 욕망에 관한 꿈을 자주 꿔. 사라지고, 파묻히고. 어찌 보면 안전한 거네, 안 그래?"

해리는 주머니에 손을 더 깊이 찔러 넣었다. "3년 전에 눈사태에 깔렸어. 그냥, 그래서 그런 거라고 해둘게."

"그래서 홍콩까지 가서도 당신의 그 유령들한테서 도망치지 못했구나?"

"아냐, 도망쳤어. 거기 가니깐 유령들이 줄어들긴 하더라."

"정말?"

"음, 과거를 잊는 건 가능해, 라켈. 유령들을 대하는 요령이 있거든. 뚫어져라 한참 응시해서 그들의 실체를 알아내는 거야. 유령들. 생명이 없고 힘없는 혼령들."

"그래서." 라켈은 이런 화제가 마음에 들지 않은 듯했다. "만나는 여자는 있어?" 믿기지 않을 만큼 스스럼없이, 아무렇지 않게 질문이 툭 나왔다.

"글쎄."

"말해봐."

라켈은 선글라스를 쓰고 있었다. 얼마나 듣고 싶은 건지 가늠이
되지 않았다. 해리는 하나씩 교환하기로 했다. 그도 듣고 싶었다.

"중국 여자였어."

"였어? 죽었나?" 라켈은 장난스럽게 웃었다. 잘 감당할 수 있을
것처럼 보였다. 아무리 그래도 조금만 더 까칠하게 나와주면 고마
울 것 같았다.

"상하이의 사업가야. 중국에서 '콴시關係'라고 하는, 써먹을 데 있
는 인맥을 잘 돌보는 여자야. 거기다 돈 많고 늙은 중국인 남편을
잘 돌보지. 시간이 나면 나까지도."

"그럼 그렇게 잘 돌보는 성격을 당신이 이용하는 건가?"

"나도 그런 거라고 말할 수 있으면 좋겠다."

"응?"

"그 여자가 장소와 시간을 아주 구체적으로 정하거든. 방법까지
도. 그 여자가 좋아하는 건—."

"됐어!" 라켈이 말했다.

해리는 씁쓸하게 웃었다. "알다시피 난 스스로 원하는 게 뭔지
잘 아는 여자들한테 약하잖아."

"됐다니까."

"알았어."

그들은 묵묵히 계속 걸었다. 그러다 해리가 둘 사이에 또렷이 맴
돌던 말을 꺼냈다.

"한스 크리스티안이란 사람은 뭐야?"

"한스 크리스티안 시몬센? 올레그의 변호인이야."

"살인사건을 수사하면서 한스 크리스티안 시몬센이란 이름은
들어본 적이 없어."

"여기 출신이야. 법대에 같이 다녔어. 그 친구가 와서 변호를 맡아주겠다고 제안했고."

"음. 그래."

라켈이 웃었다. "대학 다닐 때 한 번인가 두 번 데이트 신청을 한 것도 같네. 재즈댄스 레슨에 같이 가자고도 했고."

"말도 안 돼."

라켈이 다시 웃었다. 저 웃음소리가 얼마나 그리웠던가.

라켈이 해리를 쿡 찔렀다. "알다시피 난 스스로 원하는 게 뭔지 아는 남자들한테 약하잖아."

"어허. 그럼 그런 남자들이 당신한테 뭘 해줬는데?"

라켈은 대답하지 않았다. 대답할 필요도 없었다. 대신 굵고 짙은 눈썹 사이에 골이 잡혔다. 눈에 띌 때마다 해리가 검지로 톡톡 쳐주던 주름. "결과를 미리 아는 노련한 변호사보다 헌신적인 변호사를 곁에 두는 게 더 중요할 때가 있어."

"음. 승산이 없는 걸 아는 사람 말이군."

"그럼 늙고 피곤에 찌든 일꾼을 썼어야 했다는 거야?"

"최고가 진짜 헌신적이야."

"이건 별 볼 일 없는 마약 살인사건이야, 해리. 최고들은 유명한 사건을 맡기도 바빠."

"그래서, 올레그가 그 헌신적인 변호사한테 뭐라고 했대?"

라켈이 한숨을 쉬었다. "아무것도 기억나지 않는대. 그 말 말고는 아무 말도 하고 싶지 않다고 했대."

"그런데 그걸로 변호한다고?"

"한스 크리스티안은 자기 분야에서 유능한 변호사야. 뭘 해야 하는지 잘 알아. 최고들한테 조언을 구하고 있어. 밤낮 없이 일해. 정말이야."

"말하자면 당신도 그 친구의 잘 돌보는 성격을 이용하는 거네?"

이번에는 라켈이 웃지 않았다. "난 엄마야. 단순해. 뭐든 다 해보고 싶어."

그들은 숲이 시작되는 지점에 서서 가문비나무 줄기를 하나씩 차지하고 앉았다. 해가 독립기념일의 바람 빠진 풍선처럼 서쪽의 나무 꼭대기로 가라앉았다.

"당신이 왜 왔는지 알아." 라켈이 말했다. "그런데 정확히 뭘 어떻게 하려는 거야?"

"올레그가 합리적인 의심의 여지없이 유죄인지 알아낼 거야."

"왜?"

해리는 어깨를 으쓱였다. "난 형사니까. 이게 우리가 이 개밋둑을 쌓은 방식이니까. 확실해지기 전에는 누구도 유죄일 수 없어."

"당신은 확신이 없어?"

"응, 확신은 없어."

"그거 하나 때문에 돌아왔다는 거야?"

가문비나무 그림자가 그들을 타고 스멀스멀 올라왔다. 해리는 리넨 슈트 속에서 조금 떨었다. 체온조절장치가 아직 북위 59.9도에 적응하지 못한 듯했다.

"이상해." 해리가 말했다. "우리가 같이 살던 시절이 단편적인 기억 말고는 잘 떠오르지 않아. 사진을 보면 생각나는 식이야. 그 사진 속의 우리처럼. 그게 사실이 아닌 걸 알면서도."

해리는 라켈을 보았다. 그녀는 한손으로 턱을 받쳤다. 가늘게 뜬 눈 속에서 태양이 반짝였다.

"어쩌면 그래서 다들 사진을 찍는 거겠지." 해리가 말을 이었다.

"우리가 행복했다는 거짓 주장을 뒷받침할 거짓 증거를 마련하려고. 살면서 잠시나마 행복한 적이 없다고 하면 견디기 힘드니까. 어른들은 애들한테 사진 찍을 때 웃으라고 하고 자기네 거짓말로 끌어들여. 그렇게 웃으면서 행복을 가장해. 그래도 올레그는 진심이 아니면 절대 웃지 않고 거짓말도 못했어. 그런 게 아예 없는 애였으니까." 해리는 다시 해를 향해 돌아서 산마루의 제일 높은 나뭇가지 틈새로 노란 손가락처럼 길게 뻗은 마지막 햇살을 보았다. "발레 호빈의 사물함 문에서 우리 셋이 찍은 사진을 찾았어. 그거 알아, 라켈? 사진 속에서 애가 웃고 있더라."

해리는 가문비나무만 보았다. 얼마 남지 않은 색마저 순식간에 빠져나가고 이제 검은 제복의 경비들처럼 우두커니 서 있었다. 그러다 그녀가 가까이 다가오는 소리가 들리고 그녀의 손이 그의 팔 밑으로 들어오는 느낌과 그녀의 머리가 그의 어깨에 기댄 느낌, 리넨 슈트 위로 뜨거운 뺨이 닿는 느낌이 들고 그녀의 머리카락 향기가 났다. "사진 같은 거 없어도 우리가 얼마나 행복했는지 난 다 생각나, 해리."

"음."

"어쩌면 걔가 거짓말하는 걸 배웠겠지. 다들 그러잖아."

해리는 고개를 끄덕였다. 갑자기 쌩 하고 불어오는 바람에 부르르 떨렸다. 그가 거짓말하는 법을 배운 건 언제였더라? 여동생이 엄마가 하늘나라에서 그들을 볼 수 있느냐고 물었을 때였나? 그렇게나 일찍이었나? 그래서 이렇게 올레그가 무슨 짓을 했는지 모르는 양 거짓으로 둘러대는 건가? 올레그가 순수를 잃어버린 건 거짓말하는 법을 배워서도 아니고, 헤로인을 하거나 엄마의 보석을 훔쳐서도 아니었다. 사람의 정신을 좀먹고 육체를 무너뜨리고 차갑고 축축한 의존의 지옥으로 떨어뜨리는 마약을 파는 법을 아무런 위험성도 모른 채 아주 효과적으로 배운 탓이었다. 올레그는 구스토를 죽인 범인이 아니라고 해도 유죄였다. 올레그는 사람들을 항공편으로 보내버렸다. 두바이로.

Fly Emirates.

두바이는 아랍에미리트에 있다.

아랍인은 없고 아스널 셔츠를 입고 바이올린을 파는 마약상들만 있다. 그들은 그 셔츠와 함께 마약 파는 지침을 받았다. 돈을 만지는 사람과 마약을 보관하는 사람이 함께 움직이라는 지침. 뭘 팔고 어느 조직 소속인지 드러낼 만큼 눈에 잘 띄면서도 지극히 평범한 셔츠. 탐욕과 어리석음과 무기력과 무모함으로 금방 생겼다 사라지는 흔한 조직이 아니라, 쓸데없는 위험을 자초하지 않고 후원자들을 노출시키지 않으면서도 약쟁이들이 탐내는 신종 마약을 독점하는 조직. 올레그도 그들의 일원이었다. 해리가 축구를 잘 아는 건 아니지만 판 페르시와 파브레가스가 아스널 선수라는 것 정도는 알았다. 토트넘 팬이 특별한 이유도 없이 아스널 셔츠를 살 리가 없다는 것도. 올레그한테 거기까지는 주워들은 적이 있다.

올레그가 해리에게든 경찰에게든 털어놓을 이유가 없었다. 올레그는 아무도 아는 게 없는 어떤 사람이나 조직 밑에서 일했다. 모두 입을 다물게 만드는 사람이나 조직. 여기서 시작해야 했다.

라켈이 눈물을 흘리며 그의 목에 얼굴을 묻었다. 뜨거운 눈물이 그의 피부를 적시고 셔츠 속으로 가슴 위로 심장 위로 흘러내렸다.

순식간에 어둠이 깔렸다.

세르게이는 침대에 누워 천장을 보았다.

시간이 흘렀다. 일 초 그리고 일 초.

시간이 가장 느리게 흐르는 대목이었다. 기다림의 순간. 더구나
그 일이 일어날지 어떨지 확신하지도 못하는 순간. 필요한 일이 될
지 어떨지 아직 확실하지 않았다. 잠이 오지 않았다. 꿈자리도 사
나웠다. 확실히 알고 싶었다. 안드레이한테 전화해서 삼촌과 얘기
좀 할 수 있느냐고 물었다. 안드레이는 '아타만'이 전화를 받을 수
없다고 답했다. 그게 다였다.

삼촌과는 매번 이런 식이었다. 그에게 삼촌이 있는 줄도 모르고
산 시간이 대부분이었다. 삼촌이, 그 아르메니아인 허수아비가 나
타나서 그에게 질서를 잡아주고 나서야 세르게이는 이것저것 알
아보았다. 집안의 다른 친척들이 그에 관해 거의 모른다는 데 무
척 놀랐다. 삼촌이 1950년대에 서쪽에서 넘어와서 그의 집안과 결
혼한 것까지는 알아냈다. 누구는 삼촌이 리투아니아 출신으로, 스
탈린이 강제로 이주시킨 지주계급의 부농 출신이고 삼촌의 집안
은 시베리아로 추방당했다고 했다. 또 누구는 삼촌이 1951년에 몰
다비아에서 시베리아로 강제 이주당한 소규모의 여호와의 증인 집
단 출신이라고도 했다. 친척 중에 나이 많은 한 아주머니는 삼촌이
배움이 깊고 언어 능력이 뛰어나고 예의 바른 사람이면서도 그들
의 소박한 생활에 금방 적응해서 시베리아 우르카의 유구한 전통
을 자신의 것처럼 지켜냈다고도 했다. 또 이런 남다른 적응력과 뛰
어난 사업 감각으로 순식간에 다른 우르카들로부터 지도자로 추
앙받을 수 있었다고도 했다. 얼마 후 삼촌은 시베리아 남부에서 가
장 수익성이 좋은 밀수 사업을 벌였다. 1980년대에는 사업이 널
리 확장되어 결국 당국에서도 뇌물을 먹고 눈감아줄 수 없는 지경
에 이르렀다. 소련이 붕괴하던 시기에 경찰이 그들을 급습했다. 삼

촌을 기억하는 어느 이웃의 전언에 따르면 어쩌나 과격하고 피 튀기는 작전이었던지 법적 조치가 아니라 대공습을 연상케 할 정도였다고 했다. 처음에는 삼촌이 사살된 것으로 보고되었다. 등에 총을 맞아 죽었는데, 보복을 두려워한 경찰이 시신을 몰래 레나 강에 버렸다고 알려졌다. 어느 경찰은 삼촌의 스위치블레이드를 훔쳤고, 그 사실을 떠벌리고 다녔다. 하지만 일 년 후 삼촌이 살아 있다는 전갈을 보냈다. 프랑스에서였다. 삼촌은 숨어 다니고 있으며 아내가 애를 가졌는지 알고 싶다고 했다. 삼촌의 아내는 임신하지 않았고, 그 뒤로 몇 년간 타길에서 누구도 삼촌 소식을 듣지 못했다. 삼촌의 아내가 죽기 전까지는. 아내가 죽자 삼촌이 장례식에 나났다는 말은 신부님한테 들었다. 비용이 만만치 않은 러시아 정교회 장례식 비용을 삼촌이 다 대주었다고 했다. 삼촌은 또 돈이 필요한 친척들에게도 돈을 나눠주었다. 신부님은 그의 친척은 아니었지만, 삼촌이 아내가 타길에 남긴 가족에 관해 알고 싶어 찾아간 사람이 바로 신부님이었다. 그때 어린 조카 세르게이가 삼촌의 관심을 끌었다. 이튿날 아침 삼촌은 타길에 처음 왔을 때처럼 홀연히 떠났다. 세월이 흘러 세르게이는 십 대를 거쳐 성인이 되었다. 다들 삼촌이 시베리아에 처음 왔을 때도 이미 나이가 상당해 보였으니 이미 죽어서 땅에 묻혔을 거라고 여겼다. 그런데 세르게이가 마리화나를 팔다가 체포됐을 때 난데없이 한 남자가 나타났다. 자기를 삼촌의 허수아비라고 소개한 그 아르메니아인은 세르게이의 문제를 해결해주고 삼촌의 초대라면서 세르게이가 노르웨이로 건너올 수 있게 손써주었다.

세르게이는 손목시계를 보았다. 아까 확인하고 난 후 정확히 12분이 흘렀다. 눈을 감고 그를 그려보았다. 그 경찰.

사실 앞서 삼촌이 죽었다고 알려진 이야기에는 다른 구체적인 후일담이 딸려 있었다. 삼촌의 칼을 훔친 경찰은 얼마 후 타이가 숲에서 발견되었다. 정확히 말하면 곰에게 먹히고 남은 잔해가 발견되었다.

방 안과 밖이 모두 어두워졌을 때 전화가 울렸다.

안드레이였다.

10

토르 슐츠는 문을 열고 잠시 집 안의 어둠을 응시하며 무거운 정적 속에서 귀를 기울였다. 불을 켜지 않은 채 소파에 앉아 항상 마음을 달래주던 비행기의 굉음을 기다렸다.

그들이 그를 풀어주었다.

경위라는 자가 유치장에 찾아와 그의 앞에 쭈그리고 앉아서 도대체 뭐하러 캐리어에 감자가루를 숨겼느냐고 물었다.

"감자가루요?"

"크리포스 실험실에서 나온 게 그거라네요."

토르 슐츠는 체포될 때 그만의 비상조치로 한 말만 되풀이했다. 그 비닐봉지가 어떻게 가방에 들어갔고, 봉지 안에 뭐가 들었는지 몰랐다고.

"거짓말을 하시네요. 계속 지켜볼 겁니다." 경위가 이렇게 대꾸했다.

그러고는 유치장 문을 잡아주고 나가라는 듯 고개를 까딱했다.

귀청을 찢는 벨소리가 적막하고 어두운 집 안에 울리자 토르는 움찔했다. 일어나서 어둠을 더듬어 웨이트트레이닝 벤치 옆 나무

의자 위에 놓인 전화기를 집었다.

운항 책임자였다. 그는 당분간 토르를 국제선에서 빼서 국내선에 넣기로 했다는 소식을 전했다.

토르가 이유를 물었다.

토르의 상황을 논의하기 위해 관리자 회의가 열렸다고 했다.

"의혹에 연루된 자네를 국제선에 배정하지 못하는 걸 이해해주게."

"아예 비행을 빼버리지 않는 이유는 뭐죠?"

"글쎄."

"글쎄라뇨?"

"자네를 정직시키고, 그래서 자네가 체포된 사실이 언론에 새어나가기라도 하면 언론에서는 당장 우리가 자네를 유죄로 판단한다고 여길 거야. 그럼 돈 냄새를 맡고 물어뜯겠지…… 다른 뜻은 없네."

"그럼 그렇게 판단하지 않는다는 겁니까?"

침묵이 흐른 뒤 대답이 나왔다.

"우리 회사 조종사를 마약 밀매자로 의심한다고 인정해버리면 회사에 먹칠하는 꼴이 아닌가?"

다른 뜻이 있구나.

이후의 말은 TU-154 항공기의 굉음에 먹혔다.

토르는 수화기를 내려놓았다.

다시 어둠을 더듬어 소파로 가 앉았다. 손끝으로 유리 커피테이블을 쓸었다. 말라붙은 콧물과 침과 코카인이 만져졌다. 이제 어쩐다? 한잔해? 아님 한 줄 해? 한잔하고 한 줄 해?

토르는 일어섰다. 투폴레프가 낮게 날아오고 있었다. 항공기 불빛이 거실을 가득 채웠고, 토르는 잠시 유리창에 비친 자신을 보았다.

이내 다시 캄캄해졌다. 하지만 그는 그것을 보았다. 자신의 눈에서, 동료들의 얼굴에서도 보게 될 그것을. 경멸, 비난, 무엇보다 연민.

'국내선.' 당신을 계속 지켜볼 겁니다. '당신이 보여I see you.'

국제선을 타지 못하면 이제 그는 효용 가치가 없다. 빚에 허덕이고 코카인에 중독된 가망 없는 위험요소일 뿐이었다. 경찰의 레이더에 걸려든 자, 중압감에 짓눌린 자. 잘은 몰라도 그가 그들이 다져온 기반을 무너뜨릴 수 있는 존재라는 건 알았다. 그들이 필요한 일을 할 거라는 것도 알았다. 그는 두 손으로 뒤통수를 감싸고 신음했다. 애초에 전투기를 몰 팔자는 아니었다. 전투기는 이미 급강하했고, 그에게는 통제력을 되찾을 힘이 없었다. 그저 멍하니 앉아서 빙글빙글 돌며 확 다가오는 바닥을 볼 뿐이었다. 살려면 전투기를 버리는 수밖에 없다는 것도 알았다. 사출 좌석을 가동시켜야 했다. 스스로를 발사해야 한다. 지금 당장.

경찰 고위직의 누군가를, 마약 조직의 부패한 돈보다 윗자리에 앉은 사람을 찾아가야 했다. 맨 윗자리에 앉은 누군가를 만나러 가야 했다.

그래, 토르 슐츠는 생각했다. 숨을 내쉬자 이제껏 팽팽하게 긴장한 줄도 몰랐던 근육이 풀어지는 느낌이 들었다. 맨 윗자리로 올라가야 했다.

그래도 일단은 술 한 잔.

그리고 마약 한 줄.

해리는 프런트의 같은 청년에게서 방 열쇠를 받았다.

고맙다고 말하고 긴 다리로 성큼성큼 계단을 올라갔다. 에게르토르게의 지하철역에서 레온 호텔로 오는 길에 아스널 셔츠는 하나도 보이지 않았다.

해리는 301호로 다가가며 걸음을 늦추었다. 전구 두 개가 나간 복도가 어두워서 301호 문 밑으로 흐릿한 불빛이 새어 나왔다. 홍콩에서 비싼 전기세 때문에 불을 켜놓고 외출하는 노르웨이인의 나쁜 버릇을 버렸다. 객실 청소부가 켜둔 건지 확실치 않았다. 청소부가 켜둔 거라면 문을 잠그는 것도 잊은 모양이었다.

해리가 오른손에 열쇠를 들고 문 앞에 서자 문이 저절로 열렸다. 천장에 하나 달린 전등의 불빛 아래 누군가의 형체가 보였다. 그 형체는 해리를 등진 채 침대 위의 여행가방으로 몸을 숙이고 있었다. 문이 나직이 벽에 부딪히는 소리가 나자 그 형체가 가만히 돌아섰다. 길쭉한 얼굴에 깊은 주름이 팬 남자가 산악 구조견 세인트버나드 같은 눈으로 해리를 보았다. 키가 껑충하고 구부정한 남자는 털스웨터에 긴 코트를 걸치고 목에는 때가 탄 사제 칼라를 두르고 있었다. 길게 자란 헝클어진 머리가 양쪽으로 갈라져 해리로서는 난생처음 보는 커다란 눈 옆으로 내려와 있었다. 적어도 칠십은 돼 보였다. 두 남자는 그보다 더 다를 수 없게 조금도 닮지 않았지만 해리는 왠지 모르게 거울을 보는 기분이었다.

"뭐 하시는 겁니까?" 해리가 복도에서 물었다. 경찰의 기본 절차였다.

"뭐 하는 걸로 보이시오?" 보기보다 목소리가 젊었다. 스웨덴 댄스 반주 밴드와 부흥 전도사가 어떤 알 수 없는 이유로 좋아하는 독특한 스웨덴 억양의 낭랑한 목소리였다. "보다시피 몰래 들어와서 값나가는 물건이 있나 하고 뒤지고 있었소만." 그냥 스웨덴 억양이 아니라 스웨덴어였다. 남자는 두 손을 들었다. 오른손에는 멀티어댑터가, 왼손에는 필립 로스의 《미국의 목가》 페이퍼백이 들려 있었다.

"정말 아무것도 없구먼." 남자가 물건들을 침대에 던지며 말했다. 그리고 조그만 여행가방을 들여다보고는 따지듯이 해리를 보았다. "전기면도기 하나 없네."

"대체 무슨……." 해리는 경찰의 기본 절차를 무시하고 방 안으로 들어가 여행가방을 거칠게 닫았다.

"진정해요, 젊은 양반." 남자가 두 손을 펼쳐서 위로 들었다. "불쾌하게 생각하지 마쇼. 이쪽 동네는 처음인가 보군. 질문은 먼저 터는 사람만 하는 게요."

"누구십니까? 대체 무슨……?"

늙은 남자가 손을 내밀었다. "반갑소. 난 카토요. 310호에 산다오."

해리는 더러운 프라이팬 같은 손을 내려다보았다.

"어서요." 카토가 말했다. "그나마 내 몸에서 만져도 되는 거라곤 이 손밖에 없으니까."

해리는 이름을 말하고 늙은 남자의 손을 잡아 악수했다. 손이 의외로 부드러웠다.

"성직자의 손이지." 늙은 남자가 해리의 속마음을 읽듯이 대답했다. "마실 거 좀 있소, 해리?"

해리는 여행가방과 열린 옷장 문으로 고갯짓했다. "벌써 다 보셨잖습니까."

"정말 아무것도 없더군. 당신 말이오. 주머니 같은 데."

해리는 게임보이를 꺼내 그의 물건이 널려 있는 침대에 던졌다.

카토는 고개를 기울여 해리를 보았다. 귀가 어깨에 눌렸다. "그 슈트를 보니 잠깐 있다 떠날 사람 같군. 여기 살 사람이 아니라. 그나저나 예서 뭐 하는 거요?"

"그것도 내가 할 질문 같은데요."

카토는 해리의 팔에 손을 얹고 가만히 눈을 들여다보았다. "젊은 양반." 그는 두 손가락의 손끝으로 옷감을 쓸면서 낭랑한 목소리로 말했다. "아주 좋은 양복이군. 얼마나 줬소?"

해리는 뭔가 말하려 했다. 정중하게 면박을 주고 위협하는 말. 그러다 다 부질없다는 생각이 들었다. 그냥 피식 웃었다.

카토도 웃었다.

꼭 거울에 비친 모습처럼.

"노닥거릴 시간 없소. 난 지금 할 일이 있거든."

"어떤 거요?"

"거 봐. 당신도 다른 인간에게 조금은 관심이 있구먼. 난 불운한 인간들에게 하나님의 말씀을 전한다오."

"지금요?"

"내게는 예배시간이 따로 없지, 이만 갑니다."

카토는 정중하게 목례하고 돌아서 나갔다. 문을 지날 때 해리는 카토의 재킷 주머니에서 비죽 나와 있는 그의 뜯지 않은 새 캐멀을 보았다. 해리는 등 뒤로 문을 닫았다. 카토와 담뱃재 냄새가 방 안에 떠 있었다. 그는 창가로 가서 창문을 밀어 올렸다. 순간 도시의 소리가 방을 메웠다. 늘 들리는 희미한 자동차 소리, 어느 열린 창에서 흘러나온 재즈 음악, 멀리서 커졌다 작아지기를 반복하는 경찰 사이렌 소리, 주택가에서 어느 불운한 인간이 내지르는 고통스런 비명, 이어서 유리 깨지는 소리, 바람에 마른 잎이 바스락거리는 소리, 또각또각 여자들의 하이힐 소리. 오슬로의 소리.

살짝 기울이자 아래가 보였다. 마당의 희미한 전등이 쓰레기통을 비추었다. 언뜻 갈색 꼬리가 보였다. 쥐가 쓰레기통 가장자리에 앉아서 해리를 향해 반질반질한 코를 들고 쿵쿵댔다. 문득 생각 많은 그의 상사 허먼 클루이트가 한 말이 떠올랐다. 해리가 하는 일을 두고 한 말일 수도 있고 아닐 수도 있는 말이었다. "쥐는 선하지도 악하지도 않아. 쥐로서 할 일을 할 뿐이야."

오슬로의 겨울에서도 최악의 시기였어요. 피오르가 얼어붙고 시내의 거리에 살을 에는 짠 바람이 불어닥치기 전. 평소처럼 드로닝엔스 가에서 스피드랑 스테솔리드랑 로히프놀을 팔고 있었죠. 땅에 발을 굴러봤어요. 발가락에 감각이 무뎌서 그날 번 돈으로 스틴 앤드 스트룀의 진열창에서 본 황당하게 비싼 프리랜스 부츠를 살까 고민했어요. 아니면 플라타에서 판다는 아이스를 사든가. 스피드를 슬쩍해서 (투투는 모를 테니) 부츠를 살 수도 있었지만 결국 부츠를 훔치고 오딘에게 그의 몫을 돌려주는 게 안전하다고 판단했어요. 어쨌든 올레그보다는 내 사정이 나았어요. 올레그는 얼어 죽기 딱 좋은 강가에서 마리화나를 파는 일부터 시작해야 했거든요. 투투가 올레그한테 뉘브루아 다리 아래를 맡겼어요. 세계 각지의 초토화된 나라에서 건너온 온갖 사람들과 경쟁해야 하는 곳이죠. 앙케르 다리에서 항구까지 노르웨이어를 유창하게 말하는 사람은 올레그밖에 없었을 거예요.

그 길을 따라 위로 올라간 자리에서 아스널 셔츠를 입은 남자를 봤어요. 평소 징 박힌 초커를 찬 여드름쟁이 쇠를란이 서 있는 곳이었어요. 처음 보는 남자였지만 하는 짓은 다르지 않았어요. 그자가 사람들을 모으고 있었어요. 그때는 세 명이 모여서 기다리고 있었어요. 왜들 그렇게 겁대가리를 집어먹은 얼굴인지 모를 일이었어요. 거긴 어차피 경찰이 포기한 구역이니까요. 설사 거기서 마약상들을 쫓아낸다고 해도 그저 어느 정치인이 뻐기면서 입을 놀리는 바람에 그냥 시늉만 하는 거거든요.

무슨 견진성사라도 하러 가는 양 쫙 빼입은 남자가 거기 모인 사람들을 지나쳤어요. 그 남자랑 아스널 셔츠가 눈에 띄지 않게 살짝 고개를 끄덕이는 걸 봤어요. 남자가 내 앞에 와서 서더군요. 그 남자는 페르네르 야콥센 트렌치코트에 에르메네질도 제냐 슈트를 입고 실버 소년합창단처럼 가르마를 탔어요. 몸집이 대단했어요.

"누가 널 만나고 싶어하신다." 남자가 딱딱한 러시아 억양의 영어로 말했어요.

별것 아닌 줄 알았죠. 내 상판대기를 보고 남창으로 오해해서 오럴섹스나 내 싱싱한 엉덩이를 원하는 줄 알았어요. 솔직히 말해서 그런 날은 그냥 전업할까 싶기도 해요. 차 안의 뜨뜻한 좌석과 시간당 버는 돈이 네 배나 많다는 걸 생각하면.

"됐어요." 내가 영어로 답했어요.

"알겠다고 대답해야 해." 남자가 내 팔을 움켜잡고, 끌고 간다기보다는 번쩍 들어 올렸어요. 그리고 때마침 소리 없이 스윽 와서 길가에 선 검은 리무진으로 데려갔어요. 뒷좌석 문이 열리고, 더 버텨봤자 소용없겠다 싶어서 슬슬 얼마를 달라고 말해야 하나 고민하기 시작했어요. 돈 한 푼 못 받고 당하느니 돈이나 챙기자는 심산이었죠.

뒷좌석으로 떠밀려 들어가니까 차문이 부드럽게, 비싼 차답게 딸깍 하며 닫혔어요. 밖에서는 아무것도 보이지 않는 검은 창문을 통해 차가 서쪽으로 이동하는 게 보였어요. 운전석의 작은 남자는 조그만 머리통에 어울리지 않게 이목구비가 큼직큼직했어요. 큰 코, 입술이 없는 상어 같은 하얀 입, 툭 불거진 눈이 꼭 풀로 얼기설기 붙여놓은 것 같았어요. 역시 장례식용 슈트를 빼입고 소년합창단처럼 가르마를 탔더군요. 그자가 백미러로 날 보고 물었어요.

"장사 잘되지?"

"무슨 장사, 변태 새끼야?"

작은 남자는 다정한 미소를 지으며 고개를 끄덕였어요. 속으로 놈들이 요구해도 많이 깎아주지는 말자고 마음먹었어요. 그런데 그자의 눈을 보니 놈들이 원하는 게 내 몸이 아닐 수도 있겠구나 싶었어요. 다른 뭔가가 있었지만 그때는 해석이 되지 않았죠. 시청이 나타났다가 지나갔어요. 미국대사관. 왕궁 정원. 계속 서쪽으로 이동했어요. 키르케바이엔. 노르웨이 방송국. 이어서 주택가와 부자들 사는 곳이 나왔어요.

차가 언덕 위의 거대한 목조주택 앞에 섰고, 장의사 차림의 두 남자가 날 대문으로 데려갔어요. 조약돌이 깔린 길을 따라 떡갈나무 문으로 들어가면서 둘러봤어요. 축구장만큼 넓은 땅에 사과나무와 배나무가 있고, 사막나라의 창고처럼 생긴 벙커 같은 시멘트 탑이 보이고, 철제 빗장이 걸린 두 칸짜리 차고에는 왠지 공공기관의 긴급 구조 차량이 들었을 것 같았어요. 집 주위로 2, 3미터 높이의 담장이 둘러치고 있었어요. 어디로 들어가는지는 벌써 감이 왔어요. 리무진, 영어로 으르렁거리듯 '장사 잘되지?'라고 묻는 말투, 요새 같은 저택.

로비에서 슈트 차림의 두 남자 중 키가 큰 쪽이 내 몸을 뒤지고는 작은 남자랑 한쪽 구석으로 갔어요. 거기에 붉은 펠트 천이 덮인 작은 테이블이 하나 있고 벽에는 낡은 성상과 십자가가 잔뜩 붙어 있었어요. 두 남자는 어깨에 멘 권총집에서 총을 꺼내 붉은 펠트 위에 놓고 총 위에 십자가를 하나씩 올렸어요. 잠시 후에 거실 문이 열렸어요.

"아타만." 그자가 내 쪽을 가리키며 말했어요.

영감은 적어도 그가 앉아 있는 그 가죽 안락의자만큼은 나이 들어 보였어요. 나는 그 영감을 봤어요. 울퉁불퉁한 늙은 손가락이 검은 담배를 쥐고 있었어요.

거대한 벽난로에서 타닥타닥 활기찬 소리가 났고, 나는 벽난로 열기가 등까지 감싸는 곳으로 가서 섰어요. 벽난로 불빛이 영감의 하얀 실크셔츠와 늙은 얼굴에 어른거렸어요. 영감은 담배를 내려놓고 약지에 낀 큼직한 푸른 보석에 입을 맞추라는 듯 손을 들었어요.

"버마 사파이어다. 6.6캐럿이지. 1캐럿에 4,500달러."

말투에 억양이 있었어요. 정확히 들리지는 않지만 분명 있었어요. 폴란드? 러시아? 아무튼 동쪽 어딘가의 억양이었어요.

"얼마지?" 영감이 반지를 턱에 대면서 물었어요.

2초쯤 지나고 무슨 말인지 알아들었어요.

"3만이 조금 못 되네요." 내가 대답했어요.

"얼마나 조금?"

나는 곰곰이 생각했죠. "29,700쯤 되겠네요."

"달러 환율이 5.83이야."

"십칠만 정도요."

영감이 고개를 끄덕였어요. "네가 잘한다고 하더구나." 영감의 눈이 염병할 버마 사파이어보다 더 파랗게 빛났어요.

"사람 볼 줄 아시네." 내가 말했어요.

"네가 일하는 걸 지켜봤다. 아직 배울 게 많긴 해도 여느 얼뜨기들보다는 영리하더구나. 손님을 볼 줄 알고 얼마나 지불할 용의가 있는지도 알아채더군."

나는 어깨를 으쓱였어요. 영감이 얼마나 지불할 용의가 있는지 궁금했어요.

"한데 도둑질도 한다고."

"그럴 가치가 있을 때만요."

영감이 웃었어요. 아니, 처음 만난 거라 영감이 폐암 환자처럼 마른기침을 하는 줄 알았어요. 목구멍 깊숙한 곳에서 올라오는 그르렁그르렁 소리가 꼭 돛단배가 철컹거리는 듣기 좋은 소리 같았거든요. 영감이 차갑고 푸른 보석 같은 눈으로 날 가만히 들여다보면서 뉴턴의 제2법칙을 설명하듯 말했어요. "그다음도 계산할 줄 알아야지. 내 걸 훔치면 널 죽일 거다."

등줄기에 땀이 줄줄 흘렀어요. 애써 영감의 눈을 보려고 했어요. 얼어 죽을 남극을 보는 것 같았어요. 아무것도 보이지 않았어요. 꽁꽁 얼어붙은 차가운 황무지. 그래도 영감이 뭘 원하는지는 알았어요. 첫째, 돈.

"그 오토바이족은 50그램마다 10그램씩 네 몫으로 팔게 해줄 테지. 17퍼센트. 내 밑에서는 내 물건만 팔고 현금으로 가져가. 15퍼센트. 너한테 길목 하나를 떼어주마. 셋이 같이 움직여야 돼. 돈 담당, 마약 담당, 망꾼. 마약 담당이 7퍼센트, 망꾼이 3퍼센트다. 매일 자정에 네가 안드레이하고 정산해." 영감이 작은 쪽 합창단원을 향해 고개를 까딱했어요.

길목. 망꾼. 염병할 뭣이었어요.

"좋아요. 그 셔츠나 던져줘요." 내가 말했어요.

영감이 빙그레 웃더군요. 내가 조직 안에서 대충 어디쯤에 있는지 말해주는 파충류 같은 미소였어요. "안드레이가 처리할 거다."

대화는 계속 이어졌어요. 영감이 내게 부모와 친구들에 관해 물어보고 지낼 데는 있느냐고 물었어요. 나는 피가 섞이지 않은 여동생이랑 같이 지낸다고 하고 굳이 쓸데없는 거짓말을 늘어놓지 않았어요. 왠지 영감은 다 아는 것 같았거든요. 딱 한 가지, 솔직히 말하기 어려운 질문이 있었어요. 영감이 내게 오슬로 북부의 교양 있는 집안에서 자랐다면서 왜 그런 구닥다리 동부 말씨를 쓰냐고 물었을 때, 나의 아버지, 나의 생부 때문이라고, 생부가 오슬로 이스트 엔드 출신이라 그렇다고 말했어요. 그게 맞는지 아닌지 어찌 알겠냐만, 아버지, 난 늘 그렇게 상상했어요. 아버지가 오슬로 동쪽에 처박혀서 무일푼에 직업도 없이 쪼들리며 어린애를 키울 곳이 못 되는 냉골 같은 아파트에 살았던 거라고. 아니, 내가 그런 구닥다리 말씨를 쓰는 건 어쩌면 롤프와 그 동네 상류층 자식들을 괴롭히기 위해서였을지도 몰랐어요. 어쩌다 그런 말씨 덕에 내가 우위에 있다는 걸 깨달은 거죠. 어찌 보면 문신하고 비슷해요. 남들이 날 무서워하고 슬금슬금 피하고 내 옆에 얼씬거리지 못하게 만든다는 점에서. 이렇게 주저리주저리 내 삶에 관해 늘어놓는 동안 영감은 내 얼굴을 찬찬히 뜯어보면서 사파이어 반지로 팔걸이를 툭툭 쳤어요. 카운트다운을 하듯이 계속 쳤어요. 질문이 끊기고 반지 치는 소리만 들리자 왠지 그 침묵을 깨지 않으면 폭발할 것만 같았어요. 그래서 이렇게 말했어요.

"집이 아주 끝내주네요."

멍청한 금발머리 아가씨 같은 말투라 얼굴이 벌개졌죠.

"1942년부터 1945년까지 노르웨이의 게슈타포 대장이 살던 집이야. 헬무트 라인하르트."

"동네 사람들 때문에 성가실 일은 없겠는데요."

"옆집도 내 집이다. 라인하르트의 부하가 살던 집이지. 아니면 그 반대이든가."

"반대라면?"

"여기 일이 쉬이 이해되진 않을 게다." 영감이 이렇게 말하면서 특유의 도마뱀 같은 미소를 지었어요. 코모도왕도마뱀.

극도로 조심해서 다가가야 하는 건 알았지만 결국 참지 못하고 말해버렸어요. "이해가 안 가는 게 하나 있는데요. 오딘은 저한테 17퍼센트를 줬고, 다른 데서도 대충 그 수준이거든요. 그런데 여기선 셋을 한 팀으로 묶고 합해서 25퍼센트를 주잖아요. 왜죠?"

영감의 시선이 내 얼굴의 한쪽 면에 꽂혔어요. "셋이 하나보다 안전해, 구스토. 내 밑에서 장사하는 사람들의 위험이 곧 내 위험이야. 졸을 다 잃으면 상대가 장군을 부르는 건 시간문제야, 구스토." 어쩐지 영감이 내 이름을 반복해서 부르면서 그 소리를 즐기는 것 같았어요.

"그래도 수익이—."

"그런 건 신경 꺼." 영감이 날카롭게 쏘아붙였어요. 곧 다시 미소를 짓고 온화한 말투로 돌아왔어요. "우린 물건을 제조자로부터 직접 공급받는다, 구스토. 이스탄불에서 일차로 희석하고 베오그라드에서 다시 희석하고 암스테르담에서 또 희석하는 그따위 헤로인보다 순도가 여섯 배나 높아. 그램당 단가가 낮은 셈이야. 이해하냐?"

나는 고개를 끄덕였어요. "남들보다 일고여덟 배는 더 희석할 수 있겠네요."

"희석하긴 해도 남들보다 적게 해. 우린 진짜 헤로인을 팔지. 너도 그걸 아니까 퍼센트가 낮은데도 덥석 문 거 아니냐." 벽난로 불빛에 영감의 하얀 이가 반짝였어요. "우리가 오슬로에서 최고의 물건을 파는 걸 알고, 또 오딘네 밀가루보다 서너 배는 더 매출을 올릴 걸 아니까. 너도 매일 봐서 알잖아. 약쟁이들이 줄줄이 늘어선 헤로인 장사꾼들을 지나쳐서 그 옷을 입은 사람만 찾아다니는 걸."

"아스널 셔츠."

"첫날부터 네 물건이 최고란 걸 알아줄 게야, 구스토."

그 집을 나설 때 영감이 배웅해줬어요.

모직 담요를 무릎에 덮고 앉아 있어서 다리를 절거나 할 줄 알았지만 놀랍게도 가뿐하게 일어섰어요. 영감은 밖에 얼굴을 내비치기 싫은 듯 문간에 서 있었어요. 그리고 내 팔에, 팔꿈치에 손을 얹었어요. 내 삼두근을 살며시 잡았죠.

"곧 보자, 구스토."

난 고개를 끄덕였어요. 영감이 원하는 뭔가가 더 있는 걸 알았어요. '너 일하는 걸 지켜봤다.' 검은 창의 리무진 안에서 날 무슨 렘브란트의 그림이라도 되는 양 뜯어본 거였어요. 그래서 난 원하는 걸 얻어낼 방법을 알았죠.

"망꾼은 제 여동생으로 해야 돼요. 그리고 마약 담당은 올레그라는 친구로 하고요."

"좋아. 다른 건?"

"셔츠 등번호는 23번요."

"아르샤빈." 키 큰 합창단원이 흐뭇하게 중얼거리더군요. "러시아 선수예 요." 모르긴 몰라도 마이클 조던은 들어본 적도 없을 거예요.

"두고 보지." 영감이 클클 웃었어요. 그리고 하늘을 보았어요. "이제 안드 레이가 뭘 보여주고 나면 일을 시작할 수 있을 거다." 영감이 계속 내 팔을 토닥거렸고, 그 염병할 미소가 얼굴에 영구히 새겨진 것만 같았어요. 덜컥 겁 이 났어요. 또 흥분도 됐고요. 코모도왕도마뱀 사냥꾼처럼 무서우면서도 흥 분됐어요.

슈트를 입은 합창단원 둘이 차로 프롱네르킬렌의 인적 없는 정박지로 데려 갔어요. 열쇠를 가지고 있더군요. 차에 탄 채로 겨우내 정박 중인 작은 배들 사이로 내려갔어요. 부두 끝에 차를 세우고 차에서 내렸어요. 내가 잔잔한 검 은 바다를 바라보는 동안 안드레이가 트렁크를 열었어요.

"이리 와, 아르샤빈."

나는 그쪽으로 가서 트렁크 속을 들여다봤어요.

비스켄이 아직 징 박힌 개목걸이를 차고 아스널 셔츠를 입고 있었어요. 언 제 봐도 못생긴 상판대기였지만 그 안에 들어 있는 꼴이 구역질이 날 정도였 어요. 여드름투성이 얼굴에 피가 엉겨 붙은 커다란 검은 구멍들이 뚫려 있고, 한쪽 귀는 반으로 찢기고, 한쪽 눈구멍에는 눈알이 없고 라이스 푸딩 같은 뭔 가가 들어 있었어요. 애써 눈앞의 곤죽에서 시선을 돌리는데 에미리트^{Emirates} 의 'm'자 위에도 작은 구멍이 하나 난 게 보였어요. 꼭 총알구멍처럼.

"어떻게 된 겁니까?" 내가 더듬거리며 물었어요.

"저 자식이 베레모 경찰이랑 이야기했어."

누굴 말하는지 알았어요. 위장경찰이, 아니 어쩐지 그런 것 같은 남자가 크바드라투렌 근처를 염탐하고 돌아다녔거든요.

안드레이는 내가 제대로 잘 보도록 기다렸다가 물었어요. "알아들었지?"

나는 고개를 끄덕였어요. 쓸모없는 그 눈에 자꾸만 눈길이 갔어요. 놈들이 저 녀석한테 무슨 짓을 한 거지?

"페테르." 안드레이가 말했어요. 둘이 같이 시체를 트렁크에서 들어서 아스널 셔츠를 벗기고 부두 끝에서 떠밀었어요. 검은 물이 소리 없이 시체를 삼키고는 아가리를 닫았어요. 가버렸어요.

안드레이가 내게 셔츠를 던졌어요. "이건 이제 네 거야."

나는 손가락을 총알구멍에 찔러넣고, 셔츠를 돌려서 뒷면을 봤어요.

52번. 벤트너.

오전 6시 30분. 〈아프텐포스텐〉 뒷면에 적힌 일출 시각보다 15분 일렀다. 토르 슐츠는 신문을 접어 옆에 놓고 휑한 중앙 홀 너머 출구 쪽을 다시 흘깃거렸다.

"평소에는 일찍 출근하시는데." 안내데스크 안에서 세쿠리타스*의 경비가 말했다.

토르 슐츠는 새벽 기차로 시내로 들어와 깨어나는 도시를 보면서 중앙역에서 동쪽으로, 그뢴란슬레이레를 따라 걸었다. 쓰레기차 옆을 지나갔다. 사내들이 쓰레기통을 거칠게 던졌다. 효율성 때문이 아니라 그냥 원래 그러는 것 같았다. F-16 조종사. 파키스탄인 채소장수가 채소 상자를 가게 앞으로 옮겨놓고 허리를 펴고 앞치마에 손을 닦으며 그에게 아침인사를 건네듯 빙긋 웃었다. 허큘리스 조종사. 그뢴란 성당을 지나서 왼쪽으로 돌았다. 전면이 통유리로 된, 1970년대에 설계되고 건축된 건물이 눈앞에 우뚝 서 있었다. 경찰청사.

* 스웨덴 보안업체.

6시 37분에 문이 열렸다. 경비가 헛기침을 했고, 토르는 고개를 들었다. 그는 경비가 확인해주듯 고개를 끄덕이는 걸 보고 일어섰다. 그에게 다가오는 남자는 그보다 작았다.

남자의 걸음이 빠르고 경쾌했다. 노르웨이 최대의 마약반 책임 자인 그 남자는 토르가 예상한 것보다는 머리가 길었다. 남자가 가까이 다가오는 사이 토르는 여성스럽게 매력적이고 선탠한 얼굴에서 분홍색과 흰색의 줄무늬를 보았다. 색소결핍증으로 희어진 부위가 일광욕실에서 태운 목부터 아래로 퍼져 가슴골을 지나 면도한 성기까지 내려가 있던 어느 스튜어디스가 떠올랐다. 그 부위를 뺀 나머지는 쫙 달라붙은 나일론 스타킹을 신은 것 같았다.

"미카엘 벨만이십니까?"

"예, 무슨 일로 오셨죠?" 남자가 걸음을 늦추지 않고 미소를 지었다.

"개인적으로 드릴 말씀이 있습니다."

"오전 회의를 준비해야 해서요. 나중에 전화를 주시면—."

"**꼭** 지금 말씀드려야 합니다." 막무가내의 말투에 토르 자신도 놀랐다.

"그러신가요?" 오륵크림의 수장인 벨만은 문 앞에서 신분증을 긁고 나서 토르를 찬찬히 살폈다.

토르 슐츠는 그에게 다가갔다. 중앙 홀에는 아직 세쿠리타스 경비밖에 없는데도 목소리를 낮추었다. "제 이름은 토르 슐츠고, 스칸디나비아 제일의 항공사의 조종사입니다. 가르데르모엔 공항을 통해 노르웨이로 마약을 밀수하는 범죄에 관한 제보를 가져왔습니다."

"그렇군요. 양이 얼마나 됩니까?"

"일주일에 8킬로그램."

토르는 상대가 노골적으로 자기를 뜯어보는 걸 알았다. 상대가 머릿속으로 가능한 모든 자료를 취합하고 처리하는 것도 알았다. 보디랭귀지, 복장, 자세, 표정, 무슨 이유에선지 아직 끼고 있는 결혼반지, 귀걸이를 하지 않은 귀, 윤이 나게 닦은 구두, 어휘, 단호한 눈빛.

"정식으로 기록을 남기셔야 할 것 같습니다." 벨만이 경비에게 고개를 끄덕이며 말했다.

토르 슐츠는 천천히 고개를 저었다. "오늘 만남은 극비로 하고 싶습니다."

"저희 규정상 누구든 기록을 남겨야 합니다. 대신 정보는 경찰청 밖으로 새어 나가지 않게 하겠습니다." 벨만은 세쿠리타스 경비에게 신호를 보냈다.

엘리베이터를 타고 올라가면서 슐츠는 경비가 프린트해서 옷깃에 붙이라고 건넨 스티커의 이름을 손가락으로 쓸었다.

"무슨 문제가 있습니까?" 벨만이 물었다.

"전혀요." 토르가 말했다. 그러면서도 계속 스티커를 만지작거리며 이름을 지울 수 있으면 좋겠다고 생각했다.

벨만의 사무실은 의외로 작았다.

"크기가 중요한 게 아니죠." 그런 반응에 익숙하다는 듯 벨만이 말했다. "여기서 엄청난 성과를 올렸지요." 그는 벽에 붙은 사진을 가리켰다. "라르스 악셀센, 강도수사반 반장. 1990년대에 트베이타 조직을 일망타진한 분이죠."

벨만은 토르에게 앉으라고 손짓했다. 노트를 꺼내 토르와 눈을 마주치고 다시 노트를 치웠다.

"그럼?" 그가 말했다.

토르는 숨을 들이마셨다. 그리고 입을 열었다. 우선 이혼 얘기부터 꺼냈다. 필요한 대목이었다. 그래야 왜 그랬는지를 설명할 수 있었다. 그다음에 언제와 어디서로 넘어갔다. 이어서 누가와 어떻게로 넘어갔다. 마지막으로 버너 얘기를 꺼냈다.

이야기가 이어지는 동안 벨만은 몸을 앞으로 기대고 신중히 이야기를 따라갔다. 토르가 버너 얘기를 꺼내자, 집중하던 그의 프로다운 얼굴 표정이 흐트러졌다. 처음에는 놀라더니 하얀 물감을 뿌려놓은 것 같은 얼굴에 붉은 기가 번졌다. 얼굴 속에서 불꽃이 켜진 듯 기이한 형상이었다. 토르는 벨만과 눈을 마주치지 못했다. 벨만이 토르 뒤편의 벽을, 아마도 라르스 악셀센의 사진을 씁쓸히 쳐다보고 있어서였다.

토르가 말을 맺자 벨만이 한숨을 쉬며 고개를 들었다.

토르는 벨만의 눈에서 새로운 표정을 보았다. 괴롭고도 뭔가에 저항하는 표정.

"사과드립니다." 벨만이 말했다. "저와 제 직업과 경찰을 대신해서요. 빈대를 잡지 못한 점 사과드립니다."

토르가 보기에는 벨만이 그 자신에게 하는 말이지 그에게, 일주일에 헤로인 8킬로그램을 밀수해온 조종사에게 하는 말 같지는 않았다.

"걱정되시는 거 잘 압니다." 벨만이 말했다. "두려워할 일이 없다고 말씀드릴 수 있으면 좋겠군요. 하지만 이런 부패 사건이 드러나면 한 사람만 얽힌 게 아니라 뿌리가 아주 깊다는 게 씁쓸한 현실이죠."

"잘 압니다."

"이 얘기를 또 누구한테 한 적이 있습니까?"

"아뇨."

"기장님이 여기로 절 찾아온 사실을 아는 사람이 있습니까?"

"아뇨, 아무도요."

"아무도요?"

토르는 그를 보았다. 무슨 생각을 하는지 알 길 없는 쓴웃음을 짓고 있었다. 말하다니 누구한테?

"좋습니다." 벨만이 말했다. "말씀하신 문제는 아주 중요하고 심각하고 민감한 사안입니다. 당사자 귀에 들어가 몸을 사리지 않도록 아주 신중하게 처리해야 해요. 우선 높은 분께 보고해야 한다는 뜻입니다. 사실 말씀하신 대로라면 기장님을 유치장에 가둬야겠지만 지금 구금하면 기장님도 우리도 양쪽 다 노출될 수 있습니다. 그러니 상황이 명확히 드러날 때까지 일단 댁에 가 계세요. 아시겠습니까? 오늘 저랑 만난 건 아무한테도 알리지 말고 집밖에도 나가지 마십시오. 낯선 사람한테 문을 열어주지도, 모르는 번호로 온 전화를 받지도 마십시오."

토르는 천천히 고개를 끄덕였다. "얼마 동안이나요?"

"길어야 사흘입니다."

"알겠습니다."

벨만은 뭔가 말하려다 말고 머뭇거리다 결국 마음을 정한 듯 입을 열었다.

"전 이런 일이 도무지 이해가 안 갑니다. 돈 때문에 남의 인생을 망치려는 사람들이 있다니요. 아프가니스탄의 가난한 촌사람이라면 몰라도…… 노르웨이에서 기장 월급 받으시는 분이……."

토르 슐츠는 상대와 눈을 마주쳤다. 각오한 반응이었다. 그래서 오히려 안도감마저 들었다.

"그래도 본인 의지로 여기까지 찾아와서 솔직히 털어놓을 결심을 하신 건 용감한 행동입니다. 어떤 위험을 감수하고 오셨을지도 잘 알고요. 앞으로의 인생이 순탄치는 않을 겁니다, 슐츠 씨."

벨만은 이 말을 하고 일어서서 손을 내밀었다. 토르는 안내데스크 앞에서 그가 다가오던 모습을 보았을 때와 똑같은 생각을 했다. 미카엘 벨만은 전투기 조종사가 되기에 완벽한 신장을 가졌다.

토르 슐츠가 경찰청사를 나설 때 해리 홀레는 라켈의 집 초인종을 눌렀다. 실내복 차림의 라켈이 게슴츠레한 눈으로 문을 열며 하품을 했다.

"좀 있으면 상태가 나아질 거야." 라켈이 말했다.

"우리 중에 누구 하나라도 그럴 거라니 다행이군." 해리가 안으로 들어섰다.

"잘해봐." 라켈이 서류가 잔뜩 쌓인 거실 테이블 앞에서 말했다. "여기 다 있어. 사건 기록. 사진. 신문 스크랩. 목격자 진술. 그 친구, 꽤 철저하거든. 난 일하러 나가봐야 돼."

라켈이 문을 닫고 나갈 즈음 해리는 첫 커피를 내리고 본격적으로 일을 시작했다.

세 시간 동안 자료를 검토한 후 엄습하는 실망감과 싸우기 위해 잠시나마 휴식을 취해야 했다. 그는 컵을 들고 주방 창가로 가서 섰다. 여기로 돌아온 건 무죄를 확인하기 위해서가 아니라 정말로 유죄인지 의문을 던지기 위해서라고 스스로를 다독였다. **의심**만으로도 충분했다. 그런데 아직이었다. 해석을 달리할 만한 증거가 전혀 없었다. 게다가 살인사건을 수사하는 형사로서의 오랜 경험도 의심의 여지가 있다고 말해주지 않았다. 보이는 그대로인 경우가 사실, 놀랄 만큼 많았다.

세 시간 더 검토해도 결론이 바뀌지 않았다. 서류에서 다른 해석을 암시하는 단서가 나오지 않았다. 그렇다고 전혀 없는 건 아닐 거야, 여기 없을 뿐이야, 하고 그는 속으로 되뇌였다.

해리는 시차증이 있으니 라켈이 돌아오기 전에 여기서 나가서 좀 자두자고 생각했다. 그러나 진짜 이유는 알고 있었다. 자료를 다 검토하고 의심할 만한 빈틈을 찾는 데 매달리는 일이 점점 더 어려워졌단 사실을 인정할 수 없었다. 의심만이 길이자 진리이자 생명이자 유일한 구원의 희망이었다.

그는 코트를 집어 들고 집을 나섰다. 홀멘콜렌부터 리스를 지나 송을 건너 울레볼과 볼테뢰카를 거쳐 슈뢰데르까지 내내 걸었다. 슈뢰데르에 들를까도 싶었지만 그러지 않기로 했다. 대신 동쪽으로 돌아서 강을 건너 퇴옌으로 향했다.

워치타워의 문이 열릴 때는 해가 이미 넘어가기 시작했다. 모든 게 그가 기억하는 모습 그대로였다. 빛바랜 벽과 카페의 실내장식과 햇빛을 최대로 들어오게 해주는 커다란 창문. 오후의 햇살 속에 사람들이 커피와 샌드위치를 앞에 놓고 테이블에 둘러앉아 있었다. 누군가는 막 50킬로미터 경주를 마치고 결승선을 통과한 사람처럼 접시에 코를 박고 있고, 누군가는 스타카토로 딱딱 끊으며 불가해한 약쟁이의 말투로 떠들고 있고, 또 유나이티드 베이커리의 부르주아 유모차들 사이에서 에스프레소를 마시고 있어도 전혀 어색하지 않을 듯 보이는 사람도 있었다.

누군가는 새로 받은 중고 옷이 든 비닐봉지를 가지고 있거나 이미 옷을 갈아입고 있었다. 또 누군가는 보험 외판원이나 시골 학교

여교사처럼 보였다.

해리는 카운터로 갔다. 구세군 후드티를 입은 통통한 여자가 생글거리면서 그에게 공짜 필터 커피와 통밀빵과 갈색 치즈를 권했다.

"고맙지만 오늘은 됐어요. 마르티네 있어요?"

"양호실에 계세요."

여자는 손가락으로 천장과 위층의 구세군 응급치료실을 가리켰다.

"한데 끝났을 시간—."

"해리!"

그는 돌아보았다.

마르티네 에크호프는 여전히 작았다. 새끼고양이처럼 웃는 얼굴에는 예전처럼 비율에 안 맞게 큰 입과 조그만 얼굴에 봉긋한 정도에 불과한 코가 자리 잡았다. 동공은 여전히 갈색 홍채의 가장자리에 닿을 듯한 열쇠구멍 모양이었다. 마르티네가 선천적인 증상의 병명이 홍채 심질환이라고 말해준 적이 있다.

마르티네는 몸을 쭉 뻗어서 해리를 길게 한참 안았다. 포옹을 풀고도 그를 놔주지 않고 두 손을 잡고 그를 올려다보았다. 그의 얼굴에서 흉터를 보고는 웃는 낯에 그림자가 스쳤다.

"너무…… 너무 말랐네."

해리는 웃었다. "고마워. 그나저나 내가 말라가는 동안—."

"알아." 마르티네가 큰소리로 말했다. "난 더 쪘지. 다들 살이 쪄, 해리. 당신만 빼고. 그나저나 내가 살찌는 데는 이유가……."

마르티네는 검정색 램스울 스웨터가 팽팽해진 배를 토닥였다.

"음. 리카르 짓이야?"

마르티네는 웃으면서 크게 고개를 끄덕였다. 빨개진 얼굴이 플라스마 화면처럼 열을 발산했다.

그들은 하나 남은 테이블로 갔다. 해리는 자리에 앉아 검은 반구의 배가 의자에 앉으려고 낑낑대는 걸 보았다. 뒤틀린 인생들과 무관심하고 절망적인 사람들을 배경으로 둔 부조리한 장면이었다.

"구스토 말야." 해리가 말했다. "이 사건에 관해 아는 거 있어?"

마르티네는 길게 한숨을 토했다. "알지. 여기 사람들은 다 알아. 그 친구도 여기 사람이었어. 자주 오진 않았지만 가끔 눈에 띄었어. 여기 일하는 여자들이 그 친구한테 푹 빠졌었지. 죄다. 걔, 참 잘생겼잖아!"

"올레그는? 구스토를 살해했다는 주장이 있어."

"그 애도 가끔 왔어. 여자애를 하나 데리고." 마르티네가 얼굴을 찡그렸다. "주장? 그럼 의심할 여지가 있다는 거야?"

"그걸 알아보려고. 여자애라니?"

"예쁘긴 한데 창백한 애였어. 인군이던가? 이리암이던가?" 마르티네는 카운터를 돌아보았다. "저기! 구스토의 여동생 이름이 뭐였더라?" 그리고 누가 대답하기 전에 혼자 답했다. "이레네!"

"빨강머리에 주근깨 있는 애야?" 해리가 물었다.

"어찌나 창백하던지 머리카락이라도 없었으면 아예 보이지도 않을 것 같았어. 진짜로. 결국 햇빛이 그 애를 통과해서 투명인간이 됐지만."

"결국엔?"

"응, 우리도 그 얘길 하던 참이야. 여기 다녀간 지 한참 됐거든. 여기 오는 사람들한테 그 애가 오슬로를 떠났는지 어쨌는지 물어봤지만 어디 있는지 아는 사람이 아무도 없어."

"살인사건이 일어난 즈음 해서 뭐든 기억나는 거 있어?"

"그날 밤 말고는 딱히 없어. 경찰 사이렌을 듣고 우리 교구 청년들이 사고를 쳤나 하던 차에 당신 동료가 전화를 받고 뛰쳐나갔어."

"위장경찰은 이 카페에서 근무하면 안 된다는 불문율이 있었던 거 같은데."

"일하던 건 아닐 거야, 해리. 저기 저 테이블에 혼자 앉아서 〈클라세캄펜〉인가를 보고 있었어. 잘난 척하는 말로 들릴지 모르지만 여기엔 'moi(나)' 보러 온 거 같아." 마르티네는 요염하게 손을 가슴에 얹으며 말했다.

"외로운 경찰들이 잘 넘어오는 건 여전하구나."

마르티네가 웃었다. "당신한테 먼저 눈길 준 건 나였어. 잊었어?"

"당신 같은 기독교 집안 여자가?"

"실은 그 사람이 자꾸 흘끔거려서 괜히 찝찝했거든. 그런데 내가 임신한 게 티가 나니까 관두더라고. 아무튼 그날 밤 그 사람이 문을 쾅 닫고 나가서 하우스만스 가 쪽으로 가는 걸 봤어. 사건 현장이 여기서 몇 백 미터밖에 떨어져 있지 않잖아. 그리고 바로 구스토가 총에 맞았다는 말을 들었어. 올레그가 체포됐다는 말도."

"구스토에 관해 아는 거 있어? 여자들한테 매력적이고 양부모 밑에서 자랐다는 거 말고."

"그 친구는 도둑놈으로 불렸어. 바이올린을 팔았고."

"누구 밑에서 일했지?"

"걔랑 올레그는 알나브루의 오토바이족인 로스 로보스 조직에서 일했어. 그런데 두바이한테 넘어간 거 같아. 그쪽에서 접근해오면 다 넘어가거든. 그쪽이 제일 순도 높은 헤로인을 팔았고, 바이올린이 등장했을 때도 두바이의 마약상들이 그걸 가지고 있었어. 지금도 그럴 거야."

"두바이에 관해 아는 거 있어? 대체 누구야?"

마르티네는 고개를 저었다. "그게 사람 이름인지 뭔지조차 몰라."

"길에서 그렇게 잘 보이는데도 뒤에 누가 있는지는 전혀 보이지가 않아. 누구 아는 사람 없을까?"

"있기는 해도 아무도 말하지 않으려는 거겠지."

누군가 마르티네를 불렀다.

"여기 가만히 있어." 마르티네가 의자에서 일어서려고 낑낑댔다. "금방 올게."

"사실 나 가야 돼." 해리가 말했다.

"어딜?"

잠시 침묵이 흐르는 사이 둘 다 그 질문의 답이 없다는 걸 알았다.

토르 슐츠는 주방 창가의 식탁에 앉았다. 해가 낮게 걸렸지만 아직은 집들 사이로 난 길을 오가는 사람들이 다 보일 만큼 훤했다. 하지만 길은 보이지 않았다. 그는 세르블라 소시지를 얹은 빵을 한 입 뜯었다.

지붕 위로 비행기가 날아다녔다. 착륙하고 이륙하고. 착륙하고 이륙하고.

토르 슐츠는 다채로운 엔진 소리에 귀를 기울였다. 타임라인이 죽 펼쳐지는 것 같았다. **제대로** 된 소리가 나는 예전 엔진들, 정확히 으르렁거리는 소리를 내고 좋은 추억을 불러내고 의미를 부여

해주고 모든 일에 의미가 있던 시절의 배경음악이 되어주던 따스한 불빛을 내던 엔진들, 직업, 시간엄수, 가족, 여자의 애무, 동료들의 인정과 같은 그 모든 일이 의미 있던 시절의 엔진들. 새 세대의 엔진은 하늘을 더 많이 날지만 빡빡한 일정에도 적은 연료로 더 빨리 날아 효율성을 높이고, 불필요한 데 들어가는 시간을 줄여주었다. 꼭 필요하지는 않아도 중요한 부분에 들어가는 시간도 줄여주었다. 그는 냉장고에 놓인 커다란 시계를 다시 보았다. 시계가 겁에 질린 조그만 심장처럼 빠르고 부산하게 째깍댔다. 일곱 시. 열두 시간 남았다. 곧 어두워질 것이다. 보잉 747 소리가 들렸다. 클래식. 최고. 으르렁거리며 포효하는 소리가 점점 커지면서 유리창이 덜컹거리고 식탁에 놓인 유리잔이 반쯤 찬 병에 부딪혀 쨍그랑 소리를 냈다. 토르 슐츠는 눈을 감았다. 미래에 대한 낙관, 날것 그대로의 정력, 근거 있는 오만의 소리. 최고의 전성기를 누리는 남자에게는 천하무적의 소리.

그 소리가 지나가고 집 안에 일순간 정적이 감돌았다. 그는 정적이 달라진 걸 알아챘다. 공기의 밀도가 달랐다.

누가 있는 것 같았다.

그는 오른쪽으로 돌아서 거실을 보았다. 문 너머로 웨이트트레이닝 벤치와 커피테이블 끄트머리가 보였다. 쪽모이세공 마루와 거실의 보이지 않는 부분들의 그림자를 보았다. 숨을 참고 귀를 기울였다. 아무 소리도 들리지 않았다. 냉장고 위의 시계만 째깍거렸다. 다시 빵을 한입 물었다. 유리잔을 들어 벌컥 들이켜고 의자에 등을 기댔다. 거대한 비행기가 들어오고 있었다. 등 뒤에서 다가오는 소리가 들렸다. 그 소리에 시계 초침 소리가 먹혔다. 비행기가 집과 태양 사이를 지나가겠구나 생각하는 순간 그림자 하나가 그와 식탁 위에 드리워졌다.

해리는 우르테 가를 따라 플라토우스 가로 내려가서 그뢴란슬레이레까지 걸었다. 발길이 저절로 경찰청사로 향했다. 도중에 보츠 공원에서 멈췄다. 그리고 교도소를, 굳건한 회색 담벼락을 보았다.

"어딜?" 아까 마르티네가 물었었지.

나는 정말로 구스토 한센을 살해한 범인에 관해 의문의 여지가 남아 있다고 믿는 걸까?

SAS 항공기가 매일 자정 전에 직항으로 오슬로에서 방콕으로 출발한다. 방콕에서 홍콩까지는 하루에 다섯 차례 비행기가 뜬다. 당장 레온 호텔로 돌아가면 된다. 가방을 챙겨서 체크아웃을 할 수도 있다. 딱 5분이면 된다. 가르데르모엔까지 공항 고속열차를 탄다. SAS 카운터에서 항공권을 구입한다. 편안하고 사무적인 분위기의 환승장에서 식사를 하고 신문을 본다.

해리는 돌아섰다. 전날 본, 붉은 콘서트 포스터가 사라지고 없었다.

그는 계속 오슬로 가를 따라 내려가다 감례뷔엔 묘지 앞의 민네 공원을 지날 때 입구 옆 그림자들 사이에서 나오는 목소리를 들었다.

"200만 주쇼." 그 목소리가 스웨덴어로 말했다.

해리가 발길을 멈추려는 순간 그림자 속에서 거지가 나왔다. 다 해진 긴 코트를 걸치고 있었고, 환한 불빛에 비친 커다란 귀가 얼굴에 그림자를 드리웠다.

"빌려달라는 거죠?" 해리가 지갑을 더듬으며 말했다.

"적선하쇼." 카토가 손을 내밀었다. "돌려받지 못할 거요. 레온

호텔에 지갑을 두고 왔거든." 카토의 숨결에서 증류주나 맥주 냄새
는 전혀 나지 않고, 담배 냄새와 어린 시절을 떠올리게 하는 냄새
가 났다. 할아버지 집에서 숨바꼭질을 하다가 옷장에 숨었을 때 맡
은 냄새, 그 자리에 오래 걸려 있던 옷에서 나는 들큼한 곰팡내. 할
아버지의 집만큼이나 오래됐을 냄새.

해리는 500크로네짜리 지폐를 찾아서 카토에게 건넸다.

"자요."

카토는 그 돈을 가만히 보았다. 그리고 덥석 돈을 잡았다. "이런
저런 말들이 돌던데. 당신, 경찰이라며?"

"네?"

"술을 마신다는 말도. 당신의 독은 뭐요?"

"짐 빔."

"아, 짐. 나의 조니랑 친구지. 그리고 그 아이, 올레그를 안다더
군."

"그 애를 아세요?"

"감방은 죽음보다 지독해, 해리. 죽음은 간단하지. 영혼을 자유
롭게 풀어주니까. 한데 감방은 인간성이 남아나지 않을 때까지 영
혼을 먹어치워. 그러다 유령이 될 때까지."

"올레그 얘기는 누구한테 들었어요?"

"내 교구는 크고 교구민도 많소, 해리. 난 그들의 말을 귀담아 듣
지. 당신이 그자를 쫓고 있다고 하던데. 두바이."

해리는 손목시계를 보았다. 이맘때는 항공기에 좌석이 남아돈
다. 지금이라면 방콕에서 상하이로 갈 수도 있었다. 잔인이 이번
주에 혼자라고 문자를 보냈다. 그녀와 시골집에 갈 수도 있었다.

"난 당신이 그자를 찾지 못하면 좋겠소, 해리."

"내가 언제 찾는다고—."

"찾는 사람은 죽어."

"카토, 오늘 밤 난—."

"딱정벌레라고 들어봤소?"

"아뇨, 한데—."

"사람 얼굴에 알을 까는 다리 여섯 개짜리 벌레."

"가봐야 돼요, 카토."

"내가 직접 봤어." 카토는 사제 옷깃에 턱을 댔다. "예테보리 항구 근처의 올브스보르그 다리 밑에서. 헤로인 조직을 찾던 경찰 말이야. 놈들이 못이 박힌 벽돌로 그 친구 얼굴을 아작 냈어."

해리는 노인이 무슨 말을 하는지 알았다. '주크.' 딱정벌레.

원래 러시아에서 밀고자에게 쓰던 장치였다. 우선 밀고자를 들보 아래 바닥에 눕히고 귀를 못으로 박는다. 그런 다음 긴 못 여섯 개가 반쯤 박힌 벽돌을 밧줄로 들보에 매달고 밀고자에게 밧줄 끝을 물렸다. 입만 다물고 있으면 살 수 있다는 게 이 방법의 핵심이자 상징이었다. 해리는 단수이의 어느 뒷골목에서 발견된 처참한 몰골의 시체에서 타이완 삼합회가 시행한 주크의 참상을 목격한 적이 있다. 못대가리가 넓어서 박힐 때는 구멍이 크게 나지 않았다. 그러나 구급대가 와서 시체에서 벽돌을 떼면 얼굴이 딸려 나왔다.

카토는 500크로네 지폐를 바지 주머니에 쑤셔 넣으며 다른 손을 해리의 어깨에 얹었다.

"아들을 보호하고 싶은 건 알아. 그럼 다른 친구는 뭐지? 그 친구도 아버지가 있어, 해리. 부모가 자식을 지키려고 싸우는 걸 자기희생이라고 한다지만 알고 보면 자기 자신을 지키는 거야. 똑같이 복제된 자기를. 그러니 도덕적 용기가 필요한 게 아니오. 그저 유전자의 이기주의일 뿐이야. 어릴 때 아버지가 우리한테 성경을 읽어주셨지. 하나님이 아브라함에게 아들을 희생시키라고 명령하고 아브라함이 그 말에 복종했을 때 난 아브라함이 겁쟁이라고 생각했어. 나중에 어른이 되면서 진정으로 이타적인 아버지는 아들이 부자관계보다 더 큰 목적에 쓰인다면 기꺼이 아들을 희생으로 바친다는 걸 깨달았지. 그런 게 있거든."

해리는 담배를 앞에 던졌다. "잘못 아셨어요. 올레그는 내 아들이 아니에요."

"그런가? 그럼 여긴 왜 왔지?"

"경찰이니까요."

카토가 웃었다. "여섯 번째 계명. 거짓말하지 마라."

"그건 여덟 번째 아닙니까?" 해리는 아직 연기가 나는 담배를 밟았다. "그리고 내 기억에 그 계명은 이웃에게 불리한 거짓 증언을 용납해서는 안 된다는 거였어요. 그러니 자기에 관한 거짓말은 조금 해도 된다는 뜻이죠. 하긴 신학 공부를 다 마치지 않으셨을 테니."

카토는 어깨를 으쓱였다. "예수님이랑 나한텐 공식 자격증이 없어. 우린 말씀의 인간이야. 그래도 다른 주술사와 점쟁이와 돌팔이들처럼 가끔은 거짓 희망과 진정한 안락을 지어내기도 하지."

"기독교인도 아니시죠?"

"당장은 신앙이 내게 해준 게 아무것도 없고 그저 의심만 주었다고 해두지. 그게 내 신조가 됐어."

"의심."

"맞아." 카토의 누런 이가 어둠 속에서 번들거렸다. "난 이렇게 묻지. 하나님이 존재하지 않는 게, 그분께 아무런 설계가 없는 게,

정말 맞을까?"

해리는 조용히 웃었다.

"해리, 우린 많이 다르지 않아. 난 가짜 사제 칼라를 달고, 당신은 가짜 경찰 배지를 달았어. 당신의 그 절대적 진리에 대한 믿음은 얼마나 확고한가? 제 갈 길을 찾은 사람들을 보호하고 길을 잃은 사람들이 죄에 따라 벌받게 하는 거? 당신도 의심하고 있진 않나?"

해리는 담뱃갑을 툭툭 쳐서 담배 한 개비를 뺐다. "안타깝게도 이 사건에는 의심의 여지가 없더군요. 전 집으로 갑니다."

"그럼 잘 가게. 난 예배가 있어서."

차 한 대가 빵빵거려서 해리는 돌아보았다. 헤드라이트 두 개가 눈부시게 비추고는 모퉁이를 휙 돌았다. 정지등이 어둠 속에서 담뱃불처럼 빛나는 사이 경찰차 한 대가 속도를 줄이면서 경찰청 주차장으로 들어갔다. 해리가 다시 돌아보자 카토는 이미 가고 없었다. 늙은 사제는 밤 속으로 녹아 없어진 것 같았다. 묘지로 향하는 발소리만 들렸다.

과연 가방을 챙겨서 레온 호텔을 체크아웃하기까지 5분밖에 걸리지 않았다.

"현금으로 하시면 조금 깎아드릴게요." 프런트의 청년이 말했다. 모든 게 달라진 건 아니었다.

해리는 지갑을 살폈다. 홍콩 달러, 위안, 미국 달러, 유로. 휴대전화가 울렸다. 해리는 휴대전화를 귀에 대면서 지폐를 펼쳐서 청년에게 보여주었다.

"말씀하세요."

"나야. 뭐해?"

젠장. 공항에 가서 전화할 생각이었다. 가능한 단순하고 냉정하게. 정을 떼듯이.

"체크아웃. 좀 있다 전화해도 될까?"

"올레그가 연락했다는 말을 전하려고. 음…… 한스 크리스티안한테."

"노르웨이 크로네요." 청년이 말했다.

"올레그가 당신을 만나고 싶대, 해리."

"뭐!"

"응? 해리, 듣고 있어?"

"비자카드 받아요?"

"ATM에 가서 현금을 뽑아 오시는 게 더 쌀 거예요."

"날 만나겠다고?"

"그렇게 말했어. 최대한 빨리."

"그건 안 돼, 라켈."

"왜 안 돼?"

"그게―."

"톨부 가로 백 미터만 내려가시면 ATM이 있어요."

"왜?"

"그냥 카드 받아요, 네?"

"해리?"

"우선 그건 불가능해, 라켈. 올레그는 면회가 안 돼. 다시 손쓸 방법이 없어."

"그럼 다음은?"

"무슨 의미가 있을지 모르겠어, 라켈. 서류를 다 봤어. 난……."

165

"당신은 뭐?"

"올레그가 구스토 한센을 쏜 것 같아, 라켈."

"저희는 비자는 받지 않아요. 다른 건 없나요? 마스터카드, 아메리칸 익스프레스?"

"없다니까! 라켈?"

"그럼 달러하고 유로로 하시죠. 환율이 썩 좋은 편은 아니지만 카드보다는 나아요."

"라켈? 라켈? 젠장!"

"문제가 있나요, 홀레 씨?"

"그녀가 전화를 끊었어요. 그거면 됩니까?"

12

스키페르 가에 서서 억수같이 내리는 비를 봤어요. 아직 겨울이 본격적으로 시작되진 않고 주구장창 비만 내렸어요. 그렇다고 제대로 흠뻑 적시지는 못했어요. 올레그와 이레네와 나는 오딘과 투투 밑에서 일주일 내내 일해서 번 돈보다 더 많은 돈을 하루에 거머쥐었어요. 어림잡아 하루에 6천은 벌었어요. 시내 중심가에서 아스널 셔츠를 다 세어봤거든요. 그 영감탱이가 분명 일주일에 2백만 크로네 넘게 쓸어가더군요. 그나마도 적게 잡은 금액이 그랬어요.

올레그와 난 매일 밤 안드레이랑 정산하기 전에 그날 받은 돈을 꼼꼼히 모아서 물건과 딱 떨어지게 맞췄어요. 1크로네도 비지 않았죠. 그렇게까지 할 건 아니었을 거예요.

난 올레그를 백 퍼센트 믿었어요. 걘 뒷돈을 빼돌릴 생각을 못하고 아예 빼돌린다는 개념 자체를 모르는 애였거든요. 그 녀석의 머리와 가슴에는 온통 이레네가 꽉 차 있었을 거예요. 이레네가 근처에 있으면 꼬랑지를 흔들어대던 꼴이 얼마나 우습던지. 이레네는 또 올레그의 마음을 얼마나 몰라주던지. 이레네한테는 오직 하나만 보였어요.

나.

성가신 것도 아니고 기분이 좋은 것도 아니었어요. 그냥 그런 거고 늘 그래왔으니까요.

난 이레네를 아주 잘 알았어요. 나란 놈이 어떻게 그 애의 조그만 OMO*퓨어향이 나는 가슴을 뛰게 하는지, 그 귀여운 입가에 미소가 떠오르게 하는지, 그리고 (내가 바라는 대로) 파란 두 눈에 커다란 눈물방울이 그렁그렁 맺히게 만드는지 알았어요. 그 애를 곱게 보내줄 수도 있었어요. 문을 열어주고 가라고 할 수도 있었죠. 하지만 난 도둑놈이고 도둑놈은 원래 현금으로 바꿀 수 있는 걸 함부로 버리지 않아요. 이레네는 내 거지만 일주일에 2백만이 그 영감탱이한테 들어갔어요.

각얼음처럼 생긴 아이스 메스암페타민을 술에 타 마시고 쿠부스 같은 싸구려가 아닌 옷을 사 입으면 6천은 우습게 나가요. 그래서 계속 연습실에서 기거하며 이레네를 드럼 뒤 매트리스에 재우는 수밖에 없었어요. 그래도 이레네는 그럭저럭 잘 지내면서 약을 섞은 담배에는 손도 대지 않고 맛대가리 없는 풀떼기만 먹으며 염병할 은행계좌까지 만들었어요. 올레그는 엄마랑 지내던 때라 돈다발 속에서 뒹굴며 살았을 거예요. 멀끔히 꽃단장하고 공부도 하고 발레 호빈에서 훈련도 받았죠.

스키페르 가에 서서 이런저런 생각을 하면서 머릿속으로 주판알을 튕길 때 퍼붓는 빗속에서 다가오는 형체를 봤어요. 그 형체는 안경알에 김이 서리고 숱 없는 머리카락이 머리통에 척 달라붙은 꼴을 하고, 뚱뚱하고 못생긴 여자친구가 크리스마스 선물로 사서 하나씩 나눠 입었을 법한 사계절용 재킷을 입고 있었어요. 음, 여자친구가 못생겼거나 여자친구가 아예 없거나. 걸음걸이를 보고 알았어요. 절름발이였거든요. 그런 걸 보기 좋게 감추려고 생겨난 말이 있겠지만 난 그냥 곤봉발**이라고 불러요. 난 '저능아'나 '깜둥이' 같은 말도 써요.

---

* 세탁세제.
** 한 발이나 두 발 모두에 나타나는 선천성 장애. 발바닥이 몸의 중앙을 향해 들려진 상태이다.

그자가 내 앞에 서더군요.

사실 헤로인 사는 사람들이 어떤 부류인지 관해서는 더 놀랄 것도 없었지만 그자는 보통의 고객 범주에 들어가지 않았어요.

"얼마?"

"쿼터당 350."

"헤로인 1그램에 얼마를 내지?"

"내다니? 우리가 파는 거야, 이 머저리야."

"알아. 그냥 조사 중이야."

그자를 봤어요. 기자? 사회복지사? 것도 아님 정치인? 전에 오딘과 투투 밑에서 일할 때 그런 비슷한 얼간이가 찾아와서 자기는 시의회에서 일하는 사람이고 루노^{RUNO}인지 뭔지 하는 위원회에서 나왔다면서 '마약과 청년' 회의에 참석해줄 수 있느냐고 아주 정중히 물어온 적이 있어요. '거리의 목소리'를 듣고 싶다면서. 재미삼아 한번 참가해서 그 작자들이 마약과 전쟁 중인 유럽의 여러 도시들에 관해, 마약 없는 유럽을 위한 거창한 국제 사업에 관해 씨부렁대는 소리를 들었어요. 음료수랑 번 빵을 받아 들고 눈물을 찔끔할 정도로 웃었죠. 그런데 그날 회의를 주도한 사람은 섹시한 미시족 타입으로, 과산화수소로 탈색한 금발과 남성적인 이목구비에 젖통도 크고 목소리도 군대 선임하사관처럼 우렁찼어요. 잠깐 그 여자가 젖통을 조금 손본 거 말고 또 뭘 했을지 생각했어요. 회의가 끝나고 그 여자가 나한테 오더니 자기는 사회복지위원회 위원의 비서라면서 이쪽 문제로 얘기를 더 나누고 싶으니 언제 '기회'가 되면 자기가 일하는 곳에서 보자고 하더군요. 나중에 보니까 애 딸린 아줌마는 아니었어요. 농장에서 살던 그 여자가 딱 달라붙는 승마 반바지 차림으로 문을 열어주었고 '그 짓을' 마구간에서 하고 싶어했죠. 사실은 거시기를 수술한 여자였지만 그런 게 거슬리진 않았어요. 거길 깔끔하게 꿰맨 대신 격렬하게 출렁이는 젖통 두 개가 생겼으니까. 다만 2미터쯤 떨어진 데서 건장한 말들이 여물을 반추하면서 호기심 어린 눈길로 보는 곳에서 모형 항공기처럼 교성을 질러대는 여자랑 섹스하자니 어째 좀 묘했어요. 일을 끝내고 엉덩이 틈에서 지푸라기를 떼야 했고, 그 여자한테 1,000크로네를 빌려달라고 했어요. 하루에 6천을 벌기 시작할 때까지 그런 만남을 이어갔어요. 그 여자는 나랑 떡치는 짬짬이 자신은 멀뚱히 앉아서 위원 대신 편지나 대신 써주는 비서가 아니라 실제로 정치에 관여한다고 설명했어요. 비록 당장은 몸종 같은 신세지만 실제로 사업을 진척시키는 사람이 바로 자기라고 했어요. 제대로 된 사람들이 그걸 알아봐주면 자기가 위원이 될 날이 올 거라고도 했고요. 난 그 여자가 시청에 관해 해준 얘기를 듣고 정치인은 지위고하를 막론하고 하나같이 딱 두 가지를 원한다는 걸 알았어요. 권력과 섹스. 딱 그 순서로. 그 여자의 귀에다 대고 '장관님'이라고 속삭이면서 손가락 두 개로 해주니까 그 여자의 물이 돼지우리까지 찍 날아갔어요. 농담이 아니에요. 그리고 그날 내 앞에 선 그 남자의 얼굴에서도 그때와 같은 병들고 강렬한 갈망을 읽었어요.

"꺼져."

"누구 밑에 있지? 그 사람하고 얘기하고 싶어."

두목한테 데려다달라? 정신이 나갔거나 그냥 골빈 새끼였어요.

"꺼지라니까."

그자가 꿈쩍도 않고 바지 엉덩이 쪽에 특이한 주름이 잡힌 채로 서서 사계절용 재킷 주머니에서 뭔가를 꺼냈어요. 백색 가루가 든 비닐봉지였어요. 반 그램쯤 돼 보였어요.

"이게 샘플이야. 너희 보스한테 가져가. 가격은 그램당 800크로네. 용량을 잘 조절해야 돼. 10등분할 양이야. 모레 이 시간에 다시 올게."

남자는 내게 비닐봉지를 건네고 뒤돌아 절뚝거리며 왔던 길로 다시 내려갔어요.

다른 때라면 그걸 근처의 쓰레기통에 처박았을 거예요. 그걸 팔아 돈을 따

170

로 챙길 수도 없었으니까. 워낙 그런 쪽으로 소문이 안 좋았거든요. 하지만 그 미치광이의 눈에 뭔가 번뜩이는 게 보였어요. 뭔가 아는 눈빛. 그래서 근무가 끝나고 안드레이와 정산을 마치고 나서 올레그와 이레네를 데리고 헤로인 공원으로 갔어요. 거기서 테스트 받아볼 사람을 물색했어요. 전에 투투하고도 해본 일이에요. 새로운 물건이 시중에 나오면 가장 절박한 약쟁이들이 모이는 소굴로 갔어요. 공짜라면 뭐든 맞을 용의가 있고 어차피 조만간 죽을 목숨이라 테스트받다가 죽든 말든 상관하지 않을 인간들.

네 명이 나섰지만 8분의 1은 진짜 헤로인으로 달라고 요구했어요. 그건 안 된다고 하니까 세 명만 남았고요. 약을 조금씩 나눠줬어요.

"모자라!" 약쟁이 하나가 중풍 환자 같은 발음으로 소리를 질렀어요. 난 그에게 디저트를 원하면 입 닥치라고 쏘아붙였어요.

이레네와 올레그와 나는 그들이 피딱지로 뒤덮인 팔에서 용케 정맥을 찾아 놀랍도록 효과적으로 주사를 놓는 걸 바라봤어요.

"와, 맙소사." 그중 하나가 신음했어요.

"씨이이……." 다른 하나가 울부짖었어요.

그러다 잠잠해졌어요. 완벽한 침묵. 로켓을 우주로 쏘아올리고 모든 접속이 끊긴 상태처럼. 난 이미 알았어요. 그들이 침묵 속으로 사라지기 전에 그들의 눈에서 황홀경을 봤거든요. '휴스턴, 이상 무.' 그들이 지구로 귀환했을 때는 날이 어두웠어요. 그들의 여행은 다섯 시간 넘게 지속되었고, 일반 헤로인의 두 배였어요. 테스트한 약쟁이들의 의견은 만장일치였어요. 그런 쾌감은 생전 처음이라고. 그들은 더 달라고, 봉지에 든 걸 내놓으라면서 '스릴러' 뮤직비디오의 좀비들처럼 비틀거리며 우리에게 다가왔어요. 우리는 웃음을 터트리고 달아났어요.

반시간쯤 뒤에 연습실로 돌아와 내 매트리스에 앉아 있으니 이런 생각이 들더군요. 닳고 닳은 약쟁이가 보통 길거리에서 파는 헤로인을 한 번에 4분의

1그램 주사해. 그런데 오슬로에서 최고로 약에 찌든 약쟁이들이 그 양의 4분의 1 가지고도 염병할 처녀처럼 후끈 달아올랐어! 그자가 진짜 약을 준 거야. 이게 뭐지? 눈으로 보나 냄새로 보나 그냥 헤로인 같고 농도도 헤로인 같기는 한데 그렇게 적은 양으로 다섯 시간이나 정신이 나갔다 돌아왔다고? 이게 뭐든 돈방석에 앉게 생겼어. 그램당 800크로네면 세 배로 희석해서 1,400크로네에 팔 수 있어. 하루에 50그램. 당장 3만 크로네가 주머니로 들어오는 거야. 내 주머니로. 올레그와 이레네의 주머니로.

나는 두 사람에게 사업 제안을 들려줬어요. 수치도 설명했고요.

둘은 서로를 돌아봤어요. 생각만큼 반응이 뜨겁지는 않았어요.

"그럼 두바이는……." 올레그가 말했어요.

우리가 영감탱이를 속이지만 않으면 위험할 게 없다고 거짓말로 둘러댔어요. 우선 가서 그만두겠다고 하고 예수님을 만났다는 둥 하는 개소리로 늘어놓으면 된다고요. 그런 다음에 조금 기다렸다가 작게 우리 사업을 시작하면 된다고 했어요.

둘이 다시 서로 보더군요. 불현듯 둘 사이에 뭔가 있는 걸, 전에는 없던 뭔가 있다는 걸 알았어요.

"난 그냥……." 올레그가 벽에 초점을 맞추려고 애쓰면서 말했어요. "이레네랑 나랑, 우린……."

"너희는 뭐?"

올레그는 뭔가에 찔린 애벌레처럼 꼼지락거리다 결국 도와달라는 듯 이레네를 돌아봤어요.

"올레그랑 나랑 같이 살기로 했어." 이레네가 말했어요. "우린 뵐레르의 아파트 보증금을 마련하려고 돈을 모으는 중이야. 여름까지 일하고 그다음엔……."

"그다음엔?"

"학교를 마칠 거야." 올레그가 말했어요. "공부도 시작할 거고."

"법." 이레네가 말했어요. "올레그가 성적이 좋아." 이레네는 멍청한 말을 꺼냈다고 생각할 때처럼 미소를 지었지만 창백한 볼이 기쁨으로 벌겋게 달아올랐어요.

두 연놈이 뒤에서 몰래 작당했다니! 왜 이걸 몰랐지?

"법이라." 내가 아직 1그램 넘게 남은 봉지를 열었어요. "경찰에서 제일 높은 자리로 올라가려는 사람들이 하는 거 아닌가?"

둘 다 내꾸하지 않았죠.

나는 콘플레이크를 먹던 숟가락을 찾아서 허벅지에 쓱쓱 문질렀어요.

"뭐 하는 거야?" 올레그가 물었어요.

"이런 건 축하해야지." 나는 가루를 숟가락에 부었어요. "또 그 영감탱이한테 이걸 추천하려면 우리가 먼저 해봐야지."

"그럼 괜찮아?" 이레네가 안도하는 투였죠. "우리 전처럼 지내는 거지?"

"말이라고 하냐." 나는 숟가락 밑에 라이터를 댔어요. "이건 네 거야, 이레네."

"나? 하지만 난—."

"날 위해 해줘, 동생아." 나는 이레네에게 빙긋이 미소 지었어요. 내가 이레네가 절대 저항할 수 없음을 알고 있다는 사실을 잘 아는 그 미소. "지루한 건 저절로 심해지는 거 알잖아. 일종의 외로움이지."

가루가 녹으면서 숟가락에 거품이 일었어요. 탈지면이 없어서 담배 필터를 잘라 거를까도 생각해봤어요. 그런데 아주 깨끗해 보였어요. 하얗고 농도가 일정했거든요. 그래서 잠시 식힌 다음에 주사기로 빨아들였어요.

"구스토—." 올레그가 입을 열었어요.

"남용하지 않도록 조심하는 게 좋겠지. 세 명 몫으로 충분해. 네 것도 있어, 친구야. 그래도 넌 그냥 구경만 하고 싶겠지?"

고개를 들 것도 없었어요. 그 애를 너무나 잘 알았거든요. 순수한 마음, 사랑에 눈멀고 15미터 돛대에서 오슬로 피오르로 뛰어드는 용기의 갑옷으로 무장한 아이.

"좋아." 올레그가 소매를 걷었어요. "나도 해."

그 아이를 바닥으로 끌어내려서 쥐새끼처럼 익사시킬 갑옷.

정신을 차려보니 문 두드리는 소리가 들렸어요. 머릿속에서 석탄을 캔 것 같았어요. 두려운 마음을 떨쳐내고 겨우 한쪽 눈을 떴어요. 창문과 창틀에 덧댄 나무판자 틈새로 아침 햇살이 새어들더군요. 이레네는 자기 매트리스에 쓰러져 있었고, 앰프와 앰프 틈에 튀어나온 올레그의 흰색 퓨마 스피드캣 운동화가 보였어요. 누군지 몰라도 문을 발로 차기 시작했어요.

일어나서 비틀비틀 문으로 가면서 밴드 연습이 있다거나 장비를 가지러 온다는 메시지를 받았었는지 떠올려봤어요. 일단 문을 살짝 열어보고 반사적으로 발을 문에 갖다 댔어요. 소용이 없었어요. 나는 거칠게 떠밀려서 드럼에 쓰러졌어요. 우당탕탕 요란한 소리가 났어요. 심벌즈 스탠드와 스네어드럼이 치워지더니 나와 피 한 방울 섞이지 않은, 내 사랑하는 형제 스테인의 입이 보였어요.

'사랑하는'은 빼고.

몸은 더 커졌지만 공수부대 머리와 혐오감 가득하고 무정한 짙은 색 눈은 여전하더군요. 스테인이 입을 열고 뭐라 하는 게 보이긴 했지만 귓가엔 아직 심벌즈 소리만 윙윙댔어요. 그가 다가오자 나도 모르게 얼굴을 손으로 가렸어요. 하지만 그는 날 그냥 지나치고 드럼 장비를 뛰어넘어 매트리스에 쓰러져 있던 이레네에게 갔어요. 이레네의 외마디 비명이 들리고 그가 이레네의 팔을 잡고 일으켜 세웠어요.

그는 이레네를 꽉 붙잡고 배낭에 소지품을 쑤셔 넣었어요. 문 앞까지 끌려가자 이레네도 더는 버티지 않았어요.

"스테인⋯⋯." 내가 입을 열었어요.

그는 문간에 서서 왜 그러냐는 표정으로 날 쳐다봤지만 나는 아무 말도 하지 않았어요.

"넌 우리 집구석을 망칠 만큼 망쳤어." 그가 말했어요.

그가 다리를 휙 돌려 철문을 걷어차 닫을 때는 꼭 염병할 브루스 리 같았어요. 방 안의 공기가 조용히 떨렸어요. 올레그가 앰프 위로 머리를 쳐들고 뭐라 했지만 아직 귀가 먹먹했어요.

벽난로를 등지고 서 있으니 난롯불에 살갗이 간질거렸어요. 빛이라곤 벽난로와 빌어먹을 골동품 테이블 램프에서 나오는 불빛밖에 없었어요. 영감은 가죽의자에 앉아서 우리가 스키페르 가에서 리무진을 타고 데려온 남자를 찬찬히 뜯어봤어요. 남자는 사계절용 재킷을 입고 있었어요. 안드레이가 남자의 뒤에서 눈을 가린 안대를 풀었어요.

"음." 영감이 입을 열었어요. "그래, 소문이 무성하던 이 물건을 자네가 대주겠다고."

"네." 남자는 안경을 쓰고 눈을 가늘게 뜨고 빙 둘러봤어요.

"어디서 오는 물건이지?"

"물건을 팔러 왔지, 정보를 드리러 온 게 아닙니다."

영감은 엄지와 다른 손가락으로 턱을 매만졌어요. "그렇다면 난 관심 없네. 이 바닥에서 남의 장물을 받으면 어김없이 시체가 나오거든. 시체가 나오면 골치 아파지고 우리 사업에도 좋지 않아."

"훔친 물건이 아닙니다."

"감히 말하지만 난 공급망을 훤히 꿰고 있어. 이건 누구도 본 적 없는 물건이야. 그러니 다시 말하지. 우리한테 화살이 돌아오지 않는다는 보장이 없는 한 아무것도 사지 않아."

"여기까지 눈까지 가리고 따라온 건 신중을 기하고 싶은 마음을 이해하기 때문입니다. 저한테도 그만 한 이해심을 보여주시길 바랍니다."

방 안의 열기로 그의 안경에 김이 서렸지만 그는 안경을 계속 쓰고 있었어요. 아까 차에서 안드레이와 페테르가 그자의 몸을 뒤질 때 난 놈의 눈과 몸짓과 목소리와 손을 관찰했어요. 내가 본 건 외로움밖에 없었어요. 뚱뚱하고 못생긴 여자친구조차 없고, 이 남자에겐 그의 끝내주는 마약밖에 없었죠.

"혹시 모르지, 경찰일지도." 영감이 말했어요.

"이 꼴로요?" 남자가 그의 발을 가리켰어요.

"물건을 수입한다면 여태 왜 자네 소문을 못 들었을까?"

"새로 시작했으니까요. 전과도 없고 아무도 절 몰라요. 경찰도, 이쪽 업계도. 남 보기에 번듯한 직업을 가지고 정상인으로 살아왔으니까." 그자가 조심스럽게 찡그렸어요. 문득 웃으려고 짓는 표정이라는 생각이 들었어요. "비정상적으로 정상적인 삶이라고 할 수도 있겠군요."

"흠." 영감은 연신 턱을 매만졌어요. 그러다 내 손을 잡고 그의 의자로 끌어당겨서 영감의 뒤에 서서 그 남자를 보게 했어요.

"내가 무슨 생각하는지 알겠느냐, 구스토? 내 보기엔 저자가 이 물건을 직접 만드는 거 같아. 넌 어떠냐?"

나는 신중히 생각했어요. "아마도."

"그게 말이다, 구스토. 꼭 아인슈타인이 돼야 화학을 하는 게 아니야. 인터넷에서 아편을 모르핀으로 만들고 다시 헤로인으로 만드는 방법을 찾아보면 자세한 방법이 올라와 있거든. 생아편 10킬로그램을 구했다고 치자. 끓이는 장비랑 냉장고랑 메탄올 조금이랑 팬만 구하면, 짜잔, 헤로인 결정 8.5킬로그램이 생기는 게야. 그걸 희석하면 길거리 헤로인 1.2킬로그램이 나오고."

사계절용 재킷의 남자가 헛기침을 했어요. "그보다는 조금 더 필요합니다."

"질문." 영감이 말했어요. "아편은 어떻게 구했지?"

남자가 고개를 저었어요.

"아하." 영감이 내 팔 안쪽을 쓰다듬었어요. "아편제가 아니군. 오피오이드지."

남자는 대답하지 않았어요.

"저자가 뭐라는지 들었냐, 구스토?" 영감은 안으로 곱은 남자의 발을 손가락으로 가리켰어요. "저자는 완전히 합성하는 방식으로 약을 만들어. 자연이나 아프가니스탄의 도움이 필요 없고, 간단한 화학식으로 주방 식탁에서 다 만드는 거야. 완벽히 통제하면서 굳이 위험하게 밀수하지 않아도 되지. 게다가 헤로인만큼 강력하고. 영리한 친구가 찾아왔구나, 구스토. 그런 사업은 존경심을 불러일으키지."

"존경심." 내가 중얼거렸어요.

"얼마나 생산할 수 있나?"

"일주일에 2킬로그램 정도. 때에 따라 다르지만요."

"내가 많이 사주지." 영감이 말했어요.

"많이, 라면?" 남자가 심드렁하게 대꾸했어요. 전혀 놀란 기색이 아니었어요.

"그래, 자네가 생산하는 양 전부. 사업을 제안하지, 자네 이름이⋯⋯."

"입센입니다."

"입센?"

"그걸로 괜찮으시다면."

"괜찮고말고. 그분도 위대한 예술가였어. 동업을 제안하고 싶군, 입센 씨. 내 밑으로 들어오는 방식으로. 우리가 시장에서 사재기를 하고 가격을 정하겠네. 양쪽 다 이윤을 더 많이 내려는 거야. 어떤가?"

입센은 고개를 저었어요.

영감은 고개를 기울이며 입술 없는 입가에 미소를 띠었어요. "왜지, 입센 씨?"

나는 그자가 몸을 똑바로 펴는 걸 봤어요. 세상에서 제일 권태로운 사람의 헐렁한 사계절용 재킷 속에서 그의 몸이 커진 것처럼 보였어요.

"전매권을 드리면 영감님께서⋯⋯."

영감이 손끝을 맞댔어요. "부르고 싶은 대로 부르게, 입센 씨."

"한 사람하고만 거래하고 싶진 않습니다, 두바이 씨. 그럼 너무 위험해요. 영감님이 강제로 가격을 깎을 수도 있으니까요. 그렇다고 거래처를 여러 군데 두고 싶지도 않고요. 그럼 경찰이 제 뒤를 캘 위험이 커지니까요. 영감님을 찾아온 건 남들 눈에 띄지 않는 걸로 워낙 유명한 분이기 때문입니다. 전 거래처를 하나 더 원합니다. 로스 로보스에 이미 연락해놨습니다. 양해 부탁드립니다."

영감이 특유의 클클대는 소리로 웃었어요. "잘 보고 배워라, 구스토. 저자는 약만 만드는 게 아니라 사업가로구나. 좋소, 입센 씨. 그럼 그럽시다."

"가격은⋯⋯."

"달라는 대로 주지. 괜한 흥정으로 시간낭비하면 안 되는 사업이란 걸 알 거요, 입센 씨. 인생은 너무 짧고 죽음은 아주 가까이 있거든. 다음 주 화요일에 첫 물건을 받읍시다."

영감은 밖으로 나가면서 내게 몸을 기대야 하는 것처럼 굴었어요. 그의 손톱이 내 팔을 할퀴었어요.

"수출할 생각은 안 해봤나, 입센 씨? 노르웨이에서 나가는 약물은 검사받지 않잖아."

입센은 대답하지 않았지만 난 알았어요. 그가 원하는 게 뭔지. 엉덩이가 한쪽으로 기울어진 채 곤봉발로 서 있는 그에게서 그걸 봤어요. 숱이 줄어가는 머리카락 속에서 땀으로 번들거리는 이마에 비친 그것을 봤어요. 안경에 서린

김이 사라지고, 그의 눈은 스키페르 가에서 처음 보았을 때처럼 희미하게 빛났어요. 보복이었어요, 아버지. 그자는 보복하려던 거였어요. 그에게 주어지지 않은 모든 것에 대한 보복요. 존경, 사랑, 감탄, 돈으로 살 수 없다고 주장하는 모든 거요. 물론 살려면 살 수 있지만요. 내 말이 틀려요, 아버지? 삶은 우리에게 빚을 져요. 가끔은 직접 나서서 염병할 빚을 받아내야 해요. 그걸로 지옥불에 떨어져야 한다면 천국은 텅텅 비겠네요. 내 말 틀려요, 아버지?

해리는 도로변에 앉아 내다보았다. 비행기들이 서서히 활주로를 들어오고 나가는 걸 구경했다.

열여덟 시간 후면 상하이에 가 있을 것이다.

그는 상하이를 좋아했다. 음식을 좋아하고, 황푸 강 강가로 화평 호텔까지 걷는 걸 좋아하고, 올드재즈 바에 들어가 늙은 연주자들이 삐걱대며 연주하는 스탠더드 넘버를 듣는 걸 좋아하고, 그들이 1949년 혁명 이래로 한 번도 쉬지 않고 그 자리에 앉아 연주해온 모습을 생각하는 걸 좋아했다. 그녀를 좋아했다. 그들이 가진 것과 그들이 갖지 못했지만 무시한 것을 좋아했다.

무시할 줄 아는 능력. 근사한 자질, 원래 갖고 태어나진 못했지만 지난 3년 동안 갈고닦은 능력이었다. 꼭 필요한 게 아니라면 불가능한 일에 덤비지 않을 줄 아는 능력.

'당신의 그 절대적 진리에 대한 믿음은 얼마나 확고하지? 당신도 의심하고 있진 않나?'

열여덟 시간이면 상하이에 가 있을 것이다.

열여덟 시간이면 상하이에 **가 있을 수 있다.**

젠장.

전화벨이 두 번 울리자 그녀가 전화를 받았다.

"뭘 원하는데?"

"또 전화 끊지 마, 응?"

"알았어."

"잘 들어, 그 닐스 크리스티안이란 자를 얼마나 꽉 잡고 있어?"

"한스 크리스티안이야."

"잘만 구슬리면 날 도와서 아주 수상한 짓까지 해줄 만큼 당신한테 푹 빠졌나?"

13

밤새 비가 내렸다. 오슬로 지방교도소 앞 해리가 서 있는 자리에서는 새로 떨어진 낙엽이 노란색의 젖은 방수포처럼 공원을 덮은 광경이 보였다. 공항에서 곧장 라켈의 집으로 간 뒤로 잠을 거의 못 잤다. 한스 크리스티안이 왔다가 별다른 반발 없이 다시 떠났다. 그 뒤로 라켈과 해리는 차를 마시며 올레그 얘기를 나눴다. 전에는 어땠는지. 어땠는지는 말하면서도 어떻게 될 수도 있었는지는 말하지 않았다. 자정이 지날 즈음 라켈이 해리에게 올레그 방에서 자도 된다고 했다. 해리는 자기 전에 올레그의 컴퓨터로 예테보리의 올브스보르그 다리 밑에서 변사체로 발견된 경찰을 검색해서 오래된 기사를 찾아냈다. 카토의 말이 사실이었다. 선정적인 사건을 주로 다루는 〈예테보리스티드닝엔〉에서 죽은 남자가 범죄자들이 불리한 증거를 인멸하려고 고용하는 '버너'였다는 소문을 상세히 다룬 기사를 찾아냈다. 그리고 눈을 붙인 지 고작 두 시간 만에 라켈이 뜨거운 커피를 들고 속삭이며 깨웠다. 라켈은 늘 그랬다. 항상 그와 올레그에게 속삭이면서 하루를 열어주었다. 그러면 꿈에서 현실로 부드럽게 빠져나올 수 있다는 듯이.

해리는 CCTV 카메라를 들여다보고 조용히 윙윙대는 소리를 들으며 문을 밀었다. 서둘러 안으로 들어갔다. 서류가방이 잘 보이게 위로 들고 신분증을 접수대에 놓으며 멀쩡한 쪽 뺨을 보여주었다.

"한스 크리스티안 시몬센……." 교도관이 고개도 들지 않고 중얼거리며 앞에 있는 명단을 훑었다. "여기, 그래요. 올레그 페우케."

"맞습니다." 해리가 말했다.

다른 교도관이 해리를 데리고 복도를 지나 중앙의 열린 공간을 가로질러 갔다. 교도관은 이번 가을이 얼마나 따뜻했는지 떠들면서 큼직한 열쇠꾸러미를 짤랑거리며 문을 하나씩 열었다. 휴게실을 지나치다가 해리는 탁구대에 놓인 라켓 두 개와 펼쳐진 책 한 권, 그리고 간이 주방에 통밀빵 한 덩이와 빵칼이 각종 스프레드와 함께 놓여 있는 걸 보았다. 수감자는 한 명도 보이지 않았다.

하얀 문 앞에 서서 교도관이 문을 땄다.

"이 시간에는 감방 문이 다 열려 있는 줄 알았어요." 해리가 말했다.

"다른 방은 그렇지만 이 수감자는 171을 하거든요. 하루에 한 시간만 나올 수 있어요."

"그럼 다른 수감자들은 다 어디 갔습니까?"

"모르죠. 텔레비전 앞에서 허슬러 채널이나 볼지도."

교도관이 그를 들여보내주었다. 해리는 발소리가 멀어질 때까지 문 앞에 그대로 서 있었다. 평범한 방이었다. 10평방미터 정도. 침대 하나, 찬장 하나, 책상과 의자, 책꽂이, 텔레비전. 올레그가 책상 앞에 앉아 놀란 얼굴로 그를 보았다.

"날 만나고 싶다고 했다며." 해리가 말했다.

"면회가 안 될 줄 알았는데." 올레그가 말했다.

"면회가 아니야. 변호인 접견이지."

"변호인 접견?"

해리가 고개를 끄덕였다. 그리고 올레그의 눈빛이 서서히 밝아지는 걸 보았다. 똑똑한 녀석.

"어떻게……?"

"네가 저질렀다고 의심받는 살인은 엄중 경비 감방에 수감되는 죄가 아니야. 그렇게 어렵진 않았어." 해리는 서류가방을 열고 흰색 게임보이를 꺼내 올레그에게 건넸다. "받아. 네 거야."

올레그는 손끝으로 화면을 쓸었다. "어디서 났어요?"

소년의 진지한 얼굴에 희미한 미소가 스친 듯했다. "건전지를 넣는 구식 모델이야. 홍콩에서 찾았어. 원래는 만나면 테트리스로 널 박살 내려고 했지."

"말도 안 돼!" 올레그가 웃었다. "그거하고 잠수는 꿈도 꾸지 마세요."

"그때 프롱네르 리도에서? 음. 내 기억엔 너보다 1미터 앞선 것 같—."

"1미터 뒤에 있었다니까요! 엄마가 증인이에요."

해리는 아무것도 깨트리지 않으려고 그대로 가만히 앉아서 올레그의 얼굴에 떠오른 기쁨의 표정을 바라보며 행복에 젖었다.

"나한테 하고 싶다던 얘기가 뭐니, 올레그?"

올레그의 얼굴에 다시 먹구름이 꼈다. 올레그는 게임보이를 만지작거리면서 시작 버튼을 찾는지 이리저리 뒤집어보았다.

"천천히 얘기해도 돼, 올레그. 다만 빨리 시작할수록 좋은 일이 있지."

올레그는 고개를 들어 해리를 보았다. "아저씨를 믿어도 돼요? 무슨 일이 있어도?"

해리는 뭐라고 대꾸하려다 말고 그냥 고개만 끄덕였다.

"가져다주실 게 있는데……."

칼로 심장을 헤집는 느낌이었다. 올레그가 무슨 말을 할지 알 것 같았다.

"여긴 보이랑 스피드밖에 없어요. 바이올린이 필요해요. 도와줄 수 있어요, 해리?"

"그래서 날 부른 거냐?"

"면회금지를 뚫고 들어올 사람은 아저씨밖에 없잖아요."

올레그는 짙은 색 음울한 눈으로 해리를 쏘아보았다. 한쪽 눈 밑의 얇은 피부에 살짝 경련이 일어나면서 절망이 드러났다.

"안 되는 거 알잖아, 올레그."

"안 되긴 왜 안 돼!" 올레그의 날카로운 쇳소리가 감방의 사방 벽 안에서 울렸다.

"네가 물건을 팔아준 사람들은? 걔들이 안 준대?"

"팔긴 뭘요?"

"거짓말할 생각하지 마!" 해리가 손으로 서류가방을 내리쳤다. "발레 호빈의 네 사물함에서 아스널 셔츠를 찾았어."

"몰래 들어간 거……?"

"이것도 찾았어." 해리가 가족사진을 책상에 던졌다. "사진 속 그 여자애, 어디 있는지 알지?"

"누구……?"

"이레네 한센. 네 여자친구."

"어떻게……?"

"워치타워에서 둘이 같이 있는 걸 본 사람들이 있어. 사물함에 들꽃향이 나는 스웨터 한 장이랑 두 사람용 마약 도구도 있었고. 마약 은닉처를 공유하는 건 한 침대서 자는 것보다 더 친밀한 관계라는 뜻이지. 네 엄마도 그러더라. 시내에서 널 봤는데 행복한 얼간이 같았다고. 내 결론은 네가 사랑에 빠졌다는 거야."

올레그의 목울대가 올라갔다 내려갔다.

"응?" 해리가 말했다.

"걔가 어디 있는지 나도 몰라요! 됐어요? 그냥 사라져버렸어요. 걔 오빠가 또 데려갔을지도 모르죠. 어디 중독치료소에 들어갔을지도. 비행기를 타고 이 망할 도시를 떠났는지도."

"어쩌면 안 좋은 일이 생겼는지도." 해리가 말했다. "그 애를 마지막으로 본 게 언제야?"

"기억 안 나요."

"너라면 시간까지 기억할 텐데."

올레그가 눈을 감았다. "122일 전. 구스토랑 그런 일이 있기 한참 전이에요. 그게 이 사건하고 무슨 상관이에요?"

"모든 게 맞아떨어지니까, 올레그. 살인사건은 말하자면 흰 고래야. 실종자도 흰 고래고. 희귀한 흰 고래를 두 번 봤다면 그건 사실상 같은 고래야. 두바이에 관해 뭘 말해줄 수 있지?"

"아랍에미리트에서 제일 큰 도시이지만 수도는 아니고—."

"왜 그들을 보호하려는 거지, 올레그? 나한테 말 못하는 게 뭐야?"

올레그는 게임보이에서 시작 버튼을 찾아 앞뒤로 딸깍거렸다. 그러다 뒷면의 덮개를 열어서 건전지를 꺼내 책상 옆 철제 휴지통 뚜껑을 들어 그 안에 던진 후, 게임보이를 해리에게 돌려주었다.

"죽었네요."

해리는 게임보이를 보고 주머니에 넣었다.

"바이올린을 구해주지 않으면 여기서 구할 수 있는 희석된 약을 주사할 거예요. 펜타닐이나 헤로인은 들어봤죠?"

"펜타닐은 OD용이야, 올레그."

"맞아요. 그러니 나중에 엄마한테 **아저씨** 잘못이었다고 말할 수 있겠네요."

해리는 대답하지 않았다. 그를 조종하려는 아이의 어설픈 시도에도 화가 나기는커녕 안아주고 싶었다. 올레그의 눈에서 눈물을 보지 않아도 아이의 몸과 머릿속에서 벌어지는 싸움을 알 것 같았다. 아이의 정신을 갉아먹는 허기가 느껴졌다. 이건 육체의 일이었다. 다른 건 아무것도 없었다. 도덕성도, 사랑도, 배려도 없는, 그저 무한히 뒤죽박죽으로 솟구치는 생각, 황홀경, 평화만이 있었다. 해리도 한때 헤로인에 손을 댈 뻔했지만 순간 정신이 번쩍 들어 거절했다. 헤로인까지 해버리면 알코올이 아직 저지르지 못한 걸 하게 될 것만 같았다. 자기를 죽이는 일. 첫 한 방에 중독되어버린 이야기를 들려준 여자 때문인지도 몰랐다. 그녀는 그 무엇도, 살면서 체험하거나 상상한 그 어느 것도 헤로인의 황홀경을 압도하지 못해서 중독됐다고 말했다. 또 내성을 0으로 다시 설정하려고, 그러면 다시 주사할 때 달콤했던 첫 한 방의 느낌을 되찾을 수 있을까 싶어서 중독치료를 받으러 들어간다던 읍살의 한 친구 덕분인지도 몰랐다. 또 어쩌면 석 달 된 아들의 허벅지에서 백신 자국을 보고 약에 대한 강렬한 갈망이 솟구쳐서 모든 걸 다 포기하고 당장 치료소를 뛰쳐나가 플라타로 달려가고 싶어서 울부짖었다고 고백한 누군가 덕분이었을지도 몰랐다.

"그럼 거래하자." 해리는 자신의 목소리가 갈라진 걸 알았다. "달라는 걸 구해다줄 테니 아는 대로 다 말해."

"좋아요!" 올레그가 말했다. 해리는 올레그의 동공이 커지는 걸 보았다. 중증 헤로인 중독자들은 주사기를 찌르기도 전부터 뇌의 일부가 활성화될 수 있고, 녹인 분말이 정맥으로 주입되는 동안 몸이 이미 흥분 상태에 도달한다고 어디선가 읽은 적이 있다. 지금도 올레그의 뇌에서 그 영역이 말하고 있고 거짓이든 진심이든 '좋아요!'라는 말 이외에 다른 대답이 나올 수 없다는 것도 알았다.

"그래도 길에서 사고 싶진 않아." 해리가 말했다. "네 은닉처에 바이올린 있지?"

올레그는 잠시 머뭇거리는 듯 보였다. "거긴 가봤다면서요."

헤로인 중독자에게는 신성한 게 전혀 없다는 건 사실이 아니라는 말이 생각났다. 은닉처는 신성했다.

"어서, 올레그. 약쟁이들이 드나드는 곳에 약을 숨겨뒀을 리가 없잖아. 다른 은닉처, 예비분은 어디 있어?"

"거기 하나예요."

"아무것도 훔치지 않을게."

"더는 없어요, 정말이에요!"

해리는 올레그가 거짓말하는 걸 알았다. 하지만 중요한 건 그게 아니었다. 그곳에는 바이올린을 숨겨두지 않았다는 뜻일 수도 있었다.

"내일 다시 오마." 해리는 일어서서 문을 두드리고 기다렸다. 아무도 오지 않았다. 손잡이를 비틀었다. 문이 열렸다. 엄중 경비 감방은 결코 아니었다.

해리는 아까 들어온 길로 나갔다. 복도에 아무도 없고 휴게실에도 아무도 없었다. 음식은 그대로 나와 있었지만 빵칼이 치워져 있었다. 그는 계속 출구 쪽으로 나가면서 교도소 가운데 공간을 가로지르다가 그 문도 열려 있는 걸 보고 놀랐다.

접수대 근처만 문이 잠겨 있었다. 유리 칸막이 너머의 교도관에게 그 얘기를 하자 그녀가 눈썹을 올리고 위에 걸린 모니터를 흘깃 보았다. "어차피 여기서는 못 나가요."

"저 말고 더는 없기를."

"예?"

"아닙니다."

공원을 가로질러 그뢴란슬레이레 쪽으로 100미터쯤 내려가다가 불현듯 생각났다. 빈 방, 열린 문, 빵칼. 순간 몸이 얼어붙었다. 심장박동이 빨라져서 구역질이 날 것 같았다. 새들이 지저귀는 소리가 들렸다. 풀냄새가 났다. 그는 급히 뒤돌아서 교도소로 내달렸다. 공포로 입이 바짝 마르고 심장에서 펌프질한 아드레날린이 온몸에 퍼졌다.

14

　바이올린은 염병할 소행성처럼 오슬로를 강타했어요. 올레그가 운석과 운성체, 그리고 언제라도 우리 머리에 떨어질 수 있는 별별 쓰레기의 차이를 설명하면서 이번 건 지구를 납작하게 짜부라뜨릴 만한 거대하고 흉측한 운성체라느니 어쩌고저쩌고. 에잇, 뭔 말인지 아시죠, 아버지. 웃지 마요. 우린 아침부터 밤까지 내내 서서 8분의 1그램, 4분의 1그램, 1그램, 5그램씩을 한 번에 싹싹 팔아치웠어요. 오슬로를 발칵 뒤집어놨죠. 그런 다음 가격을 올렸어요. 바이올린을 사려는 줄이 날로 길어졌어요. 그리고 가격을 또 올렸어요. 줄은 계속 길어져만 갔어요. 그리고 가격을 또 올렸어요. 그때 난리가 터졌어요.

　코소보 알바니아 조직이 증권거래소 뒤에서 우리 팀을 덮쳤어요. 에스토니아인 형제 둘이 망꾼도 두지 않고 장사하고 있었는데, 야구방망이를 들고 브라스너클을 낀 코소보 알바니아 놈들이 들이닥친 거예요. 놈들은 돈과 마약을 빼앗고 두 형제의 엉덩이를 공략했어요. 이틀 밤 지난 뒤에 이번엔 베트남계 조직이 안드레이와 페테르가 수금하러 오기 10분 전에 프린센스 가를 공격했어요. 뒷마당에서 마약 담당을 공격해서 돈 담당이나 망꾼이 알아채지 못한 거죠. '다음엔 또 뭐지?' 궁금해지는 상황이었어요.

　답은 이틀 뒤에 나왔어요.

경찰이 출동하기 전, 일찍 일어나서 부지런히 출근하던 오슬로 시민들은 산네르 다리에 거꾸로 매달린, 째진 눈의 시체를 봤어요. 정신병 환자 구속복을 입고 입에는 재갈을 물린 채였죠. 발목에 감긴 밧줄은 딱 머리를 물 밖으로 들 수 없을 만큼 내려왔어요. 복근의 힘으로는 버티지 못할 길이만큼만.

그날 밤, 올레그와 나는 안드레이에게 총을 하나 받았어요. 안드레이는 러시아제만 신봉했어요. 검은 러시아 담배를 피우고 러시아제 휴대전화를 쓰고 (농담 아니에요, 아버지. 그레소라고, 아프리카 블랙우드 재질이지만 방수가 되고 전원을 켤 때 신호가 나가지 않아서 경찰이 추적할 수 없는 고가의 호화 제품이에요) 러시아제 권총의 성능을 맹신했어요. 안드레이는 그게 오데사라는 이름의 총이고 스테츠킨의 저렴한 모델이라고 시시콜콜 설명했어요. 우리가 그 두 모델을 전혀 모른다는 듯이. 어쨌든 오데사의 특징은 일제 사격이 가능하다는 거였어요. 9×18밀리미터 구경 마카로프 탄이 스무 발 들어가는 탄창을 장착하고요. 안드레이와 페테르와 그밖에도 몇몇이 쓰는 총과 같은 모델이었어요. 우리는 총알을 한 상자 받았고, 안드레이가 총알을 장전해 안전장치를 채우고는 그 특이하고 투박한 총을 쏘는 법을 알려주었어요. 총을 꽉 잡고 생각보다 조금 아래쪽을 조준해야 정확히 맞출 수 있다고 했죠. 머리를 맞추고 싶다고 머리를 겨냥하면 안 되고 상반신을 조준해야 한다고 했어요. 옆에 붙은 작은 레버를 돌려 C에 놓으면 총알이 나간다면서, 방아쇠를 살짝만 건드려도 서너 발이 나간다고 했어요. 그러면서 십중팔구는 그 총을 보여주기만 해도 상황 종료라며 자신했어요. 안드레이가 떠난 뒤 올레그가 푸 파이터스 앨범 재킷의 총이랑 비슷하다고 했어요. 그러면서 누굴 쏠까 봐 무서우니까 그냥 버리자더군요. 그래서 내가 갖고 있겠다고 했죠.

신문에서는 난리가 났어요. 조폭과의 전쟁이라느니, 거리의 혈전이라느니, 염병할 LA 따위를 들먹였어요. 야당 정치인들은 실패한 범죄 정책, 실패한 마약 정책, 실패한 시의회의 의장, 실패한 시의회를 비판했어요. 중앙당의 어느 정신 나간 정치인은 오슬로는 실패한 도시라면서 지도에서 아예 없애버려야 한다고, 조국의 수치라고 떠들어댔어요. 지휘봉을 잡은 사람은 물론 경찰청장이었지만 똥이 언젠가는 가라앉듯 소말리아인 하나가 벌건 대낮에 플라타에서 같은 부족의 친척 둘을 근거리에서 조준 사격으로 살해한 사건이 있었는데도 아무도 체포되지 않자 오륵크림 반장이 결국 사직서를 냈어요. 사회복지위원회의 위원이 (경찰위원회 회장이기도 해요) 범죄와 마약과 경찰은 기본적으로 국가의 책임이지만 오슬로 시민들이 안전하게 거리를 활보할 수 있게 해주는 건 자기네 의무라고 했어요. 친절한 말이었죠. 그 여자 뒤에는 비서가 있었어요. 나의 오랜 친구. 애 딸린 아줌마가 아닌 섹시한 미시족. 그 여자는 진지하고 사무적이었어요. 그래봤자 내 눈엔 무릎까지 오는 승마 반바지를 입은 화끈한 암캐로 보였지만.

어느 날 밤, 안드레이가 일찍 나타나서 그날 업무를 마감했다면서 블린데른에 같이 가자고 했어요.

그가 차를 몰고 영감의 집을 지나치자 몹쓸 생각이 고개를 들었죠. 다행히 안드레이가 영감 소유의 옆집으로 들어갔어요. 안드레이가 나를 안으로 데려갔어요. 밖에서 볼 때랑 다르게 빈 집이 아니었어요. 칠이 벗겨진 벽과 갈라진 창틀 안에는 가구도 다 갖춰 있고 따스했어요. 영감이 바닥에서 천장까지 책이 잔뜩 꽂힌 방에 앉아 있고 바닥에 놓인 큼직한 스피커에서 클래식 같은 음악이 꽝꽝 흘러나왔어요. 나는 그 방에 하나 남은 의자에 앉았고, 안드레이가 문을 닫고 나갔어요.

"날 위해 뭘 좀 해달라고 부탁하려고 불렀다, 구스토." 영감이 내 무릎에 손을 얹었어요.

나는 닫힌 문을 흘깃거렸어요.

"우린 전쟁 중이야." 영감이 일어서면서 말했어요. 책꽂이로 가서 얼룩덜룩한 갈색 표지의 두툼한 책 한 권을 뽑더군요. "이건 그리스도가 태어나기

600년 전에 나온 책이야. 한자를 몰라서 이렇게 프랑스어판만 가지고 있지. 이것도 200년도 더 전에 장 조제프 마리 아미오라는 예수회 수도사가 번역한 거란다. 경매에서 19만 크로네에 낙찰받았지. 전쟁에서 적을 속이는 법을 다룬 책으로, 이 주제로는 가장 많이 인용된단다. 스탈린, 히틀러, 브루스 리도 이 책을 성서처럼 여겼지. 그런데 말이다." 영감이 그 책을 다시 꽂아 넣고 다른 책을 뺐어요. "난 이게 더 좋아." 영감은 그 책을 내게 건넸어요.

반짝거리는 파란색 표지에 새것처럼 보이는 얇은 책이었어요. 제목을 읽었어요. 《초보자를 위한 체스》.

"할인받아 60크로네에 샀지. 우린 이제 캐슬링castling이라는 수를 둘 거다."

"캐슬링요?"

"킹과 성의 위치를 바꿔서 방어하는 수이지. 우린 동맹을 맺을 거야."

"성하고요?"

"시청의 성을 생각해봐."

나는 생각해봤어요.

"시의회." 영감이 말했어요. "사회복지위원회의 한 위원 밑에 이사벨레 스퀘엔이라는 비서가 있다. 오슬로 마약 정책의 실무 책임자야. 우리 정보원한테 알아보니 완벽한 여자더구나. 똑똑하고 유능하고 야망도 있고. 정보원 말로는 그 여자가 더 높이 올라가지 못하는 건 특이한 라이프스타일 때문이라더구나. 뉴스거리가 되기 쉬운 라이프스타일. 그렇게 되는 건 시간문제야. 파티를 즐기고 속마음을 쉽게 떠들고, 오슬로의 동쪽에나 서쪽에나 애인을 뒀다더군."

"어마어마하네요." 내가 말했어요.

영감은 꾸짖는 표정으로 나를 쳐다보며 말을 이었어요. "그 여자 아버지는 중앙당 대변인으로 있다가 전국 정치에 입문하겠다고 설치다 쫓겨났지. 정보원 말로는 그 여자도 제 아버지의 꿈을 이어받아 사회당이 잘나가자 아버지가 있던 작은 농민정당을 떠난 거라더구나. 한마디로 이사벨레 스퀘옌은 야망을 쫓아 자유자재로 변신하는 여자야. 혼자 사는 데다 가족 농장이 있고 큰 빚도 없고."

"그래서 우리가 어떻게 할 건데요?" 나는 바이올린 행정부의 일원이라도 된 양 물었어요.

영감은 내 질문이 재미있다는 듯 웃었어요. "그 여자를 협박해서 협상 테이블로 끌어내 동맹을 맺도록 유도해야지. 협박은 네가 맡아라, 구스토. 그래서 널 여기로 부른 거야."

"제가요? 저더러 여성 정치인을 협박하라뇨?"

"그래. 너랑 같이 잔 여성 정치인 말이다, 구스토. 시의회 신분을 이용해서 십 대 소년을 성적으로 갈취했다면 사회적으로 큰 파장을 일으키지 않겠느냐."

처음에는 내 귀를 의심했어요. 영감이 재킷에서 사진 한 장을 꺼내 내 앞의 테이블에 놓기 전까지는. 선팅한 차량의 유리창 안쪽에서 찍은 사진 같았어요. 툴부 가에서 한 소년이 랜드로버에 올라타는 모습이 찍혀 있었어요. 차량 번호판이 보였어요. 그 소년은 나였고, 차는 이사벨레 스퀘옌의 차였죠.

등줄기가 서늘했어요. "어떻게 아셨는지……?"

"얘야, 구스토, 내가 널 지켜보고 있다고 했잖느냐. 이사벨레 스퀘옌 개인 번호로 전화해. 그런 걸 가지고 있겠지. 우리가 언론을 위해 준비한 이 얘기를 전하면 돼. 그런 다음 우리 셋이 극비리에 만나자고 해라."

영감은 창가로 가서 우중충한 날씨를 내다보았어요.

"그 여자 일정에 비는 날이 있을 테니."

15

지난 3년간 홍콩에서 살면서 해리는 평생 달린 것보다 더 많이 달렸다. 그러나 교도소 입구까지 100여 미터를 뛴 그 13초 동안, 머릿속에는 오직 한 가지 주제의 온갖 시나리오가 펼쳐지고 있었다. 이미 늦어버린 시나리오.

벨을 누르고 문이 열리길 기다리면서 문을 잡아 흔들고 싶은 충동을 애써 눌렀다. 드디어 윙 하는 기계음이 나자마자 접수대로 뛰었다.

"뭘 두고 가셨습니까?" 교도관이 물었다.

"네." 해리는 대답하고 교도관이 잠긴 문을 열어 안으로 들여보내주기를 기다렸다. "경보를 울려요!" 이렇게 외치고는 서류가방을 던지고 뛰었다. "올레그 페우케의 방이에요."

해리의 발소리가 텅 빈 중앙 공간과 아무도 없는 복도와 휑한 휴게실에 울려 퍼졌다. 숨이 차진 않았지만 머릿속에서 숨소리가 울부짖었다.

마지막 복도를 다 빠져나갈 때 올레그의 비명이 들렸다. 감방 문이 반쯤 열려 있었다. 그 안으로 들어가기 직전은 그가 꾸던 악몽 같았다. 눈사태, 빨리 움직여지지 않는 발.

그는 안에 들어가 상황을 살폈다.

책상은 옆으로 넘어갔고, 서류와 책이 바닥에 흩어져 있었다. 반대편 찬장에 등을 대고 선 올레그가 있었다. 검정색 슬레이어 티셔츠가 피에 젖었다. 올레그는 철제 휴지통 뚜껑을 앞으로 들고 있었다. 입을 벌리고 비명을 지르고 또 질렀다. 그리고 짐 테크 러닝셔츠 등판이 보였다. 그 위로 땀이 흥건한 굵고 짧은 목이 있고, 번쩍이는 머리통이 있고, 빵칼을 거머쥔 채 높이 쳐든 손이 있었다. 칼날이 휴지통 뚜껑에 부딪혀 금속이 부딪히는 소리가 울렸다. 괴한은 방 안의 빛이 달라진 걸 알아채고 휙 돌아섰다. 머리를 내리고 칼을 낮게 잡아 해리를 겨눴다.

"꺼져!" 괴한이 나직이 으르렁댔다.

해리는 칼을 보려는 충동을 누르고 상대의 발에만 집중했다. 올레그가 괴한의 뒤에서 바닥으로 미끄러졌다. 무술하는 사람들에 비하면 해리가 구사할 수 있는 공격 자세는 애처로울 정도로 적었다. 아는 자세는 딱 두 가지였다. 그리고 두 가지 규칙만 알았다. 하나는 규칙이 없다는 것. 두 번째는 먼저 공격하라는 것. 막상 몸을 움직이자 단 두 가지 공격법만 배우고 연습하고 반복한 사람 특유의 동작이 자동으로 나왔다. 해리가 칼 앞으로 성큼 다가서자 상대는 칼을 휘두르기 위해 물러서야 했다. 상대가 팔을 올리려 하자 해리는 오른다리를 들어 엉덩이를 비스듬히 기울였다. 칼이 앞으로 나오자 해리가 발로 상대의 슬개골 위쪽 무릎을 내리찍었다. 해부학적으로 인체는 그 각도로 들어오는 가격을 견디지 못하게 되어 있다. 상대는 해리의 공격에 당장 사두근이 풀리고 무릎 관절 인대와 (슬개골이 정강이뼈 앞까지 내려오자) 무릎 힘줄도 풀렸다.

괴한은 울부짖으며 바닥에 쓰러졌다. 칼이 바닥에 떨어지고 그의 손은 슬개골을 찾아 더듬었다. 그리고 그게 새로운 자리로 가 있는 걸 알고 눈이 휘둥그레졌다.

해리는 칼을 발로 차서 치우고 역시 배운 대로 발을 들어 공격을 마무리하려 했다. 상대의 허벅지 근육을 짓이겨 내출혈을 일으켜 다시는 일어서지 못하게 하는 방법. 그러나 이미 그렇게 된 걸 보고 발을 다시 내렸다.

복도에서 달려오는 발소리와 열쇠꾸러미가 짤랑대는 소리가 들렸다.

"여기예요!" 해리는 이렇게 소리치고 비명을 내지르는 남자를 넘어서 올레그에게 갔다.

문에서 헐떡이는 소리가 들렸다.

"그자를 데려가고 어서 의사를 불러요." 괴한의 비명 때문에 악을 써야 했다.

"맙소사, 대체—."

"그게 문제가 아니라 의사를 부르라니까요." 해리는 슬레이어 티셔츠를 찢어발기고 흥건한 피 속에서 상처가 난 부위를 찾았다. "의사한테 이쪽부터 봐달라고 해요. 거긴 그냥 무릎만 살짝 나간 거니까."

해리는 피투성이 손으로 올레그의 얼굴을 감싼 채로 괴한이 비명을 지르며 끌려가는 소리를 들었다.

"올레그? 정신 차려. 올레그?"

소년의 안구가 뒤로 넘어가고 입술 사이로 무슨 말이 흘러나왔지만 잘 들리지 않았다. 가슴이 죄는 것 같았다.

"올레그, 괜찮아. 아주 중요한 부위를 찔린 건 아니야."

"해리—."

"좀 있으면 크리스마스이브야. 그러니까 모르핀을 놔줄 거야."

"닥쳐요, 해리."

해리는 입을 닫았다. 올레그가 눈을 떴다. 두 눈에 열이 들뜨고 절망적인 윤기가 돌았다. 목소리가 갈라지긴 했지만 비교적 또렷이 들렸다.

"놈이 마저 하게 두지 그랬어요, 해리."

"무슨 소리야?"

"그냥 하게 두지 그랬어요."

"하긴 뭘 해?"

대답이 없었다.

"뭘 해, 올레그?"

올레그는 해리의 뒤통수를 잡고 끌어당겨 속삭였다. "이건 못 막아요, 해리. 이미 벌어진 거예요. 그냥 흘러가게 둬야 돼요. 아저씨가 끼어들면 더 많이 죽어요."

"누가 죽는데?"

"너무 커요. 아저씨를 집어삼킬 거예요. 모두를 삼킬 거예요."

"누가 죽느냐니까? 네가 지키려는 사람이 누구야, 올레그? 이레네야?"

올레그는 눈을 감았다. 그 입술이 보일 듯 말 듯 달싹였다. 그러다 미동도 없었다. 열한 살의 올레그가 고단한 하루를 보내고 막 잠든 것만 같았다. 그리고 다시 입을 열었다.

"아저씨요. 그들이 아저씨를 죽일 거예요."

해리가 교도소를 나설 때 구급차가 도착했다. 그는 예전을 떠올렸다. 이 도시의 옛 모습과 과거의 삶. 올레그의 컴퓨터로 사르디네스와 러시안 암카르 클럽도 검색해보았다. 그들의 부활을 알리는 신호는 찾지 못했다. 부활은 꿈도 못 꿀 일일지도 몰랐다. 어쩌면 삶이 가르쳐주는 건 많지 않을 것이다. 한 가지 사실만 빼고. 돌아갈 길이 없다는 사실.

해리는 담뱃불을 붙였다. 첫 모금을 빨기도 전에 뇌는 이미 니코틴이 곧 혈액으로 들어올 거라는 사실에 흥분했다. 그 소리가 다시 들렸다. 그리고 그날 저녁과 밤새도록 되풀이해서 들리리라는 걸 알았다. 감방에서 올레그의 입술 새로 처음 나온, 들릴 듯 말 듯했던 그 말.

"아빠."

PART 2

어미 쥐가 쇠붙이를 핥았다. 짠 맛이 났다. 냉장고가 갑자기 되살아나 윙윙거리자 쥐는 흠칫 놀라며 움찔했다. 성당 종소리가 아직도 울렸다. 집으로 돌아가기 위해 아직 시도하지 않은 길이 하나 남았다. 구멍을 막고 있는 인간이 아직 죽은 게 아니라서 엄두도 못 내던 길. 새끼들의 울어대는 소리가 잦아들자 마음이 조급해졌다. 그래서 감행했다. 일단 인간의 재킷 소매로 뛰어 올라갔다. 흐릿한 연기 냄새가 났다. 담배 연기도 모닥불 연기도 아닌 다른 거였다. 기체 형태의 뭔가가 옷감에 배어 있지만 세탁해서 공기 분자 몇 개만 옷감 깊숙이 올 사이에 달라붙어 있었다. 쥐는 인간의 팔꿈치 쪽으로 다가갔지만 너무 좁았다. 가만히 서서 귀를 기울였다. 아득히 경찰 사이렌 소리가 들렸다.

그 모든 짧은 순간과 선택이 있었어요, 아버지. 중요하지 않은 줄로만 알고, 오늘 여기 있지만 언제나처럼 내일이면 사라질 순간과 선택들. 그래도 다 쌓이잖아요. 그러다 정신을 차리기도 전에 물처럼 불어나 우릴 쓸어 가죠. 그 강이 우리가 가는 그곳으로 데려가죠. 그리고 나도 그리로 가고 있었어요. 염병할 7월. 아뇨, 난 그리로 가려던 게 아니었어요! 다른 데로 가고 싶었어요, 아버지.

우리가 그 집의 본채로 돌아 들어갈 때 이사벨레 스퀘옌이 진입로에서 쫙 달라붙는 승마 반바지 차림으로 다리를 벌리고 서 있었어요.

"안드레이, 넌 여기서 기다려." 영감이 말했어요. "페테르, 넌 주변을 살피고."

리무진에서 내리자 외양간 냄새가 훅 끼치고 파리 떼가 윙윙거리고 멀리소 방울 소리가 들렸어요. 이사벨레는 영감과 뻣뻣하게 악수를 나누더니 나는 본체만체하면서 커피 한잔하자고 했어요. 딱 한 잔만이라고 말하는 것 같았어요.

복도에는 최고 혈통의 말 사진과 경마 우승컵, 뭔지 모를 온갖 게 걸려 있었어요. 영감은 사진 앞을 지나면서 영국산 순종이냐고 묻고는 늘씬한 다리와 두드러진 가슴을 칭찬했어요. 말을 보고 하는 소린가 그 여자를 보고 하는 소린가 싶었어요. 어쨌든 그 말이 먹히긴 했나 봐요. 이사벨레의 딱딱했던 표정이 조금 풀리고 퉁명스런 태도가 누그러졌거든요.

"거실에서 얘기 좀 합시다." 영감이 말했어요.

"주방으로 갈까 합니다만." 이사벨레의 말투가 다시 딱딱해졌죠.

우리는 앉았고, 이사벨레가 식탁 중앙에 커피포트를 놓았어요.

"네가 따라라, 구스토." 영감이 창밖을 내다보며 말했어요. "농장이 아주 훌륭합니다, 스퀘옌 부인."

"'부인'은 빼주시죠."

"어릴 때 제가 살던 곳에서는 농장을 운영할 수 있는 여자는 사별했든 이혼했든 미혼이든 다 '부인'이라고 부르곤 했지요. 존중의 뜻으로."

영감은 이사벨레에게 환하게 웃어주었어요. 이사벨레는 영감을 마주봤어요. 잠시 침묵이 흐르고 어리바리한 파리 새끼 한 마리가 밖으로 나가려고 유리창에 부딪히는 소리만 들렸어요.

"고맙네요." 이사벨레가 말했어요.

"좋소. 일단 이 사진은 잊읍시다, 스퀘옌 부인."

이사벨레는 경직된 채 앉아 있었어요. 오기 전에 전화로 그 여자랑 내가 찍힌 사진을 언론에 보낼 수도 있다고 알렸거든요. 처음에는 그냥 웃어넘기려고 하더군요. 어차피 자기는 혼자 살고 성적으로 왕성한 여자인데 어린 남자를 좀 만났기로서니 무슨 문제될 게 있느냐는 거였어요. 우선 자기는 시의회 위원의 핵심 비서고, 또 여기는 노르웨이라고 했어요. 위선은 미국 대통령 선거에서나 따질 문제라는 식이었죠. 그래서 난 협박이 선명하게 드러나게 하려고 간결한 붓질을 더했어요. 그 여자는 내게 돈을 줬고, 나는 그 사실을 증언할 수 있다고요. 그 여자는 고객이고, 매춘과 마약이야말로 그 여자가 사회복지위원회를 대신해 언론에 대고 떠들어대는 사안이 아니냐고요.

2분쯤 지나 저쪽에서도 시간과 장소에 동의해서 만남이 성사되었어요.

"안 그래도 신문은 정치인의 사생활 이야기로 도배되어 있지요." 영감이 말했어요. "그러니 우린 사업 얘기나 합시다, 스퀘옌 부인. 좋은 사업 제안은 협박과 달리 양측 모두에게 득이 되니까요. 안 그렇습니까?"

이사벨레가 얼굴을 찡그리더군요. 영감은 활짝 웃었고요. "사업 제안이라고 꼭 돈과 결부되는 건 아니죠. 이 농장조차도 저절로 굴러가는 건 아니겠지만요. 그게 부패라면 부패일 수도 있겠죠. 내가 제안하는 건 순수하게 정치적인 거래입니다. 은밀하게. 하지만 시청에서도 날마다 일어나는 종류의 일이죠. 오슬로 시민들에게 최선인 일이고요. 안 그렇습니까?"

스퀘옌은 다시 고개를 끄덕이며 경계하는 빛을 띠었어요.

"이 거래는 우리 둘만 알아야 돼요, 스퀘옌 부인. 기본적으로는 이 도시에 이익이 돌아가는 일이지만 부인처럼 정치적 야망을 품으신 분께라면 사적으로도 도움이 되겠지요. 시청의 최고 자리에 올라가는 길도 한참 단축될 테고요. 이 나라 정치판에서 한 자리 차지하는 거라면 염려 붙들어 매시고."

이사벨레가 잔을 입으로 가져가다가 말았어요.

"윤리에 어긋나는 일을 부탁할 생각은 없어요, 스퀘엔 부인. 그저 우리의 공동 관심사가 뭔지 알아보고 내가 옳다고 여기는 일을 부인께 맡기고 싶을 뿐입니다."

"그쪽이 옳다고 생각하는 일을 저더러 하라고요?"

"시의회는 험난한 곳이지요. 지난달 그 불행한 사태가 벌어지기 전부터 시의회의 목표는 오슬로를 유럽에서 최악의 헤로인 도시 명단에서 빼는 거였지요. 마약 매출을 줄이고 청년층의 중독 수준을 낮추고 특히 과다 복용 사례를 줄이려고 했지요. 맞습니까, 스퀘엔 부인?"

이사벨레는 대답하지 않았어요.

"우리에게 필요한 건 영웅이에요. 밑바닥부터 올라와서 이 난장판을 정리해줄 누군가."

이사벨레가 천천히 고개를 끄덕였어요.

"그 영웅이 할 일은 마약 조직과 카르텔을 소탕하는 일이지요."

이사벨레가 코웃음을 쳤어요. "고마운 말씀이지만 그건 유럽의 모든 도시에서 다 시도해본 거예요. 결국 새로운 조직이 다시 잡초처럼 돋아날 뿐이에요. 수요가 있는 곳에는 새로운 공급자가 나타나기 마련이니까요."

"바로 그겁니다. 잡초처럼. 여기 딸기밭이 있더군요, 스퀘엔 부인. 혹시 뿌리 덮개를 쓰시는지요?"

"예, 딸기 토끼풀요."

"내가 뿌리 덮개를 드리지요. 아스널 셔츠를 입은 딸기 토끼풀을."

이사벨레가 영감을 보았어요. 그녀의 탐욕스런 뇌가 쌩쌩 돌아가는 게 눈에 보일 정도였죠. 영감은 흡족한 표정이었어요.

"뿌리 덮개, 우리 구스토." 영감이 커피를 벌컥 들이켰어요. "심어놓고 잘 자라게 보호해주면 다른 잡초가 보이지 않게 막아줄 잡초지요. 딸기 토끼풀이 다른 것보다는 덜 해롭잖아요. 이제 이해가 되시는지?"

"그런 것 같군요. 잡초가 마구 자라는 곳에선 딸기를 해치지 않을 잡초를 심어두는 게 유용하긴 하죠."

"맞아요. 말하자면 더 깨끗한 오슬로를 꿈꾸는 시의회의 비전은 딸기이고, 위험한 헤로인을 팔고 거리를 무정부 상태로 만드는 마약 조직들은 다 잡초이지요. 우리하고 바이올린이 뿌리 덮개고."

"그래서요?"

"우선 제초작업부터 하셔야지요. 그런 다음엔 딸기 토끼풀이 평화롭게 자라게 놔두시고."

"그럼 딸기한테 더 좋을 건 뭐죠?"

"우린 아무도 다치게 하지 않아요. 우린 신중하게 일합니다. 어차피 과다 복용하지 못할 약을 팔지요. 우리가 딸기밭을 독점해서 가격을 올리면 약을 하는 청년들이 점점 줄어들겠지요. 전체 이윤은 줄지 않은 채로. 찾는 사람이 줄면 파는 사람도 줄게 돼 있어요. 더는 약쟁이들이 공원과 길거리를 점령하지 않을 겁니다. 한마디로 오슬로는 관광객과 정치인과 유권자들에게 보기 좋은 도시로 다시 태어나는 겁니다."

"전 사회복지위원회 위원이 아니에요."

"아직은 그렇겠지요, 스퀘엔 부인. 한데 제초작업은 위원회가 하는 일이 아닙니다. 그런 걸 하라고 비서가 있는 게지요. 조직이 조치를 취하기 위해 일상적으로 자잘한 결정을 내리는 일. 물론 위원회에서 채택한 정책을 따라야겠지만 날마다 경찰과 소통하고 크바드라투렌 같은 곳의 활동과 사업을 논의하는 사람은 부인이잖습니까? 하긴 부인의 역할을 좀 더 명확히 정의해야 하겠지만요. 그런데 제 눈엔 부인이 그런 일에 천부적인 재능이 있는 걸로 뵈는군요. 여기서 오슬로의 마약 정책에 관해 인터뷰하고, 저기서 마약 과다 복용에 관한 성명을 내는 겁니다. 이번 일이 잘만 되면 언론도 그렇고 당원 동지들도 그렇고 배후에서 머리를 쓰는 사람이 누군지 알게 될 겁니다." 영감이 특유의 코모도왕도마뱀 같은 미소를 짓고 말을 이었어요. "올해 출시된 가장 굵은 딸기 대회의 당당한 승자가 누군지 말입니다."

우린 다 꼼짝 않고 앉아 있었어요. 멍청한 파리 새끼는 설탕 그릇을 발견하고 탈출을 포기했어요.

"오늘 이 대화는 없었던 겁니다." 이사벨레가 말하더군요.

"아무렴."

"우린 만난 적도 없고요."

"안타깝지만 사실이죠, 스퀘옌 부인."

"그럼 어떻게 하실 생각인지…… 제초작업요."

"우리가 일손을 거들지요. 이쪽 세계에서는 경쟁자를 제거할 때 밀고라는 전통적인 방법을 쓴답니다. 내가 부인께 필요한 정보를 드리리다. 부인이 사회복지위원회에서 자연스럽게 경찰위원회를 위한 제안을 내놓기만 하면 되는데, 그러려면 경찰에 끈이 있어야 돼요. 이번 일에 발을 담그면 이익을 볼 사람으로. 그 사람은……."

"오슬로에 최선의 이익이 돌아오는 일이기만 하면 실용적으로 처신할 수 있는 야심가 말이죠?" 이사벨레 스퀘옌은 컵을 들어 건배했어요. "그럼 거실로 가실까요?"

세르게이는 긴 의자에 반듯이 누워 있고, 타투이스트가 말없이 그림을 들여다보았다.

그가 시간에 딱 맞춰 작은 문신 가게에 도착했을 때 타투이스트는 이를 악물고 엎드린 소년의 등에 커다란 용 문신을 그리느라 여념이 없었다. 엄마로 보이는 여자가 소년을 달래면서 꼭 그렇게 문신이 커야 되냐고 물었다. 여자는 문신이 끝나자 돈을 내고 나가면서 소년에게 프레벤과 크리스토페르보다 더 멋진 문신을 했으니 이제 만족하냐고 물었다.

"손님 등에는 이게 더 어울리겠는데요." 타투이스트가 여러 그림 중 하나를 가리키며 말했다.

"Тупой." 세르게이가 중얼거렸다. 멍청이.

"예?"

"그 그림이랑 완벽히 똑같아야 돼요. 할 때마다 다시 말해야 됩니까?"

"예, 근데, 오늘 다 되지는 않을 겁니다."

"아니, 할 수 있어요. 다 해줘요. 값을 두 배로 쳐줄 테니."

"급한 건가 봐요?"

세르게이는 고개를 까딱했다. 안드레이가 날마다 전화해서 상황을 전달했다. 오늘 전화가 왔을 때 세르게이는 준비되지 않았다. 안드레이가 전하려는 말에 대한 준비.

드디어 필요한 일이 필요해졌다.

세르게이는 빠져나갈 구멍이 없다는 걸 알았다.

그러다 곧 이런 생각이 들었다. **빠져나갈** 길이 없다니? 누가 나가고 싶대?

도망칠까 생각해본 건 안드레이의 경고 때문일 것이다. 올레그 페우케를 죽이라고 청부한 수감자를 그 경찰이 무장해제시켰다는 경고. 좋다, 그 수감자가 그냥 노르웨이인이고 칼로 사람을 죽여본 적 없는 사람이라 치자. 그렇다 해도 지난번처럼 간단히 풀리지는 않을 터였다. 지난번에 마약상이던 그 소년을 총으로 쏴 죽이는 건 간단했다. 이번에는 그 경찰을 몰래 뒤쫓다가 그가 원하는 곳으로 들어올 때까지 기다렸다가 놈이 예상하지 못하는 순간에 덮쳐야 한다.

"괜히 흥을 깨고 싶진 않지만 등에 한 문신은 솜씨가 썩 좋진 않군요. 선도 또렷하지 않고 잉크 질이 안 좋네요. 손을 좀 봐드릴까요?"

세르게이는 대꾸하지 않았다. 네놈이 솜씨가 뭔지 알기나 해? 선이 또렷하지 않은 건 감방에서 만난 타투이스트가 기타 줄을 예리하게 갈아서 바늘처럼 만들어 전기면도기에 끼워서 새겨야 해서이다. 잉크는 신발창을 녹이고 오줌을 섞어서 만든 것이었다.

"그리기나 해." 세르게이가 손가락질을 했다. "당장!"

"권총을 넣고 싶은 거 맞죠? 선택이야 손님이 하시는 거지만 제 경험상 과격한 상징을 보면 사람들이 많이 놀라서요. 그럼 전 주의 드렸습니다."

타투이스트는 러시아 범죄자들의 문신에 관해 아는 게 없는 작자였다. 고양이는 절도로 유죄 판결을 받았다는 의미이고, 둥근 지붕이 두 개 있는 성당은 전과 2범이라는 뜻이다. 가슴에 있는 불에 지진 자국은 문신을 지우려고 마그네슘 가루를 피부에 직접 발라서 생긴 거였다. 원래 거기엔 여자의 음부가 새겨져 있었다. 두 번째 복역 중에 조지아의 검은 옥수수파 놈들과 카드게임을 하다가 돈을 빚지는 바람에 강제로 새긴 거였다.

타투이스트는 또 그림 속의 마카로프가 러시아 경찰의 공식 총이고 그건 세르게이 이바노프가 경찰을 죽였다는 뜻이라는 것도 몰랐다.

타투이스트가 아무것도 모르는 건 괜찮았다. 그러는 편이 모두에게 최선이었다. 그가 카탈로그에 나온 문신이 세상에 뭔가를 천명한다고 믿는 노르웨이의 잘 사는 집 애들한테 나비나 한자, 다채로운 용 문신을 새겨주는 일만 하고 산다면.

"그럼 시작할까요?" 타투이스트가 물었다.

세르게이는 망설였다. 타투이스트의 말 대로 급한 일이었다. 그런데 왜 이렇게 서둘러야 하지, 경찰이 죽고 나서 하면 안 되나? 하지만 살인하고 체포돼서 노르웨이 교도소에 갇히면 그곳엔 러시아와 달리 타투이스트가 없어서 그에게 꼭 필요한 빌어먹을 문신을 새겨 넣지 못할 것이다.

하지만 다른 대답도 있었다.

살인하기 전에 문신부터 새기는 건 마음 깊이 두려워하기 때문일까? 두려워서, 해낼 수 있다는 자신이 없어서? 그래서 지금 문신을 새겨서 돌아갈 다리를 끊어 없애고 물러설 곳을 완전히 제거해서 감행하지 않으면 안 되게 해두려는 걸까? 시베리아 우르카는 몸에 거짓을 새기고는 살아갈 수 없으니까. 굳이 말할 필요도 없는 사실이었다. 그는 행복했다. 행복하게 살아온 걸 **알았다**. 그럼 지금 이 생각은 다 뭐지, 어디서 온 거지?

그는 어디서 온 생각인지 알았다.

그 마약상. 아스널 셔츠의 소년.

그 소년이 꿈에 나오기 시작했다.

"그래요, 시작합시다." 세르게이가 말했다.

17

"의사 말로는 올레그가 며칠 내로 다시 일어설 거래." 라켈이 말했다. 찻잔을 들고 냉장고에 기대 서 있었다.

"아무도 올레그를 건드리지 못할 곳으로 옮겨야 돼." 해리가 말했다.

그는 주방 창가에 서서 시내를 내려다보았다. 오후 러시아워의 차량이 주요 도로를 따라 반딧불처럼 기어갔다.

"경찰이 증인 보호 시설을 마련했을 거야." 라켈이 말했다.

라켈은 극단적인 히스테리에 빠지지 않았다. 올레그가 칼로 공격당했다는 소식을 체념한 표정으로 들었다. 어느 정도 예상한 일이라는 듯. 그러면서 분개한 표정도 서려 있었다. 싸울 때의 얼굴이었다.

"구치소에 있어야 되긴 하지만 검사한테 옮겨달라고 얘기해볼게." 한스 크리스티안 시몬센이 말했다. 라켈의 전화를 받고 급히 달려와 셔츠 겨드랑이 부분이 둥글게 젖은 채 주방 식탁 앞에 앉아 있었다.

"공식 채널을 비켜갈 수 있는지 알아봐요." 해리가 말했다.

"무슨 말이죠?" 시몬센이 말했다.

"문이 잠겨 있지 않았어요. 교도관 중에 적어도 한 명은 이 일에 가담했다는 뜻이죠. 그게 누군지 모르니 모두 개입되어 있다고 보는 게 안전해요."

"이젠 접촉 편집증에 걸리신 건 아니시죠?"

"편집증이 목숨을 구합니다." 해리가 말했다. "할 수 있습니까, 시몬센 씨?"

"방법을 찾아보죠. 아이는 지금 어디 있어요?"

"울레볼 병원. 믿을 만한 경관 둘한테 지켜보라고 해뒀어요. 하나 더. 올레그를 공격한 놈 역시 입원해 있지만 엄격한 행동상의 제약을 받을 겁니다."

"편지랑 면회도 안 됩니까?" 시몬센이 물었다.

"예. 그 자식이 경찰이나 변호사에게 뭐라고 했는지 알 수 있겠습니까?"

"그건 더 어려운데." 시몬센이 머리를 긁적였다.

"그 자식이 한마디도 하지 않을 수도 있지만 하는 데까지 해보세요." 해리가 코트 단추를 채우며 말했다.

"어디 가?" 라켈이 해리의 팔을 잡으면서 물었다.

"정보원한테." 해리가 말했다.

저녁 8시였다. 세계에서 근무시간이 가장 짧은 나라의 수도에서는 교통체증이 풀린 지 한참 지난 시간이었다. 톨부 가의 맨 아래 계단에 선 소년은 등번호 23번 셔츠를 입고 있었다. 아르샤빈. 소년은 후드를 푹 뒤집어쓰고 치수가 큰 흰색 에어조던 운동화를 신고 있었다. 저버 청바지를 어찌나 빳빳하게 다림질했는지 바지가 저 혼자 설 수도 있을 것만 같았다. 완벽한 갱스터 패션으로, 머리부터 발끝까지 최신 릭 로스* 비디오를 그대로 베낀 것 같은 차림새였다. 바지를 벗겨보면 제대로 된 사각팬티가 나오고 몸에 칼자국이나 총알 자국은 없어도 폭력을 찬양하는 문신 하나쯤은 있을 것 같았다.

해리는 그 소년에게 다가갔다.

"바이올린, 1쿼터."

소년은 지퍼 달린 후드의 주머니에서 손도 빼지도 않고 해리를 내려다보며 고개를 끄덕였다.

"어?" 해리가 말했다.

"기다려요, boraz." 소년이 파키스탄 억양으로 말했다. 녀석이 완전한 노르웨이 가정에서 어머니의 미트볼을 먹으면서 버리려고 애쓰던 말투.

"사람들 모으는 거 기다려줄 시간이 없어."

"진정해요, 금방 되니까."

"100 더 줄게."

소년은 눈으로 해리를 가늠했다. 소년이 무슨 생각을 하는지 대충 짐작이 갈 것 같았다. 이상한 슈트 차림에 딱 정해진 양만 사가는, 동료나 가족에게 들키는 걸 죽기보다 무서워하는 추한 사업가. 바가지를 쓰겠다고 자청하는 남자.

"600." 소년이 말했다.

해리는 한숨을 쉬고 고개를 끄덕였다.

"Idra." 소년은 이렇게 말하고 걷기 시작했다.

해리는 따라오라는 말인가 보다고 짐작했다.

* Rick Ross, 미국의 래퍼.

그들은 모퉁이를 돌아서 문이 열린 뒷마당으로 들어갔다. 마약 담당은 북아프리카 출신쯤으로 보이는 흑인이었다. 그는 나무 깔판을 쌓아놓은 곳에 기대 서 있었다. 아이팟에서 흘러나오는 음악의 리듬에 맞춰 머리가 아래위로 깐닥거렸다. 이어폰 한 짝은 옆으로 내려와 있었다.

"1쿼터." 릭 로스가 말했다.

마약 담당은 주머니 깊숙이에서 뭔가를 꺼내 눈에 띄지 않게 해리의 손바닥에 건넸다. 해리는 건네받은 봉지를 보았다. 하얀색 가루에 진한 색의 부스러기가 섞여 있었다.

"물어볼 게 있어." 해리가 봉지를 재킷 주머니에 넣으며 말했다. 그들은 순간 긴장했고, 마약 담당의 손이 등 뒤에서 움직이는 게 보였다. 해리는 그의 허리춤에 소구경 권총이 들어 있을 거라고 짐작했다.

"이 여자애 본 적 있나?" 해리는 한센의 가족사진을 내밀었다.

둘은 유심히 보고는 고개를 저었다.

"단서든 소문이든 뭐든 말하는 사람한테 5천 주지."

둘은 서로를 쳐다보았다. 해리는 기다렸다. 그들은 어깨를 으쓱이며 해리를 돌아보았다. 전에도 이런 일을 겪어봐서, 오슬로의 마약 소굴에서 딸을 찾아다니는 아버지를 본 적이 있어서 그런 질문을 받아준 것 같았다. 그럼에도 그들에겐 현금과 맞바꿀 이야기 하나 지어낼 만큼의 냉소도 상상력도 없었다.

"좋아." 해리가 말했다. "그럼 두바이한테 가서 안부 전하고, 내가 아주 흥미로운 정보를 가지고 있다고 말해. 올레그에 관한 정보. 레온 호텔로 와서 해리를 찾으라고 전해."

순간 그것이 나왔다. 해리가 짐작한 대로였다. 치타 시리즈 베레타 같았다. 9밀리미터. 총신이 짧은 조잡한 총.

"너 'baosj'야?

케밥 노르웨이어*. 경찰.

"아니." 해리는 총구만 보면 항상 올라오는 메스꺼움을 삼키려고 했다.

"뺑치시네. 넌 바이올린도 안 하지, 위장경찰이잖아."

"거짓말 아니야."

마약 담당이 릭 로스에게 고개를 끄덕이자 소년이 해리에게 다가와 재킷 소매를 걷었다. 해리는 총에서 시선을 떼려고 애썼다. 낮은 휘파람 소리. "스웨덴 놈이 주사한 거 같네." 릭 로스가 말했다.

해리는 바느질용 바늘을 라이터 불꽃에 잠깐 달궜다가 찔렀다. 팔뚝에 네다섯 군데를 깊이 찔러 헤집은 다음 상처에 암모늄 비누를 문질러서 염증을 더 붉게 만들었다. 마지막으로 팔꿈치의 정맥을 찔러 피부 속으로 피가 고이게 해서 두드러진 멍 자국을 만들었다.

"저 새끼 거짓말하는 거 같은데." 마약 담당이 다리를 벌리고 두 손으로 총을 잡았다.

"왜? 야, 주머니에 주사기랑 알루미늄 포일도 들어 있었어."

"겁먹질 않잖아."

"뭔 소리야? 저 자식을 봐!"

"벌벌 떨지 않아. 이봐, 'baosj', 당장 주사기를 보여줘."

"너 돌았냐, 레이지?"

"닥쳐!"

---

* 노르웨이에 이민온 사람들 중 비서구권 이민자들이 쓰는 말.

"진정해. 왜 그렇게 화를 내?"

"내 생각에 레이지는 네가 자기 이름 부른 게 싫은 거 같은데." 해리가 말했다.

"너도 닥쳐! 주사를 놔! 네 봉지에 든 걸로."

해리는 맨정신으로는 마약을 녹인 적도, 주사를 놔본 적도 없지만 아편을 해본 경험으로 어떻게 하는지는 알았다. 액체 형태로 녹여서 주사기로 빨아들인다. 어려워 봤자 아닌가? 해리는 쭈그리고 앉아 포일에 가루를 덜었다. 땅에 조금 떨어져서 손가락에 침을 묻혀 가루를 찍어 잇몸에 문지르면서 애가 닳은 사람처럼 보이려 했다. 경찰로 일하면서 테스트했던 여느 가루처럼 쓴맛이 났다. 그런데 다른 맛도 있었다. 감지하기 힘들 만큼 희미한 암모늄 맛. 아니, 암모늄이 아니다. 그 톡 쏘는 맛에서는 너무 많이 익은 파파야 향이 생각났다. 그는 라이터를 켜면서 다소 어설퍼 보이는 건 총구가 머리를 겨누고 있기 때문이라고 이해해주길 바랐다.

2분 후 주사기를 채우고 준비를 마쳤다.

릭 로스가 갱스터다운 차분함을 되찾았다. 소매를 팔꿈치까지 걷어 올린 채 다리를 벌리고 팔짱을 끼고 고개를 뒤로 젖히고 서 있었다.

"어서 해." 릭 로스가 명령했다. 씰룩거리면서 제지하듯 손바닥을 들었다. "레이지, 너 말고!"

해리는 그들을 보았다. 릭 로스의 맨 팔뚝에는 주사 자국이 없고, 레이지는 조금 심하게 경계하는 눈치였다. 해리는 왼 주먹을 어깨 쪽으로 두 번 들고 팔뚝을 살짝 쳐서 규정대로 30도 각도로 바늘을 뉘어서 찔렀다. 혼자 주사를 놓지 않는 사람에게 프로처럼 보이길 바라면서.

"어흐." 해리가 신음했다.

바늘이 정맥까지 들어갔는지 살갗만 찔렸는지 의심할 틈을 주지 않을 만큼 프로처럼 보이기를 바라면서.

해리는 눈을 굴리고 무릎을 꿇었다.

거짓 황홀경으로 속일 수 있을 만큼 프로처럼 보이기를 바라면서.

"두바이한테 전하는 거 잊지 마." 해리가 속삭였다.

그리고 비틀거리며 거리로 내려가 서쪽에 있는 왕궁 쪽으로 휘청거리며 걸었다.

드로닝엔스 가에 들어서야 다시 똑바로 걸었다.

프린센스 가에서 뒤늦게 약발이 돌았다. 소량의 약이 피를 찾아 모세혈관을 타고 돌다가 뇌에 이른 것이다. 주삿바늘을 동맥에 바로 꽂을 때의 격렬한 흥분이 아득히 메아리치는 느낌이었다. 그런데도 눈에 눈물이 차오르는 느낌이었다. 다시는 만나지 못할 줄 알았던 연인과 재회한 기분이었다. 귀에 가득했다. 천상의 음악이 아니라 천상의 빛이. 문득 왜 바이올린이라고 부르는지 깨달았다.

밤 10시, 오륵크림 사무실은 불이 다 꺼지고 복도도 텅 비었다. 하지만 트롤스 베른트센의 사무실에는 컴퓨터 화면의 푸른 불빛이 책상에 발을 올리고 앉아 있는 그를 비추었다. 맨시티에 1500을 걸었는데 몽땅 잃을 판이었다. 그런데 프리킥을 얻었다. 18미터 거리에서 테베즈.

문이 열리는 소리가 나자 오른손 검지가 저절로 ESC 키로 갔다. 하지만 이미 늦었다.

"내 예산에서 스트리밍 비용이 나가지 않으면 좋겠는데."

미카엘 벨만이 사무실에 하나 남은 의자에 앉았다. 트롤스는 벨만이 서열의 윗자리로 올라가면서 망레루드에서 같이 자랄 때 쓰던 말씨를 버린 걸 안다. 트룰스랑 대화할 때만 가끔 그들의 뿌리로 돌아갔다.

"신문 봤어?"

트룰스는 고개를 끄덕였다. 여기선 달리 읽을 게 없어서 범죄면과 스포츠면을 다 훑고도 계속 읽었다. 시의회 비서 이사벨레 스퀘엔을 상세히 다룬 기사가 나왔다. 〈베르덴스 강〉에서 그해 여름에 '거리의 청소부'라는 제목으로 인물 소개를 실은 이후로 그녀는 시사회며 사교행사에서 자주 사진이 찍혔다. 그녀는 오슬로 거리 정화 사업의 숨은 설계자로 인정받는 동시에 전국구 정치인으로 떠오르기 시작했다. 어쨌든 그녀가 이끄는 위원회는 크게 성장했다. 트룰스는 그녀의 네크라인이 야당의 지지에 보조를 맞추어 점점 내려가고 사진 속 미소도 그녀의 넓은 등판만큼 커진 걸 알아보았다.

"경찰위원회와 비공식적으로 얘기를 해봤거든." 벨만이 말했다. "그 여자가 날 청장으로 임명해 법무장관에 보고할 거라더군."

"젠장!" 트룰스가 소리쳤다. 테베즈의 프리킥이 크로스바를 때렸다.

벨만은 일어섰다. "그나저나 네가 알고 싶어할 거 같아서. 울라랑 나, 다음 토요일에 사람들을 초대하려고 해."

트룰스는 울라의 이름을 들을 때마다 심장의 같은 자리가 찔리는 느낌이 들었다.

"새 집, 새 자리. 네가 테라스 만드는 거 도와줬잖아."

도와줘? 그 빌어먹을 걸 내 손으로 다 만들었는데? 트룰스는 속으로 말했다.

"많이 바쁘지 않다면……." 벨만이 컴퓨터 화면을 눈짓하며 말

216

했다. "너도 초대할게."

트룰스는 고맙다고 하고 초대를 수락했다. 어렸을 때부터 늘 그랬듯이, 연인 사이에 끼어 미카엘 벨만과 울라의 행복을 바라봐주기로 했다. 그가 어떤 사람이고 어떤 심정인지 숨긴 채 또 하루 저녁을 함께 보내는 데 동의했다.

"하나 더." 벨만이 말했다. "내가 안내데스크의 방문록에서 이름 빼달라고 부탁한 남자 기억나?"

트룰스는 눈을 깜빡이지 않고 고개를 끄덕였다. 벨만이 전화해서 토르 슐츠라는 사람이 찾아와 마약 밀수에 관해 제보하면서 경찰 내부에 버너가 있다고 말했다고 했다. 그리고 그 남자의 안전을 우려해서, 버너가 경찰청 소속이라 마음대로 드나들 수 있는 경우에 대비해서 방문록에서 그 남자의 이름을 빼달라고 한 터였다.

"그 사람한테 몇 번 전화했는데 받질 않아. 조금 걱정되네. 세쿠리타스가 그 사람 이름을 삭제해서 아무도 찾지 못하게 해놓은 거 확실해?"

"물론이죠, 청장님." 트룰스가 말했다. 맨시티가 다시 수비로 전환해서 공을 재빨리 차냈다. "그나저나 공항의 그 귀찮은 경위한테서 더 연락 온 건 없어?"

"아니." 벨만이 말했다. "감자가루라는 말을 믿는 것 같던데. 왜?"

"그냥 궁금해서요, 청장님. 댁에 계신 용에게 안부 전해주세요."

"그렇게 부르지 않으면 좋겠어, 응?"

트룰스는 어깨를 으쓱였다. "네가 그녀를 그렇게 부르니까."

"청장님 소리 말이야. 2주간은 공식적으로 발표되지 않을 거야."

운항 책임자는 한숨을 내쉬었다. 항공 교통 관제사가 전화해서 베르겐 항공편이 연기됐다고 알렸다. 기장이 나타나지도 않고 연락하지도 않아서 급히 다른 기장을 알아봐야 한다고 했다.

"슐츠 씨가 지금 많이 힘들어합니다." 운항 책임자가 말했다.

"전화도 안 받으시네요." 관제사가 말했다.

"걱정이군요. 쉬는 날에 혼자 어딜 갔을지도 모르고."

"그 얘긴 저도 들었어요. 하지만 오늘은 쉬는 날이 아니에요. 항공편을 취소해야 할 지경인데."

"요즘 힘든 일이 있습니다, 말씀드렸다시피. 그분하고 얘기해보겠습니다."

"다들 힘들어요, 게오르그. 정식으로 보고서를 올려야 됩니다, 이해하시죠?"

운항 책임자는 잠시 말이 없었다. 그러다 단념했다. "그럼요."

운항 책임자는 전화를 끊으면서 기억속의 이미지 하나를 떠올렸다. 어느 오후, 바비큐, 여름. 캄파리, 버드와이저, 훈련생 하나가 텍사스에서 직접 공수해온 큼직한 스테이크. 그가 엘세와 침실로 몰래 들어가는 걸 본 사람은 아무도 없었다. 그녀는 나직이 신음했다. 열린 창밖에서 아이들이 꺅꺅 소리를 지르며 노는 소리와 비행기가 날아오는 소리와 아무 근심 없이 웃고 떠드는 소리를 넘지 않을 만큼 나직이. 비행기들이 들어왔다가 나갔다. 또 한 차례 고전적인 비행담을 마치고 낭랑하게 웃던 토르의 웃음소리. 그리고 토르의 아내가 나직이 신음하던 소리.

18

"바이올린을 샀다고요?"

베아테 뢴이 믿기지 않는다는 눈빛으로 사무실의 한구석에 앉은 해리를 보았다. 해리는 밝은 아침햇살이 드는 자리에서 그늘로 의자를 끌어다놓고 앉아 베아테가 건넨 머그잔을 두 손으로 감싸 쥐었다. 의자 등받이에 재킷을 걸었고, 얼굴에 랩을 씌운 듯 땀이 들러붙었다.

"해본 적 없어요……?"

"미쳤어?" 해리는 뜨거운 커피를 후루룩 마셨다. "알코올중독자는 거기까지 가지도 못해."

"좋아요, 주사를 서툴게 놔서 그렇게 된 걸로 알았을 거예요." 베아테가 손으로 가리켰다.

해리는 자기 팔뚝을 보았다. 슈트 외에는 팬티 석 장과 여벌의 양말 한 켤레, 반팔 셔츠 두 장밖에 없었다. 필요한 게 생기면 오슬로에서 사려고 했지만 이제껏 짬이 나지 않았다. 아침에 눈을 떴을 때는 숙취와 비슷한 느낌이라 습관적으로 화장실로 가서 속을 게울 뻔했다. 주사기를 찌른 자리가 레이건이 재선될 당시의 미국의 모양과 색깔처럼 되었다.

"이걸 분석해줘." 해리가 말했다.

"왜요?"

"올레그한테서 발견한 봉지가 찍힌 범죄 현장 사진 때문에."

"예?"

"여기 카메라가 아주 물건이더라. 가루가 순백색인지까지 나오 잖아. 그런데 이건 갈색이 섞여 있어. 이게 뭔지 알고 싶어."

베아테는 서랍에서 확대경을 꺼내서 해리가 〈과학수사 매거진〉 위에 뿌려놓은 가루에 고개를 숙였다.

"그러네요." 베아테가 말했다. "저희가 확보한 샘플은 흰색인데, 사실 최근 몇 달간 압수한 물건이 전혀 없어서 이건 흥미롭네요. 게다가 요전번에 가르데르모엔 경찰서의 경위가 전화해서 비슷한 얘길 했거든요."

"뭐라고?"

"조종사의 기내용 캐리어에서 가루가 든 봉지가 나왔대요. 우리 가 어떻게 감자가루라고 결론을 냈느냐고 묻더군요. 자기가 가루 에서 갈색 알갱이를 똑똑히 봤다면서."

"그 친구는 그 조종사가 바이올린을 밀반입한 걸로 생각한 건 가?"

"국경에서 바이올린을 압수한 사례가 한 건도 없으니 그 경위는 아마 본 적도 없을걸요. 완전히 백색인 헤로인은 거의 없어요. 여 기까지 오는 물건은 대부분 갈색이라 그 경위는 아마 두 가지가 섞 였다고 생각한 거 같아요. 한데 그 조종사는 들어오던 길이 아니라 나가던 길이었어요."

"**나가?**"

"네."

"어디로?"

"방콕요."

"감자가루를 가지고 방콕으로?"

"노르웨이인들이 어묵에 곁들일 흰색 소스를 만들려고 했나 보죠." 베아테가 미소를 지으며 농담을 던지려다 얼굴이 빨개졌다.

"음. 뭔가 아주 달라. 예테보리 항구에서 변사체로 발견된 위장경찰 사건 기사를 읽었거든. 그자가 버너였다는 소문이 있었더군. 오슬로에서 그자에 관한 소문이 돌았나?"

베아테는 고개를 저었다. "아뇨. 오히려 그 반대였어요. 그 사람은 나쁜 놈들 잡는 데 혈안이 된 사람으로 더 유명했어요. 살해되기 전에 월척을 낚았다면서 혼자 감아올리고 싶다고 했고요."

"혼자."

"그 이상은 말하려고 하지 않았고, 그 누구도 믿지 않았어요. 아는 사람인가 봐요, 해리?"

해리는 미소를 짓고 일어서면서 재킷 소매에 팔을 끼워 넣었다.

"어디 가시게요?"

"옛 친구를 만나러."

"친구가 있는 줄 몰랐네요."

"말이 그렇다는 거지. 크리포스 반장한테 전화했어."

"헤이만?"

"응. 구스토가 살해당하기 전에 휴대전화로 통화한 사람 명단을 구해달라고 했거든. 그런데 돌아온 대답이, 첫째로는 단순 명쾌한 사건이라 명단이 없대. 둘째로는 설사 그런 게 있다고 해도…… 그러니까……." 해리는 눈을 감고 손가락을 꼽으며 말했다. "…… 나

같이 해고당한 경찰이나 술꾼이나 반역자한테는 넘길 수가 없다더군."

"제가 아까 그랬잖아요. 옛 친구가 있는지 몰랐다고."

"그래서 이번엔 다른 쪽으로 알아보려고."

"좋아요. 이 가루는 오늘 안에 분석해놓을게요."

해리는 문 앞에 섰다. "최근에 예테보리하고 코펜하겐에서도 바이올린이 나타났다고 했잖아? 오슬로 다음에 거기서 나타났다는 거야?"

"그래요."

"보통은 그 반대 아닌가? 신종 마약은 코펜하겐을 먼저 거쳐서 북쪽으로 올라오잖아."

"그렇죠. 왜요?"

"아직 확실한 건 아니야. 그 조종사 이름이 뭐라고 했더라?"

"말씀드린 적 없어요. 슐츠예요. 토르 슐츠. 다른 거 또 있어요?"

"응. 그 위장경찰이 옳았을 수 있다는 생각, 해봤어?"

"옳아요?"

"입 다물고 아무도 믿지 않는 거. 어딘가 버너가 있다는 걸 알았는지도 몰라."

해리는 포르네부에 위치한 텔레노르 본사의 넓고 높은 성당 같은 로비를 빙 둘러보았다. 안내데스크에서 10미터쯤 떨어진 곳에 두 사람이 기다리고 있었다. 출입증을 받고 기다리면 방문을 받는 사람이 입구로 내려와 데리고 올라가는 방식이었다. 텔레노르의 절차가 강화된 듯했다. 클라우스 토르킬센을 무작정 찾아가려던 계획에 차질이 생겼다.

해리는 상황을 판단했다.

토르킬센은 그의 방문을 반기지 않을 것이다. 이유는 단순했다. 그가 노출증 행위를 하던 중 체포된 적이 있기 때문이다. 회사에는 그 사실을 비밀로 부쳤지만 해리가 그의 치부를 이용해 몇 년 동안 그를 압박해 정보에 접근할 수 있었고, 때로는 법적으로 허용된 권한을 한참 뛰어넘는 정보까지도 접근할 수 있었던 탓이다. 아무리 그래도 경찰 신분증 없이는 토르킬센도 해리를 만나주지 않을 것이다.

엘리베이터로 가는 네 개의 문 오른쪽에 더 큰 문이 있고, 방문객들은 일단 거기 모여서 들어갈 수 있었다. 해리는 재빨리 판단했다. 그는 모여 있는 사람들에게 다가가 슬그머니 가운데로 끼어들었다. 사람들이 문을 열고 서 있는 텔레노르의 직원 쪽으로 천천히 다가갔다. 해리는 옆 사람을 돌아보았다. 중국인처럼 생긴 키 작은 남자였다.

"니하오."

"네?"

해리는 방문객 출입증에 적힌 이름을 보았다. 유키 나카자와.

"아, 일본인이시군요." 해리는 웃으며 오랜 친구라도 되는 양 키 작은 남자의 어깨를 몇 번 토닥였다. 유키 나카자와는 머뭇거리며 미소를 지었다.

"날씨 좋네요." 해리가 남자의 어깨에 손을 올린 채 말했다.

"그렇군요." 유키가 말했다. "어느 회사에서 오셨습니까?"

"텔리아소네라요." 해리가 말했다.

"아주, 아주 좋죠."

그들은 텔레노르 직원을 지나쳤다. 해리는 곁눈으로 직원이 그들에게 다가오는 걸 보고 무슨 말을 할지 알았다. 그리고 그의 짐작이 맞았다.

"실례합니다, 선생님. 명찰이 없으면 입장이 불가합니다."

유키 나카자와가 깜짝 놀라 그 직원을 보았다.

토르킬센은 새 사무실을 얻었다. 오픈플랜 사무실을 지나 1킬로미터쯤 걸어간 끝에 드디어 유리 새장 안에 낯익은 거구의 남자가 보였다.

해리는 안으로 곧장 들어갔다.

남자는 해리를 등지고 앉아 수화기를 귀에 대고 있었다. 창문에 침이 튀는 게 보였다. "당장 그 망할 SW2 서버를 올리고 실행하라니까!"

해리가 헛기침을 했다.

의자가 빙 돌았다. 클라우스 토르킬센은 살이 더 붙어 있었다. 고급 맞춤 슈트 속에 겹겹이 늘어진 군살을 잘 감추기는 했지만 특이하게 생긴 얼굴에 번지는 순수한 두려움의 표정은 감추지 못했다. 그의 얼굴이 특이한 건 그렇게 공간이 넓은데도 대양 같은 얼굴 한가운데 작은 섬에 눈코입이 오밀조밀 모여 있다는 점이었다. 그의 시선이 해리의 옷깃으로 내려갔다.

"유키…… 나카자와?"

"클라우스." 해리는 활짝 웃으며 포옹이라도 할 것처럼 팔을 뻗었다.

"여기서 뭐 하시는 겁니까?" 토르킬센이 속삭였다.

해리는 팔을 내렸다. "나도 만나서 반갑네."

해리는 책상 모서리에 걸터앉았다. 늘 앉던 자리였다. 무작정 처들어가 높은 자리 찾기. 단순하면서도 효과적으로 지배하는 방법이었다. 토르킬센은 침을 삼켰다. 이마에 맺힌 큼직한 땀방울이 반짝거렸다.

"트론헤임의 모바일 네트워크예요." 토르킬센이 툴툴거리며 전화기를 가리켰다. "지난주에 서버를 올리고 실행했어야 했는데. 아무도 믿을 수가 없다니까. 시간 압박이 심해요. 원하는 게 뭡니까?"

"구스토 한센의 5월 이후 휴대전화 통화 기록." 해리는 펜을 들고 노란 포스트잇에 이름을 적었다.

"이제 전 경영진이에요. 현장에서 일하지 않습니다."

"응, 그래도 전화번호는 가져다줄 수 있잖아."

"정식으로 허가를 받아오셨어요?"

"그런 걸 받았으면 당장 경찰한테 연락하지 여기로 왔겠어?"

"경찰 법무관이 허가해주지 않는 이유가 뭐죠?"

과거의 토르킬센은 감히 이렇게 묻지도 못했다. 지금은 더 강해졌다. 자신감도 더 붙었다. 승진해서 그런가? 아니면 다른 뭔가 있나? 해리는 책상 위의 액자 뒷면을 보았다. 자기에게 누군가 있다고 확인하고 싶어서 놓는 개인적인 사진. 강아지가 아니면 여자일 테지. 아이도 생겼을지 모른다. 누가 상상이나 했을까? 노출증 환자에게 여자가 생기다니.

"난 이제 경찰서에서 일하지 않아." 해리가 말했다.

토르킬센이 히죽거렸다. "그런데도 통화 기록을 달라고요?"

"많이 필요한 건 아니야. 이 전화만."

"내가 왜 그래야 되죠? 정보를 넘긴 걸 누가 알면 난 해고당할 텐데. 그리고 내가 시스템에 들어간 걸 알아내는 건 어렵지 않아요."

해리는 대답하지 않았다.

토르킬센이 씁쓸히 웃었다. "알아요. 전처럼 비겁하게 협박하겠죠. 규정을 어겨서라도 정보를 넘기지 않으면 동료들에게 내 전과를 폭로한다는 협박."

"아니." 해리가 말했다. "아니, 아무 말 안 해. 그냥 부탁하는 거야, 클라우스. 개인적인 일이야. 전 여자친구의 아들이 자기가 하지도 않은 일로 종신형을 받게 생겼어."

토르킬센의 이중턱이 움직이더니 턱살에 잔물결이 일어나 목으로 내려가면서 더 큰 살덩이에 흡수되면서 사라졌다. 해리가 이제껏 클라우스라고 이름만 불러준 적이 없었다. 토르킬센은 해리를 보았다. 눈을 깜빡거렸다. 집중했다. 땀방울이 반짝거리며 머릿속 계산기가 덧셈과 뺄셈을 하고는 한참 만에 결과를 도출하는 게 보였다. 토르킬센은 팔을 던지며 의자에 기댔다. 그의 체중에 눌려 의자가 삐걱거렸다.

"미안해요, 해리. 나도 도와주고는 싶어요. 그래도 당장은 동정심 같은 걸 보일 여유가 없어요. 이해해주길 바랍니다."

"물론." 해리는 턱을 문질렀다. "이해하고말고."

"고마워요." 토르킬센이 안심한 얼굴로 의자에서 일어나려고 버둥거렸다. 유리 새장과 그의 삶에서 해리를 내보내려고.

"좋아." 해리가 말했다. "명단을 넘기지 않으면 회사 동료만 당신의 그 노출증을 알게 되는 게 아니야. 당신 부인도 알게 되겠지. 애도 있어? 하나, 둘?"

토르킬센은 의자에 주저앉았다. 믿기지 않는다는 얼굴로 해리를 보았다. 다시 예전의 벌벌 떨던 클라우스 토르킬센이었다. "아니…… 말하지 않을 거라더니……."

해리는 어깨를 으쓱였다. "미안해. 그래도 지금은 동정심 같은 걸 보일 여력이 없군."

밤 10시 10분이었다. 슈뢰데르에는 손님들이 반쯤 들어차 있었다.

"사무실로 오시라고 하기가 그랬어요." 베아테가 말했다. "헤이만 반장님이 전화해서 선배가 통화 기록에 관해 묻고 다니는 거랑 절 찾아온 얘기를 들었다고 하시더라고요. 구스토 사건에 휘말리지 말라고 경고하셨어요."

"음. 자네가 여기로 올 수 있어서 다행이야." 해리는 저쪽 끝 테이블로 맥주를 서빙하는 리타와 눈을 마주쳤다. 그리고 손가락 두 개를 들었다. 리타는 고개를 끄덕였다. 마지막으로 이 집에 온 지 3년이 지났는데도 리타는 아직 옛 단골의 수신호를 알아들었다. 일행에게는 맥주 한 잔, 알코올중독자에게는 커피 한 잔 달라는 의미였다.

"친구라는 사람이 통화 기록 구하는 걸 도와줬어요?"

"많이 도와줬지."

"그래서 뭘 찾았어요?"

"구스토는 막판에 빈털터리였던 거 같아. 계정이 여러 번 차단됐더군. 휴대전화를 많이 쓰지는 않았지만 올레그하고는 짧게 몇 번 통화했어. 여동생인 이레네하고도 꽤 통화했는데, 죽기 몇 주 전에 갑자기 연락이 끊겼더라고. 그것 외에는 주로 피자 익스프레스에 건 거고. 이따가 라켈 집에 가서 여기 나온 다른 이름들을 구글로 검색해보려고. 분석은 어떻게 나왔어?"

"선배가 사온 약은 저희가 초반에 검사한 바이올린 샘플하고 거

227

의 일치해요. 다만 성분이 약간 달라요. 게다가 그 갈색 알갱이요."

"그건?"

"그건 활성 성분이 아니에요. 알약을 감싸는 코팅이에요. 삼키기 수월하게 하거나 맛이 좋게 해주는 거."

"혹시 제조사를 추적할 수 있나?"

"이론상으론 가능하죠. 그런데 알아보니까 보통 제약회사마다 자체적으로 코팅을 제조해요. 그러니까 전 세계에 수천 가지는 된다는 뜻이죠."

"그럼 그쪽으론 아무런 진척이 없는 건가?"

"코팅에선 없어요." 베아테가 말했다. "그런데 알갱이 안쪽에 약이 조금 붙어 있는 게 있더군요. 메타돈*이에요."

리타가 커피와 맥주를 가져왔다. 해리가 고맙다고 했다.

"메타돈은 병에 담겨 액상으로 나오는 줄 알았는데."

"의료 지원되는 약물중독 재활센터 같은 데서 쓰는 메타돈은 병으로 나와요. 그래서 제가 성 울라프 병원에 전화해봤어요. 거기서 오피오이드하고 아편제를 연구하는데, 메타돈정을 통증치료에 쓴다고 하더군요."

"바이올린에도?"

"그래요, 변형된 메타돈이 제조과정에서 들어갔을 수도 있다고 하더군요."

"그래 봐야 바이올린이 하늘에서 뚝 떨어진 게 아니란 소린데 그게 우리한테 무슨 도움이 되지?"

베아테는 맥주 잔을 손으로 감쌌다. "메타돈정은 제조사가 얼마

---

* 헤로인 중독 치료제.

안 돼요. 그중 하나가 오슬로에 있고요."

"AB? 뉘코메드?"

"라디움 병원. 그 병원에 자체 연구소가 있는데 거기서 심각한 통증을 치료하기 위해 메타돈정을 제조했어요."

"암이군."

베아테가 다시 고개를 끄덕였다. 맥주 잔을 입으로 가져가고 다른 손으로는 테이블에 놓인 걸 집었다.

"라디움 병원 거야?"

베아테가 다시 고개를 끄덕였다.

해리는 알약을 집었다. 동그랗고 작고 윤이 나는 갈색 표면에 'R'이 찍혀 있었다.

"그거 알아, 베아테?"

"아뇨."

"노르웨이가 새로운 수출품을 개발한 거 같아."

"누군가 노르웨이에서 바이올린을 생산해서 수출한다는 말이 야?" 라켈이 물었다. 팔짱을 끼고 올레그의 방 문틀에 기댔다.

"누군가 그럴 수 있다고 보이는 근거가 두 가지는 있어." 해리가 토르킬센이 넘긴 명단에서 그다음에 있는 이름을 입력하면서 말했다. "첫째, 파문이 오슬로에서 시작되어 외부로 퍼져나갔어. 바이 올린이 오슬로에 등장하기 전에는 인터폴에서도 바이올린을 보거 나 들은 적이 없고, 이제서야 스웨덴과 덴마크의 길거리에서 바이 올린이 눈에 띄기 시작했어. 둘째, 그 물질에는 노르웨이에서 생산 된 게 확실한 메타돈정 조각이 들어 있어." 해리는 검색 버튼을 눌 렀다. "셋째, 가르데르모엔에서 체포된 조종사는 바이올린이었다가 나중에 바꿔치기됐을 수 있는 물건을 소지하고 있었어."

"바꿔치기되다니?"

"이 사건엔 버너가 끼어 있어. 그 조종사가 방콕으로 출국하던 길이었다는 점이 중요해."

해리는 향수 냄새로 문에 기대 있던 라켈이 곁에 다가와 선 걸 알았다. 어두운 방 안에 컴퓨터 모니터만 켜져 있었다.

"섹시하네. 누구야?" 라켈의 목소리가 귓가에 들렸다.

"이사벨레 스퀘엔. 시의회. 구스토랑 통화한 사람들 중 하나야. 정확히 말하면 이 여자 쪽에서 전화했어."

"헌혈 티셔츠가 이 여자한테 너무 작아 보이는데?"

"정치인이 하는 일 중에 헌혈 홍보도 있나 봐."

"시의회 비서도 정치인으로 쳐주나?"

"어쨌든, 이 여자는 Rh 마이너스 AB형이라니까 그냥 국민의 의무이기도 하겠지."

"희귀한 혈액형인 건 맞네. 그래서 이 사진을 그렇게 오래 보고 있는 거야?"

해리는 미소 지었다. "검색 결과가 많이 나와. 말 사육자. '거리의 청소부.'"

"마약 조직을 일망타진하는 데 공을 세운 여자야."

"전부 소멸된 건 아닌 것 같아. 이 여자가 구스토랑 무슨 얘기가 있었을까?"

"글쎄, 사회복지위원회에서 마약과 싸우는 사업을 맡았으니 구스토를 이용해서 정보를 수집했을 수도 있지."

"새벽 1시 반에?"

"어머!"

"이 여자한테 직접 물어보는 게 낫겠어."

"응, 그러고 싶겠지."

해리는 고개를 들어 라켈을 보았다. 얼굴이 너무 가까이 있어서 초점이 제대로 맞지 않았다.

"나 지금 제대로 들은 거 맞아, 자기?"

라켈은 나직이 웃었다. "그럴 리가. 이 여자 어쩐지 싸 보여."

해리는 가만히 숨을 들이쉬었다. 라켈은 움직이지 않았다. "왜 내가 싼 거 좋아하지 않는다고 생각해?" 해리가 물었다.

"왜 속삭이는데?" 라켈의 입술이 그의 입술에 아주 가까이, 말할 때 입김이 닿을 정도로 가까이 다가와 있었다.

컴퓨터의 팬 돌아가는 소리만 한참 들렸다. 그러다 라켈이 갑자기 똑바로 섰다. 멍하고 얼빠진 표정으로 해리를 보다가 열을 식히려는 듯 두 손으로 뺨을 감쌌다. 그리고 몸을 돌려 나갔다.

해리는 의자에 등을 기대어 눈을 감고 나직이 욕설을 뱉었다. 주방에서 달가닥거리는 소리가 들렸다. 해리는 두 번 숨을 들이마셨다. 방금 전 일은 없던 일로 생각하기로 마음먹었다. 정신을 집중하려고 애썼다. 다시 하던 일로 돌아갔다.

구글에서 통화 목록의 나머지 이름들을 검색했다. 10년 전 스키 대회 결과나 가족모임 보도가 나오기도 하고, 그마저도 안 나오는 사람도 있었다. 지금은 이 세상 사람이 아닌 사람도 있고, 현대사회의 거의 모든 곳을 비추는 투광조명등으로부터 숨어버린 사람들, 으슥한 구석에 숨어들어 다음 번 마약을 기다리거나 아무것도 기다리지 않는 사람들도 있었다.

해리는 앉아서 벽을, 머리에 깃털을 꽂은 남자의 포스터를 보았다. 아래에 '욘시'라고 적혀 있었다. 아이슬란드 밴드 시규어 로스와 관련된 이름이라는 기억이 어렴풋이 떠올랐다. 천상의 사운드와 끝없이 이어지는 팔세토*의 노래. 메가데스와 슬레이어로부터 한참 동떨어진 음악. 물론 올레그의 취향이 바뀌었을 수도 있었다. 아니면 영향을 받았거나. 해리는 두 손으로 머리 뒤를 받쳤다.

이레네 한센.

해리는 통화 기록을 보고 놀랐다. 구스토와 이레네는 거의 매일 통화하다가 갑자기 뚝 끊겼다. 그 뒤로는 구스토가 이레네에게 전화를 걸지도 않았다. 사이가 틀어진 것처럼. 아니면 이레네가 전화를 받지 못하는 처지인 걸 구스토가 알았을 수도 있다. 그러다 총에 맞기 두 시간 전에 구스토가 이레네의 집전화로 전화했다. 그리고 그쪽에서 전화를 받았다. 통화는 1분 12초간 이어졌다. 그게 왜 이상해 보였을까? 해리는 그런 생각이 든 시점으로 거슬러 올라가려 했다. 그러다 단념했다. 그는 집전화로 전화를 걸었다. 응답이 없었다. 이레네의 휴대전화로도 걸어보았다. 계정이 일시적으로 차단됐다는 안내 메시지가 나왔다. 요금 미납.

돈.

돈으로 시작해서 돈으로 끝났다. 마약은 항상 그랬다. 해리는 베아테가 말해준 이름을 기억해내려 했다. 기내용 캐리어에 가루가 든 채로 붙잡힌 조종사. 경찰의 기억력이 아직 녹슬지 않았다. 전화번호 조회 사이트에 '토르 슐츠'를 입력했다.

휴대전화 번호가 떴다.

해리는 올레그의 책상 서랍을 열어 펜을 찾았다. 〈마스터풀 매거진〉**을 집어 들었고, 비닐 폴더에서 신문 스크랩을 보았다. 그러다

---

* 성악에서 두성(頭聲)을 사용하는 보통의 고성부보다 더 높은 소리를 내는 창법. 주로 남성이 내는 가성.
** Masterful Magazine. 데스메탈과 블랙메탈 잡지.

곧 젊은 시절 그의 얼굴을 발견했다. 비닐 폴더를 꺼내 다른 스크랩도 넘겨보았다. 모두 해리가 수사한 사건을 다룬 기사였고, 해리의 이름이나 사진이 실려 있었다. 심리학 학술지에서 연쇄살인에 관한 질문에 답한 (다소 짜증이 묻어난 태도로 임했던 기억이 났다) 오래전 인터뷰도 있었다. 해리는 서랍을 닫았다. 방을 둘러보았다. 아무거나 때려 부수고 싶은 충동이 일었다. 컴퓨터를 끄고 작은 여행가방에 짐을 싸서 복도로 나와 재킷을 입었다. 라켈이 나왔다. 그의 옷깃에서 보이지도 않는 먼지를 털어주었다.

"정말 이상해." 라켈이 말했다. "당신을 못 본 지 오래돼서 이제 겨우 잊기 시작했는데 당신이 다시 여기 있다니."

"응. 좋은 일인가?"

잠깐 미소가 스쳤다. "모르겠어. 좋기도 하고 아니기도 하고. 이해하지?"

해리는 고개를 끄덕이고 그녀를 끌어당겼다.

"당신은 내 인생에서 일어난 최악의 사건이야." 라켈이 말했다. "최고이기도 하고. 지금도, 여기 있기만 해도, 모든 걸 다 잊게 하잖아. 아니, 좋은 건지는 잘 모르겠어."

"알아."

"그거 뭐야?" 라켈이 여행가방을 보고 물었다.

"레온 호텔로 돌아가려고."

"하지만……."

"내일 얘기하자. 잘 자, 라켈."

해리는 라켈의 이마에 입을 맞추고 문을 열고 가을밤의 온기 속으로 나갔다.

프런트의 청년은 숙박계를 새로 작성하지 않아도 된다면서 지난 번처럼 301호를 내주겠다고 했다. 해리는 부러진 커튼 봉만 고쳐 주면 그 방도 좋다고 했다.

"또 그래요?" 청년이 말했다. "전에 살던 사람이 그래놨어요. 성깔 있는 사람이었나 봐요." 청년은 해리에게 방 열쇠를 건넸다. "그 사람도 경찰이었어요."

"살아요?"

"네, 장기투숙객요. 수사관, 위장경찰이라고 하잖아요."

"음. **당신**이 알 정도면 위장은 제대로 못한 것 같군요."

청년은 웃었다. "잠깐만요, 창고에 가서 커튼 봉이 있는지 볼게요." 그리고 자리를 떴다.

"베레모는 당신하고 아주 비슷했어." 낮게 깔린 스웨덴 억양이 들렸다. 해리는 돌아보았다.

너그럽게 봐줘야 로비라고 부를 수 있는 공간에서 카토가 의자에 앉아 있었다. 핼쑥한 얼굴로 천천히 고개를 저었다. "아주 비슷했지, 해리. 열정이 대단했어. 참을성도 굉장하고. 쇠고집이었지. 안타깝게도 말이야. 물론 당신만큼 키가 크지는 않고 눈동자는 회색이었어. 하지만 똑같이 경찰처럼 생긴 구석이 있고 똑같이 외로워 보였어. 그자가 죽은 곳에서 당신도 죽을 거야. 떠났어야지, 해리. 비행기를 탔어야지." 카토는 기다란 손가락으로 이해할 수 없는 뭔가를 그렸다. 몹시 애통한 표정이라 울려고 저러나 싶은 생각마저 들었다. 그가 비틀거리며 일어서는 사이 해리는 청년을 돌아보았다.

"저분이 하는 말이 사실입니까?"

"누가 뭐래요?" 청년이 물었다.

"저 사람." 해리가 카토를 가리키려 돌아섰다. 카토는 이미 가고 없었다. 계단 옆 어둠 속으로 달아난 모양이었다.

"그 위장경찰이 여기 내 방에서 죽었습니까?"

청년은 해리를 쳐다보다 입을 열었다. "아뇨, 사라졌어요. 오페라하우스 앞 해변으로 떠밀려왔죠. 죄송한데 커튼 봉이 없네요. 나일론 끈은 어때요? 커튼에 꿰어 지지대에 묶으면 될 것 같은데."

해리는 천천히 고개를 끄덕였다.

새벽 2시였다. 해리는 아직 잠들지 않고 마지막 담배를 피웠다. 바닥에는 커튼과 가느다란 나일론 끈이 놓여 있었다. 뒤뜰 건너편의 여자가 보였다. 여자가 소리 없는 왈츠에 맞춰 파트너도 없이 춤추고 있었다. 해리는 이 도시의 소리를 들으며 담배 연기가 휘감아 천장으로 올라가는 걸 보았다. 연기가 만드는 구불구불한 길과 무작위로 생기는 형상을 가만히 바라보며 어떤 패턴을 발견하려 했다.

19

영감과 이사벨레가 만나고 두 달이 지난 후 '정화사업'이 시작됐어요.

제일 먼저 소탕할 대상은 베트남계였어요. 신문에서는 경찰이 동시에 아홉 곳을 쳐서 헤로인 창고 다섯 곳을 발견하고 베트콩 서른여섯 명을 체포했다고 보도했어요. 그다음 주에는 코소보 알바니아계 차례였어요. 경찰이 정예부대 델타를 동원해서 집시들의 우두머리가 아무도 찾아내지 못할 거라고 자신했던 헬스퓌르의 한 아파트를 급습했어요. 다음은 북아프리카계와 리투아니아계 차례였고요. 오륵크림의 수장으로 모델처럼 잘생기고 속눈썹이 긴 남자가 신문에서 익명의 제보자에게서 정보를 입수했다고 인터뷰했어요. 그 뒤로 몇 주에 걸쳐 석탄처럼 새까만 소말리아인부터 우유처럼 새하얀 노르웨이인까지 거리의 마약상이 모두 불시 단속으로 줄줄이 감방에 끌려갔죠. 하지만 아스널 셔츠를 입은 우리는 한 명도 잡혀 들어가지 않았어요. 당연히 우리의 영역은 넓어지고 약쟁이들 줄은 길어졌죠. 영감은 졸지에 실업자가 된 길거리 마약상 몇을 데려다 썼지만 이사벨레와의 거래 목표는 충실히 이행했어요. 오슬로 시내에서 헤로인 거래가 눈에 덜 띄게 만드는 것. 우리는 바이올린 매출이 크게 증가해서 헤로인 수입을 줄였어요. 바이올린이 비싸서 모르핀으로 갈아탄 사람도 있었지만 곧 다시 돌아왔어요.

우리는 입센의 생산 속도보다 더 빨리 팔아치웠어요.

어느 화요일에는 12시 반에 이미 물건이 동났어요. 휴대전화는 엄격히 금지돼서 (영감은 오슬로가 망할 볼티모어인 줄 알았거든요) 역까지 내려가 공중전화 박스에서 러시아제 그레소로 전화를 걸었어요. 안드레이가 바쁘다고 하면서도 방법이 있는지 알아보겠다고 말하더군요. 한 시간쯤 지나서 우리쪽으로 절뚝거리며 다가오는 사람이 보였어요. 입센이 직접 온 거였죠. 잔뜩 화가 나 있었어요. 우리한테 소리를 지르며 욕을 했어요. 이레네를 보기 전까지는. 한바탕 광풍이 지나가고 말투가 누그러지더군요. 뒷마당으로 따라와서 꾸러미 100개가 든 비닐봉지를 건넸어요.

"2만이야." 입센이 앞발을 내밀었어요. "현금 박치기야." 나는 그자를 한쪽으로 데려가서 다음에 또 물건이 떨어지면 그의 집으로 직접 찾아갈 수 있다고 말했어요.

"집에 사람 들이는 거 싫어." 그자가 말했어요.

"한 봉지에 200 이상 낼 수 있어."

그자가 미심쩍게 보더군요. "너, 따로 해보려는 거냐? 니들 두목이 뭐라고 할까?"

"이건 당신하고 내 문제야. 그냥 푼돈이야. 열 봉지에서 스무 봉지쯤 친구들이랑 아는 사람들한테 나눠주는 정도."

그자가 갑자기 웃더군요.

"쟤도 데려갈게." 내가 말했죠. "참, 이름은 이레네야."

입센이 웃다 말았어요. 그리고 날 보았어요. 다시 웃어보려 했지만 잘 되지 않는 것 같았어요. 모든 게 그의 눈동자에 큼직하게 새겨졌어요. 외로움. 탐욕. 혐오. 그리고 욕정. 더러운 욕정.

"금요일 밤." 입센이 말했어요. "8시. 쟤, 진 마셔?"

나는 고개를 끄덕였죠. 지금부터 마시는 거지, 뭐.

입센이 주소를 알려주었어요.

이틀 뒤 영감이 점심식사에 날 불렀어요. 문득 입센이 일러바쳤나 싶었죠. 그자의 표정이 생각나서요. 우리는 페테르의 시중을 받으며 썰렁한 식당에서 긴 테이블에 앉았어요. 영감은 내게 전국 각지에서 오슬로로 들어오고 암스테르담에서도 들어오던 헤로인 수입을 중단하고 이제부터는 조종사 두 명을 통해 방콕에서만 들여온다고 했어요. 그 두 사람에 관해 말하고 내가 이해했는지 확인하고는 평소와 같은 질문을 던졌어요. 바이올린에 손대는 거 아니지? 영감은 다소 침울한 눈으로 나를 보다가 페테르를 불러서 집까지 태워다주라고 했어요. 차 안에서 나는 페테르에게 영감이 발기불능이냐고 물어볼까 생각했어요.

입센은 에케베르그의 한 건물의 전형적인 독신자 아파트에서 살고 있었어요. 대형 플라스마 텔레비전과 조그만 냉장고가 하나 있고 벽에는 아무것도 없었어요. 그가 싸구려 진에 김빠진 토닉을 섞고 레몬 조각도 없이 얼음 세 개를 넣어 우리에게 건넸어요. 이레네는 그가 하는 짓을 바라보았어요. 미소를 지으며 상냥한 표정을 짓고 대화는 나한테 맡겼어요. 입센은 바보같이 웃는 얼굴로 이레네를 쳐다보았어요. 그래도 침이 나오려고 할 때마다 용케 아가리를 닫았어요. 그는 망할 클래식 음악을 틀어놓았어요. 나는 물건을 받고 2주 뒤 다시 들르기로 했어요. 그때도 이레네를 데리고.

OD 통계치가 감소하고 있다는 첫 보도가 나왔어요. 그런데 신문에 실리지 않은 사실이 있었어요. 바이올린의 첫 사용자들이 몇 주만 지나면 금단증상으로 눈을 부릅뜨고 발작하듯 부들부들 떨면서 줄을 서게 된다는 사실. 꾸깃꾸깃한 100크로네를 들고 서서 바이올린 가격이 또 올라갔다는 소식을 듣고 울부짖을 거라는 사실.

입센을 세 번째로 찾아간 뒤로 그가 나를 한쪽으로 불러서 다음번엔 이레네 혼자 보내줬으면 한다고 말했어요. 나는 알았다고 하고 대신 50봉을 각각

100크로네에 달라고 했어요. 그는 고개를 끄덕였어요.

이레네를 설득하는 건 쉽지 않았어요. 이번엔 예전 수법이 통하지 않았어요. 세게 나가야 했어요. 이번 일이 나한테 기회라고 애원해야 했어요. 우리의 기회라고. 연습실 매트리스에서 계속 자고 싶으냐고 다그쳤죠. 결국 이레네는 아니라고 웅얼거렸어요. 그래도 그러기는 싫다고 했어요. 나는 꼭 해야 하는 건 아니지만 그냥 외로운 늙다리한테 다정하게 대해주기만 하면 된다고, 그런 말을 해가지고는 별로 재미를 보지 못할 거라고 했어요. 이레네는 고개를 끄덕이면서 올레그한테는 아무 말 말아달라고 했어요. 이레네를 입센의 아파트로 보내놓고 기분이 나빠져서 바이올린 한 봉을 희석하고 남은 걸 담배에 넣어 피웠어요. 누가 깨우는 소리에 눈을 떴어요. 이레네가 내 매트리스 옆에 서서 눈물이 내 얼굴에 떨어져 눈이 따가울 정도로 철철 울더군요. 입센이 그 짓을 하려고 해서 겨우 도망쳤다고 했어요.

"물건은 받았어?" 내가 물었어요.

질문이 틀렸던 모양이에요. 이레네가 완전히 무너지더군요. 그래서 다 괜찮아지게 만들어주는 게 있다고 말했죠. 주사기를 준비해서 이레네가 눈물 젖은 커다란 눈망울로 나를 바라보는 사이 이레네의 매끄러운 흰 살갗에서 푸른 정맥을 찾아 주사기를 찔렀어요. 주사기를 누르자 이레네의 몸에서 일어난 경련이 내 몸으로 고스란히 전해질 정도였어요. 이어서 황홀경이 그녀의 눈앞에 환한 커튼을 드리웠어요.

입센이 추악한 늙다리일지는 몰라도 화학 하나는 기가 막히게 안 거죠.

이레네의 마음이 떠난 걸 알았어요. 물건을 받았냐고 물었을 때 그 애의 얼굴에서 봤어요. 다시 예전으로 돌아갈 수 없다는 걸. 그날 밤 이레네가 천상의 망각으로 빠져드는 걸 보면서 백만장자가 될 기회도 보았어요.

영감은 계속 수백만씩 벌어들였어요. 그러면서도 더 많이 더 빨리 벌고 싶어했어요. 꼭 잡아야 할 뭔가가 있는 것처럼, 곧 갚아야 하는 빚이 있는 것처럼. 영감에게 돈이 필요해 보이지는 않았어요. 계속 같은 집에 살고 리무진도 세차를 하긴 해도 바꾸지는 않았고 일하는 사람도 늘 두 명만 뒀어요. 안드레이와 페테르. 경쟁자라고는 로스 로보스 하나뿐이었죠. 그들도 길거리 판매 사업을 확대했어요. 아직 감방에 들어가지 않은 베트남계와 모로코계 마약상들을 고용해서 오슬로 시내뿐 아니라 콩스빙에르와 트롬쇠와 트론헤임에서도 바이올린을 팔았어요. 소문에는 헬싱키까지 진출했다고 했어요. 오딘네 로스 로보스 쪽이 영감보다 더 많이 벌었을 수는 있지만 양쪽이 시장을 나눠 먹으면서 영역 싸움도 벌이지 않고 함께 막대한 부자가 되어갔어요. 머리가 제대로 돌아가는 사업가라면 이런 빌어먹을 상태를 유지하는 데 만족했을 거예요.

그런데 쨍하던 파란 하늘에 먹구름 두 개가 걸려 있었어요.

하나는 멍청한 모자를 쓴 위장경찰이었어요. 그도 당분간은 아스널 셔츠가 표적이 아니라는 언질을 받았을 텐데 여기저기 냄새를 맡고 돌아다녔어요. 다른 하나는 로스 로보스가 릴레스트룀과 드람멘에서 오슬로보다 싼 값에 바이올린을 팔기 시작한 거였어요. 그 말인즉슨 거기까지 기차를 타고 갈 약쟁이들이 생긴다는 뜻이었죠.

어느 날 영감이 나를 불러서 어떤 경찰한테 메시지를 전달하라고 했어요. 이름이 트룰스 베른트센이라면서 아주 신중히 전달해야 한다고 하더군요. 내가 왜 안드레이나 페테르를 보내지 않느냐고 묻자, 영감은 경찰을 달고 올 만한 접촉은 최대한 피하고 싶다고 했어요. 그건 영감의 철칙이었어요. 내게도 영감을 노출시킬 정보가 있었지만 페테르와 안드레이 말고 영감이 믿을 수 있는 사람은 나밖에 없었어요. 그래요, 여러 모로 영감은 나를 믿었어요. 마약계의 거물이 도둑놈을 믿다니!

그 경찰에게 전달할 메시지는 영감이 오딘과 만나서 릴레스트룀과 드람멘에 관해 의논하기로 했다는 거였어요. 화요일 저녁 7시에 마요르스투엔의 키르케바이엔에 있는 맥도날드에서 만나기로 했어요. 애들 파티를 열어준다면서 1층을 통으로 빌렸댔어요. 풍선과 색종이 테이프, 종이 모자, 빌어먹을 광대까지 눈에 선했죠. 광대는 생일파티에 온 손님들을 보고 얼굴이 굳었을 거예요. 눈에는 살기가 그득하고 손마디에 징이 박힌 덩치 큰 오토바이족, 키 2.5미터의 카자크 기병, 감자튀김을 앞에 두고 살기등등하게 노려보는 오딘과 영감.

트룰스 베른트센은 망레루드의 아파트에 혼자 살고 있었는데, 어느 일요일 아침 일찍 가보니까 아무도 없더군요. 이웃집에서 베른트센네 초인종 소리를 들었는지 베란다에서 머리를 내밀고 트룰스는 미카엘네 집에서 테라스를 만들고 있다고 소리쳤어요. 그가 알려준 주소로 가면서 망레루드는 참 끔찍한 동네라는 생각이 들었어요. 모두가 모두를 아는 것 같으니.

회엔할에는 와본 적이 있었어요. 망레루드의 비벌리 힐스. 널찍한 단독주택이 크베르네르달렌과 시가지와 홀멘콜렌을 내려다보고 있었어요. 나는 도로에 서서 반쯤 태를 갖춰가는 그 집의 골조를 내려다봤어요. 집 앞에 남자들 몇이 웃통을 벗고 캔맥주를 들고 웃으면서 테라스가 될 곳으로 보이는 골조를 가리키고 있었어요. 난 그중 한 사람을 바로 알아봤어요. 잘생긴 모델 타입의 속눈썹이 긴 남자. 오륵크림의 새로운 수장. 그들은 나를 보자 말을 끊었어요. 왜인지 알았어요. 다들 경찰이었고, 경찰이라면 누구나 도둑놈 냄새를 맡거든요. 난감했죠. 영감한테 물어보진 않았지만 트룰스 베른트센이 바로 영감이 이사벨레 스퀘엔에게 만들라고 제안한 경찰 안의 조력자일 거라는 생각이 들었어요.

"네?" 속눈썹이 긴 남자가 말했어요. 몸매도 아주 끝내줬어요. 복근이 차돌처럼 단단했어요. 일단 물러났다가 나중에 다시 베른트센을 찾아갈 수도 있었어요. 그러니 그날 왜 그런 행동을 했는지 모르겠어요.

"트룰스 베른트센 씨한테 전할 말이 있어요." 나는 큰소리로 또박또박 말했어요.

다들 한 남자를 돌아보았어요. 그 남자가 맥주를 내려놓고 O자 다리로 건들거리며 다가왔어요. 남들에게 우리의 말소리가 들리지 않을 만큼 가까이 왔어요. 금발이고 억센 주걱턱이 뒤틀린 사람처럼 붙어 있었어요. 돼지새끼 같은 작은 눈에는 혐오감이 가득한 의심이 번득였어요. 애완동물이었다면 순전히 심미적인 이유에서 안락사를 당했을 외모였어요.

"네놈이 누군지 몰라." 그자가 속삭였어요. "짐작은 가지만 이따위로 들이닥치는 거 질색이야. 어?"

"알았어요."

"어서, 꺼져."

나는 그자에게 만남에 관해 전달하고 시간을 알려줬어요. 그리고 오딘이 조직원을 다 이끌고 나타날 거라고 경고한 사실도 전했어요.

"그 자식은 허튼짓 못해." 베른트센이 꿀꿀거렸어요.

"그자가 헤로인을 엄청나게 공급받았다는 정보를 입수했어요." 내가 말했죠. 테라스의 남자들이 다시 맥주를 마시기 시작했지만 오륵크림의 수장은 자꾸 우리 쪽을 흘끔거렸어요. 나는 목소리를 낮추고 세세한 부분까지 빠짐없이 전달하는 데 집중했어요. "알나브루의 클럽에 보관되어 있지만 이틀 후 배로 나갈 거예요."

"간단히 급습해서 몇 명 체포하라는 소리군." 베른트센이 다시 꿀꿀거렸고, 그제야 웃으려고 그러는 거라는 생각이 들었어요.

"이게 다예요." 나는 이 말을 하고 가려고 돌아섰어요.

그 길을 따라 몇 미터도 안 가서 누가 부르는 소리가 들렸어요. 돌아보지 않아도 그게 누군지 알았어요. 그의 눈길에서 단박에 봤거든요. 그건 나만의 특별한 재능이었어요. 그가 내 옆에 서서 나는 걸음을 멈추었어요.

"누구지?" 그가 물었어요.

"구스토." 나는 눈앞을 가린 머리카락을 튕겨서 눈이 더 잘 보이게 해주었어요. "그쪽은요?"

잠시 그가 어려운 질문이라도 받은 양 놀란 얼굴로 나를 보았어요. 그리고 옅은 미소를 띠고 답했어요. "미카엘."

"하이, 미카엘. 어디서 운동해요?"

그가 헛기침을 했어요. "여기서 뭘하는 거지?"

"말했잖아요. 트룰스한테 전할 말이 있다고. 같이 맥주 한잔해도 될까요?"

그의 얼굴에서 특이한 하얀 얼룩이 갑자기 빛나는 것 같았어요. 다시 입을 열 때는 화가 나서 긴장된 목소리였어요. "일 끝났으면 썩 꺼져."

나를 노려보는 그의 눈을 봤어요. 분노로 이글거리는 눈빛. 미카엘 벨만이 끝내주게 잘생겨서 그의 가슴에 손을 대고 싶었어요. 햇볕으로 달궈진 땀에 젖은 피부를 손끝으로 만져보고 싶었어요. 나의 뻔뻔함에 기가 차서 팽팽해졌을 근육을 만져보고 싶었어요. 단단해진 젖꼭지를 엄지와 검지로 꽉 잡아보고 싶었어요. 그가 체면과 명예를 지키려고 내게 한 방 날릴 때의 황홀한 고통을 맛보고 싶었어요. 미카엘 벨만. 욕정이 일었어요. 염병할 나의 욕정.

"또 봐요." 내가 말했어요.

그날 밤 별안간 이런 생각이 들더군요. 당신은 못 했을 것 같은 그걸 어떻게 해낼까. 당신이 해냈다면 날 내다버리진 않았겠죠. 난 어떻게 온전해질까. 어떻게 인간이 될까. 어떻게 백만장자가 될까.

20

피오르를 비추는 햇살이 눈부셔서 해리는 여성용 선글라스 속에서 실눈을 뜨고 보았다.

오슬로는 비에르비카를 손봐서 쭈글쭈글하던 주름을 폈을 뿐 아니라 실리콘 젖꼭지까지 새로 달아서 한때는 빈약하고 밋밋하던 피오르로 튀어나오게 했다. 튜브홀멘이라는 이 실리콘의 장관은 아주 값비싸 보였다. 값비싼 피오르의 전망이 보이는 고가의 아파트, 고가 보트의 계류장, 값나가는 물건을 파는 아기자기한 상점들, 이름도 들어본 적 없는 어느 밀림에서 온 쪽모이세공 마루를 깐 갤러리, 벽에 걸린 그림보다 볼거리가 더 많은 갤러리. 피오르 맨 끝에 제일 눈에 띄는 이 젖꼭지에는 오슬로가 도쿄를 뛰어넘어 세계에서 제일 비싼 도시로 부상하게 해준 가격대의 레스토랑이 자리 잡았다.

해리가 들어서자 친절한 수석 웨이터가 반겼다.

"이사벨레 스퀘옌 씨를 찾아 왔습니다." 해리가 레스토랑 안을 훑어보며 말했다. 서까래까지 꽉꽉 들어찬 듯 보였다.

"어느 분 성함으로 예약했는지 아시는지요?" 웨이터는 해리에게 테이블은 모두 몇 주 전에 이미 예약되었다고 말하는 듯 옅은 미소를 띠었다.

해리가 시청 사회복지위원회에 전화했을 때 전화를 받은 여자는 처음에는 이사벨레 스퀘옌이 점심식사를 하러 나갔다는 말만 해주었다. 그러나 해리가 그 일로 전화한 거라면서 콘티넨탈에서 기다리는 중이라고 말하자 비서는 화들짝 놀라며 "점심식사 장소는 셰마가시네*예요!" 하고 말해버렸다.

"아뇨." 해리가 말했다. "들어가서 봐도 될까요?"

웨이터는 머뭇거렸다. 해리의 슈트를 유심히 보았다.

"걱정 마세요." 해리가 말했다. "저기 계시네요."

해리는 웨이터가 최종 판단을 내리기도 전에 그를 지나쳐 성큼성큼 안으로 들어갔다.

인터넷에서 검색한 사진 속 얼굴과 자세를 단박에 알아보았다. 그녀는 바 자리에서 카운터에 팔꿈치를 올리고 기대어 테이블 쪽을 향해 앉아 있었다. 누굴 기다리는 중일 텐데도 마치 무대에 오른 배우처럼 행동이 과장돼 보였다. 해리는 테이블에 앉은 남자들을 보고 그녀가 그 두 가지를 다 하는 중이란 걸 알았다. 억세고 남성적인 얼굴을 도끼날 같은 콧대가 반으로 갈랐다. 그럼에도 이사벨레 스퀘옌에게는 다른 여자들이 "우아하다"고 말할 법한 전통적인 매력이 있었다. 눈 화장은 짙은 데다 차갑고 푸른 홍채 주위에 별자리가 박혀 있어서 포악한 이리처럼 보였다. 그래서 머리카락이 우스꽝스러운 대조를 이루었다. 금발 인형 같은 숱 많은 머리카락이 남성적인 얼굴의 양 옆으로 귀여운 화관처럼 내려왔다. 사실

---

* 스웨덴 예테보리의 고급 해산물 레스토랑으로 오슬로 튜브홀멘에 분점이 있다.

이사벨레 스퀘옌이 그토록 사람들의 시선을 사로잡는 건 몸매 때문이었다.

쭉 뻗은 탄탄한 몸에 넓은 어깨와 엉덩이. 짝 달라붙은 검은색 바지를 입어서 크고 굵은 근육질의 허벅지가 더 도드라졌다. 해리는 그녀의 가슴이 돈 주고 만들어서 특수한 브라로 교묘히 떠받친 것이거나 아니면 그냥 인상적인 것이라고 생각했다. 구글 검색으로 알아낸 바로는 그녀는 뤼게의 농장에서 말을 키우고, 두 번 이혼했고, 마지막에 이혼한 남편은 네 차례 큰돈을 벌고 세 차례 크게 잃은 금융가였으며, 전국사격대회에 참가한 적이 있고, 헌혈을 하고, 정치적 동지를 '심각한 겁쟁이'라는 이유로 내쳤고, 영화나 연극 시사회에서 사진기자들에게 포즈를 취하는 걸 아주 좋아했다. 한마디로 그가 어쭙잖게 돈으로 어떻게 해보기엔 과분한 여자였다.

해리가 그녀의 시야 안으로 들어가서 식당을 반쯤 가로질렀을 때도 그녀의 시선은 그를 놓아주지 않았다. 보는 것을 당연한 권리로 여기는 사람처럼. 해리는 그녀에게 다가가면서 적어도 열두 개의 시선이 등에 꽂히는 걸 알았다.

"이사벨레 스퀘옌이시군요." 해리가 말했다.

그녀는 그를 무시하려다가 생각을 바꿔 고개를 기울였다. "터무니없이 비싼 오슬로의 레스토랑이란 데가 원래 그렇죠. 안 그래요? 여긴 원래 다 특별한 사람이잖아요. 그런데……." 그녀는 말끝을 길게 늘이며 해리를 머리끝부터 발끝까지 훑었다. "누구시죠?"

"해리 홀레."

"낯이 좀 익네요. 텔레비전에 나온 적 있죠?"

"오래전에. 이게 생기기 전에요." 해리는 얼굴의 흉터를 가리켰다.

"아 맞다, 연쇄살인범을 잡은 그 경찰, 맞죠?"

이럴 때는 두 가지 길이 있다. 해리는 직행하기로 했다.

"맞습니다."

"그럼 요즘은 무슨 일을 하세요?" 그녀가 심드렁하게 묻고는 그의 어깨 너머로 문 쪽을 보았다. 빨간 입술을 꾹 다물고 두어 번 눈이 커졌다. 준비동작. 분명 중요한 점심 약속일 것이다.

"의류와 구두 사업." 해리가 말했다.

"그런 것 같네요. 슈트가 멋져요."

"부츠가 멋지군요. 릭 오웬스?"

그녀는 해리를 다시 봤다는 표정으로 쳐다보았다. 뭔가 대꾸하려는가 싶더니 해리의 등 뒤로 시선을 던졌다. "여기서 점심 데이트가 있어요. 다음에 뵐 수 있으면 또 뵙죠, 해리."

"음. 지금 잠깐 얘기했으면 했는데."

그녀는 웃으며 몸을 앞으로 기울였다. "그 수법 맘에 드네요, 해리. 그래도 지금은 12시예요. 정신이 말짱한 데다 점심 상대도 있어서요. 좋은 하루 되세요."

그녀는 또각또각 구두 소리를 내며 걸어갔다.

"구스토 한센이 당신 애인입니까?"

해리는 목소리를 낮추어 물었고, 이사벨레 스퀘옌은 벌써 3미터쯤 가 있었다. 그럼에도 순간 그녀의 몸이 뻣뻣해졌다. 마치 또각거리는 구두소리와 사람들의 말소리와 다이애나 크롤이 흥얼거리는 배경음악을 뚫고 그녀의 고막으로 닿은 주파수를 발견한 것처럼.

그녀는 돌아섰다.

"그 친구한테 하룻밤에 네 번 전화했고, 마지막 전화는 새벽 2시

26분 전이더군요." 해리는 바 스툴에 앉았다. 이사벨레 스퀘엔은 3미터를 다시 돌아왔다. 그리고 해리 앞에 우뚝 섰다. 해리는 빨간 망토와 늑대를 떠올렸다. 그녀가 빨간 망토의 소녀는 아니었다.

"원하는 게 뭐죠, 해리 청년?" 그녀가 물었다.

"구스토 한센에 관해 아는 걸 다 듣고 싶습니다."

도끼날 같은 코의 콧구멍이 벌름거리고 당당한 가슴이 올라갔다. 그녀의 얼굴에 연재만화의 점 같은 큼직한 검은 모공이 보였다.

"이 도시에서 마약중독자들 살리는 데 관심 있는 몇 안 되는 사람들 중 한 사람으로서 나도 구스토 한센을 기억하는 몇 안 되는 사람들 중 하나예요. 우린 그 친구를 잃었죠. 슬픈 일이에요. 그때 통화한 건 그 친구 번호가 제 전화기에 저장되어 있어서예요. 그 친구를 RUNO 위원회 회의에 초대한 적이 있거든요. 이름이 비슷한 다른 좋은 친구가 있는데 가끔 잘못 눌러요. 왜 그럴 때 있잖아요."

"그 친구를 마지막으로 만난 게 언젭니까?"

"이봐요, 해리 홀레 씨." 그녀가 화가 난 목소리를 낮게 깔고 홀레에 강세를 주면서 얼굴을 낮추어 그에게 더 가까이 다가갔다. "내가 제대로 이해한 거라면 당신은 경찰이 아니라 옷이랑 신발 따위를 취급하는 사람이에요. 당신하고 얘기할 이유가 없죠."

"실은." 해리가 카운터에 등을 기댔다. "전 누구한테 얘기하고 싶어 못 견디겠거든요. 당신이 안 하겠다면 기자랑 하죠. 그들이라면 유명인 스캔들 같은 걸 엄청 듣고 싶어할 테니."

"유명인?" 그녀가 이렇게 말하면서 환하게 미소를 지었다. 해리가 아니라 수석 웨이터 옆에서 손가락을 흔들어 답하는 슈트 차림의 남자에게. "난 그냥 시의회 비서예요, 해리. 신문에 이상한 사진이 실린다고 다 유명인인 건 아니죠. 당신도 금방 잊혔잖아요."

"신문에서는 당신을 떠오르는 스타로 보는 것 같던데요."

"당신도 그래요? 그럴 수도 있겠죠. 하지만. 아무리 저질 타블로이드라고 해도 구체적인 뭔가를 제시해야죠. 당신은 아무것도 없잖아요. 전화번호를 잘못 누르는 건—."

"—있을 수 있는 일이죠. 그런데 있을 수 없는 건…….." 해리는 깊이 숨을 들이마셨다. 맞는 말이었다. 그녀에 관해 가진 게 없었다. 그러니 직행하는 건 좋은 방법이 아니었다. "……Rh 마이너스 AB형이 같은 살인사건에서 두 군데서 우연히 발견되는 겁니다. 그 혈액형은 200명에 한 명꼴이에요. 그래서 감식 보고서에서 구스토의 손톱 밑에서 나온 혈흔이 Rh 마이너스 AB형으로 밝혀지고 신문에 당신이 그 혈액형이라고 나온 걸 보면 다 늙어가는 형사는 2 더하기 2를 할 수밖에 없어요. DNA 검사만 요청하면 구스토가 죽기 전에 누굴 할퀴었는지 100퍼센트 확실히 나오겠죠. 신문기사 제목으로 여간 구미가 당기는 얘기가 아니죠, 스퀘엔 씨?"

이사벨레는 연신 눈을 깜박였다. 그래야만 입이 열리는 것처럼.

"그런데 저 사람 사회당의 황태자 아닌가요?" 해리가 눈을 가늘게 뜨고 물었다. "이름이 뭐라더라?"

"그래요, 얘기합시다." 이사벨레 스퀘엔이 말했다. "나중에. 대신 입 다물고 가만히 있겠다고 약속하세요."

"언제, 어디서요?"

"번호 주면 일 끝나고 전화할게요."

레스토랑 밖으로 보이는 피오르가 반짝반짝 빛났다. 해리는 선글라스를 끼고 담뱃불을 붙여 교묘히 엄포를 놓는 데 성공한 걸 자축했다. 항구 끝에 앉아 담배를 한 모금 한 모금 맛있게 피우며 끈

질기게 들러붙는 가책을 버리고 세계에서 가장 돈 많은 노동자 계급이 부두를 따라 매어둔 쓸데없이 비싸기만 한 장난감에만 집중했다. 그리고 담배를 비벼 끄고 피오르에 침을 뱉고 통화 기록에 있던 다음 사람을 찾아가려고 일어섰다.

해리가 라디움 병원의 접수원 여자에게 미리 약속하고 왔다고 하자, 접수원이 서류 한 장을 내밀었다. 해리는 이름과 전화번호를 적었지만 '직장'은 빈 칸으로 남겨두었다.

"사적인 방문인가요?"

해리는 고개를 저었다. 훌륭한 접수원다운 습관이라는 생각이 들었다. 행색을 보고 건물을 드나드는 사람들과 건물에서 일하는 사람들에 관한 정보를 모으는 습관. 경찰로서 어떤 조직의 모든 구성원의 비밀 정보를 알아야 한다면 곧장 접수원에게 접근해야 했다.

접수원은 해리에게 복도 끝 사무실을 가리켰다. 해리는 그 사무실 쪽으로 가면서 닫힌 문과 유리창을 지나쳤다. 유리창 너머로 넓은 방이 보이고 흰 가운을 입은 사람들, 플라스크와 시험관이 어지러이 널린 작업대, 큼직한 자물쇠가 채워진 철제 캐비닛이 보였다. 저 캐비닛은 마약중독자에게 엘도라도이겠구나 하는 생각이 들었다.

마침내 해리는 걸음을 멈추고 신중을 기하기 위해 명판을 확인한 다음 노크했다. 스티그 뉘바크. 노크 한 번이 채 끝나기도 전에 안에서 목소리가 울렸다. "들어와요!"

뉘바크는 책상 너머에서 수화기를 귀에 대고 서 있었지만 해리에게 들어오라고 손짓하고 의자를 가리켰다. '네' 세 번과 '아니오'

두 번과 '흠, 그럴 리가'를 한 번 말하고 호탕하게 웃고 나서 전화를 끊고 눈빛을 반짝이며 해리를 보았다. 해리는 생긴 그대로 긴 다리를 벌리고 의자에 푹 눌러앉았다.

"해리 홀레. 절 모르시겠지만 전 기억해요."

"제가 집어넣은 사람이 한둘이 아니라서." 해리가 말했다.

더 호탕한 웃음소리. "우리 옵살에서 같은 학교에 다녔어요. 제가 2년 후배고."

"후배가 선배를 기억하는 법이죠."

"맞는 말씀이에요. 사실 학교 때 본 기억은 없어요. 텔레비전에서 보고 누가 선배님도 옵살 출신이고 트레스코의 친구라고 하는 말을 들었거든요."

"음." 해리는 구두코를 내려다보며 사적인 얘기에는 관심이 없다는 뜻을 내비쳤다.

"결국 형사가 되셨네요? 요즘은 어떤 살인사건을 수사하세요?"

"마약 관련 사망 사건을 수사하는 중입니다." 해리가 가급적 진실에서 벗어나지 않는 식으로 대꾸했다. "보내드린 건 훑어봤습니까?"

"네." 뉘바크가 다시 수화기를 들고 번호를 누르고 귀 뒤를 벅벅 긁으면서 기다렸다. "마르틴, 건너올 수 있나? 응, 그 검사 때문에."

뉘바크가 전화를 끊었고, 3초쯤 침묵이 흘렀다. 뉘바크가 미소를 지었다. 침묵을 메울 화제를 찾아 열심히 머리를 굴리는 듯했다. 해리는 아무 말도 하지 않았다. 뉘바크가 헛기침을 했다. "예전에 자갈길 옆 노란 집에 사셨잖아요. 전 언덕 위의 빨간 집에 살았어요."

"그렇군요." 해리는 거짓으로 답하면서 어릴 때 기억이 얼마나 일천한지 새삼 깨달았다.

"그 집은 아직 가지고 계세요?"

해리는 다리를 꼬았다. 마르틴이란 사람이 올 때까지 이런 대화가 끝나지 않을 것 같았다. "몇 해 전에 아버지가 돌아가셨어요. 집이 잘 팔리지 않았지만—."

"유령요."

"네?"

"집을 팔기 전에 유령들을 다 내보내야 하지 않나요? 저희 어머니가 작년에 돌아가셨는데 사시던 집이 아직 비어 있거든요. 결혼은 하셨어요? 아이는요?"

해리는 고개를 저었다. 이어서 상대 진영으로 공을 몰고 들어갔다. "당신은 하셨나 보군요."

"예?"

"반지." 해리가 그의 손으로 고갯짓했다. "그거랑 똑같은 반지가 있었어요."

뉘바크는 반지 낀 손을 들고 미소를 지었다. "있었다고요? 헤어지셨나 봐요?"

해리는 속으로 욕을 했다. 왜 사람들은 쓸데없는 걸 물어보지? 헤어졌냐고? 물론 헤어졌다. 사랑하는 사람과 헤어졌다. 사랑하는 사람들과. 해리는 헛기침을 했다.

"왔어?" 뉘바크가 말했다.

해리는 돌아보았다. 푸른 실험복을 입은 남자가 구부정하게 문간에 서서 눈을 가늘게 뜨고 그를 바라보았다. 검은색의 긴 앞머리가 눈처럼 허옇고 높이 솟은 이마로 내려와 있었다. 눈이 쑥 들어가 있었다. 해리는 그가 오는 소리도 듣지 못했다.

"저 친구는 마르틴 프란이라고, 저희 병원에서 제일 우수한 연구원이죠." 뉘바크가 말했다.

노틀담의 곱추. 해리는 생각했다.

"어, 마르틴?" 뉘바크가 말했다.

"바이올린이라고 하신 그 물질은 헤로인이 아니라 레보르파놀하고 유사한 약물이에요."

해리는 그 이름을 받아 적었다. "그게 뭐죠?"

"강력한 오피오이드요." 뉘바크가 말을 받았다. "강력한 진통제죠. 모르핀보다 여섯 배에서 여덟 배 정도 강해요. 헤로인보다 세 배 강하고."

"정말요?"

"그래요." 뉘바크가 말했다. "모르핀 효과가 두 배로 증폭돼요. 여덟 시간에서 열두 시간. 레보르파놀을 3밀리리터만 복용해도 완전히 마취돼요. 주사로는 그 절반이면 되고."

"흠. 위험하게 들리는군요."

"생각만큼 위험하진 않아요. 헤로인 같은 순수 오피오이드는 적당량만 투여하면 몸이 망가질 정도는 아니거든요. 몸을 망가뜨리는 건 대개 의존성이죠."

"맞아요. 헤로인 중독자는 한번에 훅 가던데."

"네, 그렇긴 한데 두 가지 이유가 있어요. 우선 헤로인을 다른 물질하고 혼합하면 말 그대로 독약이 돼요. 가령 헤로인과 코카인을 섞어서ㅡ."

"스피드볼." 해리가 말했다. "존 벨루시ㅡ."

"고인의 명복을 빕니다. 두 번째로 헤로인은 호흡을 방해해요. 과도하게 복용하면 그냥 호흡이 멈춰버리거든요. 내성이 생기는 만큼 양도 늘어나고. 한데 레보르파놀은 흥미롭게도 헤로인만큼 호흡을 방해하지 않아요. 그렇지, 마르틴?"

곱추는 눈도 들지 않은 채 고개를 끄덕였다.

"음." 해리는 프란을 관찰했다. "헤로인보다 강하고, 효과도 더 오래가고 과다 복용 가능성도 낮다. 약쟁이한테는 꿈의 물질이겠군요."

"의존성." 곱추가 웅얼거렸다. "그리고 가격."

"예?"

"저희도 환자들에게서 보거든요." 뉘바크가 한숨을 쉬었다. "다들 그런 식으로 중독돼요." 그는 손가락을 꺾었다. "암환자에게는 의존성이 문제가 되지 않아요. 환자의 차트를 보고 진통제 종류와 용량을 늘리거든요. 고통을 막는 데 목표가 있지, 그 이상을 바라는 게 아니니까요. 레보르파놀은 생산과 수입 비용이 비싸요. 그래서 거리에서 잘 보지 못하는 건지도 모르죠."

"그건 레보르파놀이 아니에요."

해리와 뉘바크는 마르틴 프란을 돌아보았다.

"변형된 약물이에요." 프란은 고개를 들었다. 방금 불이 들어온 것처럼 눈빛이 반짝였다.

"어떻게?" 뉘바크가 물었다.

"방법을 알아내는 데 시간이 걸리긴 하겠지만 염소 분자 하나를 불소 분자로 바꾼 것 같아요. 생산비가 그렇게 많이 들지 않을 수도 있어요."

"맙소사." 뉘바크가 말했다. "드레서 얘기야?"

"어쩌면." 프란이 보일 듯 말 듯 미소를 지었다.

"맙소사!" 뉘바크가 두 손으로 뒤통수를 긁적거리며 외쳤다. "그럼 천재가 한 짓이란 얘긴데. 아니면 우연히 성공한 거든가."

"난 무슨 소린지 도통 모르겠습니다, 여러분." 해리가 말했다.

"아, 죄송해요." 뉘바크가 말했다. "하인리히 드레서. 1897년에 아스피린을 발견한 사람이에요. 나중에는 다이아세티모르핀을 변형하는 연구를 했고요. 할 게 많지는 않았어요. 분자를 여기다 붙이고 저기다 붙이면 짜잔! 인체의 다른 수용기에 달라붙거든요. 그는 열하루 만에 신약을 발견했죠. 1913년까지 그게 기침약으로 팔렸고요."

"그럼 그 약이?"

"용감한 여성이라는 뜻으로 갖다 붙인 이름."

"헤로인." 해리가 말했다.

"맞아요."

"광택제는 어떻게 된 겁니까?" 해리가 프란을 돌아보며 물었다.

"코팅이라고 합니다." 곱추가 쏘아붙였다. "그게 왜요?" 그는 해리를 보았지만 눈은 다른 어딘가, 벽에 가 있었다. 달아날 구멍을 찾는 짐승 같았다. 아니면 눈을 똑바로 뜨고 위계질서에 대한 도전의 뜻을 보내는 짐승을 외면하고 싶은 무리 속 동물이거나. 그것도 아니면 그저 보통 사람보다 사회적으로 좀 더 억제된 인간이거나. 그러나 해리의 관심을 끈 다른 뭔가 있었다. 서 있는 태도나 구부정한 자세에 분명 뭔가 있었다.

"음." 해리가 말했다. "과학수사과에서는 바이올린의 갈색 알갱이가 알약의 광택제를 잘게 자른 거 같다고 하던데. 그리고 그게 같은 거라고…… 여기 라디움 병원에서 생산하는 메타돈정에 입히는 코팅하고 말이죠."

"그래서요?" 프란이 발끈했다.

"바이올린이 노르웨이에서 생산됐고, 당신네 메타돈정에 접근
할 수 있는 사람의 소행이라고 추측하는 것이 일리가 있지 않습니
까?"

스티그 뉘바크와 마르틴 프란은 서로를 응시했다.

"요즘은 다른 병원에도 메타돈정을 보내니까 접근할 수 있는 사
람이 꽤 돼요." 뉘바크가 말했다. "다만 바이올린은 고급 화학이에
요." 숨을 내쉬는 입술이 푸들거렸다. "어떻게 생각해, 프란? 노르
웨이 과학계가 이런 물질을 발견할 역량이 될까?"

프란은 고개를 저었다.

"요행으로는 어떻죠?" 해리가 물었다.

프란은 어깨를 으쓱였다. "그럼 브람스가 요행으로 '도이칠란트
레퀴엠'을 작곡했을 수도 있겠죠."

침묵이 감돌았다. 뉘바크도 딱히 할 말이 없어 보였다.

"그럼." 해리가 일어섰다.

"도움이 됐으면 좋겠네요." 뉘바크가 책상 너머로 해리에게 손
을 내밀었다. "트레스코한테 안부 전해주세요. 아직 하프스룬 에너
지에서 매일 밤 이 도시를 위해 전기 스위치를 누르고 계시겠죠?"

"그런 것 같네요."

"그분은 햇빛을 좋아하지 않으시나 봐요?"

"번거로운 걸 싫어하죠."

뉘바크는 어정쩡한 미소를 지었다.

해리는 나가는 길에 두 번 멈춰 섰다. 한 번은 종일 불 꺼진 빈
실험실을 살피기 위해. 또 한 번은 마르틴 프란의 명판이 붙은 문
앞에서. 문 밑으로 불빛이 새어 나왔다. 해리는 살며시 손잡이를
눌러보았다. 잠겨 있었다.

해리는 렌터카에 타서 휴대전화부터 확인했다. 베아테 뢴에게 부재중전화 한 통이 와 있었지만 이사벨레 스퀘옌에게서는 연락이 없었다. 올레볼 스타디움 앞에 와서야 시내를 빠져나갈 시간을 잘 못 잡은 걸 알았다. 세계에서 근무시간이 가장 짧은 나라의 퇴근시간이었다. 카리헤우겐까지 가는 데 50분 걸렸다.

세르게이는 차 안에 앉아서 손가락으로 핸들을 두드렸다. 그의 직장은 원래 러시아워를 피할 수 있는 위치에 있었지만 야간 교대 조일 때는 시내를 빠져나갈 때 교통체증에 갇힐 수밖에 없었다. 차량이 식어가는 용암처럼 서서히 카리헤우겐 쪽으로 흘러갔다. 세르게이는 구글로 그 경찰을 검색했다. 예전 뉴스를 클릭했다. 살인 사건. 오스트레일리아에서 연쇄살인범을 제거한 전력이 있었다. 그날 아침에 애니멀 플래닛*에서 오스트레일리아의 프로그램을 보고 있어서 기억났다. 그 프로그램에서는 오스트레일리아 노던테리토리의 악어의 지능을 다루면서 악어가 먹잇감의 습성을 얼마나 잘 간파하는지 설명했다. 숲속에서 캠핑하는 사람들이 아침에 일어나면 대개 빌라봉이라고 하는, 강이 범람해서 생긴 호숫가로 난 길을 따라 가서 물을 길었다. 그 길에 있으면 물속에 숨어서 지켜보는 악어로부터 안전했다. 둘째 날 밤에도 숲속에서 캠핑하면 다음 날 같은 길로 물을 길어온다. 셋째 날에도 머물면 다시 그 길로 가도 이번에는 악어가 보이지 않을 것이다. 악어가 수풀에서 튀어나와 먹잇감을 물속으로 끌고 들어가기 전까지는.
인터넷에서 찾은 사진 속의 경찰은 어딘가 불편해 보였다. 사진

---

* 미국 디스커버리 네트워크 계열의 동물 전문 채널.

찍히는 게 싫은 것처럼. 아니면 관찰 대상이 되는 게 싫은 것처럼.

전화가 울렸다. 안드레이였다. 그는 용건부터 꺼냈다.

"그자는 레온 호텔에 묵고 있어."

시베리아 남부 사투리는 원래 기관총을 쏘듯이 스타카토로 들리지만 안드레이의 말투는 물 흐르듯 부드러웠다. 그는 주소를 두 번 또박또박 천천히 불러주었고, 세르게이는 그 주소를 외웠다.

"좋아요." 세르게이는 신중하게 들리려고 신경 썼다. "그자의 방 번호를 물어볼게요. 그리고 복도 끝에서 기다릴게요. 끝에서. 그자가 방에서 나와 계단이나 엘리베이터로 갈 때 저를 등지도록."

"안 돼, 세르게이."

"네?"

"그 호텔에선 안 돼. 레온에서는 그자가 우릴 맞을 만반의 준비를 해놓을 거야."

세르게이는 놀라서 물었다. "준비라뇨?"

그가 차선을 바꾸고 렌터카 뒤로 미끄러져 들어가는 사이 안드레이는 그 경찰이 마약상 둘에게 접근해서 '아타만'을 레온 호텔로 초대했다고 말했다. 멀리서도 덫의 냄새가 진동했다. '아타만'이 세르게이에게 그 일을 다른 데서 해치우라고 명확한 지령을 내린 것이다.

"어디요?"

"호텔 앞 도로에서 기다려."

"그럼 어디서 **해치웁니까?**"

"네가 골라." 안드레이가 말했다. "다만 나 개인적으로는 매복 공격을 선호하지."

"매복요?"

"항상 매복이야, 세르게이. 그리고 하나 더…….."

"예?"

"그자가 우리가 원치 않는 데까지 건드리기 시작했어. 시급한 일이 돼간다는 뜻이지."

"그게…… 무슨 뜻입니까?"

"'아타만'은 네가 필요한 만큼 시간을 써도 된다고 하시지만 더는 안 돼. 오늘이 내일보다 나아. 내일이 모레보다 낫고. 알아들어?"

전화를 끊을 때도 교통체증에 갇혀 있었다. 살면서 그때만큼 혼자라고 느낀 적은 없었다.

러시아워가 절정에 이르고 꼬리에 꼬리를 무는 차량의 행렬이 시에드스모 교차로 직전의 베르게르까지도 줄어들지 않았다. 해리는 한 시간쯤 차 안에 앉아 라디오 채널을 이리저리 돌리다가 결국 순전히 항의의 뜻으로 NRK 클래식 채널에 고정했다. 20분쯤 지나서 가르데르모엔으로 빠져나가는 분기점이 나왔다. 온종일 토르 슐츠의 번호로 열두 번쯤 전화했지만 응답이 없었다. 결국 항공사에서 찾아낸 토르의 동료는 그가 어디 있는지 전혀 모르고 비행이 없는 날에는 주로 집에 있다고 했다. 그리고 해리가 인터넷에서 찾은 주소를 확인해주었다.

어둠이 깔릴 즈음, 해리는 도로 표지판을 보고 옳게 찾아왔다고 판단했다. 아스팔트를 새로 깐 도로 양 옆으로 똑같은 구두상자 같은 집들이 늘어선 길을 따라 천천히 이동했다. 주소가 보일 만큼 불을 밝힌 집들 사이에 토르 슐츠의 집이 보였다. 그 집은 완전히 어둠에 휩싸여 있었다.

해리는 차를 세웠다. 그리고 하늘을 보았다. 까만 하늘에서 은빛이 내려왔다. 맹금류처럼 소리 없이 날아가는 비행기였다. 불빛이 옥상을 쓸고 지나가고 해리의 뒤로 비행기 한 대가 사라지면서 신부 들러리들의 행렬 같은 소음을 남겼다.

해리는 현관으로 올라가 유리창에 얼굴을 대고 초인종을 눌렀다. 기다렸다가 다시 눌렀다. 잠시 기다렸다.

그리고 발로 유리창을 찼다.

손을 안으로 집어넣어 걸쇠를 찾아 문을 열었다.

그는 유리 파편을 뛰어넘어 거실로 들어갔다.

처음에 든 생각은 어둡다는 것이었다. 불을 켜지 않은 방이라 해도 너무 어두웠다. 커튼이 내려와 있었다. 핀마르크의 군부대에서 백야에 빛을 차단하려고 치는 두툼한 차폐막 같은 커튼이었다.

두 번째로 든 생각은 혼자가 아니라는 것이었다. 경험상 거의 항상 실재하는 감각적 인상이 존재할 때 이런 느낌이 들었다. 그는 정신을 집중해서 그 감각이 무엇일지 생각하고 반사적 반응을 억눌렀다. 맥박이 빨라지고 얼른 뛰쳐나가고픈 충동을 눌렀다. 가만히 귀를 기울였지만 들리는 소리라고는 어딘가, 아마도 옆방에서 들리는 시계 초침 소리밖에 없었다. 냄새를 맡았다. 코를 찌르는 퀴퀴한 냄새, 다만 그것 말고도 어렴풋이 익숙한 냄새가 났다. 그는 눈을 감았다. 여느 때는 그들이 오기 전에 볼 수 있었다. 오랜 세월 해리는 그들을 막기 위한 대처 전략을 개발했다. 그러나 지금은 채 빗장을 지르기도 전에 그들이 들이닥쳤다. 유령들. 범죄 현장의 냄새.

눈을 뜨자 눈이 부셨다. 불빛. 불빛이 거실 바닥을 쓸고 갔다. 이어서 비행기 소리가 들리고 다음 순간 방 안이 다시 어둠에 휩싸였다. 하지만 그는 보았다. 맥박이 빨라지고 뛰쳐나가고 싶은 욕구를 더는 억제할 수 없었다.

딱정벌레. '주크.' 그의 얼굴 앞 허공에서 그것이 맴돌았다.

21

얼굴이 엉망이었다.

해리는 거실 전등을 켜고 바닥에서 죽은 남자를 보았다.

오른쪽 귀가 쪽모이세공 바닥에 못 박히고 얼굴에는 시커먼 피 떡이 된 구멍 여섯 개가 있었다. 살인 무기는 일부러 찾을 것도 없었다. 해리의 얼굴 높이에 매달려 있었으니까. 벽돌이 들보에 걸린 밧줄 끝에 매달려 있었다. 그리고 거기엔 피범벅이 된 못 여섯 개가 튀어나와 있었다.

해리는 쭈그리고 앉아 손을 뻗었다. 훈훈한 실내 온도에도 남자는 싸늘하게 식었고 사후 경직이 이미 시작된 것으로 보였다. 사반死斑도 나타난 것 같았다. 혈압이 사라지면서 중력에 의해 시신의 가장 아래쪽에 피가 몰리고 팔 아랫면이 붉게 변한 것이다. 사망한 지 열두 시간 이상 된 듯했다. 다림질한 흰색 셔츠가 구겨지고 복부의 일부가 드러났다. 박테리아가 활동을 시작한 사실을 보여주는 녹색 빛깔은 아직 나타나지 않았다. 박테리아의 포식은 대개 사망한 지 48시간 뒤에 복부부터 시작해서 바깥쪽으로 퍼져나간다.

시신은 셔츠 외에도 느슨하게 풀린 넥타이를 매고 검은색 바지와 윤이 나는 구두를 신었다. 장례식장에 다녀오는 길이거나 슈트를 입어야 하는 직장에 다니는 것 같았다.

해리는 전화기를 꺼내서 신고센터에 걸지 강력반에 직접 신고할지 고민했다. 그리고 신고센터 번호를 누르면서 실내를 둘러보았다. 누군가 침입한 흔적은 보이지 않고 몸싸움이 일어난 증거도 없었다. 벽돌과 시체 말고는 증거가 전혀 없었다. 감식반 사람들도 아무것도 발견하지 못할 것이다. 지문도 없고 족적도 없고 DNA도 나오지 않을 것이다. 수사관들도 더는 밝혀내지 못할 것이다. 뭔가를 본 이웃도 없고 근처 주유소 CCTV에 낯익은 얼굴이 찍힌 장면도 나오지 않을 것이다. 슐츠의 전화번호로 걸거나 걸려온 통화도 없을 것이다. 아무것도. 해리는 응답을 기다리면서 주방으로 갔다. 본능적으로 아무것도 건드리지 않으려고 조심스럽게 발을 디뎠다. 주방 식탁과 반쯤 먹다만 빵과 소시지 조각이 담긴 접시가 눈에 들어왔다. 의자 등받이에 시신이 입은 바지와 한 벌인 재킷이 걸려 있었다. 주머니를 뒤져보니 400크로네와 출입증, 기차표, 항공사 ID 카드가 나왔다. 토르 슐츠. 사진 속 얼굴의 직업인다운 미소가 거실에서 본 시체의 잔해와 닮았다.

"교환입니다."

"여기 시체가 있습니다. 주소는―."

해리는 출입증을 보았다.

"예?"

눈에 익은 뭔가가 있었다.

"여보세요?"

해리는 출입증을 집었다. 맨 위에 '오슬로 지방경찰'이라고 찍혀 있었다. 그리고 그 아래에 '토르 슐츠' 이름과 날짜가 있었다. 슐츠는 이틀 전에 경찰청사나 경찰서를 방문했다. 그리고 지금은 죽어 있다.

"여보세요?"

해리는 전화를 끊었다.

앉았다.

곰곰이 생각했다.

그리고 90분에 걸쳐 그 집을 샅샅이 살폈다. 그의 지문이 묻었을 만한 곳을 깨끗이 닦고, 머리카락을 흘리지 않으려고 머리에 썼던, 고무줄로 묶은 비닐봉지를 벗었다. 규정상 범죄 현장에 들어가는 수사관과 경찰은 모두 지문과 DNA를 등록해야 했다. 단서를 남기면 경찰이 5분 만에 해리 홀레가 다녀간 걸 알아낼 것이다. 수색한 결과 조그만 코카인 봉지 세 개와 밀수품으로 보이는 술병 네 개를 찾았다. 그 외에는 그가 짐작한 그대로였다.

그는 문을 닫고 차에 타고 출발했다.

오슬로 지방경찰.

젠장, 젠장, 젠장.

시내로 들어와 차를 세우고 앉아 앞 유리로 내다보았다. 그리고 베아테의 번호로 전화를 걸었다.

"안녕, 해리."

"두 가지, 부탁할 게 있어. 이번 사건에서 죽은 남자가 하나 더 있다고 익명으로 제보할게."

"방금 들었어요."

"알고 있어?" 해리가 놀라서 물었다. "방법은 '주크'라는 거야. 러시아어로 딱정벌레."

264

"무슨 소리예요?"

"벽돌이야."

"무슨 벽돌요?"

해리는 숨을 들이쉬었다. **"자네야말로 무슨 소리야?"**

"고즈케 토식."

"그게 누군데?"

"올레그를 공격한 남자요."

"그리고?"

"감방에서 죽은 채 발견됐어요."

해리는 차에서 나가는 헤드라이트 불빛 두 개를 똑바로 쳐다보았다. "어떻게⋯⋯?"

"지금 조사 중이에요. 목을 맨 것 같아요."

"스스로를 제거하라. 그들이 조종사도 죽였어."

"뭐라고요?"

"토르 슐츠가 가르데르모엔 근처 자기 집 거실 바닥에 쓰러져 있어."

2초쯤 지나 베아테가 말했다. "신고센터에 전할게요."

"좋아."

"두 번째는 뭔데요?"

"응?"

"부탁할 게 있다면서요?"

"아, 그래." 해리는 주머니에서 출입증을 꺼냈다. "경찰청사 접수처에서 방문자 기록부를 확인해줄 수 있나 해서. 토르 슐츠가 이틀 전에 누굴 찾아갔는지 알아봐줘."

다시 침묵.

"베아테?"

"제가 끼어들고 싶어할 일이에요, 해리?"

"끼어들고 싶지 않을 일이지."

"됐어요."

해리는 전화를 끊었다.

해리는 크바드라투렌의 맨 아래 다층 주차장에 차를 대고 레온 호텔로 향했다. 어느 술집 앞을 지날 때 열린 문에서 흘러나오는 음악소리에 여기 도착한 날 밤이 떠올랐다. 너바나의 유혹적인 곡, 'Come As You Are'. 그는 안에 들어간 줄도 모른 채 이미 카운터 앞에 서 있었고, 구불구불한 창자 같은 술집의 내부가 보였다.

손님 셋이 스툴에 앉아 수그리고 있었다. 한 달 내내 돌아가지 않고 밤을 새운 것처럼 보였다. 시체 냄새와 살이 찢어진 냄새가 났다. 바텐더가 해리에게 어서 주문하거나 아니면 썩 꺼지라는 표정을 지으며 병따개로 천천히 코르크를 뺐다. 바텐더의 굵직한 목에는 고딕체로 큼직하게 세 글자가 새겨져 있었다. EAT.

"뭘로 하시겠습니까?" 바텐더가 친구로서 오라고 손짓하는 커트 코베인의 노랫가락 위로 들리도록 큰소리로 물었다.

해리는 갑자기 입술이 바짝 말라서 침을 발랐다. 코르크를 따는 바텐더의 손이 돌아가는 게 보였다. 단순한 형태의 코르크 스크루였다. 힘 있고 숙련된 손으로 따야 하지만 두 번만 돌리면 뚫려서 얼른 잡아당겨야 했다. 코르크가 제대로 뚫렸다. 하지만 여기는 와인바가 아니었다. 그럼 여기선 또 뭘 팔지? 해리는 바텐더 뒤의 거울에 비친 일그러진 그를 보았다. 뭉개진 얼굴. 그의 얼굴만이 아니었다. 모두의 얼굴, 모든 유령이 거기 있었다. 그리고 토르 슐츠가 말석에 앉아 있었다. 해리는 거울 선반에 놓인 병들을 훑어보았고, 열 추적 로켓이 드디어 표적을 찾았다. 오랜 원수. 짐 빔.

커트 코베인이 총이 없다^{No I don't have a gun}고 노래했다.

해리는 기침을 했다. 한잔만.

총이 없다.

해리가 주문했다.

"네?" 바텐더가 앞으로 숙이며 큰소리로 물었다.

"짐 빔."

총이 없다.

"진 뭐요?"

해리는 침을 삼켰다. 코베인이 'memoria*'라는 가사를 반복해서 읊조렸다. 수백 번은 들은 노래지만 이제껏 코베인이 'The more' 뒤에 뭐라고 읊조리는 줄 알았다.

기리다. 어디서 봤더라? 묘비에서?

거울 속에서 뭔가 휙 움직였다. 순간 주머니 속 휴대전화가 진동했다.

"진 뭐라고요?" 바텐더가 다시 소리치면서 코르크 스크루를 카운터에 놓았다.

해리는 휴대전화를 꺼냈다. 화면을 보았다. R. 전화를 받았다.

"안녕, 라켈."

"해리?"

뒤에서 또 움직였다.

"시끄러운 소리밖에 안 들려, 해리. 어디 있는 거야?"

---

* 기억.

267

해리는 돌아서 급히 출구로 나갔다. 배기가스로 오염됐지만 실내보다는 상쾌한 바깥 공기를 들이마셨다.

"뭐 하고 있어?" 라켈이 물었다.

"왼쪽으로 갈지 오른쪽으로 갈지 고민 중. 당신은?"

"자려고. 술 안 마셨지?"

"뭐?"

"들었으면서. 거기 소리 들려. 당신이 스트레스 많이 받는 거 알아. 술집 소리 같고."

해리는 캐멀 담뱃갑을 꺼냈다. 한 개비를 뺐다. 손이 떨리는 게 보였다. "전화해주니까 좋다, 라켈."

"해리?"

그는 담배에 불을 붙였다. "어?"

"한스 크리스티안이 올레그를 비밀장소에 보내도록 조치를 취해줬어. 외스틀란인데 어딘지는 아무도 모르고."

"나쁘진 않네."

"그 사람, 좋은 사람이야, 해리."

"그런 거 같더라."

"해리?"

"듣고 있어."

"우리가 증거를 심어놓을 수 있다면. 내가 대신 살인 누명을 쓰게 해놓을 수 있다면. 날 도와줄 거야?"

해리는 숨을 들이쉬었다. "아니."

"왜 안 돼?"

뒤에서 문이 열렸다. 그런데 멀어지는 발소리가 들리지 않았다.

"호텔에 가서 전화할게. 알았지?"

해리는 전화를 끊고 뒤도 돌아보지 않고 그 길을 따라 내려갔다.

세르게이는 길 건너에서 빠르게 걷는 그를 지켜보았다.

그가 레온 호텔로 들어가는 걸 보았다.

그가 아주 가까이 있었다. 아주 가까이. 처음에는 술집에서, 지금은 여기 거리에서.

세르게이는 주머니에 든 칼의 사슴뿔 손잡이를 아직 꽉 잡고 있었다. 칼날이 나와서 안감이 찢어졌다. 앞으로 다가가 왼손으로 그자의 머리채를 움켜잡고 칼을 찔러 초승달 모양으로 긋기 직전까지의 기회가 두 번이나 있었다. 그 경찰이 생각보다 크긴 했지만 문제될 건 없었다.

문제될 게 전혀 없었다. 맥박이 느려지면서 평온을 되찾았다. 잃어버렸던 평온, 공포에 짓눌린 평온. 그는 다시 앞날을, 임무를 완수할 그날을, 이미 구술된 이야기의 주인공이 될 그날을 고대하고 있었다.

여기가 바로 그곳이니까, 매복할 장소니까. 세르게이는 그 경찰이 술병을 쳐다보던 눈빛을 보았다. 아버지가 교도소에서 집으로 돌아왔을 때 짓던 표정. 세르게이는 빌라봉의 악어였다. 그자가 마실 걸 찾아서 같은 길로 다시 가리란 걸 아는, 거기서 그냥 기다리기만 하면 된다는 걸 아는 악어였다.

해리는 301호 침대에 누워 천장으로 담배 연기를 내뿜고 전화기에서 흘러나오는 목소리를 들었다.

"당신이 증거를 심는 것보다 더한 일도 한 거 알아." 그녀가 말했다. "그런데 왜 안 돼? 사랑하는 사람을 위해 왜 못 해?"

"화이트와인 마시는구나." 그가 말했다.

"레드와인이 아닌 거 어떻게 알아?"

"들리니까."

"그럼, 날 도와줄 수 없는 이유를 말해봐."

"말해도 돼?"

"응, 해리."

해리는 침대 옆 탁자의 빈 커피 잔에 담배를 비벼 껐다. "난, 법을 어기고 경찰에서 쫓겨난 사람이지만 법에는 어떤 의미가 있다고 믿어. 이상하게 들려?"

"계속해."

"법은 우리가 벼랑 끝에 둘러친 울타리야. 법을 어긴다면 그건 울타리를 무너뜨리는 거야. 그럼 우리가 고쳐야 해. 죄가 있는 사람은 속죄해야 돼."

"아니, **누구든** 속죄하면 되지. 누군가가 벌을 받고 살인이란 게 용납되지 않는 죄란 걸 사회에 보여주면 돼. 누구든 희생양이 울타리를 다시 세우면 돼."

"당신은 지금 법을 당신에게 맞추려 하고 있어. 당신은 변호사야. 당신이 더 잘 알잖아."

"난 엄마고 직업이 변호사일 뿐이야. 당신은 뭔데, 해리? 경찰이야? 그게 당신이야? 로봇, 남들이 쌓은 개밋둑과 남들 생각의 노예? 그게 당신이야?"

"음."

"답을 알아?"

"내가 왜 오슬로에 온 것 같아?"

침묵.

"해리?"

"응?"

"미안해."

"울지 마."

"알아, 미안해."

"미안하다고 말하지 마."

"잘 자, 해리. 난……."

"잘 자."

해리는 잠에서 깼다. 무슨 소리를 들었다. 복도와 눈사태 속에서 뛰어다니는 그의 발소리를 집어삼키던 소리. 손목시계를 보았다. 01:34. 부러진 커튼 봉을 창틀에 기대놔서 튤립 모양의 검은 그림자가 생겼다. 해리는 침대에서 일어나 창가로 가서 뒷마당을 내려다보았다. 쓰레기통이 옆으로 쓰러지고 아직 달가닥거리는 소리가 났다. 유리창에 이마를 댔다.

이른 아침. 오전 러시아워의 차량 행렬이 속삭거리며 그뢴란슬 레이레 쪽으로 서서히 기어가는 사이 트룰스는 경찰청사로 걸어 갔다. 독특한 둥근 창이 달린 경찰청사 문 앞으로 가기 전에 보리 수에 붙은 붉은 포스터를 보았다. 그는 발길을 돌려 침착하게 왔던 길을 되돌아갔다. 오슬로 가에서 서서히 이동하는 차량 행렬을 지 나쳐 묘지로 향했다.

묘지에는 여느 때처럼 인적이 없었다. 적어도 삶에 대한 존중이 있었다. 그는 A. C. 루드의 묘비 앞에 섰다. 메시지가 없었다. 그러 니 분명 보수를 받는 날이었다.

그는 쭈그리고 앉아 묘비 옆 땅을 팠다. 갈색 봉투를 발견하고 끄집어냈다. 바로 열어서 돈을 확인하고 싶은 마음을 애써 누르고 재킷 주머니에 넣었다. 일어서려다 문득 누군가 지켜보는 느낌이 들어서 잠시 그대로 쭈그리고 앉아 있었다. A. C. 루드를 기리고 인 생이 덧없다는 따위의 헛소리를 사색하는 것처럼.

"그대로 있게, 베른트센."

그림자가 그를 덮었다. 해가 구름 뒤로 숨을 때처럼 서늘했다.

트룰스 베른트센은 땅으로 추락할 때처럼 창자가 가슴까지 출렁하는 느낌이었다. 이런 건가. 발각된 느낌.

"이번엔 다른 일을 해줘야겠어."

다시 발밑에 땅이 느껴졌다. 그 목소리. 약간의 억양. 그였다. 트룰스는 곁눈질을 했다. 묘비 두 개 떨어진 곳에서 고개를 숙이고 기도하듯 선 형체가 보였다.

"올레그 페우케를 어디다 숨겼는지 알아내. 고개 돌리지 마!"

트룰스는 앞에 있는 묘비를 보았다.

"알아봤습니다." 그가 말했다. "그런데 어디서나 제 행동이 기록됐습니다. 어디에도 접근할 수가 없었습니다. 제가 확인한 사람들 중에는 그 애에 관해 들어본 사람이 없어요. 아마 다른 이름으로 숨긴 것 같습니다."

"알 만한 사람들한테 알아보게. 변호사한테 알아봐. 시몬센."

"아이 엄마는 어떨까요? 그 여자가 분명—."

"여자들은 안 돼!" 이 말이 채찍질처럼 후려쳤다. 묘지 안에 누군가 있었다면 분명 들었을 것이다. 이어서 더 차분한 목소리. "변호사한테 알아봐. 그쪽으로 안 되면……."

잠시 뜸을 들이는 사이 베른트센은 묘지의 나무 위를 스치는 쉬익 소리를 들었다. 바람 소리였는지, 갑자기 사방이 쌀쌀해졌다.

"……크리스 레디라는 자가 있어." 목소리가 말을 이었다. "거리에서 아디다스로 불리는 자야. 그자가 거래하는 건—."

"스피드. 아디다스는 암페타—."

"닥쳐, 베른트센. 듣기만 하라니까."

트룰스는 입을 닫았다. 그리고 들었다. 그 비슷한 목소리의 누군가가 닥치라고 할 때마다 닥쳤다. 땅을 파라고 하면 팠다. 또…….

273

목소리가 주소 하나를 불렀다.

"아디다스가 구스토 한센을 쐈다고 떠들고 다닌다는 소문을 들어봤을 거야. 그러니 놈을 잡아들여서 심문해. 놈이 아무 제약 없이 자백해야 돼. 백 퍼센트 신빙성이 생기도록 세세한 부분까지 합의하는 건 자네 일이고. 그래도 먼저 시몬센한테 알아봐야 해. 알아들었나?"

"예, 그런데 아디다스가 왜—"

"왜는 자네가 물을 말이 아니야, 베른트센. '얼마'냐고 물어야지."

트룰스 베른트센은 침을 삼켰다. 연신 삼켰다. 개똥같으니. 똥을 삼켰다. "얼마입니까?"

"바로 그거야. 6만."

"10만요."

답이 없었다.

"저기요?"

그러나 들리는 소리라곤 아침 교통체증의 속삭임뿐이었다.

베른트센은 가만히 앉아 있었다. 곁눈질로 옆을 흘깃거렸다. 아무도 없었다. 햇살에 다시 몸이 녹는 것 같았다. 6만이면 괜찮다. 괜찮다.

오전 열 시, 해리가 차를 빙 돌려서 스퀘옌 농장의 본채 앞으로 올라갈 때는 아직 땅에 연무가 깔려 있었다. 이사벨레 스퀘옌이 계단 위에 서서 미소 지으며 작은 승마 채찍으로 검은 승마 바지의 허벅지를 쳤다. 해리가 차에서 내리자 부츠 밑에서 자갈 부딪히는 소리가 났다.

"안녕하세요, 해리. 말을 좀 아세요?"

해리는 차 문을 닫았다. "말 때문에 돈깨나 잃었죠. 그것도 도움이 될까요?"

"도박까지 하시는군요."

"도박까지?"

"조사를 좀 해봤어요. 공든 탑을 무너뜨린 케이스더군요. 적어도 당신 동료들 말로는. 홍콩에서 돈을 잃었나요?"

"해피 밸리 경마장에서. 딱 한 번."

그녀가 야트막한 붉은 건물 쪽으로 걸음을 옮겼다. 그녀를 뒤따라가려면 걸음을 재촉해야 했다. "말 타본 적 있어요, 해리?"

"할아버지가 온달스네스에서 고집불통 늙은 말을 가지고 계셨어요."

"그럼 타본 적 있는 거네요."

"딱 한 번. 할아버지가 말은 장난감이 아니라고 하셨어요. 재미로 말을 타는 건 일하는 짐승에 대한 예의가 아니라면서."

그녀는 폭이 좁은 가죽 안장 두 개가 걸린 나무걸이 앞에 섰다. "제 말들은 수레나 쟁기 같은 건 본 적도 없어요. 제가 안장을 얹을 테니 저쪽으로 가셔서……." 그녀는 농가를 가리켰다. "현관 벽장에서 전남편이 입던 옷 중에 적당한 걸 골라 입으세요. 근사한 슈트를 더럽히고 싶지 않으시겠죠?"

해리는 벽장에서 맞춤하게 큰 스웨터와 청바지를 찾았다. 하지만 그녀의 전남편이 발이 작았는지 맞는 신발이 없었다. 그러다 안쪽에서 파란색 낡은 노르웨이 군대 운동화를 찾았다.

밖으로 나오니 이사벨레가 준비를 마치고 말 두 필에 안장을 얹고 기다리고 있었다. 해리는 렌터카의 조수석 문을 열고 다리를 밖에 내놓고 앉아서 신발을 갈아 신으며 깔창을 빼서 차 바닥에 놓았다. 그리고 앞좌석 글로브박스에서 선글라스를 꺼냈다. "준비됐습니다."

"이쪽은 메두사예요." 이사벨레가 덩치 큰 밤색 말의 주둥이를 토닥였다. "덴마크산 올덴부르크라고 마술馬術이 완벽한 종이에요. 열 살이고 우두머리죠. 그리고 이쪽은 발데르, 다섯 살이고 거세한 말이라 메두사를 잘 따를 거예요."

그녀는 그에게 발데르의 고삐를 건네고 메두사에 휙 올라탔다.

해리는 왼편 등자에 왼발을 올리고 안장에 올라탔다. 말은 그의 명령을 기다리지도 않고 메두사의 뒤를 따라 성큼성큼 걸었다.

딱 한 번 타봤다는 건 겸손으로 한 말이지만 발데르는 할아버지의 고집불통에 빌빌대던 말과는 달랐다. 안장 위에서 중심을 잡아야 했다. 늘씬한 말의 옆구리를 무릎으로 꽉 죄자 갈빗대와 근육의 움직임이 전해졌다. 메두사가 속도를 내서 들판으로 내달리자 발데르도 뒤따라 속도를 조금 높였을 뿐인데도 해리는 마치 가랑이 사이로 포뮬러원을 끼고 달리는 느낌이었다. 그들은 들판의 끝에 하나 있는 길에서 만났다. 길은 숲속으로 사라졌다가 산마루로 이어졌다. 도중에 나무 앞에서 길이 양 갈래로 나뉘는 지점에서 해리는 말을 왼쪽으로 몰아가려고 했지만 말은 그의 의사를 무시하고 오른쪽으로 난 메두사의 발굽 자국을 따라갔다.

"종마가 우두머린 줄 알았는데요." 해리가 말했다.

"보통은 그렇죠." 이사벨레가 어깨 너머로 말했다. "하지만 어차피 중요한 건 성격이에요. 강인하고 야심차고 영리한 암말은 마음만 먹으면 모두를 압도할 수 있어요."

"그러고 싶으시군요."

이사벨레 스퀘옌은 웃었다. "그럼요. 원하는 게 있으면 기꺼이 싸워야죠. 정치에서 중요한 건 권력을 쟁취하는 거예요."

"경쟁을 즐기는군요?"

해리는 앞에서 그녀가 어깨를 으쓱이는 걸 보았다. "경쟁은 건강해요. 가장 강인하고 가장 유능한 자가 결정해야죠. 그러는 게 모두에게 이익이 되니까."

"맘에 드는 수컷과 짝짓기도 할 수 있고요?"

이사벨레는 대꾸하지 않았다. 해리는 그녀를 관찰했다. 등이 호리호리했고, 단단한 엉덩이가 말을 마사지하듯 양 옆으로 부드럽게 움직였다. 그들은 탁 트인 빈터로 나왔다. 태양이 빛나고 발아래 보이는 시골 들판에는 군데군데 안개가 피어오르고 있었다.

"말들을 쉬게 하죠." 이사벨레 스퀘옌이 말에서 내리면서 말했다. 이사벨레는 말을 나무에 매고 풀밭에 누워 해리에게 같이 눕자는 듯 손을 흔들었다. 해리는 옆에 앉아 선글라스를 고쳐 썼다.

"그거 남자 거예요?" 그녀가 놀리듯 물었다.

"햇빛을 막아줍니다." 해리가 담배를 꺼내며 말했다.

"마음에 들어요."

"뭐가 마음에 들어요?"

"남성성에선 꿀릴 게 없는 남자들이 좋아요."

해리는 그녀를 보았다. 그녀는 팔꿈치로 몸을 받치고 엎드렸고, 블라우스 단추가 풀려 있었다. 해리는 선글라스 렌즈가 눈동자를 가려줄 만큼 짙은 색이기를 바랐다. 그녀가 미소를 지었다.

"그럼, 구스토에 관해 해줄 말이 뭐죠?" 해리가 물었다.

"전 진솔한 남자들이 좋아요." 그녀가 말했다. 만면에 미소가 퍼졌다.

갈색 잠자리가 올 가을 마지막 비행을 하면서 쌩 하고 스쳐갔다. 해리는 그녀의 눈에서 본 것이 마음에 들지 않았다. 이곳에 온 뒤로 계속 보이는 그것. 기대에 찬 즐거움. 게다가 경력을 무너뜨릴 스캔들을 앞두고 있는 사람에게 나타나야 할 고통스런 불안은 전혀 보이지 않았다.

"거짓은 싫어요." 그녀가 말했다. "허세 부리는 건 싫어요."

파란색 마스카라를 칠한 눈이 승리감에 빛났다.

"경찰 쪽 연락책이랑 통화했어요. 전설적인 형사 해리 홀레 얘기를 좀 해주더군요. 그리고 구스토 한센 사건으로 혈액을 분석한 적이 없다고 하더군요. 샘플이 파손된 거 같다면서. 제 혈액형이 검출된 손톱도 없고요. 당신이 허세를 부린 거죠, 해리."

해리는 담뱃불을 붙였다. 뺨이나 귀가 벌게지지 않았다. 늙어서 이제 얼굴도 붉어지지 않는 건가 싶었다.

"음. 구스토에게 연락한 게 다 순수한 면접 때문이었다면 제가 혈액 검사를 의뢰했을까 봐 그렇게 쩔쩔맨 이유가 뭐죠?"

그녀가 킥킥거렸다. "쩔쩔매긴 누가요? 그냥 당신이 여기까지 와줬으면 해서 그런 걸 수도 있잖아요. 경치도 좀 구경하고."

해리는 늙어서 얼굴이 벌게지지 않은 건 아닌가 보다 싶은 생각에 그냥 드러누워 말도 안 되게 새파란 하늘로 담배 연기를 내뿜었다. 눈을 감고 이사벨레 스퀘엔과 섹스하지 말아야 할 그럴듯한 이유를 떠올렸다. 이유는 많았다.

"그게 잘못인가요?" 이사벨레가 물었다. "내 말은, 난 그냥 자연스런 욕구를 가진 혼자 사는 성인 여자예요. 그렇다고 진지하지 않다는 건 아니고요. 나랑 대등해 보이지 않는 사람하고는 엮이지 않아요. 구스토처럼." 그녀의 목소리가 가까이 다가왔다. "하지만 키가 큰 성인 남자라면…….” 그녀는 그의 배에 뜨거운 손을 올렸다.

“구스토하고도 지금 우리가 누운 여기에 누웠습니까?” 해리가 나직이 물었다.

“네?”

해리는 팔꿈치로 짚고 꿈지럭대며 일어나서 파란 운동화 쪽으로 고개를 까딱했다. “벽장에 고급 남자 신발이 잔뜩 있더군요. 42사이즈. 그런데 이거 하나만 45사이즈더군요.”

“그래서요? 45사이즈를 신는 남자 손님이 언젠가 들르지 않았다고는 말씀드릴 수 없겠네요.” 그녀의 손이 앞뒤로 오가며 쓰다듬었다.

“이 운동화는 예전에 군납용으로 생산된 건데, 군에서 모델을 바꾸면서 재고를 자선기관의 어려운 이웃들에게 나눠줬어요. 경찰에서는 이걸 약쟁이 신발이라고 부르죠. 구세군이 워치타워에서 나눠주거든요. 물론 문제는 45사이즈를 신는, 어쩌다 찾아온 손님이 어떻게 신발을 벗어두고 가느냐는 거죠. 새로 신발 한 켤레를 얻었다고 보는 게 맞겠죠.”

이사벨레 스퀘엔의 손이 멈췄다. 해리는 말을 이었다.

“범죄 현장 사진을 봤습니다. 구스토는 죽을 때 바지는 싸구려를 입었는데 신발은 아주 비싼 거더군요. 알베르토 파시아니가 아마 맞을 겁니다. 후한 선물이죠. 얼마 주고 사신 겁니까? 5천?”

“무슨 말씀하시는지 도통 모르겠네요.” 이사벨레가 손을 뺐다.

해리는 자신이 발기한 게 못마땅했다. 이미 품이 넉넉지 않은 바지가 꽉 끼었다. 그는 발을 뻗었다.

“깔창은 차에 뒀습니다. 발에서 나는 땀이 DNA 검사에는 최고인 거 아십니까? 미세하게 남은 피부 조직을 검출할 수도 있겠죠.

게다가 오슬로에 알베르토 파시아니 신발을 파는 매장이 여러 개일 리가 없어요. 한두 군데? 어쨌든 당신 신용카드로 대조해서 확인하는 건 어렵지 않아요."

이사벨레 스퀘옌은 이미 일어서 있었다. 그녀의 눈길이 먼 곳을 응시했다.

"농장이 보여요?" 그녀가 물었다. "아름답지 않나요? 전 농장 풍경이 좋아요. 숲은 싫어요. 나무를 심어서 만든 숲 말고는. 전 혼돈이 싫어요."

해리는 그녀의 옆얼굴을 살폈다. 도끼날 같은 콧날이 무척 불길해 보였다.

"구스토 한센 얘기를 해주시죠."

그녀는 어깨를 으쓱였다. "뭐하러? 많이 알아내신 것 같은데."

"누구한테 질문을 받고 싶으신지? 접니까, 〈베르덴스 강〉입니까?"

그녀는 피식 웃었다. "구스토는 젊고 잘생겼죠. 그런 종마는 눈요기로 괜찮아도 유전자는 영 수상해요. 친부는 범죄자고 친모는 마약중독자였다고 그 친구 양아빠가 그랬다더군요. 키우고 싶은 말은 아니지만 타는 맛은 있는 말이었어요. 만약……." 그녀는 숨을 깊이 들이쉬었다. "그 애가 여기로 와서 섹스를 했어요. 가끔 돈도 쥐여줬죠. 갠 다른 사람들도 만났으니까 특별한 건 아니었어요."

"그래서 질투가 났습니까?"

"질투?" 이사벨레는 고개를 저었다. "섹스 때문에 질투한 적은 없어요. 나도 다른 사람들을 만났으니까. 얼마 후 특별한 사람도 만났고. 그래서 구스토랑 끝냈어요. 걔가 이미 저랑 끝낸 건지도 모르지만. 더는 용돈이 필요하지 않아 보였어요. 그래도 다시 연락이 오긴 했어요. 귀찮게 굴기도 했고. 경제적으로 문제가 있는 것 같던데. 마약 문제도 있고."

"구스토는 어떤 아이였습니까?"

"이기적이고 미덥지 않고 매력적이었죠. 자신만만한 나쁜 남자."

"그 친구가 뭘 원했습니까?"

"내가 무슨 심리학자로 보여요, 해리?"

"아뇨."

"그래요. 난 사람들한테 별로 관심이 없어요."

"그런가요?"

이사벨레 스퀘엔은 고개를 저었다. 먼 곳을 보았다. 눈이 반짝였다.

"구스토는 외로웠어요." 그녀가 말했다.

"어떻게 아시죠?"

"나도 외로운 게 뭔지 아니까, 됐나요? 자기혐오로 가득 찬 아이였어요."

"자신만만하면서 자기혐오가 심하다?"

"그건 모순이 아니에요. 자기가 뭘 성취할 수 있는지 안다고 해서 자기 자신을 남들에게 사랑받을 만한 존재로 여기는 건 아니니까."

"왜 그렇게 됩니까?"

"말했잖아요, 난 심리학자가 아니라고."

"그래요, 그렇군요."

해리는 기다렸다.

그녀는 목청을 가다듬었다.

"부모가 그 애를 버렸어요. 그게 남자아이한테 어떤 영향을 줄 것 같아요? 온갖 몸짓과 굳은 얼굴 뒤에는 스스로를 가치 있는 존재로 보지 않는 사람이 숨어 있어요. 자기를 버린 사람들만큼 무가치한 존재. 단순한 논리 아닌가요, 경찰 행세하는 나리?"

해리는 그녀를 보았다. 고개를 끄덕였다. 그의 시선에 그녀가 불편해진 것 같았다. 하지만 그는 입술까지 올라온, 그녀도 잘 아는 질문을 삼켰다. 그녀의 사연은 뭘까? 그녀의 얼굴 속에서 그녀는 얼마나 외롭고 얼마나 자기를 혐오할까?

"올레그는요? 그 앨 만났습니까?"

"살인으로 체포된 친구요? 아뇨. 구스토가 올레그 얘기를 두어 번 해주긴 했죠. 제일 친한 친구라고. 아마 유일한 친구였을 거예요."

"이레네는요?"

"걔 얘기도 했어요. 여동생 같은 애라고."

"여동생이었어요."

"친동생은 아니죠, 해리. 그건 절대 같은 게 아니에요."

"그런가요?"

"사람들은 순진하게 이타적인 사랑이 있다고 믿어요. 하지만 자기와 가장 가까운 유전자를 물려주는 게 무엇보다 중요해요. 말을 키우면서 매일 보니까 알아요. 내 말 믿어요. 사람들은 말과 같아요. 우리도 무리지어 사는 동물이에요. 아버지는 생물학적 아들을 보호하고, 오빠는 생물학적 여동생을 보호하죠. 갈등 상황에서는 본능적으로 자기와 가장 많이 닮은 사람 편을 들게 돼 있어요. 밀림에서 어느 모퉁이를 돌자 별안간 당신과 같은 차림의 백인 남자가 몸에 화장을 한 반라의 흑인 남자와 붙어 싸우고 있다고 해봐요. 둘 다 칼을 들고 죽일 듯이 싸워요. 당신에겐 총이 있어요. 어떻게 하실래요? 백인을 죽이고 흑인을 살리실 건가요? 아니잖아요."

"음. 그럼 증거가 뭡니까?"

"우리가 신의를 지킬 대상이 생물학적으로 결정된다는 게 증거죠. 중심에서 퍼져가는 원이에요. 그 중심에는 우리 자신과 우리의 유전자가 있고."

"그럼 유전자를 보호하려고 그 원들 중 하나를 쏘시겠습니까?"

"두 번 생각할 것도 없어요."

"안전하게 가고자 둘 다 쏘는 건요?"

그녀는 해리를 보았다. "무슨 뜻이에요?"

"구스토가 죽던 날 밤에 뭘 하고 있었습니까?"

"뭘 하다니요?" 그녀가 햇빛에 한쪽 눈을 가늘게 뜨고 그를 보았다. "제가 구스토를 죽였다고 의심하는 거예요, 해리? 그다음엔…… 올레그를?"

"그냥 질문에나 답하세요."

"어디 있었는지 생각나요. 신문에서 살인사건 기사를 보다가 생각이 났거든요. 마약단속반 분들이랑 회의하고 있었어요. 그분들이라면 확실한 증인이 되겠죠. 이름도 알려드려요?"

해리는 고개를 저었다.

"또 뭐요?"

"음, 그 두바이란 자. 그자에 관해 아시는 거 있습니까?"

"두바이, 흠. 남들이 아는 만큼만. 소문만 무성하지, 경찰에서도 알아낸 게 없어요. 그런 거 있잖아요. 신용사기의 배후에 있는 프로들은 잘도 빠져나가듯이." 해리는 이사벨레의 동공 크기와 얼굴색의 변화를 주시했다. 거짓말하는 거라면 아주 잘하는 거였다.

"당신이 거리에서 마약상을 깨끗이 청소하면서 두바이랑 소규모 조직 단 두 곳만 빼놨기에 묻는 겁니다."

"난 아니에요, 해리. 난 그저 사회복지위원회의 명령과 정책을 따르는 비서일 뿐이에요. 그리고 거리 청소라는 그 사업도 엄밀히 말하면 경찰에서 하는 일이에요."

"음. 노르웨이는 작은 동화의 나라예요. 전 지난 몇 년간 현실 세계에서 살았습니다, 스퀘엔 씨. 현실 세계는 두 부류가 이끌어갑니다. 권력을 원하는 자와 돈을 원하는 자. 첫 번째 부류는 지위를 탐하고, 두 번째 부류는 쾌락을 추구해요. 양쪽이 협상해서 서로에게서 원하는 것을 얻어낼 때 쓰는 통화를 부패라고 하고요."

"전 할 일이 있어요, 홀레 씨. 이 얘기를 어디까지 끌어가고 싶으세요?"

"남들은 용기나 상상력이 부족해서 더 나가지 못하는 데까지요. 한 도시에 오래 살다보면 모자이크에서 자기에게 익숙한 부분만 보게 됩니다. 하지만 밖에 나갔다가 와보면 세세한 부분은 잘 모른 채 큰 그림만 보게 되죠. 그렇게 보면 오슬로는 현재 두 집단에 우호적이에요. 시장을 독점한 마약상과 시장을 청소한 공적을 인정받은 경찰."

"지금 제가 부패했다는 얘긴가요?"

"그게 그렇게 되나요?"

해리는 그녀의 눈에서 번득이는 분노를 읽었다. 의심의 여지없이 순전한 분노. 다만 정당한 분노인지 덫에 걸려 억울한 마음에 일어난 분노인지는 잘 구분이 안 갔다. 그러다 갑자기 그녀가 웃음을 터트렸다. 까르르, 놀랍게도 소녀 같은 웃음소리였다.

"당신 맘에 들어, 해리." 이사벨레가 일어서며 말했다. "난 남자를 잘 아는데, 결정적 순간에는 다들 겁쟁이가 되거든. 그런데 당신은 다른 거 같아."

"음." 해리가 말했다. "적어도 제 말 뜻을 알아듣는군요."

"현실이 그런 걸요."

고개를 돌리자 말들을 매어둔 쪽으로 걸어가는 이사벨레 스쾌엔의 튼실한 기둥 같은 허벅지가 눈에 들어왔다.

그도 뒤따라갔다. 등자에 발을 올려 발데르에 올라탔다. 고개를 들자 이사벨레와 눈이 마주쳤다. 깎은 듯 잘생기고 단호한 얼굴 한가운데에 언뜻 도발적인 미소가 떠올랐다. 그녀는 키스하듯 입술을 내밀어 음탕하게 쪽 소리를 내고는 뒤축으로 메두사의 옆구리를 찼다. 그녀의 등이 출렁이며 덩치 큰 말이 앞으로 내달렸다.

발데르가 예고도 없이 뒤따라 달렸지만 해리도 단단히 붙잡았다. 이사벨레가 다시 앞장서서 달려가고 메두사의 발굽에서 진흙 덩이가 쏟아졌다. 메두사가 속도를 높였고, 이사벨레의 질끈 묶은 포니테일 머리가 위로 곧게 선 채로 모퉁이를 돌아 사라졌다. 해리는 할아버지가 가르쳐준 대로 고삐를 더 올려 잡으면서도 팽팽히 당기지는 않았다. 길이 좁아 나뭇가지가 회초리질을 해댔지만 해리는 안장에서 낮게 웅크리고 무릎으로 말을 단단히 눌렀다. 어차피 말을 세울 수도 없으니 발을 계속 등자에 올리고 머리를 아래로 내리는 데에만 온 정신을 집중했다. 시야 가장자리로 나무들이 쏜살같이 지나가며 노란색과 붉은색의 줄무늬가 생겼다. 저절로 안장에서 엉덩이를 떼고 무릎과 등자에 체중을 실었다. 밑에서 근육이 파도처럼 오르내렸다. 보아뱀을 타고 앉은 느낌이었다. 이제 그들은 어떤 리듬 속으로 빨려 들어갔고, 말발굽이 대지를 박차는 우렛소리가 이어졌다. 공포가 강박과 싸웠다. 곧게 뻗은 길에서 50미터 앞에 메두사와 이사벨레가 보였다. 그러다 순간 그 모습이 정지화면처럼, 마치 그들이 멈춘 것처럼, 말과 말을 탄 사람이 땅 위로 붕 떠오른 것처럼 보였다. 이어서 메두사는 다시 뛰기 시작했다. 1초뒤 해리는 알았다.

아주 중요한 1초였다.

경찰대학에 다니던 시절에 인간의 뇌는 재앙을 만나면 방대한 정보를 단 몇 초 내로 처리하려 한다고 밝힌 학술지 글을 읽은 적이 있었다. 어떤 경찰관은 마비된 느낌에 사로잡히고, 또 누군가는 시간이 느려지고 삶이 앞에서 흘러가는 느낌이 들어서 엄청나게 많은 상황을 관찰하고 평가하려 한다고 했다. 시속 70킬로미터 가까운 속도로 20미터를 달려온 데다 메두사가 방금 뛰어넘은 깊은 골까지는 30미터의 거리와 90초밖에 남지 않은 상황.

폭이 얼마나 되는지 보는 것은 불가능한 상황.

메두사는 훈련이 잘돼 있고 마장마술에 능한 다 자란 말인 데다 경험 많은 기수가 몰고 있지만, 발데르는 어리고 몸집도 작고 등에 90킬로그램 가까이 나가는 초짜를 태운 상황.

발데르는 무리 짐승이고 이사벨레 스퀘옌도 물론 그 점을 잘 아는 상황.

멈추기엔 너무 늦은 상황.

해리는 고삐를 느슨하게 풀어 쥐고 발데르의 옆구리에 뒤축을 깊이 찔렀다. 막판에 속도가 빨라진 것 같았다. 다음 순간 모든 것이 정지했다. 지축을 울리던 소리도 끊겼다. 그들은 붕 떠 있었다. 저 아래로 나무 꼭대기와 개천이 보였다. 이어서 몸이 앞으로 쏠리고 그의 머리가 말의 목에 박혔다. 그들은 추락했다.

23

아버지, 아버지도 도둑이었죠? 난 늘 백만장자가 될 줄 알았거든요. 내 신조는 훔칠 가치가 있을 때만 훔치는 거라서 참을성 있게 기다리고 또 기다렸어요. 어찌나 오래 기다렸는지 마침내 기회가 찾아왔을 때 난 그걸 누릴 자격이 되고도 남는다는 생각이 들었어요.

단순하면서도 기발한 계획이었어요. 오딘의 오토바이족이 맥도날드에서 영감하고 만나는 동안 올레그와 난 알나브루에서 놈들의 헤로인 창고를 조금 털기로 한 거예요. 일단 오딘이 어깨들을 다 이끌고 가서 클럽회관에는 아무도 없을 터였어요. 다음으로 오딘은 맥도날드에서 체포될 예정이라 창고가 털린 줄도 모를 거고요. 증인석의 깡패들이 경찰의 급습으로 압수된 헤로인의 양이 줄어든 걸 알면 오히려 올레그와 나한테 고마워하겠죠. 걸리는 건 경찰과 영감이었어요. 경찰이 누가 먼저 마약을 턴 걸 알아내고, 영감 귀에 그 사실이 들어가면 우리는 끝장이었어요. 그런데 문제는 영감이 내게 가르쳐준 수대로 저절로 풀렸어요. 캐슬링, 전략적 동맹. 나는 당장 망레루드의 아파트로 갔어요. 이번엔 트롤스 베른트센이 집에 있더군요.

내가 계획을 설명하는 동안 트롤스가 미심쩍은 눈으로 봤지만 걱정되진 않았어요. 그자의 눈에서 그걸 봤거든요. 탐욕. 그자는 보상을 쫓으면서 돈으로

287

절망과 외로움과 비통을 다스릴 약을 살 수 있다고 믿는 부류였어요. 정의라는 게 존재할 뿐 아니라 일종의 소비재라고 믿는 사람. 난 우리가 남긴 단서를 덮어주고 경찰이 발견한 걸 태우려면 그의 전문성이 필요하다고 설명했어요. 필요하다면 의심의 화살을 남들에게 돌려도 된다고 했고요. 그곳에 숨겨진 20킬로그램 중 5킬로그램을 몰래 빼낼 계획이라고 말했더니 그자가 눈빛을 반짝이더군요. 나와 그자가 2킬로그램씩 갖고, 올레그가 1킬로그램을 가져간다고 말했죠. 나는 그자가 속으로 주판알 튕기는 걸 지켜봤어요. 120만 곱하기 2, 그의 몫으로 240만.

"그럼 올레그란 애 말고 또 누구한테 말한 건 아니지?" 그자가 묻더군요.

"맹세해요."

"너 무기를 가져본 적 있냐?"

"우리 둘이서 오데사 하나요."

"뭐?"

"슈테츠킨의 H&M 버전."

"좋아. 침입한 흔적만 없다면 경찰도 몇 킬로그램인지 따질 것 같지는 않아. 그래도 오딘이 널 쫓을까 봐 겁날 테지?"

"아뇨. 오딘 따윈 좆도 아니에요. 우리 보스가 무섭지. 왠지 모르게 우리 영감이야말로 놈들이 거기다 헤로인을 얼마나 쟁여놨는지 그램 단위까지 꿰고 있을 거 같거든요."

"반을 줘. 너랑 보리스가 나머지를 나누고."

"올레그라니까."

"내 기억력이 나빠서 다행인 줄이나 알아. 어느 쪽으로든 유용하거든. 반나절이면 널 찾아내고, 널 끝장내는 건 일도 아니야." 그는 끝장낼 거란 말에서 '끝'을 힘주어 말했어요.

강도가 든 걸로 위장할 방법을 생각해낸 사람은 올레그였어요. 어찌나 단순

288

하고 당연한 방법이던지, 왜 진즉 그 생각을 못했나 싶을 정도였어요.

"빼낸 만큼 감자가루를 채우면 돼. 경찰은 몇 킬로그램 압수했는지 보고하지, 순도가 얼마나 되는지 보고하지는 않을 거야, 안 그래?"

아까 말한 대로 기발하고도 단순한 계획이었어요.

그날 밤 오딘과 영감이 맥도날드에서 생일파티를 열어 드람멘과 릴레스트룀의 바이올린 가격을 협상하는 동안 베른트센과 올레그와 나는 알나브루의 오토바이족 클럽회관의 담장 밖 어둠 속에 서 있었어요. 베른트센이 총지휘를 맡고, 우린 나일론 스타킹과 검은 재킷과 장갑을 착용했어요. 배낭에는 총과 드릴, 스크루드라이버, 쇠막대, 감자가루가 든 비닐봉지 6킬로그램이 들어 있었어요. 올레그랑 내가 이미 로스 로보스가 감시카메라를 어디어디 달았는지 설명했지만 어차피 우린 담장을 넘고 건물의 왼쪽 벽까지 달리는 내내 사각지대에만 있었어요. E6 도로에 교통량이 많아 소음을 다 삼킬 테니 소리는 신경쓰지 않아도 됐거든요. 그래서 베른트센이 드릴로 벽을 뚫는 동안 올레그가 망을 보고 내가 스테인의 GTA 게임 사운드트랙으로 나오던 'Been Caught Stealing'을 흥얼거렸더니 올레그가 그 노래는 제인스 어딕션이라는 밴드의 곡이라고 하더군요. 근사한 이름이라서, 사실 노래보다 밴드 이름이 더 근사해서 기억이 나요. 올레그랑 나한텐 익숙한 장소고, 또 건물 구조가 단순했어요. 다만 창문마다 빈틈없이 나무 덧문이 닫혀 있어서 우선 조그만 구멍을 내서 안에 아무도 없는지 확인한 뒤에 들어가기로 했어요. 베른트센이 그러자고 우기면서 오딘이 시가 2천 5백만 어치의 헤로인 20킬로그램을 지키는 사람 하나 남기지 않고 그냥 갔을 리가 없다고 하더군요. 오딘을 더 잘 아는 건 우리였지만 그냥 굽히고 들어갔죠. 안전이 최우선이었으니까요.

"됐다." 베른트센이 으르렁거리는 소리를 내며 꺼져가는 드릴을 들고 말했어요.

내가 구멍에 눈을 댔어요. 보이기는 개뿔. 불이 꺼졌든가, 아님 엉뚱한 데다 구멍을 뚫은 거였죠. 내가 드릴을 닦고 있는 베른트센을 돌아봤어요. "무슨 놈의 단열재가 이따위야?" 그가 손가락을 들었어요. 달걀노른자 같은 거랑 무슨 털 같은 게 붙어 있었어요.

우리는 2미터쯤 걸어가서 새로 구멍을 뚫었어요. 그 구멍으로 들여다보니 오래된 클럽회관이 보였어요. 늘 보던 낡은 가죽의자, 늘 보던 바, 늘 보던 '올해의 플레이메이트' 카렌 맥두걸* 사진이 주문 제작 오토바이 몇 대가 늘어선 너머로 보였어요. 그놈들을 더 흥분시키는 게 뭔지는 나로서는 도무지 모르겠더라고요. 여자인지 오토바이인지.

"아무도 없어." 내가 말했어요.

뒷문에 경첩과 자물쇠가 몇 개 달려 있었어요.

"자물쇠가 하나라며!" 베른트센이 투덜댔어요.

"그랬는데. 오딘이 의심병이 도졌나 봐요." 내가 대꾸했어요.

원래는 드릴로 자물쇠를 풀고 들어갔다가 나올 때 다시 제자리에 박아서 침입한 흔적을 남기지 않을 계획이었어요. 아직 못할 건 없지만 우리가 계산한 시간 안에는 불가능했어요. 우리는 작업에 착수했어요.

20분쯤 지나 올레그가 손목시계를 보고는 서둘러야 한다고 말했어요. 우리는 정확히 언제 불시 단속이 시작되는지는 모르고 그저 오딘 일당이 체포된 이후라는 것만 알았어요. 오딘이 영감이 나오지 않으리란 걸 눈치 채고 거기 더 얼쩡대면 안 되겠다고 판단하자마자 체포해야 한다는 것도 알았고.

우린 문을 따는 데 반시간쯤 썼고, 계획한 시간보다 세 배는 더 걸렸어요. 우리는 총을 꺼내고 얼굴에 스타킹을 뒤집어썼어요. 베른트센이 앞장서서 안으로 들어갔어요. 안으로 채 들어서기도 전에 베른트센이 한쪽 무릎을 꿇고 염병할 특별기동대처럼 양손을 앞으로 내밀고 총을 앞에 들더군요.

* 미국의 모델 겸 배우. 〈플레이보이〉의 플레이메이트.

서쪽 벽의 의자에 남자가 앉아 있었어요. 오딘이 투투를 경비견으로 남겨둔 거였죠. 투투는 무릎 위에 총신이 짧은 엽총을 놓고 있었어요. 다만 눈을 감고 아가리를 벌리고 머리를 벽에 기대고 있었어요. 투투가 코도 더듬거리며 곤다는 소문이 있었지만 그때는 그냥 아기처럼 단잠에 빠져 있었어요.

베른트센이 일어서서 총을 앞으로 든 채로 투투 쪽으로 살금살금 다가갔어요. 올레그와 나도 까치발로 뒤따라 들어갔어요.

"구멍이 하나밖에 없어." 올레그가 나한테 속삭였어요.

"뭐?" 나도 속삭였어요.

그러다 깨달았어요.

두 번째로 뚫은 구멍이 보였어요. 그제야 첫 번째 구멍이 어디에 있는지 알았죠.

"좆됐다." 내가 속삭였어요. 더는 속삭일 이유가 없는 걸 알면서도.

베른트센이 투투에게 다가갔어요. 투투를 쿡 찔렀어요. 투투가 옆으로 넘어가며 의자에서 굴러 떨어졌어요. 얼굴이 콘크리트 바닥에 처박혀 엎드린 상태라 뒤통수에 난 둥그런 구멍이 보였어요.

"드릴이 제대로 뚫었군그래." 베른트센이 말했어요. 그러면서 손가락으로 벽에 난 구멍을 찌르더군요.

"씨발." 내가 올레그에게 속삭였어요. "이런 일이 생길 가능성이 얼마나 될까?"

올레그는 대꾸하지 않았어요. 토해야 할지 울어야 할지 모르겠다는 얼굴로 시체를 바라보고 있었어요.

"구스토." 올레그가 드디어 입을 열었어요. "우리 무슨 짓을 한 거지?"

왜 그랬는지 모르게 웃음이 터졌어요. 도저히 참을 수가 없었어요. 심한 주걱턱의 경찰이 멋들어지게 엉덩이를 휙 돌리는 모습, 스타킹으로 뭉개진 올레그의 절망에 빠진 얼굴, 어쨌든 뇌는 있었던 걸로 판명된 투투가 입을 벌린 모습. 나는 울부짖다시피 웃어댔어요. 그러다 귀싸대기를 얻어맞아 눈앞에 불꽃이 튀었어요.

"어서 움직여. 또 얻어터지고 싶지 않으면." 베른트센이 손바닥을 비비며 말했어요.

"고마워요." 진심에서 나온 말이었어요. "물건을 찾자."

"우선 여기 이 공룡부터 어떻게 할지 생각해야 돼." 베른트센이 말했어요.

"어차피 늦었어요." 내가 말했어요. "이젠 놈들이 누군가 침입한 걸 알 거예요."

"투투를 차에 태우고 자물쇠를 원래대로 다시 달면 모를 거야." 올레그가 고음으로 울먹거리며 말했어요. "물건이 조금 사라진 걸 알면 투투가 훔쳐서 달아난 걸로 생각할 거고."

베른트센은 올레그를 보고 고개를 끄덕였어요. "네 짝꿍 똑똑한데, 구스토. 해보자고."

"물건부터." 내가 우겼어요.

"공룡 먼저." 베른트센이 우겼어요.

"물건." 내가 다시 우겼어요.

"공룡."

"오늘 밤 난 백만장자가 될 거야, 이 펠리컨 아저씨야."

베른트센이 손을 들었어요. "공룡."

"닥쳐!" 올레그가 끼어들었어요. 우리 둘 다 올레그를 돌아보았어요.

"논리는 단순해. 경찰이 들이닥치기 전에 투투를 트렁크에 집어넣지 않으면 물건도 잃고 자유도 잃어. 투투를 트렁크에 넣고 물건을 넣지 않으면 돈만 잃고."

베른트센이 날 돌아보더군요. "보리스는 내 편인 거 같은데, 구스토. 2대 1이야."

"좋아요." 내가 말했어요. "둘이 시체를 옮겨요. 내가 물건을 찾을 테니."

"틀렸어." 베른트센이 말했어요. "우리가 시체를 옮기고 넌 뒤따라오면서 더러운 오물이나 깨끗이 닦아." 베른트센이 바 옆의 벽에 붙은 싱크대를 가리켰어요.

내가 양동이에 물을 채우는 동안 올레그와 베른트센이 투투의 다리를 하나씩 잡고 문 쪽으로 끌고 가면서 가느다란 핏줄기를 남겼어요. 난 카렌 맥두걸의 도발적인 시선 아래 벽에 떡칠이 된 뇌와 피를 북북 문지르고 바닥을 닦았어요. 다 닦고 물건을 찾으려고 할 때 E6 도로 쪽으로 난 문에서 소리가 들렸어요. 난 그 소리를 다른 데서 나는 소리라고 믿고 싶었어요. 점점 커지는 소리는 그냥 내 상상력이 만들어낸 허구일 수 있다고요. 경찰 사이렌.

나는 바와 사무실과 화장실을 둘러봤어요. 건물 구조가 단순해서 다른 층도 없고 지하실도 없고 헤로인 20킬로그램을 숨길 공간이 그리 많지는 않았어요. 그러다 공구함에 눈이 갔어요. 맹꽁이자물쇠. 전에는 못 보던 거였죠.

올레그가 문 앞에서 뭐라고 소리쳤어요.

"쇠막대 줘!" 내가 소리쳤어요.

"당장 나가야 돼! 사람들이 저 아래까지 왔어!"

"쇠막대!"

"당장, 구스토!"

틀림없이 그 안에 들어 있었어요. 2천 5백만 크로네가 바로 내 앞에, 허술한 나무상자에 들어 있었어요. 나는 자물쇠를 발로 차기 시작했어요.

"쏜다, 구스토!"

돌아보니 올레그였어요. 녀석이 좆같은 오데사를 나한테 겨누고 있었어요. 10미터도 더 떨어져 있어서 나를 맞출 수 있을 것 같진 않았지만 올레그가 내게 총을 겨눌 거라곤 상상도 못했어요.

"너 잡히면 우리도 잡혀 들어가!" 올레그가 울먹거리며 소리를 질렀어요.

"진정해!"

나는 자물쇠를 다시 발로 찼어요. 사이렌이 점점 커졌어요. 사이렌은 언제나 실제보다 더 가깝게 들리잖아요.

내 머리 위 벽에서 채찍을 휘갈긴 것처럼 쩍 하고 갈라지는 소리가 들렸어요. 문을 돌아보다 피가 싸늘하게 식는 느낌이 들었어요. 베른트센. 그자가 연기가 나는 경찰 총을 들고 서 있었거든요.

"다음엔 제대로 맞힌다." 그자가 차분하게 말했어요.

나는 공구함을 마지막으로 한 번 찼어요. 그리고 뛰었어요.

가까스로 담장을 타고 넘어 스타킹을 벗자마자 바로 앞에 경찰차 헤드라이트가 보였어요. 우리는 아무 일 없다는 듯 그쪽으로 걸었어요.

경찰차가 우리를 지나쳐 클럽회관 앞에서 돌아 들어갔어요.

우리는 언덕으로 베른트센이 차를 세운 곳까지 올라갔어요. 그 차를 타고 출발했어요. 클럽회관을 지나면서 나는 뒷자리의 올레그를 돌아보았어요. 꽉 끼는 스타킹을 썼다 벗어서 벌겋게 달아오른 눈물 젖은 올레그의 얼굴을 푸른 불빛이 쓸고 지나갔어요. 올레그는 맥이 풀린 표정으로 다 죽어가는 사람처럼 어둠을 응시했어요.

베른트센이 신센의 한 버스정류장에 차를 세울 때까지 아무도 입을 열지 않았어요.

"네놈이 다 망쳤어, 구스토." 그자가 그러더군요.

"자물쇠가 여러 개 있는지 몰랐지." 내가 말했어요.

"그런 게 준비지." 베른트센이 말했어요. "사전답사 말이야. 들어본 적 없냐? 우리가 자물쇠에 나사가 풀린 채 열려 있는 문을 발견할 거야."

그 '우리'란 경찰을 말하는 거였어요. 영리한 새끼.

"내가 자물쇠랑 경첩을 챙겨왔어." 올레그가 훌쩍거리며 말했어요. "투투가 사이렌을 듣고 죽어라 도망치느라 다시 잠글 새 없이 떠난 걸로 보일 거야. 스크루드라이버 구멍은 작년에 언제든 누가 몰래 들어가려다 생긴 걸로 볼 수도 있잖아?"

베른트센이 백미러로 올레그를 보았어요. "야, 친구한테 좀 배워라, 구스토. 아니, 됐다. 오슬로에 똑똑한 도둑이 더 필요하진 않으니까."

"맞아요." 내가 말했어요. "한데 뒤에 시체를 실은 차를 버스정류장 앞에 이 중으로 친 노란선에 대는 것도 썩 똑똑한 짓은 아닌 것 같은데요."

"맞아." 베른트센이 말했어요. "너희는 가."

"시체는……."

"공룡은 내가 처리해."

"어디에……."

"네 알 바 아냐, 꺼져!"

우리는 차에서 내려서 베른트센의 사브가 떠나는 걸 보았어요.

"이제부터 저 자식한테서 떨어져야 돼." 내가 말했어요.

"왜?"

"저 새끼는 사람을 죽였어, 올레그. 증거를 없애야 한다고. 일단은 시체를 숨길 장소부터 찾겠지. 그다음에는……."

"목격자를 없애겠지."

나는 고개를 끄덕였어요. 기분이 존나 울적했어요. 긍정적인 생각을 해보 려고 했어요. "저 자식, 투투를 숨길 만한 아주 그럴듯한 델 아는 것 같지 않 니?"

"그 돈은 이레네랑 베르겐으로 가서 같이 사는 데 쓰려고 했어." 올레그가 말했어요.

나는 올레그를 보았어요.

"거기 대학에서 법을 공부할 곳을 알아봤어. 이레네는 스테인이랑 트론헤 임에 있어. 거기 찾아가서 이레네한테 같이 가자고 설득할 생각이었어."

우리는 버스를 잡아타고 시내로 들어갔어요. 올레그의 텅 빈 눈빛을 더는 견딜 수가 없었어요. 빈 눈에 뭔가를 채워야 했어요.

"가자." 내가 말했어요.

연습실에서 올레그에게 줄 약을 준비하면서 올레그가 보내는 초조한 눈빛을 봤어요. 자기가 대신 하는 게 낫다는 눈빛, 내가 서툴다고 생각하는 눈빛. 올레그가 소매를 걷자 나는 왜 그런 눈빛이었는지 알았어요. 팔뚝이 온통 주삿바늘 자국으로 뒤덮여 있었거든요.

"이레네가 돌아올 때까지만." 올레그가 말했어요.

"너도 약 숨겨둔 거 있냐?" 내가 물었어요.

올레그는 고개를 저었어요. "도둑맞았어."

올레그에게 약을 숨길 장소와 방법을 가르쳐준 건 바로 그날 밤이었어요.

트룰스 베른트센이 다층 주차장에서 기다린 지 한 시간 넘게 지나서야 차 한 대가 바크 앤드 시몬센 변호사사무실 전용 주차장 표시가 붙어 있는 빈자리로 들어왔다. 트룰스는 여기가 최적의 장소라고 판단했다. 한 시간쯤 기다리는 사이 이쪽으로 들어온 차는 두 대밖에 없었고, 주변에 감시 카메라도 없었다. 트룰스는 차량 번호판이 오토시스AUTOSYS에서 본 것과 동일한지 확인했다. 한스 크리스티안 시몬센은 낮잠을 길게 잔 모양이었다. 아니면 자다 온 게 아니라 여자랑 같이 있었는지도 모른다. 금발 앞머리를 소년처럼 내린 남자가 차에서 내렸다. 어릴 때 오슬로 서쪽에서 본 꺼벙한 부류였다.

트룰스 베른트센은 선글라스를 쓰고 코트 주머니에 손을 넣어 오스트리아제 반자동식 슈타이어의 손잡이를 꽉 잡았다. 경찰 리볼버는 두고 왔다. 변호사에게 불필요한 단서를 남기지 않기 위해서였다. 그는 시몬센이 아직 차량 사이에 서 있을 때 급히 다가가 앞을 가로막았다. 위협은 빠르고 강할수록 잘 먹히는 법이었다. 상대가 죽을 수 있다는 것 외에 다른 걸 생각할 틈을 주지 않으면 당장 원하는 것을 얻어낼 수 있다.

혈관 속에 거품을 일으키는 분말이 들어 있는 느낌이었다. 부글거리는 소리와 함께 귀와 사타구니와 목구멍이 쿵쾅거렸다. 어떤 상황이 펼쳐질지 그려보았다. 시몬센은 얼굴에 총이 너무 가까이 닿아서 총열밖에 기억하지 못할 것이다. "올레그 페우케는 어딨지? 대답해. 어서 정확히 불어. 안 그럼 당장 널 죽인다." 대답. 그다음, "누구한테 경고하거나 지금 이 대화가 오간 사실을 발설하면 우리가 다시 와서 널 죽인다. 알아들어?" 네. 혹은 멍하니 고개를 끄덕인다. 어쩌면 오줌을 지릴지도. 트룰스는 그 생각에 미소를 지었다. 걸음이 빨라졌다. 쿵쾅거리는 느낌이 배 속으로 내려갔다.

"시몬센!"

변호사가 고개를 들었다. 얼굴이 환해졌다. "아, 안녕하세요! 베른트센 씨. 트룰스 베른트센 씨, 맞죠?"

코트 주머니 속의 오른손이 얼어붙었다. 시몬센이 환하게 웃어주는 걸 보니 베른트센이 아주 풀이 죽은 표정이었던 모양이다. "제가 사람 얼굴을 잘 기억하거든요, 베른트센 씨. 그쪽이랑 그쪽 상관이신 미카엘 벨만이 하이데르 박물관에서 횡령 사건을 수사했잖아요. 그때 제가 변호인단이었어요. 속상하지만 그쪽이 승소했고요."

시몬센이 다시 웃었다. 쾌활하고 순진한 오슬로 서쪽의 웃음. 모두 잘되기를 바라는 사람들에 둘러싸이고 또 그럴 수 있는 만큼 부유한 동네에서 어린 시절을 보낸 사람들 특유의 웃음. 트룰스는 세상의 모든 시몬센을 증오했다.

"제가 뭐 도와드릴 일이라도 있습니까, 베른트센 씨?"

"전……." 트룰스 베른트센은 둘러댈 말을 찾아 더듬댔다. 어차 피 그런 데 능한 편이 아니라 직접 부딪히기로 했다. 그런데 무엇 과? 말로는 도저히 따라잡을 수 없게 빠른 사람들과? 그날 알나브 루에서는 나쁘지 않았다. 그때는 어린애 둘이고 그가 지휘자였으 니까. 그런데 시몬센은 슈트 차림에 배운 사람이고, 말하는 방식도 다르고 우월했다. 그는…… 아, 쌍!

"그냥 인사나 드리려고요."

"인사요?" 시몬센의 억양과 얼굴에 물음표가 떠올랐다.

"인사요." 베른트센은 억지로 미소를 짜냈다. "그 사건은 유감입 니다. 다음엔 저희를 이기십시오."

그리고 출구 쪽으로 걸음을 재촉했다. 시몬센의 시선이 등에 꽂힌 느낌이 들었다. 진창을 파고 똥을 먹는 느낌. 일을 제대로 망쳤다.

'변호사한테 접근했다가 잘 안 먹히면 아디다스라고 불리는 크 리스 레디라는 자가 있어.'

스피드 마약상. 트룰스는 그자를 체포하면서 주먹을 쓸 핑계가 생기기를 바랐다.

해리는 빛을 향해, 수면을 향해 헤엄쳤다. 빛이 점점 더 강해졌 다. 드디어 밖으로 나왔다. 눈을 떴다. 그리고 똑바로 하늘을 보았 다. 그는 물 위에 누워 있었다. 시야에 뭔가 들어왔다. 말 머리. 그 리고 또 다른 말 머리.

그는 손차양을 눈에 댔다. 누군가 말을 타고 있었지만 햇빛에 눈 이 부셨다.

멀리서 목소리가 들렸다.

"말 타본 적 있다면서요, 해리."

해리는 신음하며 겨우 일어서면서 정확히 어떻게 된 상황인지 떠올려보았다. 발데르가 붕 떠서 깊은 골을 뛰어넘어 앞다리로 땅을 디뎠고, 해리는 앞으로 쏠려서 발데르의 목에 부딪히고 등자에서 발이 떨어지고 한쪽 옆으로 미끄러지면서 고삐를 꽉 움켜잡았다. 발데르를 끌어당기려다 반 톤 무게의 말에 깔리지 않으려고 발로 걷어찼던 기억이 어렴풋이 났다.

"할아버지의 말은 협곡을 뛰어넘진 않았거든요." 해리가 말했다.

"협곡요?" 이사벨레 스퀘엔이 웃으면서 발데르의 고삐를 넘겼다. "기껏해야 5미터쯤 되는 작은 틈이에요. 말 없이도 뛰어넘을 수 있는 거리. 겁이 많은 분인 줄은 몰랐네요, 해리. 일단 농장으로 돌아갈까요?"

"발데르." 해리가 발데르의 주둥이를 쓰다듬으면서 이사벨레 스퀘엔과 메두사가 탁 트인 들판으로 내달리는 걸 보았다. "너 천천히 걸을 줄은 모르냐?"

해리는 E6 도로의 한 주유소에 들어가 커피를 샀다. 차로 돌아와 백미러를 보았다. 이사벨레가 이마의 찰과상에 일회용 밴드를 붙여주면서 오페라하우스에서 하는 '돈 조반니' 초연에 같이 갈 기회('힐을 신고 내 턱 위까지 올라오는 데이트 상대를 만나는 게 불가능한 데다…… 신문에 나면 남 보기 민망해서……')를 주고 진하게 이별의 포옹을 해주었다. 해리는 휴대전화를 꺼내 메시지를 받았다.

"어디 갔었어요?" 베아테가 물었다.

"현장 수사를 좀 했어." 해리가 말했다.

"가르데르모엔의 범죄 현장에는 도움이 될 만한 게 별로 없었어요. 우리 쪽에서 현장을 샅샅이 뒤졌는데 아무것도 안 나왔어요. 알아낸 거라고는, 못은 특대형 16밀리미터 알루미늄 머리가 붙은 규격형 철제 모델이고, 벽돌은 오슬로에서 1800년대 말에 세워진 건물에서 나온 자재일 수도 있다는 정도예요."

"오?"

"모르타르에서 돼지 피랑 말 털도 나왔어요. 오슬로의 유명한 벽돌공이 이런 걸 섞어 넣었고, 시내 아파트 건물에 많이 있어요. 뭐든 섞어서 모르타르를 만들 수 있거든요."

"음."

"거기도 단서가 없어요."

"거기도?"

"당신이 말한 그 출입증 말이에요. 경찰청이 아니라 다른 데였던 거 같아요. 토르 슐츠가 기록을 남긴 흔적이 없거든요. 출입증에는 오슬로 지방경찰이라고만 찍혀 있고, 같은 출입증을 쓰는 경찰서가 몇 군데 있어요."

"알았어. 고마워."

해리는 주머니를 뒤져 찾으려던 걸 꺼냈다. 토르 슐츠의 출입증. 그리고 그의 것. 오슬로에 도착한 첫날 강력반으로 하겐을 만나러 가면서 받은 거였다. 그는 계기판 양옆에 하나씩 올려놓았다. 가만히 들여다보았다. 나름의 결론에 이르고 다시 주머니에 넣었다. 시동을 걸고 코로 숨을 들이쉬며 아직 말 냄새가 나는지 확인했다. 회엔할로 옛 라이벌을 만나러 가기로 했다.

24

5시쯤 빗방울이 떨어지기 시작했다. 해리가 6시에 대저택의 초인종을 누를 즈음 회옌할은 크리스마스의 밤처럼 어두웠다. 새로 지은 집이란 걸 드러내는 징표가 군데군데 눈에 띄었다. 차고 옆에 아직 건축 자재가 쌓여 있고, 계단 밑에는 페인트통과 단열재 포장지가 있었다.

해리는 화려한 장식의 유리창 너머로 움직이는 형체를 보고 목덜미의 머리털이 쭈뼛 서는 느낌을 받았다.

잠시 후 문이 거칠게 벌컥 열렸다. 누구도 겁내지 않는 사내다운 동작. 상대도 해리를 보자 뻣뻣이 굳었다.

"안녕하신가, 벨만." 해리가 말했다.

"해리 홀레. 음, 할 말은 해야겠군."

"무슨 할 말?"

벨만이 킬킬거렸다. "내 집 문 앞에서 널 봐서 놀랐다고. 나 사는 데는 어떻게 찾았나?"

"모두가 원숭이를 알지만 원숭이는 아무도 모르지. 웬만한 나라에서는 조직범죄 경찰조직의 수장한테 보디가드가 따라붙던데, 그

거 알았나? 내가 방해가 됐나?"

"아니." 벨만이 턱을 긁적이며 말했다. "널 내 집에 들일지 말지 모르겠어서."

"음." 해리가 말했다. "밖에 비가 와. 얌전히 들어갈게."

"넌 얌전한 게 뭔지 모르잖아." 벨만이 문을 당기며 말했다. "신발 닦아."

미카엘 벨만은 앞장서서 현관을 지나 상자들이 높이 쌓여 있고 아직 가전제품이 들어오지 않은 주방을 지나서 거실로 들어갔다. 오슬로 서쪽에서 본 저택만큼 화려하진 않아도 한 가족이 살기에 충분히 견고하고 널찍했다. 크베르네르 계곡과 오슬로 중앙역과 시내가 내려다보이는 전망이 환상적이었다. 해리가 제대로 알아보았다.

"대지 가격이 건물만큼 나가." 벨만이 말했다. "꼴이 엉망이라도 봐주게. 막 이사했거든. 집들이는 다음 주고."

"뭐 잊은 거 없나?" 해리가 젖은 재킷을 벗으면서 말했다.

벨만이 미소를 지었다. "술을 줄 수 있어. 뭘로—."

"술은 안 마셔." 해리가 미소를 지었다.

"아, 맞다." 벨만은 조금도 미안한 기색 없이 말했다. "사람들은 잘 잊잖아. 어디 의자가 있나 찾아봐. 난 커피포트랑 잔 두 개가 있는지 보지."

10분 뒤 그들은 테라스와 경관이 내다보이는 창가에 앉았다. 해리는 거두절미하고 본론으로 들어갔다. 미카엘 벨만은 눈에 불신의 빛을 역력히 드러내면서도 말을 자르지 않고 묵묵히 들었다. 해리가 말을 마치자 벨만이 요약했다.

"그러니까 토르 슐츠라는 조종사가 노르웨이에서 바이올린을 밀반출하려고 했다. 체포됐다가 경찰 신분증을 가진 버너가 바이올린을 전분으로 바꿔치기 해서 풀려났고, 석방된 뒤에 자기 집에서 처형당했다. 그를 고용한 누군가가 그가 경찰에 다녀온 걸 알고 다 불까 봐 겁나서."

"음."

"그리고 넌 그 조종사가 오슬로 지방경찰이 찍힌 출입증을 가지고 있었다는 걸 근거로 그가 경찰청에 다녀갔다고 주장하는 거고?"

"내가 하겐을 방문했을 때 받은 출입증이랑 비교해봤어. 'H'의 가운데 막대 양끝이 흐리게 인쇄됐더군. 분명 같은 프린터로 인쇄한 거야."

"슐츠의 출입증을 어떻게 입수했는지 묻진 않겠네. 그런데 정상적인 방문이 아니라고 어떻게 확신하지? 슐츠가 전분을 해명하고 싶었을 수도 있잖아. 우리에게 믿음을 사려고."

"그 사람 이름이 방문자 명단에서 빠졌어. 그의 방문 사실을 숨겨야 했던 거지."

미카엘 벨만은 한숨을 쉬었다. "항상 드는 생각인데 말이야, 해리. 우린 같이 일했어야 했어. 서로 대적할 게 아니라. 너도 크리포스가 마음에 들었을 텐데."

"무슨 소리야?"

"얘기하기 전에 부탁 하나 하지. 지금부터 내가 하는 말을 비밀로 지켜줘."

"그러지."

"이 사건 때문에 난 이미 곤란해졌어. 슐츠가 찾아온 사람은 나였거든. 네 말이 얼추 맞아. 그 사람이 날 찾아와 털어놓은 말 중에 내가 전부터 의심하던 게 있었어. 우리 중에 버너가 있다는 말. 경찰청에서 오륵크림 사건하고 밀접한 누군가. 슐츠한테는 일단 집에 가서 기다리면 상사하고 얘기해보겠다고 했어. 괜히 버너를 들쑤시지 않으려면 극비리에 움직여야 했거든. 다만 신중을 기하다 보면 행동이 느려지게 마련이지. 곧 은퇴할 청장하고 상의해봤지만 나더러 방법을 찾아보라고 떠넘기더군."

"왜지?"

"말했잖아, 은퇴할 거니까. 떠나는 마당에 부패 경찰 사건에 휘말리고 싶지 않다는 거지."

"그럼 자기가 떠날 때까지 묻어두려 했다는 거야?"

벨만은 커피 잔을 바라보았다. "내가 후임 청장이 될 가능성이 아주 높아, 해리."

"네가?"

"내가 지저분한 사건으로 일을 시작할 수 있겠다고 본 거 같아, 그 양반은. 문제는 내 행동이 느렸다는 거야. 일단 머리를 굴렸어. 당장 버너의 정체를 대라고 슐츠를 압박할 수도 있었어. 그런데 그랬다면 나머지는 전부 숨어버렸을걸? 슐츠한테 도청기를 달아서 우리가 쫓던 자들에게 가게 하면 어떨까 하고 생각했지. 혹시 알아? 지금 오슬로를 장악한 거물에게 우릴 데려다줄지도."

"두바이."

벨만이 고개를 끄덕였다. "문제는 경찰청에서 누굴 믿고 누굴 믿지 못하냐는 거였어. 내가 직접 경관 몇을 골라서 철저히 확인하던 참에 익명의 제보자로부터 새로운 소식이 들어온 거야……."

"토르 슐츠가 시신으로 발견됐다고." 해리가 말했다.

벨만이 해리를 쏘아보았다.

"그런데 지금 네 문제는." 해리가 말했다. "네가 실수한 사실이 새어 나가면 청장으로 임명되는 네 계획에 차질이 생길 수도 있다는 거군."

"음, 그렇지." 벨만이 말했다. "하지만 제일 중요한 건 그게 아냐. 문제는 슐츠가 넘겨준 정보를 써먹을 수가 없다는 거야. 한 발도 나아가지 못했어. 유치장으로 슐츠를 찾아가고 마약을 바꿔치기 했을지 모르는 그 경찰이⋯⋯."

"어?"

"자기가 경찰이라고 했대. 가르데르모엔의 경위는 그자 이름을 토마스 아무개로 기억하고 있어. 경찰청에 토마스가 다섯인데 오슬로크림 소속은 아무도 없어. 토마스들의 사진을 그쪽에 보냈지만 그 경위가 알아본 사람은 없었어. 그러니 어쩌면 버너는 경찰이 아닐 수도 있어."

"음. 그럼 가짜 경찰 신분증을 내민 사람. 아님 나처럼 전직 경찰일 가능성이 높겠군."

"왜지?"

해리는 어깨를 으쓱였다. "경찰을 속이려면 경찰이 필요하니까."

현관문에서 딸깍 소리가 났다.

"달링!" 벨만이 불렀다. "우리 여기 있어."

거실 문이 열리고 귀여운 얼굴에 선탠한 삼십 대 여자가 들어왔다. 금발을 위로 올려 묶은, 타이거 우즈의 전 부인이 생각나는 외모였다.

"애들은 엄마한테 데려다줬어. 자기도 올 거야?"

벨만이 헛기침을 했다. "손님이 있어."

그녀는 고개를 살짝 기울였다. "그런 것 같네."

벨만이 자기도 어쩔 수 없다는 표정으로 해리를 보았다.

"안녕하세요." 그녀는 해리에게 인사를 건네고 장난스런 표정을 지었다. "우리 트레일러에 한 자리 더 있는데. 어때요……?"

"허리가 안 좋아서 갑자기 집에 가고 싶군요." 해리가 이렇게 중얼거리며 커피 잔을 비우고 급히 일어섰다.

"하나 더." 해리는 벨만과 함께 현관 앞에 나가서 말했다. "내가 말한 라디움 병원 출입증 말인데."

"응?"

"거기 연구자가 한 명 있어. 마르틴 프란이라고. 그냥 느낌이긴 한데 날 위해 그 사람에 관해 알아봐줄 수 있나?"

"널 위해?"

"미안. 옛날 습관이 나와서. 경찰을 위해. 국가를 위해. 인류를 위해."

"느낌인가?"

"이번 사건은 대부분 그런 식으로밖에 말할 수가 없어. 네가 알아낸 정보를 말해주면……."

"생각해보지."

"고맙네, 미카엘." 그의 세례명이 입에 설었다. 이름을 불러본 적이 없던가? 미카엘이 문을 열었다. 밖에 비가 내리고 찬바람이 들이쳤다.

"그 소년 일은 유감이야." 벨만이 말했다.

"어느 쪽?"

"둘 다."

"음."

"있잖아, 구스토 한센을 한 번 봤어. 여기 왔었거든."

306

"여길?"

"응. 참 잘생긴 소년이더라. 그 왜……." 벨만이 적절한 표현을 찾으려다 말았다. "어릴 때 엘비스 좋아했나? 미국 애들이 말하는 이상형의 남자."

"음." 해리가 담배를 꺼냈다. "아니."

미카엘 벨만의 하얀 물감을 뿌린 것 같은 잡티 위로 붉은 빛이 반짝였다.

"걔가 딱 그런 얼굴이던데. 카리스마도 있고."

"여길 왜 왔대?"

"경찰이랑 얘기하려고. 후원의 손길이 필요한 동료들이 좀 있거든. 경찰 월급만 받다보면 혼자 해결할 일이 많다는 거 알잖아."

"그 친구가 누구랑 얘기했지?"

"누구?" 벨만은 해리를 보았지만 그의 시선은 다른 어딘가, 전에도 본 적 있는 무언가에 꽂혀 있었다. "기억 안 나. 그런 약쟁이들은 약을 살 돈으로 1,000크로네만 쥐여주면 누구든 불잖아. 잘 가게, 해리."

해리는 크바드라투렌을 가로질렀다. 그 길의 저 앞에서 캠핑카 한 대가 흑인 매춘부 앞에 섰다. 문이 열리고 소년 셋이(스무 살은 넘지 않은 듯 보였다) 뛰어내렸다. 한 소년이 촬영하고 다른 소년이 여자를 돌아보았다. 여자는 고개를 저었다. 유폰*에 올릴 윤간 동영상을 찍고 싶지 않다는 뜻일 것이다. 그 여자의 고향에도 인터넷은 있다. 가족, 친척. 다들 그 여자가 보내준 돈을 식당 종업원으로 일

* YouPorn, 성인사이트.

해서 번 돈으로 알 것이다. 아니면 아닌 줄 알면서도 물어보지 않거나. 해리가 그쪽으로 다가가는 동안 소년 하나가 그녀 앞 아스팔트에 침을 뱉으며 술 취한 새된 소리로 뇌까렸다. "싸구려 깜둥이년."

해리는 피곤한 기색이 역력한 흑인 여자와 눈이 마주쳤다. 둘 다 아는 사람을 만나기라도 한 듯 고개를 끄덕였다. 다른 두 소년은 해리를 보고 우뚝 섰다. 잘 먹고 자란 덩치 큰 아이들. 사과 같은 볼과 피트니스센터에서 다듬은 이두박근, 1년쯤 킥복싱이나 가라데를 배웠을 몸.

"안녕하신가, 착한 친구들." 해리가 빙긋 웃으며 걸음을 늦추지 않았다.

그리고 지나치면서 캠핑카 문이 닫히고 시동이 켜지는 소리를 들었다.

항상 크게 울려 퍼지던 그 곡이 흘러나왔다. 'Come As You Are'. 초대였다.

해리는 걸음을 늦추었다. 잠깐.

그리고 다시 발길을 재촉하며 뒤도 보지 않고 걸어갔다.

해리는 다음 날 아침 휴대전화 벨소리에 잠이 깼다. 일어나 앉아서 눈을 가늘게 뜨고 커튼 없는 창에서 쏟아지는 햇빛을 보고 의자에 걸어둔 재킷으로 팔을 뻗어 주머니에 든 전화기를 찾았다.

"네."

"라켈이야." 숨도 제대로 못 쉴 정도로 잔뜩 흥분한 목소리였다. "올레그를 풀어준대. 이제 자유야, 해리!"

25

해리는 아침 햇살이 비치는 호텔방 한가운데에 서 있었다. 오른쪽 귀에 댄 전화기 말고는 실오라기 하나 걸치지 않았다. 뒷마당 건너편 방의 여자가 졸린 눈으로 앉아서 해리를 쳐다보며 고개를 기울인 채로 천천히 빵을 씹었다.

"한스 크리스티안도 15분 전쯤 사무실에 도착하기 전에는 몰랐대." 라켈이 말했다. "어제 오후 늦게 올레그를 풀어줬대. 누군가 구스토 한센을 살해했다고 자백했대. 정말 잘됐지, 해리?"

정말 잘됐어, 하고 해리는 생각했다. 도저히 믿기지 않을 만큼.

"누가 자백했대?"

"크리스 레디라고, '아디다스'로 통하는 사람이라던데. 마약중독자. 구스토한테 암페타민 살 돈을 빚져서 총으로 쏜 거래."

"올레그는 지금 어디 있어?"

"몰라. 우리도 방금 들은 거라."

"생각해봐, 라켈! 어디 있을 거 같아?" 해리의 말이 생각보다 딱딱하게 나갔다.

"왜…… 왜 그러는데?"

"자백. 자백이라는 게 문제야, 라켈."

"그게 왜?"

"모르겠어? 그 자백은 가짜야!"

"아니, 아니, 아냐. 한스 크리스티안 말이, 상세하고 신빙성이 있댔어. 그래서 올레그도 벌써 풀려난 거고."

"그 아디다스란 자가 구스토한데 빚져서 걜 쏜 거라고 했다며. 인정사정없는 냉혹한 살인자란 말이지. 그런 놈이 갑자기 양심의 가책을 느껴서 순순히 자수해?"

"그래도 엉뚱한 사람이 유죄 선고를 받는 걸 보고—."

"말도 안 돼! 절박한 마약중독자는 하나밖에 몰라. 약에 취하는 거. 머릿속에 양심 따위가 들어설 자리가 없다고. 아디다스란 자는 심한 중독 상태라 보상을 받으려고 살인을 자백했다가 올레그가 풀려나면 나중에 다시 자백을 취소하려는 거야. 함정인 거 모르겠어? 고양이가 새장 속의 새한테 접근할 수 없을 땐—."

"그만!" 라켈이 소리쳤다. 눈물 젖은 목소리였다.

해리는 멈추지 않았다. "—그럼 새가 새장 밖으로 나와야겠지."

라켈이 우는 소리가 들렸다. 해리가 하는 말을 라켈도 어느 정도 짐작했다는 뜻이었다.

"날 안심시켜주는 말을 해줄 순 없어, 해리?"

해리는 대답하지 않았다.

"더는 무서운 거 싫어." 라켈이 속삭였다.

해리는 숨을 깊이 마셨다. "지금까지 잘해왔으니 이제부터도 잘 헤쳐나갈 거야, 라켈."

해리는 전화를 끊었다. 그 생각이 다시 떠올랐다. 거짓말을 능수능란하게 하게 됐다는 생각.

건너편 창가의 여자가 세 손가락을 들어 그에게 천천히 흔들었다.

해리는 한 손으로 얼굴을 쓸었다.

이제 누가 올레그를 먼저 찾느냐는 게 관건이었다. 해리인가, 그들인가.

생각하자.

올레그는 어제 오후 외스틀란의 어딘가에서 풀려났다. 바이올린이 절실한 중독자. 따로 숨겨놓은 약이 있는 게 아니라면 당장 오슬로의 플라타로 달려갔을 것이다. 하우스만스 가로 돌아갈 수는 없을 것이다. 거긴 범죄 현장이라 아직 출입금지일 테니. 그럼 무일푼에 친구 하나 없이 어디서 잘까? 우르테 가? 아니, 그리로 가면 즉시 발각되고 소문이 퍼질 걸 알 것이다.

올레그가 갈 수 있는 데가 딱 한 곳 있었다.

해리는 손목시계를 보았다. 새는 날아가기 전에 반드시 거길 들러야 했다.

발레 호빈 경기장은 지난번에 왔을 때만큼 황량했다. 탈의실 쪽 모퉁이를 돌자 바로 1층 창문 하나가 깨진 게 보였다. 안을 들여다보았다. 유리 조각이 바닥에 흩어져 있었다. 해리는 문으로 가서 아직 가지고 있던 열쇠로 문을 따고 들어갔다.

별안간 화물열차 같은 게 그를 들이받았다.

해리는 숨을 헐떡이면서 뭔가에 깔린 채 바닥에 널브러져 버둥거렸다. 냄새 나고 축축하고 절박한 무언가. 해리는 몸을 비틀어 그를 움켜잡은 손아귀에서 벗어나려 했다. 반사적으로 주먹을 휘두르고 싶었지만 꾹 참았다. 대신 상대의 팔을, 손을 잡고 뒤로 꺾었다. 무릎으로 딛고 간신히 일어나면서 움켜잡은 힘으로 상대의 얼굴을 바닥에 눌렀다.

"아아. 씨발! 놔!"

"나다. 해리야, 올레그."

해리는 올레그를 풀어주고 일으켜 세워서 탈의실 벤치에 앉혔다.

올레그는 겁에 질린 얼굴이었다. 핏기가 없었다. 깡마르고, 눈이 붉거졌다. 올레그에게서 치과와 배설물 냄새가 섞인 형용하기 어려운 냄새가 났다. 하지만 약에 취하지는 않았다.

"난 혹시나……." 올레그가 말했다.

"그들인 줄 알았구나."

올레그는 두 손으로 얼굴을 감쌌다.

"자." 해리가 말했다. "밖으로 나가자."

그들은 관중석에 앉았다. 깨진 콘크리트 바닥에 희미한 햇살이 비추었다. 그 자리에 앉아 올레그가 스케이트 타는 모습을 지켜보던 때가, 금속의 스케이트 날이 얼음에 닿기 전에 우는 소리를 듣고 투광 조명등이 바다색이었다가 결국 우윳빛인 빙판에 반사된 모습을 보던 때가 전부 생각났다.

그들은 붐비는 관중석에 있는 것처럼 서로 붙어 앉았다.

올레그가 말하기 전에 잠시 숨을 고르는 소리가 들렸다.

"그들이 누구야, 올레그? 날 믿어야 돼. 내가 널 찾았으면 그들도 찾을 수 있어."

"어떻게 찾았어요?"

"연역법이라는 게 있어."

"뭔지 알아요. 불가능한 부분을 제거하고 남은 걸 보는 법."

"여긴 언제 왔니?"

올레그가 어깨를 으쓱였다. "어젯밤에요. 9시쯤."

"구치소에서 나와서 왜 엄마한테 전화하지 않았니? 지금 여기 나와 있으면 위험하단 거 알잖아."

"엄마는 날 어디다 숨겨놓으려고만 했을 거예요. 엄마랑 그 닐스 크리스티안이랑."

"한스 크리스티안. 그들이 널 찾을 거야."

올레그는 손을 내려다보았다.

"네가 약 때문에 오슬로로 올 줄 알았어. 그런데 말짱하네."

"일주일 넘게 약을 안 했어요."

"왜지?"

올레그는 대답하지 않았다.

"그 애 때문에? 이레네?"

올레그는 콘크리트 바닥을 보았다. 거기에 제 모습이 보이는 것처럼. 한 발로 얼음을 지칠 때의, 높은 음으로 우는 소리가 들리는 것만 같았다. 올레그는 천천히 고개를 끄덕였다. "그 앨 찾으려는 사람은 나밖에 없어요. 걔한테는 나 말고 아무도 없어요."

해리는 아무 말도 하지 않았다.

"엄마한테서 훔친 보석함은……."

"응?"

"약을 사려고 팔았어요. 아저씨가 엄마한테 사준 반지만 빼고요."

"그건 왜 안 팔았어?"

올레그가 피식 웃었다. "일단 값나가는 물건이 아니잖아요."

"뭐?" 해리가 짐짓 충격받은 표정으로 몸을 곧추세웠다. "내가 사기당했단 거냐?"

올레그가 웃었다. "시커먼 흠집이 난 금반지요? 푸른 녹이 낀 구리 반지겠죠. 중량을 늘리려고 납을 조금 섞은 거요."

"그럼 왜 그걸 두고 가지 않았니?"

"엄마가 이제 안 끼니까요. 그걸 이레네한테 주고 싶었어요."

"구리와 납에 금칠한 거라며."

올레그는 어깨를 으쓱였다. "그래야 맞는 것 같았어요. 아저씨가 그걸 엄마 손가락에 끼워줬을 때 엄마가 얼마나 좋아했는지 생각나요."

"또 뭐가 기억나니?"

"일요일. 베스트칸토르게. 햇빛이 비스듬히 비추고 바스락거리는 낙엽을 밟던 거랑. 아저씨랑 엄마가 무슨 일엔가 웃던 거랑. 아저씨 손을 잡고 싶었어요. 하지만 그때 난 이미 어린애가 아니었어요. 아저씨가 어느 집 정리 물품을 내다파는 좌판에서 그 반지를 샀어요."

"그걸 다 기억해?"

"네. 이레네가 엄마의 반만큼이라도 좋아할 것 같아서……."

"좋아했니?"

올레그는 해리를 보았다. 텅 빈 눈으로. "기억이 안 나요. 그 애한테 반지를 줄 때 우리 둘 다 약에 취해 있었거든요."

해리는 침을 삼켰다.

"그자가 그 앨 잡아갔어요." 올레그가 말했다.

"누가?"

"두바이. 놈이 이레네를 데리고 있어요. 놈이 그 앨 인질로 잡고 있어서 전부 털어놓지 못한 거예요."

해리는 고개를 푹 숙인 올레그를 보았다.

"그래서 말할 수 없었어요."

"네가 **알아**? 네가 말하면 이레네를 어떻게 한다고 놈들이 널 협박한 거야?"

"협박할 필요도 없어요. 놈들은 내가 멍청하지 않은 줄 아니까. 게다가 그 애 입도 막아놨어요. 그들이 그 앨 잡아갔어요, 해리."

해리는 고쳐 앉았다. 중요한 경기를 앞두고 둘이 꼭 이렇게 나란히 앉았던 생각이 났다. 고개를 수그리고 말없이 함께 정신을 모으면서. 그때 올레그는 아무 말도 듣고 싶어하지 않았다. 해리도 딱히 해줄 말이 없었다. 올레그는 그냥 이렇게 같이 앉아 있고 싶어했다.

해리가 헛기침을 했다. 이건 올레그의 시합이 아니었다.

"이레네를 구하려면 두바이를 찾는 걸 도와줘야 돼."

올레그는 해리를 보았다. 손을 허벅지 사이에 꽂고 다리를 떨면서. 예전처럼. 그리고 고개를 끄덕였다.

"살인사건부터 말해봐." 해리가 말했다. "시간은 얼마든지 줄게."

올레그는 잠시 눈을 감았다. 그리고 다시 눈을 떴다.

"약에 취해 있었어요. 하우스만스 가의 우리 집 뒤편 강가에서 바이올린을 주사했거든요. 거기가 더 안전했어요. 집에서 맞으면 절박한 누군가가 약을 빼앗으려고 달려들 테니까. 무슨 말인지 알죠?"

해리는 고개를 끄덕였다.

"계단을 올라갈 때 맞은편 사무실 문이 먼저 눈에 들어왔어요. 누군가 침입한 걸로 보였어요. 또. 그냥 넘어갔어요. 우리 집 거실로 들어갔더니 구스토가 있었어요. 발라클라바를 쓴 남자도. 그 남자가 구스토한테 총을 겨누고 있었어요. 마약 때문인지 무슨 일인

315

지는 몰라도 강도가 아닌 건 알았어요. 놈이 구스토를 죽이려고 했어요. 그래서 제가 곧바로 움직였어요. 총을 잡은 손을 향해 몸을 던졌어요. 하지만 이미 늦어서 놈이 한 발을 쐈어요. 저는 바닥에 떨어졌고, 고개를 들어보니 구스토가 옆에 쓰러져 있고 총신이 제 머리를 눌렀어요. 놈은 한마디도 하지 않았어요. 전 이제 죽었다고 생각했고요." 올레그가 말을 끊고 숨을 깊이 들이마셨다. "그런데 놈이 마음을 정하지 못한 거 같았어요. 손가락으로 자기 목을 긋는 시늉으로 내가 발설하면 어떻게 되는지 보여줬어요."

해리는 고개를 끄덕였다.

"놈이 똑같은 메시지를 또 보냈고, 전 알아들었다는 뜻을 전했어요. 그리고 놈은 떠났어요. 구스토는 도살당한 돼지처럼 피를 엄청나게 흘렸고, 도움의 손길이 시급했어요. 그래도 전 한발도 움직이지 못했어요. 총 든 남자가 아직 밖에 있을 것 같았거든요. 계단을 내려가는 발소리가 들리지 않아서. 그리고 놈이 날 다시 보면 생각을 바꿔서 총을 쏠 것만 같았어요."

올레그가 다리를 심하게 떨었다.

"구스토의 맥을 짚어보고 말도 붙여보고 구급차를 부르겠다고 말했어요. 그런데 걔가 대답하지 않는 거예요. 맥도 잡히지 않았고. 거기 있을 수 없었어요. 그래서 도망쳤어요." 올레그는 허리가 아픈 양 몸을 똑바로 펴고 손을 포개서 뒤통수를 받쳤다. 점점 목소리가 갈라졌다. "약에 취해서 생각을 똑바로 할 수가 없었어요. 강가로 내려갔어요. 수영을 할까 생각했어요. 잘하면 물에 빠져 죽을 수도 있으니까. 그러다 사이렌 소리를 들었어요. 그리고 그들이 거기 있었어요……. 내 머릿속엔 손가락으로 목을 긋는 장면밖에 없었어요. 입을 다물어야 한다는 사실밖에. 그들이 어떤 사람들인지 알고, 그들이 누군지 알고, 자기네끼리 어떻게 한다는 얘기를 들은 적이 있었어요."

"그들이 어떻게 하는데?"

"상대의 가장 취약한 부분을 노려요. 처음엔 엄마 때문에 겁이 났어요."

"그래도 이레네를 잡아가는 게 더 수월하겠지." 해리가 말했다. "그 애가 한동안 거리에서 사라졌다고 해도 뭐라 할 사람이 없을 테니까."

올레그는 해리를 보았다. 침을 삼켰다. "그럼 날 믿는 거예요?"

해리는 어깨를 으쓱였다. "네 일이라면 내 눈을 속이는 건 쉬워, 올레그. 네가…… 네가…… 관련된 일이라면 그래. 알잖아."

올레그의 눈에 눈물이 고였다. "그래도…… 그래도 정말 말이 안 되잖아요. 증거가 다…….."

"다 맞아떨어져." 해리가 말했다. "네가 몸을 던질 때 팔에 묻은 총기 발사 잔여물. 그 애의 맥을 짚을 때 묻은 피. 그때 그 애한테 남긴 네 지문. 총을 쏜 후 누가 그 건물에서 나가는 걸 본 사람이 없는 이유는 범인이 사무실로 들어가 창문으로 빠져나가서 강변 쪽 비상계단으로 내려가서고. 그래서 계단을 내려가는 발소리가 들리지 않았던 거고."

올레그의 수심이 가득한 눈길이 해리의 가슴 언저리에 꽂혔다. "그럼 구스토는 왜 살해당했을까요? 누가 구스토를 죽였을까요?"

"모르지. 다만 네가 아는 사람한테 당한 거 같아."

"내가 아는 사람?"

"응. 그래서 말을 안 하고 손짓한 거야. 네가 목소리를 알아듣지 못하게. 발라클라바를 쓴 건 마약 세계의 사람들이 자기를 알아볼까 봐 겁먹었다는 뜻이야. 거기 사는 사람들이 본 적이 있는 사람일 거야."

"난 왜 살려뒀을까요?"

"모르지."

"그게 이해가 안 돼요. 놈들은 나중에 구치소에서 날 죽이려 했어요. 입도 뻥끗 안 했는데도."

"어쩌면 범인은 목격자가 생기면 어떻게 할지까지 지시를 받지 못했을 수도 있어. 망설인 거야. 네가 여러 번 본 자라면 놈의 체격이나 보디랭귀지나 걸음걸이 같은 걸 알아볼 수 있을 거야. 또 어쩌면 네가 약에 취해서 많은 걸 보지 못했을 수도 있지."

"약 때문에 살았다?" 올레그가 어정쩡한 미소를 지었다.

"그래. 놈의 보스가 나중에 보고를 듣고 그의 판단에 동의하지 않았을 수는 있지만. 그래도 이미 늦었지. 그래서 네가 발설하지 못하게 이레네를 납치한 거고."

"이레네만 붙잡아두면 내가 말하지 않을 줄 알 텐데 왜 날 죽이려고 했을까요?"

"내가 나타나서겠지." 해리가 말했다.

"아저씨요?"

"그래. 그들은 내가 오슬로에 도착한 순간부터 내가 돌아온 걸알았어. 내가 네 입을 열 수 있는 사람이란 걸 안 거야. 이레네를 붙잡아두는 걸로는 이제 안심할 수 없게 된 거야. 그래서 두바이가 구치소에서 네 입을 막으라는 지령을 내린 거고."

올레그는 천천히 고개를 끄덕였다.

"두바이 얘기를 해봐." 해리가 말했다.

"만난 적 없어요. 그 집에 한 번 가보긴 한 거 같지만."

"그게 어디야?"

"모르겠어요. 두바이의 부하들이 구스토랑 나를 차에 태워서 어느 집으로 데려갔지만, 눈을 가리고 있었으니까."

"두바이 집인 건 어떻게 알았니?"

"구스토가 말해줬어요. 사람이 사는 집 냄새가 났어요. 가구랑 카펫이랑 커튼이 있는 집의 소리가 들렸고요. 혹시―."

"알아. 계속해."

"그들이 우리를 지하실로 데려가서, 거기서 눈가리개를 풀어줬어요. 바닥에 죽은 남자가 있었어요. 섣불리 그들을 속이려고 하면 그렇게 된다고 했어요. 잘 봐두라고. 그러더니 알나브루에서 무슨 일이 있었는지 털어놓으라고 했어요. 경찰이 도착했을 때 왜 문이 잠겨 있지 않았는지. 그리고 투투는 왜 사라졌는지."

"알나브루?"

"지금 그 얘기를 하려고요."

"좋아. 그 남자는 어떻게 살해됐지?"

"왜요?"

"얼굴에 찔린 자국이 있었니? 아니면 총에 맞았니?"

"음, 페테르가 그 사람 배를 밟을 때까지는 어떻게 죽었는지 몰랐어요. 그런데 입에서 물이 흘러나왔어요."

해리는 입술에 침을 발랐다. "죽은 남자가 누군지 알아?"

"네. 우리 구역에서 얼쩡대던 위장경찰이었어요. 그 사람이 항상 모자를 쓰고 다녀서 우리가 베레모라고 불렀어요."

"음."

"해리?"

"응?"

올레그의 발이 콘크리트 바닥에 거칠게 부딪혔다. "두바이에 대해선 잘 몰라요. 구스토도 그 사람 얘기는 잘 안 했거든요. 하지만 아저씨가 그자를 잡으려고 하면 죽을 거라는 건 알아요."

PART 3

쥐가 조바심치며 마룻바닥을 긁어댔다. 인간의 심장은 아직 뛰기는 하지만 박동이 점점 희미해졌다. 쥐는 다시 신발 앞에 멈췄다. 신발 가죽을 갉았다. 부드럽기는 해도 두툼하고 단단한 가죽. 쥐는 다시 인간의 몸을 타고 넘어갔다. 옷은 신발보다 냄새가 더 독했다. 땀과 음식과 피의 냄새가 진동했다. 남자는 (수컷의 냄새란 걸 알 수 있었다) 같은 자세로 누운 채 꼼짝 않고 입구를 막고 있었다. 쥐는 남자의 배를 할퀴었다. 그쪽이 가장 짧은 길인 걸 알았다. 희미한 심장 박동 소리. 이제 곧 시작할 수 있을 것이다.

삶을 멈춰야 하는 건 아니잖아요, 아버지. 그래도 이런 좆같은 상태를 끝내려면 죽어야겠죠. 더 좋은 방법 있어요, 아버지? 날 옥죄는 이 존나 차가운 어둠을 벗어나 아무런 고통 없이 빛으로 탈출할 방법. 누가 마카로프 총알에 아편을 섞었어야 했어요. 내가 루푸스, 그 피부병 걸린 개한테 해준 것처럼, 천국행 편도 티켓을 끊어주고 여행 잘하라고 빌어줬어야죠. 하지만 이 망할 놈의 세상에서는 좋은 건 다 처방전이 있어야 하거나 품절이거나 너무 비싸서 영혼을 팔아야 겨우 맛볼 수 있다니까요. 인생은 감히 엄두도 못 낼 레스토랑이에요. 죽음은 평생 입에도 못 대본 요리의 계산서고요. 그러니 어차피 벌받을 거 메뉴판에서 제일 비싼 걸로 시키고 배불리 먹어치우고 보면 돼요.

알았어요. 이제 그만 징징댈게요, 아버지. 아직 가지 마세요. 남은 얘기가 있잖아요. 뒷부분도 들을 만해요. 어디까지 했더라? 맞다, 알나브루. 창고를 털려다가 실패하고 딱 이틀 지나서 페테르와 안드레이가 올레그와 날 찾아왔어요. 놈들이 올레그의 눈을 스카프로 가리고 우리를 영감네 집 지하실로 끌고 내려갔어요. 나도 가본 적 없는 곳이었죠. 길고 좁고 고개를 숙여야 할 만큼 낮은 복도를 지났어요. 어깨가 벽에 긁혔어요. 어쩐지 지하실이 아니라 땅속으로 파놓은 굴 같았어요. 탈출로였을지도 몰라요. 베레모는 탈출에 성공하지 못했지만요. 그자는 꼭 물에 빠진 생쥐 꼴이었어요. 아니, 그냥 물에 빠진 생쥐였어요.

놈들이 올레그를 다시 차로 데려갔고, 난 영감 앞에 불려갔어요. 영감과 마주 앉았는데, 우리 사이에 테이블은 없었어요.

"너희 둘이 거기 있었냐?" 영감이 물었어요.

영감의 눈을 똑바로 봤죠. "알나브루에 있었냐고 물으신 거라면, 아니에요."

영감이 묵묵히 날 뜯어봤어요. 한참 그렇게 보더니 이러더군요.

"넌 나랑 비슷해. 거짓말을 해도 도통 티가 나지 않아."

아니라고 벅벅 우겼지만 언뜻 영감의 얼굴에 미소가 스친 것 같아요.

"흠, 구스토, 그게 뭔지 이해했니? 아래 있던 그거."

"위장경찰이죠. 베레모."

"맞아. 왜 그렇게 됐을까?"

"모르겠어요."

"맞혀봐."

영감은 전생에 아주 형편없는 꼰대 선생이었을 거란 생각이 들었어요. 어쨌든 대답은 했어요. "뭘 훔쳤겠죠."

영감이 고개를 저었어요. "그자는 내가 여기 사는 걸 알아냈어. 수색 영장을 청구할 근거가 없는 것도 알면서. 로스 로보스를 체포하고 알나브루를 압수한 후 그자는 불길한 징조를 느꼈겠지. 수색 영장을 결코 받아내지 못할 거라는 예감. 그자의 주장이 아무리 탄탄하다고 해도……." 영감이 이를 드러내고 웃더군요. "그자를 꼼짝 못하게 할 경고를 보냈거든."

"예?"

"그런 경찰은 거짓 신분에 기대서 산단다. 자기네가 누군지 절대로 발각되지 않을 줄 알아. 가족이 누군지도. 한데 경찰의 기록보관소에 비밀번호만 잘 넣으면 뭐든 알아낼 수 있어. 오륵크림에서 확실한 자리 하나를 차지하고 있다면. 우리가 그자한테 어떻게 경고했을까?"

나도 모르게 대답이 튀어나왔어요. "아이들을 죽였나요?"

영감 얼굴이 어두워지더군요. "우린 괴물이 아니야, 구스토."

"죄송해요."

"그자는 자식도 없어." 껄껄 웃더군요. "한데 여동생이 하나 있더구나. 아니면 피가 섞이지 않은 여동생이든가."

난 고개를 끄덕였어요. 거짓말 같지는 않았거든요.

"여동생을 겁탈하고 이 고통에서 벗어나게 해주겠다고 했지. 한데 내가 그자를 잘못 봤어. 그자는 가족을 지키려고 움츠러들기는커녕 계속 덤비더구나. 고독하지만 절박하게. 간밤에 어떻게 여길 침입했더구나. 우린 미처 대비하지 못했어. 동생을 아주 많이 아끼던 자였나 봐. 무장까지 하고 왔더군. 내가 지하실로 내려가니까 그자가 따라왔지. 그리고 죽었단다." 영감이 고개를 갸웃하더군요. "어떻게 된 걸까?"

"입에서 물이 나오던데. 익사했나요?"

"맞아. 그럼 어디서 익사했을까?"

"호수나 뭐 어딘가겠죠, 여기로 끌고 왔나요?"

324

"아니. 그자가 몰래 쳐들어와서 익사했다니까. 그럼?"

"그럼 모르겠는—."

"생각해!" 채찍질 같은 호령이 떨어졌어요. "살고 싶으면 생각해! 네가 본 것에서 결론을 끌어낼 줄 알아야 돼. 그게 현실의 삶이야."

"알았어요, 알았어요." 난 머리를 쥐어짰어요. "아까 그 지하실은 지하실이 아니라 땅굴이에요."

영감이 팔짱을 끼더군요. "그리고?"

"이 집보다 더 길죠. 어쩌면 들판으로 나 있을 수도 있고요."

"그런데?"

"그런데 옆집도 영감님 소유라고 하셨으니 아마 그쪽으로 나 있을 거예요."

영감이 흡족한 듯 빙긋 웃더군요. "얼마나 오래된 굴일까."

"오래됐어요. 벽에 푸른 이끼가 끼어 있었으니까."

"그건 바닷말이야. 레지스탕스가 이 집을 네 차례나 덮치려다 실패한 뒤로 게슈타포 대장이 땅굴을 뚫었지. 그리고 철저히 비밀로 했고. 라인하르트는 오후에 귀가하면 남들이 볼 수 있게 이 집 현관으로 들어왔어. 불을 켜놓고 땅굴을 통해 진짜 집인 옆집으로 건너가고 남들이 옆집에 사는 줄 알았던 도이칠란트군 중위를 이 집으로 보냈어. 그 중위는 게슈타포 대장과 똑같은 복장으로 창가에서 거들먹거리며 어슬렁거렸고."

"바람잡이였군요."

"맞아."

"왜 저한테 이런 얘기를 해주시는 거죠?"

"현실의 삶이 어떤지 알려주고 싶어서야, 구스토. 이 나라 사람들은 현실이 뭔지 몰라, 현실에서 살아남기 위해 얼마나 큰 대가를 치르는지도 모르고. 내가 너한테 이런 얘길 해주는 건 내가 널 믿는다는 걸 기억해주길 바라서란다."

영감은 그 말이 아주 중요하다는 눈빛으로 날 봤어요. 난 알아듣는 척했죠.

어서 집으로 돌아가고 싶었거든요. 영감도 아마 눈치챘을 거예요.

"다시 봐서 좋구나, 구스토. 안드레이가 너희를 데려다줄 게다."

차가 대학교 앞을 지날 때 캠퍼스에서 학생들이 무슨 공연을 하는 거 같았어요. 야외무대에서 록 밴드가 요란하게 기타를 튕겨대는 소리가 들렸거든요. 젊은 애들의 행렬이 우리를 지나쳐 블린데르바이엔으로 내려갔어요. 행복하고 무언가 약속받은 양 기대에 찬 표정들이었어요. 미래나 뭐 그런 거.

"저거 뭐야?" 아직 눈을 가리고 있던 올레그가 묻더군요.

"비현실의 삶."

"넌 그자가 어떻게 익사했는지 짐작도 안 가?" 해리가 물었다.

"네." 올레그가 말했다. 다리를 떠는 게 점점 심해져서 이젠 몸이 다 흔들렸다.

"좋아, 눈을 가렸어도 그 집에 다녀온 길에 기억나는 게 있으면 다 말해봐. 모든 소리. 차에서 내릴 때 기차나 트램 소리 같은 게 들렸니?"

"아뇨. 우리가 도착했을 때 비가 왔어요. 비 오는 소리를 들은 거네요."

"비가 많이 왔어, 아님 조금 뿌리는 정도였어?"

"조금요. 차에서 내릴 때는 거의 못 느꼈어요. 그러다 소리를 듣고서야 알았어요."

"그래, 부슬비라면 보통 소리가 많이 나지 않아도 나뭇잎에 떨어질 땐 소리가 날 수 있지?"

"그랬나 봐요."

"현관으로 갈 때 발밑에 뭐가 있었니? 아스팔트? 판석? 잔디?"

"조약돌요. 그랬던 거 같아요. 맞아, 저벅저벅 소리가 났어요. 그래서 페테르가 어디쯤 있었는지 알았고요. 그자가 덩치가 제일 커서 소리도 제일 컸거든요."

"좋아. 현관 앞은 계단이었니?"

"네."

"몇 개나?"

올레그가 신음했다.

"됐어. 현관 앞에 갔을 때도 비가 내렸니?"

"예, 물론."

"그럼 네 머리에도?"

"네."

"그럼 포치는 아니구나."

"지금 오슬로에 있는 포치 없는 집을 다 찾으려는 거예요?"

"음, 오슬로도 동네마다 건축 연대가 다르고, 공통된 특징이 많아."

"그럼 목조주택이고 자갈길이고 현관 앞에 계단이 있고 현관 지붕이 없거나 근처에 트램 궤도가 없는 집은 언제 지어졌는데요?"

"너 무슨 총경처럼 말하는구나." 해리가 의도한 미소나 웃음은 끌어내지 못했다. "거길 떠날 때 근처에서 무슨 소리 기억나는 거 있어?"

"예를 들면?"

"길 가던 사람이 흘깃거린다든가 하는."

"아뇨, 그런 건 없었어요. 그런데 음악이 들렸어요."

"음반, 아니면 라이브?"

"라이브일 거예요. 심벌즈 소리가 선명했어요. 기타 소리도 들렸는데, 바람결에 날아와서 흩어지는 소리였어요."

"라이브가 맞는 거 같군. 잘했다."

"아저씨 노래 중 한 곡을 연주하고 있어서 기억이 나요."

"**내** 노래?"

"아저씨 음반요. 구스토가 그건 비현실의 삶이라고 말했고, 난 그게 무의식적인 연상 같은 거라고 생각했거든요. 구스토가 그때 막 들린 가사를 듣고 말한 거라고요."

"어떤 가사?"

"꿈에 관한 거. 잊어버렸는데 아저씨가 항상 그 노래를 틀었어요."

"어서, 올레그, 중요한 부분이야."

올레그는 해리를 보았다. 바닥을 찧던 발이 멈췄다. 눈을 감고 곡조를 흥얼거려보았다. "It's just a dreamy Gonzales……." 얼굴이 벌게져서 눈을 떴다. "이런 거였어요."

해리는 그 가사를 흥얼거렸다. 그리고 고개를 저었다.

"죄송해요." 올레그가 말했다. "잘 모르겠어요. 몇 초 정도만 들렸거든요."

"괜찮아." 해리가 올레그의 어깨를 토닥였다. "알나브루에선 어떻게 된 건지 말해봐."

올레그가 다시 다리를 떨기 시작했다. 두 번 입안 가득 숨을 들이마셨다. 출발선에서 몸을 숙이기 전에 하라고 배운 대로. 그리고 이야기를 시작했다.

이야기가 끝나자 해리는 한참 그대로 앉아 올레그의 목덜미를 쓰다듬었다. "그래서 너희가 어떤 남자를 드릴로 뚫어서 죽였다고?"

"우리가 한 게 아니에요. 경찰이 그랬어요."

"넌 그 사람 이름도, 어디서 일하는지도 모르고."

"네, 구스토랑 그 사람 둘 다 그 얘긴 하지 않으려고 아주 조심했거든요. 구스토는 제가 모르는 편이 낫댔어요."

"넌 그 시체가 어떻게 됐는지 전혀 몰라?"

"네. 날 신고할 건가요?"

"아니." 해리는 담뱃갑을 꺼내고 툭 쳐서 한 개비를 뺐다.

"한 대 피워도 돼요?" 올레그가 물었다.

"미안하다, 아들아. 건강에 안 좋아."

"그래도—."

"대신 조건이 하나 있어. 넌 한스 크리스티안이 숨겨주는 곳으로 가고 난 이레네를 찾게 해줘."

올레그는 경기장 너머로 보이는 언덕 위의 아파트 건물들을 쳐다보았다. 발코니마다 화단이 걸려 있었다. 해리는 올레그의 옆얼굴을 보았다. 가느다란 목에서 목울대가 오르내렸다.

"좋아요." 올레그가 말했다.

"좋아." 해리는 담배 한 개비를 건네고 하나씩 불을 붙였다.

"그 쇠붙이를 낀 이유를 이제 알겠어요." 올레그가 말했다. "담배 피우려고 그런 거죠?"

"어." 해리는 티타늄 보철과 검지 사이에 담배를 끼우고 라켈의 번호를 눌렀다. 한스 크리스티안의 번호는 물어보지 않아도 되었다. 두 사람은 같이 있었다. 한스는 당장 오겠다고 했다.

올레그는 갑자기 한기를 느낀 듯 몸을 웅크렸다. "그 사람이 날 어디다 숨겨준대요?"

"나도 몰라. 알고 싶지도 않고."

"왜요?"

"내 고환이 아주 민감해서. '자동차 배터리'란 말만 들어도 술술 불어버릴 테니까."

올레그가 웃었다. 잠깐이기는 해도 웃었다. "말도 안 돼. 아저씨는 목에 칼이 들어와도 입도 뻥긋 안 할 사람이에요."

해리는 올레그를 지그시 보았다. 그렇게 스치는 미소라도 볼 수 있다면 온종일 실없는 농담을 늘어놓을 수 있었다.

"넌 늘 나한테 거는 기대가 너무 커, 올레그. 너무 커. 나 역시 네가 나란 인간을 더 좋게 봐주길 바란 것도 있고."

올레그는 고개를 숙이고 손을 보았다. "아이들은 원래 아버지를 영웅으로 보는 거 아닌가요?"

"그렇겠지. 내가 도망쳤다고 생각하지 말아주길 바랐어. 어쩌다보니 그렇게 되는 일들이 있거든. 그러니까 내 말은, 내가 네 곁에 없다고 해서 네가 나한테 중요한 사람이 아닌 건 아니란 뜻이야. 원하는 대로 살 수 있는 건 아니야. 누구나 다 갇힌 신세야. 세상사의 감옥에. 우리 자신의 감옥에."

올레그가 턱을 들었다. "빌어먹을 마약도."

"그것도."

그들은 동시에 숨을 들이마셨다. 광대한 푸른 하늘로 돌풍이 일 듯이 올라가는 담배연기를 바라보면서. 해리는 니코틴이 올레그의 갈망을 풀어주지는 못해도 잠시나마 주의를 돌리게는 해준다는 걸 알았다. 그 잠시가 고작 몇 분이란 것도.

"해리?"

"응?"

"왜 돌아오지 않았어요?"

해리는 다시 한 모금 깊이 빨고 답했다. "엄마는 내가 너나 엄마한테 좋지 않다고 생각했어. 엄마 생각이 맞고."

해리는 담배를 계속 피우며 먼 곳을 응시했다. 지금은 올레그가 자기 모습을 보여주기 싫어할 것이기에. 열여덟 살 소년이 울 때는 누가 보는 걸 원치 않을 테니까. 어깨에 팔을 두르고 뭔가 말해주는 것도 원하지 않을 테니까. 그래도 해리가 옆에 있어주기를 원할 것이다. 빗나가지 않고. 옆에 앉아 곧 시작될 경기에 관해 생각해주기를 원할 것이다.

자동차가 다가오는 소리가 들리자 그들은 관중석에서 내려가 주차장으로 들어갔다. 라켈이 차에서 뛰어내리려 할 때 한스 크리스티안이 라켈의 팔에 손을 얹는 게 보였다.

올레그는 해리에게 돌아서 몸을 부풀리고 엄지를 해리의 엄지에 걸고 오른 어깨를 해리의 어깨에 부딪혔다. 하지만 해리는 올레그를 보내주지 않고 끌어당겼다. 그리고 귀에다 속삭였다. "이겨."

이레네 한센의 마지막 주소는 부모의 집이었다. 그레프센에 있는 두 채 연립이었다. 작은 정원에 잡초가 무성하게 자랐고 사과나무는 있지만 사과는 없고 그네가 하나 있었다.

스무 살쯤으로 보이는 청년이 문을 열었다. 어디서 본 얼굴, 해리의 경찰 뇌가 10분의 1초 동안 데이터베이스를 검색해 일치하는 결과를 찾아냈다.

"해리 홀레입니다. 혹시 스테인 한센 씨인가요?"

"그런데요?"

선과 악을 모두 겪어본 사람의 천진함과 경각심이 혼재된 얼굴이었다. 하지만 아직 세상과 직면할 때 과도한 개방성과 지나친 조심성 사이에서 이러지도 저러지도 못하는 얼굴.

"사진을 보고 알아봤어요. 난 올레그 페우케의 친구입니다."

해리는 스테인 한센의 잿빛 눈동자에서 어떤 반응을 살폈지만 아무것도 찾지 못했다.

"그 애가 풀려났다는 소식은 들었죠? 동생을 살해했다고 자백한 사람이 나타났습니다."

스테인 한센이 고개를 저었다. 여전히 최소한의 표정.

"난 전직 경찰이에요. 당신의 여동생, 이레네를 찾고 있습니다."

"왜죠?"

"그 친구가 무사한지 확인하고 싶어요. 올레그한테 그러겠다고 약속해서요."

"대단하군요. 그놈이 계속 그 애한테 약이라도 먹일 셈인가?"

해리는 체중을 옮겨 실었다. "올레그는 이제 깨끗해요. 알지 모르지만 몹시 고통스러운 일이에요. 그래도 이레네를 찾고 싶어서 약을 끊었어요. 올레그는 이레네를 사랑해요, 스테인. 이레네를 찾고 싶습니다. 올레그만을 위해서가 아니라 우리 모두를 위해서. 내가 사람을 꽤 잘 찾는 편이거든요."

스테인 한센은 해리를 보았다. 망설였다. 그리고 문을 열었다.

해리는 스테인을 따라 거실로 들어갔다. 좋은 가구를 갖추고 말끔히 정돈된 거실이 누가 살고 있는 집으로는 보이지 않았다.

"부모님은……."

"지금 여기 안 계세요. 저도 트론헤임에 있지 않을 때만 여기서 지내고요."

유독 'r' 발음을 굴리는 말투는 한때 쇠르란 출신 유모를 고용할 만큼 넉넉한 집안에서 사회적 지위를 보여주는 징표로 여기던 특유의 말투였다. 목소리를 기억하기 쉽게 해주는 'r' 발음이었다. 왜 그런 생각이 들었는지는 모르지만.

피아노 위에 사진이 놓여 있었다. 피아노는 한 번도 친 적 없는 듯 보였다. 사진은 6, 7년 전에 찍은 걸로 보였다. 이레네와 구스토가 지금보다 더 어리고 작았고, 지금 보면 본인들은 무척 창피해할 것 같은 운동복과 헤어스타일이었다. 스테인은 진지한 표정으로 뒤에 서 있었다. 어머니는 팔짱을 낀 채로 냉소에 가까운 거만한 미소를 지으며 서 있었다. 아버지가 웃고 있는 걸 보니 가족사진을 찍자고 제안한 사람이 그일 거라는 생각이 들었다. 일말의 열정을 보인 사람은 그밖에 없었다.

"가족사진인가요?"

"그랬죠. 부모님은 이혼하셨어요. 아버지는 덴마크로 떠났고. 도망쳤다는 말이 더 맞겠네요. 어머니는 병원에 계세요. 나머지는…… 흠, 나머지는 잘 아시겠네요."

해리는 고개를 끄덕였다. 하나는 죽었고 하나는 실종 상태. 한 가족으로서 큰 손실이었다.

해리는 권하지도 않았는데 안락의자 깊숙이 앉았다. "이레네를 찾는 데 도움이 될 만한 얘기가 있을까요?"

"전혀요."

해리는 미소를 지었다. "그래도 해보시죠."

"이레네가 어떤 일을 당하고 트론헤임의 제 집으로 왔는데 그 일이 뭔지는 말하지 않았어요. 분명 구스토가 얽힌 일이었을 거예요. 이레네는 구스토를 우상으로 떠받들고 그 자식을 위해서라면 무슨 짓이든 다 하려고 했어요. 구스토가 가끔 볼을 토닥여주니까 자길 아끼는 줄 알았겠죠. 그런데 몇 달 있다가 전화 한 통을 받더니 오슬로로 돌아가야 한다는 거예요. 이유는 절대로 말하지 않으려 했어요. 그게 넉 달 전이고 그 뒤로 이레네를 만난 적도, 연락을 받은 적도 없어요. 두 주 넘게 그 애랑 연락이 되지 않아서 경찰에 실종신고를 했고요. 경찰은 신고를 받고 조금 조사하고는 그걸로 끝이었어요. 떠돌이 약쟁이한테는 아무도 관심이 없어요."

"짐작 가는 거라도?" 해리가 물었다.

"아뇨. 다만 그 애는 제 발로 떠난 게 아니에요. 그 애는 그렇게 달아나는 부류가 아니에요. 누구처럼."

누굴 말하는 건지는 모르지만 짐작은 갔다.

스테인 한센은 팔뚝에 난 딱지를 긁었다. "당신네들은 그 애한테서 뭘 보죠? 딸? 그럼 딸 같은 애를 **가질** 수 있을 거라고 생각합니까?"

해리는 놀란 얼굴로 쳐다보았다. "당신네? 무슨 뜻입니까?"

"당신 같은 나이 먹은 작자들은 그 앨 보면서 침을 흘리잖아요. 열네 살짜리 롤리타처럼 생겼으니까."

해리는 사물함 문에 붙어 있던 사진을 떠올렸다. 스테인 한센 말이 맞았다. 같은 생각이 해리에게 뿌리를 내렸다. 그가 잘못 생각한 걸 수도, 이레네는 이 사건과 무관한 범죄에 희생됐을 수도 있었다.

"트론헤임에서 공부하는군요. 과학기술대학?"

"네."

"전공이 뭡니까?"

"정보기술."

"음. 올레그도 공부하고 싶어했어요. 그 앨 압니까?"

스테인은 고개를 저었다.

"그 애하고 얘기해본 적 없어요?"

334

"두어 번 마주치긴 했을 거예요. 아주 잠깐."

해리는 스테인의 팔뚝을 살폈다. 직업병이었다. 딱지가 앉은 거 말고 달리 눈에 띄는 건 없었다. 없는 게 당연했다. 스테인 한센은 생존자, 대처하는 부류였다. 해리는 일어섰다.

"어쨌든 동생 일은 유감입니다."

"수양 동생이에요."

"음. 전화번호를 알 수 있을까요? 뭐든 나올 수 있으니까."

"어떤 거요?"

그들은 서로를 바라보았다. 둘 사이에 어떤 대답이 떠 있었다. 굳이 설명할 필요도 없고 떠올리지 않을 수 없는 대답. 팔뚝의 딱지가 떨어져 손 쪽으로 피가 조금 흐르고 있었다.

"도움이 될지는 모르지만 아는 게 하나 있긴 해요." 해리가 계단으로 나갈 때 스테인 한센이 말했다. "당신이 지금 찾아보려는 데 말인데요. 우르테 가. 뫼테스테데 카페. 공원. 호스텔. 마약 소굴. 홍등가. 그만둬요. 이미 다 가봤으니까."

해리는 고개를 끄덕였다. 선글라스를 썼다. "휴대전화 켜두십시오, 알았죠?"

해리는 로리 카페로 점심을 먹으러 갔지만 계단을 오르다 갑자기 맥주 생각이 나서 문 앞에서 돌아섰다. 대신 리터러처하우스 카페 맞은편에 새로 생긴 가게로 갔다. 거기서 손님들을 잠깐 훑어보고 나와서 결국 플라에 들어가 태국식 타파스를 주문했다.

"마실 건요? 싱하?"

"아뇨."

"타이거?"

335

"맥주밖에 없습니까?"

웨이터가 알아듣고 물을 가져왔다.

해리는 왕새우와 닭요리를 먹고 태국식 소시지는 손대지 않았다. 그리고 라켈의 집으로 전화해서 예전에 그가 두고 온 CD를 봐달라고 부탁했다. 그가 듣고 싶어서 가져간 것도 있고 잘못을 만회하기 위해 가져간 것도 있었다. 엘비스 코스텔로, 마일스 데이비스, 레드 제플린, 카운트 베이시, 제이혹스, 머디 워터스. 이들이 누굴 구해주진 못했다.

라켈은 '해리 음악'이라고 부르던 음반을 선반에 보관했다.

"제목을 다 읽어줘." 해리가 말했다.

"농담이지?"

"나중에 설명할게."

"알았어. 우선 아즈텍 카메라."

"당신 혹시—."

"응, 알파벳순으로 정리해놨어." 라켈이 부끄러운 듯 말했다.

"그건 남자애들이나 하는 짓인데."

"해리가 하는 짓이지. 그리고 이건 당신 CD야. 이제 읽어도 돼?"

20분쯤 지나서 W와 윌코Wilco까지 왔지만 아무런 관련성도 드러나지 않았다. 라켈이 한숨을 쉬면서도 계속 했다.

"When You Wake Up Feeling Old."

"음. 아냐."

"Summerteeth."

"음. 다음."

"In a Future Age."

"잠깐!"

라켈은 멈추었다.

해리가 갑자기 웃음을 터트렸다.

"이게 웃겨?" 라켈이 물었다.

"'Summerteeth'의 후렴구. 그건 이런 식이야……. It's just a dream he keeps having."

"별것 없는 거 같은데, 해리."

"아니, 있어! 원곡 말이야. 아름다운 곡이라 올레그한테 몇 번 들려줬거든. 그런데 걘 가사를 'It's just a dreamy Gonzales'로 알고 있더라고." 해리는 다시 웃었다. 그리고 노래를 시작했다. "It's just a dreamy Gonz—."

"제발, 해리."

"알았어. 올레그 컴퓨터로 가서 인터넷에서 뭐 좀 찾아줄래?"

"뭐?"

"구글에 Wilco를 치고 홈페이지로 들어가봐. 올해 오슬로에서 콘서트를 하는지 봐줘. 하면 정확히 어디서 하는지도."

라켈이 6분 뒤에 돌아왔다.

"하나 있어." 라켈은 해리에게 어디인지 말했다.

"고마워." 해리가 말했다.

"그 목소리 또 나오네."

"어떤 목소리?"

"들뜬 목소리. 소년의 목소리."

불길한 철회색 구름이 적의 함대처럼 오후 4시에 오슬로 피오르의 상공으로 진군하고 있었다. 해리는 스케옌에서 프롱네르 공원 쪽으로 돌아서 토르발 에리히센스 길에 차를 세웠다. 벨만의 휴대전화로 세 번 전화를 걸어도 받지 않자 경찰청으로 전화해서 벨만이 아침 일찍 아들을 데리고 오슬로 테니스클럽으로 연습하러 갔다는 말을 들었다.

해리는 구름을 살폈다. 테니스클럽 안으로 들어가 시설을 둘러보았다.

최고급 클럽회관, 이판암 코트, 단단한 코트, 관중석까지 갖춘 중앙 코트도 있었다. 하지만 열두 개의 코트 중 두 개만 사용 중이었다. 노르웨이에서는 축구를 하고 스키를 탄다, 테니스를 친다고 하면 다들 휘파람을 불고 이상한 눈으로 본다.

해리는 이판암 코트에서 벨만을 찾았다. 벨만은 바구니에서 공을 꺼내 가볍게 쳐서 아들에게 넘기고 있었다. 백핸드 크로스코트 샷을 연습하는 것 같았다. 공이 사방으로 날아가서 장담할 수는 없었다.

해리는 벨만의 뒤쪽에 있는 문으로 코트에 들어가서 옆에 섰다.

"애가 좀 헤매는군." 해리가 담뱃갑을 꺼내며 말을 건넸다.

"해리." 미카엘 벨만이 하던 동작을 멈추지 않고 아들에게서 눈도 떼지 않고 말했다. "잘하는 거야."

"확실히 닮은 데가 있네. 쟤가……."

"내 아들. 필립. 열 살."

"세월 빠르네. 재능은 있나?"

"아빠를 조금 닮긴 했지만 난 믿어. 밀어붙이기만 하면 돼."

"그런 거 법적으로 안 될 거 같은데."

"우린 자식을 위해 최선을 다해, 해리. 그러다 조금 모질게 굴 수도 있지. 발을 움직이라니까, 필립!"

"마르틴 프란은 찾았나?"

"프란?"

"라디움 병원의 괴짜 곱추."

"어, 그래, 자네 느낌. 그렇기도 하고 아니기도 해. 그래, 확인은 해봤어. 아무것도 건진 게 없어. 전혀."

"음. 다른 걸 부탁할 생각이었는데."

"무릎을 굽혀야지! 뭘 부탁하려고?"

"영장. 구스토 한센을 다시 꺼내서 손톱 밑에 혈액이 나오면 새로 혈액 검사를 해볼 수 있게."

벨만이 아들에게서 눈을 뗐다. 해리가 진지하게 하는 말인지 보려는 것처럼.

"그럴듯한 자백이 나왔어, 해리. 영장은 기각될 거야."

"구스토의 손톱 밑에 혈액이 있었어. 테스트하기 전에 샘플이 사라졌고."

"있을 수 있는 일이야."

"아주 드물지."

"그럼 그게 누구 혈액인 거 같나, 네 생각엔?"

"몰라."

"몰라?"

"응. 다만 첫 번째 샘플이 파손된 게 누군가에게 위험해서라면."

"이를테면 자수한 마약상처럼. 아디다스였던가?"

"실명은 크리스 레디야."

"여하튼 올레그 페우케가 풀려났으니 이제 이 사건하고는 볼일 없는 거 아닌가?"

"여하튼 쟤는 백핸드하려면 라켓을 두 손으로 잡으면 안 되는 거 아닌가?"

"테니스를 좀 아나 보지?"

"텔레비전에서 좀 봤지."

"한 손으로 백핸드하면 인성 교육이 돼."

"혈액이 살인과 관련이 있는지 모르겠군. 누군가 구스토랑 얽히는 게 두려운 걸까?"

"이를테면?"

"두바이일지도. 아디다스가 구스토를 죽인 거 같진 않아."

"왜지?"

"닳고 닳은 마약상이 뜬금없이 자수를 해?"

"무슨 말인지 알았어." 벨만이 말했다. "그래도 자백이 나왔잖아. 그것도 아주 그럴듯한."

"이건 그냥 마약 살인이야." 해리는 빗맞은 공을 피해 몸을 숙였다. "또 깨뜨릴 증거도 충분하잖아."

벨만이 한숨을 쉬었다. "여기 사정은 전과 다르지 않아, 해리. 자원 압박이 심한 상태에서 이미 해결된 사건을 우선순위에 올릴 수는 없어."

"해결? 무엇에 관한 해결?"

"보스로서 애매한 설명도 받아들여야 돼."

"좋아, 그럼 두 가지 방법을 제시하지. 대신 집을 하나 찾는 걸 좀 도와줘."

벨만은 공을 치려다 말았다. "뭐?"

"알나브루의 살인. 투투라는 오토바이족. 내 정보원 말로는 그자는 드릴로 머리가 뚫렸어."

"그래서 그 정보원은 증언에 나선대?"

"아마도."

"두 번째는?"

"오페라하우스 앞으로 떠밀려온 위장경찰. 같은 정보원이 그 경찰이 두바이의 지하실 바닥에 쓰러져 있던 걸 봤어."

벨만은 한쪽 눈을 가늘게 떴다. 물감이 튄 것 같은 잡티가 확 달아올라서 호랑이 같았다.

"아빠!"

"탈의실에 가서 물통을 채워 와, 필립."

"탈의실은 잠겼어요, 아빠!"

"그럼 비밀번호는?"

"국왕이 태어난 해였는데 기억이—."

"기억해내서 갈증을 풀어, 필립."

소년은 두 팔을 옆으로 축 늘어뜨리고 느릿느릿 문으로 나갔다.

"원하는 게 뭐지, 해리?"

"프레데리케플라센 부근의 대학교와 반경 1킬로미터 안을 샅샅이 뒤질 지원팀을 원해. 그리고 여기 이 설명에 들어맞는 단독주택 명단하고." 해리는 벨만에게 종이 한 장을 건넸다.

"프레데리케플라센에서 무슨 일이 있었는데?"

"그냥 콘서트."

벨만은 해리가 더 말해주지 않을 걸 알고 종이를 보고 소리 내어 읽었다. "'낡은 목조주택, 긴 조약돌 진입로, 낙엽수, 현관 앞 계단, 지붕 없는'? 블린데른의 주택 절반이 해당될 것 같은데. 뭘 찾는 거지?"

해리는 담뱃불을 붙였다. "쥐구멍. 독수리의 둥지."

"우리가 이걸 찾으면 어떻게 되는데?"

"너랑 네 부하들은 수색 영장을 받아야 움직일 수 있지만 나 같은 일반 시민은 가을날 하룻밤을 날리는 셈치고 근처 집에 피해 있으면 돼."

"알았어, 뭘 할 수 있는지 알아보지. 대신 두바이란 자를 찾는 데 왜 그렇게 열을 올리는지나 설명해."

해리는 어깨를 으쓱였다. "직업병 같은 거겠지. 명단을 받으면 거기 맨 아래에 있는 주소로 이메일을 보내줘. 그럼 난 널 위해 뭘 해줄 수 있는지 알아보지."

필립이 물 없이 빈손으로 돌아오는 사이 해리는 거기서 나왔다. 차로 가는 길에 공이 라켓 틀에 맞는 소리와 낮게 욕하는 소리가 들렸다.

저 멀리 구름의 함대에서 대포 소리가 쩌렁쩌렁 울렸다. 해리가 차에 탈 즈음 사방이 밤처럼 어두워졌다. 그는 시동을 걸고 한스 크리스티안 시몬센에게 전화를 걸었다.

"해리입니다. 현행법상 묘지 훼손에 대한 처벌이 어떻게 됩니까?"

"어, 4년에서 6년쯤 될 걸요."

"그만한 위험을 감수할 생각 있습니까?"

잠시 침묵. "무슨 일로?"

"구스토를 살해한 자를 잡으려고요. 올레그를 쫓는 자일 수도 있고."

"제가 그럴 생각이 없다면요?"

아주 짧은 침묵.

"할게요."

"좋아요, 구스토가 묻힌 데가 어딘지 알아보고 삽이랑 손전등이랑 손톱가위랑 스크루드라이버 두 개를 가져와요. 내일 밤에 합니다."

솔리 플라스를 지날 때 비가 쏟아졌다. 빗줄기가 건물 지붕에 떨어지고 도로에 떨어지고 크바드라투렌의 어느 바의 열린 문 건너편에 서 있는 남자에게로 떨어졌다.

해리가 들어서자 프런트의 청년이 시무룩한 얼굴로 쳐다보았다.
"우산 빌려드릴까요?"
"호텔에 비가 새지만 않으면 괜찮습니다." 해리가 빗자루 같은 머리를 쓸어 넘기자 공기 중에 미세한 물방울이 튀었다. "메시지 온 거 있습니까?"
청년은 농담이라도 들은 양 웃었다.

해리는 3층으로 계단을 올라가다 밑에서 발소리가 난 것 같아 멈췄다. 가만히 귀를 기울였다. 정적. 그의 발소리가 울린 걸 수도 있고 뒤따라오던 누군가도 멈춘 걸 수도 있었다.

해리는 천천히 계속 걸었다. 복도에서 걸음을 빨리해 열쇠구멍에 열쇠를 끼우고 문을 열었다. 어두운 방을 획 둘러보고 뒷마당 건너편 불 켜진 여자의 방을 내다보았다. 아무도 없었다. 거기도 없고, 여기도 없었다.

그는 불을 켰다.

불이 켜지자 유리창에 비친 그가 보였다. 그리고 뒤에 서 있는 누군가도. 순간 어깨를 움켜잡는 억센 손아귀 힘이 느껴졌다.

그렇게 빠르고 소리 없이 돌아다닐 수 있는 건 유령밖에 없을 거라고 생각했지만 이미 늦었다.

27

"그들을 봤네. 한 번. 마치 장례식 같았지."

카토는 크고 더러운 손으로 여전히 해리의 어깨를 붙잡고 있었다. 해리는 숨을 헐떡였다. 갈비뼈에 폐가 눌린 느낌이었다.

"누구요?"

"그 몹쓸 물건을 팔던 사람이랑 얘기하던 중이었어. 비스켄이라고, 가죽 개목걸이를 찬 남자. 그자가 겁먹고 날 찾아왔어. 그 베레모 경찰이 그자를 헤로인 소지죄로 체포했고, 그자가 경찰한테 두바이가 사는 곳을 불었어. 베레모는 그자에게 법정에서 증언하면 증인으로 보호해주고 사면시켜주겠다고 약속했어. 내가 거기 서있을 때 그들이 검은 차를 타고 왔어. 검은 슈트, 검은 장갑. 나이가 많은 양반이더군. 얼굴이 넓적하고. 백인 원주민 같았어."

"누구 말입니까?"

"그자를 봤지만…… 그자는 거기 없었어. 유령처럼. 비스켄은 그자를 보고 꼼짝도 못하더군. 그들에게 잡혀갈 때도 도망치려 하거나 저항하지 않았어. 그들이 떠난 뒤에는 모든 게 꿈인가 싶었지."

"전에는 왜 이 얘기를 안 했습니까?"

"난 겁쟁이야. 담배 가진 거 있나?"

해리는 그에게 담뱃갑을 주고 카토는 의자에 풀썩 주저앉았다.

"자네는 유령을 쫓는 거야. 난 엮이고 싶지 않네."

"그런데요?"

카토는 어깨를 으쓱이고 손을 내밀었다. 해리가 라이터를 건넸다.

"난 다 죽어가는 늙은이야. 잃을 게 없지."

"죽어가요?"

카토가 담뱃불을 붙였다. "심각한 건 아니라도. 우린 다 죽어가, 해리. 난 그저 자넬 돕고 싶을 뿐이야."

"뭘 도와요?"

"모르지. 자네 계획이 뭔가?"

"당신을 믿어도 됩니까?"

"그야 안 되지. 날 믿으면 안 돼. 그래도 난 주술사야. 남에게 안 보이게 할 수도 있어. 아무에게도 눈에 띄지 않고 돌아다닐 수 있어."

해리는 턱을 문질렀다. "왜죠?"

"왜인지는 말했잖아."

"다시 물을게요."

카토는 해리를 보았다. 처음에는 힐난하는 눈길로. 그러다 그게 통하지 않자 짜증스러운 듯 깊은 한숨을 내뱉었다. "나도 한때 아들이 있어서일 게야. 제대로 돌보지도 못했지. 어쩌면 이건 새로운 기회일지도. 새로운 기회라는 거 믿나, 해리?"

해리는 늙은 남자를 보았다. 얼굴에 팬 골이 어둠 속에서 더 깊어 보였다. 계곡처럼, 칼에 벤 흉터처럼. 해리가 손을 내던지듯 내밀자 카토가 마지못해 주머니에서 담뱃갑을 꺼내 돌려주었다.

"고마워요, 카토. 필요하면 말씀드릴게요. 지금은 일단 두바이를 구스토의 죽음과 연결시켜야 돼요. 거기서부터 경찰 조직 내부의 버너에게로 곧바로 연결되고, 두바이의 집에서 익사한 위장경찰의 죽음으로까지 연결될 겁니다."

카토가 천천히 고개를 저었다. "자네는 순수하고 용기 있는 사람이야, 해리. 천국에 갈 걸세."

해리는 담배를 입에 물었다. "그럼 어쨌든 행복한 결말이군요."

"축하할 일이지. 한잔 권해도 되겠나, 해리 홀레?"

"돈은 누가 내고요?"

"나지, 물론. 뭐 자네가 낸다면야. 자네는 짐한테 인사하고 난 조니한테 인사하고."

"어서 가세요."

"이봐. 짐은 알고 보면 좋은 친구야."

"잘 가요. 푹 자요."

"잘 있게. 너무 푹 자진 말고, 저기 혹시―."

"가세요."

그것은 내내 거기 있었지만 꾸역꾸역 잘 참아냈다. 지금까지, 카토가 권하기 전까지는. 그걸로 끝이었다. 이제는 속을 갉아먹는 고통을 모른 척할 수 없었다. 바이올린이 슬슬 시동을 걸더니 개들이 다시 풀려났다. 이제 개들이 으르렁거리고 할퀴고 목청이 찢어져라 짖어대며 그의 내장을 물어뜯었다. 해리는 침대에 누워 눈을 감고 빗소리를 들으며 어서 잠이 와서 그를 데려가주길 바랐다.

그러지 않았다.

그의 휴대전화에는 두 글자로 저장된 번호가 딱 하나 있었다.

AA. 익명의 알코올중독자Alcoholics Anonymous. 트뤼그베, AA 회원이고 해리가 결정적 고비에 이르기 전에 몇 번 이용한 후원자였다. 3년. 왜 하필 지금이야? 모든 걸 걸고 싸워야 하기에 그 어느 때보다 정신이 말짱해야 할 지금? 그것은 광기였다. 밖에서 비명이 들렸다. 이어서 웃음소리가 들렸다.

11시 10분에 그는 일어나서 밖으로 나갔다. 빗줄기가 머리에 떨어지는 것도 거의 느끼지 못한 채 길을 건너고 열린 문으로 향했다. 이번에는 뒤에서 발소리가 들리지 않았다. 커트 코베인의 음성이 그의 이도를 가득 채우고 그를 안아주는 것 같았다. 그는 안으로 들어가 카운터 앞 스툴에 앉아 바텐더를 불렀다.

"위스…… 키. 짐…… 빔."

바텐더는 카운터를 닦다 말고 행주를 코르크스크루 옆에 내려놓고 거울 선반에서 술병을 꺼냈다. 술을 따랐다. 술잔을 카운터에 놓았다. 해리는 술잔 양옆에 팔을 올리고 황갈색 술을 노려보았다. 그 순간 다른 건 아무것도 존재하지 않았다.

너바나도, 올레그도, 라켈도, 구스토도, 두바이도. 토르 슐츠의 얼굴도. 거리의 소음을 죽이며 들어온 형체도. 등 뒤의 움직임도. 칼날이 튀어나올 때 노랫가락처럼 울리던 스프링 소리도. 1미터쯤 뒤에서 다리를 모으고 두 손을 아래로 내리고 선 세르게이 이바노프의 거친 숨소리도.

세르게이는 남자의 등을 보았다. 남자가 두 손을 카운터에 올려놓았다. 이보다 더 완벽할 순 없었다. 그 시간이 왔다. 심장이 고동쳤다. 심장이 신선한 피를 세차게 내보냈다. 처음 조종실에서 헤로인을 가지고 나왔을 때처럼. 두려움은 다 사라졌다. 이제 아니까, 그는 살아 있으니까. 그는 살아 있고 앞에 있는 남자를 죽이려 했다. 이 남자의 목숨을 **빼앗아** 그의 목숨으로 취할 것이다. 이런 생각만으로도 성장한 것 같았다. 이미 적의 심장을 먹어치운 것 같았다. 지금이야. 움직여. 세르게이는 숨을 깊이 들이쉬고 앞으로 한 걸음 나가서 왼손을 해리의 머리에 얹었다. 은총을 내리듯이. 세례를 해주듯이.

28

세르게이 이바노프는 잡지 못했다. 잡히지 않았다. 남자의 머리
통과 머리털이 빌어먹을 비에 흠뻑 젖은 데다 짧고 뾰족한 머리털
이 손가락 새로 빠져나가 남자의 머리통을 뒤로 잡아채지 못했다.
세르게이는 다급히 왼손을 뻗어 남자의 이마를 잡아당겨 목에 칼
을 들이댔다. 남자의 몸이 홱 움직였다. 세르게이는 칼을 그었다.
칼날이 살에 닿아 살점을 가른 느낌이 들었다. 됐어! 엄지로 뜨거
운 피가 쏟아졌다. 생각만큼 깊이 들어가진 않았지만 심장박동 세
번이면 끝장날 터였다. 세르게이는 눈을 들어 거울 속에서 분수처
럼 뿜어 나오는 피를 보았다. 가지런히 드러난 이빨이 보이고 그
아래로 벌어진 상처에서 나온 피가 셔츠 앞섶을 적시고 있었다. 그
리고 남자의 눈을 보았다. 그 표정, 냉정하고 성난 포식자의 부릅
뜬 눈을 보고서야 아직 끝난 게 아니란 걸 알았다.

해리는 누군가의 손이 머리에 닿는 느낌이 들자 본능적으로 알
았다. 취객이나 예전에 알던 사람이 아니라 그들이라는 걸. 손이
미끄러지는 10분의 1초 동안 거울 속에서 번쩍하는 금속을 보았

다. 그게 어디로 가는지는 이미 알았다. 이어서 그 손이 그의 이마를 잡고 뒤로 잡아챘다. 목과 칼날 사이에 손을 밀어 넣기에는 이미 늦어서 발걸이를 딛고 몸을 일으켜 세우면서 턱은 가슴에 딱 붙였다. 칼이 살점을 가르는 동안 통증이 느껴지지 않았고, 칼이 턱을 가르고 뼈 주위의 섬세한 막을 뚫을 때까지도 아무 느낌이 없었다.

그러다 거울 속 남자와 눈이 마주쳤다. 남자가 그의 머리채를 자기 쪽으로 잡아당기자 꼭 두 친구가 사진을 찍으려고 포즈를 취하는 모양새가 되었다. 칼날이 그의 턱과 가슴을 누르고 양 옆의 경동맥 중 하나를 찾아 들어가는 느낌이 들었고, 몇 초 안에 찾으리라는 걸 알았다.

세르게이는 팔 전체로 남자의 이마를 감싸 있는 힘껏 잡아챘다. 남자의 머리가 뒤로 젖혀지고 거울 속에서 칼날이 마침내 턱과 가슴 사이의 틈새를 찾아 미끄러져 들어가는 게 보였다. 칼날이 목으로 파고들어 오른쪽으로, 경동맥으로 향했다. '*блин!*'[*] 남자가 오른손을 들어 칼과 경동맥 사이에 손가락을 찔러 넣었다. 그래봤자 예리한 칼날에 손가락이 잘려나갈 게 뻔했다. 세게 누르기만 하면 된다. 그는 당겼다. 또 당겼다.

해리는 칼날이 들어오는 걸 느꼈지만 그 이상은 들어오지 못할 걸 알았다. 중량 대비 강도가 최고인 금속. 티타늄을 자를 수 있는 건 없다. 홍콩제든 아니든 간에. 다만 상대는 힘이 셌고, 곧 칼날이

---

[*] 러시아어로 '젠장!'을 덜 속되게 표현한 말.

들어가지 않는 걸 알아챌 터였다.

해리는 다른 손으로 앞을 더듬어 술잔을 쓰러뜨리고 뭔가를 찾았다.

T자형 코르크스크루. 짧은 나선이 달린 가장 단순한 종류였다. 해리는 엄지와 검지 사이로 뾰족한 끝이 튀어나오게 손잡이를 잡았다. 칼날이 보철 손가락을 미끄러지는 소리가 들리자 공포가 엄습했다. 거울을 보려고 가까스로 눈을 내렸다. 상대가 어디를 겨냥하는지 보려고. 손을 옆으로 들어서 뒤로 그의 머리 뒤를 가격했다.

코르크스크루의 뾰족한 끝이 남자의 목옆을 찌르자 남자의 몸이 뻣뻣해졌다. 하지만 깊이 들어가지는 않고 살갗만 찌른 정도라서 남자를 막지는 못했다. 남자가 칼을 왼쪽으로 옮기기 시작했다. 해리는 정신을 집중했다. 코르크스크루는 힘이 세고 많이 다뤄본 솜씨를 필요로 했다. 그래도 두 번만 돌리면 코르크 안으로 깊숙이 뚫고 들어간다. 해리는 두 번 돌렸다. 살을 찢고 들어가는 느낌이 들었다. 구멍이 뚫리는 느낌. 부드럽게 막히는 느낌이 들었다. 식도. 그리고 뽑았다.

레드와인이 가득 든 통 옆구리에서 마개를 뽑은 것 같았다.

세르게이 이바노프는 온전한 정신으로 거울 속에서 첫 번째 심장박동이 혈액을 오른쪽으로 퍼내는 과정을 모두 보았다. 그의 뇌는 인식하고 분석하고 결과를 도출했다. 그가 목을 베려던 남자가 코르크스크루로 그의 대동맥을 찾아 끌어당겼고, 지금 그의 목에서 피가 콸콸 쏟아지고 있었다. 세르게이는 두 번째 심장박동이 일어나 의식을 잃기 전에 세 가지를 더 생각했다.

삼촌을 실망시켰다.

다시는 그리운 시베리아를 보지 못한다.

문신에 거짓을 새긴 채 땅에 묻히게 생겼다.

그리고 세 번째 심장박동에 쓰러졌다. 노래 한 곡이 끝날 때쯤, 세르게이 이바노프는 사망했다.

해리는 스툴에서 일어섰다. 거울로 턱을 가른 칼자국을 보았다. 하지만 그게 최악은 아니었다. 목에 깊숙이 난 상처에서 피가 뚝뚝 떨어지고 이미 옷깃이 다 물들었다.

바에 있던 다른 손님 셋도 나가고 없었다. 그는 바닥에 쓰러진 남자를 보았다. 목에 난 깊은 상처에서 피가 계속 나왔지만 콸콸 솟구치지는 않았다. 심장이 박동을 멈추었고, 그를 소생시키려 해봐야 소용이 없다는 뜻이었다. 아직 목숨이 붙어 있다고 해도 누가 보냈는지는 절대로 밝히지 않을 터였다. 셔츠 위로 나온 문신을 보고 알았다. 무엇을 상징하는지 알아보지는 못했지만 러시아인의 문신이라는 건 알았다. 검은 옥수수파일지도. 그들의 문신은 거울 선반에 딱 붙은 채 충격으로 검은 동공이 흰자를 다 덮을 듯 커진 바텐더의 전형적인 서구의 문신과는 달랐다. 너바나의 곡이 끝나고 완벽한 정적이 엄습했다. 해리는 쓰러진 위스키 잔을 보았다.

"어질러서 미안합니다." 해리가 말했다.

그러고는 카운터에서 행주를 집어 우선 손이 닿았던 자리부터 닦고 술잔을 닦고 제자리에 둔 코르크스크루의 손잡이도 닦았다. 그의 피가 카운터나 바닥에 떨어지지 않았는지 살폈다. 그리고 죽은 남자에게 몸을 숙여 피 묻은 손과 기다란 상아 손잡이와 얇은 칼날을 닦았다. 다른 용도로는 전혀 쓸모없고 오로지 무기로만 쓰이는 칼이라 다른 어떤 칼보다 더 묵직했다. 칼끝이 일본 회칼만큼 예리했다. 해리는 잠시 망설였다. 그리고 칼날을 손잡이에 접어 넣고 잠글 때 나는 부드러운 딸깍 소리가 나자 안전장치를 누르고 재킷 주머니에 넣었다.

"달러로 계산해도 됩니까?" 해리는 이렇게 물으면서 행주를 쥔 채 지갑에서 20달러짜리 지폐를 꺼냈다. "미국의 법정화폐라고 적혀 있군요."

바텐더는 뭔가 말하고 싶은 듯 작게 웅얼거릴 뿐 말할 힘도 잃었다.

해리는 나가려다 멈췄다. 돌아서 거울 선반의 술병을 보았다. 다시 입술을 핥았다. 잠시 그대로 서 있었다. 그리고 몸을 부르르 떠는가 싶더니 밖으로 나갔다.

해리는 퍼붓는 빗속에서 길을 건넜다. 그들은 그가 어디 묵는지 안다. 물론 미행했을 수도 있지만 프런트의 청년일 수도 있었다. 아니면 호텔 투숙객이 통상적으로 적는 숙박부에서 그의 이름을 찾아낸 버너일 수도 있었다. 뒷마당을 통하면 눈에 띄지 않고 방으로 들어갈 수 있었다.

뒷마당의 길가 쪽 문이 잠겨 있었다. 해리는 욕을 했다.

들어갈 때 프런트에 아무도 없었다.

계단을 오르고 복도를 지나면서 연푸른색 리놀륨 바닥에 모스 부호처럼 붉은 점을 뚝뚝 떨어뜨렸다.

방에 들어가 침대 옆 탁자에서 반짇고리를 꺼냈다. 욕실로 가서 옷을 벗고 세면대로 몸을 숙이자 세면대가 금세 피로 시뻘겋게 물들었다. 수건에 물을 적셔 턱과 목을 닦았지만 목에 난 상처에 이

내 피가 더 많이 고였다. 차가운 백색 조명 아래서 바늘귀에 실을 꿰어 허옇게 벌어진 피부에 바늘을 찔렀다. 먼저 상처의 아래쪽을 찌르고 이어서 위쪽을 찔렀다. 꿰매다 말고 피를 닦고 다시 꿰맸다. 거의 다 꿰맬 즈음 실이 끊어졌다. 그는 욕을 하고 가닥 양끝을 빼고 실을 두 겹으로 해서 다시 꿰매기 시작했다. 이어서 턱에 난 상처도 꿰맸다. 이번에는 좀 더 수월했다. 상체의 피를 씻어내고 여행가방에서 깨끗한 셔츠를 꺼냈다. 그리고 침대에 앉았다. 어지러웠다. 하지만 마음이 급했다. 그들이 멀리 있지 않을 것이다. 그가 아직 살아 있다는 사실이 전해지기 전에 급히 움직여야 했다. 한스 크리스티안 시몬센에게 전화를 걸었다. 네 번째 벨소리가 울리고 졸린 목소리가 받았다. "한스 크리스티안입니다."

"해리입니다. 구스토는 어디에 묻혔습니까?"

"베스트레 묘지요."

"준비됐습니까?"

"예."

"오늘 밤에 합니다. 한 시간 뒤 묘지 동쪽 진입로에서 만납시다."

"지금요?"

"네. 그리고 올 때 반창고 좀 가져와요."

"반창고요?"

"이발사가 영 서툴러서. 지금부터 60분입니다, 알았습니까?"

잠깐의 침묵. 한숨. "알았어요."

전화를 끊으려다 졸린 목소리, 다른 누군가의 목소리를 들은 것 같았다. 하지만 옷을 입을 때는 이미 잘못 들은 거라고 믿어버렸다.

해리는 홀로 선 가로등 아래 서 있었다. 20분쯤 기다리자 검정색 운동복의 한스 크리스티안이 오솔길로 뛰어왔다.

"차는 모노리트바이엔에 세워뒀어요." 한스 크리스티안이 숨을 헐떡이며 말했다. "무덤을 팔 때는 리넨 슈트를 입어야 되나 보죠?"

해리가 고개를 들자 한스 크리스티안의 눈이 휘둥그레졌다. "세상에, 얼굴이 왜 그 모양이에요? 그 이발사가—."

"그 집엔 가지 마요." 해리가 말했다. "자자, 불빛에서 벗어납시다."

어둠으로 나오자 해리가 멈췄다. "반창고는요?"

"여기요."

한스 크리스티안이 뒤편 언덕 위의 불 꺼진 집들을 두리번거리는 사이 해리는 목과 턱의 꿰맨 자리에 조심스럽게 반창고를 붙였다.

"진정해요. 아무도 우릴 못 보니까." 해리가 삽을 하나 들고 앞장섰다. 한스 크리스티안은 부리나케 해리를 쫓아가면서 손전등을 꺼내 스위치를 눌렀다.

"이젠 잘 보이겠네." 해리가 말했다.

한스 크리스티안은 손전등을 껐다.

그들은 전쟁 기념 묘지를 가로지르고 영국 해군 묘지를 지나서 계속 자갈길을 따라갔다. 해리는 죽는다고 다 평등해지는 건 아닌가 보다고 생각했다. 오슬로 서쪽의 묘지는 동쪽보다 묘비가 더 크고 더 화려했다. 그들이 발을 딛을 때마다 자갈길에서 저벅저벅 소리가 났다. 걸음이 점점 빨라지자 자갈길의 발소리가 한 음으로 길게 이어졌다.

그들은 집시의 무덤 앞에 멈췄다.

"시간이 없어요." 한스 크리스티안은 이렇게 속삭이고 인쇄해온 지도를 비스듬히 펼쳐들어 흐린 달빛에 비춰보려 했다.

해리는 등 뒤의 어둠을 노려봤다.

"왜 그래요?" 한스 크리스티안이 속삭였다.

"발소리를 들은 거 같아서. 우리가 멈추니까 그 소리도 끊겼어요."

해리는 공기에서 냄새를 맡으려는 듯 고개를 들었다.

"메아리군." 해리가 말했다. "갑시다."

2분 뒤 그들은 소박한 검은 돌 앞에 섰다. 해리는 손전등을 비석에 가까이 대고 스위치를 켰다. 묘비에 새겨진 글자 위에 금칠이 되어 있었다.

구스토 한센
14. 03. 1992 – 12. 07. 2011
여기 잠들다

"찾았군." 해리가 기뻐하는 기색은 전혀 없이 속삭였다.

"이제 어떻게—." 한스 크리스티안이 말을 꺼내다가 해리가 부드러운 흙에 삽을 꽂는 소리에 입을 닫았다. 그리고 삽을 잡고 땅에 꽂았다.

3시 반, 달이 구름 뒤로 숨을 때 해리의 삽이 단단한 무언가에 닿았다.

15분 뒤 하얀 관이 드러났다.

둘 다 스크루드라이버를 잡고 관 위에 꿇어앉아 관 뚜껑에 박힌 여섯 개의 나사를 풀었다.

"둘 다 여기 있으면 뚜껑을 못 열어요." 해리가 말했다. "한 사람이 올라가야 다른 사람이 관을 열 수 있어요. 누가 갈까요?"

한스 크리스티안이 벌써 기어 나가고 있었다.

해리는 한 발을 관 옆에 대고 다른 발은 흙벽에 대고 관 뚜껑 밑에 손가락을 끼웠다. 그리고 온 힘을 끌어모으며 습관적으로 입으로 호흡했다. 눈을 내리기도 전에 관속에서 나오는 열기가 느껴졌다. 시신이 부패할 때 에너지가 발생하는 건 알고 있었지만 목덜미의 털이 쭈뼛 서게 만드는 건 소리였다.

살 속에 구더기가 우글거리는 소리. 해리는 무릎으로 관 뚜껑을 무덤 옆으로 밀었다.

"여길 비춰봐요." 해리가 말했다.

시체의 입과 코의 안팎을 기어 다니는 허연 구더기가 불빛에 번들거렸다. 안구가 맨 먼저 파먹힌 탓에 눈꺼풀이 움푹 꺼졌다.

해리는 한스 크리스티안이 구역질하는 소리를 차단하고 분석력을 발휘했다. 얼굴이 검게 변색되어 시체가 구스토 한센인지 알아볼 수 없을 지경이었지만 머리카락 색깔과 얼굴의 형태로 구스토라는 걸 알 수 있었다.

하지만 해리의 시선을 끌고 숨을 멎게 한 게 있었다.

구스토가 피를 흘리고 있었다.

하얀 수의 위로 붉은 장미가 자라고 있었다. 붉게 번지는 피의 장미.

잠시 후 해리는 그 피가 자신에게서 떨어지는 거란 걸 알았다. 얼른 목을 잡았다. 손가락에 찐득한 피가 묻었다. 꿰맨 자리가 터진 것이다.

"당신 티셔츠." 해리가 말했다.

"네?"

"여기 수습할 게 필요해요."

지퍼 내리는 소리가 잠깐 들리더니 잠시 후 티셔츠가 불빛 쪽으로 날아왔다. 해리는 그걸 잡아채서 로고를 보았다. 무료 법률 지원. 세상에, 이상주의자로군. 해리는 일단 티셔츠를 목에 감으면서도 소용이 있을지 어떨지 몰랐다. 당장은 그 수밖에 없었다. 다시 구스토에게 몸을 숙여 양손으로 수의를 잡아 찢었다. 시체가 시커멓게 변하고 살짝 부풀었고, 가슴의 총알 구멍에서 구더기들이 기어 나왔다.

보고서에서 적힌 상처 부위를 볼 수 있었다.

"가위 줘요."

"가위."

"손톱가위."

"이런." 한스 크리스티안이 헛기침을 했다. "그걸 깜빡했네. 차에 뭔가 있을 거예요. 제가—"

"아니, 됐어요." 해리가 재킷 주머니에서 긴 스위치블레이드를 꺼냈다. 안전장치를 풀고 버튼을 눌렀다. 칼날이 거칠게 튀어나와 손잡이가 흔들릴 정도였다. 칼의 완벽한 균형이 느껴졌다.

"무슨 소리가 들려요." 한스 크리스티안이 말했다.

"슬립낫 노래예요." 해리가 말했다. "'Pulse of the Maggots.'" 해리는 나직이 흥얼거렸다.

"아뇨, 이런. 누가 와요!"

"손전등을 잘 보이게 맞춰놓고 도망쳐요." 해리는 구스토의 손을 들어 오른손 손톱을 살폈다.

"그럼 당신―."

"도망치라니까." 해리가 말했다. "당장."

한스 크리스티안의 발소리가 멀어졌다. 구스토의 가운뎃손가락 손톱이 더 짧게 잘려 있었다. 해리는 검지와 중지를 살폈다. 그리고 차분히 말했다. "장의사에서 나왔습니다. 잔업 중입니다."

그리고 고개를 들었다. 유니폼 차림의 앳돼 보이는 경비가 무덤 가에 서서 해리를 내려다보았다.

"유족들이 매니큐어가 마음에 안 든다고 하시네요."

"나와요, 당장!" 경비가 살짝 떨리는 목소리로 명령했다.

"왜요?" 해리는 재킷 주머니에서 작은 비닐 백을 꺼내 가운뎃손가락 밑에 대고 공들여 손톱을 잘랐다. 칼날에 손톱이 버터처럼 잘렸다. 과연 끝내주는 칼이었다. "그쪽한텐 안 된 일이지만 불법 침입자를 만나면 정면으로 맞서지 말라는 지침을 받았을 텐데."

해리는 칼끝으로 짧은 손톱 밑에서 말라붙은 피를 긁어냈다.

"그러면 여기서 해고되고 경찰대학에서도 쫓겨나고 큰 총을 들고 돌아다니면서 정당방위로 사람을 쏘지도 못하게 될 텐데."

해리는 이제 검지에 집중했다.

"지시받은 대로 하고 경찰서 어른들이나 부르시지. 잘하면 반시간 내 도착할 테고. 현실적으로는 내일 근무시간까지 기다려야 할 수도 있고. 됐다!"

해리는 비닐 백을 닫아 재킷 주머니에 넣고 관 뚜껑을 다시 덮고 무덤에서 기어 나왔다. 슈트에 묻은 흙을 털고 허리를 숙여서 삽과 손전등을 집었다.

자동차 헤드라이트가 예배당으로 들어오는 게 보였다.

"사실 그분들이 당장 오신다고 했거든." 앳된 경비가 이렇게 말하면서 안전한 거리만큼 뒤로 물러났다. "총 맞은 사람의 무덤이라고 말해뒀지. 당신 누구야?"

해리가 손전등을 끄자 사방이 캄캄해졌다.

"네가 응원해야 할 사람."

그리고 뛰기 시작했다. 예배당에서 멀어지는 동쪽으로 달리면서 아까 들어온 길로 되짚어 나갔다.

프롱네르 공원의 가로등으로 보이는 환한 불빛을 기준으로 방위를 파악했다. 일단 공원까지만 가면 현재 상태로는 그들을 따돌릴 수 있었다. 개를 풀지 않기만 바랐다. 개라면 질색이었다. 묘비와 꽃다발에 걸려 넘어지지 않으려고 되도록 자갈길로 달렸지만 자갈 밟히는 소리에 뒤따라오는 소리가 잘 들리지 않았다. 전쟁 기념 묘지 앞에서 풀밭으로 들어갔다. 뒤쫓는 소리가 들리지 않았다. 그러다 보았다. 나무 꼭대기 위로 흔들리는 한줄기 빛을. 누군가 손전등을 들고 그를 쫓아오고 있었다.

해리는 다시 자갈길로 들어가 공원으로 달렸다. 목덜미의 통증은 잊고 느긋하고 효율적인 방법으로 뛰면서 호흡에만 집중했다. 그냥 여기서 나가는 거라고 속으로 되뇌었다. 거대한 기념비 쪽으로 뛰어가면서 해리는 언덕 너머까지 이어진 길의 가로등 아래에 있는 그가 그들 눈에는 동쪽의 공원 정문으로 이동하는 것으로 보일 거라고 판단했다.

그는 언덕 위로 올라갔다가 넘어가면서 그들의 시야에서 벗어나자 곧바로 남서쪽의 마세루드 알레로 방향을 돌렸다. 아드레날린의 효력으로 여태 뛰어오긴 했지만 이제 근육이 뭉치는 느낌이 들었다. 잠깐 세상이 아득해지고 순간 의식을 잃은 것 같았다. 다시 정신이 들자 갑자기 속이 울렁거리고 극심한 현기증이 일었다. 아래를 보았다. 재킷 소매로 피가 흐르고 손가락 사이로 뚝뚝 떨어져서 마치 할아버지 집에서 먹던 빵 조각에 떨어진 딸기잼 같았다. 멀리는 못 갈 것 같았다.

그는 목을 길게 뺐다. 언덕 위 가로등 불빛 사이에 형체가 하나 보였다. 덩치는 큰데 뛰는 품이 가뿐했다. 딱 달라붙은 검은 옷. 경찰 제복은 아니었다. 델타 쪽 사람일까? 오밤중에 신고를 받고 곧바로 출동했다고? 누가 무덤 하나 판다고?

해리는 휘청거리면서도 중심을 잡았다. 이런 상태로는 아무도 따돌리지 못했다. 숨을 곳을 찾아야 했다.

마세루드 알레의 한 집으로 정했다. 도로를 벗어나 경사진 풀밭으로 뛰어 내려가면서 넘어지지 않으려고 팔을 뻗어야 했다. 아스팔트 도로를 건너고 야트막한 말뚝 울타리를 뛰어넘어 사과나무 사이로 들어가 그 집의 뒤편으로 돌아갔다. 길게 자란 축축한 풀밭에 몸을 던졌다. 숨을 깊이 들이쉬자 토할 것처럼 위가 쪼그라들었다. 그는 호흡에 집중하면서 귀를 기울였다.

아무 소리도 들리지 않았다.

하지만 그들이 들이닥치는 건 시간문제였다. 또 제대로 된 붕대

를 목에 대야 했다. 일어나서 그 집 테라스로 갔다. 현관문의 유리
창으로 들여다보았다. 거실이 어두웠다.

유리창을 발로 차서 손을 넣었다. 오래되고 순진해빠진 노르웨이
인들의 습관답게 열쇠가 문에 있었다. 그는 가만히 어둠 속으로 들
어갔다.

숨을 참았다. 침실은 2층에 있을 것 같았다.

그는 테이블 램프를 켰다.

폭신한 의자. 캐비닛 TV. 백과사전. 가족사진이 잔뜩 놓인 테이
블. 뜨개질감. 나이 든 사람들이 사는 집. 노인들은 잘 잔다. 아니,
못 자던가?

해리는 주방을 찾아들어가 불을 켰다. 서랍을 뒤졌다. 포크와 나
이프, 행주. 어릴 때 집에서 그런 물건을 어디다 뒀는지 기억을 더
듬었다. 밑에서 두 번째 서랍을 열었다. 거기에 있었다. 일반 테이
프, 포장용 투명테이프, 그리고 한쪽에 천이 발라진 은색 강력테이
프. 그는 은색 테이프를 꺼내고 문을 두 개 열어본 후 욕실을 찾았
다. 재킷과 셔츠를 벗고 머리를 욕조에 대고 손에 드는 샤워기 아
래 목에 댔다. 하얀 에나멜 욕조에 순식간에 시뻘건 필터가 덮였
다. 티셔츠로 몸을 닦고 손가락으로 벌어진 상처를 모아서 꽉 누르
고 은색 테이프를 서너 번 칭칭 감았다. 너무 꽉 감지 않았는지 확
인했다. 어쨌든 피가 뇌로 가긴 해야 하니까. 셔츠를 다시 입었다.
순간 정신이 아득했다. 욕조 가장자리에 앉았다.

기척이 느껴졌다. 고개를 들었다.

문 앞에 노부인이 하얗게 질린 얼굴에 놀라서 크게 뜬 눈으로 그
를 바라보고 있었다. 잠옷 위에 빨간색 퀼트 실내복을 걸치고 있었
다. 노부인이 움직일 때마다 이상한 광택과 정전기가 일었다. 발암

물질이든 석면이든 뭐든 요새는 나오지 않고 금지된 합성섬유 재질 같았다.

"경찰이에요." 해리가 말했다. 기침을 했다. "전직 경찰. 제가 지금 곤란한 처지입니다."

노부인은 아무 말도 않고 가만히 서 있었다.

"깨진 유리 값은 당연히 물어드릴게요." 해리는 욕실 바닥에 떨어진 재킷을 집어 들어 지갑을 꺼냈다. 그리고 세면대에 지폐 몇 장을 놓았다. "홍콩달러예요. 실은…… 보기보다 괜찮아요."

해리는 미소를 지으려다 주름진 볼에 흐르는 눈물을 보았다.

"아, 저런." 해리는 공황 상태에, 미끄러져 중심을 잃는 느낌에 빠졌다. "겁먹지 마세요. 아무 짓도 안 해요. 당장 나갈게요, 네?"

한 팔을 재킷 소매에 겨우 끼우며 노부인에게 다가갔다. 부인은 주춤주춤 뒤로 물러나면서 그에게서 눈을 떼지 않았다. 해리는 두 손을 펴서 손바닥을 위로 들고 급히 테라스 문으로 향했다.

"고마워요." 그가 말했다. "그리고 죄송해요."

여닫이문을 열고 테라스로 나갔다.

막강한 화력으로 보아 분명 대구경 총이었다. 이어서 발사하는 소리, 뇌관이 터지는 소리가 났다. 확실히 대구경이었다. 해리가 무릎을 꿇고 앉는 사이 날아온 총알에 옆에 있던 정원 의자 등받이가 박살 났다.

확실히 대구경이었다.

해리는 간신히 거실로 들어갔다.

"숙여요!" 그가 소리치는 순간 테라스 문이 와장창 깨졌다. 쪽모이세공 마루와 TV와 가족사진이 잔뜩 놓인 테이블에 유리 파편이 쏟아졌다.

그는 몸을 더 숙이고 거실을 가로질러 현관으로 뛰었다. 문을 열었다. 가로등 아래 검은 리무진의 열린 문에서 불꽃을 내뿜는 총구가 보였다. 얼굴을 찌르는 통증과 함께 귀청을 찢는 날카로운 첫소리가 울렸다. 반사적으로 돌아보니 벽에 붙은 초인종이 총에 맞아 박살 났다. 흰색의 큼직한 나무 조각이 튀어나와 있었다.

해리는 뒤로 물러났다. 바닥에 엎드렸다.

경찰의 총보다 큰 구경이었다. 아까 언덕 위에서 뛰어가던 키 큰 형체가 보였다. 경찰이 아니었다.

"얼굴에 뭐가 있는데……."

노부인이었다. 총에 맞은 초인종이 날카롭게 울려대는 통에 부인은 소리를 질러야 했다. 부인은 해리의 뒤로 현관 안쪽에 서 있었다. 해리는 손가락으로 더듬었다. 나무 조각이었다. 잡아 뺐다. 그나마 흉터가 있는 쪽이라 다행이라고, 그의 시가가 크게 떨어질 일은 없겠다고 자위할 겨를은 있었다. 다시 탕 소리가 났다. 이번에는 주방 창문이었다. 홍콩달러를 다 쓰게 생겼다.

초인종 소리 너머로 멀리 사이렌이 들렸다. 그는 고개를 들었다. 복도와 거실 너머로 이웃집들이 불을 밝히는 게 보였다. 거리가 크리스마스트리처럼 빛났다. 어느 길로 나가든 조명등 아래 비친 움직이는 표적이 될 판이었다. 총에 맞든 체포되든 둘 중 하나였다. 아니, 그런 선택의 여지도 없었다. 상대도 사이렌을 듣고 시간이 없다는 걸 알 것이다. 더욱이 그가 반격하지 않으니 무장하지 않았다고 판단했을 것이다. 그들이 쫓아올 것이다. 도망쳐야 했다. 그는 휴대전화를 꺼냈다. 젠장, 번거로워도 그 자식 번호를 'T'로 저장했어야지. 전화번호부가 꽉 찬 것도 아니면서.

"전화번호 안내가 몇 번이죠?" 그가 소리쳤다.

"전화…… 번호…… 안내요?"

"예."

"글쎄요." 노부인은 생각에 잠긴 듯 손가락을 입에 물고 붉은 석면 실내복을 잡고 나무 의자에 앉았다. "1880이 있어요. 1881이 더 나은 거 같아요. 서두르지도 않고 스트레스를 받지도 않고. 여유 있게 얘기도 나누면서ㅡ."

"1880 안내 전화입니다." 해리의 귀에 코맹맹이 음성이 들렸다.

"아스비에른 트레쇼브요. c랑 h가 들어가고요." 해리가 말했다.

"오슬로 옵살의 아스비에른 베르톨 트레쇼브하고 아스비에ㅡ."

"그 사람 맞아요! 그 사람 휴대전화 번호를 알 수 있을까요?"

영원 같은 3초가 흐르고 귀에 익은 심술궂은 목소리가 들렸다.

"됐어요."

"트레스코?"

한참 대답이 없었다. 해리는 뚱뚱한 친구의 어리둥절한 얼굴을 떠올렸다.

"해리? 오랜만ㅡ."

"직장이야?"

"응." 대답에 의심이 묻어났다. 누구도 무슨 용건으로든 트레스코에게 전화하는 법이 없었다.

"급히 부탁할 게 있어."

"응. 그래 보이네. 참, 빌려간 100크로네는 어쩔 거냐? 네가ㅡ."

"프롱네르 공원이랑 마세루드 알레 구역에 전기를 꺼줘."

"뭘 어쩌라고?"

"경찰 긴급상황이야. 웬 미친 자식이 총질을 하고 있어. 어둠으로 엄호해야 해. 너 아직 몬테벨로 변전소에서 일하지?"

다시 침묵.

"아직은. 근데 넌 아직 경찰이냐?"

"물론. 트레스코, 지금 급하거든."

"나랑 뭔 상관이냐. 또 그런 권한도 없고. 헨노한테 얘기해보든 가. 걔가—."

"걘 지금 자. 시간이 없다니까!" 해리가 소리를 질렀다. 순간 다시 총성이 울리고 주방 찬장에 맞았다. 그릇이 바닥에 쏟아져 와장창 깨졌다.

"거기 뭐야?" 트레스코가 물었다.

"뭐 같냐? 42초간 정전시킨 데 대한 책임을 지든가, 아님 시체 더미를 책임지든가, 선택해."

전화선 너머로 잠시 침묵이 흘렀다. 그리고 서서히 목소리가 들렸다.

"야, 생각해봐, 해리? 지금 내가 여기 앉아서 책임을 지는 거야. 믿기지도 않을 일이지, 안 그래?"

해리는 숨을 깊이 들이마셨다. 그림자 하나가 테라스를 휙 지나 갔다. "어, 트레스코. 믿기지 않겠지. 그럼—."

"너랑 외위스테인은 내가 이렇게 될 줄 몰랐지, 안 그래?"

"그래, 그건 우리가 아주 크게 실수한 거야."

"그럼 말해봐. 부탁한—."

"그놈의 전기나 끄라니까!" 해리가 빽 소리쳤다. 그리고 발신음이 들렸다. 그는 일어나서 노부인을 끌고 가다시피 부축해서 욕실에 데려다놓았다. "여기 계세요." 이렇게 속삭이고는 욕실 문을 닫고 열린 현관문으로 뛰어갔다. 빛 속으로 뛰어나가면서 총알이 빗발칠 상황에 대비해 단단히 마음먹었다.

그리고 암흑천지가 되었다.

완전한 암흑 속에서 판석에 떨어져 앞으로 구르면서 문득 이게 죽은 건가 싶은 혼동을 일으켰다. 그러다 아스비에른 '트레스코' 트레쇼브가 스위치를 눌렀든 자판을 두드렸든, 변전소에서 해야 할 조치를 취한 걸 깨달았다. 이제 그에게 40초가 주어진 것도 알았다.

해리는 앞이 보이지 않는 채 어둠 속으로 달렸다. 말뚝 울타리에 걸려 넘어지고 발밑에 아스팔트가 닿는 감촉을 느끼며 달렸다. 사람들의 고함과 사이렌이 가까워졌다. 동시에 강력한 자동차 엔진이 으르렁거리며 시동을 거는 소리도 들렸다. 그는 계속 오른쪽으로 달렸고, 도로에서 벗어나지 않은 걸 알 만큼은 보였다. 프롱네르 공원 남쪽이었다. 달아날 기회가 있었다. 어둠에 휩싸인 두 채의 연립을 지나고 나무와 숲을 지났다. 이쪽에는 아직 전기가 들어오지 않았다. 자동차 엔진 소리가 점점 다가왔다. 그는 비틀거리며 왼쪽으로 방향을 틀어 테니스 코트 옆 주차장으로 들어갔다. 자갈밭의 웅덩이에 빠지기 직전에 우연히 발견했다. 눈에 보일 만큼 빛을 반사하는 거라고는 철망 울타리 너머로 테니스 코트에 초크로 그린 하얀 선뿐이었다. 오슬로 테니스클럽 클럽회관의 윤곽. 탈의실 문 앞의 벽으로 전력으로 달려서 거꾸로 처박혔다. 그사이 자동차 전조등 불빛 두 줄이 휙 지나갔다. 그는 콘크리트 바닥에 떨어져 옆으로 굴렀다. 부드러운 착지였지만 머리가 어지러웠다.

그는 쥐처럼 가만히 누운 채로 기다렸다.

아무 소리도 들리지 않았다.

어두운 밤하늘을 보았다.

그러다 아무런 경고도 없이 불쑥 나타난 불빛에 눈이 부셨다.

지붕 밑 외부등. 전기가 들어온 것이다.

해리는 잠시 더 누워서 사이렌에 귀를 기울였다. 차들이 클럽회관 앞 도로를 지나갔다. 수색대였다. 인근이 이미 포위됐을 것이다. 잠시 후면 개들을 끌고 올 것이다.

어차피 도망치지 못할 테니 안으로 들어가야 했다.

그는 일어서서 벽 너머로 들여다보았다.

문 안쪽에 빨간 불빛이 나는 상자와 키패드가 보였다.

국왕이 태어난 해. 그게 언젠지 알게 뭐야.

그는 가십 잡지에서 본 사진을 떠올리며 1941을 눌러보았다. 삐 소리가 나서 문손잡이를 홱 비틀었다. 잠겼다. 잠깐, 왕가가 1940년에 런던으로 갔을 때 국왕이 태어나지 않았던가? 1939? 조금 더 컸을 수도 있다. 세 번 시도하면 끝날까 봐 걱정됐다. 1938. 손잡이를 잡았다. 젠장. 1937? 문이 열렸다.

해리는 안으로 미끄러져 들어갔고, 뒤에서 문이 잠기는 소리가 들렸다.

정적. 안전하다.

불을 켰다.

탈의실. 좁은 나무 벤치. 철제 캐비닛.

그제야 자신이 얼마나 지쳤는지 알았다. 동이 틀 때까지, 사냥이 끝날 때까지 일단 여기 숨어 있을 수 있었다. 탈의실을 둘러보았다. 거울이 붙은 세면대 하나. 샤워기 네 개. 화장실 하나. 그는 탈의실 끝의 묵직한 나무 문을 열었다.

사우나.

안으로 들어갔다. 뒤에서 문이 닫혔다. 나무 냄새. 차가운 스토브 옆의 넓은 벤치에 누웠다. 눈을 감았다.

30

그들은 셋이었다. 셋이 손을 잡고 복도를 뛰었고, 해리는 눈사태가 덮쳐도 서로 떨어지지 않도록 손을 더 꽉 잡으라고 외쳤다. 뒤에서 눈이 다가오는 소리가 들렸다. 처음에는 우르르 소리가 나더니 이어서 요란한 굉음이 되어 으르렁거리는 소리가 났다. 그리고 새하얀 암흑, 검은 혼돈이 왔다. 해리는 온 힘을 다해 손을 꽉 잡았지만 그들의 손이 빠져나갔다.

화들짝 놀라 잠에서 깼다. 손목시계를 보고 세 시간쯤 잔 걸 알았다. 내내 숨을 참고 있기라도 한 것처럼 쌕쌕거리며 길게 숨을 토해냈다. 온몸을 얻어맞아 멍이 든 느낌이었다. 목이 아팠다. 머리가 깨질 듯 아팠다. 땀이 흘렀다. 땀에 푹 젖어서 슈트에 듬성듬성 검은 자국이 생겼다. 왜 그런지 알아보려고 돌아볼 것도 없었다. 스토브. 누가 사우나를 켠 것이다.

그는 일어나 비틀거리며 탈의실로 나왔다. 벤치에 옷가지가 놓여 있었고, 밖에서 라켓에 공 맞는 소리가 들렸다. 누군가 테니스를 마치고 사우나를 하고 싶었던 모양이다.

해리는 세면대로 갔다. 거울 속의 자신을 보았다. 빨간 눈, 벌겋게 부풀어오른 얼굴. 은색 테이프를 감아 만든 우스꽝스러운 목걸이. 테이프 가장자리가 연한 살에 박혔다. 그는 얼굴에 물을 끼얹고 아침 햇살 속으로 나갔다. 남자 셋이, 연금수령자처럼 햇볕에 타고 연금수령자처럼 다리가 가는 세 사람이 테니스를 치다 말고 그를 돌아보았다. 그중 하나가 안경을 고쳐 썼다.

"복식에 한 명이 모자란데, 젊은이. 같이 칠래요……?"

해리는 앞만 보면서 침착하게 대꾸하려고 정신을 모았다.

"미안합니다, 여러분. 테니스엘보*가 있어서요."

등에 꽂히는 그들의 시선을 느끼면서 스퀘엔 쪽으로 내려갔다. 여기 어디쯤 분명 버스가 있었다.

트룰스 베른트센이 오륵크림 책임자의 사무실에 노크했다.

"들어와요!"

미카엘 벨만이 수화기를 귀에 대고 서 있었다. 침착해 보이기는 했지만 트룰스는 미카엘을 잘 알았다. 공들여 손질한 머리로 자꾸 손이 올라가고, 말투에 억양이 살짝 섞이고, 미간에 주름이 잡혀 있었다.

벨만은 수화기를 내려놓았다.

"아침부터 스트레스가 심한가 봐?" 트룰스가 벨만에게 김이 나는 커피를 건네며 물었다.

벨만은 놀란 얼굴로 컵을 바라보면서 받아 들었다.

"청장." 벨만이 전화기 쪽으로 고개를 까딱했다. "마세루드 알레의 노부인에 관한 보고서가 자기 발목을 잡는다네. 총격으로 그 집

---

* 팔꿈치관절 주위 근육에 무리한 힘이 들어가 생기는 통증.

반이 박살 났대. 나더러 어떻게 된 일인지 설명하라더군."

"그래서 뭐라고 했어?"

"베스트레 묘지 경비가 신고센터로 구스토 한센의 무덤을 파헤치는 사람들이 있다고 알려서 그쪽으로 경찰차를 보냈다고 했지. 경찰차가 도착했을 때 범인들은 이미 다 달아났는데, 잠시 후에 마세루드 알레 인근에서 총격이 벌어졌대. 누군가 그 집에 침입한 누군가를 쏘고 있었다고. 노부인은 크게 충격을 받았고, 그저 침입자가 친절한 젊은이이고 2미터 50센티미터는 돼 보일 만큼 키가 크고 얼굴에 흉터가 난 사람이었다는 말만 하더라고."

"총격이 묘지 훼손과 관련이 있을까?"

벨만은 고개를 끄덕였다. "노부인의 거실에 묘지에서 온 게 확실해 보이는 진흙덩이가 나왔어. 그래서 지금 청장이 그게 마약 사건인지 조직 간의 암투인지 알아보려는 거야. 내가 상황을 통제하고 있는지, 뭐 그런 것도." 벨만은 창가로 가서 검지로 날렵한 콧마루를 톡톡 쳤다.

"그래서 날 부른 거야?" 트룰스가 질문을 던지고는 조심스럽게 커피를 마셨다.

"아니." 벨만이 트룰스를 등진 채 말했다. "그날 밤 말이야, 로스 로보스 조직원들이 모두 맥도날드에서 모이기로 했다는 익명의 제보가 들어온 날. 너 그날 체포 현장에 없었지?"

"응." 베른트센이 헛기침을 했다. "못 갔어. 그날 아팠거든."

"얼마 전에 아팠던 거랑 같은 거야?" 벨만이 돌아보지도 않고 물었다.

"어?"

"경관들이 급습했을 때 오토바이족 클럽회관에 문이 잠겨 있지

371

않은 걸 보고 놀랐다더군. 오딘 말로는 투투란 자가 거길 지키고 있었다는데 그자가 어떻게 빠져나갔는지도 의문이고. 우리가 들이닥치는 건 아무도 몰랐을 텐데. 안 그래?"

"내가 알기론." 트룰스가 말했다. "거기엔 우리만 있었어."

벨만은 여전히 창밖을 내다보며 구두 뒤축에 체중을 싣고 몸을 앞뒤로 흔들었다. 두 손을 엉덩이에 댄 채로. 몸을 뒤로 젖혔다가 다시 앞으로 기울였다.

트룰스는 윗입술을 훔쳤다. 땀이 나는 걸 들키지 않으려고. "다른 거 있어?"

계속 몸을 흔들었다. 뒤로, 앞으로. 뭔가를 보려 하지만 키가 너무 작은 소년처럼.

"그게 다야, 트룰스. 커피…… 고마워."

트룰스는 그의 사무실로 돌아가서 창가로 갔다. 벨만이 보고 있던 걸 보았다. 빨간 포스터가 나무에 붙어 있었다.

12시였다. 슈뢰데르 앞 인도에는 여느 때처럼 목마른 사람들이 리타가 문을 열기를 기다리고 있었다.

"어머머." 리타가 해리를 보았다.

"진정해. 맥주 마시러 온 거 아냐, 아침이나 먹으려고." 해리가 말했다. "부탁할 것도 있고."

"목 말이야." 리타가 문을 열어 잡아주었다. "엄청 시퍼래. 그건 또 뭐야……?"

"테이프." 해리가 말했다.

리타는 고개를 끄덕이고 주문을 받으러 갔다. 슈뢰데르에서는 각자 알아서 머물다 가는 게 원칙이었다.

해리는 늘 앉던 창가 구석 자리에 앉아서 베아테 뢴에게 전화를 걸었다.

음성사서함으로 넘어갔다. 삐 소리가 날 때까지 기다렸다.

"해리야. 어떤 노부인하고 어쩌다 부딪혀서 감동 같은 걸 준 거 같아. 그래서 당분간 경찰서 근처에는 얼씬도 못하게 생겼어. 여기 슈뢰데르에 샘플 두 개를 맡기고 갈게. 직접 와서 리타를 찾아. 부탁이 하나 더 있어. 벨만이 블린데른의 집주소를 수집하기 시작했어. 그래서 말인데, 이왕이면 몰래, 그 명단이 오룩크림으로 넘어가기 전에 사본을 빼낼 수 있는지 알아봐줘."

전화를 끊었다. 그리고 라켈에게 전화했다. 이번에도 음성사서함이 나왔다.

"안녕, 해리야. 몸에 맞는 깨끗한 옷이 좀 필요해. 당신 집에 몇 벌 걸려 있을 거야. 그때…… 그때부터. 조금 업그레이드해서 플라자 호텔로 옮기려고 해. 집에 도착하는 대로 택시로 옷 좀 보내주면……." 해리는 어느새 라켈을 웃게 해줄 말을 찾고 있었다. '끝내줄 텐데'나 '대박일 텐데'나 '기분 째질 텐데' 같은. 하지만 결국 찾지 못하고 평범하게 '좋겠어'로 맺었다.

리타가 커피와 달걀프라이를 가져오는 동안 해리는 한스 크리스티안에게 전화했다. 리타가 나무라는 표정을 지었다. 슈뢰데르에는 컴퓨터와 보드게임과 휴대전화를 금지하는 암묵적인 규정이 있었다. 여기는 마시고, 이왕이면 맥주를 마시고, 먹고, 떠들거나, 아니면 입을 닫고, 꼭 필요하면 신문 정도를 보는 곳이었다. 책을 읽는 건 어중간한 영역이었다.

해리는 금방 끊겠다는 신호를 보냈고, 리타가 너그러이 고개를 끄덕였다.

한스 크리스티안은 안심하면서도 겁먹은 목소리였다. "해리? 세상에. 괜찮아요?"

"1부터 10까지로 보면⋯⋯."

"예?"

"마세루드 알레에서 총소리 들었소?"

"어휴 세상에! 당신이 그런 거예요?"

"무기 가진 거 있습니까, 한스 크리스티안?"

상대가 침을 삼키는 소리가 들리는 것 같았다.

"저도 필요한가요, 해리?"

"아뇨, 나만."

"해리⋯⋯."

"호신용으로. 만약을 위해서요."

침묵. "아버지한테 물려받은 오래된 사냥용 라이플이 있긴 해요. 엘크 사냥용."

"그거 괜찮네. 그걸 잘 싸서 15분 내로 슈뢰데르로 보내줄 수 있습니까?"

"해보죠. 뭐, 뭘 하려는 거죠?"

"난." 해리는 카운터에서 경고하듯 쳐다보는 리타와 눈을 마주치며 말했다. "아침을 먹을 겁니다."

트룰스 베른트센은 감레뷔엔 묘지로 가는 길에 평소 드나드는 문 앞에 선 검은 리무진을 보았다. 가까이 다가가자 조수석 문이 열리고 남자가 내렸다. 검은 슈트의 그 남자는 키가 2미터는 홀쩍 넘어 보였다. 억센 턱과 가지런히 내려온 앞머리와 어딘지 모르게 사미족과 핀족과 러시아인을 연상시키는 아시아인 같은 구석이 있었다. 재킷은 치수를 재서 맞춘 듯 보였지만 어깨 부분이 많이 좁았다.

남자는 옆으로 비켜서서 트룰스에게 자기 대신 조수석에 앉으라고 손짓했다.

트룰스는 멈췄다. 두바이의 부하들이라면 직접 접촉하지 않는다는 원칙이 갑자기 깨진 셈이었다. 주위를 둘러보았다. 아무도 보이지 않았다.

망설였다.

그들이 버너를 직접 제거하기로 했다면 이런 식으로 할 것이다.

그는 거구의 남자를 보았다. 얼굴에서 표정을 읽는 게 불가능했고, 트룰스로서는 그 남자가 수고스럽게 선글라스를 쓴 게 좋은 징조인지 나쁜 징조인지 판단이 서지 않았다.

물론 당장 발길을 돌려 내뺄 수도 있었다. 하지만 그다음엔?

"Q5." 트룰스가 숨죽여 중얼거렸다.

그가 차에 타자 곧 문이 닫혔다. 차 안이 이상할 정도로 어두웠다. 창문에 선팅을 한 것 같았다. 에어컨이 이상할 정도로 최대로 나와서 영하 몇 도쯤 되는 것 같았다. 운전석에는 늑대 같은 얼굴의 남자가 있었다. 역시 검은 슈트. 가지런한 앞머리. 러시아인 같았다.

"잘 와줬네." 뒤에서 누군가 말했다. 돌아볼 것도 없었다. 억양. 그였다. 두바이. 아무도 모르는 자. **남들은** 아무도 몰랐다. 그런데 그의 이름을 알고 얼굴을 알아보는 게 트룰스에게 무슨 소용일까? 먹이를 주는 주인의 손을 물어서는 안 된다.

"사람을 좀 찾아줘야겠어."

"찾아요?"

"데려와. 찾아서 우리한테 넘겨. 나머진 신경 쓸 거 없고."

"올레그 페우케가 어디 있는지 저도 모른다고 말씀드렸는데요."

"올레그 페우케가 아니야, 베른트센. 해리 홀레야."

트룰스 베른트센은 귀를 의심했다. "해리 홀레요?"

"누군지 모르나?"

"알기야 알죠. 강력반이었어요. 아주 미친 놈이죠. 술꾼이고. 사건을 두어 번 해결했어요. 그자가 오슬로에 있어요?"

"레온 호텔에 있네. 301호야. 오늘 밤 12시 정각에 거기서 그자를 데려와."

"어떻게 **데려오란** 말씀인지?"

"체포하라고. 때려눕혀. 자네 배를 보여주고 싶다고 말해. 뭔 짓을 하든 마음대로 하고, 그냥 콩엔 정박지로 데려오기만 해. 나머지는 우리가 알아서 할 테니까. 5만 주지."

나머지. 해리 홀레를 죽이겠다는 말이었다. 살인하겠다는 말이었다. **경찰을.**

트룰스는 싫다고 대답하려고 입을 열었지만 뒷좌석의 목소리가 한발 앞섰다.

"유로로."

트룰스 베른트센의 입이 떡 벌어졌다. '싫다'는 말이 뇌와 성대 사이의 어디선가 좌초했다. 대신 방금 들었지만 도저히 믿기지 않는 말을 되풀이했다.

"5만 유로요?"

"음?"

트룰스는 손목시계를 보았다. 11시간하고 조금 더 남았다. 그는 헛기침을 했다.

"그자가 자정에 호텔 방에 있을지 어떻게 아십니까?"

"우리가 찾아갈 걸 알 테니까."

"에? 우리가 가는 걸 **모른다**는 말씀이겠죠?"

뒤에서 웃음소리가 들렸다. 통통배의 모터 소리 같았다. 털털거리는 소리.

31

4시, 해리는 래디슨 플라자 호텔 19층의 샤워기 아래 서 있었다.
은색 테이프가 뜨거운 물을 견뎌주길 바랐다. 덕분에 잠시나마 통
증이 덜해졌다. 1937호를 배정받고 열쇠를 받는 동안 머릿속에서
뭔가 퍼덕였다. 국왕이 태어난 해, 쾨슬러, 동시성 따위. 해리는 그
럴 걸 믿지 않았다. 그래도 인간 정신에는 패턴을 찾는 능력이 있
다는 건 믿었다. 그리고 사실 패턴 같은 건 없다는 것도. 그는 수사
관으로서 항상 의심이 많은 쪽이었다. 의심하고 찾아보고 의심하
고 찾아보았다. 패턴을 보고도 유죄인지 의심했다. 혹은 그 반대
였다.

전화기가 삑삑 울렸다. 잘 들리면서도 조심스럽고 유쾌한 소리.
비싼 호텔의 소리. 그는 샤워기를 잠그고 침대로 갔다. 수화기를
들었다.

"여기 여자분이 와 계세요." 프런트 직원이 말했다. "라켈 페우
스케…… 죄송합니다. 페우케라고 하시네요. 전해드릴 게 있다고
하세요."

"엘리베이터 열쇠 주고 올려 보내세요." 해리는 옷장에 걸어둔

슈트를 보았다. 두 번의 세계대전을 치른 듯 보였다. 방문을 열어놓고 2미터쯤 되는 수건을 허리에 둘렀다. 그리고 침대에 앉아서 귀를 기울였다. 엘리베이터에서 땡 하는 소리가 들리고 그녀의 발소리가 들렸다. 발소리가 아직 귀에 익었다. 단호하면서 보폭이 짧은 잰 걸음, 항상 딱 달라붙는 스커트를 입은 것처럼. 잠시 눈을 감았다가 다시 떴을 때 그녀가 앞에 서 있었다.

"안녕, 벌거벗은 남자." 라켈이 웃으며 가방을 바닥에 내려놓고 옆에 와서 앉았다. "이게 뭐야?" 그녀가 손가락으로 은색 테이프를 건드렸다.

"그냥 임시방편 반창고. 직접 오지 않아도 됐는데."

"알아. 근데 당신 옷을 못 찾겠더라. 암스테르담으로 이사할 때 잃어버렸나 봐."

내다버렸겠지. 그럴 법도 하지.

"그래서 한스 크리스티안한테 물었더니 옷장에 안 입는 옷이 한 가득이라잖아. 당신 스타일이 아니긴 해도 사이즈가 많이 다르진 않으니까."

라켈이 가방을 열었다. 해리가 뜨악한 얼굴로 보는 사이 라켈이 라코스테 셔츠, 다림질한 팬티 넉 장, 주름이 하나 잡힌 아르마니 청바지 한 벌, V넥 스웨터 하나, 팀버랜드 재킷, 폴로선수를 수놓은 셔츠 두 장에 부드러운 갈색 가죽 구두까지 꺼냈다.

라켈이 옷장에 옷을 걸기 시작하자 그가 일어나 대신 걸었다. 그녀는 옆에 선 그를 가만히 바라보면서 미소를 지으며 머리를 귀 뒤로 넘겼다.

"저 슈트가 당신 몸에서 허물처럼 떨어져나가기 전까지 새 옷은 안 샀을 거야. 내 말 맞지?"

"음." 해리가 옷걸이를 옮기며 말했다. 낯선 옷인데도 희미하게 낯익은 향이 났다. "셔츠랑 팬티 한 장 정도는 새로 살 생각이긴 했어."

"깨끗한 팬티 없어?"

해리가 그녀를 보았다. "얼마나 깨끗한 거?"

"해리!" 그녀가 웃으면서 어깨를 철썩 때렸다.

그가 빙긋 웃었다. 그녀의 손이 아직 어깨에 있었다.

"몸이 뜨겁네." 그녀가 말했다. "열이 나. 그 반창고 속, 감염 안 된 거 맞아?"

그는 고개를 저었다. 무지근하게 욱신거리는 통증으로 보아 상처가 감염된 줄 알면서도. 다만 다년간의 강력반 생활로 아는 게 또 있었다. 경찰이 너바나 바의 바텐더와 손님들을 만나보고 칼잡이를 죽인 남자가 턱과 목에 깊은 자상을 입은 걸 알아내리라는 사실. 경찰은 또 시내의 모든 병원에 경고를 보내고 응급실에 감시망을 가동시켰으리라는 것도. 유치장에 들어앉아 있을 시간이 없었다.

라켈은 손으로 그의 어깨를 쓰다듬으며 목까지 올라갔다가 다시 내려갔다. 그의 가슴 위로. 그녀가 분명 그의 심장이 쿵쾅거리는 걸 느낄 수 있을 것 같았다. 그녀는 너무 훌륭해서 생산이 중단된 파이어니어 TV 같았다. 화면이 아주 검어서 품질이 좋다는 걸 알 수 있던 그 텔레비전.

해리는 창문은 조금 열어둔 터였다. 호텔방에서 질식해 죽고 싶진 않았으니까. 19층인데도 러시아워의 소리, 간간히 빵빵대는 경적 소리, 그리고 어디선가, 아마 다른 방에서 나는 철 지난 여름 노래가 들렸다.

"정말로 원해?" 그가 갈라진 목소리를 가다듬지도 않은 채 물었다. 그들은 거기 서 있었다. 그녀는 그의 어깨를 잡고 완전히 몰입한 탱고 파트너처럼 그의 눈을 똑바로 보았다.

그녀는 고개를 끄덕였다.

우주의 컴컴한 어둠, 빨아들일 것 같은 어둠이었다. 그녀가 발을 들어 문을 닫은 것도 몰랐다. 문이 부드럽게 닫히는 소리가 들렸다. 비싼 호텔의 소리, 키스처럼 부드러운 소리.

사랑을 나누는 동안 그는 오로지 어둠과 향기만 생각했다. 그녀의 머리카락과 눈썹과 눈동자의 까만 어둠. 물어본 적 없지만 그녀만의 것이고, 옷장에서 그녀의 옷과 나란히 걸린 그의 옷에 밴 향수의 향기. 그리고 지금 이 방의 옷장에서도 나는 향기. 다른 남자의 옷도 그녀의 옷장에 걸린 적이 있으니까. 그 옷장에서 그 옷을 찾았을 테니까. 다른 남자의 집이 아니라. 어쩌면 그 남자에게 물어보지 않았을지도, 그녀의 옷장에서 꺼내서 곧장 이리로 가져온 걸지도. 하지만 해리는 아무 말도 하지 않았다. 그저 잠시 빌리는 것인 줄 알기에. 그녀가 지금은 여기에 있지만 그뿐이었다. 그래서 그는 입을 닫았다. 그녀와 늘 그랬듯 강렬하고 느긋하게 사랑을 나눴다. 그녀의 욕정이나 조바심에 휘말리지 않고 서서히 격정적으로 사랑해서 그녀가 그에게 욕설을 내뱉기도 하고 헐떡거리기도 했다. 그녀가 그런 걸 원할 것 같아서가 아니라 그가 원해서. 그녀를 빌리는 것뿐이니까. 그에겐 오직 지금 몇 시간이 전부였으니까.

그리고 그녀가 절정에 이르러 몸이 뻣뻣해진 채로 기묘하고 모욕당한 표정으로 그를 노려보자 그들이 함께한 그 모든 밤이 되살아나서 그는 눈물이 날 것 같았다.

다 끝나고 그들은 담배 한 개비를 나눠 피웠다.

"만나는 사람 있는 거 왜 말 안 해?" 해리가 한 모금 빨고 그녀에게 건네며 물었다.

"그런 사이 아니니까. 그냥…… 빈틈을 메우는 그런 거야." 그녀는 고개를 저었다. "모르겠어. 나도 이젠 아무것도 모르겠어. 모든 일과 모든 사람에게서 거리를 둬야 해."

"그 친구, 착한 사람이야."

"그게 중요해. 나한텐 착한 사람이 필요해. 난 왜 착한 사람을 원하면 안 돼? 우린 왜 우리한테 최선이 뭔지 알면서도 합리적으로 생각하지 못할까?"

"인간은 원래 비뚤어지고 손상된 족속이니까." 해리가 말했다. "치료법은 없고 위로만 있을 뿐."

라켈은 그에게 바짝 다가갔다. "그래서 당신을 좋아해. 불굴의 낙관주의자라서."

"햇빛을 퍼트리는 게 내 의무라고 생각해, 내 사랑."

"해리?"

"음."

"다시 돌아갈 길이 있을까? 우리?"

해리는 눈을 감았다. 심장박동을 들었다. 그의 것과 그녀의 것.

"돌아가지 못해, 아니." 그는 그녀를 돌아보았다. "그래도 당신이 아직 미래가 남아 있다고 생각한다면……."

"진심이야?"

"이거 그냥 잠자리 대화 아니야?"

"바보." 그녀는 그의 볼에 입을 맞추고 담배를 건네고 일어섰다. 옷을 입었다.

"우리 집 2층에서 지내도 돼."

그는 고개를 저었다. "지금은 이게 최선이야."

"내가 당신 사랑하는 거 잊지 마. 절대 잊어선 안 돼. 무슨 일이 있어도. 약속하지?"

그는 고개를 끄덕였다. 눈을 감았다. 문이 두 번째로 부드럽게 닫혔다. 눈을 떴다. 손목시계를 보았다.

'지금은 이게 최선이야.'

달리 무슨 말을 할 수 있었을까? 홀멘콜렌으로 같이 돌아가서 두바이가 거기까지 뒤를 밟게 해서 라켈을 이런 대치상황 속으로 끌어들여야 했을까? 스노우맨하고 그랬듯이? 지금은 그걸 알 수 있어서, 첫날부터 그들에게 미행당한 걸 알 수 있어서 그랬다. 굳이 두바이의 거리 마약상들을 통해서 그를 불러낼 필요도 없었다. 그가 그들을 찾아가기 전에 그들이 그를 찾아올테니까. 그리고 올레그를 찾을 테니까.

그러니 그에게 유리한 한 가지는 장소를 선택할 수 있다는 것이었다. 범죄 현장. 그는 이미 선택했다. 플라자는 아니었다. 여기는 잠시 시간을 내고 한두 시간 자면서 마음을 추스르기 위한 곳이었다. 그는 레온 호텔을 골랐다.

해리는 하겐에게 연락할지 생각했다. 아니면 벨만에게든. 그들에게 상황을 알릴지 고민했다. 그러면 그들이 그를 체포하지 않을 수 없어진다. 경찰이 크바드라투렌의 바텐더와 베스트레 묘지의 경비와 마세루드 알레의 노부인에게 받은 세 가지 진술을 짜 맞추는 건 시간문제였다. 192센티미터에 리넨 슈트를 입고 한쪽 얼굴에 흉터가 있고 턱과 목에 붕대를 감은 남자. 조만간 해리 홀레를 수배할 것이다. 그러니 시급했다.

그는 신음하며 일어나 옷장을 열었다.

다림질한 팬티와 폴로선수가 수놓인 셔츠를 입었다. 아르마니 바지를 입을까 생각했다. 나직이 욕하면서 고개를 젓고 대신 자신의 슈트 바지를 입었다.

모자 선반에 놓인 테니스 가방을 꺼냈다. 한스 크리스티안이 라이플을 담을 데가 거기밖에 없었다고 했다.

해리는 가방을 어깨에 메고 방을 나섰다. 뒤에서 방문이 부드러운 키스처럼 닫혔다.

왕좌가 정확히 어떻게 넘어갔는지는 모르겠어요. 정확히 언제 바이올린이 권력을 잡고 우리가 아니라 바이올린이 우리를 지배하기 시작했는지도요. 다 끝장났어요. 입센과 도모한 거래도, 알나브루의 쿠데타도. 올레그는 우울한 러시아인 같은 낯짝으로 돌아다니면서 이레네가 없는 삶은 무의미하다느니 하면서 징징대기나 하고. 3주쯤 지나서 우린 내다 판 것보다 직접 맞은 게 더 많아져서 일할 때도 늘 취해 있었어요. 조만간 다 끝장날 걸 알았어요. 그래도 또 한 방이 중요했죠. 흔한 얘기고 흔한 일이지만 우리가 딱 그런 식이었어요. 존나 단순하고 존나 가망이 없었어요. 난 누구도 사랑한 적 없단 말이 아마 맞을 거예요. 진짜 사랑 말이에요. 그런 내가 바이올린은 끔찍이 사랑했어요. 올레그는 찢어지는 아픔을 덜려고 바이올린을 했다지만 나는 바이올린의 본래 용도에 맞게 했어요. 행복해지려고. 딱 그거 하나. 존나 행복해지려고. 먹는 거보다도 섹스보다도 자는 것보다도 더 좋았어요. 맞다, 숨 쉬는 것보다도 더 좋았어요.

그래서 결전의 날이 지나고 어느 날 밤에 안드레이가 날 한쪽으로 불러내 영감이 걱정한다고 했을 때 별로 놀라지도 않았어요.

"난 괜찮아." 내가 이렇게 말했어요.

안드레이는 이제부터라도 정신 똑바로 차리고 말짱한 상태로 장사하러 나가지 않으면 영감이 강제로 치료소에 처넣을 거라고 했어요.

난 웃어줬어요. 우리 일에 건강계획 같은 부가 혜택이 있는 줄은 미처 몰랐다고 말해줬죠. 올레그랑 내가 치과치료도 받고 연금도 받을 수 있느냐고 묻기까지 했고요.

"올레그는 아니야."

그 눈빛에서 무슨 뜻인지 감이 왔어요.

아직 약을 끊을 생각 같은 건 없었어요. 올레그도 물론이고. 우린 쥐뿔도 상관 안 한다는 듯 이튿날 밤에 우체국 건물*만큼 진탕 약에 취해서는 물건을 반만 팔고 나머지 반을 챙겼어요. 차 한 대를 훔쳐서 크리스티안산으로 갔어요. 시나트라 그 작자 노래를 빵빵 틀고요. "I Got Plenty of Nothing(내게 아무것도 가진 게 없어)." 이 말이 맞는 게, 우린 그 잘난 운전면허 하나 없었어요. 나중에는 올레그도 따라 불렀는데, 시나트라랑 'moi'의 노랫소리까지 잡아먹더군요. 낄낄대고 미지근한 맥주를 마시면서 다시 예전으로 돌아간 것 같았어요. 우린 에른스트 호텔에 묵었어요. 이름만큼 그렇게 칙칙한 데는 아니었지만 프런트에서 마약상들이 어디서 얼쩡대느냐고 물으니까 멍청한 표정으로 쳐다보더군요. 올레그가 그 도시의 축제 얘기를 해준 적이 있어요. 구루가 되고 싶어 안달 난 웬 멍청이 새끼가 아주 괜찮은 밴드를 섭외하긴 했지만 비용을 감당하지 못해서 망한 축제였어요. 그런데도 그 동네 기독교도들은 그 축제 때문에 열여덟 살에서 스물다섯 살 먹은 인구의 절반이 약을 샀다고 우겨 댔어요. 하지만 약을 사는 새끼들은 코빼기도 안 보이더군요. 밤에 보행자 구역을 쓱 둘러봤지만 하나, 딱 하나 있더라고요. 술 취한 남자 하나. 텐싱 합창단 열네 명하고. 그 자식들이 우리한테 예수님을 만나고 싶냐고 묻더군요.

---

* 오슬로에서 두 번째로 높은 건물.

"그 양반이 바이올린을 원한다면 물론." 내가 대꾸해줬죠.

척 보니 예수님은 그런 거 하고 싶어할 것 같지 않아서 그냥 호텔로 돌아와서 자기 전에 찐하게 약을 했어요. 왜 그랬는지는 모르지만 우린 후미진 동네의 뒷골목을 어슬렁거렸어요. 아무것도 안 하고 약에 취해서 시나트라 노래나 불러댔죠. 어느 밤에 눈을 떠보니 올레그가 옆에 서서 나를 보고 있었어요. 웬 개새끼를 안고. 그 자식 말이, 창밖에서 끼익 하는 브레이크 소리에 잠이 깨서 내다보니 그 개가 길바닥에 쓰러져 있었대요. 흘깃 봤더니 상태가 영 아니더군요. 우린 둘 다 그 개새끼의 등이 부러진 거라고 생각했어요. 터지고 문드러진 상처가 한두 군데가 아니었어요. 그 불쌍한 녀석은 주인한테든 다른 개새끼들한테든 죽도록 얻어터진 것 같더군요. 그래도 괜찮긴 했어요. 평온한 갈색 눈동자로 내가 잘못된 걸 고쳐줄 수 있다고 믿는 양 보더라고요. 그래서 해봤죠. 먹을 거랑 물을 주고 머리를 쓰다듬어주고 말도 붙였어요. 올레그는 수의사한테 데려가자고 했지만 놈들이 어떻게 처리할지 잘 알기에 그냥 호텔방에서 데리고 지냈어요. 방문에 '방해하지 마시오'라는 표시를 걸고 침대에 눕혔어요. 돌아가면서 일어나 개가 숨을 쉬는지 확인했어요. 개는 점점 몸이 뜨거워지고 맥이 약해졌어요. 셋째 날에 내가 개에게 이름을 붙여줬어요. 루푸스. 어때서요? 이왕 죽을 거 이름이라도 있는 게 좋잖아요.

"힘든가 봐." 올레그가 그러더군요. "수의사가 주사로 잠들게 해줄 거야. 아프게 하지 않을 거야."

"누구도 루푸스한테 싸구려 마약을 놔줘선 안 돼." 내가 주사기를 튕기며 말했죠.

"너 미쳤어? 그거 2,000크로네 어치야."

그랬을지도 몰라요. 어쨌든 루푸스는 비즈니스 클래스로 이 염병할 세상을 하직했어요.

집으로 돌아오는 길은 엄청 우중충했던 기억이 나네요. 어쨌든 시나트라도,

노래 한 곡도 틀지 않았어요.

오슬로로 돌아와서 올레그는 무슨 일이 생길까 봐 겁내며 벌벌 떨었어요. 그런데 난 이상하리만치 덤덤했어요. 영감이 우릴 어쩌지 못하리란 걸 아는 사람처럼. 우린 누구에게도 해 끼칠 거 없이 추락하는 약쟁이들이었어요. 빈 털터리에 직업도 없고 조만간 바이올린도 떨어질 판이었죠. 올레그가 전에 '약쟁이junkie'란 말이 100년도 더 전에 생긴 말이란 걸 알아냈어요. 최초의 헤로인 중독자들이 필라델피아 항구에서 금속 폐기물junk metal을 훔쳐다 팔아서 약 살 돈을 구한 때부터 내려온 말이래요. 그리고 올레그랑 난 바로 그 짓을 했어요. 비에르비카 항구 옆 공사판에 숨어들어가 닥치는 대로 훔쳤어요. 구리와 공사 장비가 곧 금이었어요. 구리는 칼바켄의 고철상에 넘기고 공사 장비는 리투아니아인 장인 둘한테 넘겼죠.

그런데 이런 일에도 붙어먹으려는 인간들이 늘어난 바람에 담장도 높아지고 야간경비도 늘어나고 경찰도 가끔 나타나고 물건 사는 사람들도 무단이탈했어요. 그래서 우린 그냥 앉아서 무서운 노예 감시자처럼 쉴 새 없이 채찍질을 해대는 갈망에 시달렸어요. 난 괜찮은 아이디어, 최종 해결책*을 찾아야 한다는 걸 알았어요. 그래서 찾아냈죠.

물론 올레그한테는 아무 말도 안 했어요.

온종일 할 말을 준비했어요. 그 애한테 전화를 걸었어요.

이레네는 교육을 마치고 집에 돌아온 참이었어요. 내 목소리를 듣고 반가워하는 것 같았죠. 난 한 시간 동안 쉴 새 없이 말했어요. 말을 마치자 걔가 울고 있었어요.

이튿날 저녁에 오슬로 중앙역으로 내려가서 트론헤임 기차가 들어올 때 플랫폼에 서 있었어요.

* Endlsung, 나치의 유태인 문제에 대한 최종 해결책에서 나온 말.

그 애는 눈물을 흘리며 내 품에 안겼어요.

아주 어리고. 아주 상냥하고. 아주 소중한 아이.

말했듯이 난 누굴 진심으로 사랑해본 적은 없어요. 그래도 사랑에 가까이 다가간 적은 있는 거 같아요. 나까지 눈물이 찔끔 나올 뻔했다니까요.

33

　살짝 열린 301호 창문 틈새로 어둠 속에서 성당 종소리가 열한 번 울리는 걸 들었다. 턱과 목이 아파서 도움이 되는 게 하나 있기는 했다. 깨어 있을 수 있다는 것. 해리는 침대에서 일어나 의자에 앉았다가 의자를 돌려서 창문 옆 벽에 등지게 놓았다. 무릎 위에 라이플을 놓고 문을 마주보기 위해서였다.

　프런트에 들러 방에 전구가 나가서 갈아야 한다면서 밝은 전구 하나를 달라고 했다. 그리고 문지방에 못 두 개가 튀어나왔다면서 직접 손볼 테니 망치도 달라고 했다. 복도에 흐린 전구를 밝은 걸로 갈아 끼우고 망치로 문지방을 때려서 빼냈다.

　이제 그들이 오면 앉은 자리에서 문 아래 틈새로 그림자를 살필 수 있었다.

　그는 새로 담뱃불을 붙였다. 라이플을 점검했다. 남은 담배를 다 피웠다. 바깥의 어둠 속에서 성당 종소리가 열두 번 울렸다.

　전화벨이 울렸다. 베아테였다. 블린데른 인근을 순찰한 경찰차들에서 들어온 명단 다섯 개 중 네 개의 사본을 구했다고 했다.

　"마지막 경찰차는 명단을 벌써 오록크림으로 넘겼다네요." 베아테가 말했다.

"고마워." 해리가 말했다. "슈뢰데르에서 리타한테 샘플 받았어?"

"네, 받았어요. 병리과에는 그거 먼저 봐달라고 말해뒀고요. 지금 혈액을 분석하고 있어요."

침묵.

"또?" 해리가 물었다.

"또 뭐요?"

"그 말투 알아, 베아테. 뭐가 또 있잖아."

"DNA 검사는 몇 시간 내로 안 돼요, 해리. 그게—."

"—며칠은 걸려야 최종 결과를 받을 수 있다고."

"네, 당분간은 미완성이에요."

"얼마나 미완성인데?" 복도에서 발소리가 들렸다.

"음, 일치하지 않을 가능성이 5퍼센트는 돼요."

"그러니까 중간 DNA 프로파일을 받아봤고 DNA 데이터베이스에서 일치하는 결과를 찾았구나?"

"미완성 검사는 누굴 **배제**할 수 있는지만 말해줘요."

"누구랑 일치했는데?"

"아무것도 말하지 않을래요. 결과가 나올 때까진."

"어서."

"아뇨. 다만 구스토 본인의 혈액이 아니란 것만 말씀드릴 수 있어요."

"또?"

"올레그 것도 아니에요. 됐죠?"

"아주 잘됐어." 해리는 문득 자신이 숨을 참고 있다는 걸 알았다.

문 밑의 그림자.

"해리?"

해리는 전화를 끊었다. 라이플을 문 쪽으로 겨누고 기다렸다. 짧은 세 번의 노크. 기다렸다. 귀를 기울였다. 그림자가 움직이지 않았다. 해리는 발꿈치를 들고 벽을 따라 문으로 가면서 총알이 날아올 수 있는 범위에서 비켜섰다. 문 가운데 구멍에 눈을 댔다.

남자의 등이 보였다.

재킷이 똑바로 걸쳐져 있고 바지 허리가 보일 만큼 짧았다. 바지 뒷주머니에 검은 천 조각이 삐져나왔는데 모자 같았다. 벨트는 차지 않았다. 두 팔이 옆으로 내려와 있었다. 무기를 지녔다면 가슴이나 종아리 권총집에 들었을 터였다. 그리고 어느 쪽이든 전혀 평범하지 않았다.

남자는 문을 돌아보고 두 번, 이번에는 더 크게 노크했다. 해리는 숨을 참으면서 볼록 렌즈로 왜곡된 얼굴을 살폈다. 왜곡되긴 했지만 확실히 두드러진 특징이 있었다. 심한 주걱턱. 그리고 목에 건 카드로 턱 밑을 긁고 있었다. 경찰이 가끔 체포할 때 신분증을 가지고 다니듯이. 젠장! 경찰이 두바이보다 먼저 찾아온 것이다.

해리는 망설였다. 그를 체포하라는 명령을 받은 자라면 푸른 수색영장을 받아서 이미 프런트에 제시하고 마스터키도 받았을 터였다. 해리는 머릿속으로 계산했다. 다시 발꿈치를 들고 뒤로 물러나 라이플을 옷장 뒤로 밀어 넣었다. 그리고 돌아와 문을 열었다. "무슨 일입니까? 누구시죠?"라고 물으면서 흘낏 복도를 살폈다.

남자는 해리를 쳐다보았다. "그게 무슨 꼴입니까, 홀레 씨. 들어가도 될까요?" 그는 신분증을 들었다.

"트룰스 베른트센. 전에 벨만 밑에서 일하던 사람이군요?"

"지금도 그렇죠. 안부 전해달라네요."

해리는 옆으로 비켜서 베른트센을 먼저 들여보냈다.

"아늑하네요." 베른트센이 방을 빙 둘러보면서 말했다.

"앉으시죠." 해리는 침대를 가리키고 창가 쪽 의자에 앉았다.

"껌 드실래요?" 베른트센이 껌을 내밀었다.

"충치가 생겨서. 무슨 일이죠?"

"여전히 다정하시네요?" 베른트센은 씩 웃으며 껌을 돌돌 말아 서랍처럼 튀어나온 주걱턱에 넣고 앉았다.

해리의 뇌는 억양과 보디랭귀지와 안구운동과 냄새를 인식했다. 남자는 느긋하면서도 위협적이었다. 두 손을 펼치고 갑작스런 동작을 취하지는 않았지만 눈으로는 데이터를 수집하고 상황을 읽었다. 해리는 라이플을 집어넣은 걸 후회했다. 면허가 없다는 건 그의 여러 문제들 중 아주 사소한 거였다.

"사실 간밤에 베스트레 묘지에서 일어난 무덤 훼손 사건, 구스토의 셔츠에서 혈흔이 나왔습니다. DNA 검사에서 그게 당신 걸로 밝혀졌고요."

해리는 베른트센이 은색 껌 포장지를 반듯하게 접는 걸 바라보고 있었다. 이제야 생각났다. 사람들은 그를 비비스라고 불렀다. 벨만의 졸개. 멍청하면서도 영리한. 또 위험한. 타락한 포레스트 검프 같은 인간.

"무슨 말인지 도통 모르겠군요." 해리가 말했다.

"네, 알겠네요." 베른트센이 한숨을 쉬었다. "기록에 오류가 있었을까요? 일단 경찰청으로 같이 가서 새로 혈액 샘플을 받아야 합니다."

"여자애를 하나 찾고 있어요." 해리가 말했다. "이레네 한센."

"그 여자가 베스트레 묘지에 있습니까?"

"올여름 언제부턴가 실종된 상태입니다. 구스토 한센의 비혈연 여동생이에요."

"처음 듣는 얘기군요. 어쨌거나 일단 같이 가주셔야—."

"거기 가운데 있는 여자예요." 해리가 재킷 주머니에서 한센 집 안의 가족사진을 꺼내서 베른트센에게 건넸다. "시간이 좀 필요해요. 길게는 아니고. 나중에 내가 왜 이걸 해야 했는지 알게 될 겁니다. 48시간 안에 보고하겠다고 약속하죠."

"〈48시간〉." 베른트센이 사진을 들여다보면서 말했다. "좋은 영화죠. 닉 놀테랑 그 검둥이가 나오던 영화. 맥 머피였던가?"

"에디 머피."

"맞다. 요샌 안 웃기던데. 이상하지 않아요? 뭔가 가지고 있다가 갑자기 잃어버리는 거. 그럼 기분이 어떨 거 같아요, 홀레 씨?"

해리는 트룰스 베른트센을 보았다. 이 포레스트 검프가 뭘 하려는 건지 잘 모르겠다는 생각이 들었다. 베른트센은 불빛 쪽으로 사진을 들었다. 눈을 가늘게 뜨고 집중해서 보았다.

"그 여자애 알아보시겠습니까?"

"아뇨." 베른트센은 사진을 건네며 몸을 비틀어 앉았다. 뒷주머니에 천 조각을 깔고 앉아서 불편했는지 얼른 재킷 주머니로 옮겨 집어넣었다. "제 차로 경찰청에 가서 그 48시간을 검토해봅시다."

말투가 가벼웠다. 너무나도 가벼웠다. 해리는 이미 머리를 굴리고 있었다. 베아테가 병리과에 DNA 테스트를 맨 앞 순서로 밀어넣었는데도 최종 결과는 아직 나오지 않았다. 그런데 어떻게 베른트센은 구스토의 수의에 묻은 혈액 검사 결과를 가지고 왔지? 하나 더. 베른트센이 빨리 옮기지 못해 보이고 만 것. 저건 모자가 아

394

니다. 발라클라바였다. 구스토가 처형당할 때 쓰고 있던 것.

생각이 꼬리를 물었다. 버너.

혹시 경찰이 현장에 먼저 간 게 아닐 수도 있을까? 두바이의 종이 먼저 가진 않았을까?

해리는 옷장 뒤 라이플을 생각했다. 하지만 도망치기엔 이미 늦었다. 복도에서 다가오는 발소리가 들렸다. 두 명. 그중 하나는 덩치가 큰지 마룻장이 삐걱댔다. 발소리가 문 앞에서 멈췄다. 다리를 벌리고 선 두 개의 그림자가 문턱이 있던 틈새로 보였다. 물론 베른트센의 동료 경찰관들이고 실제로 그를 체포하러 온 거라고 바랄 수도 있었다. 그러나 마룻장이 삐걱대는 소리는 거구의 남자였다. 프롱네르 공원에서 쫓아오던 사람만큼 덩치가 큰 것 같았다.

"어서요." 베른트센이 일어나서 해리 앞에 섰다. 그러면서 아무렇지 않은 척 옷깃 안쪽의 가슴을 긁었다. "차로 금방이에요. 우리 둘만."

"둘만은 아닌 것 같군." 해리가 말했다. "지원팀이 있는데."

해리는 문 밑의 그림자를 향해 고개를 까딱했다. 다른 그림자가 나타났다. 곧고 길쭉한 그림자. 트룰스는 해리의 시선을 따라갔다. 해리는 보았다. 진심으로 놀라는 표정이었다. 트룰스 베른트센이 꾸밀 수 없는 종류의 놀란 표정. 그들은 베른트센의 사람이 아니었다.

"문에서 떨어져." 해리가 속삭였다.

트룰스는 껌을 씹다 말고 해리를 보았다.

트룰스 베른트센은 슈타이어 권총을 어깨 총집에 넣어서 총이 가슴에 딱 달라붙어 있는 걸 좋아했다. 그러면 상대와 마주보고 있을 때 눈에 띄지 않았다. 해리 홀레는 노련한 수사관이고 시카고 FBI에서 훈련까지 받은 사실을 아는 터라 평소 그가 총 넣는 자리가 불룩하면 당장 알아챌 터였다. 총을 쏠 일이 생길 거라고 예상한 건 아니지만 대책은 마련해두었다. 해리가 안 간다고 버티면 은밀히 슈타이어로 등을 겨누어 밖으로 끌어내고, 발라클라바를 씌워서 그가 지구상에서 사라지기 전에 그를 본 목격자를 만들지 않을 작정이었다. 사브는 뒷길에 세워두었다. 번호판이 눈에 띄지 않게 하려고 하나 있던 가로등도 깨트렸다. 5만 유로였다. 참을성 있게 벽돌을 하나하나 쌓아올려야 했다. 회옌할에서 조금 더 올라가서 그들이 내려다보이는 집을 사야 했다. 그녀가 내려다보는 곳에.

해리 홀레는 기억 속의 그 거인보다 작아 보였다. 그리고 더 못생겨졌다. 핏기도 없고 못생기고 더럽고 몹시 지쳐 보였다. 체념한 듯 멍해 보이기도 했다. 생각보다 일이 잘 풀릴 것 같았다. 그래서 홀레가 문에서 비키라고 속삭였을 때 짜증부터 치밀었다. 이 작자가 지금 아무렇지 않은 척 쇼하려는 건가? 하지만 이어서 그들이 잘 쓰는 말투라는 생각이 스쳤다. 결정적인 상황에 처한 경찰관들이 쓰는 말투. 색깔도 드라마도 없는, 그저 오해의 소지를 최소로 줄이기 위한 중립적이고 냉정하고 명료한 말투. 생존 가능성을 최대로 높이기 위한 말투.

그래서 트룰스 베른트센은 거의 반사적으로 한발 옆으로 비켜섰다.

순간 문짝 상단이 박살 나서 안으로 쏟아졌다.

휙 돌아보다 짧은 사정거리에서 넓은 면을 쏘는 것이 틀림없이 총신을 짧게 자른 총일 거라는 생각이 스쳤다. 한 손은 벌써 재킷 안쪽에 들어가 있었다. 평소처럼 어깨 총집에 들어 있기는 하지만 재킷을 입지 않았다면 손잡이가 튀어나와 있어서 더 빨리 꺼냈을 텐데.

트룰스 베른트센이 침대 위로 넘어지며 총을 꺼내 팔을 뻗었을 때 남은 문짝이 탕 소리와 함께 벌컥 열렸다. 뒤로 유리창이 박살 나는 소리가 들리고 새로운 폭발음이 모든 소리를 집어삼켰다.

폭발음에 귀가 먹먹했고 방 안에 눈 폭풍이 일었다.

눈발이 뿌옇게 날리는 것 같은 문간에 두 남자의 형체가 서 있었다. 큰 남자가 총을 들었다. 머리가 문틀에 닿을 정도니까 2미터도 한참 넘어 보였다. 트룰스는 총을 쏘고 또 쏘았다. 엄청난 반동을 느끼면서 이번에는 확실히 끝냈다는 확신이 들었다. 큰 남자는 움찔하고 앞머리가 찰랑이는가 싶더니 뒤로 물러나 시야에서 사라졌다. 트룰스는 총과 시선을 움직였다. 두 번째 남자가 그 자리에 꼼짝 않고 서 있었다. 하얀 깃털이 그 남자의 주위에 흩날렸다. 트룰스는 그를 시야에서 놓치지 않았다. 하지만 쏘지는 않았다. 이제 더 또렷이 보였다. 늑대의 얼굴. 늘 사미족과 핀족과 러시아인 같다고 생각한 유형의 얼굴.

이제 그 남자가 침착하게 총을 들었다. 손가락으로 방아쇠를 감쌌다.

"진정해, 베른트센." 그가 영어로 말했다.

트룰스 베른트센은 길게 울부짖었다.

해리는 떨어졌다.

머리를 숙이고 몸을 웅크리고 뒤로 움직일 때 산탄총의 첫 번째 총알이 머리 위로 날아갔다. 그는 창문이 있는 곳까지 물러났다. 창문이 유리였던 걸 기억하기도 전에 판유리가 휘는가 싶더니 사라졌다.

그리고 그는 추락했다.

시간이 갑자기 브레이크를 걸었고, 그는 물속으로 떨어지는 느낌이었다. 뒤로 공중제비 돌기를 시작하는 듯 돌아가는 몸을 제지하려고 반사적으로 손과 팔로 느리게 노를 젓듯 허우적댔다. 전송되다만 생각들이 뇌의 시냅스를 오갔다.

머리부터 떨어져 목이 부러질 것이다.

커튼이 없어서 운이 좋았다.

뒷마당 건너편 창가의 벌거벗은 여자가 거꾸로 뒤집혀 보였다.

그러다 그는 부드러운 품 안에 쏙 들어갔다. 빈 상자, 오래된 신문, 쓰고 버린 기저귀, 우유 상자, 호텔 주방에서 나온 날짜 지난 빵, 젖은 커피 필터.

그는 유리 파편이 쏟아지는 가운데 뚜껑 열린 쓰레기통에 누워 있었다. 저 위 창문에서 불빛이 번쩍거렸다. 카메라 플래시가 터지듯이. 불꽃을 내뿜는 총구. 하지만 불꽃이 볼륨을 죽인 텔레비전 화면 속처럼 섬뜩하게 조용했다. 목에 감은 은색 테이프가 찢어진 것 같았다. 피가 흘렀다. 잠시 그 자리에 가만히 있을까도 싶었다. 눈을 감고 그냥 잠들어버릴까도 싶었다. 그는 자기가 일어나 앉아서 쓰레기통 가장자리를 뛰어넘어 마당 끝에 있는 문으로 뛰어가는 모습을 구경하는 느낌이었다. 문을 열다가 길 건너까지 닿을 정도로 공포에 질려 길게 울부짖는 소리가 창문에서 새어 나오는 걸 들은 것 같았다. 하수구 뚜껑 위에서 미끄러졌지만 간신히 몸을 추슬렀다. 게임 같은 장면 속에서 꽉 끼는 청바지를 입은 흑인 여자가 미소를 지으면서 그에게 입술을 삐죽 내밀었다가 상황을 보고 시선을 피했다.

해리는 출발했다.

지금은 무조건 뛸 때라고 판단했다.

뛸 데가 더 남아 있지 않을 때까지.

다 끝날 때까지, 그들에게 잡힐 때까지.

너무 길어지지 않기만 바랐다.

그러면서 사냥감의 본능적인 행동이 나왔다. 달아나고 탈출하려 하고 몇 시간이라도 더, 몇 분이라도 더, 몇 초라도 더 살아남으려 했다.

심장이 저항하듯 쿵쾅거렸다. 그리고 웃음을 터트리면서 야간버스 앞에서 길을 건너 오슬로의 도심 쪽으로 계속 내려갔다.

34

해리는 갇혔다. 방금 정신이 돌아와서 알았다. 머리맡 벽에는 껍질이 벗겨진 인체의 포스터가 붙어 있었다. 옆에는 십자가에 못 박힌 채 피 흘리며 죽어가는 인간을 정교하게 조각한 조각상이 걸려 있었다. 또 그 옆에는 약장이 늘어서 있었다.

소파에 누운 해리는 몸을 비틀었다. 어제 기억이 끊어진 자리부터 이어가보려 했다. 전체 그림을 보려고 했다. 점점이 보이기는 하지만 이어지진 않았다. 점들도 아직은 가정일 뿐이었다.

가정 하나. 트룰스 베른트센이 버너였다. 오륵크림 소속이라 두바이를 위해 일하기에는 완벽한 위치였을 것이다.

가정 둘. 베아테가 DNA 데이터베이스에서 발견한 일치 결과는 베른트센이었다. 그래서 백 퍼센트 확실해지기 전까지는 말해주지 않으려 했을 것이다. 구스토의 손톱 밑에서 검출된 혈액을 검사한 결과가 경찰 내부의 인물을 지목한 것이다. 이 가정이 옳다면 구스토는 살해되던 날 트룰스 베른트센을 할퀸 것이다.

그런데 석연치 않은 부분이 따라 나왔다. 베른트센이 정말로 두바이를 위해 일하면서 해리를 제거하라는 명령을 받았다면 왜 블루스 브라더스*가 나타나 해리와 베른트센의 머리를 날려버리려 했을까? 또 그 둘이 두바이의 부하라면 왜 그들과 버너가 서로 공격했을까? 같은 편이 아니었을까, 아니면 조직 분위기가 엉망이었을까? 혹시 트룰스 베른트센은 해리가 구스토의 무덤에서 찾은 증거를 경찰에 보내서 그를 노출시키지 못하도록 손쓰려고 혼자 움직인 걸까? 그래서 자기네끼리 조율이 안 된 걸까?

열쇠가 짤랑거리는 소리가 나고 문이 열렸다.

"안녕." 마르티네가 낭랑한 목소리로 말했다. "좀 어때?"

"나아졌어." 해리가 거짓말로 대답하면서 손목시계를 보았다. 새벽 6시. 담요를 젖히고 다리를 바닥에 내렸다.

"우리 양호실은 환자들이 밤새 머무는 곳이 아니야. 그냥 누워 있어. 목에 붕대를 갈아줄게."

"어젯밤에 받아줘서 고마워. 그래도 말했듯이 날 숨겨주면 당신도 위험해질 수 있어. 그러니 갈게."

"누우라니까!"

해리는 마르티네를 보았다. 한숨을 쉬고 순순히 시키는 대로 했다. 눈을 감고서 마르티네가 서랍을 여닫는 소리, 가위가 유리에 닿아 달그락거리는 소리, 아래층의 워치타워 카페로 아침을 먹으러 오는 첫 손님들의 소리를 들었다.

마르티네가 전날 직접 감아준 붕대를 푸는 동안 해리는 다른 손으로 베아테에게 전화해서 용건만 간단히 말하라는 미니멀리스트의 메시지를 들었다. 삐.

"혈액은 전에 크리포스에 있던 수사관 거야." 해리가 메시지를

---

* 코미디 배우 존 벨루시와 댄 애크로이드가 결성한 블루스 리바이벌 그룹.

남겼다. "병리과에서 오늘 이런 결과를 받아도 일단 아무한테도 알리지 말고 기다려. 체포 영장을 받아낼 만큼 증거가 탄탄한 것도 아니니까. 지금 그자의 우리를 흔들었다가는 그자가 사건을 다 태워버리고 숨을 수도 있어. 그러니까 다른 걸로 잡아들여서 조용히 해결해야 돼. 알나브루의 오토바이족 클럽회관에 침입한 사건. 내가 지금 크게 잘못 아는 게 아니라면 그 사건은 올레그도 공범이야. 올레그가 증언할 거야. 그러니 자네가 팩스로 현재 오릌크림 소속인 트룰스 베른트센의 사진을 한스 크리스티안 시몬센의 사무실로 보내서 올레그에게 확인해달라고 해줘."

해리는 전화를 끊고 숨을 깊이 들이마셨다. 숨이 들어오다가 갑자기 턱 막혔다. 고개를 돌렸다. 배 속의 내용물이 쏠리는 느낌이었다.

"아파?" 마르티네가 알코올에 담갔던 탈지면으로 목과 턱을 닦았다.

해리는 고개를 저으며 뚜껑이 열린 알코올 병 쪽으로 고개를 까딱했다.

"알았어." 마르티네가 뚜껑을 닫고 조용히 물었다. "그건 나아지지 않나 봐?"

"뭐가?" 해리가 갈라진 목소리로 물었다.

마르티네는 대답하지 않았다.

해리는 양호실을 두리번거리며 주의를 환기할 만한 대상을, 뭐든 정신을 집중할 만한 걸 찾았다. 마르티네가 상처를 봐주기 전에 빼서 소파에 둔 금반지가 보였다. 마르티네와 리카르드가 결혼한 지 벌써 몇 해가 흘렀다. 반지는 패이고 긁혀서 텔레노르에서 본 토르킬센의 반지처럼 반짝거리는 새것이 아니었다. 해리는 갑자기

402

오한이 들고 머리가 근질거렸다. 그냥 땀이 나는 것인지도 모른다.

"진짜 금이야?" 해리가 물었다.

마르티네는 새 붕대를 감기 시작했다. "결혼반지야, 해리."

"그래서?"

"당연히 금이지. 아무리 돈 없는 사람이거나 짠돌이라고 해도 결혼반지로 금이 아닌 걸 사진 않아."

해리는 고개를 끄덕였다. 두피가 계속 간지러웠다. 목덜미의 머리털이 쭈뼛 서는 느낌이 들었다. "난 그랬는데."

마르티네가 웃었다. "그럼 세상에서 그런 짓을 한 사람은 자기밖에 없을 거야, 해리."

해리는 반지를 노려보았다. 그건 그녀가 한 말이었다. "설마, 나밖에 그런……." 해리가 천천히 말했다. 목덜미의 머리카락은 틀리는 법이 없었다.

"어머, 기다려, 안 끝났어!"

"괜찮아." 해리는 벌써 일어섰다.

"그래도 옷은 갈아입어. 지금 쓰레기랑 땀이랑 피 냄새가 진동해."

"몽골 사람들은 중요한 전투에 나서기 전에 짐승의 배설물을 몸에 발랐어." 해리가 셔츠 단추를 채우면서 말했다. "뭘 주고 싶으면 커피 한 잔만……."

마르티네는 단념한 표정이었다. 밖으로 나가 계단을 내려가면서 고개를 절레절레 흔들었다.

해리는 급히 휴대전화를 꺼냈다.

"네?" 클라우스 토르킬센이 좀비처럼 응답했다. 아이들이 꺅꺅 내지르는 배경음이 그의 처지를 설명해주었다.

"해리 홀레야. 하나만 들어주면 다시는 괴롭히지 않을게, 토르킬센. 기지국 몇 개만 확인해줘. 7월 12일 밤에 트룰스 베른트센이 거쳐 간 곳을 전부 확인해야 돼. 망레루드 어디쯤의 주소야."

"우리가 그렇게 평방미터 단위로 찾아낼 수도 없고—."

"—분 단위로 이동이 기록되는 것도 아니겠지. 다 알아. 그냥 알아볼 수 있는 데까지 알아봐줘."

침묵.

"그게 답니까?"

"아니, 이름이 하나 더 있어." 해리는 눈을 감고 머리를 쥐어짰다. 라디움 병원의 연구실 문에 붙어 있던 명판의 철자를 머릿속에 그렸다. 혼자 중얼거렸다. 그리고 전화기에 대고 그 이름을 또박또박 불렀다.

"적었어요. '다시는'이란 게 무슨 뜻이죠?"

"말 그대로야, 다시는."

"알겠어요. 하나 더요."

"어?"

"어제 경찰이 당신 번호를 물었어요. 당신은 번호가 없잖아요."

"미등록 중국 번호가 하나 있어."

"그걸 추적하고 싶은 거 같던데. 무슨 일이죠?"

"꼭 알고 싶나, 토르킬센?"

"아뇨." 토르킬센이 잠시 후 말을 이었다. "뭐든 나오면 연락할게요."

해리는 전화를 끊고 생각에 잠겼다. 경찰이 그를 쫓는다. 그의 이름과 전화번호를 대조해서 찾아내지는 못해도 라켈의 통화기록을 확보해서 중국 번호가 뜨는 걸 확인하면 간단히 답이 나올 터였다. 전화가 그의 위치를 노출시킬 테니 없애야 했다.

마르티네가 뜨거운 커피를 들고 돌아오자 해리는 두 모금 겨우 마시고 이틀만 전화를 빌릴 수 있냐고 단도직입적으로 물었다.

마르티네는 특유의 순수하고 솔직한 표정으로 해리를 보고는 충분히 생각하고 하는 부탁이라면 좋다고 했다.

해리는 고개를 끄덕이고 조그만 빨간색 전화기를 받았다. 그녀의 뺨에 입을 맞추고는 커피를 들고 카페로 내려갔다. 이미 테이블 다섯 개가 찼고, 이른 아침의 허수아비들이 더 들어오고 있었다. 해리는 남은 테이블에 앉아 중국 전화기를 보면서 번호를 적어두었다. 중요한 사람들에게 새 임시번호를 알리는 짧은 메시지를 전송했다.

마약중독자도 보통사람들처럼 속을 알 수 없는 자들이지만 한 가지는 정확히 예측 가능했다. 해리는 중국 전화기를 테이블 가운데 떡하니 놓아두고 화장실에 가면서 어떤 일이 벌어질지 거의 확신했다. 화장실에서 나오자 전화기는 감쪽같이 사라졌다. 전화기가 이동하는 동안 경찰은 기지국을 통해 시내 곳곳을 추적할 터였다.

그사이 해리는 밖으로 나가서 퇴엔 가로 내려가 그뢴란으로 향했다.

경찰차가 언덕을 올라왔다. 해리는 급히 고개를 숙이고 마르티네의 전화를 꺼내 통화하는 척하면서 전화기로 얼굴을 가렸다.

경찰차가 지나갔다. 앞으로 몇 시간은 숨어 지낼 수 있었다.

그보다도 해리는 이제 어디서부터 시작해야 할지를 알았다.

트룰스 베른트센은 전나무 가지를 두 층으로 쌓아놓은 더미 속에서 꽁꽁 언 몸으로 누워 있었다.

밤새 같은 장면을 돌려보고 또 돌려보았다. 늑대 얼굴 남자가 가만히 뒤로 물러나 휴전을 청하듯 '진정하라'는 말을 되풀이하는 사이 둘은 서로 총을 겨누고 있었다. 늑대 얼굴. 감레뷔엔 묘지 앞에서 본 리무진의 운전자. 두바이의 부하. 그는 트룰스가 쏜 거구의 남자를 잡으려고 몸을 수그리면서 총도 낮춰야 했다. 순간 트룰스는 그자가 동료를 구하려고 제 목숨을 내놓은 걸 깨달았다. 늑대 얼굴은 전직 군인이나 경찰이 틀림없었다. 명예라고 부를 만한 뭔가가 깃든 행동이었다. 그때 거구의 남자에게서 신음이 새어났다. 살아 있었다. 트룰스는 안심하면서도 실망했다. 하지만 늑대 얼굴이 하던 걸 계속하도록, 동료를 일으켜 세워 끌고 가게 두었다. 그들이 비틀거리며 복도를 지나서 뒷문으로 빠져나가는 사이 신발 속이 피로 절벅거리는 소리가 들렸다. 그들이 밖으로 나가자 트룰스는 발라클라바를 뒤집어쓰고 프런트를 지나 사브로 뛰어가서 곧장 여기로 왔다. 집으로 갈 엄두는 나지 않았다. 여기가 그의 안전한 곳, 비밀 장소였으니까. 아무도 그를 볼 수 없는 곳, 오직 그만이 아는 곳, 그녀가 보고 싶으면 찾아오던 곳.

그곳은 망레루드의 사람들이 많이 찾는 등산로 부근에 있었지만 사람들은 길로만 다니고 그의 바위까지는 올라오지 않았다. 어쨌든 빽빽한 관목으로 둘러싸인 곳이었다.

미카엘과 울라 벨만의 집은 그 바위 맞은편 언덕에 있어서 거기서 그 집의 거실 창문이 다 보였다. 숱한 밤에 그 창문 너머로 그녀가 앉아 있는 모습을 지켜보았다. 그냥 소파에 앉은 모습, 아름다운 얼굴, 세월이 흘러도 거의 변하지 않은 우아한 몸매. 세월이 가도 그녀는 여전히 울라, 망레루드에서 제일 매력적인 여자였다. 가끔 미카엘도 같이 있었다. 키스하고 애무하는 장면이 보이기도 했지만 그들은 늘 진도를 더 나가기 전에 침대로 들어갔다. 어쨌든 그 역시 그 이상 보고 싶지는 않았다. 혼자 앉아 있는 그녀를 보는 게 큰 낙이었다. 소파에서 다리를 깔고 꿇어 앉아 책을 든 모습. 가끔은 누가 지켜보는 걸 아는 양 창문으로 눈길을 던졌다. 그럴 때면 그는 그녀가 알지도 모른다는 생각에 흥분했다. 창밖 어딘가에 그가 있는 걸 알지도 모른다.

하지만 지금 거실 창문은 캄캄했다. 그들은 이사했다. 그녀가 이사했다. 새로 옮긴 집 주변에는 안전하게 지켜볼 장소가 없었다. 이미 다 살펴봤다. 지금으로선 그런 장소가 필요할지 확실치 않았다. 뭐든 필요할지 어떨지 몰랐다. 그는 요주의 인물이 되었다.

그들이 그를 속였다. 한밤중에 레온 호텔로 홀레를 찾아가게 해놓고 공격했다.

그를 제거하려 한 것이다. 버너를 태워 없애기로 한 것이다. 그런데 왜? 그가 너무 많이 알아서? 어쨌든 그는 버너가 아닌가. 버너가 너무 많이 아는 건 당연한 게 아닌가. 납득이 가지 않았다. 젠장! **왜**는 중요하지 않았다. 어떻게든 살아남아야 했다.

춥고 지쳐서 뼈까지 쑤셨지만 날이 새고 해변에 아무것도 없는지 확인하기 전까지는 집으로 돌아가선 안 되었다. 일단 아파트 안에 들어가기만 하면 포위를 견딜 만큼 무기가 있었다. 기회가 주어졌을 때 둘 다 쐈어야 했지만, 그들이 다시 오면 트룰스 베른트센이 그렇게 호락호락 잡히지는 않을 거라고 다짐했다. 본때를 보여줄 작정이었다.

트룰스는 일어섰다. 옷에 달라붙은 전나무 가시를 털고 오들오들 떨면서 두 팔로 가슴을 쳤다. 다시 그 집을 보았다. 여명이 밝았다. 그는 다른 울라들을 떠올렸다. 워치타워의 조그맣고 가무잡잡한 그녀처럼. 마르티네. 솔직히 그녀 정도는 얻을 수 있을 줄 알았다. 위험한 인간들을 상대하는 여자고, 그는 그녀를 보호할 수 있는 사람이었다. 하지만 그녀는 그를 무시했다. 평소처럼 섣불리 접근했다가 거절당하고 끝장날까 봐 용기를 내지 못했다. 차라리 희망이나 품고 기다리고 질질 끌고 혼자 끙끙 앓으면서 그보다 덜 절박한 남자들이라면 그저 일상의 친절쯤으로 여기는 자잘한 행동에서 일말의 가능성을 찾는 편이 나았다. 그런데 어느 날 누가 그녀에게 하는 말을 듣고 임신할 걸 알았다. 쌍년. 전부 다 쌍년들이다. 구스토 한센이 망보라고 내보낸 그 년도. 쌍년, 쌍년, 쌍년. 그는 그런 여자들을 혐오했다. 그들에게 사랑받는 법을 아는 남자들도 혐오했다.

그는 풀쩍풀쩍 뛰면서 팔로 여기저기를 때렸지만 언 몸이 그렇게 쉽게 녹지 않으리란 걸 알았다.

해리는 다시 크바드라투렌으로 갔다. 포스트카페 안에서 자리를 찾았다. 제일 일찍, 슈뢰데르보다 네 시간이나 먼저 문을 여는 곳이었다. 맥주가 고픈 손님들과 함께 줄을 서서 아침으로 때울 만한 먹을거리를 살 수 있었다.

우선 라켈과 통화했다. 올레그의 메일함을 열어보라고 말했다.

"벨만한테 뭐가 왔어." 라켈이 말했다. "주소록 같은데."

"좋아." 해리가 말했다. "그걸 베아테 뢴한테 전달해줘." 그러면서 이메일 주소를 알려주었다.

다음으로 베아테에게 문자로 주소록을 보내고 아침을 마저 먹겠다고 알렸다. 그리고 스토르토르베의 예스트이베리에 가서 맛있게 끓인 커피를 받아들 때 베아테에게 전화가 왔다.

"경찰차의 주소록을 제가 직접 복사한 주소록과 선배가 보내준 주소록하고 비교해봤어요. 그런데 이거 뭐예요?"

"벨만이 받아서 나한테 전달해준 거야. 그자가 받은 게 정확한 보고서인지, 아니면 조작된 건지 확인하고 싶어서."

"그렇군요. 제가 먼저 받아본 주소가 다 선배랑 벨만이 받은 그 주소록에 있어요."

"음. 주소록을 받지 못한 경찰차가 한 대 있지 않았나?"

"지금 뭐 하는 건데요, 해리?"

"버너가 우릴 도와주게 만들려는 거야."

"뭘 돕느냐고요?"

"두바이가 사는 집을 찾아내려고."

침묵.

"하나 남은 주소록을 구할 수 있는지 알아볼게요." 베아테가 말했다.

"고마워. 나중에 또 통화해."

"잠깐만요."

"응?"

"구스토의 손톱 밑에서 나온 혈액의 DNA 프로파일에는 관심 없어요?"

35

여름이었어요. 난 오슬로의 왕이었어요. 바이올린 반 킬로그램을 주고 이레네를 빼내고 나머지 반은 거리에서 팔았어요. 그 돈은 거창한 사업, 그러니까 영감네 애들을 쓸어버리고 새로 조직망을 짜기 위한 자본금이었어요. 일단은 새 출발을 자축해야 했어요. 약을 판 돈의 일부를 떼서 이사벨레 스퀘엔이 준 구두에 어울리는 슈트를 장만했어요. 꼭 백만장자처럼 보였죠. 그 잘난 그랜드 호텔에 들어가 스위트룸을 달라고 해도 아무도 눈썹을 치뜨지 않더군요. 우린 거기서 지냈어요. 스물네 시간 파티를 찾아다녔죠. '우리'가 정확히 누군지는 조금씩 달라졌지만, 여름, 오슬로, 여자들, 남자들, 약이 살짝 세진 것만 빼고는 예전으로 돌아갔어요. 올레그 그 녀석마저 밝아져서 잠시나마 예전 모습으로 돌아갔어요. 일일이 기억도 안 날 만큼 친구가 늘어났고, 약이 믿기지 않을 만큼 빠르게 사라졌어요. 우리는 그랜드에서 쫓겨나서 크리스티아니아로 갔어요. 그리고 라디손, 홀베르그 플라스로 옮겨다녔어요.

물론 영원히 지속될 수는 없었죠. 세상에 그런 게 있기나 해요?

한두 번쯤 호텔에서 나오다가 길 건너에 서 있는 검은 리무진을 보긴 했지만 그런 리무진은 쌔고 쌨죠. 다만 그 리무진은 아무데도 가지 않았어요.

그러다 어김없이 돈이 떨어지는 날이 왔고, 약을 더 팔아야 했어요. 아래

410

층 청소도구실 천장의 타일 안쪽, 전기 케이블 뭉치 뒤에 은닉처를 마련했거든요. 그런데 내가 약에 취해서 우쭐대며 떠들었던지, 아님 내가 거기 가는 걸 본 사람이 있었던지, 은닉처가 말끔히 털렸더군요. 따로 숨겨둔 약이 하나도 없었어요.

우린 원점으로 돌아왔어요. 더는 '우리'가 없다는 것만 빼고요. 체크아웃할 시간이 왔어요. 그날의 첫 주사를 놓을 시간도. 길거리에서 약을 사야 했죠. 그런데 2주 넘게 지내던 방을 정산할 때 1만 5,000이 부족했어요.

나는 유일하게 합리적인 행동을 택했어요.

내뺐죠.

로비를 곧장 가로질러 길거리로 나가서 공원을 지나 바다로 뛰었어요. 아무도 쫓아오지 않았어요.

약을 사려고 크바드라투렌으로 내려갔어요. 아스널 선수는 보이지 않고 눈이 풀린 약쟁이들만 마약상을 찾아 어슬렁거리더군요. 메스암페타민을 팔러 다가온 사람에게 말을 붙여봤어요. 며칠간 바이올린이 시중에 나오지 않고 재고도 바닥났다고 하더군요. 그런데 플라타에서 약쟁이들이 남은 바이올린을 1쿼터에 5,000크로네씩 받고 팔아서 일주일치 헤로인을 산다는 말이 있더군요.

물론 난 수중에 그깟 5,000도 없었죠. 상황이 아주 심각한 걸 깨달았어요. 세 가지 대안이 있었어요. 팔거나 사기 치거나 훔치거나.

우선 파는 방법. 나한테 팔 게 뭐가 남았지? 동생까지 팔아먹은 내가? 기억났어요. 오데사. 그게 연습실에 있고 크바드라투렌의 파키들이라면 일제 사격이 가능한 그 좆같은 총에 5천을 낼 것 같았어요. 그래서 북쪽으로 오페라하우스와 오슬로 중앙역을 지나 걸음을 재촉했어요. 그런데 강도가 다녀갔는지 문에 새 자물쇠가 채워져 있고 앰프는 사라졌더군요. 드럼만 남았어요. 오데사를 찾아봤지만 그것도 없었어요. 지독한 새끼들.

다음으로 사기 치는 방법. 택시를 잡아타고 서쪽으로 블린데른까지 가달라고 했어요. 택시기사는 내가 차에 탄 순간부터 계속 돈을 내라고 닦달했어요. 뭘 아는 작자였던 거죠. 기사한테 철로가 가로놓인 곳에 차를 세워달라고 하고 택시에서 뛰어내려 인도교를 건너서 택시를 따돌렸어요. 포르스크닝스파르켄를 지나고 아무도 쫓아오지 않는데도 계속 달렸죠. 마음이 조급해서 달렸어요. 왜인지는 몰랐어요.

문을 열고 자갈길로 차고까지 뛰어갔어요. 철문 옆 틈새를 들여다봤어요. 리무진이 있더군요. 현관문을 두드렸어요.

안드레이가 문을 열었어요. 영감은 집에 없다고 했어요. 나는 수조 뒤 옆집을 가리키면서 그럼 저기 있을 거라고, 리무진이 차고에 있는 걸 봤다고 했죠. 안드레이는 '아타만'은 집에 없다는 말만 되풀이했어요. 난 돈이 필요하다고 했어요. 안드레이는 도와줄 수 없다면서 다시는 오지 말라고 했어요. 난 바이올린이 있어야 된다면서 이번 딱 한 번만 봐달라고 했어요. 안드레이는 당장은 바이올린이 없고, 입센한테 어떤 성분인가가 부족해서 2주쯤 기다려야 한다고 했어요. 그때쯤이면 난 죽을 거라고 했죠. 돈이든 바이올린이든 받아내야 했어요.

안드레이가 문을 닫으려고 해서 내가 발을 밀어 넣었어요.

당장 물건을 내놓지 않으면 사람들한테 영감이 사는 곳을 알리겠다고 했어요.

안드레이가 나를 쏘아봤어요.

"너 죽으려고 환장했구나?" 그가 우스꽝스러운 억양으로 말했어요. "비스켄 기억 안 나?"

내가 손을 내밀었어요. 두바이랑 그 졸개들이 어디 사는지 경찰에 알리면 값을 아주 잘 쳐줄 거라고 했어요. 거기다 비스켄이 어떻게 된 건지까지 말하면 더 얹어줄 거라고. 지하실 바닥에 죽어 있던 위장경찰 얘기를 해주면 값을 아주 후하게 쳐줄 거라고 했죠.

안드레이는 천천히 고개를 저었어요.

그래서 난 그 카자크놈한테 'passhol v'chorte'라고 뇌까리고 나왔어요. 러시아어로 '지옥에나 떨어져'라는 말일 거라고 생각하고 한 말이에요.

대문까지 가는 내내 그자의 시선이 등에 꽂힌 느낌이 들었어요.

올레그랑 물건을 빼돌린 일을 영감이 왜 그냥 눈감아줬는지는 몰라도 이번 건 그냥 넘어가지 않으리란 걸 알았어요. 그러든가 말든가, 어차피 난 밧줄 끝에 매달려 있고, 내 귀에는 몸속의 혈관이 내지르는 굶주린 비명밖에 들리지 않았어요.

베스트레 아케르 성당의 뒷길로 갔어요. 거기 서서 오가는 할머니들을 봤어요. 과부들은 남편이 묻히고 그들도 묻힐 묘지에 오면서 현찰이 잔뜩 든 핸드백을 들고 있었어요. 어째 내키지가 않았어요. 글쎄, 나 같은 도둑놈이 뼈가 부서질 것 같은 여든의 할머니들 옆에서 돼지새끼처럼 땀을 뻘뻘 흘리면서 멀뚱히 서서 무서워 죽을 지경이었다고요. 눈물이 앞을 가릴 꼬락서니였죠.

토요일이었어요. 돈을 빌려주고 싶어할 친구들을 떠올려봤어요. 그리 오래 걸리진 않았어요. 아무도 없었거든요.

다음으로는 나한테 돈을 빌려주지 않으면 안 될 사람을 생각해봤어요. 자기한테 뭐가 좋은지 안다면 말이에요.

버스에 몰래 올라타고 동쪽으로 가서 강의 저편으로 넘어가 망레루드에서 내렸어요.

이번에는 트룰스 베른트센이 집에 있더군요.

그자는 6층 자기 집 문간에서 내가 블린데른바이엔의 영감의 집 앞에서 안드레이에게 했던 말과 같은 내용의 최후통첩을 들었어요. 5천을 안 주면 그자가 투투를 죽이고 시체를 처리한 사실을 알리겠다고.

그런데 베른트센은 덤덤하더군요. 나한테 안으로 들어오라고까지 했어요.

분명 합의할 게 있을 거라면서.

하지만 그자의 눈빛에서 아주 묘한 뭔가를 봤어요.

그래서 난 꼼짝 않고 버티면서 더 합의할 건 없고 돈을 토해내든가 아니면 내가 경찰에 밀고하고 돈을 챙기든가 둘 중 하나라고 했어요. 그랬더니 경찰에서는 경찰관을 밀고한 사람한테 돈을 주지 않는다고 하더군요. 그러고는 5천 정도는 줄 수 있다면서 우리가 오래 알고 지냈고 친구나 다름없지 않느냐고 했어요. 다만 당장은 그만한 현금이 없으니 같이 차를 타고 ATM으로 가자면서 차는 주차장에 있다고 했어요.

난 그자의 제안을 가만히 생각해봤어요. 머릿속에 경보가 울렸지만 갈망이 악몽처럼 강렬해서 합리적인 의심을 다 밀어냈어요. 그래서 좋은 생각이 아닌 걸 알면서도 고개를 끄덕였어요.

"그럼 최종 결과가 나온 거야?" 해리가 카페 안 사람들을 두리번거리면서 말했다. 미심쩍은 인상은 없었다. 아니, 정확히 말하면 미심쩍은 인상이 잔뜩 있었지만 경찰로 의심할 만한 사람은 없었다.

"그래요." 베아테가 말했다.

해리는 전화기를 고쳐 잡았다. "구스토가 할퀸 자가 누군지는 알 것 같아."

"예?" 베아테가 놀란 듯 말했다.

"응. DNA 데이터베이스에 기록이 올라간 사람은 주로 용의자나 범인이나 범죄 현장을 오염시킬 만한 경찰이야. 이번엔 맨 마지막 인물이지. 이름은 트룰스 베른트센, 오르크림 경찰."

"어떻게 그 사람인 걸 알아요?"

"음, 지금까지의 상황을 종합해보면 답이 나와."

"그렇군요." 베아테가 말했다. "선배의 추리가 탄탄하다는 건 의심하지 않아요."

"고마워." 해리가 말했다.

"그런데 틀렸어요." 베아테가 말했다.

"뭐?"

"구스토의 손톱 밑에서 나온 혈액은 베른트센이란 사람 게 아니에요."

트룰스 베른트센의 집 문 앞에 서서, 그자가 차 열쇠를 가지러 들어간 사이 아래를 봤어요. 내 구두요. 존나 멋진 구두. 그러다 이사벨레 스퀘엔이 생각났어요.

그 여자라면 베른트센만큼 위험하진 않았어요. 나한테 푹 빠져 있었거든요. 아닌가? 아마도?

아주 단단히 빠졌어요.

그래서 베른트센이 다시 나오기 전에 계단을 일곱 개씩 뛰어 내려가 층마다 엘리베이터 버튼을 눌러놨어요.

오슬로 중앙역으로 가는 지하철에 올라탔어요. 처음에는 그 여자한테 전화를 걸까 하다가 생각을 바꿨어요. 만날 내 전화는 받지 않아도 내가 넋을 빼놓을 만큼 근사한 모습으로 나타나면 거절하진 않을 거였거든요. 토요일은 마구간지기가 쉬는 날이기도 했고요. 말이랑 돼지들이 알아서 냉장고에서 먹이를 꺼내 먹진 못할 테니까 그녀가 집에 있을 거란 뜻이었죠. 그래서 오슬로 중앙역에서 외스트폴 라인의 정기권 차량에 올라탔어요. 뤼게까지는 요금이 144크로네인데 그 돈도 없었거든요. 역에서 농장까지는 걸어서 갔어요. 꽤 먼 거리였죠. 비까지 오는 날엔 더더욱. 그리고 비가 오기 시작했어요.

마당으로 들어가다가 그 여자의 차를 봤어요. 도심을 휘젓고 다니는 4륜구동 차량. 본채 현관문을 두드렸어요. 열어주지 않더군요. 그래서 불렀어요. 메아리가 벽을 타고 울렸지만 아무 대답이 없었어요. 그 여자가 말을 타고 나갔을 수도 있었어요. 괜찮았어요. 현금을 어디다 두는지 알았고, 이런 시골에서는 항상 문을 잠그고 다니는 게 아니었으니까요. 그래서 손잡이를 밀었어요. 아니나 다를까 열려 있었죠.

침실로 올라가는데 느닷없이 그 여자가 나타났어요. 육중한 두 다리를 벌리고 계단 위에 서 있었어요. 목욕가운 차림으로.

"너 여기서 뭐 하니, 구스토?"

"보고 싶어서." 나는 미소를 지었어요. 그리고 활짝 웃었어요.

"너 치과 좀 가봐야겠다." 그녀가 쌀쌀맞게 내뱉었어요.

무슨 뜻인지 알았어요. 내 이빨에 갈색으로 변색된 부분이 있었거든요. 꼭 썩은 이처럼 보이지만 와이어브러시로 고칠 수 있는 그런 게 아니었어요.

"너 여기서 뭐 하냐니까? 돈?"

이사벨레와 나 사이가 그랬어요. 우린 똑같은 부류고 가식 같은 걸 떨 필요가 없었죠.

"큰 걸로 다섯 장?" 내가 말했어요.

"안 되겠는데, 구스토. 우리 그런 거 끝났잖아. 역까지 태워다줘?"

"뭐? 에이, 이사벨레. 우리 한 판 뜰까?"

"쉿!"

난 바로 알아채지 못했어요. 알아듣는 데 조금 걸렸죠. 그 엿 같은 갈망 때문에. 벌건 대낮에 여자가 목욕가운 차림으로 화장까지 다 하고 서 있었어요.

"누구 기다려?" 내가 물었어요.

그 여자는 대답하지 않았어요.

"새로 떡치는 친구야?"

"한동안 너 안 보일 때 그렇게 됐어, 구스토."

"내가 얼마나 돌아오고 싶었는데." 이렇게 말하면서 내가 그 여자의 허리를 감싸고 끌어당기자 그녀가 중심을 잃었어요.

"너 젖었잖아." 그 여자가 몸부림치긴 했지만 하고 싶어 미칠 때 앙탈을 부리는 그런 정도였어요.

"비가 와." 내가 그 여자의 귓불을 물었어요. "또 무슨 핑계를 대시려고?" 손은 벌써 목욕가운 속에 들어가 있었어요.

"너 냄새 나. 어서 빼!"

내 손은 그 여자의 면도한 보지를 만지작거리며 틈새를 찾았어요. 젖었더군요. 그것도 아주 흠뻑. 손가락 두 개가 쑥 들어갈 정도였어요. 엄청 젖었더군요. 끈끈한 감촉이 있었어요. 손을 뺐죠. 손을 들어봤어요. 손가락에 허옇고 끈적거리는 뭔가가 잔뜩 묻어 있었어요. 놀라서 여자를 봤죠. 여자가 의기양양한 미소를 짓고 내게 몸을 숙여 속삭였어요. "말했잖아. 한동안 너 안 보일 때⋯⋯."

확 부아가 치밀어 따귀를 때리려고 손을 들었지만 그 여자가 내 손을 잡고 제지했어요. 힘센 썅년, 스퀘엔.

"이제 가, 구스토."

내 눈에 뭔가 있었어요. 내가 뭘 모르는 애였다면 눈물인 줄 알았을 거예요.

"5,000." 내가 갈라진 목소리로 속삭였어요.

"안 돼. 그럼 넌 또 찾아오겠지. 그건 안 돼."

"좆같은 년!" 내가 소리를 질렀다. "당신 아주 중요한 걸 잊었어. 그 돈 안 내놓으면 당장 신문사로 가서 당신이 한 짓을 다 불 거야. 나랑 떡친 걸 분다는 게 아니야. 오슬로 정화사업이 다 당신이랑 그 영감이 꾸민 짓이라고 불어버릴 거야. 사회주의자 행세하는 엿 같은 새끼들. 마약 자금과 정치가 한 침대서 뒹군다! 〈베르덴스 강〉에서 얼마를 줄 거 같아?"

침실 문이 열리는 소리가 들렸어요.

"내가 너라면 당장 도망칠 거야." 이사벨레가 말했어요.

그 여자 뒤쪽의 컴컴한 데서 마루장이 삐걱거리는 소리가 들렸어요.

나도 도망치고 싶었어요. 진심으로. 그래도 꼼짝하지 않았어요.

소리가 점점 다가왔어요.

그자의 얼굴에 있는 줄무늬가 어둠 속에서 빛나는 것 같았어요. 떡치는 친구. 호랑이.

그자가 헛기침을 했어요.

그리고 밝은 데로 나왔죠.

숨이 멎을 만큼 멋있게 생긴 그를 보자 역겹게도 그 감각이 되살아났어요. 그의 가슴에 손을 대고 싶은 욕구. 손끝으로 햇볕에 잘 그을린 땀에 젖은 피부를 더듬고 싶은 욕구. 놀라면 저절로 팽팽해지는 근육을 마음대로 주물럭거리고 싶은 욕구.

"방금 뭐랬어?" 해리가 말했다.

베아테가 헛기침을 하고 다시 말했다. "미카엘 벨만이에요."

"벨만?"

"네."

"사망한 구스토의 손톱 밑에 미카엘 벨만의 피가 묻어 있었다고?"

"그런 것 같아요."

해리는 뒤로 기댔다. 이제 판이 달라졌다. 아니 그런가? 그게 꼭 살인과 관련된 것만은 아니었다. 그래도 뭔가가 있었다. 벨만이 말하려 하지 않은 뭔가가.

"꺼져." 벨만이 굳이 그럴 필요가 없어서 언성을 높이지 않는 투로 말했어요.

"그럼 당신네 둘이야?" 내가 말했어요. "난 트룰스 베른트센을 고용한 줄 알았지. 더 높이 올라가다니 똑똑하네, 이사벨레. 그럼 어떻게 된 거야? 베른 트센은 그냥 당신 졸갠가, 미카엘?"

난 그자의 이름을 발음하기보다는 애무했어요. 어쨌든 전에 그자의 집 앞에 서 우리가 인사를 나눌 때 들은 이름이 그거였어요. 구스토와 미카엘. 두 소년 처럼, 앞으로 같이 놀 수도 있는 두 친구처럼. 이름을 불러주니 그자의 눈에서 뭔가 탁 켜지면서 두 눈이 이글거리더군요. 벨만은 거의 다 벗고 있었어요. 그 래서 그자가 공격하지 않을 거라 생각했었죠. 그런데 겁나게 빠르더군요. 그 자가 날 덮치고 머리를 죄었어요.

"놔!"

그자가 날 계단 위로 끌고 올라갔어요. 그자의 가슴과 겨드랑이에 코가 박혀 서 그 두 부위의 냄새를 맡을 수 있었어요. 그러자 문득 어떤 생각이 내 머릿속 을 파고들었어요. 날 그냥 보내줄 생각이라면 왜 계단 위로 끌고 올라왔지? 주 먹을 날리는 걸로는 벗어날 수 없어서 그의 가슴에 손톱을 박고 내 쪽으로 할퀴 었어요. 그러다 손톱 하나가 젖꼭지에 걸렸나 봐요. 그자가 욕을 하면서 손아귀 힘을 풀더군요. 난 당장 그자에게서 빠져나와 도망쳤어요. 계단 중간쯤에 떨어 졌지만 겨우 일어섰어요. 현관으로 뛰쳐나가면서 그 여자의 차 열쇠를 잡아채고 마당으로 뛰어나갔어요. 차는 물론 잠겨 있지 않았어요. 자갈길에서 바퀴가 헛돌 아서 클러치를 풀었어요. 백미러로 미카엘 벨만이 현관으로 뛰쳐나오는 걸 봤어 요. 그자의 손에 번쩍이는 뭔가가 들려 있었어요. 드디어 바퀴가 물렸고, 몸이 뒤 로 확 젖혀지더니 차가 앞으로 튀어나가 마당을 가로질러 도로에 들어섰어요.

"트룰스 베른트센을 오릉크림에 꽂은 건 벨만이야." 해리가 말 했다. "베른트센이 벨만의 지시로 버너 역할을 했다는 게 가능할 까?"

"우리 지금 뭘 건드리는 건지 알죠, 해리?"

"응. 지금부터 자네는 이 일에서 손 떼, 베아테."

"빌어먹을, 그만 좀 막아요!" 전화기 진동판이 치직거렸다. 베아테 뢴이 욕하는 건 들어본 적이 없었다. "이건 우리 경찰 일이에요. 베른트센 같은 작자들이 경찰을 시궁창에 처박는 꼴을 두고 볼 순 없어요."

"알았어. 그래도 섣불리 결론을 내리진 말자. 우리가 가진 증거는 벨만이 구스토를 만났다는 것뿐이야. 트룰스 베른트센에 관해서는 아직 구체적인 증거가 없고."

"그럼 이제 어떻게 하려고요?"

"다른 데서 시작할 거야. 내가 바라는 대로라면 조각들이 도미노처럼 하나씩 부딪혀서 넘어갈 테니까. 지금 문제는 내 계획을 실행에 옮길 때까지 자유의 몸으로 돌아다닐 수 있느냐는 거야."

"그럼 계획이 있기는 있다는 거네요?"

"물론 있지."

"좋은 계획이에요?"

"그런 말은 안 했어."

"그래도 계획이긴 하고요?"

"물론."

"거짓말이죠?"

"그럴 리가."

E18 도로로 달려 오슬로로 가면서 문득 내가 얼마나 심각한 상황에 처했는지 깨달았어요.

벨만이 날 위층으로 끌고 올라가려 했어요. 침실로. 날 쫓아 나올 때 손에 든 권총을 놔둔 곳요. 그 새끼가 내 입을 막으려고 날 해치우려고 한 거예요. 뒤집어보면 그 새끼는 무릎까지 똥통에 처박혀 있다는 뜻이겠죠. 그럼 그자는 이제 어떻게 나올까요? 물론 날 처넣으려고 하겠죠. 차량 절도죄든, 마약을 판 죄든, 호텔 숙박료를 내지 않은 죄든, 걸고넘어질 건 많았어요. 내가 누구한테든 떠들기 전에 철창에 집어넣으려 했겠죠. 일단 철창에 집어넣고 내 입에 재갈을 물리자마자 어떻게 할지는 불 보듯 뻔했어요. 자살한 것처럼 꾸미거나 다른 수감자가 날 죽인 걸로 만들려고 했겠죠. 그러니까 나로서는 그 차를 끌고 돌아다니는 것만큼 멍청한 짓도 없었어요. 그 차는 벌써 감시망에 올라 있을 테니까. 그래서 나는 단단히 마음먹었어요. 내 목적지는 오슬로 동쪽이라 시내를 피해 돌아갈 수 있었어요. 언덕으로 차를 몰고 조용한 주택가로 향했어요. 약간 떨어진 곳에 차를 세워놓고 거기서부터는 걸었어요.

해가 다시 나오고 사람들이 밖으로 나와서 손수레를 밀고 다녔어요. 손잡이에 매달린 그물망에는 휴대용 바비큐가 들어 있었죠. 다들 행복 그 자체인 양 해를 보고 웃더군요.

난 차 열쇠를 정원 안으로 던져놓고 아파트 건물 쪽으로 걸었어요.

초인종에서 이름을 찾아서 눌렀어요.

"나야." 그자가 결국 응답했을 때 내가 말했어요.

"나 좀 바빠." 인터컴에서 그자의 목소리가 나왔어요.

"난 마약중독자고." 농담으로 한 말이지만 효과가 있었던 거 같아요. 가끔 우스개로 약 사러온 손님들한테 마약중독으로 그 고생을 하면서도 바이올린을 또 찾느냐고 물으면 올레그가 그 말을 재밌어했거든요.

"원하는 게 뭔데?" 목소리가 물었어요.

"바이올린 조금만."

약쟁이들이 나한테 하던 말이 이제 내 대답이 된 거죠.

침묵.

"나도 없어. 다 떨어졌어. 기본 재료가 없어서 더 못 만들어."

"기본 재료?"

"레보르파놀 베이스. 화학식도 알려줘?"

거짓말이 아닌 건 알았지만 나한테는 꼭 필요했어요. 꼭. 곰곰 생각했어요. 연습실로 돌아갈 수는 없었어요. 그자들이 진을 치고 있을 테니까. 올레그. 착한 친구 올레그라면 날 받아줄 것 같았어요.

"두 시간 줄게, 입센. 하우스만스 가로 4쿼터를 가져오지 않으면 그 길로 경찰에 가서 다 불 거야. 이제 난 잃을 게 없는 놈이야. 알아들어? 하우스만스 가 92번지. 들어와서 곧장 3층으로 올라와."

그자가 어떤 얼굴을 하고 있을지 떠올려봤어요. 겁에 질려서 땀을 뻘뻘 흘리겠지. 한심한 변태 새끼.

"좋아." 그자가 말했어요.

이렇게 하는 거였어요. 놈들에게 상황의 심각성을 주지시키면 되는 거였어요.

해리는 커피를 마저 들이켜고 거리를 내다보았다. 이제 움직일 때였다. 용스토르게를 가로질러 토르 가의 케밥집으로 가는 길에 전화가 왔다.

클라우스 토르킬센이었다.

"좋은 소식이에요."

"어 그래?"

"문제의 그 시간에 트룰스 베른트센의 전화가 오슬로 시내 기지국 네 곳에서 기록됐어요. 하우스만스 가 92번지와 같은 구역에 있었어요."

"그 구역이 얼마나 크지?"

"음, 반경 800미터 정도의 6각형 형태예요."

"좋아." 해리가 그 정보를 머릿속에 새기면서 말했다. "다른 사람은?"

"그 사람 이름으로는 기록이 전혀 나오지 않았지만 라디움 병원으로 등록된 회사 번호가 있더군요."

"그래서?"

"말씀드렸듯이 좋은 소식이에요. 그 전화가 그 시각에 같은 지역에 있었어요."

"음." 해리는 문을 열고 들어가서 사람들이 차지한 테이블 세 개를 지나치고 부자연스럽게 쨍한 색상의 케밥이 진열된 카운터 앞에 섰다. "그 친구 주소는 있나?"

클라우스 토르킬센이 주소를 불렀고, 해리는 냅킨에 받아 적었다.

"그 주소로 다른 번호는 있나?"

"무슨 얘긴지?"

"부인이나 동거인이 있나 해서."

토르킬센이 키보드를 두드리는 소리가 들렸다. 그리고 대답이 나왔다. "아뇨. 그 주소로 다른 사람은 없어요."

"고맙네."

"그럼 우리 거래는 성사된 거죠? 그 얘기는 두 번 다시 하지 않겠다는?"

"응. 마지막으로 하나만. 미카엘 벨만을 알아봐줘. 그자가 최근 몇 달간 누구랑 통화했고, 살인이 일어난 시각에 어디 있었는지."

크게 웃는 소리가 들렸다. "오륵크림 반장을요? 됐어요! 밑에 있는 경관들이야 조사한 걸 숨기거나 둘러댈 수 있지만 지금 그 부탁을 들어줬다간 저 당장 쫓겨나요." 그리고 더 웃는 소리가 들렸다.

그 말이 사실 농담이라는 듯. "약속한 건 지켜줘요, 홀레 씨."

전화가 끊겼다.

택시가 냅킨에 적힌 주소에 도착했을 때 어떤 남자가 밖에서 기다리고 있었다.

해리는 차에서 내려서 그 남자에게 다가갔다. "관리인 올라 크베른베르그 씨 되십니까?"

남자가 고개를 끄덕였다.

"홀레 수사관입니다. 전화드린 사람이에요." 해리가 이렇게 말하자 관리인이 기다리는 택시를 흘깃 보았다. "경찰차가 없을 때는 택시를 타고 다닙니다."

크베른베르그는 상대가 내민 신분증을 살펴보았다. "침입한 흔적은 못 봤는데."

"그래도 신고가 들어왔으니 일단 확인해봅시다. 마스터키, 가지고 계시죠?"

크베른베르그가 고개를 끄덕이고 중앙 출입구를 여는 동안 해리는 초인종의 이름을 살폈다. "신고한 분 말로는 누가 발코니로 올라가서 3층으로 침입하는 걸 봤대요."

"누가 신고한 겁니까?" 관리인이 계단을 오르며 물었다.

"기밀입니다, 크베른베르그 씨."

"바지에 뭐 묻었네요."

"케밥 소스예요. 빨아야지, 하고만 있네요. 문을 열 수 있습니까?"

"약사님 집요?"

"아, 그 사람 하는 일이 그거군요?"

"라디움 병원에서 일하세요. 직장으로 전화해보고 들어가야 하지 않을까요?"

"강도가 지금 저 안에 있으면 체포할 수도 있을 것 같은데. 괜찮으시다면."

관리인은 웅얼거리며 사과하고 얼른 문을 열었다.

해리는 안으로 들어갔다.

누가 봐도 혼자 사는 남자의 아파트였다. 다만 아주 깔끔하게 정리되어 있었다. CD 선반에 클래식 CD가 알파벳 순으로 꽂혀 있었다. 화학과 약학 관련 학술지가 높이 쌓여 있었지만 역시 잘 정돈되어 있었다. 한쪽 책꽂이에는 어른 둘과 소년 하나가 찍힌 액자가 놓여 있었다. 해리는 그 소년을 알아보았다. 시무룩한 얼굴의 소년은 한쪽으로 구부정하게 서 있었다. 열두 살이나 열세 살을 넘지 않아 보였다. 관리인이 문 앞에서 유심히 보고 있어서 해리는 건성으로 발코니 문을 살피고 이 방 저 방 둘러보았다. 서랍과 벽장을 열었다. 의심할 만한 건 눈에 띄지 않았다.

의심할 게 너무 적어서 꺼림칙하다고 할 수도 있었다.

하지만 해리는 그런 걸 본 적이 있다. 비밀이 없는 사람도 있다는 걸. 물론 흔하지는 않아도 그런 사람이 있기는 했다. 등 뒤로 관리인이 문 앞에서 체중을 옮겨 싣는 소리가 났다.

"침입한 흔적 같은 건 전혀 보이지 않는군요." 해리가 관리인을 지나쳐 출입구로 나갔다. "장난전화인가 봐요."

"그렇군요." 관리인이 문을 잠그면서 말했다. "안에 도둑이 있었으면 어쩌려고 했습니까? 택시에 태워서 가시게요?"

"경찰차를 불렀겠죠." 해리가 미소를 지으며 문 옆의 선반에 놓인 부츠를 들어서 살폈다. "저기, 이거 **양쪽 발** 사이즈가 많이 다르지 않나요?"

크베른베르그는 턱을 문지르면서 해리를 살폈다.

"그런 거 같군요. 그 양반은 곤봉발이에요. 신분증 좀 다시 보여 주시겠습니까?"

해리가 신분증을 건넸다.

"유효일이―."

"택시가 기다려서요." 해리는 신분증을 잡아채고 계단을 뛰어 내려갔다. "도와줘서 고마워요, 크베른베르그 씨!"

난 하우스만스 가의 연습실로 갔어요. 아무도 자물쇠를 고쳐놓지 않아서 곧장 집으로 올라갔어요. 올레그는 거기 없었어요. 다른 사람도 없었고. 다들 스트레스를 못 이기고 뛰쳐나간 거예요. 약을 해야 돼, 약을 해야 돼. 약쟁이들 서넛이 어울려 지냈고, 거기도 딱 그런 집처럼 보였어요. 물론 아무것도 없었죠. 빈 병, 쓰고 버린 주사기, 피 묻은 탈지면, 빈 담뱃갑만 나뒹굴었어요. 완전히 난장판이었어요. 더러운 매트리스에 앉아 욕을 하다가 쥐를 봤어요. 사람들은 쥐를 묘사할 때 항상 거대한 쥐를 말해요. 하지만 쥐는 크지 않아요. 아주 작죠. 꼬리가 좀 길 수는 있어요. 하긴 겁먹고 두 다리로 서면 더 커 보일 수는 있겠네요. 그것 말고는 우리랑 똑같이 스트레스에 짓눌리는 불쌍한 생명체일 뿐이에요. 약을 해야 돼.

성당 종이 울렸어요. 난 입센이 올 거라고 중얼거렸어요.

꼭 와야 했어요. 씨발, 기분이 엿 같았어요. 그들이 우리가 장사하러 나갈 때를 기다리고 우리를 보고 아주 기뻐하던 모습이 생각났어요. 아주 찡한 장면이었죠. 오들오들 떨면서 지폐를 준비해놓고 서툰 강도로 전락한 꼬락서니들. 그때 내가 그랬어요. 입센이 절뚝거리며 계단을 올라오는 소리가 들리고 그 멍청한 얼굴을 들이밀기를 애타게 기다렸어요.

내가 아주 멍청하게 패를 돌린 거였어요. 그저 딱 한 방만 맞고 싶었는데. 다른 건 아무것도 필요 없었는데, 결국엔 그들 모두에게 미움을 사고 말았어요. 영감과 카자크인 부하들. 미친 놈 같은 눈으로 드릴을 든 트룰스 베른트센. 이사벨레 여왕과 그녀와 떡치는 우두머리 친구.

쥐새끼가 굽도리널을 따라 잽싸게 움직이더군요. 난 절박한 마음에 카펫과 매트리스 밑을 뒤졌어요. 매트리스 밑에서 사진 한 장과 철사 조각이 나왔어요. 구겨진 사진은 이레네의 빛바랜 여권사진이었어요. 그래서 그게 올레그의 매트리스일 거라고 짐작했어요. 하지만 철사의 용도는 짐작이 가지 않았어요. 그러다 서서히 알 것 같았어요. 손바닥이 축축해지고 심장이 빠르게 고동쳤어요. 어쨌든 내가 올레그한테 은닉처 만드는 법 하나는 제대로 가르친 거였어요.

한스 크리스티안 시몬센은 관광객들 사이를 비집고, 오페라하우스를 피오르 끝에 떠 있는 빙산처럼 보이게 만드는 새하얀 이탈리아 대리석 비탈길을 올라갔다. 지붕 끝까지 올라가 빙 둘러보고 한쪽 벽에 기대앉은 해리 홀레를 발견했다. 해리는 혼자 있었다. 다른 관광객들은 피오르를 구경하러 반대편으로 몰려갔다. 해리는 이 도시의 낡고 초라한 쪽을 바라보고 앉아 있었다.

한스 크리스티안은 해리 옆에 앉았다.

"HC." 해리가 팸플릿에서 눈도 들지 않고 말했다. "이 대리석을 카라라 대리석이라고 부르는 거 알았어요? 오페라하우스가 노르웨이 국민들한테 2,000크로네 이상씩 쓰게 만든 것도?"

"예."

"〈돈 조반니〉에 관해 아는 거 있어요?"

"모차르트. 2막. 오만한 젊은 난봉꾼. 자기 자신을 신이 여자와 남자에게 보낸 선물이라 믿고 모두를 농락하고 모두에게 미움을 산 자. 자기가 불멸의 존재인 줄 알았지만 결국에는 신비한 석상의 방문을 받고 목숨을 잃고 함께 땅속으로 삼켜지죠."

"음. 이틀 뒤에 새로 무대에 올리는 이 작품의 초연이 있군요. 여기 보니까 마지막 장면에서 코러스가 '이것이 악인의 끝이다, 죄인의 죽음은 항상 그의 삶을 보여주는구나'라고 노래한다는군요. 이 말이 사실일까요, HC?"

"사실이 아닌 걸 **알아요.** 유감스럽게도 죽음은 삶과 별반 다르지 않아요."

"음. 여기 해변으로 경찰이 떠밀려온 거 알았습니까?"

"예."

"당신이 모르는 게 있습니까?"

"누가 구스토 한센을 쐈는가?"

"아, 신비한 석상." 해리는 팸플릿을 내려놓았다. "그게 누군지 알고 싶어요?"

"알고 싶지 않아요?"

"별로. 중요한 건 누가 아닌지를 입증하는 거예요. 올레그가 아니라는 거."

"동의해요." 한스 크리스티안은 해리를 살폈다. "그런데 그런 말 하는 걸 들으니 지금까지 제가 들은 열성적인 해리 홀레와는 다른 느낌이네요."

"어차피 사람은 변합니다." 해리가 잠깐 미소를 지었다. "당신네 경찰 변호사한테 수사 진행 상황을 알아봤습니까?"

"당신 이름은 아직 공개되지 않았지만 전국의 공항과 출입국관리소로 보내졌습니다. 당신 여권이 별로 가치가 없어졌다는 거죠."

"마요르카 여행 계획은 날아갔군요."

"수배 중인 걸 아시는 분이 오슬로 제일의 관광지에서 만나자고 해요?"

"확실히 검증된 사소한 논리예요, 한스 크리스티안. 떼 지어 있는 게 더 안전하다."

"혼자가 더 안전하다고 생각하실 줄 알았어요."

해리는 담뱃갑을 꺼내 흔들고 내밀었다. "라켈이 그러던가요?"

한스 크리스티안은 고개를 끄덕이고 담배 한 개비를 받았다.

"둘이 얼마나 만났습니까?" 해리가 찡그린 얼굴로 물었다.

"좀 됐어요. 그거 아파요?"

"목? 조금 감염된 거 같아요." 해리는 한스 크리스티안에게 담뱃불을 붙여주었다. "그녀를 사랑하는군요."

한스 크리스티안이 담배를 빠는 품이 학창시절 파티 이후로 거의 피우지 않은 것 같았다.

"네, 그래요."

해리는 고개를 끄덕였다.

"그래도 당신이 항상 거기 있더군요." 한스 크리스티안이 담배를 빨면서 말했다. "그림자 속에, 옷장 속에, 침대 밑에."

"괴물 같군요." 해리가 말했다.

"그래요, 그렇네요." 한스 크리스티안이 말했다. "귀신을 쫓듯 당신을 쫓아내려고 해봤지만 잘 안 됐어요."

"다 안 피워도 됩니다, 한스 크리스티안."

"고마워요." 한스 크리스티안은 담배를 버렸다. "이번엔 또 뭘 해드릴까요?"

"빈집털이." 해리가 말했다.

그들은 어둠이 깔리자마자 출발했다.

한스 크리스티안이 그뤼네르뢰카의 보카 바에서 해리를 태웠다.

"차 좋네요." 해리가 말했다. "가족용 차."

"엘크하운드가 한 마리 있었어요. 사냥. 오두막. 왜 그런 거 있잖아요."

해리는 고개를 끄덕였다. "괜찮은 인생이네요."

"그런데 엘크한테 밟혀 죽었어요. 엘크하운드로서는 그리 나쁘지 않은 죽음이라는 걸로 위안을 삼았어요. 본분을 다하다 죽은 거라고."

해리는 고개를 끄덕였다. 그들은 뤼엔으로 가서 굽이굽이 돌아 오슬로 동부 최고의 전망대로 향했다.

"바로 여기." 해리가 불 꺼진 집을 가리켰다. "헤드라이트가 창문을 비추게 차를 비스듬히 세워요."

"저도 같이……."

"아니." 해리가 말했다. "여기서 기다려요. 전화기나 켜놓고 누가 오면 전화해요."

해리는 쇠막대를 꺼내 그 집으로 이어진 자갈길을 따라 올라갔다. 가을, 싸늘한 밤공기, 사과 향기. 기시감이 들었다. 외위스테인이랑 둘이서 살금살금 정원으로 들어가고 트레스코가 담장 앞에서 망을 보던 시절. 그러다 어둠 속에서 불쑥 어떤 형체가 인디언 머리장식을 하고 돼지처럼 꽥꽥대면서 절뚝거리며 그들을 쫓아오던 기억.

해리는 초인종을 눌렀다.

기다렸다.

아무도 나오지 않았다.

그래도 안에 누가 있는 느낌이었다.

해리는 자물쇠 옆 틈새에 쇠막대를 끼우고 온 힘을 다해 조용히

431

눌렀다. 부드럽고 눅눅한 오래된 나무문에 구식 자물쇠가 달려 있었다. 다른 손으로 구부러진 걸쇠 안쪽으로 신분증을 끼웠다. 더 세게 눌렀다. 걸쇠가 철컥 열렸다. 해리는 안으로 가만히 들어가 문을 닫았다. 어둠 속에서 숨을 참고 서 있었다. 손에 가느다란 실이 만져졌다. 거미줄의 잔해 같았다. 눅눅한 폐허의 냄새가 났다. 그런데 다른 뭔가, 매캐한 냄새도 났다. 질병, 병원. 기저귀와 약품.

해리는 손전등 스위치를 켰다. 코트걸이가 비어 있었다. 안으로 더 들어갔다.

거실은 가루를 뿌려놓은 것처럼 보였다. 벽과 가구에서 색이 빠져나간 것처럼 보였다. 원뿔 모양 손전등 불빛이 거실을 이리저리 훑었다. 불빛이 두 눈에 반사될 때 해리는 심장이 멎을 뻔했다. 그러다 다시 뛰었다. 부엉이 인형이었다. 그 인형도 거실처럼 칙칙한 회색이었다.

안으로 더 들어가서야 그 아파트랑 똑같다는 생각이 들었다. 평범하지 않은 게 하나도 없었다.

주방으로 들어가서 식탁에 놓인 여권 두 개와 항공권을 보기 전까지는.

여권사진은 10년도 더 돼 보였지만 라디움 병원에서 만난 그 남자인 건 알아볼 수 있었다. 여자의 여권은 새것이었다. 사진 속 여자는 누군지 알아볼 수 없고 창백한 얼굴에 긴 머리를 그냥 늘어뜨렸다. 방콕행 항공권은 출발일이 열흘 뒤였다.

해리는 지하실로 내려갔다. 아직 안을 들여다보지 않은 문이 하나 있었다. 자물쇠에 열쇠가 꽂혀 있었다. 문을 열었다. 현관에 들어섰을 때 나던 냄새가 났다. 문 안쪽의 스위치를 누르자 전등갓이 없는 알전구에 불이 들어와 지하로 내려가는 계단을 비추었다. 집

안에 누가 있는 느낌. 아니면 '아, 그래, 그 느낌.' 해리가 마르틴 프란의 기록을 확인했느냐고 물었을 때 벨만이 비꼬는 투로 했던 말. 이제는 알지만 그를 엉뚱한 방향으로 이끌었던 그 느낌.

해리는 지하로 내려가고 싶었지만 뭔가가 발길을 잡았다. 지하실. 어릴 때 집에 있던 것과 비슷했다. 어머니가 어두운 지하실에 있던 커다란 자루 두 개에서 감자를 꺼내오라고 시키면 아무 생각도 하지 않으려고 애쓰면서 뛰어 내려갔다. 추워서 뛰는 거라고 생각하면서. 저녁상을 차려야 해서 빨리 뛰는 거라고. 그냥 뛰는 게 **좋아서** 뛰는 거라고. 지하실에서 기다리는 노랑이 사내와는 상관이 없었다. 벌거벗은 채로 기다란 혀를 스르르 내밀었다 넣었다 하면서 실실 웃는 남자. 그렇다고 그 때문에 멈칫한 건 아니었다. 다른 게 있었다. 꿈. 지하실 복도의 눈사태.

해리는 모든 생각을 꾸역꾸역 누르고 첫 번째 계단에 내려섰다. 계단이 경고하듯 삐걱거렸다. 천천히 한 걸음씩 내디뎠다. 아직 쇠막대를 든 채로. 계단을 다 내려오자 창고가 늘어선 통로로 들어섰다. 천장에 하나 달린 전구에서 희미한 불빛이 흘러나왔다. 그리고 그림자가 더 생겼다. 가만 보니 창고마다 자물쇠가 채워져 있었다. 누가 자기 집 지하실 창고에 자물쇠를 채우지?

해리는 뾰족한 쇠막대 끝을 경첩에 끼웠다. 소리가 날까 겁내며 숨을 들이마셨다. 쇠막대를 재빨리 뒤로 눌렀다. 짧게 부러지는 소리가 났다. 그는 숨을 참고 귀를 기울였다. 집 전체가 숨을 참는 것 같았다. 아무 소리도 없었다.

그리고 가만히 문을 열었다. 같은 냄새가 코를 찔렀다. 손을 더듬어 창고 안의 스위치를 찾았다. 다음 순간 그는 환한 불빛 속에 서 있었다. 네온등.

창고는 밖에서 볼 때보다 훨씬 컸다. 해리는 바로 알아챘다. 전에 본 어떤 방을 그대로 복제한 방. 라디움 병원의 실험실. 유리 플라스크와 시험관 스탠드가 놓인 긴 작업대. 해리는 커다란 플라스틱 상자의 뚜껑을 들었다. 하얀 가루에 갈색 얼룩이 섞여 있었다. 검지 끝에 침을 묻히고 가루를 찍어 잇몸에 문질렀다. 쓴맛. 바이올린.

해리는 움찔했다. 소리. 다시 숨을 참았다. 소리가 또 났다. 누군가 코를 훌쩍거리는 소리.

해리는 얼른 문으로 뛰어가 전등을 끄고 어둠 속에서 쇠막대를 들고 구부정하게 서 있었다.

다시 훌쩍거리는 소리.

해리는 잠시 기다렸다. 그리고 발소리를 내지 않고 재빨리 창고에서 나와서 훌쩍거리는 소리가 들리는 쪽으로 다가갔다. 왼쪽에 창고가 있었다. 그는 쇠막대를 오른손으로 옮겨 잡았다. 뒤꿈치를 들고 문으로 갔다. 작은 구멍이 하나 있고 철망에 덮여 있었다. 어릴 때 집에 있던 것과 똑같은 구멍. 다른 게 있다면 이 문은 금속으로 보강되어 있다는 거였다.

해리는 손전등을 준비하고 문 옆의 벽에 붙어 서서 셋부터 거꾸로 셌다. 그리고 손전등 스위치를 켜 구멍을 겨누었다.

기다렸다.

3초가 흐르는 사이 아무도 총을 쏘거나 불빛을 향해 덤비지 않자 그는 철망에 머리를 대고 안을 들여다보았다. 불빛이 벽돌 벽을 헤매다가 사슬을 비추고 매트리스를 가로질러 그가 기다리던 그것을 찾았다. 얼굴.

여자는 눈을 감고 있었다. 꼼짝 않고 가만히 앉아 있었다. 이런

434

일에 익숙한 것처럼. 손전등 불빛이 더듬는 일.

"이레네?" 해리가 머뭇거리며 물었다.

순간 해리의 주머니 속 전화기가 진동했다.

손목시계를 봤어요. 집 안을 샅샅이 뒤졌지만 올레그의 은닉처는 아직 못 찾았어요. 입센이 올 거면 20분 전에 왔어야 했어요. 오기 싫으면 오지 말든 가, 변태새끼! 납치하고 강간하는 주제에. 이레네가 오슬로 중앙역에 도착하자 그 애를 연습실로 데려갔죠. 올레그가 기다린다고 하면서. 물론 올레그는 없 었어요. 대신 입센이 거기 있었어요. 그 자식이 이레네를 붙잡고 내가 주사를 놨어요. 루푸스를 생각했어요. 왜 그게 최선인지에 대해 생각했어요. 이레네는 곧 잠잠해졌어요. 이제 그 애를 그 새끼 차로 끌고 가는 일만 남았어요. 차 트 렁크에는 내 몫의 반 킬로그램이 들어 있었어요. 후회했냐고? 그럼요, 1킬로 그램을 달라고 하지 않은 걸 후회했어요! 아니에요, 당연히 후회하는 맘이 들 긴 했죠. 나라고 감정이 없는 건 아니에요. 그래도 '씨발, 그러지 말걸' 싶은 생 각이 들면 입센이 잘 돌봐줄 거라고 속으로 되뇌었어요. 그 자식이 그 애를 사 랑한 건 맞으니까요. 그만의 변태적인 방식이긴 했지만. 어쨌건 이미 늦었죠. 이젠 약을 구해서 다시 건강해지는 게 중요했어요.

　나한텐 이런 건 낯선 상태였어요. 몸에서 필요로 하는 걸 구하지 못하는 상 태 말이에요. 그제야 살면서 원하는 걸 줄곧 얻어왔다는 걸 깨달았죠. 앞으로 도 원하는 걸 구하지 못하는 처지가 될 거라면 그 자리에서 콱 죽어버리는 게 낫겠다 싶었어요. 젊어서 아름답게. 이빨도 거의 온전히 붙어 있는 채로 죽는 편이 나았어요. 입센은 끝내 오지 않겠지요. 이제야 그걸 알았어요. 주방 창가에 서서 거리를 내다봤지만 그 절름발이 병신새끼는 코빼기도 보이지 않았어요. 그 새끼도, 올레그도.

사람들한테 다 해봤어요. 딱 한 명 남았죠.

오래 덮어둔 선택이었어요. 겁이 났어요. 그래요, 정말 겁이 났어요. 그래도 그가 오슬로에 있는 걸 알았어요. 그 애가 사라진 걸 안 날부터 오슬로에 와 있었어요. 스테인. 피 한 방울 안 섞인 나의 형.

다시 거리를 내다봤어요.

아냐. 그 자식한테 전화하느니 차라리 죽는 게 나아.

시간이 흘렀어요. 입센은 오지 않았어요.

씨발! 그렇게 고통을 당하느니 죽는 게 나았어요.

다시 눈을 가늘게 떴지만 눈구멍에서 벌레가 기어 나와 눈꺼풀 안에서 휙휙 지나다니고 얼굴을 마구 쑤석거렸어요.

죽음이 졌어요.

대단원의 막이 기다고 있었어요.

그에게 전화할까, 그냥 죽을까?

씨발, 씨발, 씨발!

전화가 울리기 시작하자 해리는 손전등을 껐다. 한스 크리스티안의 번호였다.

"누가 와요." 겁먹어서 갈라진 목소리가 해리의 귀에 속삭였다. "대문 앞에 차를 대고 지금 집 쪽으로 가고 있어요."

"알았어요." 해리가 말했다. "진정해요. 뭐든 보이면 문자를 보내요. 그리고 도망쳐요. 혹시."

"도망치라니요?" 한스 크리스티안이 진심으로 화가 난 듯 말했다.

"혹시라도 일이 잘못된 것 같으면, 네?"

"제가 왜."

해리는 전화를 끊고 다시 손전등을 켜서 철망을 비추었다. "이레네?"

소녀가 불빛을 보면서 찻잔 받침 같은 둥그런 눈을 깜빡였다.

"잘 들어. 난 해리야. 경찰이고 널 여기서 데리고 나가려고 왔어. 한데 지금 누가 오고 있거든. 그자가 내려오면 아무 일 없는 것처럼 행동해. 알았니? 금방 데리고 나갈게, 이레네. 약속해."

"저기……." 그녀가 중얼거렸지만 나머지는 들리지 않았다.

"저기 뭐?"

"그거 있어요? 바이올린……."

해리는 이를 악물고 속삭였다. "조금만 더 버텨."

해리는 계단 위로 뛰어 올라가서 불을 껐다. 문을 살짝 열고 내다보았다. 현관문이 잘 보였다. 현관 밖 자갈길에서 질질 끌며 다가오는 발소리가 들렸다. 한쪽 발이 다른 발 뒤에서 끌렸다. 곤봉 발. 문이 열렸다.

불이 켜졌다.

그자가 있었다. 크고 둥글고 퉁퉁한.

스티그 뉘바크.

라디움 병원의 부장. 학창시절의 해리를 기억하는 자. 트레스코를 아는 자. 거뭇거뭇 흠집 난 결혼반지를 낀 자. 평범하지 않은 건 전혀 눈에 띄지 않는 독신자 아파트의 주인. 부모에게 물려받고 팔지 않은 집을 소유한 자.

그는 코트걸이에 코트를 걸고 손을 뻗어 해리 쪽으로 다가왔다. 그러다 멈칫했다. 손을 앞으로 휘저었다. 미간에 골이 깊게 팼다. 가만히 귀를 기울이며 서 있었다. 해리는 이제 그 이유를 알았다. 아까 들어올 때 얼굴에 닿은 실, 그가 거미줄이라고 생각했던 건 다른 거였던 모양이다. 뉘바크가 불청객이 왔는지 확인하려고 현관 복도에 설치한 보이지 않는 섬유.

뉘바크는 의외로 빠르고 날렵하게 벽장으로 갔다. 벽장에 손을 넣어 뭔가를 끄집어냈다. 무광의 금속이 번쩍했다. 산탄총.

젠장, 젠장, 젠장. 해리는 산탄총이라면 질색이었다.

뉘바크는 탄약통을 꺼냈고 통은 이미 열려 있었다. 큼직한 붉은 색 탄약 두 개를 꺼내서 검지와 중지 사이에 끼웠다.

해리는 계속 머리를 굴렸지만 이렇다 할 수를 찾지 못해서 악수를 두기로 했다. 전화를 꺼내 버튼을 눌렀다.

경-적-울-기

젠장! 틀렸어!

뉘바크가 총을 꺾자 금속성의 철컥 소리가 났다.

삭제. 어딨지? '기'를 빼고 '려'를 넣었다.

뉘바크가 탄약을 장전하는 소리가 들렸다.

놈-이-깜-빡-거-리-는

빌어먹을 자판이 너무 작아! 어서!

총신이 철컥 닫히는 소리가 들렸다.

불-빛-으-로-니-를

틀렸어! 뉘바크가 발을 끌면서 다가오는 소리가 들렸다. 시간이 없어. 한스 크리스티안이 상상력을 발휘해주기를 바라는 수밖에.

때-까-지!

그는 '전송'을 눌렀다.

뉘바크가 산탄총을 어깨 높이로 드는 게 보였다. 문득 뉘바크가 지하실 문이 살짝 열린 걸 알아챈 것 같았다.

순간 경적이 울렸다. 요란하고 고집스럽게. 뉘바크가 움찔했다. 도로에 면한 거실 쪽을 돌아보았다. 주저했다. 그리고 거실로 나갔다.

경적이 다시 울리고 이번에는 멈추지 않았다.

해리는 지하실 문을 열고 뉘바크를 따라갔다. 뒤꿈치는 들지 않아도 되었다. 경적이 발소리를 집어삼켰다. 거실 문 앞에서 뉘바크가 커튼을 옆으로 젖혔다. 거실은 한스 크리스티안의 스테이션 웨건의 강력한 크세논 헤드라이트의 눈부신 불빛으로 환했다.

해리는 성큼성큼 네 걸음을 걸었고, 스티그 뉘바크는 그가 다가가는 걸 보지도 듣지도 못했다. 뉘바크가 한 손을 얼굴에 대서 불빛을 가리는 사이 해리가 두 팔로 그의 어깨를 잡고 총을 잡아채서 총신을 그의 살찐 목으로 당겼다. 그리고 뉘바크의 오금을 찍어 꿇렸고, 그사이 뉘바크는 필사적으로 숨을 쉬려고 했다.

한스 크리스티안이 작전이 통한 걸 알았는지 경적이 끊겼다. 하지만 해리는 압박을 풀지 않았다. 뉘바크의 움직임이 느려지고 힘이 풀릴 때까지.

해리는 뉘바크가 의식을 잃을 걸 알았다. 몇 초간 뇌에 산소가 공급되지 않으면 뇌가 손상되고 그렇게 몇 초 더 지나면 납치범이자 바이올린의 배후에서 조종하던 머리인 스티그 뉘바크는 사망할 것이다.

해리는 잠자코 생각했다. 셋을 세고 한손으로 총을 놓았다. 뉘바크가 소리 없이 바닥으로 미끄러졌다.

해리는 의자에 앉아 숨을 헐떡였다. 혈중 아드레날린 수치가 떨어지면서 턱과 목의 통증이 되살아났다. 통증은 시간이 갈수록 점점 심해졌다. 통증을 무시하고 'O'와 'K'를 눌러 한스 크리스티안에게 전송했다.

뉘바크가 나직이 신음하면서 배 속의 태아 같은 자세로 웅크렸다.

해리는 그의 몸을 뒤졌다. 주머니에 든 걸 테이블에 다 꺼내서 늘어놓았다. 지갑, 휴대전화, 처방약 약병. 제스트릴. 할아버지가 심장마비에 대비해 그 약을 가지고 다니던 기억이 났다. 약을 주머니에 넣고 산탄총 총구로 뉘바크의 핏기 없는 이마를 겨누고 일어서라고 명령했다.

뉘바크는 해리를 보았다. 뭔가 말하려다가 말았다. 겨우 일어서서 휘청거렸다.

"어디로 가는데?" 뉘바크가 이렇게 묻는 사이 해리는 그를 쿡쿡 찔러 복도로 떠밀었다.

"아래층." 해리가 말했다.

스티그 뉘바크가 아직 비틀거려서 해리가 한손으로 그의 어깨를 지탱하고 등에 총을 겨눈 채 지하실로 내려가야만 했다. 둘은 해리가 이레네를 발견한 창고 문 앞에 섰다.

"난 줄 어떻게 알았지?"

"반지. 열어." 해리가 말했다.

뉘바크가 주머니에서 열쇠를 꺼내 자물쇠에 넣고 돌렸다.

안에 들어가서 불을 켰다.

이레네는 다른 쪽에 가 있었다. 그들에게서 가장 먼 구석에서 웅크린 채 부들부들 떨면서, 누가 때릴까 봐 겁먹은 듯 한쪽 어깨가 솟아 있었다. 발목에 족쇄가 채워졌고 족쇄에 붙은 사슬은 천장으로 올라가 들보에 박혀 있었다.

사슬이 길어서 이레네는 창고 안에서 돌아다닐 수 있었다. 전등 스위치를 누를 수 있는 길이였다.

이레네가 어둠을 더 좋아한 것이다.

"저 애를 풀어줘." 해리가 말했다. "그리고 네가 족쇄를 차."

뉘바크가 헛기침을 했다. 두 손을 들었다. "저기요, 해리."

해리가 그를 때렸다. 이성을 잃고 무지막지하게 때렸다. 금속이 살에 닿아 생기 없이 퍽 소리가 났고, 총신에 맞아 빨갛게 부어오른 코가 보였다.

"한 번만 더 내 이름을 불러봐." 해리가 속삭이며 그다음 말을 쥐어짰다. "이 총을 돌려서 네 머리통을 벽에 발라버릴 테니까."

뉘바크가 손을 덜덜 떨면서 이레네의 발에서 족쇄를 푸는 사이, 그녀는 아무 관심도 없는 듯 딱딱하고 무심하게 멀리 어딘가를 바라보았다.

"이레네." 해리가 불렀다. "이레네!"

이레네가 정신이 든 것 같은 얼굴로 그를 보았다.

"여기서 나가." 해리가 말했다.

이레네는 그가 내는 소리를 해독해서 의미 있는 말로 변환하려면 온정신을 집중해야 한다는 듯 눈을 가늘게 떴다. 그리고 다시 행동으로 변환해야 한다는 듯이. 그녀는 해리를 지나쳐서 몽유병자처럼 느릿느릿 지하실 복도로 나갔다.

뉘바크는 매트리스에 앉아 바짓가랑이를 잡아당겼다. 좁은 족쇄를 투실하고 허연 발목에 끼우려고 낑낑댔다.

"이건……."

"손목에 차." 해리가 말했다.

뉘바크는 명령대로 했고, 해리는 사슬을 홱 잡아당겨 단단히 채워졌는지 확인했다.

"반지 빼서 이리 내."

"왜? 이건 그냥 싸구려인데."

"네놈 게 아니라서?"

뉘바크는 반지를 비틀어 빼서 해리에게 건넸다.

"난 아무것도 몰라." 그가 말했다.

"뭘?" 해리가 물었다.

"당신이 물어보려는 거. 두바이 얘기. 그 양반을 두 번 만나기는 했지만 두 번 다 눈을 가린 채여서 거기가 어딘지 몰라. 러시아인 둘이 일주일에 두 번 여기로 와서 물건을 받아갔지만 자기네끼리 서로 이름을 부르는 건 듣지 못했어. 저기, 원하는 게 돈이라면 내가……."

"그거였나?"

"뭐가?"

"전부 다. 돈 때문이었나?"

뉘바크는 두 번 눈을 깜빡였다. 어깨를 으쓱였다. 해리는 기다렸다. 그러다 뉘바크의 얼굴에 언뜻 지친 듯 미소가 스치는 걸 보았다. "뭘 거 같아, 해리?"

뉘바크가 자기 발을 향해 손짓했다.

해리는 대답하지 않았다. 듣고 싶은지 아닌지도 몰랐다. 그냥 알 것도 같았다. 옵살에서 거의 비슷한 환경에서 어린 시절을 보낸 두 사람이지만 사소한 선천적인 결함 하나를 타고난 쪽의 삶이란 얼마나 극적으로 달랐는지. 그저 뼈 몇 개가 어긋나서 발이 안으로 굽는 결함이었다. 내반첨족 $^{Pes\ equinovarus}$. 말발. 그런 곤봉발을 가진 사람의 걷는 품새가 말이 발끝으로 걷는 것 같다고 해서 붙여진 이름. 인생의 출발을 조금 불리하게 만들고, 보완할 방법을 찾거나 굳이 찾지 않는 정도의 결함이었다. 따라서 인기남, 그러니까 누구나 원하는 사람이 되려면, 앞에 나가서 반을 이끄는 소년, 멋진 친구들과 창가 자리의 그 소녀와 어울리는 근사한 녀석, 또 미소를 지으면 딱히 내게 웃어준 것이 아닌데도 심장이 터질 것 같게 만드는 남자가 되려면 자신의 결함을 벌충하기 위해 더 노력해야 한다는 뜻이었다. 스티그 뉘바크는 평생 절뚝거리며 남들 눈에 띄지 않게 살았다. 해리의 기억에도 없을 만큼 눈에 띄지 않았다. 그래도 그럭저럭 잘 풀린 편이었다. 교육도 받고 일도 열심히 하고 부장도 되어 팀을 이끌기 시작했다. 하지만 제일 중요한 뭔가가 빠졌다. 창가 자리에 앉은 소녀. 그 소녀는 여전히 남들에게 웃어주었다.

부자. 부자가 되어야 했다.

돈은 화장품과 같아서 모든 걸 감춰줄 뿐 아니라 살 수 없다고 여겨지는 것들, 존경과 감탄과 사랑까지 모든 것을 가져다주었다. 잠깐만 둘러봐도 알 수 있었다. 아름다움은 언제나 돈과 결합했다. 그러니 이제는 그의 차례였다. 스티그 뉘바크의 차례, 곤봉발의 차례.

그는 바이올린을 개발했고, 세상은 그의 발밑에 무릎을 꿇어야 했다. 그런데 왜 그녀는 그를 원하지 않았을까? 그녀는 왜 그가 이미 부자이고 한 주 한 주 지날수록 더 부자가 될 걸 알면서도(분명 알았다) 역겨움을 숨기지 못한 채 그를 외면했을까? 그녀의 마음속에 누군가 있어서, 그녀가 손가락에 낀 그 허접한 싸구려 반지를 준 놈이 있어서였을까? 그건 공정하지 않았다. 사랑받기 위한 기준을 채우느라 쉴 새 없이 허덕였으니 이젠 그녀가 그를 사랑할 차례였다. 그래서 그녀를 데려왔다. 창가 자리의 그녀를 낚아챘다. 여기다 족쇄를 채워놓으면 다시는 사라지지 못할 테니까. 그리고 결혼을 완성하기 위해 그녀의 손에서 반지를 빼서 자신의 손가락에 꼈다.

그 싸구려 반지. 이레네가 올레그한테 받은 것, 올레그는 제 엄마한테 훔쳤고, 엄마는 해리에게 받았고, 해리는 길거리 시장에서 샀고, 또…… 그 반지의 여정은 노르웨이 동요 '반지를 받고 떠돌게 하라' 같았다. 해리는 도금한 반지 표면의 검은 흠집을 톡톡 쳤다. 진작 보았지만 그때는 눈이 멀어 있었다.

사실 그는 예리한 관찰력으로 스티그 뉘바크를 처음 만난 날 이렇게 말했다. "그 반지. 나도 똑같은 게 있었어요."

그러나 어디가 어떻게 똑같은지 생각하지 못했다는 점에서 눈이 멀었다고밖에 할 수 없었다.

구리 반지의 검게 변색된 흠집.

마르티네의 결혼반지를 보다가 싸구려 반지를 살 사람은 그밖에 없을 거라는 말을 듣고서야 올레그와 뉘바크를 연결했다.

스티그 뉘바크의 아파트에서 의심스러운 점을 전혀 발견하지 못하고도 곧바로 의심을 풀지 않았다. 오히려 낯 뜨거운 물건이 지나칠 정도로 없는 걸 보고는 곧 그 집의 주인이 떳떳하지 못한 마음을 다른 어딘가에 숨겨두었을 거라고 짐작했다. 비어 있고 팔리지도 않는 부모의 집. 해리의 가족이 살던 집 위쪽 언덕의 붉은 집.

"네가 구스토를 죽였나?" 해리가 물었다.

스티그 뉘바크는 고개를 저었다. 눈꺼풀이 무거웠다. 졸린 사람처럼 보였다.

"알리바이는?"

"아니. 아니, 그런 건 없어."

"말해."

"거기 있었어."

"어디?"

"하우스만스 가. 그 애를 만나러 갔어. 날 폭로한다고 협박했거든. 그런데 하우스만스 가에 도착해보니까 사방에 경찰차가 깔려 있었어. 누가 이미 구스토를 죽인 거야."

"이미? 그럼 네놈도 같은 짓을 계획했던 거군?"

"똑같이는 아니지. 난 권총이 없었어."

"너한텐 뭐가 있는데?"

뉘바크는 어깨를 으쓱였다. "화학. 구스토는 금단증상에 시달리고 있었어. 바이올린이 절실했지."

해리는 뉘바크의 지친 미소를 보고 고개를 끄덕였다. "뭐든 백색 가루라면 구스토는 당장 주사를 놨을 거야."

사슬이 철컹거리는 소리가 나고 뉘바크가 손을 들어 문을 가리켰다. "이레네. 쟤한테 얘기 좀 해도 될까?"

해리는 스티그 뉘바크를 뜯어보았다. 그리고 뭔가를 보았다. 손상된 사람, 끝장난 남자. 운명이 그에게 나눠준 카드에 항거한 사람. 그러다 패배한 사람.

"가서 물어보지." 해리가 말했다.

해리는 거실에서 이레네를 찾았다. 그녀는 의자 위에 쪼그려 앉아 있었다. 해리는 복도의 벽장에서 코트를 꺼내 그녀의 어깨에 걸쳤다. 그리고 속삭였다. 그녀는 아주 작은 목소리로, 차가운 거실 벽에 부딪혀 울릴 메아리가 두려운 듯 작은 목소리로 대답했다.

그녀는 구스토와 뉘바크가, 아니 그들이 입센이라고 부르던 그자가 함께 그녀를 그곳에 감금했다고 말했다. 보상은 바이올린 반 킬로그램이었다. 넉 달 동안 갇혀 있었다.

해리는 이레네가 계속 말하게 했다. 할 말을 다 할 때까지 기다렸다가 다음 질문을 던졌다.

그녀는 구스토의 죽음에 관해, 입센이 말해준 것 이상은 몰랐다. 두바이가 누구고, 어디에 사는지도 몰랐다. 구스토가 아무 말도 해주지 않았고, 이레네도 알고 싶지 않았다. 두바이에 관해서는, 그가 유령처럼 시내에서 출몰하고 그가 누구고 어떻게 생겼는지 아는 사람이 아무도 없으며 바람처럼 결코 잡히지 않는 사람이라는 소문 외에는 더 들은 게 없었다.

해리는 고개를 끄덕였다. 그 역시 최근 들어 그런 이미지에 관해 자주 들었다.

"HC가 널 경찰서에 데려다줄 거야. 변호사니까 거기서 네가 이번 일을 신고하도록 도와줄 거야. 그런 다음 올레그네 엄마 집에 데려다주면 한동안 거기서 지내."

이레네는 고개를 저었다. "우리 오빠, 스테인한테 연락할래요. 오빠랑 같이 지내면 돼요. 그리고……."

"응?"

"신고를 **꼭** 해야 돼요?"

해리는 이레네를 보았다. 아주 어렸다. 아주 작았다. 아기 새처럼. 얼마나 심하게 손상됐는지 이루 다 말할 수 없었다.

"내일 해도 돼." 해리가 말했다.

그녀의 눈에 눈물이 차올랐다. 그걸 보고 처음 든 생각은 '드디어'였다. 그녀의 어깨에 손을 올리려다가 생각을 바꿨다. 낯선 남자의 손길은 필요하지 않을 것 같았다. 잠시 후 그녀의 눈물이 말랐다.

"혹시…… 다른 방법이 있을까요?" 그녀가 물었다.

"어떤?" 해리가 말했다.

"저자를 다시는 보지 않을 방법." 그녀의 눈길이 그를 놓아주지 않았다. "다시는."

문득 그것이 느껴졌다. 그녀의 손이 그의 손에 얹힌 느낌. "부탁이에요."

해리는 손을 토닥이고 그녀의 무릎에 가져다놓았다. "그래, 널 HC한테 데려다줄게."

해리는 차가 떠나는 걸 지켜본 뒤 집 안으로 들어가 지하실로 내려갔다. 밧줄은 보이지 않았지만 계단 아래에 정원 호스가 걸려 있었다. 그걸 창고로 가져가서 뉘바크에게 던졌다. 그리고 천장의 들보를 보았다. 높이는 충분했다.

해리는 뉘바크의 주머니에서 찾은 제스트릴 약병을 꺼냈다. 손에 약을 다 덜었다. 여섯 알.

"너 심장병 있지?" 해리가 물었다.

뉘바크가 고개를 끄덕였다.

"하루에 몇 알씩 먹지?"

"두 알."

해리는 약을 뉘바크의 손바닥에 올려놓고 빈 약병은 재킷 주머니에 넣었다.

"이틀 뒤 다시 올 거야. 너한테 세상의 평판이 어떤 의미인지 난 몰라. 너희 부모님이 살아 있다면 틀림없이 수치심이 더 크겠지. 감방에서 죄수들이 성범죄자를 어떻게 대하는지는 들어봤을 거야.

내가 다시 여기 올 때 네가 살아 있지 않으면 넌 세상에서 잊힐 테고 네 이름도 다시는 언급되지 않을 거야. 하지만 그날까지 네가 살아 있다면 우린 널 경찰서로 연행할 거야. 알아듣나?"

현관문으로 나가는 내내 스티그 뉘바크의 비명이 따라왔다. 혼자서 온전히 자신의 죄책감, 자신의 유령들, 자신의 외로움, 자신의 결정과 마주해야 할 사람의 비명. 맞다, 그에게는 어딘가 낯익은 구석이 있었다. 해리는 문을 쾅 닫고 나갔다.

해리는 베틀란스바이엔에서 택시를 잡아타고 기사에게 우르테가로 가자고 말했다.

목이 아프고 욱신거렸다. 박테리아로 된 염증의 짐승이 그 속에 갇혀 밖으로 뛰쳐나오고 싶어하는 것 같았다. 해리가 기사에게 진통제가 있냐고 묻자 그는 고개를 저었다.

택시가 비에르비카로 향할 때 해리는 오페라하우스의 상공에서 폭죽이 터지는 걸 보았다. 누군가 무언가를 축하하고 있었다. 문득 그 역시 혼자 자축해야 할 것 같았다. 그가 해냈다. 이레네를 찾았다. 올레그는 이제 자유였다. 그가 처음에 이루고자 한 일을 해냈다. 그런데 왜 자축할 마음이 생기지 않을까?

"무슨 일 있습니까?" 해리가 물었다.

"무슨 오페라 초연이 있대요. 아까 초저녁에 고상한 손님들 몇 분을 태워다드렸거든요."

"〈돈 조반니〉. 저도 초대받았어요."

"왜 안 가셨어요? 괜찮을 것 같던데."

"비극을 보면 너무 슬퍼서요."

기사는 백미러로 놀란 얼굴로 해리를 보았다. 그리고 웃었다.

449

"비극을 보면 **슬프다고요?***"

전화벨이 울렸다. 클라우스 토르킬센이었다.

"다시는 통화할 일이 없을 줄 알았는데." 해리가 말했다.

"나도요." 토르킬센이 말했다. "그래도…… 그게, 아무튼 확인했어요."

"이젠 별로 중요하지 않아. 내가 아는 한 이 사건은 종결됐어."

"알았어요. 살인이 일어난 시각 전후로 벨만은, 아니 적어도 그 사람 전화기는 외스트폴에 있었어요. 그자가 범죄 현장에 갔다가 돌아가는 건 불가능했을 거예요."

"알았어, 클라우스, 고맙네."

"좋아요. 그럼 다시는?"

"다시는. 난 지금 떠나."

해리는 전화를 끊었다. 등받이에 머리를 기대고 눈을 감았다.

이젠 행복해야 했다.

눈꺼풀 안에서 불꽃놀이의 불꽃이 튀었다.

---

* 〈돈 조반니〉는 희극, 해학극으로 분류된다.

PART 4

38

"당신한테 갈게."

다 끝났다.

그녀는 다시 그의 것이 되었다.

해리는 가르데르모엔의 널찍한 중앙 홀에서 체크인 줄에 서서 천천히 앞으로 이동했다. 그에게 갑작스런 계획이, 남은 평생의 계획이 생겼다. '행복'이라는 말로밖에 설명할 길이 없는, 어딘가 도취된 기분이었다.

체크인 데스크 위로 걸린 모니터에 '타이항공, 비즈니스 클래스'라는 글씨가 떴다.

모든 게 순식간이었다.

뉘바크의 집에서 곧장 워치타워로 마르티네를 찾아갔다. 전화기를 돌려주려고 했지만 새로 하나 장만했으니 그냥 가지라는 대답을 들었다. 마르티네는 거의 입지 않은 거라며 코트를 안겨주었다. 그래야 조금이나마 봐줄 만하다면서. 진통제인 파라셋 세 알도 받았지만 상처는 보여주지 않았다. 마르티네가 붕대를 갈아주고 싶어했지만 시간이 없었다. 해리는 타이항공에 전화해서 바로 항공권을 예매했다.

그리고 그 일이 일어났다.

그는 라켈에게 전화해서 이레네를 찾았으니 올레그만 풀려나면 그의 임무는 끝난 거라고 말했다. 이제 체포되기 전에 이 나라를 떠나야 한다고도 했다.

그때 라켈이 그 말을 한 것이다.

해리는 눈을 감고 라켈의 말을 다시 음미했다. "당신한테 갈게, 해리." 당신한테 갈게. 당신한테 갈게.

"언제 갈까?"

언제라니?

그는 '지금'이라고 답하고 싶었다. 짐 싸서 지금 와!

하지만 어느 정도는 이성적으로 생각해야 했다.

"있잖아, 라켈. 난 지금 수배자고 경찰이 당신을 감시하고 있어. 그들은 당신이 나한테 데려다주길 기다리고 있을 거야, 알지? 오늘 밤엔 나 혼자 갈게. 그리고 당신은 내일 저녁 비행기를 타고 뒤따라와. 방콕에서 기다릴게. 거기서 같이 홍콩으로 넘어가자."

"당신이 체포되면 한스 크리스티안이 변호해주면 돼. 형량은 그렇게—."

"형량이 걱정돼서 이러는 게 아니야. 내가 오슬로에 있으면 두바이가 날 찾아낼 거야. 올레그는 지금 안전한 데 있는 거 맞지?"

"응. 걔도 데려가고 싶어. 나 혼자서는 못—."

"물론 올레그도 같이 가야지."

"진심이지?" 그녀의 목소리에서 안도감이 묻어났다.

"우린 같이 있을 거야. 홍콩에선 두바이도 우릴 건드리지 못해. 며칠 기다렸다가 허먼 클루이트 쪽 사람 둘을 오슬로로 보내서 올

453

레그를 데려오게 할게."

"한스 크리스티안한테 말할게. 그럼 내일 걸로 항공권을 살게, 자기."

"방콕에서 기다릴게."

잠깐의 침묵.

"그런데 당신 수배됐잖아, 해리. 비행기는 어떻게 타려고."

"다음." 다음?

해리는 다시 눈을 떴다. 데스크 너머의 여자가 그에게 미소를 지었다.

해리는 앞으로 나가서 항공권과 여권을 내밀었다. 여자가 여권 이름을 입력했다.

"고객님을 찾을 수가 없네요, 뉘바크 씨……."

해리는 안심시키는 미소를 지었다. "실은 방콕행 비행기를 열흘 뒤로 예약했는데 한 시간 반쯤 전에 전화로 오늘 저녁으로 바꿨거든요."

여자가 자판을 더 두드렸다. 해리는 초를 셌다. 숨을 들이마셨다. 내쉬고. 들이쉬고.

"있네요, 있어요. 늦게 예매하면 곧바로 뜨지 않을 때가 있거든요. 여기 보니까 고객님이 이레네 한센 씨하고 같이 여행하는 걸로 나오네요."

"그 친구는 원래 예정대로 출발할 겁니다." 해리가 말했다.

"아, 그러세요. 맡기실 짐 있습니까?"

"아뇨."

그녀는 더 자판을 두드리지 않았다.

그녀가 인상을 찌푸리고 여권을 다시 펼쳤다. 해리는 각오를 단

단히 했다. 그녀가 보딩패스를 여권에 끼워서 해리에게 건넸다. "서
두르셔야겠어요, 뉘바크 씨. 탑승이 벌써 시작됐거든요. 즐거운 여
행 되세요."

"고맙습니다." 해리는 의도한 것보다 더 진지한 말투로 대꾸하
고는 보안검색대로 뛰었다.

엑스레이 장비를 통과하고 열쇠와 마르티네의 휴대전화를 집으
려는 순간 문자가 온 걸 보았다. 마르티네의 다른 모든 메시지와
함께 저장하려던 순간 이니셜로 된 발신자를 보았다. B. 베아테.

해리는 54번 게이트로 뛰어갔다. 방콕, 마지막 호출.

메시지를 읽었다.

"마지막 명단을 받음. 벨만에게 받은 명단에는 없는 주소가 하나
있음. 블린데른바이엔 74."

해리는 전화기를 주머니에 넣었다. 카운터에는 줄이 없었다. 여
권을 펼치자 직원이 여권과 보딩패스를 확인했다. 그리고 해리를
보았다.

"흉터는 그 사진 찍고 나서 생긴 겁니다." 해리가 말했다.

직원이 그를 찬찬히 살폈다. "새로 하나 찍으셔야겠네요, 뉘바크
씨." 그는 이렇게 말하고 여권과 보딩패스를 돌려주었다. 그리고
해리 뒤쪽으로 다음 사람 나오라고 손짓했다.

해리는 자유였다. 살아남았다. 완전히 새로운 삶이 펼쳐져 있다.

게이트 앞에는 늦게 도착한 다섯 명이 아직 줄을 서 있었다.

해리는 보딩패스를 보았다. 비즈니스 클래스였다. 이코노미 클
래스가 아닌 좌석은 타본 적이 없었다. 허먼 클루이트에서 일할 때
조차. 스티그 뉘바크는 성공했다. 두바이도 성공했다. 잘 해내고 **있
었고.** 잘하고 있다. 지금, 오늘 저녁, 이 순간, 약쟁이들이 늘어서서

덜덜 떨면서 굶주린 얼굴로 아스널 셔츠를 입은 사람이 이 말을 해주기를 기다릴 것이다. "어서 와요."

줄을 선 사람이 두 명 남았다.

블린데른바이엔 74번지.

당신한테 갈게. 눈을 감으니 라켈의 목소리가 다시 들렸다. 또 이런 소리도 들렸다. '네놈이 경찰이야? 너 그런 인간이 된 거야? 로봇이야? 개밋둑과 남들이 하는 생각의 노예야?'

정말 그런 인간이 되었나?

그의 차례가 되었다. 데스크의 여자가 눈썹을 치떴다.

아니, 그는 노예가 아니었다.

그는 여자에게 보딩패스를 내밀었다.

그리고 걸어갔다. 비행기로 연결된 통로를 따라 내려갔다. 유리창 너머로 착륙하려고 들어오는 비행기 불빛이 보였다. 토르 슐츠의 집 상공으로.

블린데른바이엔 74번지.

구스토의 손톱 밑에서 나온 미카엘 벨만의 피.

젠장, 젠장, 젠장!

해리는 비행기에 올라 좌석을 찾아서 가죽 좌석 깊숙이 눌러앉았다. 참, 푹신하군. 버튼을 누르자 좌석이 뒤로, 뒤로, 더 뒤로 넘어가 거의 수평으로 눕다시피 했다. 다시 눈을 감고 잠들고 싶었다. 자고 싶었다. 어느 날 잠에서 깨서 달라진 그가 전혀 다른 곳에 가 있을 때까지. 그는 그녀의 목소리를 찾았다. 하지만 대신 스웨덴어로 다른 목소리가 들렸다.

'난 가짜 사제 칼라를 달고, 당신은 가짜 경찰 배지를 달았지. 당신의 그 절대적 진리에 대한 믿음은 얼마나 확고하지?'

벨만의 피. "……외스트폴에 있었어요. 그자가 범죄 현장에 갔다가 돌아가는 건 불가능했을 거예요……."

모든 게 맞아떨어진다.

누군가의 손이 팔에 닿아 눈을 떴다.

광대가 도드라진 타이항공 승무원이 그에게 미소 짓고 있었다.

"죄송하지만, 손님, 이륙하기 전에는 좌석을 바로 세우셔야 합니다."

바로 세우다.

해리는 숨을 들이마셨다. 휴대전화를 꺼냈다. 마지막 통화를 보았다.

"손님, 전화기는 *끄셔야*."

해리는 손을 들고 '통화'를 눌렀다.

"다신 통화할 일 없을 줄 알았는데요." 클라우스 토르킬센이 응답했다.

"정확히 외스트폴 어디야?"

"네?"

"벨만. 구스토가 살해당했을 때 외스트폴 어디에 있었지?"

"뤼게요, 모스 옆에."

해리는 전화기를 다시 집어넣고 일어섰다.

"손님, 안전벨트 표시등이."

"미안합니다." 해리가 말했다. "비행기를 잘못 탔어요."

"맞는데요. 저희가 인원을 확인했고."

해리는 성큼성큼 걸어 나갔다. 뒤에서 타닥타닥 발소리가 들렸다.

"손님, 벌써 닫아서—."

"그럼 열어요."

사무장이 가세했다. "손님, 죄송하지만 규정상 열어드릴 수가 없—."

"약이 떨어졌어요." 해리는 재킷 주머니를 더듬으며 말했다. 제 스트릴 라벨이 붙은 빈 약병을 찾아 사무장에게 내밀었다. "전 뉘 바크예요, 아시죠? 승객이 기내에서 심장발작을 일으키길 바라십 니까? 한창…… 그래요, 아프가니스탄 상공을 날고 있을 때?"

11시가 지났다. 공항 고속열차가 거의 텅 빈 채로 오슬로를 향해 달렸다. 해리는 천장에 달린 화면의 뉴스를 건성으로 읽었다. 그에 게는 계획이, 새로운 삶의 계획이 있었다. 그런데 20분 안에 다시 새로운 계획을 짜내야 했다. 정신 나간 짓이었다. 그냥 방콕행 비 행기에 탈 수도 있었다. 중요한 건 그거였다. 지금 방콕행 비행기 에 타고 있었을 **수도** 있다는 거. 그에겐 애초에 그런 능력이 없었 다. 그것은 결함이었다. 조작상의 결함. 해리의 곤봉발은 자기 자 신에게는 상관하지 않는다고 말하면서도 다 잊고 깨끗이 지워버 리지 못한다는 사실이었다. 그는 술을 마실 수도 있었지만 맨정신 으로 깨어 있었다. 홍콩에 갈 수도 있었지만 그냥 돌아왔다. 그는 의심의 여지없이 무척이나 손상된 사람이었다. 마르티네가 준 진 통제의 약발이 떨어져 갔다. 약이 더 필요했다. 통증 때문에 어지 러웠다.

사분기 통계 수치와 스포츠 경기 결과가 뜬 화면에 시선을 고정 하던 중 불현듯 이런 생각이 스쳤다. 지금 그가 하려는 게 저런 거 면 어쩌지? 깨끗이 정리하는 거. 겁먹고 달아나는 거.

아니다. 이번엔 다르다. 그는 항공권 날짜를 내일 밤으로, 라켈 과 같은 비행기로 변경했다. 라켈의 좌석을 비즈니스 클래스로, 그의 옆자리로 바꾸고 업그레이드 비용까지 치렀다. 라켈한테 지금 그가 뭘 하려는지 말해줄까도 싶었지만 그녀가 어떻게 받아들일지 알았다. 그가 하나도 변하지 않았다고 생각할 테지. 아직도 예전의 그 광기에 이끌려 산다고. 영영 아무것도 변하지 않을 거라고. 하지만 비행기 좌석에 나란히 앉아 가속으로 몸이 뒤로 젖혀지고 붕 뜨는 느낌과 가벼움, 더는 변경할 수 없는 현실을 느낀다면 라켈도 결국 그들이 과거를 과거로, 저 아래로 떨쳐내고 그들만의 여행이 시작된 걸 알아줄 것이다.

해리는 공항 고속열차에서 내려서 오페라하우스로 가는 다리를 건너 중앙 출입문까지 펼쳐진 이탈리아 대리석 위를 걸어갔다. 통유리 너머로 우아하게 차려입은 사람들이 고급스런 로비의 로프로 둘러친 공간에서 핑거 푸드와 음료를 들고 담소를 나누는 모습이 보였다.

출입문 앞에는 슈트 차림에 이어폰을 꽂은 남자가 프리킥 수비수처럼 가랑이 앞에 두 손을 모으고 서 있었다. 어깨가 떡 벌어지긴 했지만 살집이 없었다. 숙련된 눈으로 해리를 벌써부터 알아채고 지금은 해리 **주변**의 눈여겨볼 만한 상황을 주시했다. 따라서 그가 노르웨이의 보안기관인 PST 소속 경찰관이고 로비에는 경찰청장이나 정부 인사들이 와 있다는 뜻일 수 있었다. 남자는 해리가 다가가자 두 걸음 앞으로 나왔다.

"죄송합니다만, 비공개 파티라서……." 그는 제지하려다가 해리의 신분증을 보고 입을 닫았다.

"그쪽 대장하고는 상관없는 일이에요, 친구." 해리가 말했다. "안에 어떤 분하고 몇 마디만 나누면 돼요. 공식적인 용무예요."

남자는 고개를 끄덕이고 옷깃에 달린 마이크에 대고 중얼거리고
는 해리를 안으로 들여보냈다.

로비는 거대한 이글루였다. 오래 망명을 떠나 있던 그에게도 낯
익은 얼굴들이 가득했다. 언론계의 나대는 부류들, 텔레비전에 나
와 떠들어대는 작자들, 스포츠와 정계의 엔터테이너들, 거기에 더
해 문화계의 막후에서 힘깨나 쓰는 사람들로 가득했다. 이사벨레
스퀘엔이 힐을 신고도 만날 수 있을 만큼 키가 되는 데이트 상대를
찾기 어렵다고 한 말이 무슨 뜻인지 알 것 같았다. 이사벨레는 그
자리에 모인 귀빈들 위로 우뚝 솟아서 한눈에 찾을 수 있었다.

해리는 로프를 뛰어넘어 '잠시만요'를 연발하며 찰랑대는 화이
트와인들 사이로 길을 내면서 들어갔다.

이사벨레는 자기보다 머리 반 개만큼 작은 남자와 이야기를 나
누고 있었다. 하지만 그녀가 환심을 사려고 열성을 다해 상대를 대
하는 걸로 보아 권력과 지위로는 그녀보다 머리 서너 개쯤 큰 남자
인 것 같았다. 3미터 앞까지 다가갔을 때 어떤 남자가 해리를 막아
섰다.

"경찰이에요. 좀 전에 밖에서 당신네 동료하고 얘기 끝났습니
다." 해리가 말했다. "**저 여자분**하고 할 얘기가 있어서요."

"그러시죠." 경비가 말했다. 해리는 그 말에 숨은 의미가 있다는
느낌을 받았다.

해리는 그쪽으로 다가갔다.

"안녕하십니까, 이사벨레." 해리는 인사를 건네면서 이사벨레
의 얼굴에서 놀란 표정을 보았다. "방해가 된 건 아닌지 모르겠군
요……. 승진 길에?"

"홀레 형사님." 이사벨레는 농담으로 뭉개려는 듯 깔깔댔다.

옆에 서 있던 남자는 얼른 해리의 손을 잡아당겨 (누구나 아는 이름이라 굳이 밝힐 필요도 없는) 자기 이름을 말했다. 시청 꼭대기 층에서 오래 일하다 보니 보통사람들에게 인기를 얻으면 선거일에 보상을 받는다는 사실을 터득한 듯했다. "공연은 잘 보셨습니까, 형사님?"

"그렇기도 하고 아니기도 해요." 해리가 말했다. "다 끝나서 좋았는데 집에 가다가 문득 몇 가지 깔끔하게 풀리지 않은 부분이 있다는 생각이 들어서요."

"어떤 거죠?"

"음, 돈 조반니는 도둑에다가 바람둥이니까 막판에 벌을 받아야만 정당하고 적절하죠. 전 그게 누군지 알 것 같거든요. 돈 조반니를 찾아와 지옥으로 끌고 들어간 석상요. 다만 제가 궁금한 건 누가 석상에게 거기로 가면 돈 조반니를 찾을 수 있다고 말해줬냐는 겁니다. 말씀해주실 수 있는지⋯⋯?" 해리는 돌아섰다. "이사벨레?"

이사벨레의 미소가 딱딱하게 굳었다. "음모론이라면, 그런 거야 늘 흥미롭죠. 하지만 다음에요. 지금은 제가 얘기 중─."

"이분과 잠깐 할 얘기가 있습니다." 해리가 이사벨레와 대화하던 남자에게 말했다. "허락하신다면요, 물론."

이사벨레가 거절하려는 순간 상대 남자가 한발 앞섰다. "그럼요." 그는 미소를 짓고 고개를 끄덕이고는 객석으로 다시 들어가는 줄에 선 노부부에게 향했다.

해리는 이사벨레의 팔을 잡고 화장실 표지 쪽으로 갔다.

"당신 냄새 나." 해리가 이사벨레의 어깨를 잡고 남자 화장실 입구 옆 벽으로 밀치자 그녀가 화가 나서 씩씩거렸다.

"쓰레기통에 두 번 들어갔다 나온 옷이거든." 해리는 이렇게 말하면서 주위의 몇 사람이 그들을 보는 걸 느꼈다. "이봐, 문명인처럼 할 수도 있고, 야만인처럼 할 수도 있어. 미카엘 벨만하고 손잡은 이유가 뭐지?"

"닥쳐, 홀레."

해리는 화장실 문을 발로 걷어차서 열고 이사벨레를 안으로 끌고 들어갔다.

세면대 앞에 있던 디너 재킷 차림의 남자가 거울 속에서 깜짝 놀란 표정으로 보는 사이 해리는 이사벨레를 화장실 칸막이 문으로 밀치고 팔로 목을 눌렀다.

"구스토가 살해당했을 때 벨만은 당신 집에 있었어." 해리가 씨근거렸다. "구스토의 손톱에서 벨만의 혈액이 나왔어. 두바이의 버너는 벨만과 가장 가까운 동료이자 친구이지. 당장 불지 않으면 〈아프텐포스텐〉에 있는 친구한테 전화해서 내일자 신문에 내보내게 할 거야. 그런 다음에 검사의 책상 위에 내가 가진 걸 다 늘어놓지. 자, 어떻게 할까?"

"저기, 실례합니다만." 디너 재킷의 남자였다. 그는 적당한 거리를 두고 물었다. "혹시 도움이 필요하신지?"

"그냥 꺼져!"

남자는 충격을 받은 얼굴이었다. 그 말 때문이 아니라 이 말을 뇌까린 사람이 이사벨레라서였다. 남자는 종종걸음으로 나갔다.

"우린 섹스하던 사이였어." 이사벨레가 숨이 막히는 목소리로 말했다.

해리는 그녀를 놓았다. 내뱉는 숨결에서 그녀가 샴페인을 마신 걸 알 수 있었다.

"당신이랑 벨만이?"

"결혼한 사람인 걸 알고도 잤어, 그게 다야." 그녀가 목을 매만지며 말했다. "그런데 구스토가 난데없이 들이닥쳐서는 쫓겨나다가 벨만을 할퀸 거야. 언론에 가서 말하고 싶으면 해. 당신은 유부녀랑 잔 적이 **한 번도 없을** 테니까. 다만 신문 헤드라인을 본 벨만의 마누라와 애들이 어떻게 될지는 생각해보시고."

"벨만은 어떻게 만났지? 설마 구스토랑 삼각관계였다고, 당신네 둘은 우연히 만났다고 떠들 생각은 아니겠지?"

"권력을 가진 사람들이 어떻게 만날까, 해리? 둘러봐. 여기 이 파티에 모인 사람들을 보라고. 다들 벨만이 오슬로의 새 경찰청장이 될 걸 알아."

"당신이 시청에서 한자리 차지하게 될 것도?"

"어디 개관식인지 시사회인지 특별초대전인지, 그런 데서 만났어. 뭐였는지는 생각 안 나. 그렇게 된 거야. 언제였는지는 미카엘한테 전화해서 물어보든가. 그래도 오늘은 아마 안 될걸? 가족하고 오붓한 시간을 보내고 있을 테니까. 그건 그냥…… 그냥 그렇게 된 거야."

그렇게 된 거다. 해리는 이사벨레를 똑바로 쳐다봤다.

"트롤스 베른트센은?"

"누구?"

"그자가 그들의 버너 아냐? 레온 호텔로 그자를 보내서 날 잡으려 한 건 누구지? 당신이야? 아님 두바이?"

"도대체 뭔 소릴 하는 거야?"

해리는 알 것 같았다. 이사벨레는 트롤스 베른트센이 누군지 모른다.

이사벨레 스퀘옌이 웃음을 터트렸다. "해리, 그렇게 풀 죽은 표정은 짓지 마."

해리는 그 비행기에 앉아 있을 수도 있었다. 방콕으로 날아가는. 다른 삶으로 날아가는.

하지만 이미 궤도를 이탈했다.

"잠깐만, 해리."

그는 돌아보았다. 이사벨레가 화장실 문에 기댄 채 스커트를 올리고 있었다. 너무 올려서 스타킹 윗부분과 가터 밴드가 보였다. 금발머리가 이마를 덮었다.

"지금 이 화장실엔 우리 둘만 있으니까……."

해리는 그녀의 눈을 보았다. 눈빛이 흐렸다. 알코올도 아니고 욕정도 아닌 다른 뭔가가 있었다. 우는 건가? 강인하고 외롭고 스스로를 경멸하나, 이사벨레 스퀘옌이? 그녀는 남들의 삶을 망치는 식으로라도 날 때부터 가졌어야 마땅한 권리를 얻어내고 싶어하는 또 하나의 억울한 인간이었다. 사랑받을 권리.

해리가 나간 뒤에도 화장실 문은 계속 앞뒤로 흔들렸다. 점점 빨라지는 마지막 박수갈채처럼 고무에 쏠리면서도 점점 더 빠르게 흔들렸다.

해리는 오슬로 중앙역으로 연결된 지붕 덮인 다리를 건너서 플라타로 난 계단을 내려갔다. 다른 쪽 끝에 24시간 문을 여는 약국이 있기는 하지만 줄이 항상 길게 늘어선 데다 어차피 일반의약품으로는 통증을 가라앉힐 수도 없다는 걸 알았다. 그는 계속 걸어서 헤로인 공원을 지나갔다. 비가 내리기 시작했다. 프린센스 가까지 비에 젖은 트램 궤도를 따라 가로등이 흐릿하게 불을 밝혔다. 해리는 사건을 곰곰이 생각하며 걸었다. 옵살에 있는 뉘바크의 산탄총이 더 쉬운 선택이었다. 산탄총이라면 좀 더 능숙하게 조작할 수 있었다. 301호 옷장 뒤에서 라이플을 꺼내려면 우선 아무도 모르게 레온 호텔에 들어가야 하고, 또 누가 이미 그걸 찾아내지 않았다는 보장도 없었다. 그래도 라이플이 더 치명적이었다.

레온 호텔 뒷마당의 출입문 자물쇠가 박살 났다. 박살 난 지 얼마 안 된 것 같았다. 그날 밤 두 남자가 어떻게 들어왔는지 알 것 같았다.

안으로 들어갔다. 아니나 다를까 건물 뒷문의 자물쇠도 파손된 채였다.

해리는 비상구를 겸하는 좁은 계단을 올라갔다. 3층 복도에 아무도 없었다. 310호에 노크해서 카토에게 경찰이 다녀갔는지 물어보려고 했다. 경찰이 아니면 다른 누구라도. 대답이 없었다. 방문에 귀를 문에 댔다. 정적.

그가 묵었던 301호의 방문을 수리하려고 손댄 흔적이 없었고, 따라서 열쇠는 없어도 되었다. 문을 밀자 그냥 열렸다. 문지방을 떼어낸 시멘트 바닥에 핏자국이 배어 있었다.

창문에도 누가 손을 댄 흔적이 없었다.

해리는 전등도 켜지 않고 들어가 옷장 뒤쪽을 더듬어 라이플이 그대로 있는 걸 확인했다. 탄약통도 침대 옆 탁자 위 성경 옆에 그대로 있었다. 경찰이 아직 레온 호텔에 오지 않은 모양이었다. 투숙객이든 이웃이든 시체가 나온 것도 아닌데 고작 산탄총 몇 번 발사됐다고 법적으로 얽힐 필요는 없다고 여긴 것이다. 해리는 옷장을 열었다. 그의 옷과 여행가방이 아무 일도 없었다는 듯 그대로 있었다.

건너편 방의 여자가 보였다.

여자는 해리를 등지고 거울 앞에 앉아 있었다. 머리를 빗는 걸로 보였다. 이상하게 오래돼 보이는 드레스를 입고 있었다. 나이 들어 보이는 건 아니고 그냥 다른 시대의 의상 같은 오래된 패션이었다. 해리는 자기도 모르게 박살 난 창문 너머로 소리쳤다. 짧게 소리쳤다. 여자는 아무런 반응이 없었다.

다시 1층으로 내려와서 더는 버티기 힘들다는 생각이 들었다. 목이 불에 타는 것 같았고, 열이 나서 온몸의 땀구멍에서 땀이 삐져나왔다. 온몸이 축축하고 오한이 들었다.

그 바의 음악이 바뀌었다. 열린 문으로 밴 모리슨의 'And It Stoned Me'가 흘러나왔다.

진통제.

해리는 도로로 걸어 들어가서 찢어질 듯 절박한 종소리를 들었다. 다음 순간 파란색과 흰색의 벽이 시야에 가득 들어왔다. 그는 4초간 도로 한복판에 꼼짝 않고 서 있었다. 그러다 트램이 지나가고 바의 열린 문이 다시 나타났다.

바텐더는 신문에서 고개를 들어 해리를 발견하고 움찔했다.

"짐 빔." 해리가 말했다.

바텐더가 꼼짝 않고 눈만 두 번 끔뻑거렸다. 들고 있던 신문이 바닥으로 스르륵 떨어졌다.

해리는 지갑에서 유로를 꺼내 카운터에 놓았다. "한 병 다 줘요."

바텐터의 입이 떡 벌어졌다. 목에 새긴 'EAT' 문신에서 'T'자 위로 살집이 잡혔다.

"당장." 해리가 말했다. "그럼 꺼져줄게."

바텐더는 지폐를 흘깃 보았다. 다시 눈을 들어 해리를 보았다.

그리고 해리에게 눈을 떼지 않은 채 짐 빔으로 손을 뻗었다.

술이 반병도 안 남은 걸 보고 해리는 한숨을 쉬었다. 술병을 코트 주머니에 넣고 휙 둘러보고는 이별 장면에서 해줄 만한 기억에 남을 말을 생각해내려다 관두고 고개를 끄덕이고 나왔다.

해리는 프린센스 가와 드로닝엔스 가가 만나는 모퉁이에 서 있었다. 우선 전화번호 안내로 전화를 걸었다. 그리고 술병을 땄다. 버번 냄새가 확 풍기자 위장이 오그라들었다. 하지만 마취제 없이는 꼭 해야 할 그 일을 해내지 못할 걸 알았다. 3년 전이 마지막이었다. 어쩌면 상태가 나아졌을지 모른다. 그는 술병을 입에 댔다. 몸을 뒤로 기울이고 고개를 젖혔다. 맨정신으로 3년을 버텼다. 독이 네이팜탄처럼 그의 신체 조직을 강타했다. 아무것도 나아진 게 없었다. 오히려 더 나빠졌다.

해리는 허리를 숙이고 한 팔을 뻗어 벽을 짚고 몸을 지탱했다. 바지나 신발에 튀지 않게 하려고.

뒤에서 아스팔트에 닿는 하이힐 소리가 들렸다. "어머, 아저씨. 나 예쁘죠?"

"물론." 해리는 목구멍까지 차오르기 전에 겨우 이 말을 토해냈다. 이어서 배 속의 노란 내용물이 세차게 분출해서 보도로 떨어졌고, 또각또각 하이힐 소리가 멀어졌다. 그는 손등으로 입을 훔치고 다시 시도했다. 머리를 젖혔다. 위스키와 담즙이 넘어갔다. 그리고 다시 올라왔다.

세 번째 시도에서는 넘어오지 않고 그대로 머물렀다. 잠시 동안. 네 번째는 제대로 넘어갔다.

다섯 번째는 천국이었다.

해리는 택시를 타고 기사에게 주소를 불렀다.

트룰스 베른트센은 어둠을 뚫고 황급히 움직였다. 화목하고 안전한 가정에서 새어 나오는 불빛이 비치는 아파트 주차장을 가로질렀다. 그런 화목한 집에서는 그맘때쯤 간식과 커피포트를 내오겠지. 어쩌면 맥주까지 꺼내서 텔레비전을 켜고 뉴스가 끝난 뒤에 하는 더 재미난 프로그램을 보고 있겠지. 트룰스는 경찰청에 전화해서 아프다고 알렸다. 저쪽에서는 어디가 아프냐고 묻지도 않고 그저 진단서 없이 사흘간 출근하지 않을 건지만 확인했다. 트룰스는 사흘만 아플지 아는 사람이 세상에 어디 있냐고 따져 물었다. 게을러터진 자들의 나라, 누구나 할 수만 있다면 **사실은** 일하고 싶어한다고 우겨대는 위선자 정치인들. 노르웨이 국민들이 사회당에 표를 주는 건 그 당이 게으름 피우는 걸 인권으로 격상시켜줘서다. 병원 진단서 없이 사흘이나 놀게 해주고 그 시간에 집구석에 처박혀 자위를 하건 스키 타러 나가건 술이 떡이 되어 숙취를 달래건 자기 멋대로 하게 해준다는 당에 표를 던지지 않을 사람이 어디 있겠나? 사회당은 물론 이런 게 얼마나 대단한 특전인지 알면서도 책임 있는 정당으로 비치고 싶어 '국민 대다수를 신뢰하는' 척 구느라 꾀병 부리는 권리를 무슨 사회개혁인 양 선포했다. 진보당 놈들은 한술 더 떠서 세금 감면으로 표를 구걸하고 뻔뻔스럽게도 그 사실을 숨기려 하지도 않았다.

트룰스는 종일 이런 생각에 빠져 총을 점검하고 탄약을 장전해 다시 확인하고 잠긴 문을 주시하면서 주차장에 들어온 차들을 모조리 살폈다. 오래전 어느 사건에서 빼돌린 커다란 암살용 라이플인 뫼르클린의 가늠자를 통해서. 압수 무기였고 직원은 아마 이 총이 아직 경찰청사에 있는 줄 알 터였다. 먹을 게 다 떨어져갔지만 어둠이 깔리고 인적이 뜸해질 때를 기다렸다. 문을 닫는 11시가 되기 직전에 슈타이어를 품에 넣고 몰래 빠져나와 잰걸음으로 슈퍼마켓으로 향했다. 진열대 사이를 지나면서 한 눈으로는 식료품을 보고 다른 눈으로는 손님들을 살폈다. 일주일치 피요를란 리솔*을 구입했다. 투명한 작은 봉지에 껍질 깐 감자와 리솔과 크림에 버무린 콩과 그레이비 소스가 들어 있는 제품이었다. 끓는 물에 몇 분간 담갔다가 봉지를 잘라서 접시에 붓고 눈을 감으면 진짜 음식이 떠오르지 않을 도리가 없었다.

트룰스는 아파트 건물 입구에서 열쇠를 꽂다가 등 뒤의 어둠 속에서 재빨리 움직이는 발소리를 들었다. 휙 돌아보면서 손은 이미 재킷 안쪽에 넣어둔 권총 손잡이를 잡았다. 비그디스 A의 겁먹은 얼굴이 보였다.

"저, 저 때문에 무서우셨나 봐요?" 비그디스 A가 더듬거렸다.

"아뇨." 트룰스는 짧게 대꾸하고 먼저 들어가면서 문도 잡아주지 않았다. 문이 닫히기 전에 비그디스 A가 뚱뚱한 몸으로 문틈을 비집고 들어오는 소리가 들렸다.

트룰스는 엘리베이터 버튼을 눌렀다. 무서웠냐고? 물론 무서워서 죽을 지경이었다. 시베리아 카자크 놈들한테 쫓기고 있는데 무섭지 **않을** 리가 있나?

뒤에서 숨을 헐떡이는 소리가 들렸다. 그녀들 대다수가 결국 그렇게 되듯이 비그디스 A도 비만이었다. 그도 아니라고 못하지만 왜 다들 솔직하게 말하지 않을까? 노르웨이 여자들은 너무 살쪄서

---

* 동그랑땡과 비슷한 요리.

별별 병에 걸려 뒈질 뿐 아니라 애새끼 하나도 못 낳아서 인류를 절멸시킬 년들이라고. 조국의 인구를 줄이는 주범이라고. 어떤 사내도 그런 무지막지한 살덩이를 비집고 들어가고 싶진 않을 테니까. 물론 그네들 살덩이는 차치하고.

엘리베이터가 내려오고 그들이 올라타자 엘리베이터를 매단 케이블이 고통스럽게 비명을 질러댔다.

남자들도 못지않게 살이 찌긴 하지만 여자들처럼 보이지는 않는다고 어디서 읽은 적이 있다. 남자들은 엉덩이가 작아서 그냥 더 크고 강인해 보일 뿐이라고. 그가 그랬다. 10킬로그램 덜 나갔을 때보다 지금이 더 보기 **좋았다**. 그런데 여자들은 이렇게 흐물흐물 출렁거리는 군살이 붙어서 발로 차서 살덩이 속에 발이 파묻히는 걸 보고 싶게 만들었다. 다들 비만이 새로운 암으로 떠오른 사실을 알면서도 다이어트 히스테리를 성토하고 '진짜' 여성의 몸이라느니 하며 갈채를 보냈다. 운동은 안 하고 처먹는 게 무슨 지각 있는 삶의 양식인 양. 제 몸에 만족하라는 둥 어쩌고 하면서. 섭식장애로 한 명 죽는 것보다 심장질환으로 수백 명 죽는 게 훨씬 낫다는 듯이. 요즘은 마르티네도 똑같아 보였다. 물론 임신한 건 알지만 그 여자도 **그년들** 중 하나가 되었다는 생각을 지울 수가 없었다.

"추우신가 봐요." 비그디스 A가 미소를 지었다.

A가 무슨 뜻인지 몰랐지만 그 집 초인종에 그렇게 적혀 있었다. 비그디스 A. 트룰스는 그 여자한테 있는 힘껏 라이트훅을 날리고 싶었다. 볼때기 살이 햄스터처럼 투실해서 손가락 관절이 상할 염려는 없겠다 싶었다. 아니면 떡을 한 판 치든가. 아니면 둘 다 해버릴까.

트룰스는 왜 그렇게 화가 치미는지 알았다. 휴대전화 때문이었다.

경찰이 텔레노르를 통해 홀레의 전화를 추적해서 드디어 시내 중심부, 정확히 말하면 오슬로 역 인근까지 좁혀 들어갔다. 오슬로에서 거기만큼 밤낮으로 북적대는 장소도 없었다. 경찰 수십 명이 홀레를 찾아서 인파를 샅샅이 훑었다. 그 짓을 몇 시간이나 했다. 아무런 성과가 없었다. 결국 앳된 얼굴의 경찰관 하나가 일제히 시계를 맞추고 거기서부터 퍼져나가면서 누군가가 15분에 한 번씩 홀레의 번호로 전화를 걸자는 한심한 방법을 의견이라고 냈다. 전화벨이 울리는 걸 듣거나 누가 전화를 받는 걸 보면 덮치자고 했다. 전화는 거기 어딘가에 반드시 있어야 하니까. 그 제안이 나오기 무섭게 일제히 시도했다. 그리고 전화기 한 대를 발견했다. 오슬로 중앙역 계단에 앉아서 졸고 있던 어느 약쟁이의 주머니에서. 그는 워치타워에서 어떤 남자에게 그 전화를 '받았다'고 해명했다.

엘리베이터가 멈췄다. "올라가세요." 트룰스가 중얼거리고 내렸다.

뒤에서 문이 닫히고 엘리베이터가 올라가는 소리가 들렸다.

이제 리솔과 DVD가 있었다. 먼저 〈분노의 질주〉를 볼 것이다. 물론 쓰레기 같은 영화이긴 하지만 한두 장면은 볼만했다. 아니면 〈트랜스포머〉의 메건 폭스를 보면서 진하게 딸딸이를 치든가.

그녀의 숨소리가 들렸다. 엘리베이터에서 같이 내린 모양이다. 엉큼한 년. 트룰스 베른트센은 오늘 밤 여자랑 자게 생겼다. 그는 씩 웃으면서 고개를 돌렸다. 뭔가가 닿았다. 단단하고, 차가운 것. 트룰스 베른트센의 눈이 눌렸다. 총신.

"아주 고맙소." 귀에 익은 목소리. "기꺼이 들어가지."

트룰스 베른트센은 안락의자에 앉아서 원래 그의 것이던 권총의 총구를 마주보았다.

그자가 그를 찾아낸 것이다. 그가 그자를 찾았기도 하고.

"우리 자꾸 이런 식으로 만날 순 없어." 해리 홀레가 말했다. 그는 연기가 눈에 들어오지 않게 입꼬리에 담배를 물었다.

트룰스는 대꾸하지 않았다.

"내가 왜 당신 총을 잡고 있는지 알아?" 해리가 무릎에 놓인 사냥용 라이플을 툭툭 치면서 말했다.

트룰스는 여전히 입을 닫았다.

"나중에 당신 몸에서 나온 총알을 추적했을 때 결국 당신 총이 나오는 게 나아서야."

트룰스는 어깨를 으쓱였다.

해리 홀레는 몸을 앞으로 기울였다. 이제 트룰스도 냄새를 맡을 수 있었다. 알코올. 젠장, 저 자식 술 마셨잖아. 해리가 맨정신으로 한 짓을 들은 적이 있는데. 이젠 취하기까지 했군.

"당신이 버려지, 트룰스 베른트센. 여기 증거가 있어."

해리는 그에게서 뺏은 지갑에서 신분증을 꺼내 총과 함께 들었다. "토마스 룬데르? 가르데르모엔에서 마약을 수거해간 그 친구 아닌가?"

"원하는 게 뭐지?" 트룰스가 눈을 감고 의자에 기댔다. 리솔과 DVD.

"어떻게 연결된 건지 알고 싶어. 당신, 두바이, 이사벨레 스퀘엔, 미카엘 벨만."

트룰스는 움찔했다. 미카엘? 미카엘이 이 일과 무슨 상관이 있다는 거지? 그리고 이사벨레 스퀘엔? 그 여자는 정치인 아니었나?

"난 전혀 아는 게……."

472

해리가 공이치기를 당기는 게 보였다.

"조심해, 홀레! 그건 방아쇠가 생각보다 민감하다고. 그건—."

공이치기가 더 올라갔다.

"잠깐! 잠깐, 젠장!" 트룰스 베른트센은 바짝 타들어가는 입을 적실 침을 찾아 입안에서 혀를 굴렸다. "벨만이나 스퀘옌에 관해서는 전혀 아는 게 없어. 하지만 두바이는—."

"그래?"

"그자라면 할 얘기가……."

"어떤 얘기지?"

트룰스 베른트센은 숨을 깊이 들이마시고 그대로 멈추었다. 그리고 신음과 함께 숨을 토해냈다. "전부 다."

39

세 개의 눈동자가 트룰스 베른트센의 등을 응시했다. 술에 씻긴 연푸른색 홍채 두 개. 둥글고 검은 트룰스 자신의 슈타이어 총구 하나. 총을 든 남자는 안락의자에 앉았다기보다 눕다시피 한 자세로 카펫에 긴 다리를 쭉 뻗었다. 그가 갈라진 목소리로 말했다. "말해, 베른트센. 두바이에 관해 말해."

트룰스는 헛기침을 두 번 했다. 목이 타들어갔다.

"어느 날 밤, 초인종이 울렸어. 인터컴 수화기를 들고 저쪽 말을 들어보니 나랑 몇 마디 나누고 싶다고 하더군. 처음에는 내 집에 들이고 싶지 않았는데 그자가 자기 이름을 대고…… 그게……."

트룰스 베른트센은 엄지와 중지로 턱을 잡았다.

총 든 남자는 기다렸다.

"재수 없는 사건이 하나 있었어. 그 일은 아무도 모를 줄 알았어."

"어떤 사건이지?"

"구류를 받은 앤데, 그 자식한테 예절을 좀 가르쳐줘야 했어. 누가 그걸 알아낼 줄은 몰랐어. 그 자식한테 예절을 가르쳐준 게……

나라는 사실 말이야."

"다쳤나?"

"부모가 고발하려고 했지만 그 애가 용의자를 죽 세워놓은 데서 날 짚어내지 못했어. 내가 그 자식 시신경을 망가뜨렸나 봐. 뜻밖에 운이 좋았지, 응?" 트룰스는 불안하게 낄낄대고는 얼른 입을 닫았다. "한데 그 남자가 우리 집 문 앞에 서 있었어. 알아낸 거지. 그자가 나더러 레이더에 걸리지 않고 잘도 돌아다니는 재주가 있다면서 나 같은 사람한테 돈을 많이 주고 싶다고 하더군. 노르웨이 말이긴 한데 억양이 살짝 있었어. 꽤 품위 있게 들렸어. 그래서 그자를 안으로 들였지."

"두바이를 만난 건가?"

"그랬지. 혼자 왔더군. 노인네는 고급스럽긴 하지만 구식 슈트를 입고 있었어. 조끼, 모자와 장갑. 내가 무슨 일을 해주길 바라는지 말하더군. 나한테 얼마를 낼지도. 신중한 자였어. 다시는 직접 대면할 일도 없고, 통화도 하지 않고, 이메일도 보내지 않고, 추적당할 소지가 있는 건 전혀 못 할 거라고 했어. 나도 그러는 편이 좋았지."

"그래서 작업은 어떻게 준비했지?"

"묘비에 할 일이 적혀 있었어. 묘비가 어디 있는지는 그자가 설명해줬고."

"어딘데?"

"감레뷔엔 묘지. 돈도 거기서 받았어."

"두바이 얘길 해봐. 대체 누구야?"

트룰스 베른트센은 멀리 어딘가를 응시했다. 방정식의 더하기와 빼기를 따져보는 것 같았다. 그리고 그 답도.

"뭘 기다리는 거야, 베른트센? 두바이에 관해 다 말해줄 수 있다고 했잖아."

"지금 내가 위험을 무릅쓰고 말하는 걸 아는지—."

"지난번에 만난 날 두바이의 부하 둘이 당신한테 총알을 박으려 했지. 지금 내가 이 총을 겨누지 않아도 당신은 이미 표적이야, 베른트센. 다 말해. 그자가 누구지?"

해리 홀레가 그를 뚫을 듯 노려보았다. 눈빛이 그를 뚫고 지나가는 느낌이라고, 트룰스는 생각했다. 공이치기가 움직이자 방정식은 단순해졌다.

"알았어, 알았다고." 베른트센이 양손을 펴들었다. "그자의 이름은 두바이가 아니야. 다들 그렇게 부르는 건 그자 밑에서 일하는 마약상들이 입은 축구팀 셔츠에 두바이 부근의 나라들로 비행하는 항공사 광고가 박혀 있어서야. 아라비아."

"10초 주지. 그 안에 내가 모르는 걸 말해야 할 거야."

"잠깐만, 잠깐, 한다니까! 그자의 이름은 루돌프 아사예프야. 러시아인이고, 부모는 반체제 지식인이자 정치 망명자였어. 그자가 재판정에서 진술한 바로는 그래. 여러 나라를 떠돈 덕에 일곱 개 언어인가를 말할 줄 알아. 노르웨이에는 1970년대에 들어서 마리화나 밀매의 선구자가 됐다고 할 수 있어. 그자는 눈에 띄지 않게 지내다가 1980년에 부하한테 밀고당했어. 당시는 마약을 팔고 밀수하는 죄가 반역죄랑 형량이 같았어. 그래서 한참 활동이 끊겼지. 감방에서 나온 후 스웨덴으로 넘어가서 헤로인으로 갈아탔고."

"마리화나와 형량은 거의 비슷하지만 가격은 한참 높아졌군."

"맞아. 예테보리에 조직망을 구축했지만 위장경찰 하나가 살해된 뒤로 지하로 숨어들어야 했어. 그러다 2년 전쯤 오슬로로 돌아왔고."

"그자가 당신한테 이런 얘길 다 해줬다고?"

"아니, 아니, 내가 직접 알아냈지."

"아, 그러셔? 어떻게? 난 그자가 아무도 모르는 유령인 줄 알았는데."

트룰스 베른트센은 손을 내려다보았다. 그리고 해리 홀레를 보았다. 실실 웃음이 나오려 했다. 솔직히 누구에게든 떠벌리고 싶은 마음이 불쑥불쑥 올라오던 얘기였다. 그가 어떻게 두바이를 속였는지에 관해. 하지만 아무한테도 말한 적은 없다. 트룰스는 입술에 침을 발랐다. "그자는 지금 당신이 앉은 그 의자에 앉아 팔걸이에 팔을 얹었지."

"그리고?"

"셔츠 소매가 말려 올라가는 바람에 장갑과 재킷 소매 사이에 빈틈이 생겼지. 하얀 흉터가 좀 보이더군. 그 왜, 문신을 지울 때 생기는 거. 그자의 손목에서 그걸 보니까 그런 생각이—"

"감옥. 장갑을 낀 건 나중에 당신이 범죄자 데이터베이스에서 확인할까 봐, 지문을 남기지 않으려고 그런 거군."

트룰스가 고개를 끄덕였다. 해리는 단박에 알아들었고 상대에게 알아들은 걸 알려야 했다.

"맞아. 그런데 내가 조건에 동의하고 나니까 조금 느슨해지더군. 거래가 성사돼서 악수를 하러 다가갔더니 그자가 장갑 한 짝을 벗었지. 나중에 내 손등에서 반쯤 선명하게 찍힌 지문 두 점을 떴어. 컴퓨터에서 일치하는 결과를 찾았고."

"루돌프 아사예프. 두바이. 어떻게 그렇게 오랫동안 정체를 숨길 수 있었지?"

트룰스 베른트센은 어깨를 으쓱였다. "오륵크림에서는 늘 보는 일이야. 거물 중에서 잡혀 들어온 자와 잡히지 않는 자를 가르는 게 하나 있어. 소규모 조직. 극소수와의 연결망. 극소수의 심복. 일 개 대대를 둘러쳐야 안전한 줄 아는 마약왕들은 털리기 마련이야. 신의 없는 부하, 감형받으려고 밀고하는 자들이 반드시 생기게 마련이니까."

"그자를 딱 한 번 본 건가, 여기서?"

"한 번 더 봤어. 워치타워에서. 그자였던 거 같아. 그자가 날 보더니 문 앞에서 뒤돌아서 가버리더군."

"그럼 그게 사실이네? 그자가 유령처럼 오슬로를 떠돌아다닌다는 소문."

"어쩌면."

"당신은 워치타워에서 뭘 했는데?"

"나?"

"거기는 경찰이 활동할 수 없잖아."

"거기서 일하는 여자를 하나 알아."

"마르티네?"

"그 여자 알아?"

"거기 앉아서 그 여자를 훔쳐봤나?"

트룰스는 피가 머리로 솟구치는 느낌이었다. "난⋯⋯."

"진정해, 베른트셴. 당신은 방금 용의자 선상에서 벗어났으니까."

"뭐, 뭐라고?"

"당신이 그 스토커로군. 마르티네가 위장경찰인 줄 알았던 그 작자. 구스토가 총에 맞았을 때 당신은 워치타워에 있었어, 맞지?"

"스토커?"

478

"그건 됐고, 대답이나 해."

"젠장, 그럼 여태 날……? 내가 뭐하러 구스토 한센을 죽이려 했겠어?"

"아사예프한테 명령을 받았을 수도 있잖아." 홀레가 말했다. "그보다 당신한테는 개인적으로 확실한 동기가 있었어. 알나브루에서 당신이 사람을 죽이는 걸 구스토가 목격했잖아. 드릴로 죽이는 거."

트룰스 베른트센은 홀레가 한 말을 곰곰이 생각했다. 매일 매시간 끊임없는 거짓에 둘러싸여 살면서 진실에서 허풍을 구분해내려고 애쓰는 경찰의 방식이었다.

"당신이 저지른 살인은 다른 목격자인 올레그 페우케를 살해할 동기도 돼. 올레그를 찌르려 한 그 죄수는―."

"내가 시킨 게 아냐! 날 믿어야 돼, 홀레, 난 그 일하고는 아무 상관이 없어. 난 그냥 증거를 태웠을 뿐이야. 누굴 죽인 적은 없어. 알나브루에서 있었던 일은 그냥 운이 나빴던 거고."

홀레는 고개를 기울였다. "그럼 레온 호텔에 왔을 때는 날 죽일 목적이 없었나?"

트룰스는 침을 삼켰다. 홀레 이 작자는 **그를 죽일** 수 있다. 죽일 수도 있다. 그의 관자놀이에 총알을 박고 총에서 지문을 닦고 그의 손에 쥐여줄 수 있다. 침입한 흔적도 없다. 비그디스 A가 그가 혼자 집에 들어가는 걸 보았다고, 추워 보였다고 진술할 수 있다. 외로워 보였다고도. 병가도 냈다. 우울해 보였다고도.

"그때 나타난 두 놈은 누구지? 루돌프의 부하들인가?"

트룰스가 고개를 끄덕였다. "둘 다 달아났지만 그중 한 놈을 내가 맞혔어."

"어떻게 됐지?"

트룰스는 어깨를 으쓱였다. "내가 너무 많이 아는 거 같군." 웃으려고 했지만 기관지가 안 좋은 사람의 기침 소리가 났다.

그들은 가만히 앉아 서로를 보았다.

"어떻게 하려는 거지?" 트룰스가 물었다.

"그자를 잡아야지." 홀레가 말했다.

잡는다. 누군가 그런 말 하는 걸 들어본 지 오래됐다.

"자, 그자가 주변에 사람을 뒀을까?"

"많아야 서너 명이야." 트룰스가 말했다. "그 두 놈만 있을지도 모르고."

"음. 하드웨어 가진 거 있나?"

"하드웨어?"

"저런 거 말고." 해리가 장전해서 발사 준비를 마친 권총 두 자루와 MP5 기관총이 놓인 커피테이블 쪽으로 고개를 까딱했다. "당신을 살짝 때리고 집 안을 뒤질까? 싫으면 당신이 직접 줘도 돼."

트룰스 베른트센은 선택의 경중을 따졌다. 그리고 침실 쪽으로 고개를 까딱했다.

트룰스가 벽장문을 열고 네온관 스위치를 켜자 진열된 물건에 푸른등이 비추었다. 홀레는 고개를 절레절레 흔들었다. 권총 여섯 자루, 장검 두 자루, 검정 경찰봉 하나, 브라스 너클, 가스마스크, 폭동 진압용 단총, 실린더 가운데에 커다란 최루탄 탄약통이 든 짧고 뭉툭한 총기. 경찰 무기고에서 조금 누락된 정도로 파악된 무기 대부분이 그곳에 진열되어 있었다.

"제정신이 아니군, 베른트센."

"뭐가?"

홀레가 손짓했다. 벽에 못을 박아 무기를 걸고 무기의 윤곽을 따라 잉크를 칠해놓은 터였다. 모든 게 제자리에 있었다.

"방탄조끼를 **옷걸이**에? 주름이 생길까 봐 그랬어?"

트룰스 베른트센은 대꾸하지 않았다.

"좋아." 홀레가 조끼를 받아들었다. "폭동 진압총이랑 가스마스크, 거실에 있는 MP5 탄약을 줘. 배낭도."

트룰스가 배낭을 채우는 동안 홀레가 뒤따랐다. 그들은 다시 거실로 나왔고, 홀레는 MP5를 집었다.

그리고 둘은 문 앞에 서 있었다.

"무슨 생각하는지 잘 알아, 트룰스. 전화하거나 어떤 식으로든 날 막으려고 시도하기 전에 당신과 이 사건에 관해 내가 아는 모든 사실은 변호사도 안다는 점을 명심해. 나한테 무슨 일이 생기면 어떻게 할지 변호사한테 말해놨거든. 알아듣나?"

트룰스는 거짓말이라고 생각하면서도 고개를 끄덕였다.

홀레가 낄낄댔다. "거짓말일 것 같은데 그렇다고 백 퍼센트 확신도 못하겠지?"

트룰스는 홀레가 미워서 죽을 지경이었다. 거들먹거리고 무신경한 그 미소가 역겨웠다.

"당신이 살아남으면 어떻게 되는 거지, 홀레?"

"그럼 당신 문제도 묻혀. 난 떠날 거니까. 지구 반대편으로 날아갈 거야. 다시는 돌아오지 않을 거고. 마지막으로 하나 더……." 홀레는 방탄조끼 위에 걸친 긴 코트의 단추를 채웠다. "벨만과 내가 받은 명단에서 블린데른바이엔 74번지를 지운 게 당신 맞나?"

'아니'라는 말이 저절로 튀어나올 뻔했다. 그러나 어째선지, 직감이든 아직 채 이해하지 못한 생각에서든, 입을 닫았다. 홀레는 루돌프 아사예프가 사는 곳을 알아내지 못한 것이다.

"그래." 이렇게 답하는 사이 트룰스의 뇌는 열심히 돌아가면서 정보를 흡수했다. 그리고 그 정보에 담긴 함의를 분석하려 했다. '벨만과 내가 받은 명단.' 결론을 도출하려 했다. 하지만 뇌가 원하는 만큼 빨리 돌아가지 않았다. 머리를 굴리는 건 그의 강점이 아니었다. 시간이 더 필요했다.

"그래." 내심 놀란 걸 들키지 않으려고 거듭 대꾸했다. "그 주소를 지운 건 물론 나야."

"이 라이플은 두고 가지." 해리는 약실을 열고 안에 든 탄약을 뺐다. "내가 돌아오지 않으면 이걸 바흐 앤드 시몬센 변호사 사무실로 보내."

홀레가 문을 닫고 긴 보폭으로 계단을 내려가는 소리가 들렸다. 발소리가 다시 돌아오지 않을 게 확실해질 때까지 기다렸다. 그리고 행동을 개시했다.

사실 홀레는 발코니 문 옆 커튼 뒤 벽에 기대놓은 매르클린을 보지 못했다. 트룰스는 그 묵직한 암살용 라이플을 들고 발코니 문을 홱 열었다. 총신을 난간에 얹었다. 쌀쌀하고 비가 부슬부슬 내리긴 해도 바람은 거의 없었다.

저 아래서 홀레가 건물을 빠져나가 택시가 기다리는 주차장으로 코트 자락을 펄럭이며 걸어가는 모습이 보였다. 감광 조준기로 그를 찾았다. 도이칠란트의 광학과 공학 기술. 상이 선명하게 맺히지 않았지만 초점은 맞았다. 여기서 홀레를 제거하는 건 일도 아니었다. 총알이 머리로 들어가 발끝을 뚫고 나오거나, 아니면 생식기를 뚫고 나가면 더 좋았다. 어차피 코끼리 사냥용으로 제작된 총이었다. 홀레가 주차장 가로등 아래로 들어올 때를 기다렸다가 쏘면 더 정확히 맞힐 수 있었다. 그편이 매우 실용적이었다. 그렇게 늦은 시각에는 주차장에 사람이 많지 않은 데다 시체를 차로 끌고 가기에도 그리 멀지 않은 거리였다.

변호사에게 말을 해뒀다고? 개소리 집어치우시지. 그러나 물론 안전을 기하기 위해 변호사란 작자도 제거해야 할지 어떨지 생각해봐야 했다. 한스 크리스티안 시몬센.

홀레가 점점 가까워졌다. 목. 아니면 머리. 그가 입은 방탄조끼는 목까지 다 덮는 종류였다. 무겁기는 또 어찌나 무거운지. 트룰스는 공이치기를 뒤로 당겼다. 어떤 목소리가 거의 들리지 않을 정도로 조용히, 그러면 안 된다고 속삭였다. 그건 살인이었다. 트룰스 베른 트센은 아직 누굴 죽여본 적이 없었다. 고의로는. 토르 슐츠, 그건 그가 한 짓이 아니라, 루돌프 아사예프가 보낸 지옥의 개들의 짓이 었다. 그리고 구스토? 맞다, 대체 어떤 놈이 구스토를 죽였을까? 어 쨌든 그는 아니었다. 미카엘 벨만. 이사벨레 스퀘엔.

나직한 음성이 잠잠해졌고, 가늠자의 십자선이 홀레의 뒤통수에 고정된 듯 보였다. 피융! 피가 튀기는 게 벌써 보이는 것 같았다. 잠시 후 홀레가 가로등 아래 들어왔다. 이 장면을 카메라에 담지 못해서 아쉬웠다. DVD로 굽지 못하다니. 피요를란 리솔이 있든 없 든 메건 폭스를 능가했을 텐데.

40

트룰스 베른트센은 숨을 천천히 깊이 들이마셨다. 맥박이 점점 빨라지지만 통제할 수는 있었다.

해리 홀레가 불빛 안으로 들어왔다. 조준기 안에 가득 찼다.

정말로 아쉬웠다. 그 장면을 카메라에 담지 못해서…….

트룰스 베른트센은 망설였다.

재빨리 결단을 내리는 건 그의 강점이 아니었다. 멍청하다는 건 아니고 가끔 조금 굼뜰 때가 있었다.

어릴 때는 항상 이런 면에서 미카엘과 달랐다. 미카엘은 생각하고 말하는 쪽이었다. 그래도 중요한 건 트룰스도 결국엔 해낸다는 점이었다. 지금처럼. 명단에서 빠진 주소의 경우처럼. 그리고 그에게 해리 홀레를 쏘지 말라고, 지금은 안 된다고 속삭이는 작은 목소리처럼. 아주 기초적인 수학이라고 미카엘은 말했을 것이다. 해리 홀레는 루돌프 아사예프와 트룰스를 쫓았다. 그 순서로 온 것은 다행이었다. 그러니 그가 아사예프를 쏜다면 적어도 트룰스의 골칫거리 하나가 제거되는 셈이었다. 아사예프가 해리 홀레를 쏜대도 마찬가지였다. 하지만…….

해리 홀레는 아직 가로등 아래 있었다.

트룰스의 손가락이 방아쇠를 더 꽉 잡았다. 크리포스에서 라이플 사격 2등을 했고 권총 사격은 1등이었다.

그는 폐가 다 비도록 숨을 몰아쉬었다. 몸의 긴장이 다 풀렸다. 갑작스런 경련이 일어나지는 않을 것이다. 그는 다시 숨을 들이마셨다.

그리고 총을 내렸다.

블린데른바이엔이 훤히 불을 밝힌 채 해리 앞에 나타났다. 오래된 집들과 널찍한 정원, 대학 건물과 잔디밭으로 에워싸인 언덕에 롤러코스터처럼 지그재그로 난 길이 보였다.

해리는 택시의 불빛이 멀리 사라질 때까지 기다렸다가 걸음을 옮겼다.

1시 4분 전이었고, 사람 그림자 하나 얼씬거리지 않았다. 택시기사한테는 68번지 앞에 세워달라고 했다.

블린데른바이엔 74번지는 도로에서 50미터쯤 떨어진 곳에 있었다. 3미터 높이의 담장에 둘러싸인 집 옆에는 높이와 직경이 4미터쯤 돼 보이는 원통형 벽돌 건물이 서 있었다. 급수탑 같았다. 노르웨이에서 그런 급수탑을 본 적이 없는데 옆집에도 똑같은 게 하나 있었다. 과연 자갈길은 인상적인 목조주택의 현관 계단 앞까지 이어졌다. 불 켜진 등 하나가 짙은 색 단단한 목재로 된 문 위에 걸려 있었다.

1층의 창문 두 개와 2층의 창문 하나에 불이 켜져 있었다.

해리는 도로 건너편 떡갈나무 그림자 속에 서 있었다. 배낭을 내려놓고 열었다. 폭동 진압총을 꺼내고 가스마스크를 머리에 써서 얼굴로 내리면 되도록 준비를 끝냈다.

비가 내리는 덕에 가급적 가까이 접근할 수 있기를 바랐다. MP5 기관총을 장전하고 안전장치가 풀려 있는지 확인했다.

때가 왔다.

그런데 진통제 효과가 급속히 떨어지고 있었다.

짐 빔을 꺼내서 마개를 땄다. 술이 바닥에 간당간당 남아 있었다. 그 집을 다시 보고 술병을 보았다. 일이 잘 풀리면, 다 끝나고 마실 한 모금이 남아 있어야 했다. 마개를 다시 닫고 술병을 안주머니에, 여분의 탄창과 함께 쑤셔 넣었다. 그리고 숨이 잘 쉬어지는지, 뇌와 근육에 산소가 제대로 들어가는지 확인했다. 손목시계를 보았다. 1시 1분. 비행기가 이륙하기까지 스물세 시간 남았다. 해리와 라켈이 탈 비행기.

해리는 심호흡을 두 번 더 했다. 대문에 경보장치가 설치되어 있겠지만 짐이 무거워 신속히 담장을 뛰어넘을 수는 없었다. 마세루드 알레에서처럼 살아 있는 표적으로 매달려 있고 싶은 생각도 없었다.

둘하고 반. 셋.

그는 대문으로 가서 손잡이를 눌러 문을 열었다. 한손에는 폭동 진압총을 들고 다른 손에 MP5를 들고 뛰기 시작했다. 자갈길이 아닌 잔디밭을 택했다. 거실 창문을 향해 뛰었다. 그는 경찰 시절에 피뢰침 작전을 많이 봐서 놀람이라는 요소가 얼마나 놀라운 효과를 거두는지 알았다. 먼저 쏘는 것만 유리한 게 아니라 소리와 빛의 형태로 오는 충격이 상대를 일순간에 완전히 마비시킬 수 있다는 것도 알았다. 다만 놀람에는 유효기간이 있다. 15초. 15초가 그에게 주어진 전부였다. 그 시간 안에 다 해치우지 못하면 상대가

486

다시 정신을 차리고 재정비해서 반격할 수 있었다. 상대는 그 집을 잘 알지만 그는 그 집의 평면도조차 본 적이 없다.

열넷, 열셋.

그때부터 폭동 진압총의 탄약통 두 개를 거실 창문에 다 퍼부었다. 창문이 박살 나고 하얀 눈사태를 일으켰다. 마치 시간이 그대로 멈추고 몹시 흔들리는 영화 속에 들어온 것 같았다. 영화 속에서 그는 움직이고 그의 몸은 해야 할 일을 하고 뇌는 단순한 파편들을 포착했다.

열둘.

가스마스크를 얼굴로 내리고 폭동 진압탄을 거실 안에 던지고 MP5로 창문의 큼직한 유리조각을 완전히 박살 냈다. 배낭을 창틀에 올리고 그 위를 손으로 짚어서 다리를 높이 쳐들어 하얀 연기가 피어오르는 속으로 넘어갔다. 납으로 제작된 방탄조끼 탓에 움직이는 게 쉽지는 않았지만 안에 들어가자 구름 속을 나는 것 같았다. 총성이 들려서 바닥에 몸을 던졌다.

여덟.

총성이 더 들렸다. 쪽모이세공 바닥이 쪼개지는 소리. 그들은 반응하지 못할 만큼 마비되지 **않은** 것이다. 해리는 기다렸다. 귀를 기울였다. 기침을 하면서. 최루가스로 눈과 코와 폐가 매캐해서 견디지 못하고 터져 나오는 기침.

다섯.

해리는 MP5를 홱 처들어 뿌연 연기 속에서 소리가 나는 쪽으로 발사했다. 잠깐 쿵쾅거리는 발소리가 들렸다. 계단을 급히 오르내리는 소리.

셋.

해리는 일어서서 뛰었다.

둘.

2층에는 연기가 없었다. 상대가 달아났다면 해리의 승률은 크게 떨어질 터였다.

하나. 제로.

계단 윤곽이 어렴풋이 보이고 아래로 내려가는 계단 난간이 보였다. 그는 난간 사이에 MP5를 끼워놓고 옆으로, 위로 비틀었다. 방아쇠를 당겼다. 총이 손 안에서 흔들리기는 했지만 꽉 잡았다. 탄창을 다 비웠다. MP5를 잡아 빼고 탄창을 분리하면서 다른 손으로 코트 주머니에서 새 탄창을 찾았다. 그런데 거기엔 술병뿐이었다. 아까 바닥에 엎드렸을 때 여분의 탄창이 빠진 것이다. 나머지는 창틀에 놓아둔 배낭에 들어 있었다.

계단에서 발소리가 들리자 해리는 이제 죽었구나 싶었다. 내려오는 발소리. 주저하듯 천천히 내려오는 소리. 그러다 발소리가 빨라졌다. 이어서 연기 속에서 갑자기 뛰어내리는 형체가 보였다. 흰 셔츠와 검은 슈트의 유령이 허우적댔다. 그리고 난간에 부딪혀 몸이 반으로 꺾이더니 나선형 계단의 중심 기둥을 따라 힘없이 미끄러졌다. 슈트 등판에 총알이 박힌 주위가 너덜너덜한 게 보였다. 그는 시체 쪽으로 다가가서 앞머리를 잡고 머리를 들어 올렸다. 질식할 것 같아서 가스마스크를 벗어버리고 싶은 충동과 싸워야 했다.

총알이 뚫고 나온 자리에 코가 절반쯤 떨어져나갔다. 그럼에도 해리는 그를 알아보았다. 레온 호텔에서 그의 방 문 앞에 서 있던 작은 쪽 남자. 마세루드 알레의 차 안에서 그에게 총을 쏜 남자.

해리는 귀를 기울였다. 최루탄에서 하얀 연기가 새는 소리 말고는 아무 소리도 들리지 않았다. 그는 다시 거실 창문으로 가서 배낭을 찾아 새 탄창을 끼우고 방탄조끼 속에 하나 찔러 넣었다. 그 제야 조끼 속에 땀이 비 오듯 쏟아지는 걸 알았다.

큰 놈은 어디 있지? 두바이는 어디 있지? 해리는 다시 귀를 기울 였다. 최루가스가 새는 소리. 그런데 아까 위층 계단에서 발소리가 들리지 않았나?

가스가 자욱한 속에서 어렴풋이 다른 방이 보이고 주방으로 들 어가는 열린 문이 보였다. 닫힌 문은 하나밖에 없었다. 해리는 그 문 옆에 서서 문을 열고 폭동 진압총을 안으로 겨냥해 두 번 발사 했다. 다시 문을 닫고 기다렸다. 열을 센 후 문을 열고 들어갔다.

방은 비어 있었다. 연기 속에서 책꽂이와 검정 가죽 안락의자, 커다란 벽난로가 보였다. 벽난로 위에는 게슈타포 제복의 남자를 그린 그림이 걸려 있었다. 예전에 나치의 집이었나? 해리는 노르 웨이 돌격대 대장 칼 마르틴센이 사이언스빌딩 앞에서 총알로 벌 집이 되어 생을 마감할 때 국가에 압수된 저택에 살고 있었다는 게 기억났다.

해리는 들어온 대로 되짚어 나가서 주방을 지나치고 문을 나와 서 당시의 전형적인 하녀방으로 가서 그가 찾던 것, 뒤편 계단을 찾았다.

주로 이런 계단은 화재시 비상구로 쓰이지만 이건 외부로 나가 는 문에서 끝나지 않았다. 끝나기는커녕 지하실로 계속 이어지고 원래 뒷문이던 자리에는 벽돌이 쌓여 있었다.

해리는 탄창에 가스탄이 아직 남았는지 확인하고 소리 없이 성 큼성큼 계단을 올라갔다. 마지막 탄약통을 복도에 다 쏘면서 열까 지 세고 나가면서 보이는 문마다 다 열었다. 칼로 쑤시는 듯 목이 아팠지만 아직은 집중할 수 있었다. 잠겨 있던 첫 번째 문을 제외

하고는 방이 다 비어 있었다. 침실 두 개는 누군가 쓰는 방으로 보였다. 그중 한 방의 침대에는 시트가 없었다. 해리는 매트리스가 피에 젖은 듯 검게 변한 것을 보았다. 두 번째 침실의 침대 옆 탁자에는 성경이 있었다. 해리는 성경을 살펴보았다. 키릴 문자였다. 러시아 정교. 성경 옆에 '주크'가 있었다. 못 여섯 개가 박힌 빨간 벽돌. 성경과 정확히 같은 두께였다.

해리는 다시 잠긴 문으로 갔다. 가스마스크 안에서 흘린 땀으로 유리에 뿌옇게 김이 서렸다. 그는 반대편 벽에 기대서 발을 들고 자물쇠를 걷어찼다. 네 번째 발길질에 문이 부서졌다. 해리는 몸을 웅크리고 방 안에 일제 사격을 했다. 유리가 쨍그랑거리는 소리가 들렸다. 연기가 복도에서 방 안으로 들어갈 때까지 기다렸다가 안으로 들어갔다. 전등 스위치를 찾았다.

이 방은 다른 방들보다 컸다. 긴 쪽 벽에 붙여놓은 사주식 침대가 흐트러져 있었다. 침대 옆 탁자에 놓인 반지의 푸른 보석이 반짝거렸다.

해리는 이불 속에 손을 넣었다. 아직 따스했다.

그는 방 안을 둘러보았다. 방금 전까지 침대에 누워 있던 자가 방을 빠져나가면서 문을 잠갔을 것이다. 열쇠는 안에 없었다. 창문을 확인했다. 닫혀서 잠겨 있었다. 짧은 쪽 벽의 견고한 옷장을 열어 살펴보았다.

얼핏 보면 보통 옷장이었다. 뒷벽을 밀자 벽이 열렸다.

대피로. 도이칠란트인의 철두철미함.

해리는 옷장에 걸린 셔츠와 재킷을 옆으로 밀고 벽판 안으로 머리를 내밀었다. 찬바람이 얼굴에 닿았다. 수직 통로였다. 손으로 더듬어보았다. 쇠 가로대가 벽에 박혀 있었다. 아래로 가로대가 더 있을 것 같았다. 그리고 지하실까지 연결되어 있어야 했다. 머릿속에 하나의 이미지가 푸드덕거렸다. 꿈에서 떨어져 나온 파편 하나. 그 이미지를 애써 누르고 가스마스크를 벗고 가짜 벽을 뚫고 나갔다. 발로 가로대를 찾아 딛고 조심조심 아래로 내려가다가 얼굴이 옷장 바닥쯤 내려왔을 때 거기에 놓인 뭔가를 보았다. U자 모양의 빳빳한 면 재질이었다. 해리는 그걸 코트 주머니에 쑤셔 넣고 계속 아래로, 어둠 속으로 내려갔다. 내려가면서 가로대 개수를 세었다. 스물두 개까지 세자 한 발이 단단한 바닥에 닿았다. 그러나 다른 한 발도 내리자 단단하지 않은 바닥이 움직였다. 그는 중심을 잃었지만 부드럽게 떨어졌다.

이상하리만치 부드러웠다.

그대로 누워서 소리를 들었다. 그리고 바지 주머니에서 라이터를 꺼냈다. 라이터를 켜고 2초간 가만히 있었다. 불이 꺼졌다. 꼭 봐야 할 건 보았다.

그가 깔고 누운 건 사람이었다.

비정상적으로 거대하고 비정상적으로 벌거벗은 남자. 살이 대리석처럼 차고 죽은 지 얼마 안 된 시체에게서 전형적으로 나타나는 특징처럼 푸르스름하게 창백했다.

해리는 시체에서 일어나 콘크리트 바닥을 지나서 벙커처럼 생긴 쪽으로 갔다. MP5를 준비상태로 들고 왼손으로 스위치를 켰다.

일렬로 매달린 전구에 불이 들어왔다. 전구가 낮고 좁은 터널로 죽 이어져 있었다.

해리는 그가 벌거벗은 남자와 단둘만 있다고 판단했다. 그는 시체를 내려다보았다. 시체는 바닥의 러그 위에 누워 있고 배에 피 묻은 붕대가 감겨 있었다. 가슴의 성모 마리아 문신이 그를 쳐다보았다. 해리가 알기로는 어릴 때부터 범죄자였던 사람이란 걸 알리는 상징이었다. 눈에 띄는 다른 상처가 없는 걸로 봐서는 시체가 붕대 속의 상처로 사망했고, 그건 트룰스 베른트센의 슈타이어에서 나온 총알로 생긴 상처일 개연성이 아주 높았다.

해리는 벙커 문을 밀었다. 잠겨 있었다. 터널은 벽에 끼어 있는 철판 앞에서 끝났다. 루돌프 아사예프는 말하자면 나가는 길만 만들어놓은 것이다. 터널. 그리고 해리는 왜 다른 출구를 먼저 다 열어봤는지 알았다. 그 꿈 때문이었다.

그는 좁은 터널을 응시했다. 폐소공포는 비생산적이고 위험에 대한 거짓 신호이며 극복해야 할 증상이었다. 해리는 탄창이 MP5에 제대로 장착되어 있는지 확인했다. 유령들은 우리가 허락할 때만 존재한다.

해리는 걷기 시작했다.

터널은 생각보다 더 좁았다. 몸을 숙였는데도 이끼 낀 천장과 벽에 머리와 어깨를 찧었다. 그는 계속 머리를 굴려서 폐소공포가 자라날 여지를 남기지 않으려 했다. 여기는 분명 도이칠란트인들이 쓰던 대피로였을 거라고 생각했다. 뒷문을 벽돌로 막아놓은 것이 설명되었다. 그는 습관의 힘으로 계속 방향을 잃지 않았다. 그의 판단이 맞다면 터널은 똑같은 급수탑이 있는 옆집으로 이어진 게 확실했다. 정성을 다해 세심히 만든 터널이었다. 바닥에 배수구도 많았다. 아우토반을 닦은 도이칠란트인이 이렇게 좁은 터널을 만들었다니 이상했다. '좁은'이라는 말을 떠올리는 순간 폐소공포가 목을 옥죄었다. 해리는 다시 걸음 수를 세는 데 정신을 모으면서 그 언덕 너머에 있는 것을 기준으로 그가 어디쯤 와 있는지 그려보려 했다. 언덕 너머, 바깥, 자유, 숨 쉴 수 있는 공기. 세야 해, 빌어먹을, 세야 한다고. 110개에 이르렀을 때 바닥에 하얀 선이 보였다. 머리 위로 조명이 끝났다. 뒤돌아보면서 그 하얀 선이 터널 중앙을 표시하는 선이란 걸 알았다. 걸어온 걸음 수를 기준으로 60에서 70미터 사이로 거리를 추정했다. 이제 남은 거리는 얼마 되지 않았다. 그는 걸음을 빨리하고 노인네처럼 발을 끌면서 갔다. 딸깍 소리에 아래를 보았다. 배수구에서 나오는 소리였다. 자동차 통풍구처럼 배수구의 가로대가 움직이며 겹쳐졌다. 그리고 뒤에서 다른 소리, 묵직하게 우르릉하는 소리가 들렸다. 그는 돌아보았다.

철판에 반사된 전등 불빛이 보였다. 복도 끝에 끼워진 철판이 움직여 바닥으로 서서히 내려가는 소리였다. 해리는 그 자리에 서서 MP5를 들었다. 철판 너머에 뭐가 있는지 보이지 않았다. 아주 캄캄했다. 그러다 뭔가 반짝거렸다. 아름다운 가을 오후에 오슬로 피오르에 반짝이는 햇살처럼. 완벽한 정적의 순간. 심장이 마구 뛰었다. 베레모는 터널 한가운데에서 익사한 것이다. 급수탑. 생각보다 좁은 터널. 천장을 덮은 이끼는 이끼가 아니라 조류였다. 그리고 벽이 다가오는 게 보였다. 가장자리가 흰, 검푸른 벽. 그는 뒤돌아서 뛰었다. 반대편에서도 똑같은 벽이 다가오고 있었다.

41

양쪽에서 달려드는 열차 사이에 서 있는 것 같았다. 앞쪽 물의
벽이 먼저 그를 강타했다. 몸이 뒤로 홱 떠밀리고 머리가 바닥에
부딪혔다. 그리고 다시 물살에 떠밀려 올라와 앞으로 내던져졌다.
해리는 죽기 살기로 손가락과 무릎으로 벽을 긁고 허우적대며 뭐
든 잡아보려 했지만 그를 에워싼 압력에 저항할 힘이 없었다. 그
리고 시작하자마자 끝났다. 양쪽에서 밀려오던 폭포수 같은 물이
만나서 서로의 힘을 상쇄시키는 물살의 흐름이 느껴졌다. 그의 뒤
로 뭔가가 보였다. 푸르스름하게 어른거리는 하얀 팔 두 개가 뒤
에서 그를 감싸 안고, 파리한 손가락이 그의 얼굴로 올라왔다. 그
는 발길질을 하고 몸부림치다 배에 붕대가 감긴 시체가 무중력 상
태의 벌거벗은 우주비행사처럼 어두컴컴한 물속에서 뱅글뱅글 도
는 걸 보았다. 입이 벌어지고 머리카락과 수염이 유유히 펄럭거렸
다. 해리는 바닥을 박차고 몸을 쭉 뻗어 위로 올라갔다. 물이 천장
까지 차 있었다. 아래로 몸을 숙여서 희미하게 어른거리는 바닥의
MP5와 흰색 선을 보면서 헤엄치기 시작했다. 잠시 방향감각을 잃
었지만 처음 들어온 곳으로 나가려면 어느 쪽으로 가야할지 몸이

저절로 알았다. 벽과 대각선으로 몸을 기울이고 팔을 최대로 뻗어 물살을 헤치고 나가면서 행여 딴 생각이 끼어들 틈을 두지 않았다. 부력이 문제될 건 없고, 오히려 방탄조끼 때문에 몸이 아래로 너무 많이 가라앉았다. 다만 코트를 벗느라 시간을 허비해야 할지 고민이었다. 코트 때문에 몸이 자꾸 위로 뜨려고 해서 저항이 커졌다. 그는 오직 할 일에만, 수직 통로로 돌아가는 데에만 정신을 집중하고 초를 세지도 않고 미터도 계산하지 않으려 했다. 그런데 벌써 머리가 터질 듯 수압이 강했다. 결국 그 생각이 떠오르고 말았다. 여름, 50미터의 야외수영장. 이른 아침, 거의 아무도 없는 주변, 햇살, 노란 비키니의 라켈. 올레그와 해리는 잠수로 누가 더 멀리까지 갈 수 있는지 겨루었다. 올레그는 스케이트 시즌을 마치고 컨디션이 좋았지만 수영 실력은 해리가 나았다. 라켈이 특유의 근사한 웃음소리로 응원하는 사이 그들은 몸을 풀었다. 둘 다 라켈의 눈길을 사로잡으려고 으스대며 걸었다. 라켈은 프롱네르 리도의 여왕이었고, 올레그와 해리는 그녀의 눈길을 갈구하는 종이었다. 그들은 출발했다. 지독히 무더운 날이었다. 40미터쯤 가서 둘 다 수면 위로 올라와 숨을 헐떡이며 서로 자기가 이겼다고 확신했다. 40미터. 결승선까지 10미터. 그때는 수영장 벽을 차고 나갈 수 있고 팔도 자유롭게 움직일 수 있었다. 수직 통로까지 거리가 반 조금 넘게 남았다. 이제 희망이 없었다. 여기서 죽을 것이다. 지금, 곧 죽을 것이다. 눈알이 빠질 것 같았다. 비행기는 자정에 떠났다. 노란 비키니. 결승선까지 10미터. 다시 팔을 뻗었다. 한 번 더 뻗었다. 그래도, 그래도 죽을 것이다.

새벽 3시 반. 트롤스 베른트센은 차 앞유리에 속삭이며 떨어지

495

는 부슬비를 뚫고 오슬로의 시가지를 누볐다. 벌써 두 시간째 달리는 중이었다. 딱히 뭘 찾으려는 게 아니라 그렇게 달리다 보면 마음이 가라앉아서였다. 생각하기 위해, 또 생각하지 않기 위해 마음을 진정시켜야 했다.

누군가 해리 홀레가 받은 명단에서 주소 하나를 삭제했다. 그는 아니었다.

어쩌면 모든 게 그의 생각만큼 확실한 건 아닐 수도 있었다.

그는 살인사건이 일어난 그날 밤을 머릿속으로 다시 한 번 재생했다.

구스토가 부들부들 떨며 약이 절실한 꼴로 찾아와 바이올린 살돈을 내놓지 않으면 경찰에 밀고하겠다고 협박했다. 무슨 이유에선지 몇 주째 바이올린이 시중에 나오지 않아 마약 공원은 패닉에 빠지고 1쿼터에 적어도 3,000크로네를 줘야 했다. 트룰스는 ATM까지 같이 가자면서 차 열쇠를 가져오겠다고 말했다. 그는 슈타이어 권총을 챙겼다. 뭘 해야 할지 거의 확실했다. 구스토는 앞으로도 똑같이 협박해올 것이다. 약쟁이들은 그만큼 예측 가능했다. 그런데 현관으로 다시 나와보니 구스토는 이미 가고 없었다. 피 냄새를 맡은 모양이었다. 어련하겠어, 트룰스는 생각했다. 구스토는 딱히 얻을 게 없는 한 굳이 밀고하지 않을 터였다. 어차피 그날 강도 사건에는 구스토도 가담했으니까. 그날은 토요일이었다. 트룰스는 그날 예비 근무라서, 다시 말해 비상 대기 중이라서 워치타워로 가서 책을 조금 읽고 마르티네 에크호프를 바라보며 커피를 마셨다. 사이렌이 들리고 잠시 후 휴대전화가 울렸다. 신고센터였다. 누군가 하우스만스 가 92번지에서 총격이 발생했다고 신고했고, 강력반에 아무도 없다고 알렸다. 트룰스는 그쪽으로 달려갔다. 워치타

위에서 몇 백 미터밖에 떨어지지 않았다. 경찰 특유의 모든 직감이 경계 태세에 돌입하고, 가는 길에 스치는 모든 사람을 관찰했다. 관찰력이 중요하다는 걸 잘 알았다. 그중에 어느 집 앞에서 털모자를 쓰고 기대 서 있는 청년을 보았다. 청년은 범행 현장의 입구에 서 있는 경찰차에 정신이 팔려 있었다. 트룰스는 청년을 알아보았다. 노스페이스 재킷 주머니에 손을 찔러 넣고 서 있는 꼴이 못마땅해서였다. 재킷이 너무 크고 계절에 맞지 않게 두툼하고 뭐든 숨길 만한 주머니가 달려 있었다. 청년은 심각한 표정이긴 했어도 마약상으로는 보이지 않았다. 경찰이 강가에서 올레그 페우케를 끌고 와서 경찰차에 태울 때 청년은 뒤돌아 하우스만스 가로 내려갔다.

트룰스는 범행 현장 인근에서 관찰한 다른 열 명을 떠올리며 그들 각자에 맞는 가설을 세울 수도 있었다. 그런데 유독 그 청년을 기억하는 이유는 그를 한 번 더 봤기 때문이다. 해리 홀레가 레온 호텔에서 보여준 가족사진에서.

홀레가 이레네 한센을 아느냐고 물었을 때 그는 솔직하게 아니라고 답했다. 하지만 그 사진에서 알아본 사람이 누군지는 말하지 않았다. 물론 구스토는 알아보았다. 하지만 한 명 더 있었다. 다른 소년. 구스토의 형. 사진에서도 역시나 심각한 표정을 짓고 있었다. 그날 범죄 현장에서 본 그 청년이었다.

트룰스는 프린센스 가에서 레온 호텔 바로 아래 차를 세웠다.

경찰 무선을 켰고, 드디어 그가 기다리던 메시지가 신고센터로 들어왔다.

"제로 원. 블린데른바이엔의 소음 신고를 확인했습니다. 그쪽에서 전투가 벌어졌던 거 같습니다. 최루탄이 터지고 한바탕 총격전이 벌어졌습니다. 틀림없이 자동화기입니다. 어떤 남자가 총에 맞아 사망했습니다. 지하실로 내려가 봤지만 물이 가득 차 있습니다. 델타를 호출해서 2층을 확인하는 게 좋겠습니다."

"거기 **아직** 살아 있는 사람이 있는지 확인할 수 있습니까?"

"와서 직접 하세요! 여태 한 말 못 들었습니까? 최루탄하고 자동화기라니까요!"

"알았어요, 알았어. 그럼 어떻게 할까요?"

"경찰차 네 대로 이 구역의 보안을 확실히 하세요. 델타, SOC, 그리고…… 배관공도."

트룰스 베른트센은 볼륨을 줄였다. 자동차 한 대가 끼익하고 서는 소리와 함께 키 큰 남자가 그 차 앞에서 길을 건너는 게 보였다. 운전자가 화가 나서 경적을 울려댔지만 남자는 듣지도 못하고 레온 호텔 쪽으로 성큼성큼 걸어갔다.

트룰스 베른트센은 눈을 가늘게 뜨고 보았다.

저 사람이 정말 그자일까? 해리 홀레?

남자는 허름한 코트의 양 어깨 사이에 머리를 푹 수그리고 있었다. 고개를 돌려 가로등에 얼굴이 드러나서야 투룰스는 그의 짐작이 틀린 걸 알았다. 낯이 익기는 해도 홀레는 아니었다.

투룰스는 좌석에 등을 기댔다. 이제 알았다. 누가 이겼는지. 그는 그의 도시를 내다보았다. 이제 그의 것이었다. 비가 차 지붕에 떨어지며 해리 홀레는 죽었다고 속삭였고, 급류가 되어 앞 유리로 요란하게 쏟아졌다.

2시쯤이면 다들 섹스를 마치고 집으로 돌아갔고, 그 뒤로 레온 호텔은 더 조용했다. 성직자가 들어설 때 프런트의 청년이 고개를 겨우 들었다. 성직자의 코트와 머리에서 빗물이 떨어졌다. 청년은 보통은 카토에게 뭘 하느라 며칠씩 안 보이다가 그런 몰골로 오밤 중에 돌아오느냐고 묻곤 했다. 돌아오는 대답은 늘 남들의 고통을 어떻게 막아줬는지에 관한 진 빠질 만큼 길고 강렬하고 구구절절한 사연이었다. 그런데 오늘 밤은 여느 때보다 더 수척해 보였다.

"힘드셨나 봐요?" '그렇다'거나 '아니다'고 답할 줄 알고 물었다.

"아, 이보게." 노인이 옅은 미소를 지었다. "인류가. 인류가. 방금 나 죽을 뻔했어."

"예?" 청년은 괜히 물어봤다고 생각했다. 분명 장광설을 늘어놓을 터였다.

"차에 치일 뻔했어." 노인이 계단을 올라가며 말했다.

청년은 다행이라는 듯 숨을 내쉬고 다시 《팬텀》 만화책에 고개를 파묻었다.

노인은 방문에 열쇠를 꽂고 돌렸다. 놀랍게도 문이 열려 있었다.

그는 안으로 들어갔다. 전등 스위치를 눌렀지만 천장 등은 들어오지 않았다. 침대 옆 전등이 켜져 있었다. 침대에 길쭉하고 구부정하고 그처럼 긴 코트를 걸친 남자가 앉아 있었다. 바닥에 닿은 코트 자락에서 물이 뚝뚝 떨어졌다. 그들은 서로 많이 달랐지만 노인은 처음으로 그 생각이 들었다. 꼭 거울에 비친 자기를 보는 것 같다고.

"뭐 하는 건가?" 노인이 속삭였다.

"보다시피 침입했잖아요." 남자가 말했다. "값나가는 게 있나 하고."

"그래서 뭐라도 찾았나?"

"값나가는 거요? 없어요. 대신 이걸 찾았네요."

노인은 남자가 던진 물건을 받아 집어 들었다. 그리고 천천히 고개를 끄덕였다. 빳빳한 면으로 만든 U자 모양의 물건. 처음만큼 하얗지 않았다.

"그래, 이걸 내 방에서 찾았다고?" 노인이 물었다.

"예, 당신 침실에서. 옷장에서. 그걸 둘러요."

"왜?"

"죄를 고백하고 싶으니까. 또 그게 없으면 당신이 벌거숭이로 보이거든."

카토는 침대에 구부정하게 앉은 남자를 보았다. 머리카락에서 물이 떨어져 아래턱 흉터를 따라 턱 끝으로 내려왔다. 거기서 다시 바닥으로 뚝뚝 떨어졌다. 남자는 하나 있는 의자를 방 중앙에 갖다 놓았다. 고해의 의자. 탁자에는 뜯지 않은 캐멀이 한 갑 놓여 있고 그 옆에 라이터와 젖어서 부러진 담배 한 개비가 있었다.

"얼마든지, 해리."

노인은 코트 단추도 풀지 않고 앉아서 U자형 사제 칼라를 사제 셔츠의 틈에 끼웠다. 그리고 재킷 주머니에 손을 넣자 해리가 움찔했다.

"담배야." 노인이 말했다. "같이 피우지. 자네 건 다 젖은 것 같으니."

해리가 고개를 끄덕이자 노인은 손을 빼서 담뱃갑을 꺼냈다.

"노르웨이어를 잘하시는군요."

"스웨덴어보다야 좀 낫지. 자네는 노르웨이 사람이니 내가 스웨덴어를 할 때의 억양을 잘 모를 거야."

해리는 검은 담배를 한 개비 꺼냈다. 그리고 가만히 들여다보았다.

"러시아 억양 말인가요?"

"불가리아 블랙 러시안." 노인이 말했다. "러시아에서 딱 하나 괜찮은 담배야. 요샌 우크라이나에서 생산되지. 보통은 안드레이 한테 훔치는데. 안드레이 말인데, 그 녀석은 어떤가?"

"안 좋아요." 해리는 이렇게 답하고 노인이 담뱃불 붙여주는 걸 보았다.

"안타까운 소식이군. 안 좋다고 하니 하는 말인데 자네는 죽었어 야 해, 해리. 내가 수문을 열 때 터널 안에 있었잖나."

"그랬죠."

"이해가 안 가는군. 다들 충격으로 도중에 익사하는데."

해리는 입꼬리로 연기를 뱉었다. "게슈타포 대장을 쫓던 레지스 탕스 전사들처럼?"

"그 사람들이 퇴각할 때 실제로 그 함정을 시험했는지 아닌지는 몰라."

"그래도 당신은 했잖아요. 그 위장경찰한테."

"그자는 자네랑 똑같았어, 해리. 소명이 있다고 믿는 자들은 위 험하거든. 그들에게나 주변에나. 자네도 그자처럼 물속에 가라앉 았어야 해."

"보다시피 난 아직 여기 있어요."

"어떻게 그게 가능한지, 아직도 모르겠군. 물살에 휩쓸리고도 얼 음처럼 찬 물에서 옷도 다 입고 80미터나 헤엄쳐서 좁은 터널을 빠져나올 만큼 폐에 공기가 남아 있었다는 건가?"

"아뇨."

"아니야?" 노인은 미소 지었다. 순수하게 호기심을 느끼는 것 같 았다.

"폐에 남은 공기는 아주 적었어요. 40미터 정도 헤엄칠 만큼은 있었지만."

"그다음엔?"

"그다음엔 구조됐어요."

"구조? 누구한테?"

"영감님이 알고 보면 좋은 친구라고 했던 그자." 해리는 빈 위스키 병을 들었다. "짐 빔."

"위스키한테 구조됐다고?"

"위스키 병이죠."

"**빈** 위스키 병?"

"반대로 생각하면 가득 찬 병이기도 하죠."

해리는 입꼬리에 담배를 끼우고 마개를 돌려서 병을 머리 위로 들었다.

"공기가 가득 찬."

노인은 믿기지 않은 얼굴이었다. "자네가……?"

"물속에서 폐에서 공기가 다 빠져나간 다음에 가장 큰 난관은 병을 입에 대고 기울여서 목이 위로 향하게 드는 거였어요. 그래야 숨을 마실 수 있으니까. 처음 다이빙하는 것과 같아요. 몸이 저항하거든요. 몸이 아는 물리학 지식은 제한적이라 물을 빨아들여 익사할 거라고 믿어요. 폐가 공기를 4리터나 빨아들일 수 있는 거 알고 있어요? 음, 공기 한 병에 약간의 투지만 더하면 40미터는 너끈히 더 헤엄칠 수 있어요." 해리는 술병을 내려놓고 담배를 빼서 의심스런 눈으로 살폈다. "도이칠란트인들이 터널을 조금 더 길게 팠어야 했어요."

해리는 노인을 살폈다. 주름이 깊게 팬 늙은 얼굴이 갈라졌다.

노인이 웃는 소리가 들렸다. 배가 털털거리는 소리 같았다.

"자넨 다를 줄 **알았네**, 해리. 자네가 올레그 소식을 들으면 오슬로로 돌아올 거라고들 하더군. 그래서 내가 조사를 좀 했지. 지금 보니 소문이 과장은 아니었군."

"흠." 해리는 사제의 주름진 손에서 눈을 떼지 않았다. 침대 끝에 걸터앉아 두 발을 바닥에 붙이고, 이를테면 준비 자세를 취하면서 신발 아래 가느다란 나일론 끈이 느껴질 만큼 발가락에 체중을 실었다. "당신은 어떻죠, 루돌프? 당신 소문은 과장됐나요?"

"어느 거 말인가?"

"음, 가령 예테보리에서 헤로인 조직망을 이끌다가 경찰을 죽였다는 소문."

"고해성사를 하는 사람이 나인 거 같군, 자네가 아니라?"

"죽기 전에 예수님께 죄를 고하는 게 좋을 것 같은데요."

털털거리는 웃음소리가 더 들렸다. "잘했어, 해리! 잘했네! 그래, 우린 그자를 제거해야 했어. 우리 버너였는데 믿을 만한 사람이 아니라는 느낌이 들었거든. 다시 감방에 들어갈 순 없었어. 퀴퀴하고 눅눅한 냄새는 곰팡이가 벽을 먹어치우듯이 정신을 먹어치우니까. 날마다 한 덩이씩. 인간성이 먹히지. 오직 최악의 적이 당하기를 바라는 그런 상태가 되거든." 노인은 해리를 보았다. "내가 가장 싫어하는 적 말일세."

"내가 왜 오슬로로 돌아왔는지 아시죠? 그럼 영감님이 돌아온 이유는 뭐죠? 스웨덴 시장도 노르웨이 못지않을 텐데."

"자네와 같은 이유야, 해리."

"같다니?"

루돌프 아사예프는 검은 담배를 한 모금 빨고 대답했다. "그건 됐고. 그 경찰은 살인사건으로 날 쫓았어. 바로 옆에 붙은 나라인데도 이상하게도 노르웨이에 있으면 스웨덴에서 멀리 떨어진 느낌이야."

"여기로 돌아와 수수께끼의 인물 두바이가 된 거군요. 아무도 본 적 없는 사람. 야음을 틈타 이 도시의 곳곳에 출몰한다고 여겨지는 사람. 크바드라투렌의 유령."

"위장한 채 살아야 했어. 사업 때문만이 아니라 루돌프 아사예프라고 하면 경찰이 떠올릴 나쁜 기억 때문에."

"1970년대와 1980년대에는 헤로인 중독자들이 파리처럼 죽어 나갔죠. 혹시 기도문에 그 사람들을 넣었습니까, 신부님?"

노인은 어깨를 으쓱였다. "스포츠카나 베이스 점핑 낙하산이나 권총 따위의, 사람들이 재미로 사지만 죽을 수도 있는 물건을 만드는 사람들은 누구도 심판하지 않잖나. 난 사람들이 원하는 것, 품질과 가격 면에서 경쟁력 있는 물건을 제공할 뿐이야. 사람들이 그걸로 뭘 하든 그들에게 달렸어. 멀쩡히 잘 사는 시민들도 아편을 복용하는 건 자네도 알잖나?"

"그래요, 나도 그랬으니까. 그래도 당신과 스포츠카 제조사 사이에는 차이가 있죠. 당신이 하는 일은 법으로 금지된다는 겁니다."

"법과 도덕성을 잘 섞어야 돼, 해리."

"그럼 영감님의 신이 죄를 사해줄 거라고 믿나요?"

노인은 손으로 턱을 받쳤다. 해리는 그가 지친 건 알았지만 거짓으로 그러는 걸 수도 있다는 걸 알기에 그의 행동을 주시했다.

"자네가 열정 넘치는 경찰이고 도덕주의자라는 말은 들었네, 해리. 올레그가 구스토한테 자네 얘길 했더군. 그건 알았나? 올레그는 자네를 사랑했네. 아비가 아들에게 받고 싶은 그런 사랑. 열정 넘치는 도덕주의자인 데다 우리처럼 사랑에 굶주린 아비들은 패기가 어마어마하지. 우리의 약점은 예측 가능하다는 거야. 자네가 오는 건 시간 문제였어. 가르데르모엔 공항의 우리 연락책이 승객 명단을 보고 연락했지. 자네가 홍콩에서 비행기 좌석에 앉기도 전에 우린 자네가 오는 걸 알았어."

"음. 그게 버너였나요, 트룰스 베른트센?"

노인이 대답 대신 웃었다.

"시청의 이사벨레 스퀘옌은요? 그 여자하고도 일했습니까?"

노인은 무거운 한숨을 내뱉었다. "그건 내가 무덤까지 가져가리란 걸 자네도 알잖나. 개처럼 죽더라도 밀고자로 죽을 순 없지."

"음." 해리가 말했다. "그다음에 어떻게 된 겁니까?"

"안드레이가 공항에서 레온 호텔까지 자넬 미행했어. 난 카토가되어 떠돌면서 엇비슷한 여러 호텔을 전전해. 레온은 내가 자주 지내던 곳이고. 그래서 자네가 온 그 이튿날 바로 체크인했지."

"왜죠?"

"자네가 뭘 할지 따라가보려고. 자네가 우리에게 접근하는 걸 보고 싶었거든."

"베레모가 여기 투숙했을 때처럼?"

노인은 고개를 끄덕였다. "자네가 위험 인물일 수 있다는 건 알았어, 해리. 그래도 난 자넬 좋아했네. 그래서 친절하게 경고를 해주려고 했지." 노인은 한숨을 쉬었다. "그래도 자넨 듣질 않더군. 당연한 거지만. 자네나 나 같은 사람들은 도통 듣질 않아, 해리. 그래서 우리가 성공하는 거지. 또 그래서 결국 실패하는 거고."

"음. 내가 뭘 할까 봐 두려웠습니까? 올레그를 설득해서 다 불게할까 봐?"

"그것도 있고. 올레그는 날 본 적이 없지만 구스토가 그 애한테 무슨 말을 해줬는지는 알 길이 없었으니까. 구스토는 아쉽게도 믿을 만한 녀석이 아니었어. 바이올린에 손대고부터는 더더욱." 노인의 눈에 뭔가 비쳤다. 해리는 피곤해서가 아니란 걸 알고 흠칫 놀랐다. 그건 고통이었다. 정제되지 않은 순전한 고통.

"그래서 올레그가 나한테 말할까 봐 그 애를 죽이려고 사람을 보냈군요. 또 그게 잘 안 되니까 날 도와주겠다고 제안한 거고. 내가 당신을 올레그한테 데려다줄 줄 알고."

노인은 천천히 고개를 끄덕였다. "사적인 감정은 없어, 해리. 이쪽 세계의 생리가 그래. 밀고자는 제거돼야 해. 자네도 알잖나?"

"예, 알죠. 하지만 당신이 그런 생리를 따랐을 뿐이라고 해서 내가 당신을 죽이지 않을 거라는 뜻은 아니에요."

"그럼 왜 진즉 실행에 옮기지 않았나? 감히 못한 건가? 지옥불에 타 죽을까 봐, 해리?"

해리는 테이블에 담배를 비벼 껐다. "그전에 몇 가지 알고 싶은 게 있어서요. 구스토는 왜 죽였습니까? 당신을 밀고할까 봐?"

노인은 흰 머리카락을 큼직한 귀 뒤로 쓸어 넘겼다. "구스토에게는 나쁜 피가 흘렀네. 꼭 나처럼. 타고난 밀고자. 진즉 날 밀고하고도 남았지. 그래봐야 얻어먹을 게 없어서 못한 거지. 그러다 절박해졌어. 바이올린이 급해서. 순전히 화학의 농간이야. 육체는 정신보다 강해. 갈망하는 게 있으면 누구나 약해지거든."

"그래요. 누구나 그때는 약해지죠."

"난……." 노인이 헛기침을 했다. "그 애를 보내줘야 했어."

"보내줘요?"

"그래. 떠나도록. 가라앉도록. 사라지도록. 그 애한테 사업을 물

려줄 수 없다는 걸 알았어. 똑똑한 아이이긴 했어. 그건 아비한테
물려받았으니까. 한데 근성이 없었어. 그건 개 엄마한테 물려받았
지. 녀석한테 책임감을 심어주려고 해봤지만 시험을 통과하지 못
했지." 노인은 머리카락을 계속 뒤로 점점 더 세게 쓸어 넘겼다. 뭔
가 들러붙어서 깨끗이 닦으려는 것처럼. "시험에 통과하지 못했어.
나쁜 피. 그래서 다른 녀석한테 넘겨주기로 했어. 처음에는 안드
레이와 페테르를 생각했어. 옴스크 출신의 시베리아 카자크 놈들
이었으니까. 카자크는 '자유인'이라는 뜻이야. 그거 알았나? 안드
레이랑 페테르는 나의 부대, 나의 'станйца*'야. 그들은 자신들의
'아타만'에게 목숨 바쳐 충성해. 하지만 안드레이와 페테르는 자네
도 알다시피 사업가 재목은 아니야." 해리는 노인의 몸짓을 알아챘
다. 그만의 음울한 생각에 빠진 것 같았다. "걔들한테 장사를 물려
줄 순 없었어. 그래서 세르게이한테 줘야겠다고 생각했어. 그 녀석
은 젊고 앞날이 창창하고 잘만 빚으면……."

"언젠가 영감님도 아들을 뒀을 수도 있다고 했어요."

"세르게이는 구스토만큼 셈이 밝진 않았지만 규율이 딱 잡힌 애
였어. 야망도 있고. '아타만'이 되는 데 필요한 걸 해내려는 의지가
있었지. 그래서 그 칼을 그 애한테 준 거야. 시험이 딱 하나 남았지.
옛날에 카자크인들은 아타만이 되려면 타이가에 들어가 늑대를 산
채로 잡아 줄에 묶어서 데리고 나와야 했어. 세르게이의 의지가 대
단하긴 했지만 'что нужно'를 수행할 수 있는지 알아봐야 했어."

"뭐라고요?"

"필요한 일."

* 카자크 마을.

507

"그 아들이 구스토였습니까?"

노인은 머리카락을 계속 뒤로 넘기는 바람에 눈이 길게 째진 두 개의 긴 틈처럼 좁아졌다.

"구스토는 내가 감방에 들어갔을 때 6개월 된 갓난아기였어. 개 엄마가 위안거리를 찾았지. 잠시 동안은. 그 여자도 그 앨 돌봐줄 입장이 아니었지."

"헤로인?"

"사회복지단체에서 구스토를 데려가 양부모한테 맡겼어. 양부모는 죄수 아버지가 존재하지 않는 걸로 한다는 조건으로 합의했어. 애 엄마는 그해 겨울 과다 복용으로 죽었지. 진즉 그리 됐어야 할 여자였고."

"영감님이 오슬로로 돌아온 건 나랑 같은 이유라고 했죠. 아들."

"녀석이 양부모 집을 나왔다는 소식을 들었지. 바르고 좁은 길에서 이탈한 거야. 어차피 난 스웨덴을 떠날 생각이었고, 오슬로는 경쟁이 그리 치열하지 않았어. 구스토가 어슬렁거리는 곳을 찾았어. 처음에는 멀리서 그냥 지켜만 봤어. 아주 잘생겼더군. 지독히 잘생겼어. 제 애미를 쏙 뺐지, 물론. 녀석을 보면서 가만히 앉아 있을 수 있었어. 보고 또 보고, 저 애가 내 아들이다, 내 자식이다, 생각하면서……." 노인의 목이 잠겼다.

해리는 발을, 카운터에서 커튼 봉 대신 받아서 지금 구두 뒤축으로 누르고 있는 나일론 끈을 응시했다.

"그럼 영감님이 그 애를 사업에 끌어들인 거군요. 그리고 사업을 물려받을 만한 재목인지 시험했고."

노인은 고개를 끄덕였다. 그리고 속삭였다. "하지만 아무 말도 안 했어. 녀석은 죽을 때까지도 내가 제 아빈 줄도 몰랐어."

"왜 갑자기 서두른 겁니까?"

"서둘러?"

"왜 그렇게 빨리 후계자가 필요했냐고요? 처음에는 구스토, 그 다음에는 세르게이."

노인은 지친 미소를 지었다. 의자에서 몸을 앞으로 기울여 침대 위에 붙은 독서등의 불빛 안으로 들어왔다.

"난 병들었네."

"그럴 거라고 생각했어요. 암입니까?"

"병원에선 1년 남았다고 하더군. 6개월 전에. 세르게이가 쓰던 그 성스러운 칼은 내 매트리스 밑에 있었네. 자네 상처에서 통증이 느껴지나? 그 칼이 내 고통을 자네한테 옮겨서 그래, 해리."

해리는 천천히 고개를 끄덕였다. 딱 맞아떨어졌다. 또한 맞지 않았다.

"앞으로 살날이 몇 달 안 남았는데 왜 그렇게 밀고당하는 걸 두려워한 겁니까? 친자식을 죽일 만큼? 영감님한테 남은 짧은 시간에 비하면 그 애는 살날이 많은데?"

노인은 소리 죽여 기침을 했다. "우르카와 카자크들은 단순한 병사들이야, 해리. 우린 한 가지 규약에 충성을 맹세하면 끝까지 가. 맹목적으로 그러는 게 아니야. 두 눈을 부릅뜬 채로. 우린 감정을 절제하도록 훈련을 받았네. 그래서 우리 삶의 주인이 되지. 아브라함이 아들을 희생에 바치는 일에 '예'라고 답한 이유는—."

"—하나님의 명령이었으니까요. 당신이 말하는 그 규약이 어떤 건지는 모르지만 당신이 범한 죄로 열여덟 살짜리 애를 감옥에 넣어도 된다고 거기 쓰여 있습니까?"

"해리, 해리, 지금까지 뭘 들었나? 난 구스토를 죽이지 않았어."

해리는 노인을 응시했다. "방금 그게 당신네 규약이라고 하지 않았습니까? 필요하다면 친자식을 죽일 만큼."

"그래, 그랬지. 하지만 난 나쁜 사람들에게 태어났다고도 했어. 난 아들을 사랑해. 구스토의 목숨을 앗아갈 수 없었어. 오히려 그 반대지. 난 아브라함과 그의 신에게 닥치라고 말하지." 노인의 웃음소리가 기침소리로 바뀌었다. 그는 가슴에 손을 얹고 무릎 위로 몸을 숙인 채 계속 기침을 했다.

해리는 눈을 깜빡였다. "그럼 누가 그 앨 죽였습니까?"

노인은 다시 몸을 꼿꼿이 세웠다. 오른손에 리볼버가 들려 있었다. 크고 투박한 그 총은 주인보다 더 나이 들어 보였다.

"무기도 없이 날 찾아올 생각은 말았어야지, 해리."

해리는 대답하지 않았다. MP5는 물이 찬 지하실 바닥에 떨어져 있었고, 라이플은 트룰스 베른트센의 아파트에 있었다.

"누가 구스토를 죽였습니까?" 해리가 다시 물었다.

"누구든 될 수 있어."

해리는 노인의 손가락이 방아쇠를 잡는 사이 철컥 소리를 들은 것 같았다.

"죽이는 건 그리 어렵지 않아, 해리. 안 그런가?"

"그래요." 해리가 발을 들면서 답했다. 해리의 발바닥에서 휙 소리가 나고 가느다란 나일론 끈이 벽에 붙은 커튼 봉 걸개로 튀어 올라갔다.

노인의 눈에 물음표가 뜨고 뇌가 아주 빠르게 돌아가면서 반쯤 소화된 정보의 파편들을 처리하는 게 보였다.

켜지지 않은 전등.

방 가운데에 놓인 의자.

그를 찾지 않은 해리.

앉은 자리에서 한 치도 움직이지 않던 해리.

이제야 어둑어둑한 방에서 나일론 끈을 본 것도 같았다. 끈이 해리의 신발 밑에서 튀어나와 커튼 봉 걸개를 통과해 그의 머리 바로 위 천장 등으로 올라갔다. 거기에 전구는 없고 해리가 블린데른바이엔에서 사제 칼라와 함께 가져온 물건이 있었다. 해리가 흠뻑 젖은 채 루돌프 아사예프의 사주식 침대에 숨을 헐떡이며 누워 있을 때, 시야로 검은 점들이 드나들고 금방이라도 정신을 잃을 것 같았지만 어떻게든 정신을 똑바로 차려서 어둠의 이쪽에 남으려고 버티던 내내 그의 머릿속에는 온통 그 물건 생각밖에 없었다. 그는 침대에서 일어나서 성경 옆에 있던 그것, '주크'를 집었다.

왼쪽으로 몸을 던진 루돌프 아사예프는 벽돌에 박힌 쇠못에 머리통이 뚫리지는 않았지만 빗장뼈와 어깨 근육 사이의 살갗이 찍혀서 신경섬유의 연결 지점, 경완신경총까지 뚫렸다. 그래서 100분의 2초가 흐른 뒤에 방아쇠를 당겨봤지만 상완의 근육이 마비되어 리볼버를 7센티미터 앞에 떨어트렸다. 총알이 낡은 나강 총의 총신을 떠나는 데 필요한 1000분의 1초간, 쉬익 소리가 나면서 탄약이 탔다. 1000분의 3초 뒤 총알이 해리의 종아리 사이로 날아가 침대 틀에 박혔다.

해리는 일어섰다. 칼의 안전장치를 옆으로 돌리고 버튼을 눌렀다. 손잡이가 흔들리며 칼날이 튀어나왔다. 해리는 팔을 쭉 뻗어서 엉덩이 옆으로 손을 흔들었고, 길고 얇은 칼날이 코트의 옷깃 사이를 뚫고 사제 셔츠까지 들어갔다. 옷감과 살갗이 닿는 느낌이 전해졌고, 도중에 걸리는 느낌이 없이 칼자루까지 슥 미끄러져 들어갔다. 루돌프 아사예프가 어차피 죽어가는 사람이라는 생각에 칼을 놓는 사이 의자가 뒤로 넘어가 노인은 바닥에 떨어져 신음했다. 노인은 의자를 발로 밀쳤지만 그저 같은 자리에서, 부상당해도 여전히 위험한 말벌처럼 웅크리고 있었다. 해리는 다리를 벌리고 허리를 숙여서 노인의 몸에 박힌 칼을 뽑았다. 이상할 정도로 진한 피가 보였다. 간에서 나오는 피 같았다. 노인은 왼손으로 바닥을 더듬어 마비된 오른팔을 돌아 권총을 찾았다. 아주 잠깐 사이 해리는 노인의 손이 총에 닿기를 바랐다. 그에게 필요한 구실이 생기기를…….

해리는 권총을 발로 차고 총이 벽에 부딪히는 소리를 들었다.

"총." 노인이 속삭였다. "그 총으로 내게 자비를 베풀게. 타는 것 같아. 우리 둘을 위해 이걸 끝내줘."

해리는 잠시 눈을 감았다. 그것이 사라진 것 같았다. 사라졌다. 증오. 그를 계속 움직이게 하는 연료가 되어주던 아름답고 하얀 증오. 그는 증오에서 빠져나왔다.

"아니, 됐어요." 해리가 말했다. 노인을 뛰어넘어 멀어졌다. 젖은 코트의 단추를 채웠다. "난 이제 갑니다, 루돌프 아사예프. 프런트 청년에게 구급차 부르라고 할게요. 그런 다음 옛 상사에게 전화해서 어디서 당신을 찾을 수 있는지 알릴 겁니다."

노인은 털털 웃었고, 입꼬리에 붉은 거품이 일었다. "그 칼, 해리. 이건 살인이 아니야. 난 이미 죽은 목숨이야. 자넨 지옥에 떨어지지 않아. 약속할게. 지옥문 앞에 서 있는 자들에게 자네를 끌고 들어가지 말라고 말해줄게."

"지옥이 무서운 게 아닙니다." 해리가 젖은 담뱃갑을 코트 주머니에 집어넣었다. "난 경찰이에요. 우리가 할 일은 범죄 용의자들을 재판에 넘기는 겁니다."

노인이 기침을 하자 입가의 거품이 터졌다. "이봐, 해리, 자네 그 경찰 배지는 플라스틱이잖아. 난 병자야. 판사는 기껏 구류나 때리고 입을 맞추고 안아주고 모르핀을 놔주겠지. 게다가 난 사람을 많이 죽였어. 경쟁자들을 다리에 매달았어. 그 조종사처럼 내 밑에서 일하던 자들을 그 벽돌로 죽였고. 그 경찰도. 베레모. 안드레이와 페테르를 자네 방으로 보내서 자네들을 쏘라고도 했어. 자네와 트룰스 베른트센. 왠지 알아? 둘이 서로 쏜 것처럼 보이게 하려고. 무기를 증거로 남겨뒀어. 자 어서, 해리."

해리는 침대 시트로 칼날을 닦았다. "베른트센은 왜 죽이려고 했습니까? 어쨌든 영감님을 위해 일했는데."

아사예프는 몸을 옆으로 돌렸다. 그래야 숨 쉬기가 좀 편한 것 같았다. 2초쯤 그대로 있다가 입을 열었다. "놈은 알나브루의 헤로인을 몰래 빼돌렸어. 내 건 아니지만 버너가 그렇게 탐욕스러운 걸 안 이상 더는 신뢰가 가질 않았지. 게다가 버너가 주인을 끌어내릴 정도로 많이 알면 아주 큰 위험이 따르거든. 나 같은 사업가는 위험 요인을 제거해. 그러다 완벽한 일석이조의 기회를 찾은 거야. 자네와 베른트센." 영감이 털털 웃었다. "내가 봇센에서 자네 아들을 죽이려고 한 것처럼. 이젠 증오가 치미나, 해리? 난 자네 아들을 죽일 뻔했어."

해리는 문 앞에 섰다. "누가 구스토를 죽였습니까?"

"인류는 증오라는 교리에 따라 살아. 증오를 따르게, 해리."

"경찰청과 시청에서 영감님이 접촉한 자가 누구죠?"

"말해주면 이걸 끝내줄 텐가?"

해리는 아사예프를 보았다. 얼른 고개를 끄덕였다. 거짓이 들통나지 않길 바라면서.

"가까이 오게." 영감이 속삭였다.

해리는 몸을 숙였다. 갑자기 영감의 손이, 딱딱한 짐승의 발톱 같은 손이 그의 옷깃을 부여잡고 더 가까이 잡아당겼다. 숫돌이 갈리는 목소리가 해리의 귀에 나직이 쌕쌕거렸다.

"내가 어떤 녀석한테 돈을 주고 구스토를 죽였다고 자백하라고 시킨 건 알 거야, 해리. 올레그를 몰래 숨겨두면 내가 죽이지 못할 거라서 그리 한 줄 알았겠지? 틀렸어. 내 경찰 친구는 증인보호프로그램에도 접근할 수 있어. 올레그를 간단히 찔러 죽이라고 할 수도 있었어. 하지만 생각을 바꿨네. 그 애가 그런 식으로 도망치는 걸 원치 않아서야……."

해리는 벗어나려 했지만 아사예프가 그를 붙잡고 놔주지 않았다.

"그 자식 머리에 비닐봉지를 씌우고 거꾸로 매달고 싶었어." 노인의 목소리가 그르렁거렸다. "머리에 투명한 비닐봉지를 씌워서. 발에서부터 물을 따르면 물이 몸을 타고 내려가 봉지에 들어가지. 그걸 영상에 담고 싶었어. 자네가 그 애의 비명을 들을 수 있게 사운드까지 넣어서. 나중에 그 영상을 자네한테 보내주려고 했지. 자네가 날 놔주면 난 그렇게 할 계획이야, 해리. 내가 얼마나 빨리 증거불충분으로 풀려날지 알면 놀랄걸? 그럼 난 자넬 찾아낼 거야. 맹세해. DVD가 갈 테니 우체통이나 잘 확인해."

해리는 반사적으로 팔을 휘둘렀다. 칼날에 닿는 느낌이 들었다. 깊이 들어가는 느낌. 그는 칼을 비틀었다. 노인이 헉 하고 숨을 내쉬는 소리가 들렸다. 계속 비틀었다. 눈을 감은 채 창자와 장기가 휘감기고 터지고 뒤집히는 감각을 느꼈다. 마침내 영감이 비명을 내지르는 소리가 들렸다. 아니, 그것은 해리 자신의 비명이었다.

42

해리는 얼굴의 한쪽을 비추는 햇살에 잠이 깼다. 아니, 소음에 깬 걸까?

조심스럽게 한쪽 눈을 뜨고 둘러보았다.

거실 창문과 푸른 하늘이 보였다. 소음은 없었다. 어쨌든 지금은 아무 소리도 들리지 않았다.

그는 숨을 들이쉬다 담배 냄새가 찌든 소파 냄새를 맡고 고개를 들었다. 어디였는지 생각났다.

그는 영감의 방에서 그의 방으로 건너가 침착하게 캔버스 여행 가방을 챙겨서 건물 뒤쪽 계단을 통해 호텔을 빠져나와 택시를 타고 아무도 그를 찾을 수 없는 유일한 곳으로 갔다. 옵살에 있는 뉘바크의 부모 집. 그가 다녀간 뒤로 아무도 찾아오지 않은 것 같았다. 도착하자마자 주방과 욕실 서랍부터 뒤져서 진통제를 찾았다. 네 알을 한 입에 털어 넣고 손에 묻은 영감의 피를 씻어내고 스티그 뉘바크를 확인하러 지하실로 내려갔다.

뉘바크는 결단을 내린 상태였다.

다시 올라와 옷을 벗어 말리기 위해 욕실에 걸어놓고 담요를 찾

515

아서 머릿속에 혼란이 들끓기 전에 소파에서 잠이 들었다.

일어난 해리는 주방으로 갔다. 진통제 두 알을 물 한 잔으로 넘겼다. 냉장고를 열고 들여다보았다. 고급 식재료가 잔뜩 있었다. 이레네를 잘 먹인 모양이었다. 전날의 메스꺼움이 되살아나 도저히 음식을 넘길 수 없을 것 같았다. 다시 거실로 돌아갔다. 간밤에 주류 장식장도 보았다. 그쪽엔 얼씬도 않고 잘 곳을 찾았다.

해리는 장식장 문을 열었다. 비어 있었다. 안도의 한숨을 내쉬었다. 주머니를 더듬었다. 싸구려 결혼반지. 순간 소리가 들렸다.

아까 잠에서 깰 때 들었다고 생각한 소리와 같은 소리.

그는 열린 지하실 문으로 다가갔다. 귀를 기울였다. 조 자비눌*? 그는 계단을 내려가 창고 문으로 향했다. 철망 안을 들여다보았다. 스티그 뉘바크가 무중력 속의 우주비행사처럼 천천히 빙글빙글 돌고 있었다. 해리는 스티그의 바지 주머니에 든 휴대전화의 진동이 프로펠러 역할을 하는 걸까 생각했다. 'Weather Report'의 'Palladium'이란 곡의 네 개, 아니 실은 세 개 음으로 이루어진 신호음이 마치 저세상에서 내려오는 호출 같았다. 해리는 전화기를 꺼내며 이런 생각을 했다. 뉘바크가 전화를 걸어 그에게 말하고 싶어할 거라는 생각.

해리는 화면에 뜬 번호를 보았다. 그리고 응답 버튼을 눌렀다. 라디움 병원의 접수원이었다. "스티그! 안녕하세요! 듣고 있어요? 제 말 들려요? 여러 번 전화했어요, 스티그. 어디예요? 회의하러 오셨어야죠. 회의가 몇 번 있었는데. 다들 걱정해요. 마르틴이 댁에 갔었는데 안 계시더라고 했어요. 스티그?"

* 재즈록 밴드 'Weather Report'의 키보디스트 겸 작곡가.

해리는 전화를 끊고 전화기를 주머니에 넣었다. 전화기가 필요할 것이다. 마르티네의 전화기는 헤엄쳐 나오다 고장 났다.

주방에서 의자를 끌어다 베란다에 나가 앉았다. 아침볕에 얼굴을 쬐며 앉았다. 담뱃갑을 꺼내 아쉬운 대로 맛대가리 없는 검은 담배 한 개비를 입에 물고 불을 붙였다. 그리고 잘 아는 번호로 전화를 걸었다.

"라켈입니다."

"안녕. 나야."

"해리? 당신 번호인 줄 몰랐어."

"새로 하나 생겼어."

"아, 당신 목소리 들으니까 좋다. 다 잘된 거지?"

"응." 해리는 이렇게 답하면서 라켈의 행복에 젖은 목소리에 빙긋 웃지 않을 수 없었다. "다 잘됐어."

"거기 더워?"

"무지. 날이 화창해. 지금 아침 먹으려고."

"아침? 거기 4시쯤 되지 않았나?"

"시차 때문에." 해리가 말했다. "비행기에서 통 못 잤어. 같이 지낼 근사한 호텔을 찾았어. 수쿰빗에 있어."

"당신을 만날 날을 얼마나 고대하는지 모를 거야."

"나—."

"아니, 잠깐, 해리. 진심이야. 그 생각에 밤새 한잠도 못 잤어. 이거 완전 옳아. 아니, 옳은 건지 함께 알아볼 거야. 그래서 더 이러는 게 옳은 것 같아. 알아보는 거. 생각해봐, 내가 싫다고 거절했다면, 해리."

"라켈—."

"사랑해, 해리. **사랑해**. 내 말 들려? 얼마나 담백하고 묘하고 환상적인 말인지 들려? 이 말을 할 때는 진심을 다해야 돼. 새빨간 드레스처럼. 사랑해. 나 지금 오버하나?"

라켈이 웃었다. 해리는 눈을 감았다. 세상에서 가장 근사한 햇살이 살갗에, 세상에서 가장 근사한 웃음소리가 고막에 입 맞추고 있었다.

"해리? 듣고 있어?"

"듣고 있지."

"그런데 이상해. 아주 가까이 있는 것 같아."

"음. 금방 가까워질 거야, 달링."

"그 말 또 해줘."

"무슨 말?"

"달링."

"달링."

"으으음."

해리는 엉덩이에 뭔가 배기는 느낌이 들었다. 뒷주머니에 단단한 게 있었다. 그걸 꺼냈다. 도금한 반지가 햇볕에 금처럼 반짝였다.

"라켈." 해리는 손끝으로 반지의 검은 흠집을 만졌다. "우리 결혼하는 거 어떨까?"

"해리, 장난치지 마."

"장난 아니야. 홍콩에서 온 채권추심원이랑 결혼하는 건 상상도 못했겠지."

"응, 전혀. 그럼 누구랑 결혼하는 걸 상상해야 돼?"

"모르지. 민간인이고 경찰대학에서 살인사건 수사를 강의하는 전직 경찰은 어때?"

"내가 아는 사람 중에 그런 사람은 없는 것 같은데."

"앞으로 알게 될 사람일지도. 당신을 놀래킬 수 있는 사람. 더 이상한 일들도 일어났잖아."

"사람은 변하지 않는다고 입이 닳도록 말한 사람은 당신이야."

"그럼 지금 내가 사람은 변할 수 있다고, 변할 수 있다는 증거가 있다고 말한다면."

"하여튼 말은 잘해."

"가정을 해보자는 거야. 내가 옳다고. 사람은 변할 수 있다고. 과거를 과거로 묻는 게 가능하다고."

"당신을 따라다니는 유령들을 똑바로 노려봐서 굴복시키는 것도?"

"그럼 어떨 거 같아?"

"뭐가?"

"결혼하자는 내 가정 말이야."

"설마 이거 프러포즈야? 가정으로? **전화**로?"

"지금 그건 좀 오버다. 난 그냥 햇볕이나 쬐면서 매력적인 아가씨랑 시시덕거리는 중인데."

"전화 끊는다!"

라켈은 전화를 끊었다. 해리는 의자에 깊숙이 눌러 앉아 눈을 감고 빙긋 웃었다. 한쪽 눈을 반쯤 뜬 채로. 볕은 따스하고 고통은 없었다. 열네 시간 후면 그녀를 만날 것이다. 라켈이 가르데르모엔의 게이트로 들어와 그녀를 기다리며 앉아 있는 그를 보고 어떤 표정을 지을지 상상했다. 오슬로가 그들 뒤로 가라앉을 때 그녀의 얼굴을 상상했다. 그의 어깨에 기대 잠든 모습을 상상했다.

그렇게 앉아 있는데 기온이 떨어졌다. 구름이 내려와 해를 가리고 더는 움직이지 않았다.

그는 다시 눈을 감았다.

'증오를 따르게.'

영감이 이 말을 했을 때 처음에는 해리에게 증오를 따라서 자기를 죽여달라는 소린 줄 알았다. 그런데 영감이 다른 뜻으로 한 말이라면? 구스토를 죽인 범인이 누구냐고 물은 직후에 한 말이었다. 이 말이 그 질문의 대답이라면? 증오를 따라가보면 범인에게 다가간다는 뜻이었을까? 어찌 됐든 몇몇 후보가 있었다. 그런데 구스토를 증오할 이유가 가장 큰 사람은 누굴까? 물론 이레네였다. 하지만 구스토가 살해당했을 때 이레네는 갇혀 있었다.

해가 다시 나왔다. 해리는 영감의 말을 너무 깊이 해독하려고 하는 거라고, 할 일을 다 했으니 이제 그만 쉬어야 한다고, 조만간 진통제가 더 필요할 거라고 생각했다. 그리고 한스 크리스티안에게 전화해서 올레그가 드디어 위험에서 벗어났다고 말해야 했다.

문득 다른 생각이 뒤통수를 때렸다. 오륵크림의 악당 경찰 트룰스 베른트센은 증인보호프로그램의 데이터에 접근할 수 없다. 분명 다른 누군가였다. 더 높은 자리에 있는 사람.

여기서 멈추자. 제발 그만두자. 다들 지옥에나 떨어지라고 하지 뭐. 비행기를 생각하자. 야간 비행기를. 러시아 상공의 별들.

그리고 다시 지하실로 내려가서 매달려 있는 뉘바크를 내려줄까 생각하다 말고 내내 찾던 쇠막대를 찾았다.

하우스만스 가 92번지 건물의 중앙 출입구는 열려 있었지만 문은 다시 출입금지 상태로 잠겨 있었다. 해리는 얼마 전에 자수한 사람이 나타나서인가 보다고 생각하고 문과 문틀 사이에 쇠막대를 끼웠다.

집 안은 아무것도 건드리지 않은 듯 보였다. 아침 햇살이 들어서 거실 바닥에 피아노 건반 같은 줄무늬 그림자가 생겼다.

해리는 작은 캔버스 여행가방을 벽에 세워놓고 매트리스 여러 개 중 하나에 앉았다. 항공권이 안주머니에 잘 들어 있는지 확인했다. 손목시계를 보았다. 이륙까지 열세 시간.

실내를 둘러보았다. 눈을 감았다. 그 장면을 그려보려 했다.

발라클라바를 쓴 남자. 목소리를 들킬까 봐 아무 말도 하지 않은 자.

여기로 구스토를 찾아온 자. 구스토에게서 아무것도 빼앗지 않고 오직 목숨만 노린 자. 구스토를 증오한 자.

총알은 9×18밀리미터 마카로프였다. 그러니 십중팔구 범인은 마카로프 총으로 쐈을 것이다. 아니면 포트-12나. 궁했다면 오데사였을지도. 오데사가 오슬로에서 흔한 총으로 떠오르고 있었다면 말이다. 그 자리에 서서, 총을 쏘고, 떠났다.

해리는 귀를 기울였다. 그 방이 말해주길 바라는 듯.

몇 초가 흐르고 몇 분이 지났다.

성당 종소리가 들렸다.

여기서는 더 건질 게 없었다.

해리는 일어서서 나가려고 했다.

문까지 왔을 때 종소리 사이에 어떤 소리를 들었다. 다음 종소리가 끝날 때까지 기다렸다. 다시 그 소리가 났다. 부드럽게 긁는 소리. 해리는 발꿈치를 들고 두 걸음 뒤로 돌아가 방 안을 찬찬히 둘러보았다.

그것은 문턱 앞에서 해리를 등지고 있었다. 쥐였다. 꼬리가 반짝이며 번들거리고 귀 안쪽이 분홍색이고 털에 이상한 흰색 반점이 있는 갈색쥐였다.

해리는 계속 그의 발목을 잡는게 뭔지 몰랐다. 여기 쥐가 있다. 누구나 예상할 수 있는 사실에 불과했다.

하지만 흰색 반점.

세제 속을 헤치고 지나온 것 같은. 그게 아니면…….

해리는 다시 둘러보았다. 매트리스 사이에 커다란 재떨이가 있었다. 그에게는 기회가 딱 한 번 주어진 걸 알기에 신발을 벗고 다음 종소리가 울릴 때 미끄러지듯 가로질러 재떨이를 잡고 그대로 꼼짝 않고 서 있었다. 아직 해리의 존재를 알아채지 못한 쥐에게서 1.5미터쯤 떨어진 거리였다. 그는 계산하고 때를 맞췄다. 종이 울리자 팔을 뻗어 앞으로 풀쩍 뛰었다. 반응이 굼뜬 쥐는 사기 재떨이에 갇히고 말았다. 안에서 찍찍대는 소리가 나고 쥐가 이리저리 부딪히는 느낌이 들었다. 해리는 재떨이를 잡지가 높이 쌓인 창문 쪽으로 밀고 가서 재떨이 위에 잡지를 올렸다. 그리고 뒤지기 시작했다.

집 안의 서랍과 선반을 다 뒤져봤지만 끈 하나, 실 하나 발견하지 못했다.

해리는 바닥에서 거적때기 같은 러그를 집어서 날줄 하나를 뽑았다. 기다란 실 한 가닥이면 충분하다. 끝을 고리 모양으로 만들었다. 그런 다음 잡지를 내려놓고 손이 들어갈 만큼 재떨이를 들었다. 그리고 무슨 일이 일어날지 알기에 마음의 준비를 단단히 했다. 쥐 이빨이 엄지와 검지 사이의 연한 살에 박히는 느낌이 들자 재떨이를 쳐내고 다른 손으로 쥐를 잡았다. 쥐가 찍찍거리는 동안 해리는 털 속에 박힌 하얀 알갱이를 집었다. 그걸 혀에 올리고 맛을 보았다. 지나치게 익은 파파야 맛. 바이올린이다. 누군가 가까운 곳에 은닉처를 마련한 것이다.

해리는 쥐의 꼬리에 고리를 건 다음 꽉 묶었다. 쥐를 바닥에 내려놓고 보내주었다. 쥐가 잽싸게 달아나자 해리의 손에서 실이 풀려나갔다. 쥐의 보금자리로.

해리는 뒤따라갔다. 쥐는 주방으로 들어가 기름 때 묻은 스토브 뒤로 뛰어들었다. 해리는 낡고 무거운 스토브를 뒤에 달린 바퀴 쪽으로 기울여서 끌어냈다. 실이 벽에 난 주먹만 한 구멍 속으로 들어갔다.

들어가다 말았다.

해리는 이미 물린 손을 구멍 속에 집어넣었다. 벽 안쪽을 더듬었다. 왼쪽과 오른쪽에 단열재가 만져졌다. 구멍 위쪽도 더듬었다. 아무것도 없었다. 단열재는 파헤쳐져 있었다. 해리는 실 끝을 스토브의 한쪽 다리로 눌러놓고 욕실로 가서 침과 가래가 범벅인 거울을 떼어내 세면대 옆에 대고 깨트려서 적당한 크기의 파편을 골랐다. 다시 침실로 돌아가 벽에서 독서등을 잡아떼서 주방으로 돌아왔다. 구멍 안에 거울 파편을 놓았다. 그리고 스토브 뒤 콘센트에 독서등을 꽂고 거울을 비추었다. 등을 벽에 비추어 각도를 맞추자 그것이 보였다.

은닉처.

바닥에서 50센티미터 위의 고리에 천 가방이 걸려 있었다.

입구가 좁아서 손을 넣고 팔을 비틀어도 가방이 잡히지 않았다. 해리는 머리를 쥐어짰다. 은닉처의 주인은 어떤 도구로 저기에 닿았을까? 이 집의 서랍과 벽장을 뒤졌던 기억을 더듬었다.

철사.

그는 거실로 나갔다. 베아테와 함께 이 집에 처음 왔을 때 거기서 보았다. 매트리스 밑에 튀어나와 있던, 90도로 꺾인 빳빳한 철사. 주인만이 용도를 알았을 터였다. 해리는 철사를 구멍에 집어넣고 꺾인 끝으로 고리에 걸린 가방을 꺼냈다.

묵직했다. 그의 기대만큼 묵직했다. 가방을 끄집어내야 했다.

가방이 높이 걸려 있어서 닿지 못했지만 쥐들이 야금야금 밑에 구멍을 내어놓았다. 해리가 가방을 흔들자 알갱이가 몇 개 떨어졌다. 그래서 쥐의 털에 가루가 묻었던 것이다. 해리는 가방을 열었다. 바이올린이 든 작은 봉투 세 개를 꺼냈다. 몇 쿼터쯤 될 터였다. 약쟁이 장비가 다 들어 있지는 않고 손잡이가 휜 숟가락과 쓰던 주사기 하나만 들어 있었다.

'그것'은 가방 밑바닥에 있었다.

해리는 지문을 남기지 않으려고 행주로 집어서 그것을 꺼냈다.

확실했다. 둔하고 이상하고 우스꽝스러울 정도로. 푸 파이터스. 그것은 오데사였다. 해리는 총의 냄새를 맡았다. 총을 쏜 뒤 닦지도 않고 기름칠도 하지 않으면 몇 달이 지나도 탄약 냄새가 남아 있기도 했다. 이 총을 쏜 지 그리 오래되지 않았다. 해리는 탄창을 살폈다. 열여덟 발. 두 발이 비었다. 의심의 여지가 없었다.

살인 무기였다.

해리가 스토르 가의 장난감 매장에 들어섰을 때는 이륙까지 아직 열두 시간이 남아 있었다.

매장에는 지문감식 키트 두 종류가 있었다. 해리는 비싼 걸로 골랐다. 확대경, LED등, 부드러운 붓, 세 가지 색깔의 살포제, 지문을 뜨기 위한 끈끈이 테이프, 가족의 지문을 보관하는 앨범까지 구비된 제품이었다.

"아들 주려고요." 해리는 돈을 내면서 말했다.

계산대 뒤의 여자가 의례적인 미소를 지었다.

해리는 하우스만스 가로 돌아가서 작아도 너무 작은 LED 램프로 지문을 찾아서 미니어처 캔에 든 분말을 뿌렸다. 붓이 너무 작아서《걸리버 여행기》의 거인이 된 기분이었다.

총 손잡이에 지문이 있었다.

주사기의 누르는 장치 한쪽 면에도 엄지로 보이는 선명한 지문이 하나 나왔다. 주사기에는 무엇으로든 의심할 수 있는 까만 점들이 나왔고, 해리는 그걸 총기 발사 잔여물로 추정했다.

끈끈이 필름으로 지문을 모두 채취해 당장 비교했다. 총을 든 사람과 주사기를 든 사람은 동일인이었다. 해리는 벽과 매트리스 옆 바닥을 조사해서 지문을 꽤 여러 점 찾았지만 어느 하나도 총의 지문과는 일치하지 않았다.

해리는 캔버스 여행가방을 열고 그 안의 주머니를 열어 안에 든 물건을 꺼내서 주방 식탁에 늘어놓았다. LED 램프를 켰다. 손목시계를 보았다. 출발까지 열한 시간. 시간은 넉넉했다.

2시였다. 한스 크리스티안 시몬센이 슈뢰데르로 들어오는 모습이 이상하게 뛰었다.

해리는 창가 쪽 구석의 늘 앉던 자리에 앉아 있었다.

한스 크리스티안이 와서 앉았다.

"괜찮아요?" 그가 해리 앞의 커피포트에 고개를 까딱하며 물었다.

해리는 고개를 저었다.

"와줘서 고마워요."

"별 말씀을. 토요일은 쉬어요. 쉬는 날에 딱히 할 것도 없고. 웬일이에요?"

"올레그가 집으로 돌아올 수 있어요."

한스 크리스티안의 얼굴이 밝아졌다. "그럼……?"

"올레그에게 위험할 수 있는 자들이 사라졌어요."

"사라져요?"

"예. 그 녀석 멀리 있습니까?"

"아뇨, 오슬로에서 20분 거리요. 니테달. 그들이 사라졌다는 게 무슨 뜻이죠?"

해리는 커피 잔을 들었다. "물론 알고 싶겠죠, 한스 크리스티안?"

한스 크리스티안은 해리를 보았다. "사건도 해결됐다는 겁니까?"

해리는 답하지 않았다.

한스 크리스티안은 몸을 내밀었다. "구스토를 죽인 게 누군지 아시는군요."

"음."

"어떻게?"

"일치하는 지문이 몇 점 있어요."

"그럼 누가―?"

"그건 중요하지 않아요. 다만 오늘 떠나게 돼서 올레그한테 작별 인사를 하는 게 좋을 것 같아서요."

한스 크리스티안은 미소를 지었다. 괴로운 미소지만 어쨌든 미소는 미소였다. "당신과 라켈이 떠나기 전에, 라는 거죠?"

해리는 잔을 돌렸다. "라켈이 얘기했군요?"

"같이 점심 먹었어요. 제가 올레그를 며칠 봐주기로 했어요. 홍콩에서 누가 와서 데려간다고 들었는데, 당신네 사람들이. 제가 뭘 잘못 알았나 봐요. 지금 방콕에 계시는 줄 알았는데."

"늦어져서요. 물어볼 게 있는데—."

"라켈이 그러더군요. 당신이 프러포즈했다고."

"아?"

"네, 당신 방식대로요, 물론."

"그게—."

"그리고 라켈이 프러포즈에 관해 생각해봤다고 했어요."

해리는 손을 들었다. 더 듣고 싶지 않았다.

"생각해보니까 결론은 '노'였다더군요, 해리."

해리는 숨을 내쉬었다. "잘됐네."

"그래서 생각하는 걸 관두기로 했대요. 대신 느낌을 따르기로."

"한스 크리스티안—."

"대답은 '예스'래요, 해리."

"잘 들어요, 한스 크리스티안—."

"내 말 들었어요? 라켈이 당신과 결혼하고 싶대요, 해리. 이 운 좋은 양반." 한스 크리스티안의 얼굴이 행복한 듯 환해졌지만 해리는 그것이 절망의 빛이란 걸 알았다. "죽는 날까지 당신과 같이 살고 싶다고 했어요." 그의 목울대가 오르내리고, 목소리는 팔세토와 허스키를 넘나들었다. "당신하고 살면 무섭고 끔찍한 일들을 겪게 될 거라고 했어요. 당신과 함께하는 시간이 그리 좋지도 나쁘지도 않을 거라고. 하지만 환상적인 시간이 될 거라고."

해리는 한스 크리스티안이 라켈의 말을 그대로 옮기고 있다는 걸 알았다. 그리고 왜 그러는지도 알았다. 한마디 한마디가 그의 심장에 박혀서였을 것이다.

"라켈을 얼마나 사랑합니까?" 해리가 물었다.

"난……."

"라켈과 올레그를 평생 보살필 만큼 사랑합니까?"

"예?"

"대답해요."

"그야, 물론. 그래도—."

"맹세해요."

"해리."

"맹세하라고 했어요."

"맹…… 맹세해요. 그런다고 달라질 게 없잖아요."

해리는 쓴웃음을 지었다. "그 말이 맞아요. 달라질 건 없어요. 아무것도 달라질 수 없어요. 영원히 달라질 수 없어요. 강물이 항상 같은 곳으로 흐르듯."

"뭔지 모르겠어요. 이해가 안 가요."

"알게 될 겁니다." 해리가 말했다. "라켈도."

"하지만…… 두 분은 서로 사랑하잖아요. 라켈이 솔직히 말했다니까요. 평생 당신을 사랑할 거라고, 해리."

"나도 라켈을 평생 사랑할 겁니다. 항상 그랬고. 앞으로도 영원히."

한스 크리스티안은 해리를 당혹감과 공감이 뒤섞인 복잡 미묘한 감정으로 보았다. "그런데도 라켈을 원하지 않는다고요?"

"라켈보다 더 원하는 건 없어요. 하지만 얼마나 더 여기 있을지 모르겠어요. 내가 여기에 없게 되면 약속해줘요."

한스 크리스티안은 코웃음을 쳤다. "멜로드라마 쓰십니까, 해리?

라켈이 날 받아줄지 어떨지도 몰라요."

"라켈을 설득해요." 목의 통증으로 숨 쉬는 것조차 힘들어졌다. "약속합니까?"

한스 크리스티안은 고개를 끄덕였다. "노력해보죠."

해리는 머뭇거렸다. 그리고 손을 내밀었다.

그들은 악수했다.

"당신은 좋은 사람이에요, 한스 크리스티안. 당신을 H로 저장해 놨어요." 해리는 휴대전화를 들어보였다. "할보르센 자리에."

"누구요?"

"보고 싶은 옛 동료. 이제 가봐야겠군요."

"뭘 하려는 거죠?"

"구스토의 살인자를 만나야죠."

해리는 일어나서 카운터로 가서 리타에게 인사했다. 리타가 손을 흔들었다.

밖으로 나와 차들 사이로 도로를 건너자 눈 안쪽이 터질 것 같고 목구멍이 찢어질 것 같았다. 도브레 가에서는 담즙이 올라왔다. 한 적한 거리 한복판에서 벽 앞에 허리를 숙이고 서서 리타의 베이컨 과 달걀과 커피를 게워냈다. 그리고 허리를 펴고 계속 하우스만스 가로 걸었다.

결국엔 그간의 모든 일에도 불구하고 단순한 결정이었어요.

난 더러운 매트리스에 앉아서 약에 취한 심장박동을 느끼며 전화를 걸었어 요. 전화를 받아주길 바라면서도 받지 말기를 바랐어요.

막 끊으려는 순간에 그가 전화를 받았어요. 형이 생기 없이 또박또박 말했 어요.

"스테인*입니다."

가끔은 얼마나 잘 어울리는 이름인가 싶은 생각이 들었어요. 돌. 도저히 뚫리지 않는 표면과 단단한 중심. 냉정하고 음산하고 무거운. 하지만 바위에도 약한 지점이 있어요. 커다란 망치로 툭 치기만 해도 쪼개지는 지점. 스테인은 그러기 쉬운 사람이었어요.

난 목청을 가다듬었어요. "나 구스토야. 이레네가 어디 있는지 알아."

가벼운 숨소리가 들렸어요. 스테인은 늘 숨소리가 가벼웠어요.

몇 시간을 달려도 산소가 거의 필요하지 않을 거예요. 아니면 달려야 할 이유가 아예 없을지도.

"어디?"

"그게 문젠데. 어딘지는 알지만 형이 돈을 내야 알 수 있어."

"왜지?"

"내가 지금 돈이 필요하니까."

열기가 파도처럼 일었어요. 아니, 냉기가. 그의 증오가 전해졌어요. 그가 침을 삼키는 소리가 들렸어요.

"얼마."

"오천."

"좋아."

"아니. 만."

"오천이라며."

씨발.

"한데 급해." 나는 그가 벌써 일어선 걸 알면서도 말했어요.

"알았어. 어디냐?"

---

* stein, 노르웨이어로 돌.

530

"하우스만스 가 92번지. 자물쇠는 뜯겼어. 3층."

"간다. 어디 가지 말고 있어."

내가 가긴 어딜 가냐? 거실 재떨이에서 꽁초 두 개를 꺼내서 주방으로 가서 귀가 먹먹할 정도로 고요한 오후의 적막 속에서 불을 붙였어요. 씨발, 너무 더웠어요. 바스락거리는 소리가 들렸어요. 그 소리를 따라갔죠. 아까 그 쥐가 벽을 따라 종종걸음으로 지나가더군요.

쥐는 스토브 뒤에서 나왔어요. 그 뒤에 숨기 좋은 곳이 있었어요.

두 번째 꽁초를 피웠어요.

그러다 벌떡 일어났어요.

스토브가 염병할 어찌나 무겁던지. 그러다 뒤쪽에 바퀴가 두 개 달린 걸 봤어요.

쥐구멍은 보통 것보다 컸어요.

올레그. 올레그. 요 귀여운 녀석. 네놈이 아무리 똑똑해도 요런 꼼수는 나한테 배운 거잖아.

나는 무릎을 꿇고 앉았어요. 철사로 건드려보면서도 약에 취해 있었어요. 손가락이 심하게 떨려서 물어뜯고 싶은 심정이었어요. 뭔가 닿았지만 잡히지 않았어요. 틀림없이 바이올린이었어요. 꼭 그거여야 했어요!

한참 지나 드디어 손에 뭔가 잡혔어요. 꽤 큼직한 거요. 그걸 끄집어냈어요. 크고 묵직한 천 가방이었어요. 가방을 열었어요. 반드시, 반드시 그거여야 했어요!

고무관, 숟가락, 주사기. 그리고 작고 투명한 봉지 세 개. 그 안에 든 백색 가루에 갈색 부스러기가 섞여 있었어요. 심장이 노래를 불렀어요. 항상 기댈 수 있는 내 유일한 친구이자 애인과 다시 만났으니까요.

봉투 두 개를 주머니에 찔러 넣고 나머지 하나를 열었어요. 이제부터 조금씩 아껴 쓰면 일주일은 너끈히 버틸 수 있고, 스테인이든 누구든 들이닥치기 전에 얼른 주사를 놓고 떠나면 그만이었어요. 숟가락에 가루를 덜고 라이터를 켰어요. 다른 때는 레몬즙을 몇 방울 섞거든요. 왜, 병에 담겨 나오고 차에 타서 마시는 거 있잖아요. 레몬즙을 섞으면 분말이 뭉치지 않아서 주사기에 전부 담을 수 있어요. 그런데 그땐 레몬도 없고 인내심도 없었어요. 중요한 건 하나밖에 없었어요. 그 염병할 약을 내 혈관에 흘려 넣는 것.

고무관을 팔뚝에 칭칭 감아서 끝을 이빨로 물고 당겼어요. 시퍼런 혈관 하나가 굵직하게 불거졌어요. 바늘이 흔들리지 않고 잘 들어가도록 자세를 잡고 주사기를 비스듬히 댔어요. 몸이 부들부들 떨렸거든요. 엿같이 떨렸어요.

그런데 놓쳤어요.

한 번. 두 번. 숨을 들이마셨어요. 지금은 생각을 많이 하지 말자, 너무 열중하지 말자, 패닉에 빠지지 말자.

주삿바늘이 부들거리더군요. 푸른 애벌레 같은 혈관을 푹 찔렀어요.

또 놓쳤어요.

절망과 싸워야 했어요. 일단 피우는 방식으로 소량을 흡입해서 마음을 진정시킬 수도 있을 것 같았어요. 하지만 내가 원한 건 격렬한 흥분, 전부 다 혈관으로 들어가서 곧장 뇌로 올라갈 때의 그 강렬한 자극, 오르가슴, 추락하는 느낌이었어요.

덥고 햇빛도 강해서 잘 보이지도 않았어요. 거실로 나가서 벽 앞의 그늘에 앉았어요. 씨발, 그나마 좆같은 혈관이 안 보였어요! 침착하자. 나는 동공이 다시 커지기를 기다렸어요. 다행히 내 팔뚝은 극장 스크린처럼 하얗죠. 혈관이 그린란드 지도의 강처럼 드러났어요. 지금이야.

놓쳤어요.

주사를 놓을 기운도 없고 눈물이 차오르는 것 같았어요. 삐걱거리는 발소리가 났어요.

얼마나 열중했는지 그가 들어오는 소리도 듣지 못한 거예요.

눈을 들었지만 눈물이 그렁그렁해서 형체가 일그러져 보였어요. 염병할 놀이공원 거울처럼.

"안녕, 도둑놈아."

누가 날 그렇게 부르는 소리를 들은 지가 오래 됐어요.

눈을 깜빡여서 눈물을 짜냈어요. 낯익은 형체가 보였어요. 그래요, 다 잘 보였어요. 총까지. 연습실에 도둑이 들어서 훔쳐간 게 아니었더군요. 내가 짐작한 대로.

그런데 이상하게 겁이 나지 않았어요. 전혀. 갑자기 차분해졌어요.

다시 혈관을 봤어요.

"그러지 마." 그 목소리가 말했어요.

내 손을 들여다봤어요. 소매치기의 손처럼 흔들림이 없었어요. 이번이 기회였어요.

"널 쏠 거야."

"그럴 수 없을걸. 그럼 이레네가 어디 있는지 영영 모르게 될 테니까."

"구스토!"

"난 내가 해야 할 일을 하는 거야." 난 이렇게 말하고 찔렀어요. 혈관을 제대로 찾았어요. 엄지를 들어 주입기를 눌렀어요. "너도 네가 해야 할 일을 해도 돼."

성당 종소리가 또 울리기 시작했어요.

해리는 벽 앞의 그늘에 앉아 있었다. 창밖의 가로등 불빛이 매트리스를 비추었다. 그는 손목시계를 확인했다. 9시. 방콕행 비행기를 타기까지 세 시간. 목의 통증이 갑자기 심해졌다. 해가 구름 뒤로 숨기 전에 뜨거워지듯이. 그러나 해는 곧 사라질 테고, 그의 통증도 가실 것이다. 해리는 어떻게 끝내야 할지 알았다. 그가 오슬로로 돌아오는 것만큼 피치 못할 결말이었다. 질서와 화합을 향한 인간의 욕구가 마음을 조종해서 어떤 논리를 부여하게 만든다는 걸 알듯이. 모든 일이 냉혹한 혼돈에 지나지 않고 아무런 의미도 없다는 생각이야말로 지독히 끔찍하지만 설득력 있는 비극보다도 더 감당하기 어려우니까.

담뱃갑을 찾아 재킷 주머니를 뒤지다 손끝에 칼 손잡이가 닿았다. 진즉 없앴어야 했다는 생각이 들었다. 저주가 씐 칼이었다. 그에게도. 그래봤자 달라질 건 없었겠지만. 칼이 나타나기 한참 전부터 그에게는 저주가 씐었으니까. 그 저주는 어떤 칼보다 독했다. 그에게 사랑은 그저 그가 퍼트리고 돌아다니는 역병이라고 말해주는 저주였다. 칼 주인의 고통과 질병이 칼에 찔린 사람에게 고스란히 전달된다고 한 아사예프의 말처럼, 해리의 사랑을 받아들인 사람은 모두 대가를 치러야 했다. 파멸당하거나 그와 헤어져야 했다. 그저 유령들만 남았다. 모두가. 라켈과 올레그도 곧 유령이 되겠지.

해리는 담뱃갑을 열어 속을 보았다.

대체 무슨 상상을 한 걸까? 저주를 피할 수 있다고? 그들을 데리고 지구 반대편으로 달아나서 오래오래 행복하게 살 수 있다고? 이런 생각에 빠져 다시 손목시계를 보면서 비행기를 타려면 늦어도 언제까지 여길 떠나야 할지 생각했다. 이것은 그가 귀를 기울이는 이기적이고 탐욕스런 마음의 소리였다.

해리는 한 귀퉁이가 접힌 가족사진을 꺼내서 다시 들여다보았다. 이레네. 그리고 그녀의 오빠, 스테인. 음울한 표정의 청년. 해리는 기억의 저장소에서 그를 만난 두 번의 기억을 끄집어냈다. 한 번은 사진에서 봤다. 또 한 번은 오슬로에 도착한 밤이었다. 그날 크바드라투렌에 갔다. 스테인의 주도면밀한 태도에 처음에는 경찰인 줄 알았지만 틀렸다. 한참 빗나갔다.

계단에서 발소리가 들렸다.

성당 종소리가 들렸다. 가냘프고 외로운 소리였다.

트룰스 베른트센은 계단 맨 위로 올라가 현관을 뚫어져라 보았다. 심장이 마구 쿵쾅거렸다. 그들은 곧 재회할 것이다. 만남이 기대되면서도 두려웠다. 숨을 들이마셨다.

벨을 눌렀다.

트룰스는 넥타이를 고쳐 맸다. 슈트는 영 어색했다. 하지만 집들이에 누가 오는지 미카엘에게 듣고는 피할 도리가 없다고 생각했다. 고위 간부들이 모두 참석하기로 한 것이다. 활달한 경찰청장과 부서장들부터 그들의 오랜 라이벌인 강력반의 군나르 하겐까지. 정치인들도 오기로 했다. 사진에서 본 시의회의 여우같은 그 여자, 이사벨레 스퀘엔도. 텔레비전에 나오는 유명인 두어 명도 오기로 했다. 트룰스는 도대체 미카엘이 그 사람들을 다 어떻게 아는 건지 짐작도 가지 않았다.

문이 열렸다.

울라.

"보기 좋네, 트룰스." 안주인다운 미소. 반짝거리는 두 눈. 문득 너무 일찍 왔구나 싶었다.

트룰스는 고개만 주억거릴 뿐 해야 할 말을 하지 못했다. 그녀야말로 무척 아름다워 보인다는 말.

울라는 얼른 그를 안아주고 들어오라고 말했다. 손님맞이 샴페인이 나와야 하지만 아직 준비되지 않았다. 울라는 생글거리며 두

손을 맞잡고 2층으로 올라가는 계단 쪽으로 당황스러운 눈길을 던
졌다. 미카엘이 어서 내려와 손님을 맡아주길 바라는 눈길. 하지만
미카엘은 옷을 갈아입고 거울을 보면서 머리카락 한 올까지 제자
리에 붙어 있는지 살피고 있을 터였다.

울라는 어릴 때 망레루드에서 알던 사람들 소식을 다소 빠르게
늘어놓았다. 그들이 요새 뭘 하고 사는지 아느냐고?

모른다.

"그 사람들하고는 이제 연락을 잘 안 해." 트룰스가 답했다. 그가
그들과 연락한 적이 없는 건 울라도 분명 알았다. 어느 누구와도.
고겐, 지미, 안데르스, 크뢰케. 트룰스에게는 친구가 하나밖에 없
다. 미카엘. 미카엘도 사회적으로, 직업적으로 상층부로 올라가는
동안 트룰스를 곁에 두려 했다.

둘 사이에 얘깃거리가 떨어졌다. 아니, 울라의 화제가 떨어졌다.
트룰스는 애초에 아무 말도 하지 않았다. 잠깐의 침묵.

"여자는, 트룰스? 새로운 소식 있어?"

"무슨 새로운 소식이 있겠어, 없어." 트룰스는 울라처럼 농담조
로 대꾸하려 했다. 이제 정말 손님맞이 샴페인이 절실했다.

"자기 마음을 사로잡을 여자가 정말 아무도 없는 거야?"

울라는 고개를 갸웃하고 생글거리며 한쪽 눈을 찡긋했지만 벌
써 그 질문을 던진 걸 후회하는 눈치였다. 그의 얼굴이 벌겋게 달
아오른 걸 눈치챘을 수도 있었다. 혹은 질문의 답을 알아서였을지
도. 너, 너, 너야, 울라. 너만이 내 마음을 사로잡을 수 있었어. 트룰
스는 망레루드의 유명한 연인 뒤에서 세 발짝 떨어져 다니면서 늘
같은 자리를 맴돌며 그들에게 헌신했다. 그러면서도 늘 이렇게 뚱
하고 무심하게 '나도 따분하지만 딱히 더 재밌는 일이 없다'는 표

정으로 애써 아무렇지 않은 척했다. 그러는 사이 그녀 때문에 타들어가는 심장을 안고 곁눈질로 그녀의 행동이나 표정을 모두 새겼다. 그녀를 가질 수 없었다. 불가능한 건 알았다. 그러면서도 인간이 하늘을 나는 걸 갈망하듯이 그는 갈망했다.

드디어 미카엘이 재킷 밑으로 커프스 단추가 보이게 셔츠 소매를 끄집어 내리면서 계단을 내려왔다.

"트룰스!"

잘 모르는 손님을 맞듯이 다소 과장되고 친근한 말투였다. "표정이 왜 그래, 친구? 이렇게 축하해야 할 궁전을 앞에 두고!"

"경찰청장 승진 축하 자린 줄 알았는데." 트룰스가 둘러보며 말했다. "아까 뉴스에서 봤어."

"새어 나간 거야. 정식 발표는 아직이야. 오늘은 자네의 테라스를 축하하는 날이잖아, 트룰스? 샴페인은 어떻게 돼가, 여보?"

"지금 따르려고." 울라는 이렇게 답하고 남편의 어깨에서 보이지도 않는 먼지를 털어주고 갔다.

"이사벨레 스퀘옌을 알아?" 트룰스가 물었다.

"응." 미카엘이 아직 미소가 풀리지 않은 얼굴로 대답했다. "이따 올 거야, 왜?"

"아냐, 아무것도." 트룰스는 숨을 들이마셨다. 지금 말해야 된다. 아니면 영영 못한다. "궁금한 게 있어서."

"어?"

"며칠 전에 내가 레온이라는 호텔로 누굴 체포하러 간 거 알지?"

"그랬던 거 같네, 응."

"그자를 체포하려는 중에 낯선 경찰 둘이 들이닥쳐서 우리 둘다 잡아가려고 했어."

"중복 예약인가?" 미카엘이 웃었다. "핀한테 물어봐. 작전은 그 친구 담당이잖아."

트룰스는 천천히 고개를 저었다. "중복 예약 같진 않아."

"아냐?"

"누가 날 일부러 그리 보낸 거 같아."

"누가 함정을 팠다는 거야?"

"함정이지." 트룰스는 미카엘의 눈빛을 살폈지만 트룰스가 무슨 말을 하는 건지 알아챈 것처럼 보이지 않았다. 오해일까? 트룰스는 침을 삼켰다.

"혹시 네가 그 일에 관해 아는 게 있는지, 네가 그 일에 개입되어 있는지 궁금해서."

"나?" 미카엘은 몸을 뒤로 젖히며 웃음을 터트렸다. 미카엘의 입 속을 보자 그가 학교 치과에 갈 때마다 충치 하나 발견되지 않고 돌아오던 일이 생각났다. 카리우스와 바크투스*도 미카엘을 이길 수는 없었다.

"내가 그랬으면 좋았을걸! 그래서 그자들이 널 때려눕히고 수갑을 채웠어?"

트룰스는 미카엘을 가만히 바라보았다. 잘못 짚은 것 같았다. 그래서 안도감에 따라 웃었다. 자기가 낯선 두 경찰한테 붙들린 모습을 떠올리자 우습기도 하고, 또 미카엘의 전염성 강한 웃음은 항상 그를 따라 웃게 만들기 때문이기도 했다. 아니, 그건 따라 웃으라고 **명령하는 거였다.** 그러면서도 그를 감싸주고 그에게 따스한 온기를 전해주고 그를 무언가의 일부로, 무언가의 한 구성원으로, 그

---

* 《이가 아파요》라는 책에서 어린아이의 치아에 사는 주인공들.

와 미카엘 벨만이 이루는 2인조의 한 축으로 만들어주는 웃음이었다. 친구. 트룰스 자신의 꿀꿀거리는 웃음소리가 들리는 사이 미카엘의 웃음소리가 잦아들었다.

"정말 내가 그 일에 엮여 있다고 의심한 거야, 트룰스?" 미카엘이 생각에 잠긴 얼굴로 물었다.

트룰스는 아직 미소를 풀지 않은 채 그를 보았다. 두바이가 어떻게 미카엘에게 접촉했을까 생각해보고, 유치장에서 그가 미친 듯이 구타했던 소년을 떠올렸다. 누가 두바이에게 그 얘기를 해줄 수 있었을까? 하우스만스 가에서 감식반이 구스토의 손톱 밑에서 검출한 혈액, DNA 검사까지 가기 전에 그가 오염시킨 혈액을 떠올렸다. 그중 일부를 빼돌려서 따로 보관했다. 만일의 경우에 중요할지 모를 증거품이었으니까. 그리고 정말로 궁지에 몰리자 오늘 아침에 혈액 샘플을 병리과로 가져갔다. 여기 오기 전에 검사 결과를 받았다. 검사 결과에 따르면 며칠 전에 베아테 뢴에게 받은 결과와 동일한 혈액과 손톱 조각이었다. 그쪽 분들은 서로 얘기하지 않나 봐요? 지금 과학수사과에서 일을 제대로 못했다고 의심하시는 겁니까? 트룰스는 얼른 사과하고 전화를 끊었다. 그리고 그 질문의 답을 생각했다. 구스토 한센의 손톱 밑에서 나온 혈액은 미카엘 벨만의 것이었다.

미카엘과 구스토.

미카엘과 루돌프 아사예프.

트룰스는 넥타이 매듭을 매만졌다. 넥타이 매는 법을 처음 가르쳐준 사람은 아버지가 아니었다. 아버지는 자기 넥타이 하나 맬 줄 모르는 인간이었다. 졸업파티 날, 미카엘이 간단한 윈저 매듭을 매는 방법을 보여주었다. 트룰스가 미카엘의 매듭은 어째 더 두툼해

보인다고 하자 미카엘은 그건 더블 윈저라 그렇다면서 트룰스에게
는 어울리지 않을 것 같다고 했다.

미카엘의 시선이 그에게 꽂혔다. 아직 그의 대답을 기다리고 있
었다. 왜 미카엘이 그런 계략에 가담했다고 의심한 걸까.

레온 호텔에서 그와 해리 홀레를 살해하는 결정에 가담했다고.

초인종이 울렸지만 미카엘은 꿈쩍도 하지 않았다.

트룰스는 이마를 긁적이는 척하면서 손끝으로 땀을 닦았다.

"아냐." 그는 이렇게 답하면서 꿀꿀거리는 자신의 웃음소리를
들었다. "혹시나 해서, 그뿐이야. 잊어버려."

스테인 한센의 체중에 눌려 계단이 삐걱거렸다. 그는 한 계단 한
계단 발밑으로 느끼며 삐걱거리고 신음하는 모든 소리를 예측할
수 있었다. 계단 맨 위에 섰다. 문에 노크했다.

"들어와." 안에서 대답이 들렸다.

스테인 한센은 들어갔다.

여행가방이 먼저 눈에 들어왔다.

"짐은 다 쌌어? 그가 물었다.

고개를 끄덕였다.

"여권은 찾았니?"

"응."

"공항까지 널 데려가줄 택시 불렀어."

"내려갈게."

"그래." 스테인은 둘러보았다. 예전에 다른 방에서도 그랬다. 그
때 그는 작별인사를 했다. 그들에게 다시는 돌아오지 않을 거라고
말했다. 어린 시절의 메아리가 들렸다. 아버지가 격려하는 목소리.

어머니의 안정된 목소리. 구스토의 신난 목소리. 이레네의 행복한 목소리. 오직 그 자신의 목소리만 들리지 않았다. 그는 말이 없었다.

"오빠?" 이레네가 사진을 들고 있었다. 스테인은 그게 어떤 사진인지 알았다. 시몬센 변호사가 이레네를 데려온 날 이레네가 침대 머리맡에 꽂아둔 사진이었다. 이레네가 구스토, 올레그와 함께 찍은 사진.

"응?"

"구스토를 죽이고 싶었던 적 있어?"

스테인은 대답하지 않았다. 그저 그날 밤을 떠올렸다.

구스토가 전화해서 이레네가 어디 있는지 안다고 했다. 당장 하우스만스 가로 달려갔다. 그리고 그곳에 도착했다. 경찰차들. 건물 안의 소년이 총에 맞아 죽었다고 웅성거리는 소리를 들었다. 흥분. 맞다, 행복이라 할 만한 감정이 올라왔다. 이어서 충격에 사로잡혔다. 비통함. 맞다, 구스토에 대한 애도의 감정이 밀려왔다. 그러면서도 이레네가 드디어 깨끗해지겠다는 희망이 생겼다. 물론 하루 이틀 지나자 구스토가 죽어서 이레네를 찾을 가능성이 사라져버린 사실이 명백해지면서 그 희망은 사라졌다.

이레네는 핼쑥했다. 금단증상. 앞으로 더 힘들어질 터였다. 그래도 어떻게든 버틸 것이다. 남매 사이도 그럭저럭 괜찮아질 것이다.

"그럼……?"

"응." 이레네가 침대 옆 탁자 서랍을 열었다. 사진을 보면서. 사진에 입을 꾹 대고는 다시 서랍에 넣고 고개를 숙였다.

문이 열리는 소리가 들렸다.

해리는 어둠 속에 꼼짝 않고 앉아 있었다. 거실을 가로지르는 발소리가 들렸다. 매트리스 옆에서 누군가 움직이는 게 보였다. 창밖 가로등 불빛에 언뜻 철사가 보였다. 발소리가 주방으로 들어갔다. 그리고 불이 켜졌다. 스토브가 끌리는 소리가 들렸다.

해리는 일어나서 따라갔다.

문간에 서서 그가 쥐구멍 앞에 무릎을 꿇고 손을 덜덜 떨면서 가방을 여는 모습을 지켜보았다. 가방에 든 물건을 늘어놓는 모습을. 주사기, 고무관, 숟가락, 라이터, 총. 바이올린 봉지.

해리가 체중을 옮기자 문턱이 삐걱거렸지만 소년은 그것도 모른 채 잔뜩 흥분해서 하던 일에만 열중했다.

해리는 그것이 갈망이란 걸 알았다. 뇌가 오직 한 가지에 몰두한 상태라는 걸. 해리는 기침을 했다.

소년의 몸이 뻣뻣해졌다. 어깨를 숙였지만 돌아보지 않았다. 그대로 가만히 앉아서 고개를 숙이고 자기가 숨겨두었던 물건만 보았다. 돌아보지 않았다.

"이럴 줄 알았다." 해리가 말했다. "네가 먼저 찾을 데가 여긴 줄 알았어. 이젠 들킬 염려가 없다 싶었겠지."

소년은 여전히 꿈쩍도 하지 않았다.

"한스 크리스티안이 우리가 그 앨 찾았다고 말해줬지? 그런데도 넌 여길 먼저 왔어야 했고."

소년은 일어섰다. 해리는 새삼 놀랐다. 아이가 얼마나 컸는지. 이제 거의 사내였다.

"뭘 원해요, 해리?"

"널 체포하러 왔다, 올레그."

올레그는 얼굴을 찡그렸다. "바이올린 두 봉지를 소지한 죄로?"

"마약 때문이 아니야, 올레그. 구스토를 살해한 죄로."

"하지 마!" 그가 다시 말했어요.

그래도 난 혈관 깊숙이 바늘을 찔렀어요. 기대에 차 덜덜 떨면서.

"스테인이나 입센인 줄 알았잖아. 네가 아니라."

녀석의 발이 날아오는 걸 못 봤어요. 발이 주사기를 걷어차서 바늘이 날아가 주방 뒤쪽에 그릇이 잔뜩 쌓인 싱크대 옆에 떨어졌어요.

"너 아주 돌았구나, 올레그." 내가 녀석을 쳐다보며 말했어요.

올레그는 한참 해리를 노려보았다.

많이 놀란 기색도 없이 진지하고 차분한 시선이었다. 자세를 살피고 방향을 찾으려는 시선 같았다.

다시 입을 열었을 때도 분노하거나 혼란스럽다기보다는 호기심 어린 말투였다.

"날 믿는다면서요, 해리. 다른 사람이라고, 발라클라바 쓴 사람이라고 말했을 때 내 말을 믿었잖아요."

"그래." 해리가 말했다. "널 믿었어. **간절히** 믿고 싶었으니까."

"저기요, 해리." 올레그나 열어놓은 봉투를 노려보면서 나직이 말했다. "제일 친한 친구를 믿지 못하면 대체 뭘 믿을 수 있어요?"

"증거." 해리는 목이 메는 느낌이 들었다.

"무슨 증거? 아저씨랑 나랑 증거에 관해서는 이미 설명을 찾았잖아요. 우리 같이 증거를 깨트렸잖아요."

"다른 증거. 새로운 거야."

"새로운 거 뭐요?"

해리는 올레그 옆의 바닥을 가리켰다. "오데사. 구스토가 맞은 총알과 같은 구경의 총알을 넣는 총이지. 마카로프, 9×18밀리미터. 무슨 일이 있든 탄약 분석 보고서에는 이 총이 살인 무기라고 백 퍼센트 확실히 기록될 거야, 올레그. 그리고 거기엔 네 지문만 있지. 네 것만. 누가 쓰고 나서 지문을 닦았다면 네 것도 지워졌겠지."

올레그는 총을 만졌다. 그들이 얘기하는 물건이 바로 그 총이라고 확인해주듯.

"그리고 그 주사기도." 해리가 말했다. "거기엔 지문이 많아. 두 사람 것으로 보이고. 다만 누르는 부분에 찍힌 지문은 네 엄지야. 주사를 놓을 땐 그 부분을 눌러야 돼. 또 그 지문에는 탄약 입자가 묻어 있어, 올레그."

올레그는 손가락으로 주사기를 쓸었다. "그게 왜 나한테 불리한 증거라는 거예요?"

"네 진술로는, 이 방에 들어왔을 때 넌 약에 취해 있었다고 했어. 하지만 탄약 입자는 네가 주사를 나중에 놓았다는 걸 증명해. 너한테 탄약 입자가 묻어 있었으니까. 구스토를 쏘고 나서 주사를 놓은 사실을 증명하는 거야. 그러니까 총을 쏠 때 넌 약에 취한 상태가 아니었어, 올레그. 이건 계획적인 살인이야."

올레그는 천천히 고개를 끄덕였다. "그럼 총과 주사기에서 나온 내 지문을 경찰 데이터베이스와 대조했다는 거군요. 경찰도 이미 알고 있고. 내가ㅡ."

"경찰에는 연락하지 않았어. 아는 사람은 나뿐이야."

올레그는 침을 삼켰다. 해리는 올레그의 목에서 미세한 움직임을 보았다. "경찰에 확인하지 않았다면서 그게 내 지문인지는 어떻게 알아요?"

"다른 지문과 비교할 수 있으니까."

해리는 코트 주머니에서 손을 뺐다. 주방 식탁에 게임보이를 놓왔다.

올레그는 게임보이를 보았다. 눈에 뭐가 들어가기라도 한 것처럼 연신 깜빡거렸다.

"왜 날 의심하게 된 거예요?" 올레그가 속삭였다.

"증오. 그 영감, 루돌프 아사예프가 나더러 증오를 따라가보라더군."

"그게 누구예요?"

"네가 두바이라고 부른 사람. 그 영감의 증오를 따라가라는 뜻인지는 한참 뒤에 알았지. 널 향한 증오야. 네가 그 영감의 아들을 죽였다는 데 대한 증오."

"아들?" 올레그가 고개를 들고 멍한 얼굴로 해리를 보았다.

"그래. 구스토는 그자의 아들이었어."

올레그는 시선을 떨구고 쭈그리고 앉아서 바닥을 보았다. "만약……." 그리고 고개를 저었다. "만약 두바이가 구스토의 아버지란 게 사실이고 그 영감이 그토록 날 증오했다면 왜 그때 감방에서 확실히 죽이지 않았죠?"

"그때 넌 바로 그자가 원하는 곳에 있었으니까. 그자에게 감옥은 죽음보다 더한 곳이거든. 감옥은 영혼을 갉아먹지만 죽음은 영혼을 해방시켜준다는 거지. 그자에게 감옥은 가장 증오하는 사람을 집어넣고 싶은 곳이었어. 그게 너야, 올레그. 네가 거기서 뭘 하든 그자는 완벽히 통제했어. 네가 나한테 입을 열기 시작했을 때 비로소 넌 위험인물이 된 거야. 어쩔 수 없이 널 죽이는 정도로 만족해야 했을 테지. 성공하진 못했지만."

올레그는 눈을 감았다. 계속 그렇게 웅크리고 앉아 있었다. 중요한 경기를 앞두고 둘 다 조용히 집중해야 할 때처럼.

창밖에서 도시의 음악이 연주되었다. 자동차 소리, 멀리서 울리는 뱃고동 소리, 건성으로 돌아가는 사이렌 소리, 인간 활동이 한덩어리로 뭉뚱그려진 소음. 끊임없이 쉴 새 없이 바스락거리는 개밋둑 소리, 따스한 이불처럼 단조롭고 최면을 거는 듯 안전한 소리.

올레그는 해리에게서 눈을 떼지 않은 채 서서히 몸을 앞으로 숙였다.

해리는 고개를 저었다.

그래도 올레그는 총을 잡았다. 손 안에서 폭발할까 봐 두려운 듯 조심스럽게.

43

트룰스는 혼자 테라스로 빠져나왔다.

대화를 나누는 두어 무리 언저리에서 샴페인을 홀짝거리고 이쑤시개에 꽂힌 음식을 빼먹으면서 그 역시 거기 속한 사람인 양 보이려고 해봤다. 좋은 집안에서 잘 자란 사람들 몇이 그를 끼워주려고 애썼다. 먼저 인사도 건네주고 그가 누구이고 뭘 하는지 물어봐주기도 했다. 트룰스는 짧게 대꾸했다. 그들의 호의에 보답하고 싶은 마음은 들지 않았다. 그런 호의에 보답할 처지도 아니라는 듯이. 아니면 그들이 누구고 얼마나 대단한 일을 하는지 알게 될까 봐 두려웠다.

울라는 그들이 오래 알고 지낸 지인들이라도 되는 양 분주히 음식을 내오고 생글거리며 얘기를 나누었고, 트룰스와는 고작 두어 번 눈을 마주쳤을 뿐이다. 그러다 울라가 방긋 웃으며 뭐라고 말하는 시늉을 하자, 트룰스는 같이 얘기하고 싶지만 안주인 노릇에 잡혀 있어 곤란하다는 뜻으로 알아들었다. 사실 그 집을 지을 때 같이 일했던 친구들은 아무도 오지 않았다. 경찰청장은 트룰스를 알아보지 못했고, 다른 부서장들도 마찬가지였다. 트룰스는 모두에게 그 소년을 죽도록 때려서 앞을 못 보게 만든 경찰이 바로 자기라고 떠들고 싶은 심정이 되었다.

그나마 테라스 하나는 근사했다. 발밑에 오슬로가 보석처럼 반짝거렸다.

서늘한 가을의 한기가 고기압과 함께 내려왔다. 고지대에는 밤 기온이 0도까지 떨어진다는 일기예보가 있었다. 멀리 어디선가 사이렌이 울렸다. 구급차 소리. 적어도 경찰차 한 대. 도심 어딘가에서 들렸다. 몰래 빠져나가서 경찰 무전을 켜고 싶었다. 무슨 일이 일어났는지 들어보려고. 도시의 맥박을 느껴보려고. 그가 속해 있는 걸 느껴보려고.

테라스 문이 열리자 트룰스는 반사적으로 두 걸음 뒤로, 그림자 속으로 물러났다. 그를 더 위축시킬 대화에 다시 끌려들어가고 싶지는 않았다.

미카엘이었다. 그리고 그 여자 정치인. 이사벨레 스퀘엔.

여자는 얼핏 봐도 취해 있었다. 아무튼 미카엘이 여자를 부축했다. 큰 여자, 그 여자는 미카엘보다도 컸다. 둘은 트룰스를 등지고 난간에 기대어 창문 하나 없는 해변을 향한 채 거실 손님들의 눈길에서 벗어났다.

미카엘은 여자 뒤에 서 있었다. 트룰스는 누구든 지포라이터를 켜서 담뱃불을 붙일 줄 알았지만 그런 일은 일어나지 않았다. 드레스가 사각거리는 소리가 들리고 이사벨레 스퀘엔의 나직이 툴툴거리는 웃음소리가 들릴 즈음에는 이미 인기척을 하기 뭣했다. 하얀 허벅지가 슬쩍 보였다가 치맛단이 다시 단호하게 내려갔다. 대신 그녀가 그에게 돌아서고 둘의 머리가 저 아래 도시를 배경으로 하나의 실루엣으로 포개졌다. 축축한 혀에서 나는 소리가 들렸다. 트룰스는 거실 쪽으로 돌아섰다. 울라가 생글거리며 새로 나온 음식이 담긴 쟁반을 들고 손님들 틈에서 분주히 오갔다. 트룰스는 도무지 이해가 가지 않았다. 납득이 되지 않았다. 미카엘이 다른 여자를 만난 게 이번이 처음은 아니라 충격을 받은 건 아니지만, 애당초 어떻게 그럴 마음이 생기는지 도무지 이해가 가지 않았다. 그런 짓거리를 할 마음 말이다. 울라 같은 여자를 곁에 두고서, 그렇게 놀라운 행운을 잡고도, 잭팟을 터트리고도, 어떻게 몰래 바람 한 번 피우려고 모든 걸 걸려고 할까? 하느님한테든 누구한테든 여자들이 남자에게 원하는 뭔가를 받았으니(잘생긴 외모든 야망이든 무슨 말을 할지 척척 아는 나긋나긋한 혀든) 그런 잠재력을 다 써먹고 살아야 한다는 의무감이 들어서? 이를테면 키가 2미터 20센티미터쯤 되는 사람은 꼭 농구를 해야 하는 것처럼. 트룰스는 몰랐다. 아는 거라고는 울라가 더 나은 대접을 받아야 한다는 사실뿐이었다. 그녀를 사랑해줄 누군가. 그가 늘 사랑한 것처럼 사랑해줄 사람. 앞으로도 영원히 사랑할 사람. 마르티네와의 일은 그냥 심심풀이 장난이지 조금도 진지한 건 아니었고, 어차피 또 그럴 일도 없었다. 가끔은 울라에게 알려줘야 할 것만 같았다. 만약 그녀가 미카엘을 잃는다면 그가, 트룰스가 옆에 있다는 사실을. 뭘 어떻게 말해야 할지는 아직 찾지 못했다. 트룰스는 귀를 쫑긋 세웠다. 그들의 말소리가 들렸다.

"방금 들었는데 그자는 죽었어." 미카엘이 말했다. 발음이 조금 뭉개지는 걸 봐서는 미카엘도 아주 말짱한 상태는 아닌 듯했다. "그래도 나머지 둘을 찾았어."

"카자크인 부하들?"

"그놈들이 카자크인이라는 건 순 개소리 같아. 아무튼 강력반의 군나르 하겐한테 연락이 와서 나한테 도와줄 수 있느냐고 묻더라. 최루탄이랑 자동화기가 사용된 걸로 봐서는 해묵은 복수극일 수도 있다고 보나 봐. 오륵크림에 그럴 만한 인물이 있는지 묻더라고. 자기는 전혀 감이 안 잡힌다면서."

"그래서 뭐랬어?"

"나도 그럴 사람이 누가 있는지 전혀 모르겠다고 했지. 그게 사실이고. 조직원이라면 레이더에 안 걸리고 했을 거야."

"영감이 도망친 걸 수도 있을까?"

"아니."

"아냐?"

"그 영감 시체는 저 아래 어디선가 썩고 있을 거야." 트룰스는 별이 총총한 밤하늘을 가리키는 손을 보았다. "금방 나올 수도 있고, 어쩌면 영영 나타나지 않을 수도 있지."

"시체는 꼭 나타나지 않나?"

아니. 트룰스가 속으로 답했다. 그는 두 발에 체중을 고르게 싣고 서 있었다. 두 발이 테라스를 딛고 시멘트 바닥이 두 발을 떠받치는 걸 느꼈다. 항상 나타나는 건 아니야.

"그래도." 미카엘이 말했다. "누가 한 짓이든 새로운 인물이야. 오슬로에 새로 등극한 마약왕이 누군지 곧 밝혀지겠지."

"그게 우리한테 어떤 의미가 될까?"

"별것 아냐, 자기." 미카엘 벨만이 이사벨레 스퀘엔의 목덜미에 손을 대는 게 보였다. 실루엣으로는 꼭 그녀의 목을 조르는 듯 보였다. 그녀가 옆으로 휘청했다. "우리가 원하던 곳까지 왔어. 우린 여기서 빠지자. 사실 이보다 나은 결말도 없잖아? 이제 우리한테 그 영감탱이는 필요 없어. 그동안…… 우리가 협조하는 동안 그 영감이 자기랑 나한테 한 짓을 생각하면 진짜……."

"진짜?"

"진짜……."

"손 치워, 미카엘."

술에 취한 웃음소리가 벨벳처럼 부드러웠다. "새 마약왕이 우릴
위해 일하지 않으면 내가 직접 나서야 할 수도 있어."

"비비스를 시킨다는 거겠지?"

트룰스는 그가 싫어하는 별명이 튀어나오자 흠칫 놀랐다. 처음
그 별명을 부른 건 미카엘이었다. 그리고 그게 박혀버렸다. 사람들
은 그의 주걱턱과 꿀꿀대는 웃음소리를 알아챘다. 미카엘은 MTV
에 나오던 그 만화 캐릭터의 '무정부주의적인 현실 인식'과 '순응
하지 않는 자의 도덕성'을 더 많이 떠올렸다면서 그를 위로하려 들
기까지 했다. 마치 트룰스에게 명예로운 작위를 내려준 것처럼 굴
었다.

"아니, 트룰스한테는 내가 어떤 역할을 했는지 절대 말하지 않을
거야."

"자기가 그 친구를 못 믿는 게 이상하더라. 오랜 친구 아닌가?
그 친구가 이 테라스도 만들어주지 않았어?"

"그랬지. 오밤중에 혼자서. 무슨 뜻인지 알겠어? 갠 백 퍼센트 예
측 가능한 놈이 아니야. 별별 괴상하고 엄청난 아이디어를 잘도 내
놓지."

"그래도 자기가 영감한테 비비스를 버너로 쓰라고 한 거잖아?"

"그야 어릴 때부터 트룰스를 알고 지냈으니까. 뼛속까지 타락해
서 매수하기 쉬운 놈인 걸 아니까."

이사벨레 스퀘옌이 비명을 지르듯 웃어대서 미카엘이 쉬쉬거

렸다.

트룰스는 숨을 참았다. 목이 꽉 막혔다. 배 속에 짐승 한 마리가 들어 있는 것만 같았다. 빠져나갈 구멍을 찾아 두리번거리는 작은 짐승. 그 짐승이 간질이고 흔들었다. 위로 올라가는 길을 따라 나오려고했다. 그러다 가슴에 꽉 끼었다.

"그나저나 자기는 왜 사업 파트너로 날 택했는지 말해주지 않았어." 미카엘이 말했다.

"그거야 자기의 그 어마어마한 물건 때문이지."

"아니, 진지하게. 내가 자기랑 영감한테 협조하기로 하지 않았다면 자기를 체포해야 했을 거야."

"체포?" 그녀가 코웃음 쳤다. "내가 한 일은 다 이 도시를 위한 거였어. 마리화나를 합법화하고 메타돈을 유통하고 마약하는 공간을 마련하기 위한 자금을 조성했어. 아님 마약중독자를 줄이기 위해 다른 마약에 길을 터준 거든가. 뭐가 달라? 마약 정책은 실용주의야, 미카엘."

"진정해, 나도 동의하니까, 두말할 것 없이. 우리가 오슬로를 더 살기 좋은 곳으로 만들었잖아. 건배나 하자고."

이사벨레는 미카엘이 든 술잔을 모른 척했다. "어차피 자긴 날 체포하지 못했을걸? 그랬다면 누구든 내 애길 들어줄 용의가 있는 사람들한테 내가 자기네 그 사랑스럽고 귀여운 마누라 몰래 자기랑 섹스하는 사이라고 떠들어댔을 테니까." 그녀가 낄낄거렸다. "그 여자 **바로** 뒤에서 말야. 시사회에서 처음 만난 날 기억해? 내가 자기한테 나랑 한판 할 수 있다고 말한 거? 자기 마누라가 바로 뒤에 들릴 듯 말 듯한 거리에 있었는데도 자기는 눈 하나 깜짝 않더라. 아내를 집에 데려다주고 올 테니 15분을 달라고 했지."

"쉿, 취했어." 미카엘이 그녀의 등줄기에 손을 얹었다.

"그때 자기가 내 마음에 꼭 드는 남자란 걸 단박에 알았어. 그래서 영감이 나와 같은 야망을 품은 동지를 만들어야 한다고 했을 때 누구한테 접근할지도 알았지. 건배, 미카엘."

"건배하재서 하는 말인데 우리 일단 잔부터 채워야 돼. 들어가자."

"내 마음에 꼭 드는 남자란 말은 취소. 내 마음에 꼭 드는 남자는 없어. 다들 내……." 깊게 울리는 웃음소리. 그녀의 웃음소리.

"어서, 들어가자."

"해리 홀레!"

"쉿."

"내 마음에 꼭 드는 남자가 하나 있네. 좀 어수룩하긴 하지만 물론……. 흠, 그 사람은 어디 있을까?"

"그렇게 오래 이 도시를 샅샅이 훑고 다녔는데도 아무 성과도 올리지 못했으니, 이 나라를 떠났겠지. 어쨌든 올레그의 무죄를 받아냈으니 다시 돌아오진 않을 거야."

이사벨레가 휘청거렸지만 미카엘이 잡았다.

"자긴 나쁜 새끼야, 미카엘. 우리 나쁜 년놈들끼리는 아주 잘 맞지."

"그럴지도. 아무튼 들어가야 돼." 미카엘이 손목시계를 흘끔 보았다.

"너무 쫄지 마, 자기야. 나 술은 거뜬해. 응?"

"알아. 그래도 자기 먼저 들어가. 그래야 남들 보기가 그렇게……."

"추잡해 보일까 봐?"

"뭐 비슷해."

트롤스는 그녀가 요란하게 웃는 소리를 듣고 그보다 더 요란한 하이힐이 시멘트 바닥에 닿는 걸 보았다.

그녀가 안으로 들어가고 미카엘이 혼자 남아 난간에 기댔다.

트롤스는 잠시 기다렸다. 그리고 앞으로 나갔다.

"어이, 미카엘."

그의 어릴 적 친구가 돌아보았다. 미카엘은 눈이 게슴츠레 풀려 있었다. 조금 거만해 보였다. 그러다 다시 쾌활한 미소를 짓는 걸 보고 술 때문인가 보다고 트롤스는 생각했다.

"너구나, 트롤스. 나오는 소리 못 들었는데. 안이 시끌시끌하지?"

"어휴, 그러네."

그들은 서로를 보았다. 트롤스는 정확히 언제 어디서 그들이 서로에게 말하는 법을 잊어버렸는지, 그리고 서로 스스럼없이 나누던 대화와 둘이 함께 꾸던 꿈과 어떤 주제로 무슨 말을 하건 다 괜찮던 시절은 어떻게 된 건지 속으로 물었다. 둘이 하나였던 시절. 경찰이 되고 얼마 지나지 않아 울라에게 집적거리던 녀석을 둘이 같이 흠씬 두들겨 패주던 때처럼. 아니면 크리포스의 어느 게이 자식이 미카엘에게 들이대서 며칠 후 둘이 같이 그 자식을 브륀의 보일러실로 끌고 갔을 때처럼. 그 게이 새끼는 질질 짜면서 미카엘을 오해했다고 사과했다. 티가 날까 봐 얼굴은 피해서 때렸지만 그 쪼다 같은 울보 녀석 때문에 화가 치밀어서 경찰봉을 휘두를 때 생각보다 힘이 더 들어가는 걸 미카엘이 겨우 뜯어말렸다. 그리 좋은 추억이라고 할 만한 일들은 아니지만 둘을 하나로 묶어주는 사건이었다.

"음, 여기서 테라스에 감탄하고 있었어." 미카엘이 말했다.

"고마워."

"갑자기 그 생각이 나서 말인데. 그날 밤 네가 시멘트를 퍼붓던……."

"응?"

"네가 그날 불안해서 잠이 잘 안 온다고 했던 거 같아서. 그런데 문득 그날이 바로 우리가 오딘을 체포하고 이어서 알나브루를 급습한 날이었단 게 생각나서 말이야. 그자가 사라졌지. 이름이 뭐였더라?"

"투투."

"투투, 그래. 넌 그날 밤 우리랑 같이 움직였어야 했는데 아팠다고 했어. 그래놓고 시멘트를 섞었지?"

트룰스는 히죽히죽 웃었다. 미카엘을 보았다. 그의 시선을 사로잡고 계속 놔주지 않았다.

"진실을 알고 싶어?"

미카엘은 잠시 머뭇거리다 대답했다. "물론."

"땡땡이친 거지, 뭐."

테라스에 순간 정적이 감돌았다. 멀리서 도시가 웅얼거리는 소리만 들렸다.

"땡땡이?" 미카엘이 웃었다. 미심쩍어하면서도 선선한 웃음소리였다. 트룰스는 미카엘의 웃음을 좋아했다. 누구나 좋아했다. 남자든 여자든. 상대가 재밌고 다정하고 똑똑한 사람이라서 다정하게 웃어줄 가치가 있다고 언명해주는 웃음이었다.

"**네**가 땡땡이를? 그런 건 절대 안 하고 범인 잡으러 다니는 걸 좋아하는 네가?"

"응." 트룰스가 말했다. "그냥 가기 싫었어. 그래서 그랬어."

다시 정적.

다시 미카엘이 웃음을 터트렸다. 몸을 뒤로 젖히며 웃어대느라 숨까지 헐떡거렸다. 충치 하나 없는 가지런한 치아. 다시 앞으로 숙여서 트룰스의 어깨를 때렸다. 어찌나 기분 좋게 웃던지 트룰스도 피식피식 웃음이 새어 나왔다. 그리고 둘이 같이 웃었다.

"나사를 조이고 벽돌을 쌓아서 이렇게 뚝딱 테라스를 만들다니." 미카엘 벨만이 숨을 몰아쉬었다. "넌 정말 대단해, 트룰스. 진짜 대단해."

트룰스는 칭찬을 듣자 다시 원래의 몸집으로 커진 기분이었다. 잠시나마 예전으로 거의 돌아간 기분이었다. 아니, 거의가 아니라 정말 예전 같았다.

"저기 말이야." 트룰스가 꿀꿀거렸다. "가끔은 혼자 다 해결해야 할 때가 있어. 그래야 제대로 해낼 수 있거든."

"맞아." 미카엘이 트룰스의 어깨에 팔을 걸고 두 발을 테라스에 굴렸다. "그래도 이건 말이야, 트룰스, 한 사람치고는 시멘트가 **많아.**"

그렇지. 트룰스는 가슴 속에서 의기양양한 웃음이 끓어오르는 느낌이었다. 한 사람치고는 시멘트가 많다.

"아저씨가 게임보이를 가져왔을 때 그냥 가지고 있을 걸 그랬네요." 올레그가 말했다.

"그렇지." 해리는 문틀에 기댔다. "그럼 테트리스도 연습할 수 있었을 텐데."

"이 총을 여기 다시 넣어두기 전에 탄창을 뺐어야죠."

"아마도." 해리는 반은 바닥을 겨누고 반은 그를 겨눈 오데사를 애써 보지 않으려 했다.

올레그가 힘없이 웃었다. "우린 실수를 너무 많이 한 것 같네요. 우리 둘 다. 안 그래요?"

해리는 고개를 끄덕였다.

올레그는 일어나서 스토브 옆에 섰다. "그래도 내가 실수만 한 건 아니에요, 그렇죠?"

"아니지 물론. 잘한 것도 많아."

"어떤?"

해리는 어깨를 으쓱였다. "그 가상의 범인이 든 총 앞에 네가 몸을 던졌다고 한 거. 범인이 발라클라바를 썼고 한마디도 하지 않았다고 한 거. 범인이 몸짓만으로 말했다고 한 거. 그 덕에 난 명백한 결론을 끌어낼 수 있었어. 네 피부에 총기 발사 잔여물이 묻은 게 설명된다고 판단하고, 목소리를 들킬까 봐 범인이 말하지 않았다고 하니까 범인을 마약 조직이나 경찰과 연결시켰지. 네가 발라클라바를 써먹은 건 아마 알나브루에서 너랑 같이 간 경찰이 발라클라바를 가지고 있는 걸 본 탓이었을 거야. 네가 해준 이야기에서 넌 그 괴한을 빈 옆 사무실에서 봤다고 했어. 거긴 문이 열려 있어서 누구나 드나들고 거기서 강가로 내려갈 수도 있으니까. 네가 이런 힌트를 흘린 덕에 난 네가 구스토를 죽이지 않았을 가능성에 관한 확실한 설명을 찾을 수 있었어. 내 머리가 그런 설명을 짜낼 거라는 걸 너도 알았겠지. 우리의 뇌는 항상 감정이 결정하게 해주니까. 항상 가슴에서 요구하는 위안을 찾을 준비가 되어 있지."

올레그는 천천히 고개를 끄덕였다. "그래도 이젠 다른 건 다 답을 아시네요. 정답을."

"하나만 빼고." 해리가 말했다. "왜지?"

올레그는 대답하지 않았다. 해리는 오른손을 들고 왼손을 천천히 바지 주머니에 넣어 구겨진 담뱃갑과 라이터를 꺼냈다.

"왜지, 올레그?"

"왜일 거 같아요?"

"한동안은 다 이레네 때문인 줄 알았어. 질투. 아니면 그 친구가 이레네를 다른 사람한테 판 걸 알아서거나. 그런데 이레네가 어디 있는지 아는 사람이 구스토뿐이라면 그 애가 말해주기 전에는 걜 죽이지 못해. 그러니 분명 다른 뭔가가 있었겠지. 여자를 사랑하는 마음만큼 강렬한 뭔가. 넌 살인자가 아니잖아."

"아저씨가 말해봐요."

"넌 고전적인 동기를 가진 남자야. 남자들이, 선량한 남자들이 끔찍한 죄를 저지르게 만드는 동기 말이야. 나도 그래. 수사는 제자리를 맴돌았어. 어디에도 가지 못하고. 처음 시작한 데로 돌아왔어. 연애로. 최악의 연애로."

"아저씨가 그딴 거 알기나 해요?"

"나도 비슷한 여자랑 사랑에 빠진 적이 있어. 아님 그 여자의 여동생쯤이거나. 그 여자는 밤이면 넋을 빼놓을 만큼 아름답지만 다음 날 아침에 눈 뜨면 지독히 추해지지." 해리는 금색 필터와 러시아 황제수리가 그려진 검은 담배에 불을 붙였다. "그런데 밤이 오면 또 까맣게 잊고 다시 사랑에 빠지지. 무엇도 이런 사랑과 겨룰 수 없어. 이레네조차도. 내 말 틀려?"

해리는 한 모금 빨고 올레그를 보았다.

"무슨 말을 해주길 원해요? 어차피 다 알면서."

"네 입으로 듣고 싶어."

"왜요?"

"네가 네 입으로 그 말을 하는 걸 듣기를 바라니까. 얼마나 역겹고 무의미한 건지 너 자신이 들을 수 있기를 바라니까."

"예? 내 마약을 훔치려고 해서 누굴 쏘는 게 역겨운 일이란 거요? 악착같이 일해서 차곡차곡 모아둔 내 건데?"

"지금 그 말이 얼마나 시시한지 모르겠어?"

"설마!"

"아니, 맞아. 난 버티지 못해서 결국 세상에서 제일 소중한 여자를 잃었어. 넌 제일 친한 친구를 죽였고, 올레그. 그 친구 이름을 말해."

"왜요?"

"이름을 말해."

"나 지금 총 들었어요."

"이름을 말해."

올레그가 이를 악물었다. "구스토. 대체―."

"한 번 더."

올레그는 고개를 옆으로 기울여 해리를 보았다. "구스토."

"한 번 더!" 해리가 소리쳤다.

"구스토!" 올레그도 악을 썼다.

"한 번―."

"구스토!" 올레그가 숨을 깊이 들이마셨다. "구스토! 구스토……." 목소리가 떨리기 시작했다. "구스토!" 마침내 폭발했다. "구스토. 구스……." 흐느끼기 시작했다. "……토." 올레그는 눈을 꾹 감아 눈물을 짜내고 나직이 말했다. "구스토. 구스토 한센……."

해리가 한 발 앞으로 나왔지만 올레그가 총을 위로 들었다.

"넌 어린애야, 올레그. 아직 넌 달라질 수 있어."

"그럼 아저씨는? 아저씨는 달라질 수 없어요?"

"나도 그럴 수 있으면 좋겠어, 올레그. 달라져서 너희 모자를 더 잘 보살폈다면 좋았을걸. 하지만 너무 늦었어. 난 그냥 나야."

"누구? 알코올의존증? 배신자?"

"경찰."

올레그가 웃었다. "그러셔? 경찰? 어떤 누구도 아니고 뭣도 아니고?"

"대체로 경찰."

"대체로 경찰." 올레그가 고개를 끄덕이며 그 말을 따라했다. "그거 시시하지 않나요?"

"시시하고 따분하지." 해리가 반쯤 탄 담배를 빨고 못마땅한 듯 담배를 바라보았다. 담배가 제 역할을 해내지 못해 아쉽다는 듯. "내겐 선택의 여지가 없다는 뜻이야, 올레그."

"선택?"

"난 네가 처벌받게 할 수밖에 없어."

"아저씨는 이젠 경찰에서 일하는 것도 아니잖아요. 무기도 없고. 게다가 아저씨가 아는 것도, 또 여기 있는 것도, 아무도 몰라요. 엄마를 생각해요. 날 좀 생각하라고요! 한 번이라도 우릴 생각해줘요, 우리 셋을." 올레그의 눈에 눈물이 가득 찼고, 목소리가 절망에 빠져 날카롭게 갈라졌다. "지금은 그냥 떠나고 나중에 다 잊힌 뒤에 이런 일이 일어난 적 없다고 하면 왜 안 돼요?"

"나도 그럴 수 있으면 좋겠다. 하지만 내가 걱정되는 건 너야. 무슨 일이 있었는지 아니까 널 막아야 돼."

"그럼 이 총은 왜 쥐여준 거예요?"

해리가 어깨를 으쓱였다. "내가 널 체포할 순 없어. 네가 자수해야 돼. 이건 네 시합이야."

"자수? 왜 그래야 되죠? 방금 풀려났는데!"

"내가 널 체포하면 난 엄마랑 너, 둘 다 잃어. 너 없이 난 아무것도 아니야. 너 없이 살 수 없어. 알아듣니, 올레그? 난 독 안에 든 쥐고 빠져나갈 길은 하나밖에 없어. 그 길은 너를 통해 나 있어."

"그럼 그냥 날 보내줘요! 이번 일은 다 잊고 새로 시작하자고요!"

해리는 고개를 저었다. "계획적인 살인이야, 올레그. 안 돼. 총은 너한테 있고 열쇠도 너한테 있어. 너야말로 우리 셋을 생각해야 돼. 나랑 같이 한스 크리스티안한테 가면 그 친구가 잘 처리해서 형량을 줄여줄 거야."

"하지만 이레네를 잃을 만큼 긴 시간이겠죠. 그렇게 오래 기다려줄 사람은 아무도 없어요."

"그럴지도, 아닐 수도 있지. 이미 그 애를 잃었을지도 모르고."

"거짓말! 아저씨는 늘 거짓말이야!" 해리는 올레그가 눈을 깜빡여 눈물을 짜내는 걸 보았다. "자수하지 않겠다면 어떻게 할 건데요?"

"그럼 체포하는 수밖에."

올레그의 입술 사이로 신음이 새어 나왔다. 헉 하고 내쉬는 숨과 기가 차다는 웃음 중간 어디쯤의 소리.

"당신 미쳤어, 해리."

"난 이렇게 생겨먹은 인간이야, 올레그. 해야 할 일을 해. 너도 네가 해야 할 일을 해야 하는 것처럼."

"해야 할 일? 그 말을 무슨 저주처럼 퍼붓는군요."

"그럴지도."

"닥쳐!"

"그럼 네가 그 저주를 풀어, 올레그. 너도 다시는 살인하고 싶지 않을 테니까."

"꺼져!" 올레그가 악을 썼다. 손에서 총이 흔들렸다. "어디 해봐! 당신은 이제 경찰도 아냐!"

"맞아. 그래도 난, 말했듯이……." 해리는 입술로 검은 담배를 꽉 물고 깊이 빨았다. 눈을 감았다. 잠시 맛있다는 표정으로 서 있었다. 숨을 내뱉자 연기가 폐에서 쌕쌕거리며 나왔다. "……경찰이야." 해리는 담배를 앞에 던졌다. 발로 비벼 끄면서 올레그에게 다가갔다. 고개를 들었다. 올레그는 거의 해리만큼 컸다. 해리는 올레그가 든 총의 조준기 너머로 올레그의 눈을 보았다. 올레그가 공이치기를 당기는 걸 보았다. 결과는 이미 알았다. 그는 방해물일 뿐이고, 올레그에게는 선택의 여지가 없었다. 그들은 답이 없는 방정식에서 두 개의 미지수였고, 불가피하게 충돌할 두 개의 천체였으며, 한쪽만 이길 수 있는 테트리스 게임이었다. 그리고 둘 중 한쪽만 **이기고 싶어했다.** 해리는 나중에 올레그가 총을 없앨 만큼 정신을 차리기를 바랐다. 방콕행 비행기를 타기를, 라켈에게는 입도 뻥긋하지 말기를, 과거의 망령이 득실대는 방에서 자다가 오밤중에 깨어나 비명을 지르지 않기를, 살아볼 만한 인생을 제대로 살아내기를 바랐다. 그의 인생은 그렇지 않았다. 앞으로도 아니었다. 해리는 굳게 마음먹고 계속 다가가면서 자기 몸의 무게를 느끼며 점점 커지는 시커먼 총구를 보았다. 어느 가을날, 열 살의 올레그, 바람에 헝클어진 머리카락, 라켈, 해리, 주황색 나뭇잎, 포켓 카메라를 바라보며 자동 셔터가 터지기를 기다리던 순간. 그들이 잘살았고, 거기 있었고, 행복의 정점을 찍었다고 입증해주는 사진. 올레그는 검지의 손마디가 하얘질 정도로 방아쇠를 더 꽉 감아쥐었다. 되

돌아갈 길은 없었다. 그 비행기를 탈 시간은 없었다. 다른 비행기도 없고, 홍콩도 없었다. 그저 그들 중 누구도 살아내지 못할 삶에 대한 관념만 있었다. 해리는 두렵지 않았다. 슬프기만 했다. 짧은 일제 사격의 소리가 한 발의 총성처럼 울리고 유리창이 흔들렸다. 총알이 가슴 정중앙에 박히는 물리적 압력이 느껴졌다. 반동으로 총신이 튕겨나가고 세 번째 총알이 머리를 때렸다. 그는 쓰러졌다. 밑은 어둠이었다. 그는 어둠 속으로 뛰어들었다. 어둠이 그를 집어삼켜 서늘하고 고통 없는 무無로 끌고 들어갈 때까지. 드디어, 그는 생각했다. 이것이 해리 홀레의 마지막 생각이었다. 길고 긴 시간의 끝에서 드디어 자유로워졌다는 생각.

어미 쥐는 귀를 기울였다. 성당 종소리가 열 번 울린 후 잠잠해지고 경찰 사이렌이 가까워졌다가 다시 멀어지자 새끼들의 비명이 더 또렷이 들렸다. 미약한 심장박동만 남았다. 어미 쥐의 기억 속 어딘가에는 탄약 냄새와 다른 인간, 더 어린 인간이 여기 이 주방 바닥에 쓰러져 피를 흘릴 때의 냄새가 저장되어 있었다. 그때는 여름이고 새끼들이 태어나기 한참 전이었다. 그리고 그때 그 몸뚱이는 쥐의 보금자리로 들어가는 길을 가로막지는 않았다.
이번 남자의 배는 생각보다 단단해서 뚫고 지나가기 어려워 다른 방법을 찾아야 했다. 그래서 처음의 자리로 돌아왔다.
어미 쥐는 가죽 구두를 한 번 깨물었다.
쇠붙이를 다시 핥았다. 오른손 두 손가락 사이에 튀어나온 짠맛나는 쇠붙이.
땀 냄새와 피 냄새와 함께 어디 쓰레기통에서 구르다 나왔는지 갖가지 음식물 냄새가 밴 리넨 슈트 재킷을 헤집고 올라갔다.

또 깨끗이 씻기지 않은, 이상하게 강렬한 담배 냄새 분자도 있었다. 분자가 몇 개 되지 않는데도 눈이 따가워서 눈물이 나고 숨도 잘 쉬어지지 않았다.

어미 쥐는 남자의 팔로 뛰어 올라가 어깨를 넘어가다가 목에 감긴 피 묻은 붕대를 보고 잠시 한눈을 팔았다. 새끼들이 빽빽 울어대는 소리가 다시 들리자 종종걸음을 치며 가슴 쪽으로 올라갔다. 슈트 재킷에 난 두 개의 둥그런 구멍에서 아직 강렬한 냄새가 올라왔다. 유황, 탄약. 구멍 하나는 심장으로 들어갔다. 좌우간 쥐는 거의 감지되지 않을 정도로 희미한 심장박동을 느낄 수 있었다. 아직 심장이 뛰고 있었다. 어미 쥐는 이마 쪽으로 올라가면서 금발머리에서 흘러내리는 가느다란 핏줄기를 핥았다. 입술과 콧구멍과 눈꺼풀로 내려갔다. 뺨을 따라 흉터가 하나 있었다. 쥐의 머리는 미로 실험에서처럼 놀랍도록 합리적이고 효율적으로 돌아갔다. 뺨. 입속. 머리 바로 아래 목. 그 길로 들어가면 뒤로 나갈 수 있다. 쥐의 삶은 고되고 단순했다. 해야 할 일을 할 뿐이다.

PART 5

아케르셸바 강물에 달빛이 비추어 시내를 가로지르는 더러운 작은 개천이 황금 사슬처럼 반짝였다. 인적이 드문 강변길로 다니는 여자가 많지 않지만 마르티네는 달랐다. 워치타워에서 긴 하루를 보내고 녹초가 된 터였다. 그래도 기분 좋게 피곤했다. 길고 기분 좋은 하루였다. 그늘 속에서 한 소년이 불쑥 튀어나와 손전등으로 마르티네를 비추고 나직이 '안녕' 하고 중얼거리고 물러났다.

리카르드가 두어 번 그러지 말라고, 이제 홀몸도 아니니 퇴근할 때 다른 길로 오라고 당부했지만 마르티네는 그 길이 그뤼네르뢰카로 가는 지름길이라고만 말했다. 마르티네는 누구한테도 그녀의 도시를 빼앗기고 싶지 않았다. 게다가 다리 아래 사람들을 여럿 아는 터라 오슬로 서부의 어느 근사한 바보다는 여기가 더 안전하게 느껴졌다. 쇼우스 플라스의 A&E를 지나 블로로 향할 때쯤 아스팔트에 부딪히는 짧고 강한 발소리가 들렸다. 키 큰 청년이 그녀 쪽으로 뛰어왔다. 어둠 속에서 강변길의 가로등 하나만 불을 밝혔다. 청년이 스쳐 지나기 전에 얼핏 얼굴이 보였고 헐떡이는 숨소리가 뒤로 멀어졌다. 낯익은 얼굴, 워치타워에서 본 적 있는 얼굴이었다.

하지만 그런 얼굴은 흔했다. 어떤 때는 동료들에게 간밤에 누굴 봤다고 얘기하다가 그 사람이 몇 달 전, 때로는 몇 년 전에 죽었다는 말을 듣기도 했다. 하지만 방금 그 청년의 얼굴에서는 왠지 모르게 해리가 떠올랐다. 해리 얘기는 누구와도, 리카르드와는 더더욱 나눠본 적이 없지만 해리는 마르티네의 마음속에 아주 작은 방을 만들었다. 마르티네는 가끔 그 작은 방에 들어가 해리를 만날 수 있었다. 올레그였을까? 그래서 해리가 생각난 걸까? 마르티네는 돌아보았다. 저만치 뛰어가는 청년의 등이 보였다. 꼬리에 악마라도 매달린 양, 누군가에게서 달아나려는 것처럼 보였다. 하지만 청년을 쫓는 자는 아무도 없었다. 청년은 점점 작아졌다. 이내 어둠 속으로 사라졌다.

이레네는 손목시계를 보았다. 11시 5분. 의자에 기대 앉아 데스크 위에 달린 모니터를 보았다. 잠시 뒤면 승객들이 탑승할 것이다. 아빠가 프랑크푸르트 공항에서 기다리고 있겠다고 문자를 보냈다. 몸에 땀이 흥건하고 아팠다. 쉽지는 않을 것이다. 그래도 다 괜찮아질 것이다.

스테인이 이레네의 손을 꼭 잡아주었다.

"좀 어때?"

이레네가 빙긋 웃었다. 손을 맞잡았다.

괜찮을 것이다.

"저 여자, 혹시 우리 아는 사람이야?" 이레네가 속삭였다.

"누구?"

"저기 혼자 앉아 있는 짙은 색 머리 여자."

여자는 그들이 공항에 도착했을 때부터 맞은편 게이트 옆 의자에 앉아 있었다.《론리 플래닛》태국편을 읽고 있었다. 아름다운 여자, 나이가 들어도 빛이 바래지 않는 미모였다. 여자는 무언가를, 조용한 행복 같은 것을 발산했다. 혼자 있어도 속으로 웃고 있는 것 같았다.

"모르겠는데. 저 여자가 누군데?"

"나도 몰라. 누가 생각나서."

"누구?"

"모르겠어."

스테인이 웃었다. 듬직하고 차분한 오빠의 웃음. 이레네의 손을 다시 꼭 잡았다.

길게 끌리는 소리가 나고 금속성의 음성이 프랑크푸르트행 항공편이 탑승 준비 중이라고 안내했다. 사람들이 일어나 데스크 앞으로 몰렸다. 이레네는 일어서려는 스테인을 잡았다.

"왜 그래?"

"줄이 줄어들 때까지 기다리자."

"하지만 저건."

"터널 속에서 너무 가까이 붙어 서 있는 느낌이 싫어. ……사람들하고 가까이 있는 느낌."

"그래. 내 정신 좀 봐. 괜찮아?"

"아직은 괜찮아."

"좋아."

"저 여자, 외로워 보여."

"외로워?" 스테인이 여자를 보았다. "아닌 거 같은데. 행복해 보여."

"응, 그래도 외로워."

"행복한데 외롭다고?"

이레네가 웃었다. "아냐, 착각했나 봐. 저 여자랑 닮은 외로운 소년이 생각나서."

"이레네?"

"응?"

"우리 얘기한 거 기억하지? 행복한 생각, 응?"

"알았어. 우리 둘은 외롭지 않아."

"응, 우린 같이 있으니까. 언제까지나, 그치?"

"언제까지나."

이레네는 오빠와 팔짱을 끼고 어깨에 머리를 기댔다. 그리고 자기를 찾아와준 그 경찰을 생각했다. 해리, 라고 그가 이름을 말했다. 처음에는 올레그가 늘 얘기하던 그 해리인 줄 알았다. 그 해리도 경찰이었다. 하지만 올레그의 얘기를 들으면서 상상한 사람은 그녀를 풀어준 조금 못생긴 경찰보다 더 크고 젊고 잘생겼다. 그러다 그가 스테인한테도 찾아왔다는 말을 듣고서야 그가 그 사람이란 걸 알았다. 해리 홀레. 남은 평생 기억에 남을 사람인 것도 알았다. 흉터가 있는 얼굴, 턱을 가로지른 상처, 목에 감은 두툼한 붕대. 그리고 그 목소리까지. 그 경찰에게 그렇게 마음을 달래주는 목소리가 있다는 말은 올레그한테 듣지 못했다. 문득 어떤 확신이 들었다. 왜 그런 확신이 생겼는지는 모르지만 그냥 그런 확신이 들었다.

다 잘될 거라고.

일단 오슬로를 떠나면 지나간 일은 다 잊을 수 있을 것 같았다. 술이든 마약이든 아무것도 손대지 않을 생각이었다. 아빠도 그렇고 그녀를 진찰한 의사도 말했듯이. 바이올린은 존재하고 언제까지나 존재할 테지만 항상 거리를 둘 것이다. 구스토의 유령 역시 언제까지나 그녀를 따라다닐 것이다. 입센의 유령도. 그녀에게 가루로 된 죽음을 사간 모든 불쌍한 인간들도. 그들은 와야 할 때가 되면 올 것이다. 그리고 몇 년 지나면 그들도 흐릿해질 것이다. 그때가 되면 오슬로로 돌아올 것이다. 결국 다 괜찮아질 거라는 게 중요했다. 살아볼 만한 삶을 살아내게 될 것이다.

이레네는 책을 들여다보는 여자를 보았다. 여자가 그녀의 시선을 의식한 듯 고개를 들었다. 여자는 이레네에게 잠깐 생기 있는 미소를 보내고는 다시 책으로 고개를 숙였다.

"우리 가자." 스테인이 말했다.

"우리 가자." 이레네가 따라 말했다.

트룰스 베른트센은 차를 몰고 크바드라투렌을 가로질렀다. 톨부 가로 내려갔다. 프린센스 가로 올라갔다. 그리고 로드후스 가로 내려갔다. 파티에서 일찍 빠져나와 차를 몰고 내키는 대로 달렸다. 쌀쌀하고 맑은 오늘 밤, 크바드라투렌은 살아 있었다. 매춘부들이 그를 부르며 쫓아왔다. 테스토스테론 냄새를 맡았나 보다. 마약상들이 앞다퉈서 가격을 깎아주겠다고 나섰다. 주차된 시보레 콜벳에서 베이스 기타가 붐, 붐, 붐 울려댔다. 트램 정류장 옆에는 어느 커플이 서서 입을 맞췄다. 어떤 남자가 기뻐 날뛰듯 웃으면서 뛰어가고 그의 재킷이 펼쳐져서 펄럭거렸다. 똑같은 슈트의 다른 남자가 그 뒤로 뛰어갔다. 드로닝겐스 가의 한 모퉁이에 아스널 셔츠가 서 있었다. 전에 본 얼굴이 아니었다. 거리에 새로 나온 사람일 것이다. 경찰 무전이 지글거렸다. 트룰스는 묘하게 편안한 기분이었다. 혈액이 그의 혈관을, 베이스를, 이 도시에서 벌어지는 모든 현상의 리듬을 타고 흘렀고, 그는 차 안에 앉아 저희끼리는 서로 모르지만 남들이 굴러가게 해주는 모든 작은 톱니를 보았다. 오직 그만이 보았다. 그는 전체를 볼 수 있는 단 한 사람이었다. 또 그래야만 했다. 이제 여긴 그의 도시이니까.

감레뷔엔 성당의 사제가 잠긴 문을 열고 밖으로 나왔다. 묘지의 나무 위를 스치는 소리에 귀를 기울였다. 고개를 들어 달을 보았다. 아름다운 밤. 콘서트는 성공적이었고, 관객도 꽤 많았다. 내일 새벽에 있을 예배보다는 나았다. 그는 한숨을 쉬었다. 빈 신도석에 그가 전할 설교는 죄의 사함에 관한 것이었다. 그는 계단을 내려갔다. 묘지를 가로질렀다. 금요일 장례식에서 전한 설교와 같은 내용으로 내일 새벽에 예배를 올리기로 했다. 망자는 (가장 가까운 가족인 전처에 따르면) 말년에 범죄에 가담한 데다 그전에도 지은 죄가 커서 장례식에 참석한 모든 이에게는 버거운 내용이었다. 그러나 그들은 걱정할 필요가 없었다. 조문객이라고는 고작 전부인과 자식들, 그리고 내내 요란하게 훌쩍거리던 동료 하나가 전부였으니까. 전부인이 귀띔해준 바로는, 그날 온 동료는 항공사에서 망자와 잠자리를 갖지 않은 유일한 승무원이었다.

사제는 어느 묘비 앞을 지나다 달빛에 비친 하얀 흔적을 보았다. 누군가 분필로 썼다 지운 흔적으로 보였다. 아스킬 카토 루^{Askild Cato Rud}의 묘비. 아스킬 외레고라고도 불리던 사람. 아주 오래전부터 한 세대가 지나고 후손이 임대 연장 비용을 내지 않으면 묘지의 임대 계약이 만료된다는 규정이 있었다. 계약 연장은 부자들의 특권이었다. 그런데 어찌된 일인지 가난뱅이 아스킬 카토 루의 무덤은 그대로 남았다. 그리고 세월이 흐르자 유적으로 보존되었다. 어쩌면 그 무덤이 특별한 유적지가 될 수 있을 거라는 낙관적인 희망이 있었을 수도 있다. 이를테면 가난한 친척들이 조그만 묘비 하나 겨우 사서 (석공이 글자마다 값을 매기므로) 성 앞에 이름을 한 글자만 새기고 날짜를 새기고 그 아래 글귀 한 줄 새길 형편도 못됐지만 오슬로 동부의 찢어지게 가난한 동네의 묘비로서 역사적 의의를 가질 날이 올 거라는 희망을 걸었을 수도 있었다. 어느 연구자는 정확한 성은 루드^{Ruud}라고 주장했다. 한 자라도 아끼려고 뺐다는 것이다. 그래서 아스킬 외레고의 망령이 아직도 나타난다는 낭설이 돌았다. 낭설의 돛에 바람이 많이 담기지는 않았다. 아스킬 외레고는 잊히고 문자 그대로 편히 잠들었다.

사제가 묘지 문으로 가서 문을 닫으려 할 때 누군가 벽 앞의 그늘 속에서 스르르 나왔다. 사제는 자기도 모르게 몸이 뻣뻣해졌다. "자비를 베푸소서." 갈라진 목소리가 말했다. 그리고 펼쳐진 손바닥을 앞으로 내밀었다.

사제는 모자 아래의 얼굴을 보았다. 주름이 깊게 팬 얼굴에 억센 코, 커다란 귀, 놀랍도록 맑고 푸르고 순수한 눈동자가 박힌 노인의 얼굴이었다. 그래, 순수하다. 늙은 비렁뱅이한테 20크로네짜리 동전을 쥐여주고 집으로 돌아가며 사제의 머릿속에 떠오른 표현이 있었다. 죄 사함이 아직 필요하지 않은 갓난아기의 순진하고 푸른 눈. 내일 설교에 이 표현을 넣을 수 있겠다.

이제 결말에 이르렀네요, 아버지.

난 여기 앉아 있고 올레그가 서서 날 내려다봐요. 녀석이 두 손으로 떨어지는 나뭇가지를 필사적으로 부여잡듯이 오데사를 잡고 있어요. 꽉 움켜잡고 악을 써대네요. 아주 돌았나 봐요. "어디 있어? 이레네 어디 있어? 말해, 아님…… 아님…….."

"아님 뭐, 약쟁이 새끼야? 네놈이 총이나 쏠 줄 알아? 넌 그런 거 못해. 올레그. 넌 착한 애야. 어서, 진정하고 이거나 같이 하자. 응?"

"집어치워. 어디 있는지 말해주기 전에는 안 해."

"그럼 나 혼자 다 해?"

"반만. 그게 다야."

"알았어. 우선 총이나 내려놔."

멍청한 자식이 내 말대로 했어요. 그동안 뭐 하나 배운 게 없더군요. 주다스 콘서트에서 나오는 길에 처음 만난 그날만큼 순순히 속아 넘어가더군요. 녀석이 허리를 숙이고 그 괴상한 총을 앞에 내려놓았어요. 총의 레버가 C로 맞춰져 있었어요. 일제 사격이라는 뜻이었죠. 방아쇠에 조금만 압력이 가해져도…….

"그래, 이레네 어디 있어?" 녀석이 일어서면서 물었어요.

그러다가, 총구가 날 겨누지 않는 지금, 그게 올라오더군요. 분노. 녀석이 날 협박했으니까요. 양아빠가 나한테 그랬던 것처럼. 내가 죽어도 못 참는 거 하나가 협박이거든요. 그래서 그럴듯하게 꾸며서 얘기하지 않고, 그러니까 이레네는 덴마크의 어느 비밀 중독치료센터에 갇혀서 친구들을 만나지 못하고 약을 하라는 꾐에 넘어올 수도 없게 됐다는 둥의 이야기를 지어내지 않고, 일부러 상처를 후벼 팠어요. 상처를 후벼 파야 했어요. 나한테는 나쁜 피가 흐르니까요, 아버지. 그러니 닥쳐요. 하긴 그나마도 내 피 중에 얼마 안 남은 거군요. 거의 다 주방 바닥에 흘렸으니까. 난 멍청한 새끼답게 상처를 후벼 팠어요.

"팔아넘겼어. 바이올린 몇 그램 받고."

"뭐?"

"오슬로 중앙역에서 도이칠란트 사람한테 팔았어. 이름도 모르고 어디 사는지도 몰라. 뮌헨일걸. 아마. 뮌헨의 자기 아파트에서 친구 녀석이랑 앉아 있을 거야. 이레네가 그 조그만 입으로 그 두 녀석 걸 빨아주겠지. 그 애는 연처럼 붕 떠서 어느 자지가 누구 건지도 모를 테고. 걘 진정한 사랑만 생각하거든. 걔가 사랑하는 그 자식 이름은."

올레그는 입을 벌리고 서서 눈을 깜빡이고 또 깜빡였어요. 케밥집에서 나한테 500크로네를 줄 때처럼 멍청한 얼굴로요. 난 좆같은 마법사처럼 두 팔을 벌렸어요.

"바이올린이야!"

올레그는 연신 눈을 깜빡거렸어요. 어찌나 충격이 심했는지 내가 그 총에 몸을 던져도 아무 반응도 보이지 않았어요.

아니, 그런 줄 알았어요.

내가 잊어버린 게 있더군요.

그 녀석이 그날 날 따라온 거. 메스암페타민을 맛보지 못할 줄 알면서도. 녀석에겐 어떤 재주가 있었어요. 사람들 생각을 읽을 줄 알았죠. 어쨌든 도둑놈의 재주죠.

그걸 알았어야 했는데. 그냥 절반에 만족했어야 했는데. 녀석이 나보다 먼저 총에 닿았어요. 그냥 방아쇠를 스치는 정도였을 거예요. 총은 C에 놓여 있었어요. 난 바닥에 떨어지기 전에 충격에 휩싸인 녀석의 얼굴을 봤어요. 사방이 쥐 죽은 듯 고요했어요. 녀석이 내 위로 몸을 숙이는 소리가 들렸어요. 나직이 흐느끼는 소리, 자동차 엔진이 멈출 때처럼 덜덜거리는 소리, 울고 싶은데 울지 못하는 소리가 들렸어요. 잠시 후 녀석이 천천히 주방 끝으로 갔어요. 진짜 약쟁이는 정해진 우선순위대로 움직여요. 녀석이 내 옆에 주사기를 내려놨어요. 같이 하겠느냐고 묻기까지 하더군요. 그러고 싶었지만 아무 말도 나오지 않았어요. 그냥 듣기만 했어요. 그리고 녀석이 느리고 무거운 발걸음으로 계단을 내려가는 소리를 들었어요. 난 혼자였어요. 그 어느 때보다 혼자였어요.

성당 종소리가 끊겼네요.

내 얘긴 다 한 것 같아요.

이젠 그렇게 많이 아프지 않아요.

거기 있어요, 아버지?

거기 있니, 루푸스? 날 기다리고 있었니?

영감이 해준 말이 생각나요. 죽음은 영혼을 자유롭게 풀어준다. 염병할 영혼을
자유롭게 풀어준다. 그런가? 내가 알 턱이 있나요. 곧 알게 되겠죠.

팬텀

1판 1쇄 발행 2017년 12월 19일 **1판 3쇄 발행** 2017년 12월 21일

지은이 요 네스뵈
옮긴이 문희경
펴낸이 고세규
편집 이승희
디자인 윤석진

발행처 김영사
주소 경기도 파주시 문발로 197(문발동) 우편번호 10881
등록 1979년 5월 17일(제406-2003-036호)
주문 및 문의 전화 031)955-3200 **팩스** 031)955-3111
편집부 전화 02)3668-3290 **팩스** 02)745-4827 **전자우편** literature@gimmyoung.com
비채 카페 http://cafe.naver.com/vichebooks **인스타그램** @drviche
트위터 @vichebook **페이스북** facebook.com/vichebook **카카오톡** @비채책

ISBN 978-89-349-7970-8 03890 책값은 뒤표지에 있습니다.

이 도서의 국립중앙도서관 출판예정도서목록(CIP)은 서지정보유통지원시스템 홈페이지(http://seoji.
nl.go.kr)와 국가자료공동목록시스템(http://www.nl.go.kr/kolisnet)에서 이용하실 수 있습니다.
(CIP제어번호: CIP2017033363)